Dieter Noll

Die Abenteuer des Werner Holt

atb aufbau taschenbuch

DIETER NOLL wurde 1927 in Riesa geboren. 1944 bis 1945 war er Luftwaffenhelfer, Arbeitsmann und Panzerschütze und geriet dann in amerikanische Gefangenschaft. Von 1947 bis 1950 studierte er Germanistik, Kunstgeschichte und Philosophie in Jena und war von 1950 bis 1956 Redakteur und Mitarbeiter der Zeitschrift »Aufbau« in Berlin. Er starb 2008 in Wernsdorf bei Berlin.

Nachdem Dieter Noll Reportagen und Erzählungen veröffentlicht hatte, wurde der Roman »Die Abenteuer des Werner Holt. Roman einer Jugend« (1960) sofort zu einem Erfolg (Verfilmung 1965). Der zweite Teil mit dem Untertitel »Roman einer Heimkehr« (1963) berichtete vom Nachkriegsschicksal des Helden. 1979 erschien der Roman »Kippenberg«.

Frühjahr 1943. »Es gibt kein Abenteuer, nur den Krieg«, erklärt Werner Holt und hofft wie die anderen Gymnasiasten, daß man sie endlich zur Flak einzieht, daß der Krieg wirklich erst richtig losgeht, damit sie ihr Leben einsetzen können wie der Räuber Karl Moor und sie sich keine Gedanken mehr machen müssen um verpatzte Lateinarbeiten. Die Sechzehnjährigen müssen nicht lange warten, bis sie auf dem Kasernenhof stehen. Das Abenteuer hat begonnen, das Abenteuer Krieg mit Gefahr, Frauen und Bewährung. Doch als sie gegen Partisanen eingesetzt werden, sind die Fronten schon lange nicht mehr klar, und als sie im Panzer hocken, um russische Panzerspitzen aufzuhalten, tobt um sie das Chaos der letzten Kriegstage, und plötzlich muß man seine Waffe gegen die eigenen Leute richten, um nicht in den Untergang hineingezogen zu werden.

Dieter Noll

Die Abenteuer des Werner Holt

Roman einer Jugend

atb aufbau taschenbuch

FSC
www.fsc.org
MIX
Papier aus verantwortungsvollen Quellen
FSC® C083411

ISBN 978-3-7466-1043-6

Aufbau Taschenbuch ist eine Marke der
Aufbau Verlag GmbH & Co. KG

11. Auflage 2011

Die Originalausgabe erschien 1960 bei Aufbau
Aufbau ist eine Marke der Aufbau Verlag GmbH & Co. KG
Umschlaggestaltung Preuße & Hülpüsch Grafik Design
Druck und Binden CPI – Clausen & Bosse, Leck
Printed in Germany

www.aufbau-verlag.de

Vorspiel

1

Der Wecker rasselte. Werner Holt schreckte aus dem Schlaf, sprang aus dem Bett und stand ein wenig taumelig im Zimmer. Er fühlte sich nicht erfrischt, sondern matt und benommen. Sein Kopf schmerzte. In einer Stunde begann der Schulunterricht.

Durch die weitgeöffneten Fenster flutete Sonnenlicht. Der Mai des Jahres 1943 endete mit heißen, trockenen Tagen, mit prachtvollem Badewetter. Der Fluß, der bei der kleinen Stadt reißend durch die Berge brach, lockte mit seinen grünen Ufern weit mehr als das ziegelrote Schulhaus und seine muffigen Räume.

Mathematik, Geschichte, Botanik und Zoologie, dachte Holt, und dann zwei Stunden bei Maaß, Studienrat Maaß, Latein und Englisch. Die Übersetzung aus dem Livius muß ich bei Wiese abschreiben, in der großen Pause. Wenn ich bei Zickel drankomm, meck-meck, dann gibt's ein Fiasko … Allmählich wich der dumpfe Schmerz, der hinter der Stirn saß. Er erinnerte sich jetzt, erregend und beängstigend geträumt zu haben, von der Marie Krüger und ihrem zigeunerhaft bunten Rock, und dann von einer Schlägerei mit Wolzow.

Ich bin krank, dachte er, als ihn bei der dritten Kniebeuge vor dem offenen Fenster ein Schwindelgefühl ergriff, ich geh nicht in die Schule, mir ist elend, ich bleib im Bett. Nein! Das ist unmöglich. Wenn ich heut fehle, dann hab ich verspielt, dann heißt es, ich hab Angst vor Wolzow. Bei diesem Gedanken wurde ihm noch elender. Es hatte gestern mit Wolzow Krach gegeben, es hatte vorgestern, es hatte jeden Tag Krach gegeben; und heute war die Prügelei fällig. Er fürchtete niemanden in der Klasse, aber gegen Wolzow hatte er keine Chance: und damit war er erledigt. Denn ein unbesiegter Held war, von Homer bis heute, so gewaltig wie sein Mundwerk, aber ein besiegtes Großmaul war nur noch lächerlich.

Es ist ein Jammer, dachte Holt, als er sich unlustig und frierend mit kaltem Wasser wusch und dabei in den Spiegel starrte; es ist ein großer Jammer: Wolzow und ich, wir würden die ganze Schule beherrschen, wenn wir Freunde wären, denn die älteren Jahrgänge sind beim Militär, wir sind die oberste Klasse.

Er trocknete sich ab. Er befühlte Wangen und Oberlippe: der Bart ließ sich Zeit, das war Holts Kummer. Er rasierte sich nur aus Prestigegründen. Mit sechzehneinhalb noch fast ohne Bart … eine Schande! Kein Wunder, daß er sich mit so einer glatten Haut nicht an die Marie Krüger herantraute, wenn sie dann und wann wie eine Katze in der Badeanstalt herumstrich. Immerhin: als er ihr kürzlich begegnet war, da – er besann sich genau – hatte sie ihn mit einem verwirrenden Blick angeschaut … Außerdem: kratzte es am Kinn nicht doch schon ganz ordentlich?

Einsfünfundsiebzig groß, siebenundsechzig Kilo schwer, schmal, doch muskulös, aber neben Wolzow, der einsachtundachtzig maß und fast neunzig Kilo wog, eben doch beinahe knabenhaft. Dunkeläugig, dunkelhaarig sah er sich im Spiegel, und das Haar war sehr widerborstig und ringelte sich gern in die Höhe. Er kämmte sich, er kleidete sich an. Der Kopfschmerz war vergangen, nur ein dumpfer Druck wollte nicht von der Stirn weichen. Auch machte das Schlingen Beschwerden, und der Mund war trocken.

Wolzow galt seit eh und je als der größte Flegel der Schule, zweimal Consilium, das drittemal nur durch Intervention seines Generalsonkels dem Hinauswurf entgangen. – Und ich Idiot komm neu in die Klasse und lauf ihm den Rang ab, statt seine Freundschaft zu suchen! Das wär ein Freund, Gilbert Wolzow, ein Freund wie Hagen von Tronje, Winnetou oder Roller!

Er war fertig, er stopfte ein paar Bücher in die Aktentasche, dann lief er die Treppen hinab.

Das Haus gehörte den Schwestern Eulalia und Veronika Dengelmann, eigentlich deren Mutter, einer fünfundachtzigjährigen Greisin, die wegen Altersschwachsinn entmündigt worden war.

Die beiden Schwestern, zweiundfünfzig und sechsundvierzig Jahre alt, unterhielten eine Pension, »Kost und Logis für alleinstehende Herren«. Holt wurde verwöhnt, da seine Mutter großzügig zahlte; er war zeitlebens verwöhnt worden. Seit zwei Monaten lebte er in der Pension und tyrannisierte die Schwestern.

Er trat in das Wohnzimmer im Erdgeschoß und rief nach dem Kaffee. Veronika Dengelmann, die jüngere der Schwestern, das Gesicht dick mit Fett eingerieben und die Haare voller Lockenwickel, setzte die Tasse und den Teller mit Broten vor ihn hin. »Guten Morgen.«

Holt antwortete nicht. Er dachte: Ich bin krank. Gleich wird sie wieder anfangen: Beeilen Sie sich ... Das Schlucken schmerzte, die Kehle war wund. Fräulein Dengelmann sagte: »Beeilen Sie sich! Es fällt wieder auf uns zurück, wenn Sie zu spät kommen ...«

Holt schob den Teller mit den Broten von sich. Durch die Tür trat Eulalia, in einen verwaschenen Schlafrock gewickelt. Sie hat ein Gesicht wie ein Schaf, dachte er, und Veronika sieht aus wie der Vollmond.

»Sehen Sie zu, daß Sie fortkommen«, sagte nun auch Eulalia, »es ist gleich sieben ...« Er warf ihr einen bösen Blick zu. Wenn Wolzow mich verdroschen hat, dachte er, muß ich etwas so Verrücktes anstellen, daß mein Ansehen wiederhergestellt wird. Bei Maaß, beim Ordinarius! Ich habe alle Lehrer hereingelegt, Zickel, meckmeck, Schöner, Gruber, alle ... Mag Zemtzki sticheln: Bei Maaß traust du dich nicht ... Bei Maaß traut sich keiner, nicht mal Wolzow. Aber ich bin gerissen, ich fange auch Maaß, und das wird mich zum Helden des Tages machen. Ich werde bei Maaß die Sprache verlieren, und wenn er mich bestrafen will, zieh ich ein ärztliches Attest aus der Tasche, daß ich seit gestern taubstumm bin; aber woher nehm ich das Attest? Oder ich werde bei einer Antwort den Mund nicht mehr schließen und bloß noch lallen können, Maulsperre, Kieferklemme, da wird die Klasse toben vor Freude, und wenn Maaß vor Wut einem Schlaganfall nah ist, gibt mir jemand die vereinbarte Ohrfeige, und dann ist alles wieder in Ordnung; da soll er mir erst mal was beweisen! Das ist eine gute Idee! Oder ... ob man ihn mit seinen wahnsinnigen Schachtelsätzen reinlegen kann?

Er saß unbeweglich am Tisch. Ein herrlicher Tag! Ich möchte ein Segelboot haben! Man könnte ... Sein Blick fiel durch das Fenster auf die gebeugte Gestalt der alten Dengelmann; die Greisin tappte durch die Beete und riß die jungen Kohlrabipflanzen aus dem Boden, eine nach der anderen ... »Fast jeden Tag kommen Sie zu spät zur Schule«, schimpfte Veronika Dengelmann, »gestern traf ich Herrn Benedict ...« Benedict? Das war der Turnlehrer, und er war harmlos ... Und jetzt reißt die Alte tatsächlich auch noch die Salatpflanzen aus! »Passen Sie auf Ihren Grünkram auf«, sagte Holt, »die Alte ist im Garten!« – »Ogottogott!« Türen schlugen. Im Garten erhob sich Gezeter.

Holt verließ das Haus. Langsam ging er die Bahngeleise entlang; er ließ sich Zeit, er kam sowieso zu spät zum Unterricht, und Ausreden gab es genug. Meistens mußten die geschlossenen Bahnschranken herhalten.

»Holt!« rief es hinter ihm. »Warte!«

Das ist Rutscher, der verdirbt mir den Schulweg. Fritz Rutscher war der Sohn eines vor zwei Jahren verstorbenen Studienrates. »Schon sieben durch«, keuchte er, »... müssen uns beeilen!« Er war vom schnellen Lauf so außer Atem, daß er das Stottern vergaß.

»Hast du Angst?« sagte Holt mürrisch. »Zu zwein«, stammelte Rutscher, ein semmelblonder Junge, »zu zwein findt man bessere Ausreden!« Sie überquerten die Bahngeleise. Nun führte die Bismarckallee, breit und von Linden gesäumt, hinab in die kleine Stadt. Links und rechts standen Villen.

Hier wohnen Barnims, dachte Holt. Er blickte neugierig auf ein großes, geklinkertes Haus. Oberst Barnim hatte zwei Töchter. Gerda, fünfzehnjährig, besuchte die Mädchen-Oberschule; Holt traf sie manchmal auf dem Schulweg, ein mageres, sommersprossiges Mädchen. Sie soll noch eine Schwester haben, Uta Barnim, die ist neunzehn, Abitur mit Auszeichnung, und voriges Jahr war sie Gebietsmeisterin im Tennis; ich hab sie noch nie gesehen, aber alle sagen, sie ist das schönste Mädchen in der Stadt. Und hier wohnt der Peter Wiese, gleich nebenan. Der ist natürlich längst in der Schule, der Wiese-Peter, ein richtiger Miesepeter, der Primus, der alles weiß und lateinische Reden halten kann, aber nie einen Jux mitmacht. Er spielt wunderbar Klavier.

Schon oft war Holt, unter irgendeinem Vorwand, im Hause des Amtsrichters Wiese erschienen und hatte schließlich gesagt: »Spiel doch mal was, du ...« Dann setzte sich der kränkliche und schwache Peter an den Flügel. Holt konnte stundenlang zuhören, unbeweglich in einem Sessel.

Vor Holts Augen drehten sich feurige Kreise, es rauschte in seinen Ohren ... Er rang nach Atem. »Was hast du?« rief Rutscher. Ein Kälteschauer lief über Holt hin, dann wurde ihm heiß. Sollte er wirklich krank sein? Alles war ganz nahe herangerückt, wie durch ein Vergrößerungsglas anzusehen, und Rutschers Stimme hatte ein Echo ...

»Was sagen wir dem Schöner?« fragte Rutscher. – »Am Bahnübergang war'n Verkehrsunfall. Da ist ein Radfahrer mit einem Lieferwagen zusammengestoßen.« – Rutscher staunte: »Hast du das g-g-gesehn?« – »Das sagen wir! Wir mußten der Polizei alles zu Protokoll geben.« – »Großartig!« Rutschers Phantasie entzündete sich. »Ich werd sagen, der Radfahrer hat ganz f-f-furchtbar geblutet!« – »Hör auf«, sagte Holt. »Und laß mich reden, verstanden?«

Holt blieb in der Tür stehen und überschaute den Klassenraum. Schöner, der Mathematiklehrer, stand an der Tafel und malte sie wie üblich voll Zahlen. Er war ein Mann von achtundsechzig Jahren, der, wie fast alle Lehrer der Schule, schon einmal pensioniert gewesen und nun wieder zum Unterricht herangezogen worden war. Er ließ die Schüler in Ruhe und rechnete selbst; seine Unterrichtsstunden verliefen still; niemand, außer Peter Wiese, arbeitete mit. Holt sah, daß der dicke Christian Vetter, Sohn eines Schreibwarenhändlers, hinten in der Ecke am Fenster, mit irgendwem Karten spielte. Gilbert Wolzow, wegen seiner Körpergröße quer in der Bank, saß über einem dicken Buch und las.

Holt brachte seine Entschuldigung in einem frechen und provozierenden Ton vor, der sie von vornherein unglaubhaft machte ... Der blutende Radfahrer wurde mit Geschrei begrüßt, aber es klang ein wenig lustlos. Nur Fritz Zemtzki, ein Bürschlein mit brandrotem Haar, quäkte mit heller Kinderstimme: »O Gott, der arme, arme Radfahrer!«, aber auch das fand keine Resonanz. Es war wieder still; in der Ecke warf Vetter seine Trümpfe auf den Tisch.

Schöner trug Holts Verspätung ins Klassenbuch ein. Rutscher war unbemerkt auf seinen Platz geschlichen. Die Eintragung hatte keine Bedeutung, denn Schöner schrieb mit Bleistift, und seine Eintragungen wurden wieder ausradiert, jeder Tadel und auch die Schulaufgaben. Aber als Holt in der Pause mit einem Radiergummi aufs Katheder stieg, rief Wolzow mit rauher, wüster Stimme: »Na, da hast du Schiß, daß der Maaß was erfährt!«

Holt klappte das Klassenbuch zu. Mochte die Eintragung stehenbleiben! »Ich und Schiß?« sagte er. »Vor Maaß haben andere Leute Schiß, auch wenn sie sonst mit der Schnauze vornan sind!« – »Meinst du mich?« fragte Wolzow drohend und legte den Kopf auf die Seite ... Aber da schrillte schon, vom Korridor her, der Warnungspfiff, und Knack marschierte ins Zimmer, dreißigjährig, wegen eines Herzfehlers wehrdienstuntauglich, Studienassessor Knack. »Heil Hitler, Kameraden!«

Die Klasse antwortete: »Heil Hitler!« – »... Kamerad Knack«, rief Holt hinterher, denn er wollte es Wolzow zeigen. In der Klasse gab es unterdrücktes, beifälliges Gelächter. Wolzow biß sich auf die Lippe. Zum zweiten Male an diesem Morgen wurde Holt ins Klassenbuch eingetragen, getadelt wegen »unarischer Frechheit«, wie Knack mit seiner schnarrenden Kommandostimme bekanntgab. Dann begann der Geschichtsunterricht. Dies ist Wolzows Stunde, dachte Holt.

Gilbert Wolzow war ein paar Monate über sechzehn Jahre alt. Sein Vater, der Oberst Wolzow, stand als Regimentskommandeur an der Ostfront. Wenn man Wolzows Erzählungen glauben durfte, so waren die Wolzows ein preußisches Offiziersgeschlecht, das seit zweihundert Jahren ausnahmslos Offiziere hervorgebracht hatte; der Bruder des Obersten Wolzow war Generalmajor. Auch Gilbert wollte Offizier werden, und er bereitete sich von Kind an darauf vor.

Er war der ungekrönte König der Klasse, ja der Schule, der die Cliquen und Schülergruppen mit Gewalt zusammenhielt und niemals, bis Holt in die Klasse eingetreten war, Widerspruch geduldet hatte. Er war zugleich der »frechste und faulste Schüler der Anstalt«, wie Maaß, der Klassenlehrer, des öfteren sagte, denn er stand in den meisten Fächern so jammervoll schlecht, daß seine Versetzung in die nächste Klasse diesmal gefährdet schien. Aber in allem, was mit Krieg, Kriegswesen, Kriegsgeschichte, mit Waffentechnik und Kriegsgerät zu tun hatte, war er ein Phänomen. Er hatte frühzeitig begonnen, die kriegswissenschaftliche Bibliothek seines Vaters zu lesen, und sein erstaunlich gutes Gedächtnis hatte eine Fülle von Einzelheiten behalten, über die er nach Belieben verfügte; entfiel ihm doch einmal ein Schlachtendatum, der Name eines Feldherrn, so schlug er in dem dicken Taschenbuch nach, das er immer mit sich herumschleppte ... Jetzt saß er zurückgelehnt in seiner Bank, das Gesicht mit den grauen Augen und der Adlernase emporgehoben zu Knack.

Knack und Wolzow führten während des Geschichtsunterrichts endlose Debatten. Knack charakterisierte seine Geschichtsauffassung des öfteren als »rassisch-völkisch«. Wolzow stand neben seiner Bank und erklärte: »Geschichte, das ist Krieg. Von 1469 vor bis 1930 nach Christi Geburt hat es nur zweihundertvierundsechzig Jahre Frieden, aber dreitausendeinhundertfünfunddreißig Jahre Krieg gegeben ...« – »Vergessen Sie nicht das rassische Moment«, ergänzte Knack, »die wertmäßigen Unterschiede der Völker, die rassischen Triebkräfte ...«

Holt saß stumm auf seinem Platz und hörte Knack mit der ewig gleichen, schnarrenden Stimme sagen: »Das Reich gründet sich bewußt auf uralte mythische Vorstellungen und Kräfte des Volkes ...« Er döste vor sich hin, der Kopf schmerzte, und der Hals war wie zugeschnürt ... Neben ihm saß Sepp Gomulka, Sohn eines Rechtsanwaltes, ein braunhaariger, kluger Junge, der sich meist zurückhielt und sich nur manchmal, im Übermut, an den Ausschreitungen der Klasse gegen die alten Lehrer beteiligte. Er war ein Einzelgänger, trieb sich mit seinem Kleinkalibergewehr in den Wäldern umher und schoß Eichelhäher, statt sich den Schulaufgaben zu widmen. Während Knack redete und redete, schnitzte Gomulka mit einem Messer an seiner Bank und sammelte die Späne in einer Tüte aus Löschpapier ... Auf dem Platz vor Holt saß der zarte, ewig kränkelnde Peter Wiese, der diesen Sommer zu seiner Kräftigung täglich zwei Stunden in der Badeanstalt zu verbringen und Sport zu treiben hatte, eine Maßnahme, unter der er litt. Holt schrieb auf einen Zettel: »Gib mir deine Lateinübersetzung!« Er wollte für den Weigerungsfall eine Drohung hinzusetzen, unterließ es aber und schob den Zettel zu Wiese. Wiese las und nickte.

Aber in der großen Pause fand Holt keine Gelegenheit, die Übersetzung abzuschreiben, obwohl eine fehlende Hausaufgabe bei Studienrat Maaß schlimme Folgen haben konnte. Die Schüler begaben sich ins Biologiezimmer. Der bevorstehende Unterricht bei Doktor Zickel, genannt Meck-meck, riß sie aus ihrer Lethargie. Christian Vetter, blond, mit rundem Kindergesicht und blanken Schweinsäuglein, wegen seiner Körperfülle seit eh und je gehänselt und verspottet, probierte ein paar quiekende und grunzende Geräusche aus. Wolzow und Holt standen mit gleichgültigen Gesichtern beieinander. Gomulka wetzte sein Messer an der Gasleitung des Experimentiertisches, und Kirsch, Tischlersohn, von Knack als Vertreter des »bodenständigen Handwerks« gefeiert, futterte Brot auf Brot in sich hinein, wodurch er zu wachsen hoffte, denn er war nur einssechzig groß. Nadler, ein stämmiger, blonder Junge, wurde von seinen Freunden Schönfeldt, Grubert und anderen umlagert, die in der Nachrichten-HJ seine Untergebenen waren. Hingegen war Wolzows Laufbahn als HJ-Führer nach verheißungsvollem Start schon vor zwei Jahren geendet, nachdem er seinen Stammführer mit den Worten stehengelassen hatte: »Von so einem militärischen Rindvieh nehm ich doch keine Befehle entgegen!«

Zemtzki piepste plötzlich: »Gilbert, das mußt du zugeben: den Knack hat der Werner prima veralbert!« – »Scher dich vor die Tür und paß auf!« befahl Wolzow. Dann sagte er zu Holt: »Glaub bloß nicht, es war was Besonderes.« Er blickte sich suchend um. Dann trat er zur Tafel. Dort stand ein Skelett, das Doktor Zickel im Unterricht brauchte, neben dem großen Aquarium. Wolzow, in

Breeches und Stiefeln, den Brustkorb von einem verwaschenen HJ-Hemd umspannt, holte ein Stück Holzkohle aus der Hosentasche und begann, den Totenschädel zu beschmutzen. Peter Wiese erblaßte. Er fürchtete Wolzow, den er »miles gloriosus«, ruhmredigen Kriegsmann, nannte; Holt freilich hatte gloriosus kurzerhand mit »prahlerisch« übersetzt.

Jetzt malte sich Angst in Wieses Gesicht, denn er, der Primus, wurde als erster nach dem Täter befragt, und da er niemals einen Lehrer belog, beim Verrat aber erbarmungslos Prügel bezog, geriet er jedesmal in Gewissensnot, aus der ihn andere mit der Lüge erlösen mußten, Wiese könne nichts wissen, er sei nicht im Zimmer gewesen ...

Wolzow sah Holt ins Gesicht und fragte: »Wie findest du das?« Holt ging wortlos zur Tafel, nahm den Schädel vom Skelett und warf ihn in das große Aquarium. Wasser und Schlingpflanzen schwappten auf den Boden.

Die Klasse tobte. Dann wurde es still. Man blickte gespannt auf Wolzow. Wolzow verlor die Beherrschung. »Warte!« schrie er, leicht nach vorn geneigt. »Wenn du wirklich soviel Mut hast, dann komm heute um vier zum Rabenfelsen, damit ich dir endlich ...!« – »Du bist wohl am Ende?« höhnte Holt. »Was Beßres als Prügel fällt dir wohl nicht ein?« – »Jetzt dreh ich ein Ding«, schrie Wolzow, »von dem die ganze Stadt sprechen soll!« Zemtzki steckte den Kopf zur Tür herein. »Gilbert ... nicht! Nein! Du ... fliegst, wenn sie dich erwischen!« – »Seht den großen Wolzow!« spottete Holt. »Er will sich prügeln, aber er hat Schiß vor den Paukern!«

Wolzow starrte auf das Aquarium, wo der verunstaltete Totenschädel durch die Ranken der Wasserpest grinste und die roten Leiber sechs tropischer Zierfische im grünen Wasser hin und her glitten. »Sepp«, befahl Wolzow, »schaff mir das Katzenvieh vom Hausmeister her!«

»Gilbert«, sagte Gomulka, »laß das ... Maaß wirft dich raus!« Aber jemand rief schon Zemtzki auf dem Korridor zu: »Du sollst dem Wolzow die Katze bringen!«

Zemtzki brachte die Katze, ein getigertes, wildes Biest, das argwöhnisch äugte, nervös durch die lärmenden Stimmen der Jungen.

Wolzow nahm sie mit einem Griff seiner Rechten am Fell; sie legte sich flach gegen seine Brust, die Schwanzspitze krümmte sich leise. Wolzow streichelte sie: »Ruhig, Miezchen! Gleich gibt's was Schönes …« Er tauchte den nackten linken Arm ins Aquarium. »… was Schönes zu fressen … was Markenfreies … eine Sonderzuteilung!« Dann warf er den ersten Fisch auf den Boden … Die Katze war mit einem Satz abgesprungen und verschwand mit dem zappelnden Salmler unter einer Bank. Stumm und atemlos sah die Klasse zu, wie Wolzow Prachtschmerlen und Barben aus dem Aquarium fischte. Die Katze begann laut zu schnurren. Sie fraß, daß es knirschte, und ihre Augen funkelten. Dann schlich sie davon, leckte sich das Maul, noch immer schnurrend, und von Doktor Zickels Fischen blieben nur ein paar glänzende Schuppen auf dem Fußboden zurück.

»So!« sagte Wolzow. Das Schweigen war wie eine Huldigung, die er gelassen entgegennahm. »So, mein Lieber! Wer hat hier Schiß vor den Paukern?« Er ging zu seinem Platz, setzte sich und nahm sein Buch vor. Er war blaß. Er rief: »Vergiß nicht, heut um vier!« Aber Holt dachte nur dies: Er fliegt, und ich hab ihn dazu getrieben …

Zemtzki pfiff.

Doktor Zickel war ein verkümmertes Männlein mit dem Habitus eines zwölfjährigen Jungen, dem man den Kopf eines Greises aufgesetzt hat. Er trat vor die Klasse, in Knickerbockers, grüner Joppe und weißem Hemdchen mit geöffnetem Bubikragen. Mit einer heiseren Knabenstimme rief er den Hitlergruß. Seine Rede war voller Eigenarten: er pflegte öfters »ni wahr« zu sagen und gab, zwischen die Worte eingestreut, ein seltsames Geräusch von sich, eine Mischung aus Hüsteln und Räuspern, die wie »Khkh« klang. Er sagte: »Wo is … ni wahr … das Klassenbuch … khkh …?« Aus einer Ecke kam ein gedämpftes »Meck-meck«, was ihn nervös machte, ohne daß er darauf eingegangen wäre … Er war viel Kummer gewöhnt. Sein Blick fiel auf das kopflose Skelett, und die magere Brust hob sich in erregten Atemzügen. »Das is … kh-kh … das is enne Lumperei is das, ni wahr …« Er schaute wild in die Klasse, dann sah er aufs Aquarium, und er wankte.

»Wer … wer is es gewesen?«

»Herr Lehrer!« rief der kleine Zemtzki. »Ich bin es nicht gewesen, aber ich bin es nicht allein nicht gewesen, die anderen sind es auch alle nicht gewesen!«

Zickel war außer sich. Er trat ans Aquarium, und er schrie, mit einer Wut, die seinen schmächtigen Körper erzittern ließ: »Wer … kh-kh … hat den Schädel … ihr feigen Gesellen … kh-kh … wer hat den Schädel von dem armen Skelett, ni wahr, das is doch auch emal e Mensch gewesen … wer hat'n ins Aquarium …« Aber jetzt erst erkannte er das ganze Ausmaß dessen, was man ihm angetan hatte, und sekundenlang brachte sein bebender Mund nichts als ein spuckendes »Kh … kh-kh …« hervor.

»Wolzow! Haben Sie … die Fische …?«

»Lassen Sie mich doch mit Ihren kindischen Verdächtigungen in Ruhe«, knurrte Wolzow, ohne aufzustehen … Und nun log die Klasse mit einer Ausdauer, an der Zickels Wut verpuffte. Verzweifelt begann er eine Untersuchung, aber da seinem Zorn jede physische Grundlage fehlte, die langwierige und ermüdende Befragung der Schüler zu überdauern, log man immer dreister und verhöhnte ihn, und Zickel ermattete, dem Weinen nahe.

»Fische?« sagte Holt, als er an der Reihe war, mühsam, mit schwerer Zunge, er hatte kaum noch die Kraft aufzustehen. »Die Fische sind weg? Vielleicht … hat der Totenkopf sie gefressen!« Das Gejohl der Klasse erreichte kaum sein Ohr. »Elender Bube … Ich! Los, Vetter, wo sin die schönen roten Fische?«

»Rote Fische?« sagte Vetter. »Warn das denn Fische? Ich dachte immer, das sind Tomaten!«

»Herr Lehrer«, rief Zemtzki, und er stocherte mit dem Zeigefinger in der Luft herum, »ich hab die roten Fische gesehen! Gestern warn sie noch da! Heißa! Aber sechs, nein, so viele warn das nicht!«

»Wie viele … kh-kh … haben Sie gesehn?« fragte Zickel mit neuer Hoffnung.

»Na, so null bis eins«, antwortete Zemtzki, und er sah dem Lehrer mit großen, blauen Augen unschuldsvoll ins Gesicht.

Die Untersuchung verlief ergebnislos. Studienrat Maaß setzte sie fort. Holt nahm nicht teil an dem Durcheinander, das in der Pause herrschte. Er saß zusammengesunken auf seinem Platz im Klassenzimmer, der Schweiß brach auf seiner Stirn hervor, und der Kopf schmerzte ... »Du hast ein ganz rotes Gesicht«, sagte Gomulka teilnahmsvoll, »wie gesprenkelt, bist du krank?« Holt schüttelte den Kopf.

Die Katze brachte alles ans Licht; sie hatte in der Wohnung des Hausmeisters die unverdauten Fische wieder ausgebrochen. Ein Lehrer hatte den Ruf gehört: »Du sollst dem Wolzow die Katze bringen ...« Wolzow war überführt. Er stand neben seiner Bank und log beharrlich, er wisse von nichts, man möge ihn in Ruhe lassen, er sei es nicht gewesen.

Maaß hockte dick und massig hinter dem Katheder. Das Sonnenlicht, das durch die Fenster fiel, spiegelte sich auf seiner Glatze, die von schlohweißem Haar umrahmt war. Das runde und feiste Gesicht grinste triumphierend, die Augen hinter der hellen Hornbrille waren kalt und mitleidlos auf Wolzow gerichtet. »Sie sind erledigt, Wolzow«, sagte er, mit einem begeisterten Zittern in der Stimme, »auch ohne Geständnis erledigt.« Er schielte über die Ränder der Hornbrille hinweg auf sein Opfer. Es war sein Steckenpferd, verworrene Schachtelsätze zu konstruieren, die er mit strenger Logik zu Ende sprach; er hielt die Klasse mit diesen Sätzen in Spannung, er vollendete auch den schwierigsten Satz und heimste das ehrfürchtige Aufatmen der Schüler als Beifall ein. »Unsere Anstalt«, begann er, »die einmal vom strengen Geist des Lerneifers und Gehorsams regiert, durch Sie jedoch wie durch einen Bazillus vergiftet wurde, mit Anarchie und Disziplinlosigkeit, was kein zweites Mal Ihr Onkel wird sanktionieren können ...«, er legte eine Pause ein, um die Spannung zu steigern, und dann vollendete er: »... wird nun endlich und endgültig von Ihnen befreit werden. Ich beglückwünsche mich zu diesem Erfolg.« Alle Augen waren auf Wolzow gerichtet. Wolzow sah bewegungslos vor sich hin; nur Holt, zurückgelehnt und zusammengesunken, blickte auf Maaß. Er dachte: Wolzow wird *nicht* relegiert werden! Wolzow ist ab heute mein Freund.

»Nehmen Sie Ihre Tasche, Wolzow, und verlassen Sie auf der

Stelle das Schulhaus. Sie sind relegiert. Der Brief des Direktors folgt Ihnen auf dem Fuß.«

»Moment«, sagte Holt.

Er erhob sich. Er fühlte Wolzows Blick auf sich gerichtet. Er lehnte sich rücklings gegen die Bank. »Der Brief des Direktors«, sagte er, und seine Stimme krächzte, »folgt Wolzow nicht auf dem Fuß. Wolzow ist es nicht gewesen ... Man hat sich ... verhört ... Wolzow soll *mir* die Katze bringen, wurde gerufen ...« Er mußte seine Worte sehr langsam formen, denn die geschwollene Zunge versagte den Dienst. »*Ich* bin es gewesen«, sagte er. Peter Wiese, das Gesicht auf Holt gerichtet, erstarrte in Staunen und Bewunderung ... »*Ich* bin es gewesen ... Wiese wird es bezeugen ...« Wiese erhob sich, wie unter einem Zwang, und zum erstenmal in seinem Leben belog er einen Lehrer, als er mit tief auf die Brust gesunkenem Kopfe sagte: »Ja ... Holt war es ... ich bezeuge es.«

Holt hörte nur noch das Rauschen des Blutes in seinen Ohren. Vier Stunden Karzer? Egal! Blauer Brief an meine Mutter? Sie wird bloß lachen ... Und jetzt sieht er ins Klassenbuch ... Die Eintragungen? Wenn er wüßte, wie egal mir das alles ist!

»Sieh mal an«, sagte Maaß, wütend vor Enttäuschung. »Zwanzig Minuten zu spät gekommen ist das elende Früchtchen außerdem ...« Er wurde ironisch, das war der Ausdruck höchsten und gefährlichsten Zornes. »Hatte Ihre Wirtin, ich glaube mich zu erinnern, daß sie Dengelmann heißt, Eusebia Dengelmann, doch halt, nein, Eulalia war wohl der Name, ein wohlklingender Name, der aus dem Griechischen stammt ...« Er schaute bewegungslos durch die Gläser der Hornbrille auf die Schüler, die atemlos an seinem Munde hingen, und vollendete: »... wieder einmal Nasenbluten?«

Holt blinzelte. Er sah auf einmal alle Gestalten und Gegenstände in verschwommenen Umrissen; in seinen Ohren hallte als vielfaches Echo das letzte Wort: Nasenbluten ... Nasenbluten ... Wohltuende Müdigkeit überkam ihn, Gleichgültigkeit. Man müßte ein Segelboot haben, dachte er, jetzt, wo Gilbert mein Freund ist, und nun ist's geschafft: Wolzow gerettet, und er wird mir's danken!

»Reden Sie!«

Ach so. Ich muß ja noch den Maaß veralbern! dachte Holt. Er wird ungeduldig? Ich will dir schon antworten! Deine Schachtelsätze imponieren mir nicht, das kann ich schon lange! »Mitnichten«, sagte er. Sein Gesicht war rot, nur von den Nasenflügeln über die Mundwinkel bis zum Kinn war ein blasses Dreieck ausgespart. Eine Bewegung lief durch die Klasse, und Maaß, bei dem altertümlichen Wort »mitnichten«, furchte die Stirn. »Mitnichten hat die Nase meiner Wirtin, deren Namen Eulalia ... Eulalia, wie Sie die Güte, sich zu erinnern, hatten, lautet, geblutet, *aber* ...«, das Aber schrie er hinaus, denn Maaß hatte den Mund schon geöffnet, um Holt zu unterbrechen, »aber mich ... hatte morgens die Polizei ... da ein Fahrrad, das ein Mann, der eine graue Jacke ... die vielfach geflickt war, trug ... fuhr ... mit einem Auto, das auf der Straße ... die über die Geleise, die vom Bahnhof, der unmittelbar bei meiner Wohnung ... liegt ... kommen ... führt ... entlangkam ... zusammenstieß ... gebeten ...«

Er hielt inne. Auch das war geschafft! Wie durch Nebel sah er die Augen seiner Mitschüler auf sich gerichtet, und Maaß lehnte nach vorn über dem Pult, und sein Unterkiefer war heruntergeklappt ...

»... meine Beobachtungen als Zeuge zu Protokoll zu geben«, vollendete Holt. Dann fiel er seitwärts zu Boden.

Peter Wiese lief zum Hausmeister, Rutscher stotterte: »Er war schon morgens auf dem W-w-weg so komisch!« Maaß beugte sich über Holt und sagte: »Das ist ... Scharlach ...!« Wolzow schob ihn beiseite. Bald fuhr der Krankenwagen vor.

2

Der Juni ging ins Land. Holt lag in der Infektionsabteilung des städtischen Krankenhauses. Wolzow kletterte jeden Tag über die Mauer und schlich durch den Garten unter das Fenster. Sein Pfiff wehte ins Krankenzimmer.

Die ersten Tage lag Holt fast ohne Bewußtsein im Fieber, dann genas er rasch und überwand Mattigkeit und Schwäche. Als er wieder bei Kräften war, empfand er den langen Aufenthalt im Krankenhaus wie eine Freiheitsstrafe. Seine Mutter, von den Schwestern Dengelmann herbeigerufen, hatte unterdessen bei allen Ärzten vorgesprochen, hatte Trinkgelder an Schwestern und Pfleger verteilt und war wieder abgereist, ohne ihren Sohn gesehen zu haben, und er war nicht einmal böse darüber.

Aber Wolzows Besuche machten ihn froh. Wolzow brachte Nachricht von der Außenwelt. Die Schule war nach Holts Erkrankung für zwei Wochen geschlossen worden, was Holt bei den Schülern aller Klassen populär gemacht hatte wie die Revolte gegen Maaß. Er war der Held des Tages. Wolzow neidete es ihm nicht länger und war bereit, seinen Ruhm zu teilen. Als das Fieber gewichen war, sprang Holt, wenn im Garten der Pfiff ertönte, ans Fenster. »Wie geht's?« fragte Wolzow.

»Eigentlich bin ich gesund ... Ich soll mich schälen und muß immerfort ganz heiß baden.« – »Hau ran!« sagte Wolzow ... Gestern hatte der Unterricht wieder begonnen, da kein weiterer Krankheitsfall vorgekommen war. »Zum Kotzen langweilig«, meinte Wolzow. »Wenn du rauskommst, dann ist irgendwas fällig ...« – »Ich überleg schon ... was Abenteuerliches!« – »Abenteuer ist Quatsch«, erklärte Wolzow bestimmt. »Karl May und so was, das ist alles Schwindel. Bloß der Krieg ist richtig.« – »Weißt du was Neues vom Flak-Einsatz?« – »Noch dieses Jahr, vielleicht schon im Herbst.«

Diese Perspektive nahm Holt vollends die Lust am Schulunterricht. Er überlegte: Wenn ich Glück hab, ist die Schule für mich vorbei ... »Ich bekomm zwei Wochen Schonung«, sagte er, »dann sind große Ferien ... Bloß gut! Wenn ich an Maaß denke ...«

»Maaß ist ein Satan«, sagte Wolzow. Er stand breitbeinig in einem Blumenbeet, die Hände in den Taschen vergraben, und unter seinen Stiefeln knickten Rosen und Nelken ... »Weißt du, was Maaß gesagt hat? Dein Scharlach wäre ein ganz raffinierter Trick, daß er dich nicht bestrafen kann. Da ist Gomulka aufgestanden und hat gesagt: ›So ein Trick will gekonnt sein, Herr Studienrat!‹ Maaß hat ihn gleich zwei Stunden eingesperrt.«

Ein andermal brachte Wolzow den kleinen Peter Wiese mit und hievte ihn über die Mauer. Wiese riß sich dabei ein Dreieck in die Hose. »Wenn du gesund bist, spiel ich dir vor, was du willst.« Tags darauf gab er Bücher für Holt ab.

Holt hatte schon immer viel gelesen, und in diesen Tagen, da er im Bett lag und ungeduldig seiner Entlassung entgegensah, las er wahllos, was man ihm aus der Anstaltsbibliothek brachte. Da waren viele seiner Lieblingsbücher dabei, die er nun zum zweiten oder dritten Male durchschmökerte: Stevenson und Jack London, Karl May und die Indianerbücher von Fritz Steuben, Gagerns »Grenzerbuch«, eine Feldpostausgabe »Auswahl aus Nietzsches Werken«, Hanns Johsts »Ave Eva« und natürlich Kriegsbücher, immer wieder Kriegsbücher, von den Taten des U-Bootfahrers Weddigen bis »Sieben vor Verdun«, und dann Ernst Jünger, »Das Wäldchen 125«, »Feuer und Blut« und »In Stahlgewittern« ... Beumelburg, Zöberlein, Ettighoffer und was es noch alles gab ... Nun las er, was Peter Wiese gebracht hatte: Novellen von Storm und einen Band »Märchen der Romantik«.

Er lag unbeweglich in seinem Bett und sann über die Gestalten nach, die er leibhaftig vor sich sah: Elisabeth, das Puppenspieler-Lisei und die dunkle Renate vom Hof ... So ein Mädchen müßte man kennenlernen, dachte er beklommen. Wolzow verabscheute Mädchen und fand Liebe unmännlich; Holt aber hatte das Unvereinbare stets zu vereinbaren gewußt: die Heldengestalten aus der Nibelungensage oder aus König Laurins Mantel verwob er mit Indianerhäuptlingen, Westmännern und den feldgrauen Gestalten der Kriegsbücher zu einem idealen Heldentypus, in dessen abenteuerlichem Leben für das Grauen der Märchendrachen ebenso Raum war wie für die Anmut Stormscher Mädchenfiguren oder den Gerechtigkeitsfanatismus Karl Moors ... Nun las er bei Novalis von einem Liebespaar, in einer Felsenhöhle, bei Blitz und Donner, welches »der erste Kuß auf ewig zusammenschmelzte« ... Der erste Kuß ... wie mag das sein?

Er war als Einzelkind aufgewachsen, frühreif, einmal kindisch und ausgelassen, dann wieder ernst, in sich gekehrt. Die frühen Regungen des Geschlechts stürzten ihn in Sehnsüchte und

Träume; die Mädchen übten eine immer stärkere Anziehungskraft auf ihn aus, und wo er kein Geheimnis finden konnte, dort schuf er sich eins, indem er das Natürliche mit jenem mythischen Schleier verhüllte, der in zahllosen Büchern die Begriffe von Leben und Liebe verdunkelte, bei Hanns Johst zum Beispiel: die Frau steht im Blutdienst der Schöpfung ... Vom ewigen Evangelium der Frauen, vom verrätselten Mythos des Geschlechts las er und grübelte ... Die Antwort mußte das Leben geben. Er war ungeduldig, voll Sehnsucht nach Abenteuern und Bewährung.

Seine Eltern waren seit Jahren geschieden; er war bei der Mutter geblieben, der vermögenden Frau aus einer Industriellenfamilie; er war ihr mehr und mehr entglitten, obgleich sie ihn verwöhnt und versucht hatte, ihn für sich zu gewinnen. Er war ihr schließlich mitten im Krieg davongelaufen, in Hamburg aufgegriffen und wieder zurückgebracht worden, und endlich, ein Jahr später, hatte sie seinen Wünschen nachgegeben und ihn aus dem Haus gelassen, hierher, in die kleine Stadt, die ihr von irgendwem als idyllisch und heilsam empfohlen worden war und die weitab von den Industriezentren lag, über denen sich das Unwetter der Bombardements immer dichter zusammenzog.

Hier war Ruhe. Ringsum waren die Berge von Wäldern bedeckt, eine dünnbesiedelte Landschaft breitete sich weit aus. Hier fühlte Holt sich wohl. Er war in Leverkusen und Bamberg aufgewachsen. Seine Bindung an Vater und Mutter, die er durch Jungvolk und Hitlerjugend von Kindheit an gelernt hatte geringzuschätzen, war endgültig zerrissen und hatte sich in Sehnsucht verwandelt, nach einem Freunde und nach dem anderen Geschlecht. Der Freund schien nun endlich gefunden.

Wolzow, so überlegte Holt, durfte von alldem nichts wissen: von den Leidenschaften auf Haderslevhuus, von Elisabeth, Undine und dem ersten Kuß in der Felsenhöhle. Wolzow pfiff unter dem Fenster, Wolzow hatte andere Sorgen: »Du mußt jetzt schnellstens kriegerische Tugenden entwickeln!«

In den ersten Julitagen wurde Holt entlassen. Er rechnete: Zehn Tage Erholungsurlaub, am achtzehnten beginnen die großen

Ferien, da ist das Schuljahr für mich so gut wie zu Ende. Überdies häuften sich die Gerüchte vom baldigen Flak-Einsatz. Vielleicht hab ich's endgültig geschafft, dachte er, bloß Schluß mit der Schule!

Die freien Tage verbrachte er meist im Flußbad, aber er durchstreifte auch die Umgebung der Stadt. Eines Morgens ließ er sich Brote einpacken, schnitt sich einen derben Stock und wanderte in die Berge. Die letzten Dörfer blieben hinter ihm zurück. Er tauchte in die Laubwälder. Am Nachmittag stand er mehrere Wegstunden von der Stadt entfernt auf einer hochaufragenden Bergkuppe und schaute über das Land. In einer Schleife des Flusses zog sich ein Hochplateau nach Nordwesten hin, von Erosionstälern zerklüftet; von Felsschluchten, in denen Bäche talwärts zum Fluß stürzten. Durch das Hochplateau waren vereinzelte jüngere Kuppen vulkanischen Ursprungs gebrochen und stiegen auf mehrere hundert Meter an. Er blickte über den dunkelgrünen Teppich der Laub- und Mischwälder hinweg. Der Fluß glänzte im Sonnenlicht, und fern stieg das Gebirge wellig, in grünen Hügeln, zur Ebene ab. Kein Dorf ringsum, kein Weg, kein Haus! – Hier ist es herrlich, dachte er. Ohne Kompaß find ich nicht heim. Hier müßte man leben wie Karl Moor mit seiner Bande!

Der Berg, den er bestiegen hatte, war wie von einer riesigen Axt abgehackt. Am Fuß der Kuppe fand er, auf dem Abstieg, die Höhle. Ein Steinbruch fiel nach Süden tief in eine Schlucht ab. Im Norden hatte die Erosion das Gestein freigelegt. Holt sah ein Tal mit bewaldetem Hang, unwegsam und felsig. Am Steinbruch im Süden, unter der Gipfelkuppe, entwich ein Tier, ein Fuchs vielleicht, in die Büsche, und als er ihm nachspürte und das Buschwerk teilte, fand er einen Felsspalt hinter dichtem Brombeergestrüpp. Er raffte eine Handvoll Reisig auf und kroch unter niedergebrochenen Gesteinsbrocken hindurch, in den Felsen hinein. Es mußte ein uralter Bergwerksstollen sein. Schon nach wenigen Metern konnte er aufrecht gehen, und dann erweiterte sich der Gang. Von den Wänden rieselte Wasser. Er brannte das Reisigbund an und sah den Rauch in die Felsen hineinziehen. Dann stand er in einer großen, etwa drei Meter hohen und trockenen

Höhle. Durch einen breiten, schachtartigen Felsspalt fiel helles Tageslicht.

Entdeckerfreude packte Holt. Nichts deutete darauf hin, daß seit langer Zeit ein Mensch hier eingedrungen war. Der Boden war felsig, und die Wände gefügt aus weichem Gestein. Der Schacht, der nach oben ins Freie führte, mußte in den Steinbruch der Gipfelkuppe münden.

Als er die Höhle endlich verließ, sah er draußen den Tag zur Neige gehen, und er beschloß, hier zu übernachten. Ringsum reiften Walderdbeeren, eine üppige Abendmahlzeit. Die Gegend war wildreich. Auf dem Felsabsatz vor dem Höhleneingang wuchs dichtes und hohes Gras. Er bereitete sich ein Lager aus Moospolstern und Laub. Dann stieg er noch einmal zum Gipfel empor. Es wurde Nacht. Tief zu seinen Füßen glänzte das phosphoreszierende Band des Flusses.

Vor der Höhle entzündete er ein kleines Feuer, ließ einen trockenen Wurzelkloben glühen und streckte sich auf seinem Lager aus. Er starrte in die Glut. Fledermäuse umflatterten ihn. Über ihm stand das Siebengestirn. Er träumte von einem abenteuerlichen Leben, hier in den Bergen, ohne Schule, ohne Maaß. Er träumte vom Sänger und der Prinzessin, von einer verborgenen Felsenhöhle, wo unter Donner und Blitz der erste Kuß das Paar auf ewig zusammenschmelzte. Am Morgen wanderte er noch vor Sonnenaufgang in die Stadt zurück.

Die Schwestern Dengelmann setzten Holt, als er am Vormittag daheim anlangte, ein Frühstück vor, das ihn mißtrauisch stimmte: Eier, Schinkenbrote, Mohnkuchen. Und das, obwohl sie angeblich nicht wissen, wie sie mich ernähren sollen, dachte er. Schieben die etwa heimlich? Die wollen doch was von mir! Er hatte recht. Unter vielen Versprechungen kam es ans Licht: Holt sollte ab September einen zehnjährigen Jungen zu sich ins Zimmer nehmen, da er ja doch ohnehin bald einrücke … Der Vater, ein Herr Wenzel, habe eine Gastwirtschaft, Hühner und Schweine …

»Einen zehnjährigen Rotzbengel?« sagte Holt zu Eulalia, und Veronika schüttelte mißbilligend den Kopf, daß die Lockenwickel rasselten. »Können Sie nicht warten, bis ich bei der Flak bin?« Herr Wenzel schlachte jedes Jahr drei Schweine, erklärte Veronika. Holt warf die Tür hinter sich zu und ging. Im Grunde interessierte ihn das nicht; bis zum 1. September rechnete er fest mit der Einberufung. Er beschloß, baden zu geben. Das heiße Wetter hielt an.

Er schlenderte über den Marktplatz. Vor dem Café blieb er stehen. Er hatte Lust, Billard zu spielen; Billard war große Mode. Aber allein machte es wenig Spaß. Als er weiterging, sah er einen flammend roten Rock, von weitem, auf der gegenüberliegenden Seite des Marktplatzes.

Die Marie Krüger! Sein Herz begann zu klopfen. Wenn ich ganz langsam durch die Lauben am Rathaus geh, überlegte er, treff ich genau an der Talgasse mit ihr zusammen ...

Sie war nur noch wenige Meter von ihm entfernt, und beide bogen gleichzeitig in die abschüssige Straße ein, die hinab zum Fluß führte.

»Guten Tag«, sagte er. Sie nickte überrascht und ergriff zögernd seine Hand. »Na?« sagte er, und noch einmal: »Na? ... Gehn Sie auch baden?« Wie rede ich sie an, Herrgott?

Er merkte nicht, daß seine Befangenheit sie belustigte; er sah nur, daß sie lächelte, und ihr Lächeln tilgte in ihm alle Furcht. Er ging neben ihr her. Sie fragte: »Sie schwänzen wohl Schule?«

»Ich hatte Scharlach und hab Schonung.« Er bedauerte, daß ihn seine Klassenkameraden jetzt nicht sehen konnten, an der Seite dieses Mädchens. Ihre Eltern lebten nicht mehr, so hieß es. Sie bewohnte irgendwo ein Zimmer. Sie war siebzehn Jahre alt, schlank, zigeunerhaft, hübsch und schlampig. Die großen, dunklen Augen standen ein wenig schräg in dem schmalen Gesicht. Von der rechten Augenbraue zog sich eine halbkreisförmige Narbe über die gebräunte Stirn. Das lockige braune Haar, das immer unordentlich war, raffte sie mit leuchtend bunten Bändern zusammen. Überhaupt bevorzugte sie eine bunte, absonderliche Kleidung, flammend rote Röcke, knallgelbe Mieder, grüne Halstücher. Die Mädchen aus der Oberschule verachteten sie, die Jungen schauten ihr heimlich nach. Sie stand außerhalb der Gesellschaft, und die Gesellschaft der Kleinbürger hatte feste Schranken. Es gab keine Industrie am Ort. Die Oberschüler sahen seit je auf die Mittelschüler herab, und diese wieder dünkten sich besser als die Lehrlinge und Hausmädchen: Der gemeinsame strenge Dienst in HJ und BdM hatte daran nichts geändert. Es gehörte viel Selbstbewußtsein und auch Mut dazu, am hellichten Tag mit Marie Krüger durch die Straßen zu gehen. Auch Holt fand sie etwas anrüchig, denn er war in strengem Kastengeist erzogen, aber die Anziehungskraft, die von ihr ausging, wirkte auf ihn so stark, daß sie alle Bedenken tilgte.

»Sie sind noch nicht lange hier?« fragte sie freundlich. »Die anderen Oberschüler sind so affig und eingebildet.«

Die haben bloß Schiß, dich anzusprechen, dachte Holt. Er entgegnete: »Am vornehmsten tun die vom Bann, nicht wahr?« Sie überquerten den Mühlgraben und betraten die Anlagen am Fluß.

Sie sah ihn von der Seite an. »Sind Sie nicht HJ-Führer?«

»Ich? Nein. Ich war Führer beim Jungvolk. Aber ich fall zu sehr auf. Jetzt bin ich Individualist. Die HJ macht mir nicht mehr viel Spaß. Früher, ja. Aber jetzt bin ich viel lieber allein. Nach den Ferien geht's sowieso zur Flak.«

Sie antwortete nicht.

Ein kurzer, toter Flußarm mit dem irreführenden Namen Mühlgraben bildete mit dem Fluß eine Halbinsel, die man Parkinsel nannte; sie zog sich oberhalb der Stadt einige Kilometer weit am rechten Ufer des Flusses hin. Inmitten von Parkanlagen hatte hier der Ruderklub »Wiking« sein Vereinshaus, nebenan lagen die Tennisplätze, die Eisbahn und die Badeanstalt. Weiter flußaufwärts endete der Park, und die Halbinsel ging in den »Schwarzbrunn« über, eine mehrere Quadratkilometer große, unwegsame und wilde Sumpflandschaft, ein Labyrinth verlandender toter oder mit dem Fluß verbundener Flußarme und schilfgesäumter Tümpel, eine morastige Niederung, die vom festen Ufer her nur im Sommer bei niedrigem Wasserstand zugängig war. Die Badeanstalt war ein großes Gelände mit einer Liegewiese, deren Böschung zum Wasser abfiel, wo das Floß verankert war, das auf leeren Öltanks schwamm, mit Bassins für Nichtschwimmer und

Sprungturm. Am Ufer neben der Liegewiese zogen sich mehrere Reihen hölzerner Umkleidekabinen hin, die wegen der jährlichen Hochwasser wie Pfahlbauten auf hohen Balkenfundamenten ruhten.

Holt, der von seiner Mutter ein reichliches Taschengeld bezog, hatte eine der teuren Jahreskabinen gemietet. Ungeduldig kleidete er sich um, fand das Mädchen am Ufer und setzte sich dort ins Gras. Zu dieser Tageszeit war die Badeanstalt menschenleer. Auf dem Floß im Schatten des Sprungturmes saß nur der alte Bademeister und angelte.

Sie lag lang ausgestreckt im Gras. Sie trug einen roten, zweiteiligen Badeanzug. Ihr Körper war gleichmäßig braungebrannt, nur an der Brust, wo sich der Badeanzug ein wenig verschoben hatte, wurde ein Streifen weißer Haut sichtbar. Sie hatte die Arme unter dem Kopf verschränkt und hielt die Augen geschlossen. Holt hockte neben ihr. Er betrachtete sie. Der Anblick der schwarzen gekräuselten Haare in den Achselhöhlen, der entspannten schlanken Glieder beunruhigte ihn … Er fand diesen braunen Leib, der sich im Gleichmaß der Atemzüge hob und senkte, seltsam zerbrechlich, er sah lange auf ihr Gesicht, auf ihren Mund, er dachte: Es schaut keiner her … ob sie sich wehrt, wenn ich sie küsse? Mag sie sich wehren … ich bin viel stärker!

»Wie alt sind Sie?« fragte sie.

»Siebzehn«, log Holt, und er legte sich neben sie ins Gras. Nun, da er sie nicht mehr sah, fiel ihm das Reden leichter. »Als ich Scharlach hatte«, sagte er, »da hab ich mal von Ihnen geträumt …« Er hörte sie lachen, das machte ihn unsicher. »Ich geh ins Wasser«, sagte er schnell, »kommen Sie mit?«

»Ich hab keine Badehaube. Ich verderb mir bloß die Haare … Es gibt keine zu kaufen. Ich gäb wer weiß was dafür.«

Er dachte nach. »Ich besorg Ihnen eine. Darf ich mir dann was wünschen?« Sie stützte sich auf die Ellenbogen und blickte zu ihm hin. Er brachte es fertig, ihr in die Augen zu sehen. »Ich bring Ihnen eine Badekappe, und Sie … zum Lohn … Sie müssen sich von mir küssen lassen …«

Sie streckte sich wieder aus. Er drängte: »Ja oder nein?« Sie antwortete: »Nachher sagen Sie: Die läßt sich wegen einer lumpigen Bademütze küssen ...« Er stand auf. »Da will ich verdammt sein, wenn ich so was auch nur denk! Ohne Badehaube lassen Sie sich doch erst recht nicht ...« – »Fort!« rief sie lachend. »Los, geh ins Wasser, du!« Er lief die Böschung hinab, es war eine Flucht vor ihrem Du, vor ihrem unausgesprochenen Ja. Die Planken des Floßes dröhnten, er sprang aus dem Anlauf kopfüber in den Fluß. Als er auftauchte, sah er sie im Gras sitzen, und als er den Arm aus dem Wasser hob, winkte sie.

Er schwamm zum anderen Ufer, kletterte auf den Damm und schaute noch einmal zurück. Das Mädchen war verschwunden. Er ging über die Wiesen zu einem dichten Weidengebüsch, dem vereinbarten Treffpunkt mit Wolzow.

Er warf sich auf den weichen Boden und blickte in den wolkenlosen Sommerhimmel.

Er erwachte, als Wolzows greller Pfiff vom Ufer herwehte. Wolzow setzte sich zu Holt. Er hatte in seinem Paddelboot Zigaretten und Streichhölzer mitgebracht. Holt fragte: »Was gibt's Neues in der Penne?« – »Maaß hat die Lateinarbeit zurückgegeben. Hab eine glatte Fünf. Ich bleib wahrscheinlich sitzen.« – »Wäre dir das gleichgültig?« Wolzow hob die Schultern. »Sitzenbleiben oder nicht, darauf kommt's doch gar nicht mehr an ... Wir rücken bald ein. Später werd ich mal im Ostraum siedeln, in der Ukraine oder so. Als Offizier unter Wehrbauern brauch ich kein Latein.« Stimmt, dachte Holt. Beim Militär fragt kein Mensch mehr nach Zeugnissen ... »Was Neues von der Flak?« – »Nein ... Aber der Reichsjugendführer hat zum Ernteeinsatz aufgerufen.« – »Das paßt mir gar nicht«, sagte Holt mürrisch. »Die solln uns in Ruh lassen. Wenn wir bloß bald zur Flak kämen! Ich will mich endlich richtig einsetzen. Ich hab eine wahnsinnige Wut auf diese Luftpiraten.«

Wolzow blinzelte faul in die Sonne. »Der Krieg geht ja erst richtig los«, sagte er. »Ich hab keine Angst mehr, daß wir zu spät kommen. Weißt du schon, daß die Amerikaner auf Sizilien gelandet sind?« Holt war überrascht. »Nein ... Ich hab ewig keinen

Wehrmachtbericht gehört.« – »Jedenfalls ist das ein Fortschritt«, behauptete Wolzow. »Wie willst du den Gegner schlagen, wenn er sich nicht zum Kampf stellt? Wenn ich Feldherr wär, ich würde Entscheidungsschlachten suchen, wenn es die Lage nur einigermaßen erlaubt. Weißt du, wer mein Ideal ist? Ich hab neulich von Marius gelesen. Mensch, das war ein Kerl!« Er richtete sich auf. »Wir können uns, glaub ich, ab August freiwillig melden. Kommst du mit zu den schnellen Truppen? Panzer sind die tollste Waffe.« – »Ich komm mit«, sagte Holt. »Panzer ist gut. Ich stell mir das herrlich vor, wenn man ins Feuer reinbraust, und ringsum trommeln die Granaten, und dann das Duell Panzer gegen Panzer ... Du hast recht! Es gibt kein Abenteuer, nur den Krieg. Früher gab's Seeräuber, Banditen wie Karl Moor, die für Gerechtigkeit ihr Leben gaben.«

Eine Stunde lang lagen sie in der Sonne. »Das schönste ist natürlich Truppenführung«, begann Wolzow von neuem. »Da stehst du am Kartentisch, die Mütze auf dem Kopf, und klopfst ganz lässig mit dem Rotstift auf die Karte. Hier ... ein Stoß wird so angesetzt, und einer so ... Dann gibst du Befehle. Dein Wort entscheidet die Schlacht.«

In der Badeanstalt herrschte Hochbetrieb. Die Marie Krüger, von ein paar Männern umgeben, saß auf der Wiese; Holt sah es von weitem mit einem brennenden Gefühl der Eifersucht. Sie banden das Boot fest und kletterten auf das Floß, von jüngeren Schülern respektvoll gegrüßt. Beim Sprungturm hatte sich ein Kreis von Jungen und Mädchen versammelt. Holt hörte die helle, freche Stimme Zemtzkis. Rutscher stotterte ihnen ein »A-a-ave Cäsar!« entgegen. Sie waren alle beisammen, Wiese, Vetter, Gomulka, auch Nadler mit ein paar seiner Untergebenen, Schenke, Hampel, Kieback und wie sie alle hießen ... Dazu ein paar Mädchen: Rutschers Schwester Ilse, die schlanke Doris Wilke, »Putzi« genannt, und Friedel Küchler, die strohblonde Mädelgruppenführerin, Tochter des Landrats. Sie rief »Heil Hitler!«. Holt setzte sich auf die Planken und beobachtete die Mädchen. Doris Wilke errötete bei Wolzows Anblick, sie war in den großen, finsteren Burschen verliebt, aber Wolzow merkte es nicht oder wollte es nicht merken. Es ging in Gegenwart der Mädchen recht förmlich zu. Nur Wolzow benahm sich nicht anders als sonst. »Ihr Mädel werdet immer zackiger, zum Piepen ist das«, sagte er zu Friedel Küchler, während er sich niedersetzte. »Ich seh euch noch als richtige Mannweiber.« – »Solche Flintenweiber«, sagte Vetter, »haste die neulich in der Wochenschau gesehn?« Friedel Küchler wies Wolzow zurecht: »Das ist ganz falsch!« Sie konnte wohltönend reden, sie hatte sogar schon einmal bei einer Morgenfeier der Hitlerjugend im Rundfunk gesprochen. »Sieh dir mal ›Glaube und Schönheit‹ an, ihr gemessenes Schreiten hinter den Wimpeln, oder den heroisch ernsten Aufmarsch zu Spiel und Tanz ... Niemand wird aus dem lebensfrohen Getümmel eine Vermännlichung fürchten ... Unsere Mädel werden biologisch bessere und sittlich keine schlechteren Mütter sein als die Mütter früherer Generationen.« – »Alles Quatsch«, sagte Wolzow ungerührt. »Du redest doch immer von den Germanen! Bei den Germanen hatten die Weiber das Maul zu halten und Kinder zu kriegen!«

Holt fühlte sich nicht recht wohl in diesem Kreis. Er fand diese gleichaltrigen Mädchen, Schülerinnen der Mädchenoberschule, albern, so hübsch sie anzusehen waren in ihren knappen Badeanzügen. Jemand sprach ihn an: »Wir hörten gerade deinen berühmten Schachtelsatz.« Peter Wiese hatte den Satz rekonstruiert und aufgeschrieben. »Der Maaß«, sagte Gomulka, »verwindet das nie! Er hat keine Freude mehr an Schachtelsätzen!« – »Dafür ist er noch gemeiner geworden«, schimpfte Vetter, der dick und rosig auf den Brettern saß. »Zu mir hat er gestern gesagt: ›Woher stammt eigentlich Ihre Blödheit? Vom Vater nicht, den kenne ich, wahrscheinlich haben Sie eine saudumme Mutter!‹ Muß ich mir so was gefallen lassen?« – »Ei, seht doch mal, wer da kommt!« piepste Zemtzki.

Alle wandten die Köpfe. Über das Floß ging Marie Krüger, mit wildem Haar, am Sprungturm vorbei. Zemtzki sagte, so daß sie es hören mußte: »Die ist eine stadtbekannte ...« – »Halt den Mund!« rief Holt. Zemtzki verstummte.

Das Mädchen war an der Treppe stehengeblieben und sah zu

ihm hin, dann ging sie rasch davon. Friedel Küchler sagte spitz: »Die nimmst du in Schutz? Bist du etwa in die verliebt?« Holt war turmhoch überlegen. Er stand auf. »Komm, Gilbert ... Mir gefällt's nicht mehr. Die dumme Pute will stänkern.«

Sie gingen über die Treppe ans Ufer.

Die Wolzowsche Villa lag über den alten, baufälligen Fachwerkhäusern auf einem Hügel. Ein großer, verwilderter Garten umgab das Haus; von der Mauer blickte man auf die roten Schindeldächer und in die engen Gassen der Altstadt hinab.

Das Haus war verwahrlost. In der dunklen Halle hingen ein paar verstaubte Ahnenbilder an den Wänden. In dem offenen Kamin häufte sich Unrat und Asche. Die Fenster, seit langem nicht mehr geputzt, ließen trübes Licht in den großen Raum. Eine Treppe mit geschnitztem Geländer führte in das Obergeschoß. Hier bewohnte Frau Wolzow mit ihrem Sohn ein paar Zimmer. Das Erdgeschoß blieb leer und verfiel.

Wolzows Zimmer glich einer Rumpelkammer. An den Wänden hingen Armbrüste, exotische Waffen, Bogen und gefiederte Pfeile, indianische Streitäxte, Blasrohre und ein Paar altertümliche Duellpistolen. Vor dem Fenster stand ein großer Eichentisch, von Retorten und Flaschen, Gläsern und verrosteten Büchsen bedeckt. Ein Totenschädel lag herum, aus dem Beinhaus des Kirchhofs gestohlen, ein ramponiertes, ausgestopftes Rebhuhn, das als Zielscheibe diente, Papiere und Bücher. Auf einem Haufen Unrat in der Ecke lagen obenauf zwei Schläger, ein krummer Türkensäbel, ein Tellereisen und ein verschmutzter Schaftstiefel. Eine Fechtmaske und allerhand Kleidungsstücke waren auf dem Boden verstreut, und das eiserne Feldbett bedeckte ein zottiges braunes Bärenfell.

Holt saß auf dem Fell, die Füße auf einen herangeschobenen Stuhl gelegt. Er fühlte sich wohl hier. Wolzow experimentierte an dem großen Eichentisch; unter einer Retorte brannte eine Spiritusflamme. Draußen sank die Dämmerung. »Wenn das klappt mit der Salpetersäure, dann mach ich Dynamit.« – »Was willst du mit Dynamit?« – »Bomben bauen, richtige Bomben, nicht solche Knalldinger aus Schwarzpulver!«

Was will er mit Bomben? dachte Holt ... Dem Maaß eine unters Katheder legen? Er lachte. Aus der Retorte stiegen beizende Dämpfe. Wolzow öffnete das Fenster. Das Geläut der Kirchenglocken erfüllte den Raum ... Wolzow baut Bomben, und die Glocken läuten dazu!

»Stell dir vor«, sagte Wolzow, »du legst eine Dynamitbombe an die Penne, Mensch, da bleibt kein Stein auf dem anderen!« Es war eine Vorstellung, die ihn begeisterte. »Dem Maaß eine Bombe an den Arsch binden ...«

Holt rauchte und sah sich die Bücher an, die herumlagen, kriegswissenschaftliche und -geschichtliche Werke, Verdy du Vernois: »Studien über Truppenführung«, Rüstow: »Geschichte der Infanterie«, Prinz Kraft zu Hohenlohe: »Militärische Briefe über Artillerie«, und nun sah Holt auch das dicke Taschenbuch liegen. Er nahm den flexiblen Lederband zur Hand und studierte den Titel: »Lutz von Wulfingen, Generalleutnant und Lehrer an der königlich preußischen Kriegsakademie, ›Taschenbuch der Kriegsgeschichte in Stichworten mit strategischen und taktischen Anmerkungen und einem chronologischen Verzeichnis aller Schlachten, Gefechte und Scharmützel der Weltgeschichte samt der daran beteiligten Truppen und ihrer Führer‹, mit 212 Skizzen versehen und völlig neu bearbeitet von Otto Graf Ottern zu Ottbach, Major a.D., zweite Auflage 1911.« Holt durchblätterte die dünnen Seiten, »Taginae« war rot unterstrichen, »Stümperei Totilas, Narses ganz groß«, stand am Rand; und hier bei »Miltiades bei Marathon« las Holt von Wolzows Hand: »Eine Cannae vor Cannae?«

Er legte das Buch aus der Hand. Was er jetzt unter dem Wust hervorzog, war Goethes »Faust«. »Liest du den ›Faust‹?« fragte er erstaunt. Wolzow antwortete: »Ich hab gehört, da soll ein Soldat mitspielen, ich hab mir das angesehn: militärisch ist es uninteressant.« Er löschte den Spiritusbrenner und schob die Retorte zur Seite. Es war dunkel im Zimmer, er schaltete Licht ein. Holt hatte das Buch aufgeschlagen und las: »Zueignung« ... Er überflog die Verse und las noch einmal: »... was ich besitze, seh ich wie im Weiten, und was verschwand, wird mir zu Wirklichkeiten ...« Das ist wunderbar … Er fragte unvermittelt: »Denkst du eigentlich gern an die Zeit, als du ein Kind warst?« – »Wozu?« sagte Wolzow. »Nein. Du? Warum lebst du eigentlich nicht bei deinen Eltern?«

»Meine Eltern sind geschieden«, antwortete Holt unlustig. »Mein Vater ist weggegangen, und bei meiner Mutter, na, ich hab's nicht ausgehalten, ich weiß auch nicht, warum. Sie ist so … steif, gar nicht wie eine Mutter. Großzügig war sie ja, in allem, wir hatten da eine Sportschule, sie hat mir einen Trainer für Jiu-Jitsu bezahlt und alles mögliche … Aber sonst … Und meine Tante aus Hamburg ist noch schlimmer, wie ein Eisklumpen, die hat nun dauernd bei uns gesessen, mir hat diese Weiberwirtschaft einfach nicht gepaßt. Dauernd gab's Krach.« – »Und warum bist du nicht bei deinem Vater?« – »Er hat kein Sorgerecht, und Mutter läßt mich von der Polizei wegholen, wenn ich hingeh. Mein Vater ist Bakteriologe, weißt du, so wie Robert Koch … Er war Hochschulprofessor und dann in der Industrie. Er hat immer nur seine Arbeit im Kopf, das heißt, zu mir war er ja ganz nett … Aber Mutter sagt, er ist ein Menschenfeind und ganz weltfremd.« Er schwieg, es gab noch mehr zu sagen, aber eigentlich ging das niemanden etwas an, auch Wolzow nicht. »Und schließlich hat mich meine Mutter fortgelassen, jetzt bin ich eben hier.« – »Ein Glück«, entgegnete Wolzow, »sonst wär ich jetzt relegiert.« Daß Holt ihn erst soweit getrieben hatte, übersah er. »Übrigens«, brummte er, »das wollte ich dir noch sagen: Daß du mich rausgerissen hast, ich vergeß dir das nie! Wenn du mich jemals um etwas bittest«, sagte er mit einer mürrischen Feierlichkeit, »so erinner mich an diese Stunde, und ich will ein Lump genannt werden, wenn ich nicht alles für dich tu …« Holt sagte schnell: »Wenn wir zusammen in den Krieg kommen, dann wollen wir zusammenhalten wie … Hagen und Volker. Es ist gut, wenn man im Krieg einen Freund hat.« Wolzow knurrte etwas Unverständliches. Er nahm den Krummsäbel und hieb auf den Totenschädel, der krachend in Stücke sprang. Dann warf er den Säbel in die Ecke. »Zwei alte Krieger wie uns, die trennt nur der Tod!«

3

Die Badehaube bereitete Holt Kopfzerbrechen genug. Schließlich erinnerte er sich, daß Veronika Dengelmann angeblich noch vor zwei Jahren regelmäßig geschwommen sei ... Am anderen Morgen, beim Frühstück, fingen die Schwestern wieder von Herrn Wenzel an. Holt erwiderte auf alle Bitten hinterhältig: »Nein. Sie würden mir ja auch keinen Gefallen tun.« – »Aber natürlich! Jeden Gefallen würden wir ...« – »So? Dann geben Sie mir Ihre Badehaube.«

»Meine Badehaube?« Sie kam sich veralbert vor. Er stand schon auf. Sie rief: »Gewiß ... Gewiß doch!« Wie schön das geklappt hat, dachte er. Eh dieser Knabe einzieht, bin ich bei der Flak.

Veronika brachte die Kappe. »Was wollen Sie bloß damit?« – »Also meinetwegen, schreiben Sie Ihrem Herrn Wenzel, ich bin einverstanden.« Eulalia atmete auf. Aber Veronika fand keine Ruhe: »Was wollen Sie um Gottes willen mit meiner Badehaube?« – »Eine Geranie werd ich hineinpflanzen«, sagte Holt. Er lief zur Badeanstalt.

Er saß in seiner Kabine und wartete, krank vor Aufregung, bis er die Marie Krüger im Badeanzug über die Liegewiese gehen sah. Er versteckte die Badekappe hinter dem Rücken. Sie gab ihm freundlich die Hand. »Heut müssen Sie mit mir schwimmen«, sagte er und hielt ihr die Badehaube hin.

Sie nahm ihm zerstreut die bunte Mütze aus der Hand. Dann stopfte sie das Haar unter den Gummi und sagte endlich: »Ich muß mich im Spiegel sehn.« Er folgte ihr über die Wiese. Schweigend ging sie voran, die hölzerne Treppe hinauf und dann den Gang zwischen den Kabinenreihen entlang. Sie bückte sich nach dem Schlüssel, der irgendwo versteckt war, und stieß die Tür weit auf. Dann trat sie in den kleinen Raum. Holt lehnte sich an den Türpfosten.

Sie stand vor dem Spiegel und setzte die Mütze auf, wortlos, mit flinken Bewegungen, setzte sie wieder ab und hockte sich quer auf die kleine Bank, hob die Füße auf den Sitz, zog die Beine dicht an den Körper und schlang die Arme um die Knie. Sie sah ihn an, seitlich an die Kabinenwand gelehnt, zusammengerollt wie eine Katze. Zwischen den engen Wänden herrschte ein dämmriges Halbdunkel; ein Lichtstrahl zauberte ein paar spitze Lichter in ihre Pupillen.

Holt hatte Angst. Aber der Gedanke, er könne sich lächerlich machen, trieb ihn doch den einen Schritt zu ihr hin. Er beugte sich hinab und küßte sie flüchtig auf die Lippen, die sie ihm entgegenhob. Dann richtete er sich auf, enttäuscht: die Bücher, die Träume hatten gelogen!

Sie lachte. Ihre Zähne blitzten. Sie stand auf und trat ganz dicht an ihn heran; sie schlang beide Arme um seinen Hals und küßte ihn. Er erwachte, er faßte mit beiden Händen ihre Schultern. Sie löste sich von ihm und trat einen Schritt zurück, aber er zog sie aufs neue an sich; er zwang ihr rasch die Arme auf den Rücken, er strich über ihre Schulter, ihren nackten Arm, er suchte ihre Brust. »Du tust mir weh«, sagte sie leise ... Erst als auf dem Gang Schritte laut wurden, gab er sie frei. Die Schritte verloren sich. Sie trat aus der Kabine.

Er ging an ihrer Seite zum Ufer zurück, dann schwamm er mit ruhigen Stößen in den Fluß hinaus. Erst weit draußen, als er sich auf den Rücken warf, sah er, daß sie ihm folgte.

Am anderen Ufer liefen sie stromaufwärts, zu einem Wäldchen von Erlen und Weiden. Hier wucherte zwischen hohem Riedgras der Löwenzahn. Von einem Tümpel stieg schreiend ein Schwarm Wildenten auf. Sie lagen lange Zeit in der Sonne.

»Ich habe in letzter Zeit viel an dich gedacht«, sagte er. »Wir beide bleiben immer beisammen!«

»Ach du ...«, sagte sie gedehnt, »schlag dir so was aus dem Sinn. Außerdem geh ich in ein paar Tagen zum Arbeitsdienst.« Sie richtete sich auf. »Vielleicht meinst du's wirklich so«, sagte sie sanfter, »aber ... das werd ich mir nie einbilden, daß so einer wie du's ernst meint ...«

Bei diesen Worten fiel ihm eine Episode aus seiner Kindheit ein.

Sie hatten in Leverkusen eine Villa am Rande der Stadt bewohnt. Im Kellergeschoß hauste die Portiersfamilie. Holt war vier oder fünf Jahre alt, und einmal entlief er der ewigen Aufsicht des

Kindermädchens und spielte mit der gleichaltrigen Tochter des Portiers, die ihn schließlich mit zu sich in die Kellerwohnung nahm. Er saß in der dunklen Küche am Tisch und spielte im Kreis der Familie »Schwarzer Peter«, bis ihn das verärgerte Kindermädchen fand. Oben mußte er baden und die Wäsche wechseln. Die Episode wäre wohl kaum in seinem Gedächtnis haften geblieben, aber am Abend ließ ihn ein Zufall mit anhören, wie seine Mutter voll Sorge zu seinem Vater sagte: »Wo hat er das her ... diesen Hang zum Niederen?«

Bei dieser Erinnerung überkam ihn die Lust, die ganze Welt herauszufordern. »Und ... wenn ich dich in unseren Kreis einführe, gleich heut? Wenn ich dich meinen Freunden vorstell? Soll einer ein Wort gegen dich sagen! Gilbert und ich, wir prügeln jeden windelweich!«

Sie lächelte flüchtig. »Jeden? ... Kennst du den Meißner?«

Meißner war seit seinem Notabitur hauptamtlicher HJ-Führer, neunzehnjährig, einer der wenigen seines Jahrgangs, der nicht schon seit langem im Wehrdienst stand, ein enger Freund des Bannführers, SS-Freiwilliger und Führer des HJ-Streifendienstes. »In ein paar Wochen wird er zur SS einrücken«, antwortete Holt, verwundert über den Gedankensprung, den ihre Frage verraten hatte. Sie sah ihn aus halbgeschlossenen Augen an. »Und ... kennst du die Ruth Wagner?« Er erinnerte sich schwach. Da hatte es vor Wochen ein Gerücht gegeben, ein unklares Gerücht von einem tödlichen Unfall. »Was ist mit ihr?«

Sie redete leise, den Kopf gesenkt, aber die dunklen Augen unverwandt auf ihn gerichtet. »Sie war Verkäuferin. Der Meißner hat sich an sie rangemacht. Das dumme Ding hat sich in ihn verliebt und hat sich alles gefallen lassen, obwohl so einer es mit uns ja gar nicht ernst meint ... Aber er hat ihr sonstwas vorgeredet und daß es noch Geheimnis bleiben muß. Dann hat er sie plötzlich abschieben wollen, da war sie schon in anderen Umständen. Er hat gesagt, es ist Schluß. Er hat ihr Geld gegeben, daß sie's wegbringen lassen kann, aber wenn sie erzählt, daß er's gewesen ist, dann passiert was. Da ist sie zu mir gekommen. Sie war ganz verzweifelt. Und denselben Abend ist sie in den Schnellzug gestiegen. Am anderen Tag ist ihr Vater bei mir gewesen, ob ich weiß, warum sie weggefahren ist. Ich hab natürlich von nichts gewußt. Dann haben sie die Ruth gefunden, sie hat sich aus dem fahrenden Zug gestürzt, grad als der Gegenzug kam. Es heißt, es war ein Unglücksfall. Dann hat der Vater einen Brief von ihr bekommen, den sie unterwegs aufgegeben hat, und er ist zum Bann gelaufen und hat Krach gemacht. Sie haben ihn dort festgehalten, und unterdessen ist der Meißner ganz aufgeregt zu Kretschmar gelaufen, was der Chef vom SD ist. Ruths Vater ist nicht wieder nach Hause gekommen, und niemand weiß, wo er jetzt ist.«

Er sah vor sich hin.

Sie neigte sich zur Seite, sie brachte den Mund dicht an sein Ohr. »Siehst du, deshalb bin ich mißtrauisch bei einem wie dir.« Sie sprang auf. »Aber mach dir nichts draus, bald bin ich nicht mehr hier.«

Er war auf einmal allein. Er glaubte kein Wort, und er glaubte doch alles. Er war entsetzt und zugleich traurig, er fühlte eine Erbitterung in sich, die in Zorn umschlug, in Zorn gegen Meißner. Er lag noch lange im Gras und dachte nach. Dann beschloß er, mit Wolzow zu reden.

»Ich muß dir was erzählen«, sagte Holt, als Wolzow ihm öffnete. Dann horchte er auf. Durch die Wände drang ein seltsamer Laut, langgezogen wie das Heulen eines Hundes. »Meine Mutter«, sagte Wolzow. »Seit zwei Jahren immer dasselbe Theater, seit mein Vater an der Ostfront steht ... Und so was nennt sich Offiziersfrau! Sie war schon mal im Irrenhaus, aber denkst du, sie haben ihr das Gejammer abgewöhnt?« Er bot Zigaretten an. »Hör nicht drauf, du gewöhnst dich dran. Erzähl.«

»Kennst du die Ruth Wagner?« – »Hm«, machte Wolzow. »Eine undurchsichtige Geschichte.« Er zeigte sich wenig interessiert.

Holt erzählte. Er fragte anschließend: »Glaubst du das?«

»Warum denn nicht? Voriges Jahr ist auch so was passiert. Da sind ein paar Kerle vom Bann eingerückt, die haben Abschied gefeiert. Als sie besoffen waren, haben sie das erste beste Mädel von der Straße hochgelockt, haben sie nackt ausgezogen und dann der

Reihe nach … na, verstehst schon. Das haben sie Äquatortaufe genannt, weil sie Marinefreiwillige waren, ganz originell, was? Das Mädel war erst fünfzehn. Der Vater wollte Krach schlagen, aber der Bannführer hat seine Leute gedeckt. Wenn er nicht Ruhe gibt, haben sie dem Vater gesagt, dann ist seine u.-k.-Stellung hin … Da hat dieser Zivilist aus Angst vor der Front gekuscht, und so wurde die ganze Sache totgeschwiegen. Das mit dem Meißner kann schon stimmen.«

»Und … wie stehst du dazu?« rief Holt.

»Das geht mich nichts an«, erwiderte Wolzow mürrisch. Aber Holt ließ nicht nach. »Geht dich nichts an? Mich auch nicht. Aber unsereins ist ja schließlich nicht irgendwer! Ist dir's wirklich egal, was dieser Meißner angerichtet hat?« – »Reg dich nicht auf«, meinte Wolzow beschwichtigend. Aber Holt rief: »Haben wir eine Ehre im Leibe? Ja? Dann muß man … zur Polizei gehn …«

Wolzow tippte mit dem Finger an die Stirn. »Polizei? Die werden sagen, das ist Hetze gegen die Partei.«

Holt saß eine Weile erschrocken auf dem Bett. Dann sagte er trotzig: »Aber es geht um … Gerechtigkeit! Wir müssen auf eigene Faust Gerechtigkeit üben, wie Karl Moor: ›Mein Handwerk ist Wiedervergeltung.‹ Wir werden die Ruth Wagner an Meißner rächen.« – »Das Weibsbild ist mir egal«, erwiderte Wolzow. Er ging plötzlich im Zimmer auf und ab. »Der Meißner …«, sagte er dann, »das sind zwar alte Geschichten, aber immerhin: der hat mir damals meine Karriere als HJ-Führer versaut, da darf ich gar nicht dran denken … Also gut, ich überleg mir das.«

4

Holt nahm die letzten Tage vor den Ferien wieder am Unterricht teil. Die Mitschüler begrüßten ihn jubelnd, aber Wolzow fehlte. Das vergällte Holt den Tag. Er war überdies unruhig, weil es ihm nicht gelungen war, die Marie Krüger noch einmal wiederzusehen. Auf dem Stundenplan stand heute: Mathematik, Physik, Biologie und zwei Stunden Leibesübungen. Glaser hielt auf dem

Korridor Wache. Zemtzki rief: »Ich bin bei Benedict mit dem Vorspruch dran!« Benedict verlangte vor jeder Turnstunde eine Art Losung, die mit den Worten zu enden hatte: »Darum ... Sport frei!« Zemtzki piepste: »Wenn ich ›Darum‹ gesagt hab und das linke Auge zukneif, dann brüllt ihr alle: ›... eßt Pellkartoffeln!‹ Wir probieren!« Er stand auf dem Podium und rief: »Trotz guter Kartoffelernte bleibt Sparsamkeit oberstes Gebot! Darum ...« – »... eßt Pellkartoffeln!« Holt hatte gleich nach seinem Eintritt in die Klasse Wilhelm Busch zitiert: »Es ist ein Brauch von alters her, wer Sorgen hat, hat auch Likör, darum ... Sport frei!« Seither war die einstmals ernstgemeinte Sitte zu einer Quelle ständigen Unfugs geworden.

Mathematik bei Schöner: Der dicke Vetter holte seine Spielkarten hervor, mischte und teilte aus.

Die nächste Stunde war interessanter: Physik bei Gruber. Man begab sich ins Physikzimmer.

Gruber stand am Experimentiertisch und baute eine Influenzmaschine auf. Man brüllte ihm den Hitlergruß entgegen, denn das kleine, kugelrunde Männlein, weit über sechzig Jahre alt, war schwerhörig, fast taub. Er kleidete sich stets in grünes Loden und beteuerte immer wieder: »Ich höre famos! Ich höre fabelhaft und ziehe die Konsequenz!« Er beobachtete die Gesichter seiner Schüler argwöhnisch und strafte, wenn er jemanden auch nur die Lippen bewegen sah. Man hatte folglich gelernt, mit geschlossenem Mund die erschütterndsten Laute hervorzubringen.

Der Unterricht begann vor einer Kulisse von Urgeräuschen. Holt hatte keinen Spaß daran. Er las, das Buch unter der Bank versteckt. »Holt, nach vorn!« befahl Gruber. Er sprach sehr leise. Holt überhörte die Aufforderung, aber die Mitschüler heulten: »Holt ... nach vorn!«

Er erhob sich und sagte: »Ich hab sechs Wochen gefehlt!« Gruber verstand falsch. »Nein, Ihre Aufzeichnungen brauchen Sie nicht mitzubringen.« Holt wiederholte: »Ich hab gefehlt!« – »Nun ja, eben deshalb«, beharrte Gruber. Und da geschah es, daß Holt zurückbrüllte: »Ich habe aber keine Lust.« Dann setzte er sich und zeigte ein abweisendes, gleichgültiges Gesicht.

Die Klasse jubelte, verstummte aber, als Gruber den Mund zur

Antwort öffnete. Der kleine Lehrer in seinem grünen Loden rang nach Luft, dann rief er empört: »Ich hörte es famos! Keine Lust! Ich strafe es durch einen Tadel, ich protokolliere es im Klassenbuch.« Gruber schraubte den Füllhalter auf. Da erhob sich Zemtzki und rief mehrmals hastig: »Herr Lehrer ... Herr Lehrer! Ich! Ich!« Er lief nach vorn zu Gruber, der ihm bereitwillig das Ohr hinhielt. »Sie dürfen ihn nicht bestrafen! Bitte, er war krank! Er hatte Gehirnscharlach! Der Arzt hat gesagt, noch lange Zeit setzt ihm der Verstand aus ... Bitte ... er kann nichts dafür!« Gruber stand unschlüssig. Aus der Klasse kam das Echo: »Ja! Er spinnt! Er kann nichts dafür!« – »Er ist zeitweilig blöd«, flehte Zemtzki, »Sie dürfen ihn nicht bestrafen!«

Holt war damit nicht einverstanden und erhob sich. »Das ist nicht wahr! Ich bin völlig normal!« Aber gerade diese Bemerkung schien Gruber vom Gegenteil zu überzeugen; auch mochte ihm ein kranker Schüler sympathischer als ein aufsässiger sein. Also schraubte er den Füllhalter wieder zu. »Mit Rücksicht auf Ihren Gesundheitszustand sehe ich von der Protokollierung des Tadels ab.« Er fügte hinzu: »Schonen Sie Ihr Gehirn!«, was ihm stürmischen Beifall eintrug.

Holt hatte keine Freude an Zemtzkis Streich. Wie mir das alles zum Halse heraushängt! dachte er. Der Gedanke an Wolzow ließ ihn nicht zur Ruhe kommen.

Vor dem Portal der hohen Gartenmauer parkten ein paar Kraftwagen. Sollte Wolzows Vater auf Urlaub gekommen sein? Er betrachtete neugierig die Militärfahrzeuge, zwei offene Kübelwagen mit aufmontierten Maschinengewehren, mehrere Motorradgespanne und eine große Limousine. Soldaten hockten in den Fahrzeugen, mit Helmen, Karabinern, viel Gepäck und dreckverkrusteten Stiefeln. Sie sahen müde und überanstrengt aus, als hätten sie eine strapaziöse Fahrt hinter sich.

In der Halle standen ein paar Koffer herum. In einem Sessel schnarchte ein Unteroffizier, die schmutzigen Stiefel auf dem Teppich. Wolzows Zimmer war leer. Holt rief durch die Korridore, setzte sich auf das Bett und wartete.

Wolzows Augen waren klein vor Müdigkeit. »Mein Vater ist gefallen. Onkel Hans ist heute nacht gekommen, direkt aus Rußland, durch Ungarn. Er ist nach Berlin kommandiert ... Laß nur«, fügte er hinzu, »ist ja alles egal. Soldat ist Soldat. Bloß meine Mutter ... Onkel Hans bringt sie in die Nervenklinik. So was will Offiziersfrau sein! Komm! Ich stell dich Onkel Hans vor.«

Er schob Holt in ein großes, düsteres Zimmer. Auf der Couch am Fenster lag die hagere Gestalt des Generalmajors Wolzow. Er trug keinen Waffenrock, hatte die Ärmel hochgekrempelt, und seine Stiefel lagen auf dem Teppich. Auf einem Rauchtisch standen mehrere Rotwein- und Kognakflaschen, dazwischen Zigarettenpackungen, eine halbgeleerte Zigarrenkiste. Der General richtete sich ein wenig auf. »Aha!« sagte er. Dann ließ er sich wieder auf die Couch fallen. Wolzow bot Holt einen Stuhl an, schenkte Kognak ein und erzählte: »Vater hat noch die Offensive im Kursker Bogen mitgemacht, hast ja im Wehrmachtbericht gehört, daß da was los war ...« – »Hab gelesen«, sagte Holt, ein wenig befangen in der Nähe des Generals, »jetzt greifen die Russen bei Orel an, es wird eine riesige Materialschlacht.« Der General richtete sich auf und nahm ein Kognakglas in die Hand. »Gilberts Freund? Freut mich. Auf Philipps Gedächtnis! Also Prost!« Er trank, er hatte leise gesprochen, mit einer hellen und ätzenden Stimme; jetzt sagte er, während er sich wieder auf die Couch fallen ließ: »Knoth!« Wolzow riß die Tür auf und schrie: »Unteroffizier Knoth!« Holt atmete hastig, der Kognak brannte in seiner Kehle.

Schritte polterten die Treppe hoch, eine Gestalt in Feldgrau rief an der Tür: »Herr General?« Es war der Unteroffizier, der in der Halle geschlafen hatte. »Spritfrage regeln«, sagte der General, die linke Hand flach auf der Stirn. Dann stützte er sich auf die Ellenbogen. »Ich kann mich nicht erinnern, wo Schreyer hingekommen ist.«

Wolzow flüsterte: »Sie haben heut nacht gesoffen wie die Stinte!«

»Der Herr Oberleutnant ist heute morgen zu seiner Frau vorausgefahren«, sagte der Unteroffizier. – »Richtig!« sagte der General. »Ich erinnere mich ... Wenzke muß mich jetzt schnell noch wo hinfahren. Weiterfahrt sechzehn Uhr. Ab!« Der Unteroffizier polterte die Treppe hinab. Unter dem geöffneten Fenster wurde Motorengeräusch laut und entfernte sich. Nebenan schlug eine Tür. Wieder klang das klagende Geheul durchs Haus. »Richtig!« sagte der General abermals. Er erhob sich ächzend, fuhr in den blauen Luftwaffenrock und ließ sich von den Jungen die Stiefel anziehen. »Ich bringe jetzt Sibylle weg. Elektroschocks sollen das einzige sein.« Wolzow schnob durch die Nase. »Bei der hilft nichts mehr. Die sollten sie am besten gleich drinbehalten.« Der General murmelte etwas vor sich hin. Er war so groß wie sein Neffe, hatte die gleiche Adlernase und die gleichen grauen Augen unter buschigen Brauen. Er stand fertig angekleidet im Zimmer und preßte beide Handflächen gegen die Schläfen. »Verdammter Kognak! Verdammtes Gesaufe!« Er sah seinen Neffen nachdenklich an und fragte plötzlich: »Sorgen?«

»Mit der Schule«, sagte Wolzow. »Ich bleib vielleicht sitzen.« – »Dumm oder faul?« fragte der General. »Natürlich faul«, entgegnete Wolzow. »Wir rücken noch dieses Jahr ein ... Erst mal zur Flak.« Der General begann zu lachen, nahm die Flasche und füllte die Gläser. »Prost! Mach dir nichts draus!«

Draußen klappten Türen, und die ätzende Stimme wurde vom Klagegeheul Frau Wolzows übertönt. Wolzow schenkte Rotwein ein.

Betäubt und angeregt lief Holt nach Hause. Am Himmel zogen Wolken auf. Als es dunkelte, flammte hinter den Bergen fernes Wetterleuchten. Holt stand am Fenster. Er dachte an den Augenblick in der Badekabine.

Am anderen Morgen fehlte Wolzow noch immer. Maaß verlas eine Anordnung: »Die Klassen III bis VI werden für drei Wochen zur Erntehilfe eingesetzt. Abreise am 21. Juli ... gez. Knopf, Bannführer, Mietzsch, Oberstudiendirektor.« – »Schon drei Tage nach Ferienbeginn!« murrte Gomulka.

Nach Schulschluß fand Holt die Wolzowsche Villa verschlossen. Enttäuscht machte er sich auf den Heimweg. Aus dem Fenster des

Wieseschen Hauses schaute der blasse Peter und rief ihn hinein. In dem großen, hellen Salon stand der Flügel. Peter Wiese sprach leise und nachdenklich. Er setzte sich bald an den Flügel und spielte.

Wieses Spiel stimmte Holt meist ein wenig melancholisch. »Man muß etwas Formenlehre beherrschen ...«, erklärte Wiese. »Die Sätze zeigen dann ihre Architektur. Ohne Formenkenntnis gibt es kein richtiges Musikverständnis.« Er schlug ein paar Takte an. »Beethoven, Sonate Opus zwei Nummer eins, ein Schulbeispiel! Der Hauptsatz: viertaktiger Vordersatz, und jetzt ... vier Takte Nachsatz. Ich wiederhole noch mal. Dritter und vierter Takt sind die Wiederholung der Takte eins und zwei in der Dominante.« Er spielte. »Siebenter und achter Takt ... Kadenz, ein Halbschluß ... damit ist der Hauptsatz beendet ...« Wiese erklärte den ersten Satz Takt für Takt. »Überleitung. Seitensatz.« Er spielte. »Schlußgruppe. Das ganze bis hierher nennt man auch Exposition. Und nun folgt die Durchführung.« Das Nacheinander der Töne wurde durchsichtig. »Ist jedes Musikstück so streng aufgebaut?« fragte Holt. Wiese holte weit aus. »Die Form zerfällt ... Nur wenige Prinzipien werden noch beibehalten, zum Beispiel Achttaktigkeit ...« – »Was ist eigentlich das Schwerste auf dem Klavier?« fragte Holt;

Wiese überlegte. »Klavierauszüge von Richard Strauss ... Aber es ist nicht schlimm, wenn man danebengreift, Strauss klingt sowieso immer ein bißchen falsch.« Er kramte lange in den Noten. Holt horchte auf.

Das hab ich noch nie gehört, dachte er. Wiese rief stockend, während er sich abmühte: »In der Partitur klingt es natürlich ganz anders ... Hier, das soll ein Glockenspiel sein ... oder Triangel.« Kling-ling-ling, klimperte er im Diskant. Die Flut der Töne, dissonant und erregend, dann wieder harmonisch, verwirrte Holt. »Überreichung der silbernen Rose«, rief Peter Wiese, »da mußt du dir zwei Frauenstimmen vorstellen ...«

Ich hab viel erlebt in den letzten Wochen, dachte Holt. Noch kurze Zeit, dann ist alles vorbei, der Sommer, die Stunden hier bei Wiese, die Nachmittage am Fluß. Dann beginnt das große, das abenteuerliche Leben, der Krieg, die von gewaltigen Schicksalsmächten geforderte Bewährungsprobe! »Spiel weiter«, bat er, »mir gefällt das ...« Keiner weiß, wo wir hingeraten, dachte er. Hier ist ja nirgendwo Flak, vielleicht werden wir an einem Brennpunkt eingesetzt! Das ruhige Leben ist eine Schande in dieser Zeit! Da hab ich die letzten beiden Jahre mit meiner Mutter in Bamberg gesessen, auch dort waren Bombennächte nur eine Sage; dann und wann Alarm, was ist das, wo andere, kaum ältere, schon an der Kanone stehen? »Selbsthilfe gegen Feuer und Tod«, hatte er gestern in der Zeitung gelesen, und »Ein Wort zum Luftkrieg« von Reichsminister Doktor Goebbels.

Denn es ist die Pflicht eines jeden, mutig, ruhig und *vorbereitet* zu sein, hatte da gestanden ... Weil die Wirklichkeit des Bombenkrieges jeden Brief, jeden Bericht und jedes Vorstellungsvermögen übersteigt ... Ein brennendes Haus, ein verschütteter Keller darf keine neue und überraschende, nur eine hundertmal durchdachte und längst erwartete Lage schaffen ... Durch die hohe Glaswand des Wintergartens fiel mildes Sonnenlicht. Wiese spielte: Kling-ling-ling ... Keller, Fluchtwege ins Freie, Mauerdurchbrüche, wassergetränkte Decken, Gasmaske, Kerzen und Streichhölzer, im Keller Trinkwasser und reichlich Mundvorrat, derbe Kleider, Phosphorspritzer, Mut und Fähigkeit zur Selbsthilfe. Nicht verzagen! Zähne zusammenbeißen!

»Die Sänger-Arie«, sagte Wiese und sang mit kindlicher Altstimme: »Di ri-go-o-riiii ...« Gewiß, der Luftterror nimmt in diesen Wochen immer mehr zu. Aber der Doktor Goebbels sagt: Was die Engländer durchgestanden haben und wofür sie mancher von uns bewunderte, das müssen wir jetzt durchstehen! Wie sich für die Briten auf dem Gebiet des Luftkrieges das Blatt gewendet hat, so wird es sich wieder für uns wenden. Die Engländer haben zwei Jahre darauf gewartet, unsere Wartezeit wird nur einen geringen Bruchteil der englischen Wartezeit ausmachen. Es soll niemand glauben, daß der Führer dem Wüten des feindlichen Terrors untätig zuschaue. Wenn wir über unsere Maßnahmen dagegen nicht reden, so ist das nur der Beweis ... Ja, dachte Holt, der beste Beweis! ... dafür, daß wir um so mehr daran arbeiten. Die Zeit ist groß und erhaben und beschwört die Erinnerung an die besten

Jahre des friderizianischen Zeitalters herauf. Friedrich stand manchmal mit seinem jungen preußischen Staat vor Gefahren, mit denen wir die, welche wir heute zu überwinden haben, gar nicht vergleichen dürfen! Er ist damit fertiggeworden.

Und wir, dachte Holt, Kerle wie Wolzow und ich … es wäre gelacht!

Peter Wiese spielte. Dann, eines Tages der Endsieg! dachte Holt. Blumen, Jubel, Glockengeläut. Kling-ling-ling, läutete das Klavier. Als Holt sich verabschiedete, sagte Wiese leise: »Ihr geht ja nun bald … Ich werde wohl hierbleiben, untauglich …« Holt sah durch den Wintergarten ins Freie. Armer Kerl, dachte er.

Am Abend war Wolzow wieder da, und Holt blieb bei ihm in der leeren Villa. Sie saßen zusammen in der Halle, vor dem schwelenden Kaminfeuer. »Es werden ganz neue Flak-Waffen vorbereitet. Hoffentlich kommen wir noch richtig zum Schuß!« sagte Wolzow.

5

Stenographie bei Hessinger, dann Zeugnisverteilung durch Studienrat Maaß, da herrschte in der Klasse schon Ferienstimmung. Man verabschiedete sich vom alten Schuljahr mit Rüpeleien. Hessinger, ein gutmütiger, alter Mann, hatte arg zu leiden; er war wehrlos, und man quälte ihn. »Ich weiß nicht«, sagte Holt in der Pause, »aber es war zuviel, es war gemein.« Gomulka betrachtete ihn nachdenklich. »Hast recht.« – »Warum läßt er sich's gefallen?« rief Vetter. »Halt's Maul«, sagte Wolzow.

Da geschah etwas Außergewöhnliches. Der dicke, blonde Vetter, wegen seiner Leibesfülle stets verspottet, rebellierte gegen Wolzow. »Jetzt geht dir der Arsch vorm Sitzenbleiben, ha?« Es war eine Sensation.

Aber Wolzow nahm Vetter gar nicht ernst. »Du? Na, ich halt's deiner Blödheit zugut.« Er grinste. »Da hat der Maaß nämlich ganz recht, wenn er fragt, ob du die Blödheit von deiner Mutter hast. Denn das viele Fett hast du von deinem Vater.«

Zemtzki stand hinter Vetter und stichelte leise: »Das darfst du nicht auf dir sitzenlassen!« Vetter stammelte mit hochrotem Kopf: »Das ... das ... solche Beleidigung, also ... heute um sechs am Rabenfelsen!«

Wolzow war überrascht. »Du willst dich mit mir schlagen?« – »Du hast meine Sippe beleidigt«, behauptete Vetter. »Ich bestimm die Bedingungen. Ich schick dir den Fritz, der ist mein Sekundant.« Zemtzki nickte eifrig. Gomulka drängte sich nach vorn. »Ich bin Unparteiischer.« Nun redeten alle auf Vetter ein. »Laß das, er haut dich zusammen!« Vetter war den Tränen nahe. »Aber meine Sippe ... die Ehre meiner Sippe ...« Vor der Tür pfiff der Posten.

Maaß trug die Zeugnishefte unter dem Arm. Er schielte über den Rand der Brille hinweg. Auch Wolzow wurde versetzt; seine sehr guten Noten in Turnen und Geschichte hatten ihn gerettet, aber sonst war sein Zeugnis jammervoll. Draußen blinzelte er in die Sonne. »Heut sind ein paar Kisten gekommen, von meinem Vater, der Nachlaß. Wir packen das gleich aus.«

Es war ein drückend heißer Nachmittag. Wolzow und Holt hatten sich bis auf die Badehose ausgezogen und kauten mit vollem Munde. In der Küche war seit Wochen kein Geschirr abgewaschen worden, verdreckte Teller und Töpfe füllten das Spülbecken. Auf dem Tisch häuften sich Tüten und Speisereste, Rotweinflaschen dazwischen, volle und leere. Wolzow holte Werkzeug, klemmte sich eine Rotweinflasche unter den Arm und schob Holt in die Halle. Dort standen drei große Kisten und ein paar Koffer auf dem Teppich. Wolzow riß die Vorhänge auf, durch die Fenster flutete Licht, die Staubteilchen tanzten. »Nimm erst mal 'n Schluck Rotspon.«

Der Rotwein schmeckte, Holt trank aus der Flasche, mehrere große Schlucke. Wolzow warf Kistenbretter in den Kamin, dann packte er Röcke und Hosen aus. Das schlechte Zeugnis geht ihm wirklich nicht unter die Haut, dachte Holt. Sein eignes war gerade noch erträglich ausgefallen, aber Maaß hatte ihm »moralische Unreife und übersteigertes Geltungsbedürfnis« bescheinigt. Bei der Flak interessiert das niemanden, dachte er.

»Hier!« sagte Wolzow. »Na bitte!« Er zog einen Offiziersdolch mit einem Griff von Elfenbein aus der Scheide. »Prachtvoll, was? Aber der Kamin stinkt.« Holt riß ein Fenster auf. Die zweite Kiste war mit Schachteln, Etuis und Packtaschen gefüllt. Eine Aktentasche enthielt Papiere, dicke Stapel Landkarten, in Wachstuch gebundene Hefte, deren Seiten mit einer flüchtigen Handschrift bedeckt waren, ein Kästchen mit Orden und Ehrenzeichen und anderen Kram. »Ich bin der Erbe. Wenn meine Alte so weitermacht, laß ich sie entmündigen.« Er rief: »Sieh her!« Da waren zwei, nein, drei Pistolentaschen. Wolzow öffnete die erste und entnahm ihr eine schwere Schußwaffe. »Mensch ...«, flüsterte Holt begeistert, »eine Nullacht!« – »Si vis pacem, para bellum ...«, sagte Wolzow, »daher der Name Parabellum.« Er riß das Magazin heraus und öffnete den Verschluß, eine Patrone kullerte über den Teppich. »Und hier ... eine siebenfünfundsechziger Walther. Die kenn ich noch nicht.« Er schob Holt die dritte Tasche hin. Holt zog eine kleine Selbstladepistole aus dem Futteral. Er schloß die Hand um den Griff und zog den Schlitten zurück; eine glänzende Patrone sprang heraus. Mit leisem metallischem Geräusch glitt das Schloß wieder nach vorn. Jetzt den Finger krummgemacht ... Herr bin ich über Leben und Tod!

»Belgischer Browning«, sagte er, »Kaliber sechsfünfunddreißig. Neben den beiden Kanonen fast'n Spielzeug, aber herrlich!« – »Wenn sie dir gefällt«, sagte Wolzow, der die Walther wieder zusammensetzte, »kannst du sie behalten.« Er lief auf sein Zimmer, holte das ausgestopfte Rebhuhn und stellte es auf den Kaminsims vor die glänzenden Klinker.

Es klingelte. Draußen standen Gomulka und Zemtzki. Holt führte sie in die Halle. Wolzow stieß das Magazin in den Handgriff der Walther. »Kommt rein!« Er hob die Pistole, zielte auf das Rebhuhn und drückte ab. In der Halle krachte der Schuß wie eine Handgranate. Das Geschoß prallte vom Kaminsims ab und zerschmetterte eine große Vase, die keinen Meter neben Gomulka auf einem Tischchen stand. Pulvergeruch breitete sich aus. Gomulka, dem die Scherben der Vase um den Kopf flogen, verzog keine Miene. »Mein Tirolerstutzen hätte den Klinker zerschlagen«, sagte er. Wolzow sicherte die Pistole und legte sie vor sich auf den Rauchtisch. »Du hast Nerven, alle Achtung! Du hast überhaupt allerhand kriegerische Tugenden!« – »Verrückt«, piepste Zemtzki, »knallt mit Kanonen rum, bis es mal ins Auge geht!«

Wolzow holte eine Rotweinflasche. »Setzt euch!« Die Flasche ging reihum. Dann begann Zemtzki: »Vetter ist vor versammelter Klasse beleidigt worden. Für seine Eltern kann er nichts, sagt er. Sie prügeln ihn jeden Tag, aber die Ehre seiner Sippe steht über allem. Gut, was? Ich hab gesagt, wenn er sich nicht mit dir schlägt, gilt er überall als Feigling.« – »Der soll Ruhe geben«, sagte Holt. – »Er hat sich was Neues ausgedacht, wo er bessere Chancen hat als im Boxen. Er will sich mit Fahrtenmessern stechen.« Wolzow lachte. »Das hat er bei Karl May geklaut!« – »Dreschen will er sich nicht«, meinte Zemtzki, »weil ihn sein Vater gestern erst mit 'm Ochsenziemer verhauen hat. Aber er will die Ehre seiner Sippe mit deinem Blut abwaschen.«

Gomulka lächelte.

»Gilbert nimmt die Forderung an«, meinte Holt. »Meinetwegen sechs Uhr am Rabenfelsen. Sag dem Vetter folgendes: Gilbert ist das in der Erregung rausgerutscht. Das muß genügen. Messerstecherei ist ein bißchen übertrieben.« Aber Wolzow rief: »Nachher denkt er, ich hab Angst!«

»Vetter wird von allen gehänselt«, sagte Gomulka nachdenklich. »Zu Hause ist er der Prügelknabe, ihr habt keine Ahnung, was dort manchmal los ist! Er ist richtig verbittert, und die Erklärung lehnt er ab, das weiß ich jetzt schon.«

»Mir macht es nichts aus«, sagte Wolzow gleichmütig. »Jetzt raus mit euch, ich hab keine Zeit.«

Sie packten die letzte Kiste aus, und die Halle füllte sich mit Ausrüstungsgegenständen. Ein Koffer enthielt Pistolenmunition aller Kaliber, und schließlich packte Wolzow Zigarren aus, fünfundzwanzig Kisten vielleicht, duftende Zigarren. Er entdeckte die Brieftasche seines Vaters. Sie enthielt etwas mehr als dreihundert Mark.

Er spielte wieder mit der Walther, nachdenklich, den Kopf auf die Seite gelegt. »Ich hab mir die Sache mit dem Meißner durch den Kopf gehen lassen. Daß ich heute im Dienst vor jedem Scharführer strammstehen muß, das verdanke ich ihm. Eigentlich wär da längst eine Abreibung fällig. Ich mach also mit. Aber es muß bald sein, denn in acht Tagen rückt er ein. Ich hab Stammführer Wurm getroffen, der führt mit dem Barth unser Erntekommando. Kann ja heiter werden! Also, der Meißner rückt ein.« – »Wenn wir zurückkommen«, sagte Holt nachdenklich, »ist er über alle Berge.« – »Hast du etwa die Absicht, drei Wochen im Ernteeinsatz zu bleiben?« – »Wie meinst du das?« – »Durchbrennen!« – »Wohin?« fragte Holt. – »Das ist es eben ... Aber auf jeden Fall hau ich hier ab ... bis zur Einberufung.«

Holt überlegte. »Du kommst nicht weit. Früher war das anders.« Aber nun stieg vor seinen Augen die wilde Landschaft der Berge empor, uferlose Wälder ... die Höhle! »Ich wüßte was«, sagte er, heiser vor Erregung. »Ein Versteck ...« Und er erzählte.

»Komm mit hoch«, sagte Wolzow. In seinem Zimmer kramte er Landkarten hervor, Meßtischblätter der Umgebung. »Der Vostrauer Berg kann's nicht gewesen sein, den kenn ich genau ... Zeig mal, wo du langgegangen bist.« Holt studierte die Karte. »Hier ... durch die beiden Dörfer ... Dann bin ich nach Norden, dann ging's um einen sehr langen Berg herum westnordwestlich, dann wieder nach Norden ...« – »Da bist du viel weiter weggewesen, als du glaubst! Der Vostrauer Berg liegt ganz woanders. Du bist wahrscheinlich um den Breiten Berg und weiter ... Steinbrüche gibt's da hinten viele ... Hier muß das gewesen sein ... Neben dem Kahlenberg ... noch hinter der Bruchspitze ... Das sind von hier dreißig Kilometer ...« – »Ich bin auf dem Rückweg hart marschiert und doch etwa sieben Stunden unterwegs gewesen ...«

Wolzow saß auf dem Bett und paffte eine Zigarre. »Vor paar Jahren war ich mal dort ... Eine verdammt einsame Gegend! Keine Dörfer, nur Wald ... In den Bergen hat's ganz früher Bergwerke gegeben. Wenn jemand von der Höhle wüßte, hätte ich's bestimmt gehört!« Er ging nachdenklich im Zimmer auf und ab. »Jetzt haben wir Juli. August, September ... Da müssen wir'n Haufen Kram mitschleppen!«

Holt lehnte am Fenster. Nun verschlug es ihm doch die Sprache. Aber dann sah er Wälder, Wolken, Berge ... nächtliche Lagerfeuer, Sternenhimmel ... Freiheit, Ungebundenheit ... großes berauschendes Abenteuer!

Wolzow studierte wieder die Karte. »Man kann den Weg mächtig abkürzen, wenn man flußaufwärts fährt, mit einem Boot durch den Schwarzbrunn ... Das wär auch für's Gepäck günstig, man könnte einen Kahn den Fluß hochtreideln ... Wir sehn uns die Höhle gleich mal an, ja?«

»Bis Dienstag«, sagte Holt nun, und für ihn war das Abenteuer beschlossene Sache, »können wir alles vorbereiten. Dann fahren wir zum Ernteeinsatz. Das ist tatsächlich die beste Art, hier zu verschwinden. Nach drei Tagen kommen wir heimlich zurück, verprügeln den Meißner, und anschließend geht's los.« Es war alles ganz einfach.

Aber Wolzow meinte: »Die Sache mit Meißner will gut überlegt sein; du weißt ja, Überfall auf einen HJ-Führer, das kann uns übel bekommen.« – »Er muß aber wissen, *warum* wir ihn verdreschen«, sagte Holt. »Vorsicht«, entgegnete Wolzow, »das macht's noch gefährlicher!« – »Und dein Onkel?« fragte Holt. »Kann der uns notfalls nicht beistehn?« – »Wo denkst du hin!« rief Wolzow. »Onkel Hans ist seit dreißig in der Partei, als deutscher Offizier würde er so was nicht dulden. Nein, wir müssen uns schon selber helfen.« – »Wenn wir was in die Hände bekämen«, meinte Holt, »was Schriftliches, ein Geständnis, das ihn unmöglich macht, falls er nicht den Mund hält!« Wolzow überlegte wieder. »Gute Idee«, sagte er dann, »ich laß mir's durch den Kopf gehen.«

Sie bereiteten sich auf die Verabredung am Rabenfelsen und zugleich auf den anschließenden Nachtmarsch zur Höhle vor.

Sie packten die Pistolen ein, Munition, Taschenlampen, die Karte, einen Laib Brot und zwei Büchsen Fleisch. Jeder hing eine zusammengerollte Zeltbahn um.

Der Rabenfelsen lag nahe der Stadt, hinter der Bismarckhöhe. Sie liefen zwischen Lauben und Gärten entlang. »Wir brauchen Gewehre«, sagte Wolzow. »Mit der Pistole kann man keinen Hasen schießen, schon gar kein Wildschwein ... Eine Kleinkaliberbüchse muß her, mindestens ... Meine ist kaputt. Der Sepp hat eine! Außerdem hat er einen Tirolerstutzen, Kaliber elf Millimeter ... oder noch größer. Die Kugeln muß er aus Blei gießen, mit einer Kugelform, die Patronen lädt er mit Schwarzpulver. Es macht einen fürchterlichen Gestank und knallt wie eine mittelalterliche Feldschlange. Aber auf hundert Meter legst du damit jedes Wild um.« – »Den Sepp sollten wir mitnehmen«, sagte Holt. »Er hat die Schule genauso satt wie wir.«

Der Rabenfelsen bestand aus bizarr aufeinandergetürmten Basaltbrocken. Die Sonne warf seinen Schatten bis an den nahen Waldrand.

Gomulka begrüßte sie. Vetter hielt sich mit Zemtzki abseits. »Halt dich zu uns, Sepp, wenn der Zauber vorbei ist«, sagte Wolzow.

Zemtzki teilte feierlich mit, daß Vetter jede Versöhnung ablehne. »Er will kämpfen.«

Gomulka hatte auf der Wiese einen Kreis abgesteckt. Wolzow zog das Hemd über den Kopf, zog auch die Breeches und die Stiefel aus und stand schließlich barfuß, in der Badehose, im Gras. »Wollt ihr wirklich?« fragte Gomulka, plötzlich ganz ernst. Wolzow trat schon in den Kreis. Auch Vetter trug nur die Turnhose. Holt fuhr ihn an: »Du bist ein Rindvieh, Mensch, du bist selbst schuld, wenn dir ...« – »Wenn du mich beschimpfst, mußt auch du mit mir kämpfen«, unterbrach ihn Vetter. Er klapperte mit den Zähnen. Als er gleichfalls in den Kreis trat, schielte er argwöhnisch auf Wolzow, der gelassen wartete, einen halben Kopf größer als Vetter, Arme, Brust und Schultern mit Muskeln bepackt. Vetters Körper war schwammig, rosig, ein wenig gedunsen.

Gomulka hielt Vetter ein HJ-Fahrtenmesser hin. Auch Wolzow erhielt einen Dolch. »Stellt euch in den Kreis, Gesichter abgewandt!« – »Und wer trägt Vetters Leiche nach Hause?« fragte Zemtzki. »Ich bin doch als Sekundant nicht etwa verpflichtet, ihn auch noch ...« – »Still!« rief Gomulka. »Wenn ich sage ›los‹, dreht ihr euch um und kämpft, ohne weiteres Kommando. Wer den Kreis verläßt, hat verloren. Sonst bis zur Kampfunfähigkeit. Das

Kommando lautet ›Achtung … fertig … los!‹ Das Kommando gilt: Achtung … fertig …« – »Ich kämpfe nämlich für meine Sippe!« rief Vetter verzweifelt. Er war blaß, und seine Knie zitterten. »Halt den Mund«, sagte Wolzow, »Sepp, gib endlich das Zeichen!« Holt sah, daß Wolzow wütend war. »Los!« rief Gomulka.

Beide drehten sich um und gingen langsam aufeinander zu, Wolzow ruhig und entspannt, aber Vetter watschelte unbeholfen daher, fuchtelte mit dem Dolch in der Luft herum und sagte vor Aufregung immerfort: »Los … los … los …« Auf einmal warf Wolzow das Messer weg, Vetter erschrak und stieß mit dem Dolch nach ihm, Wolzow wich mit einem schnellen Schritt zur Seite und gab Vetter eine so gewaltige Ohrfeige, daß der dicke Junge rücklings zu Boden fiel. Über Wolzows Arm rann Blut. Das alles dauerte nur eine Sekunde.

»Vetter liegt außerhalb des Kreises, der Kampf ist beendet, Wolzow ist Sieger«, erklärte Gomulka. Holt besah sich die Schnittwunde. »Ein Kratzer, nicht der Rede wert.«

Vetter saß im Gras und heulte. »Alle verspotten mich«, sagte er schluchzend. »Ich kann doch nicht dafür, daß ich so dick bin … Ich bin kein Feigling!« rief er. »Meine eigene Sippe verhaut mich immer, und keiner will mein Freund sein! Aber ich mach das nicht mehr mit! Ich geh in die weite Welt …« Holt klopfte ihm auf die Schulter. »Hör auf zu heulen! Wenn du durchbrennen willst …« Er sah auf Wolzow. Wolzow grinste und nickte. »Komm mit uns. Wir machen den Laden hier dicht.« – »Wenn du ein einziges Wort verrätst«, drohte Wolzow, »knall ich dich einfach ab!« Er stieß Zemtzki in den Rücken. »Das gilt auch für dich!«

Vetter trocknete sich die Tränen ab. Er stammelte: »Wirklich? … Wirklich?« Wolzow verteilte Zigarren. Die Sonne stand tief über den Bergen, der riesige Schatten des Felsens hüllte die Jungen ein.

Holt erzählte von Wolzows Plan und von der Höhle. Wolzow setzte hinzu: »Wir brauchen deine Gewehre, Sepp … Wir schießen Wild. Dort gibt es genug Hasen und Rehe. Die Hunnen haben auch bloß Fleisch gegessen.«

Zemtzki und Vetter saßen mit offenem Mund dabei; aber Gomulka dachte lange nach. »Wir fliegen alle von der Penne, das ist euch klar?« – »Niemand fliegt!« rief Wolzow. »Wir sind verschwunden! Wenn wir einrücken, sind wir eben wieder da. Ich wette, daß dann keiner mehr an Rausschmeißen denkt! Wir werden doch alle bei der Flak gebraucht!« – »Das ist richtig«, sagte Gomulka. »Und dort hinten finden sie uns nicht, da müßte die Polizei mit ein paar hundert Mann die Wälder durchkämmen …«

»Also … Also … Gilbert!« rief Vetter plötzlich außer sich. »Wenn ihr mich mitspielen laßt … ich schwör dir ewige Gefolgschaft!« Sein Gesicht, das von der Ohrfeige geschwollen war, strahlte. Holt sagte: »Wir müssen alle schwören!« Dann standen sie im Kreis, mit erhobenen Schwurfingern. »Wir wollen treue Kameraden und Freunde sein und zusammenhalten, was auch kommt, jetzt und im Krieg. Der Wolzow soll unser Führer sein, und wir wollen ihn nie im Stich lassen.« – »Wer so einen Eid bricht, ist ein Lump!« sagte Vetter. Holt sah stumm auf Wolzow, auf das harte Profil mit der Adlernase.

»Wißt ihr, warum das hier Rabenfelsen heißt?« fragte Gomulka, als sie aufbrachen. »Hier soll mal einer einen Pakt mit dem Teufel geschlossen haben, und der Teufel ist ihm in Gestalt eines schwarzen Raben erschienen.«

Niemand schloß sich vom Nachtmarsch zur Höhle aus.

6

Tags darauf ging Holt über die Liegewiese zu seiner Kabine, zwischen den vielen Menschen hindurch, die den heißen Nachmittag am Wasser verbrachten. Er wusch sich im Fluß den Staub der langen Wanderung vom Körper, dann schlenderte er über das Floß.

Beim Sprungturm saß Peter Wiese mit einem großen, blonden Burschen. Holt blieb überrascht stehen: Wiese und Hartmuth Meißner? Wiese winkte, Holt dachte: So ein Zufall! Er grüßte katzenfreundlich und sah sich Meißner an, interessiert und abschätzend. Er hatte ihn bisher nur flüchtig gesehen. Ein großer, kräftiger Bursche mit muskulösem, trainiertem Körper, sehr braungebrannt. Ein eckiges Gesicht und kalte, farblose Augen. Das Haar war fast weiß. Wiese stellte sie einander vor.

»Schon gut!« sagte Holt. »Wer kennt den Hartmuth Meißner nicht?«

Meißner wandte ihm langsam das Gesicht zu. »Was soll das heißen?« fragte er. Holt lächelte. Es war ein Nervenkitzel. »Na, eben dies und das.« – »Du bist rotzfrech«, meinte Meißner, aber Holt unterbrach ihn rasch: »Sollst dauernd Weibergeschichten haben. So was spricht sich rum.« – »Hast du da was Bestimmtes gehört?« – »Kann man's wissen?« fragte Holt zurück. Er hielt Meißners Blick stand, er tat ganz harmlos, aber er fühlte dabei Haß in sich aufsteigen. Warte nur, bald stehen wir uns anders gegenüber!

Er legte sich lang auf die sonnenheißen Bretter. »Hast ja recht«, sagte er. »Wenn man bald einrückt, da nimmt man eben noch mit, was sich bietet.« – »Für so einen Standpunkt bist du noch ein wenig grün«, erwiderte Meißner. – »Was sind schon die paar Jahre, die du älter bist als ich! Wir haben alle die gleiche Philosophie.« – »Und die wäre?« – »Leben und leben lassen«, sagte Holt.

Meißner, der schläfrig in der Sonne saß, wachte auf. »Das klingt mir 'n bißchen liberal.« – »Gar nicht«, widersprach Holt. »Keiner weiß, ob er wiederkommt, und da will sich halt jeder vom Speck noch ein ordentliches Stück abschneiden.« Meißner schwieg. Dann sagte er mit geschlossenen Augen, den Kopf rücklings an die Balken des Sprungturmes gelegt: »Daß ihr alle den Geist unserer Zeit nicht begreifen könnt! Ein Stück vom Speck abschneiden ... Was ist das für ein jüdischer Standpunkt! Es geht um das Reich, und ob der einzelne auf seine Kosten kommt, ist völlig bedeutungslos. Wer heute darauf ausgeht, sein Leben zu genießen, der verrät Deutschland! Und das Reich als Ganzes, mein Lieber, das kommt schon auf seine Kosten! Es wächst und erstarkt ...« – »Vielleicht hast du recht, aber ich brauch keinen Unterricht, ich hatte zwei Jahre lang das beste Fähnlein im Stamm! Aber daß man sein Leben nicht genießen darf, das sag mal nicht so laut!« – »Ich habe nicht von der Masse, sondern von uns Führernaturen gesprochen«, erläuterte Meißner. – »Mit den Führernaturen allein kannst du aber keinen Krieg führen.« Meißner verzichtete auf eine Erwiderung. Er saß noch eine Weile in der Sonne, dann ließ er Holt und Wiese allein.

»Was sitzt du mit … dem zusammen?« fragte Holt, und Wiese entgegnete, beinahe entschuldigend: »Er hat sich zu mir gesetzt …« – »Was meinst du …?« fragte Holt. »Ob ich mit ihm fertig würde?« – »Er ist älter … aber ich glaub schon«, antwortete Wiese, etwas erstaunt, und da Holt nichts weiter sagte, begann er schließlich: »Du hast ihn richtig veralbert! Ich denke manchmal, du könntest der beste Schüler in der Klasse sein, wenn du nur wolltest! Warum lernst du nicht?«

»Lernen ist nichts für Männer. Ich will endlich in den Krieg.« Er dachte nicht daran, daß seine Worte Peter Wiese kränken mußten.

»Da erfährt ein reicher Mann eines Tages«, sagte Wiese nachdenklich, »daß er Schwindsucht hat. Die Ärzte sagen: Keine Rettung, noch ein Jahr! Alle Ärzte sagen ihm dasselbe. Da denkt er: Gut. Und nun bringt er sein Vermögen durch, bis auf den letzten Pfennig. Als das Jahr herum ist, da ist ein Wunder geschehn. Er ist gesund. Und steht vor dem Nichts.«

Ein dummes Beispiel, dachte Holt ärgerlich, ein echtes Miesepeter-Beispiel! Was interessiert mich das Nachher? Jetzt ist Krieg! Er zwang sich zu einer freundlichen Antwort. »Ich versteh dich«, brummte er.

»Und das Komische ist«, sagte Wiese leise, »daß ich dich beneide! Ich gäb was drum«, fuhr er dann fort, und es klang unglücklich, »wenn ich dein Freund sein könnte. Aber da muß man wohl sein wie der Wolzow. Ich war immer der Schwächste, ich hab immer gedacht: Meine Waffe ist der Geist … Aber eigentlich bist du auch klüger als ich.«

Komisch, dachte auch Holt. Er sagte: »Ich hab bei Nietzsche gelesen: ›Unser Glaube an andere verrät, worin wir gerne an uns selber glauben möchten … Unsere Sehnsucht nach einem Freunde ist unser Verräter …‹«

»Ja … so ist das … Ich möcht auch raufen und prügeln können, frech sein, aber … ich bin vom Ernteeinsatz zurückgestellt, und mit der Flak wird es auch nichts …« – »Wir können ja trotzdem Freunde sein«, antwortete Holt, ein wenig gerührt. Er überlegte … Nein, kommt nicht in Frage. Aber … »Kannst du schweigen, Peter?« – »Ja, für dich hab ich sogar schon gelogen!« Holt hielt Wiese die Hand hin. »Ich hab Vertrauen zu dir. Wolzow, ich und noch wer, wir haun ab … Bis zur Einberufung verschwinden wir. Aber du und ich, wir werden uns ab und zu treffen. Auch Gilbert darf es nicht wissen. Du sagst mir, was los ist in der Stadt und wie man über unser Verschwinden denkt.«

»Komm mit zu mir«, sagte Wiese später, mit einem Blick auf die Armbanduhr. Holt wunderte sich, daß Wiese bei dieser Hitze einen schwarzen Anzug, Schlips und Kragen trug. Als er den Grund erfuhr, bei Wieses in der Diele, war es zu spät, sich zurückzuziehen. Wieses Schwester hatte Geburtstag. »Bleib!« bat Peter. »Ich werde nachher vorspielen!«

Holt kam sich lächerlich vor, in kurzer Lederhose und buntem Sporthemd; sein Haar, noch immer feucht vom Baden, stand zu Berge. In dem großen Raum waren die Glastüren zum Wintergarten und zur Veranda geöffnet, man blickte in den Garten hinaus. Um den Teetisch saßen Gäste. Holt war sehr befangen und sah nur das Bunt der Kleider und dazwischen eine schwarze Panzeruniform. Duft von Parfüm drang auf ihn ein, der Geruch von Zigaretten und Blumen. Wieses Schwester Helga sah ihrem Bruder ähnlich; denn auch sie war klein und zierlich, und das dunkelblonde Haar fiel in ein kränkliches blasses Gesicht. Sie wurde neunzehn Jahre alt.

Wiese stellte Holt vor. Holt murmelte ein paar Gratulationsworte und stand trotzig auf dem bunten Teppich. Die Unsicherheit schärfte seine Sinne, nichts entging ihm: Frau Wiese, in ihrem Sessel, tauschte einen Blick mit dem blonden Mädchen, das neben dem Panzerleutnant saß, und der Mund des blonden Mädchens zuckte belustigt.

Namen wurden genannt. Uta Barnim, Leutnant Kiefer, ihr Verlobter, und so fort. Man bot Holt Platz an, links neben ihm saß

Frau Wiese, der Teetisch trennte ihn von Uta Barnim. Helga Wiese schenkte Tee ein. Holt verlor alle Befangenheit. »Wenn ich geahnt hätte, daß hier Geburtstag ist«, sagte er, »ich hätte noch schnell ein paar Blumen geklaut ... besorgt, mein ich.« Das Lachen störte ihn nicht. Er sagte: »Blumen *kaufen* kann schließlich jeder! Geklaute sind viel wertvoller.« Frau Wiese sagte: »Wir nehmen den guten Willen für die Tat.«

Mittelpunkt war Uta Barnim, die älteste Tochter des Obersten Barnim, an dessen Haus Holt allmorgendlich vorbeiging. Wie sie groß und aufrecht an der Verandatür saß, im Licht der Nachmittagssonne, so hatte er in seiner Phantasie Kriemhild gesehen, in Agnes Miegels »Nibelungen«, oder auch Hildegard, die Grafentochter, im »Nest der Zaunkönige« ... Er blickte rasch auf den Panzerleutnant, der ihn sonst vielleicht vor allen anderen interessiert hätte. Die anderen Mädchen sah er nicht, neben ihr, neben Uta.

Peter Wiese saß am Flügel und blätterte in den Noten. Er spielte eine Haydn-Sonate und dann seine Lieblingsstücke, verträumte und schwermütige Kompositionen von Schumann. Immer wieder sah Holt verstohlen auf Uta. Der dritte Satz, Allegro moderato? Alle räuspern sich, wie komisch! Ob sie vielleicht an mich denkt, jetzt, wie ich an sie? Ob man es fühlt, wenn die Gedanken einander begegnen? Ob es bei ihr anders wäre als an jenem Vormittag in der Kabine?

Man applaudierte. Der Leutnant flüsterte Uta Barnim ein paar Worte zu. Fatzke! dachte Holt. »Ja, danke.« Er nahm noch Tee. Eigentlich sollte ich gehn, dachte er, aber er blieb. Peter Wiese klappte den Flügel zu.

»Du hast dich in letzter Zeit vervollkommnet«, sagte Frau Wiese sanft. »Aber es wäre uns lieber, wenn du weniger üben und fleißiger trainieren würdest.« Die Freude in Peter Wieses Gesicht erlosch. »Es ist uns sehr unangenehm, daß du auch dieses Jahr für den Ernteeinsatz untauglich bist«, fuhr Frau Wiese noch sanfter fort. »Herr Holt, vielleicht können Sie Peter ein bißchen mitreißen, Sie sind sehr sportlich, ich habe von Ihren Streichen gehört, aber Sie verbringen doch wenigstens Ihre Freizeit durchweg an der Luft.« – »Na, wissen Sie, gnädige Frau«, sagte Holt, »das hat sich auf mein Zeugnis nicht günstig ausgewirkt.« Man lächelte. »In den Zeiten, in denen nicht der Geist, sondern die Faust entscheidet«, sagte Leutnant Kiefer mit heller Stimme und erhobenem Kinn, »da ist das Einpumpen sogenannter Weisheit völlig überflüssig. Der Führer verlangt, den jungen Leib zu stählen und hart zu machen, auf daß ihn das Leben nicht zu weich finden möge.« Uta, neben ihm, sah durch die offene Verandatür ins Freie, als höre sie nicht zu.

Frau Wiese ließ die »jungen Leute« allein. Sie gab Holt die Hand. »Ein Junge wie Sie wäre ein Freund für Peter. Mein Mann wünscht, daß Peter unter allen Umständen wehrdiensttauglich wird. Sie müssen ihn nur richtig im Wasser untertauchen und umherhetzen mit Ihren Freunden, das tut ihm gut!« Sie verließ bald den Raum. »Man soll den Bock nicht zum Gärtner machen«, sagte Holt vergnügt. »Ich bin moralisch unreif, das hab ich schriftlich im Zeugnis.« Uta, vielleicht zum erstenmal, sah ihn an.

Der Leutnant ging mit Wieses Schwester in den Garten hinaus, zwischen den Rosenstöcken entlang, und fragte über die Schulter nach dem Namen des Klassenlehrers. »Na ja, Maaß kennt man doch!« Holt lief auf einmal allein an der Seite Utas. Sie war nur wenig kleiner als er. Sie fragte: »Wie kommen Sie zu einer so verheerenden Beurteilung?« Die Frage war der blanke Spott. »Alles halb so wild«, antwortete Holt. Ihr Spott ärgerte ihn und machte ihn unsicher. »Die Lehrer wissen nichts von uns. Die wahren Gedanken errät ja keiner.« – »Sind die wahren Gedanken so fürchterlich?« fragte sie, noch deutlicher spottend. Er fühlte sich herausgefordert. »Ach wo, gar nicht! Meistens sogar recht ... harmlos. Bloß vorhin, als Peter spielte, da war ich froh, daß niemand Gedanken lesen kann.«

Sie setzte die Worte blitzblank nebeneinander, wie gebastelt, und es war nun kein Spott mehr, sondern nur noch Belustigung. »Jetzt bin ich buchstäblich verpflichtet zu fragen: Woran dachten Sie?«

»An Sie«, sagte er heftig und schaute auf den kiesbestreuten Boden. Ihr Schweigen ermutigte ihn. »Sie sind das schönste

Mädchen in der Stadt.« Erst ein paar Schritte weiter antwortete sie: »Das Zeugnis, das Ihnen Ihr Lehrer ausstellte, ist lückenhaft. Sie können auch liebenswürdig sein.«

Die Gäste standen bei einem Aprikosenbaum. »Wer klettert hinauf und pflückt für die Damen Aprikosen?« schnarrte der Leutnant und warf einen aufmunternden Blick auf Holt und Wiese. Holt trat auf den Rasen, packte den Stamm und rüttelte. Er hob die größten und schönsten Aprikosen auf und brachte sie Uta. Sie dankte mit keinem Wort, aber sie sah ihn eine Sekunde lang nachdenklich an. Sie brach eine der überreifen Früchte auf, warf den Kern zu Boden und reichte ihm eine der Hälften. Dann ließ sie ihn stehen, nahm den Leutnant am Arm und verschwand mit ihm im Haus.

7

Holt packte bei den Schwestern Dengelmann seine Sachen zusammen, erzählte etwas von Ernteeinsatz, anschließender Ferienreise und daß er sich irgendwann wieder einfinden werde ... Dann lief er mit prallem Rucksack zu Wolzow.

Den Abend verbrachten sie in der Halle vor dem Kamin. Holt verschwieg seine Vereinbarung mit Wiese, aber er erzählte, daß er Uta Barnim kennengelernt habe. Wolzow fragte grinsend: »Na, und die Krüger?« – »Das ist doch etwas anderes!« sagte Holt unwillig.

»Mein Aufmarschplan für die Sache mit Meißner ist fertig«, erklärte Wolzow. »Wir machen das am Freitag.« Sie mußten also spätestens Donnerstag abend den Ernteeinsatz abbrechen. Holt war einverstanden. Als Ort fand Wolzow den einsamen Rabenfelsen am besten geeignet. Ein fingierter Brief sollte Meißner hinlocken. Wie Wolzow herausgebracht hatte, machte Meißner zur Zeit einem rothaarigen Mädchen namens Suse den Hof. Sie war bei einem Photographen beschäftigt und, wie jeder wußte, verlobt.

Holt entwarf ein paar Zeilen, die er Wolzow vorlas: »Lieber Herr Meißner, ich muß Sie unbedingt sprechen, ehe Sie einrücken, und Sie dürfen mir diese Bitte nicht abschlagen. Man darf mich nicht mit Ihnen sehen, wie Sie verstehen werden; kommen Sie also Freitag abend einundzwanzig Uhr zum Rabenfelsen, aber kommen Sie bitte bestimmt! Ihre Suse.« – »Na, liebe Suse, da hör ich's aber im Stroh rascheln«, sagte Wolzow. – »Unsinn. Daß man sie nicht mit ihm sehen darf, bezieht er auf ihren Verlobten.« – »Gut. Ihre Handschrift wird er nicht kennen, er hat bei ihr bisher auf Granit gebissen.« – »Woher weißt du das alles?« Wolzow antwortete: »Ich hab meine Quellen. Jeder Feldherr hat seine Geheimagenten.«

Holt schrieb den Text auf rosa Briefpapier, Wolzow begoß den Umschlag mit Parfüm. Holt malte deutsche Sütterlinschrift, eckig, geziert, leicht nach hinten geneigt. Holt entwarf auch den Revers, den Meißner unterschreiben sollte. »›Ich erkläre, daß ich mit Ruth Wagner ein heimliches Liebesverhältnis gehabt und sie in schwangerem Zustand durch Drohungen eingeschüchtert und fortgejagt habe ...‹« – »Schwangerer Zustand ist gut!« unterbrach Wolzow. Holt las weiter: »›Sie hat daraufhin durch meine Schuld Selbstmord verübt. Unterschrift.‹« Er ließ das Papier sinken. »Ich glaube, das unterschreibt er nie!« – »Er unterschreibt. Laß mich nur machen.«

Ein Gefühl von Angst beschlich Holt. Worauf laß ich mich ein? Aber Wolzow steckte den Schein so gleichmütig in die Brieftasche, daß Holts Sorge schwand.

Am Morgen brachte Gomulka die beiden Gewehre. Zu dem schweren, altertümlichen Stutzen gehörte eine große Tasche mit Zubehör: Kugelform, Gießkelle, leere Patronenhülsen, Zündhütchen, zwei Lederbeutel voll Schwarzpulver, ein kleiner, mit der Hand zu betreibender Blasebalg. »Ich brauch noch Salpeter und Schwefel, habt ihr Geld?« Wolzow trug in der Jacke die Scheine, die er im Gepäck seines Vaters gefunden hatte. »Blei fehlt?« fragte er. »Da reiß ich hier irgendwo ein Wasserrohr raus, kommt in der Bruchbude gar nicht drauf an!« Er riß das Wasserrohr im Bad neben seinem Zimmer ab und verkeilte den Zufluß mit einem Holzpfropfen.

Am Nachmittag brachten auch Vetter und Zemtzki ihr Gepäck. In der Halle häuften sich Rucksäcke, Ballen und Pakete. In der

Küche am Gasherd goß Gomulka Kugeln, dicke, fast dreißig Gramm schwere Rundgeschosse, und Holt lernte, die Zündhütchen in die Patronenböden einzusetzen, die Hülsen mit Schwarzpulver zu füllen und dann die Geschosse mit einem Holzscheit in die Hülsen zu treiben. Es sei mit zwanzig Prozent Versagern zu regnen, erklärte Gomulka, ein erträgliches Maß.

Gegen Abend waren sie reisefertig. Sie biwakierten auf dem Teppich in der Halle. Morgens fünf Uhr packten sie die Rucksäcke. Auf dem Weg zum Bahnhof warf Holt den fingierten Brief in den Kasten.

Vor dem Bahnhof versammelten sich die Schüler, in den Uniformen der HJ und des Jungvolks.

Der Pfiff einer Trillerpfeife schrillte. »Achtung! In Linie ... angetreten, marsch, marsch!« Das war Otto Barth. Sie stellten sich am linken Flügel in Reih und Glied.

Otto Barth, an der Schulter die grünweiße Führerschnur, stand vor der Front, groß und stark, mit einem verpickelten, vom Schreien geröteten Gesicht. Er war siebzehn Jahre alt und, wie Herbert Wurm, der Stammführer, seiner Funktion wegen vom Flakeinsatz befreit. Wolzow verzieh ihnen das nicht und spielte, wenn der Bannführer nicht in der Nähe war, den Aufsässigen.

»Der Bannführer!« piepste Zemtzki. Tatsächlich trat Bannführer Knopf langsam vor die Front.

Barth meldete Wurm, Wurm meldete dem Bannführer. Der Bannführer redete etwas von Einsatz, Pflicht und Verpflichtung.

Als Holt sich in den reservierten Wagen zwängte, waren alle Abteile besetzt, aber Wolzow scheuchte ein paar Quartaner von ihren Plätzen. Vetter teilte Skatkarten aus. Wolzow holte eine Kiste Zigarren aus dem Rucksack. Sie bissen die Spitzen ab und spuckten sie auf den Boden, dann füllte sich das Abteil mit Dunst. Die Quartaner standen ehrfurchtsvoll dabei. Wolzow sagte: »Wenn alles klappt, sind wir in vier Wochen bei der Flak. Jetzt lassen wir uns von Wurm und Barth nichts mehr sagen.« – »Stammführer könnten wir nämlich schon lange sein«, entgegnete Holt.

Nach einer halben Stunde inspizierten Wurm und Barth den Wagen. Wurm war ein großer, magerer Bursche mit einem eiförmigen Gesicht und schwarzem, mit Pomade am Kopf festgeklebtem Haar. Er ließ stets den Unterkiefer herabhängen, und der offene Mund gab seinem Gesicht einen Ausdruck unbeschreiblicher Dummheit. Jetzt sagte er verdattert: »Ja ist denn das die Möglichkeit! Die Herren rauchen Zigarren!« Wolzow hielt ihm die Kiste hin. »Willst du auch eine?« Wurm schlug mit der Hand nach der Kiste, die Zigarren kullerten auf dem Boden umher. Wolzow stand auf und legte die Spielkarten weg. »Dafür bekommst du jetzt ein paar in die Fresse, Stammführer!« Wurm wich zurück, Barth rief: »Gib Ruhe, Wolzow, sonst mach ich Meldung an den Bann!« – »Aber die Zigarren hebt er auf«, beharrte Wolzow. »Schluß!« rief Barth. Er befahl den Quartanern: »Los, hebt die Dinger auf!« Wolzow setzte sich wieder. Vetter knallte die erste Karte auf den Klapptisch. Nebenan erzählte jemand: »Der Führer hat sich mit dem Duce getroffen, in einer Stadt in Oberitalien, ich denke, das hat was zu bedeuten, vielleicht wird jetzt auf Sizilien die Falle zugemacht.«

Nach fünfstündiger Bahnfahrt, auf einer kleinen ländlichen Station, trieb Barths Trillerpfeife die Jungen aus dem Zug.

Die Chaussee war staubig, die Sonne brannte, die Marschkolonne sang: »Die blauen Dragoner, sie ra-hei-ten ...« Links und rechts säumten Getreidefelder die Straße, auf denen der Roggen in Puppen stand.

Nach zweistündigem Marsch erreichten sie ein großes Dorf. Auf dem Anger vor dem Wirtshaus teilte Barth die Kolonne in einzelne Gruppen. Wurm stand mit offenem Mund dabei. Sie kampierten in der Dorfschule.

»Verpflegung gibt es erst ab morgen«, berichtete Vetter. »Halb fünf treten wir auf'm Dorfplatz an. Ordnungsübungen! Abends will Barth Kameradschaftsabend machen.« Das Programm wurde verworfen. Zemtzkis und Vetters Bedenken wurden von Wolzow getilgt. Als unten die Trillerpfeife schrillte, als alles aufbrach, warf Holt die Tür zu, riß von der Wandtafel das Bord ab, brach es über dem Knie in zwei Hälften und keilte eines der Bretter unter die Türklinke. Dann legten sie sich schlafen.

Abends gegen acht wurden sie wach. »Und jetzt gehen wir ins Wirtshaus«, befahl Wolzow.

In der dunklen, muffigen Schankstube saßen ein paar Bauern beim Bier. Hinter der Theke stand ein dunkeläugiges Mädchen von vielleicht zwanzig Jahren.

Wolzow rief mit seiner rauhen Stimme: »Sagen Sie mal, Fräulein, wird das 'n bißchen voller?« – »Nach dem Füttern«, antwortete sie. Holt dachte: Sie ist hübsch ... Vetter teilte schon wieder Karten aus. In der Ecke erhob sich ein Bauer, Holt schob ihm einen Stuhl hin. »Zigarre?« fragte Wolzow. »Fräulein, ein Bier!« Bald saßen mehrere Männer bei ihnen, rauchten Zigarren und tranken das Bier, das Wolzow spendierte. Der Schankraum füllte sich mit Menschen. Jemand klimperte auf dem verstimmten Klavier. Die Deckenlampe brannte trüb, die Luft war grau von Zigarrenrauch.

Holt ließ keinen Blick von dem Mädchen, das die Biergläser durch den Raum trug. Manchmal, wenn sie einen seiner Blicke auffing, lächelte sie oder zog unmerklich die dunklen Augenbrauen hoch. Zemtzki, Gomulka und Vetter spielten unterdessen Skat. Die Bauern, die um sie herumsaßen, schauten in die Karten und stritten nach jedem Spiel.

Wolzow führte das Wort. Er hatte rasch nacheinander fünf Glas Bier getrunken. Er zeigte seinen Bizeps und ließ sich schließlich auf einen Zweikampf im Fingerhäkeln mit dem Schmiedegesellen ein, der nur ein Auge hatte und wie ein Freibeuter dreinschaute. Die Bauern erklärten den Kampf für unentschieden. Wolzow gab keine Ruhe. Ein fingerstarker Feuerhaken wurde gebracht, Wolzow bog ihn mit einem Ruck zusammen, der Schmiedegeselle bog ihn grinsend wieder gerade. Schließlich standen sie einander mitten in der Schankstube gegenüber. Die erhobenen Hände gegenseitig ineinander gefaltet, versuchte einer den anderen in die Knie zu zwingen. Beide keuchten, aber keiner erzielte einen Vorteil. Die Bauern spendeten Beifall.

Zemtzki, Vetter und Gomulka warfen ihre Karten auf den Tisch, als ginge sie das Durcheinander ringsum nichts an.

Wolzow legte den Arm um die Schulter des Schmiedegesellen. »Ein Faß Freibier!« schrie er. Daraufhin erhob sich Lärm.

Holt sah, wie ihm das Schankmädchen mit den Augen winkte. Er erhob sich. Ein Gang führte hinaus auf den Hof. Er stand ihr im Halbdunkel des Korridors gegenüber. »Hat Ihr Freund genug Geld bei sich?« fragte sie. »Es kostet sechzig Mark!« – »Ich glaub schon«, sagte Holt. Ein Geruch von Schweiß, Haar und Erde ging von dem Mädchen aus. »Was schaust denn so?« sagte sie und lächelte. Er faßte nach ihren Armen und fühlte einen Augenblick lang ihre warme Haut. Aber sie wich zur Seite. »Ich hab zu tun!« Er sah, als sie verschwand, wie sie ihm mit blitzenden Zähnen zulachte.

Er tastete sich den dunklen Korridor entlang. Zur Linken führte eine Holztreppe steil nach oben. Dann stand er draußen auf dem Hof. Er lehnte sich gegen eine Stalltür. Am Himmel standen Sterne. Er atmete tief, er schämte sich plötzlich, aber an seinen Fingerspitzen, wie ein Kitzel, hing noch die Empfindung ihrer Haut.

Die Schankstube, mit ihrem Trubel, dem Geplärre des Radios, dem beißenden Tabakdunst und den lärmenden Stimmen widerte ihn auf einmal an. Wolzow stand, von Bauern umringt, an der Theke. Als Wurm und Barth durch die Tür traten, knallte Zemtzki gerade das Herz-As auf den Tisch. Er saß mit dem Blick zur Tür, sah die beiden Führer und piepste erschrocken: »Verdammt, jetzt holen sie uns zum Dienst.«

Wurm und Barth blieben an der Tür stehen und redeten lange aufeinander ein. Dann traten sie zögernd an den Tisch heran. Wurm bückte sich ein wenig und sagte gedämpft: »Ihr verlaßt sofort das Lokal und kommt zum Dienst, oder es gibt eine Meldung an den Bann!«

Holt sah das Mädchen mit hochgezogenen Brauen zu ihnen herüberblicken ... Das Stimmengewirr ließ nach. Wolzow stand beim Tisch. Die Bauern blickten gespannt. »Laßt uns in Ruhe«, sagte Wolzow mit schwerer Zunge.

»Mensch, Wolzow«, schnarrte Barth, »diese Drückebergerei ...« Wolzow fiel ihm ins Wort: »Wer ist hier'n Drückeberger? Wer gehört längst zur Flak?« Barths Gesicht lief rot an. Wolzow wandte sich ab und ging wieder zur Theke. Das Stimmengeräusch setzte in unverminderter Stärke ein. Irgendwer klimperte auf dem Klavier. Zemtzki hatte sich von seinem Schrecken erholt und teilte Karten aus. Wurm beugte sich abermals über den Tisch und sagte im Befehlston: »Los! Macht, daß ihr rauskommt.«

»Achtzehn!« sagte Vetter schwitzend und sah sich hilfesuchend nach Wolzow um. Gomulka sagte: »Ich halte.«

Wurm versuchte es anders. »Laßt euch doch von dem Wolzow nicht aufwiegeln! Wenn ihr so weitermacht, gibt's Jugendarrest!«

»Zwanzig«, sagte Vetter. Gomulka sagte: »Hab ich!« – »Wir geben eine Meldung an den Bann. Wenn ihr gehorcht, laß ich euch aus!« – »Vierundzwanzig«, sagte Vetter. Gomulka sagte: »Na ja doch, schon lange!«

Holt fühlte die Augen des Mädchens auf sich gerichtet, schob den Stuhl zurück und sagte: »Wir bleiben!« Wurm wechselte einen Blick mit Barth. Holt zog den Kopf zwischen die Schultern ... Da wurde er sanft, doch unwiderstehlich zur Seite gezogen.

»Fang du nicht an!« sagte das Schankmädchen hastig. Er sah ihre Augen, die dunkelgrau waren, und auf ihren Lippen standen ein paar winzige Speicheltröpfchen. Sie warf einen Blick zur Theke, denn dort rief man nach ihr. Sie flüsterte, nahe an seinem Gesicht: »Nach zwölf ... über den Korridor die Treppe hoch, links die letzte Tür ... warte dort ... wenn du jetzt Ruh gibst!« Er sah sie bei der Theke, verwundert, verwirrt, er dachte: Das muß alles ein Irrtum sein ...

»Passe!« krähte Vetter, durch Holts und Wolzows Widerstand ermutigt. Gomulka sagte: »Grand! Schneider. Ich hab Vorderhand.« Wurm rückte sein Koppel zurecht. »Gut. Ihr habt's euch selbst zuzuschreiben. Komm, Otto!« – »Raus mit dem Onkel«, sagte Gomulka und warf einen Buben auf den Tisch. Hinter Wurm und Barth schloß sich die Tür.

Es schlug Mitternacht. Holt sagte zu Gomulka: »Ich geh voraus.« Er trat durch die Tür auf die Dorfstraße.

Die Silhouetten der Gehöfte verschwammen in der Nacht. Weit entfernt kläffte ein Hund. Der Lärm aus dem Wirtshaus klang gedämpft und unwirklich ins Freie. Holt zog fröstelnd die Schultern zusammen.

Die Treppe hoch, links das letzte Zimmer … Er war ganz ruhig. Die Träume lügen. Das Leben ist ganz anders. Worauf soll ich warten? Er ging ein paar Schritte in die Nacht hinaus, der Lärm versank schon hinter ihm, nun war es still ringsum. Aus der Schenke traten Bauern. Er lief um das Haus und durchs Tor auf den Hof. Er fand den dunklen Korridor seltsam vertraut, als habe er sich von Kindheit an hier bewegt, auch die Treppe war er schon hundertmal emporgestiegen … Nun einige Türen aus rohen Brettern, das ist wie daheim auf dem Dachboden, wo man heimlich in Kisten herumstöberte, voller Angst vor Entdeckung … Er zog die Tür hinter sich ins Schloß und sah sich in der kleinen Kammer um. Er tappte am Bett vorbei und verharrte bewegungslos am geöffneten Fenster, bis sich die Stimmen seiner Freunde in der Ferne verloren.

Eigentlich war ich immer allein, auch daheim, bei Mutter. Eigentlich habe ich immer Sehnsucht gehabt, nach irgendwem, nach irgendwas. Angst und Sehnsucht. Komm! Auf einmal bist du da, aufgelöst in Dunkelheit.

Sie zog ihn vom Fenster fort, dann schlug sie das Federbett zurück. Ihre Kleider raschelten. Er handelte willenlos, als sei er nicht voll bei Bewußtsein, und erst, als ein verknoteter Schnürsenkel seine Ungeduld hemmte, setzte dröhnend der Herzschlag ein und dauerte fort, bis er neben ihr lag und ihren Körper an seinem fühlte.

Der Morgen stieg über die Dächer der Bauernhäuser. In der Schule blieb Holt eine Stunde Schlaf, ehe die Trillerpfeife Barths ihn weckte.

Er hielt den Kopf unter die Wasserleitung. Dann arbeiteten sie auf dem Feld.

Sie beluden Erntewagen, zwei Tage lang. Die Arme und Schultern schmerzten. Am dritten hatte Wolzow genug. Er erklärte: »Das ist eine viel zu unkriegerische Arbeit für mich! Kommt ihr mit baden?« Sie gingen nicht mehr aufs Feld zurück. Sie packten am Nachmittag unbemerkt ihre Rucksäcke und marschierten zur Bahnstation. Holt warf einen Blick zurück, auf das Dorf, auf das

Wirtshaus. Während der Fahrt saß er schweigend am Fenster. Er hörte nicht, daß Wolzow Fragen an ihn richtete.

Er grübelte, ob die Wirklichkeit gehalten habe, was einstmals Traum und Phantasie versprachen ... Er wußte nicht einmal ihren Namen. Er dachte an die Marie Krüger. Er dachte an Uta.

Als sie anderentags in der Wolzowschen Villa das Gepäck zu großen Ballen zusammenschnürten, als Holt an den Abend, an Meißner dachte, und an die Nacht, die Flucht in die Berge, wurde die Unruhe in ihm so stark, daß er nach kurzem Nachdenken sagte: »Ich muß noch mal fort.« – »Wo willst du denn hin?« fragte Wolzow verwundert. – »Zu Barnims.« Wolzow blickte unzufrieden drein. »Egal Weibergeschichten«, sagte er. »Na los, hau ab, aber laß dich nicht sehen!« Holt wusch sich in der Küche die Hände, reinigte die Fingernägel mit dem Fahrtenmesser und kämmte sich. Als er bei Barnims klingelte, wäre er am liebsten wieder umgekehrt. Man ließ ihn in der Diele warten. Als er Uta sah, vergaß er alles. »Sie kam wie eine Göttin«, dachte er. Das hatte der Cavaradossi gesungen, in der einzigen Oper, die Holt gesehen hatte. »Sieh mal einer an«, sagte sie, und ihr Lächeln zog ihn vollends in ihren Bann. »Ich denke, man ist zum Ernteeinsatz?«

»Ich bin abgehaun. Jetzt geh ich ... lange fort. Vorher wollte ich Sie gern sprechen.«

»Wie ich Sie kenne, ist es etwas Todernstes. Also kommen Sie.« Er folgte ihr über die Treppe ins Obergeschoß. Dort öffnete sie eine Tür und ließ ihn eintreten. Das Zimmer war voll Sonnenlicht. Den Fußboden bedeckte ein grobgewirkter Teppich. Vor einer Bettcouch stand ein Teetisch, von Polsterhockern umstellt. Und Blumen gab es, überall, am Fenster, an der Balkontür, auf dem Teetisch, Rosen, Nelken, üppige Gehänge von Brunnenkresse, wilde Wicken, die sich an den Gardinen hinab bis auf den Teppich rankten, und eine wuchernde Tradescantia. Auf dem Balkon stand ein Liegestuhl, daneben ein kleiner Tisch mit Rauchutensilien. »Holen Sie sich einen Sessel«, sagte sie und ließ sich schon im Liegestuhl nieder, die Hände unter dem Kopf verschränkt. Holt trug einen der Hocker hinaus und setzte sich neben sie. Sie hielt ihm wortlos ein Messingkästchen mit Zigaretten hin. Er rauchte.

»Hat Ihr Besuch noch einen anderen Grund, oder sind Sie nur gekommen, um mich anzustarren?« fragte sie. Ihr Spott machte ihn mutlos. Er brummte etwas von »... ganz allein in der Stadt ...« und »... sonst keinen Menschen ...« Sie sagte: »Also erzählen Sie! Warum leben Sie nicht bei Ihren Eltern?«

»Ich wollte nicht länger bei meiner Mutter bleiben. Und mein Vater ...«

»Wollen Sie nicht davon sprechen?«

»Doch«, sagte er. »Aber nur zu Ihnen. Er arbeitet als Lebensmittelprüfer in einem städtischen Amt. Eigentlich ist er Arzt.«

Sie blickte interessiert zu ihm hin. »Und welchen Umständen verdankt er diese offensichtliche Degradierung?«

»Ich weiß das nicht so genau«, sagte Holt langsam, und wie stets bei der Frage nach seinem Vater befiel ihn Unsicherheit und Scham. »Er war lange in den Tropen, dann in Hamburg an der Universität Professor und zugleich am Institut für Tropenkrankheiten. Meine Mutter stammt aus der Industrie, und als er sie geheiratet hatte, ging er nach Leverkusen. Er forschte nach Krankheitserregern oder so. Aber dann sollte er eine andere Arbeit übernehmen, etwas ... Kriegswichtiges. Da hat er sich geweigert und mußte gehen. Er fand dann auch nichts anderes. Meine Mutter ließ sich von ihm scheiden, ich glaube, deswegen ... Es heißt, er ist politisch unzuverlässig. Er ist wohl furchtbar starrsinnig. Lieber hungert er.«

»Jedenfalls«, sagte Uta, »scheint Ihr Vater ein Mann von Charakter zu sein.« Diese Worte überraschten Holt so sehr, daß er verwirrt »Ja ... aber ...« sagte, doch sie unterbrach ihn. »Warum leben Sie nicht bei ihm?«

»Das Vormundschaftsgericht hat es verboten. Ich will auch nicht. Ich will frei sein! Deswegen bin ich auch von meiner Mutter fort. Es war sowieso kein Zuhause, auch früher nicht. Mein Vater hatte immer nur seine Arbeit im Sinn. Und meine Mutter war viel jünger als er, hatte dauernd Gäste, ging dauernd fort. Ich bin schon mal durchgebrannt, aber die Polizei hat mich zurückgebracht. Im Frühjahr hat Mutter mich endlich fortgelassen. Erst sollte ich zu meinem Onkel nach Hamburg, er ist dort im

Aufsichtsrat einer großen Tabakfabrik. Doch dann hat mich Mutter hierher in Pension gegeben. Sie schickt jeden Monat Geld, sie hat ja genug, sie hat Vermögen.« Er schwieg, er fragte sich: Wozu erzähl ich ihr das alles?

»Und nun suchen Sie bei mir gewissermaßen Nestwärme, mütterliche Geborgenheit?«

»Warum verspotten Sie mich?« sagte er. »Wenn ich Ihnen lästig bin, geh ich. Vielleicht haben Sie einen Menschen, dem Sie sich anvertrauen können, aber ...« – »Nicht doch, warum gleich so gekränkt? Sie sind ein merkwürdiger Mensch!« meinte sie. »Nach Peter Wieses Bericht hielt ich Sie für einen Stromer. Ein Gefühlsleben, wie Sie's da offenbaren, paßt schlecht zu diesem Bilde.«

»Der Wiese kennt mich ja gar nicht«, sagte Holt verächtlich. Dann erst begriff er, was sie gesagt hatte: Nach Wieses Bericht ... So hat sie ihn also ausgefragt! »Daß man die Lehrer ärgert und immer angibt«, fuhr er fort, »das ist ja nur das eine ...« – »Und die andere Seele in Ihrer Brust, die sitzt dann und wann bei Peter und läßt sich vorspielen, die ›Überreichung der silbernen Rose‹, obwohl's im Klavierauszug ganz scheußlich klingt!« Sie lachte. »Es freut mich, daß Sie vor mir nicht angeben wollen. Also bitte. Vertrauen Sie sich mir ruhig an. Aber an den Spott werden Sie sich gewöhnen müssen. Ich glaube, er kann Ihnen nicht schaden.« Sie erhob sich aus dem Liegestuhl und trat zur Balkonbrüstung. Mit dem Rücken an das Holz des Geländers gelehnt, sprach sie weiter: »Wenn Sie aber meinen, daß es mir anders geht als Ihnen ...« Sie schwieg. Dann setzte sie, wie belustigt, hinzu: »So irrt sich der.« Der Wind blies ihr das Haar ins Gesicht. »Wenn das Taschengeld nicht ausreicht, dann kann ich mich natürlich Mama ›anvertrauen‹, wie Sie so schön sagten ...« Sie konnte das Spotten nicht lassen. »Aber was ist das? Belanglosigkeiten. Warten Sie.« Sie holte ein Buch aus dem Zimmer und setzte sich wieder in den Liegestuhl. »›... denn im Grunde und gerade in den tiefsten und wichtigsten Dingen‹«, las sie, »›sind wir namenlos allein‹ ...« Er konnte auf dem Buchrücken den Titel erkennen: Rilke, »Briefe«.

In den tiefsten und wichtigsten Dingen, wiederholte er in Gedanken, und: namenlos allein ... Warum? »Man braucht aber doch jemanden, zu dem man Vertrauen haben kann! Wir haben was vor. Vielleicht brauch ich bald einen Menschen. Würden Sie mir helfen, wenn ich mal Hilfe nötig hab?«

»Ihr Vertrauen hat etwas Überwältigendes«, meinte sie, schon wieder spottlustig. »Also gut. Versuchen Sie's. Ich will sehn, was ich tun kann.«

Am späten Nachmittag saß Holt dann schweigend vor dem Kamin. Wolzows Fragen tat er mit einer Handbewegung ab. Vetter spielte mit Zemtzki und Gomulka Skat. Nun, da das Abenteuer unmittelbar bevorstand, kämpfte Holt mit einer unbeherrschbaren Aufregung. Wolzow winkte ihm mit den Augen. Auf seinem Zimmer fragte Holt: »Gilbert, wird alles gutgehen?«

»Paß jetzt auf.« Wolzow nahm die Walther-Pistole aus dem Schubfach und reichte sie Holt. »Du hältst ihn in Schach. Sollte er abhauen, dann schießt du rücksichtslos hinterher. Ich nehm die Parabellum. Wirst du die Nerven haben?«

Holt krampfte die Faust um die Pistole.

»Er darf nicht türmen«, fuhr Wolzow fort. »Du hältst ihn also in Schach, bis er unterschrieben hat. Dann kannst du die Kanone wegstecken. Daß er unterschreibt, dafür sorge ich. Der Rest ist dann auch meine Sache. So, jetzt komm. Sei nicht aufgeregt, da kann gar nichts schiefgehn.« Holt legte sich seine Worte zurecht: Einen schönen Gruß von der Ruth Wagner ... Er sagte sich unaufhörlich: Es ist für die Gerechtigkeit ... für Gerechtigkeit!

Wolzows Stimme, unten in der Halle, hatte einen scharfen Kommandoton. Er ließ die Uhren vergleichen, es war neunzehn Uhr und achtundzwanzig Minuten. »Sepp! Acht Uhr bringst du den Angelkahn an die Parkinsel, oben, beim Schwarzbrunn, und vergiß nicht die Treidelleine. Wenn's dunkelt, schleppt ihr das Gepäck zum Kahn, hinten durch die Gärten. Inzwischen sind wir wieder hier. Frag nicht. Alles klar? Komm, Werner.«

Sie umgingen den Rabenfelsen und näherten sich ihm von Norden. Der Wald reichte bis an den Fuß der aufeinandergetürmten Basaltbrocken. Ein schmaler, von hüfthohen Farnwedeln bewachsener Platz schloß sich unmittelbar an die steil abfallende

Felswand. Hierher schien niemals die Sonne. Der Boden war feucht und modrig. Wolzow verbarg sich am Waldrand.

Unter dem Felsen war Dämmerung. »Er kommt!« rief Wolzow nach langem Warten. Holt drückte sich in eine der schattengefüllten Felsspalten. »Er kommt am Waldrand entlang«, hörte er, »versteck dich, wir nehmen ihn zwischen uns!« Dann verschwand Wolzow im Wald. Holt stand unbeweglich, an den Fels geschmiegt, die Rechte in der Hosentasche um den Griff der Pistole geschlossen. Wenn er flieht ... sofort schießen! Es ist für die Gerechtigkeit.

Es dauerte eine Ewigkeit, bis am Waldrand Schritte laut wurden. Holt sah die hochgewachsene Gestalt Meißners im Gebüsch, und dahinter schlich Wolzow durchs Unterholz.

Meißner war nur noch wenige Schritte von Holt entfernt. Er blieb stehen und wandte den Kopf erst nach rechts, dann nach links. »Hallo!« Dann sah er auf die Armbanduhr. Holt trat aus der Felsspalte. Meißner blickte auf, erkannte Holt und sagte überrascht: »Nanu!« Holt ging langsam um Meißner herum, bis er ihn zwischen sich und der Felswand hatte. Die Erregung schnürte ihm die Kehle zu. Auf einmal war auch Wolzow da. Meißner, um Holt im Auge zu behalten, hatte sich um seine eigene Achse gedreht. Als er Wolzow sah, sagte er noch einmal: »Nanu ... Da sind die Herren ja beide!«

»Hast wohl die Suse erwartet?« fragte Wolzow und grinste. Schritt für Schritt ging Holt auf Meißner zu, die Pistole noch immer in der Tasche. Wolzow hielt sich, scheinbar unbeteiligt, ein paar Schritte abseits. Holt stand nun unmittelbar vor Meißner. Er sagte: »Die Suse kommt nicht. Bist uns auf den Leim gegangen. Den Brief hab ich geschrieben.« Meißner sagte, mit einer Stimme, die vor Wut zitterte: »Ach ... So ist das! Anders habt ihr euch wohl nicht getraut?« Holt zog die Pistole aus der Tasche, richtete sie auf Meißner und sagte: »Einen schönen Gruß von der Ruth Wagner!«

Meißner wich langsam zurück. Holt folgte ihm. Meißner blickte starr auf die Waffe. Seine Stimme war auf einmal brüchig. »Was wollt ihr?«

»Nur eine Kleinigkeit«, sagte Holt.

»Achtung!« schrie Wolzow gellend. Holt trat instinktiv einen Schritt zur Seite, wie ein Schatten flog Meißner an ihm vorbei, der Schuß knallte durch die Dämmerung, und über das Bein, das Wolzow ihm stellte, schlug Meißner in die Farnwedel. Wolzow kniete schon auf seinem Rücken. Meißner bäumte sich auf, aber Wolzow hielt ihn nieder und schlug ihm zwei-, dreimal die Faust ins Gesicht, das zur Seite gewendet auf dem feuchten Boden lag.

»Ich werde dir helfen!« sagte Wolzow. »Werner, bind ihm die Füße!« Holt zog den Gürtel aus der Lederhose und band Meißners Beine. Sie drehten ihm beide Arme auf den Rücken und schnürten ihm auch die Ellenbogen zusammen. Dann schleiften sie ihn durch den Farn zur Felswand, wo sie ihn aufrecht, ans Gestein gelehnt, hinsetzten.

Es war dunkel. Wolzow leuchtete ihm mit der Taschenlampe ins Gesicht. Die Unterlippe war aufgeplatzt und dick geschwollen.

»Was wollt ihr?« fragte Meißner mühsam. Wolzow zog den Schein aus der Tasche und las: »… ›heimliches Liebesverhältnis gehabt und sie in schwangerem Zustand durch Drohungen eingeschüchtert und fortgejagt‹ …« Während Wolzow las, hob Meißner den Kopf. Sein Gesicht zeigte Schrecken, Furcht und Wut.

»So. Das wirst du erst einmal unterschreiben«, forderte Wolzow.

»Und … wenn ich nicht unterschreib?«

»Du wirst unterschreiben. Du weißt, es gibt da eine Menge netter Sachen, wenn einer nicht will.«

Schweigen.

»Und wenn ich doch nicht unterschreib?«

Wolzow antwortete nicht. Er nahm eine Zigarette, reichte auch Holt die Schachtel, aber Holt schüttelte den Kopf. »Dann bringen wir dich ’n Stück in den Wald und knallen dich ab.« Das klang so gleichgültig, daß Holts Hände zu zittern begannen. »Du hast fünf Minuten Bedenkzeit. Komm, Werner!«

Sie entfernten sich. Am Waldrand flüsterte Holt: »Und wenn er sich weigert?« – »Er *wird* unterschreiben, verlaß dich drauf! Er hat nicht die Nerven.«

»Und wenn er doch nicht ... wollen wir ihn wirklich ...?«

»Was bleibt uns denn anderes übrig?« Wolzow war immer noch gleichgültig. »Wir können ihn doch nicht laufen lassen! Wir haben gar keine Wahl! Überfall auf 'n HJ-Führer, bewaffnet! Noch dazu, wo er jetzt weiß, daß wir die Geschichte mit der Wagner kennen. Wenn wir ihn umlegen, dann fingier ich 'n Selbstmord, da haben wir eine Chance, daß man uns nicht erwischt. Aber wenn er uns anzeigt, geht's uns dreckig. Komm jetzt, die fünf Minuten sind um.«

Holt ging an Wolzows Seite zum Felsen zurück. Mord. Kaltblütiger Mord! dachte er.

»Na? Hast du dir's überlegt?«

»Ich unterschreib nicht«, sagte Meißner.

Wolzow schlug ihm die Faust ins Gesicht. Meißner schrie: »Verbrecher! Banditen!« Wolzow rief wütend: »Willst du wohl das Maul halten!«, faßte ihn unter den Achseln und stemmte ihn hoch. Dann schlug er abermals zu, und ein drittes Mal. Meißner sank zusammen und stöhnte: »Und wenn ihr mich totschlagt!«

»Sieh seine Taschen durch«, sagte Wolzow kalt, »man darf unseren Brief nicht bei ihm finden!« Holt griff in die linke, dann in die rechte Brusttasche, fand den Brief und steckte ihn ein. »Bind ihm die Beine los«, befahl Wolzow. Sie faßten ihn links und rechts an den Armen. Er sträubte sich. Sie schleiften ihn tiefer in den Wald. Mit einem Fußtritt hackte Wolzow ihm beide Beine unter dem Körper weg. Meißner stürzte zu Boden.

»Jetzt ist Schluß!« Wolzow setzte ihm die Mündung der Armeepistole auf die Stirn. Da begann Meißner zu schreien: »Aufhören! Nimm den Revolver weg!« Er kreischte langgezogen: »Aufhören! Hilfe!«

Wolzow preßte die Mündung der Waffe fester gegen seine Stirn. »Willst du unterschreiben?« Meißner schrie: »Ja doch ... Ja! Nimm die Pistole weg!«

Sie richteten ihn auf und banden ihn los. Wolzow leuchtete mit der Taschenlampe, in der anderen Hand hielt er die Pistole. Meißner unterschrieb. »Setz noch das Datum hin«, befahl Wolzow, »heut ist der 24. Juli 43. Den Tag sollst du dir merken!« Er steckte die Pistole weg und schob den unterschriebenen Schein sorgfältig in die Brieftasche. »Steh schon auf, Mensch! Es kann losgehen. Jetzt begleichen wir zwei unsere Rechnung.«

Holt sah, wie Wolzow auf den großen, blonden Burschen losschlug, der sich nur kurze Zeit zur Wehr setzte und bald wieder hinfiel. Wolzow trat ihn mit Füßen. Schließlich beugte er sich über die bewegungslose Gestalt, drehte sie auf den Rücken und leuchtete in das entstellte Gesicht. Meißner, in tiefer Bewußtlosigkeit, röchelte schwer.

»Los, Werner, jetzt weg!«

Der Himmel hatte sich bewölkt. Der Wald war nachtdunkel. Sie gingen eilig. »Hättest du ihn wirklich erschossen?« fragte Holt. »Ja, was denkst denn du?« antwortete Wolzow erstaunt.

Dann, in der Wolzowschen Villa, die dunkel und menschenleer in der Nacht stand, saß Holt, den Kopf in die Hände gestützt.

Einer lag jetzt zerschlagen und blutend im Walde. Ich bin viel zu weich. Ich muß härter werden! Mir graut vor Wolzow. Er hat, was mir noch fehlt: diese »Mörderkaltblütigkeit mit gutem Gewissen«, von der ich gelesen hab. Wie will ich den Krieg bestehn? Ich muß härter werden.

Draußen schlug die Tür. Wolzow nahm sein Gepäck auf. Sie gingen langsam durch die Gassen zum Fluß hinab. Wolzow schleppte eine Aktentasche voll Bücher mit. Er sprach von seinen Plänen. »Wir werden die Zeit gut ausnützen. Nachtorientierungsmärsche, viel Sport, viel Scheibenschießen. Wir müssen unser militärisches Wissen erweitern. Wir müssen unsere kriegerischen Tugenden festigen.« – »Ja, Gilbert«, sagte Holt.

8

Holt und Gomulka schossen sich seit Tagen mit den Gewehren ein. Zemtzki hatte die Vormittagswache. Der Posten konnte vom Gipfel aus viele Kilometer weit das Gelände überblicken. Vetter, auf einem Klappstühlchen vor der Höhle, pfiff sich eins. Er putzte Pilze. In der Höhle, deren Eingang erweitert worden war, hing ein Kessel mit Wasser über dem Feuer. Gestern hatte Wolzow einen Hasen in der Schlinge gefangen. Vetter, der Küchenbulle, wie Wolzow ihn nannte, konnte den Hasen nicht braten. Vetter hatte Sorgen. Das Fett war aufgebraucht, auch das Brot, mit dem letzten Pfund Roggenmehl kochte er heute Pilzsuppe. Holt und Gomulka schossen unten, in der Schlucht, auf eine kopfgroße, sandgefüllte Blechbüchse. »Es hat keinen Zweck, auf die Jagd zu gehen, ihr vergrämt bloß das Wild«, hatte Wolzow gesagt. »Schießt euch erst ein.« Gomulka ließ den Stutzen donnern, stehend freihändig, er verschwand bei jedem Schuß in einer stinkenden Qualmwolke. »Treffer!« sagte Holt, das Fernglas an den Augen. Gomulka lud und schoß, auf fünfundsiebzig Meter. »Treffer«, sagte Holt, »du triffst jetzt von drei Schuß zweimal, mehr wird's nicht.« – »Auf was Lebendiges schießt sich's besser«, sagte Gomulka und setzte den Stutzen ab, »das ist eine alte Weisheit: Jetzt du noch mal.« Sie gingen auf etwa dreißig Meter an die Büchse heran. Holt schoß links. Das Kleinkalibergewehr peitschte, hell und dünn neben dem schweren Stutzen. »Gut, gut«, sagte Gomulka, »ich denke, wir sind soweit.« Sie hängten die Gewehre auf den Rücken und stiegen aus der Schlucht wieder zur Höhe des Kreideplateaus auf.

Vor der Höhle stand Wolzow, in der Badehose. Holt und Gomulka begannen, die Gewehre zu reinigen. »Bloß Pilzsuppe!« sagte Vetter. »Wenn ihr heute nichts ranschafft, wird ab morgen gefastet.« Wolzow hatte im Bach gebadet, auf seiner Haut standen funkelnde Wassertröpfchen. »Schießt, was euch vor die Gewehre kommt! Man kann auch Krähen essen, in der Suppe. Ich geh heut abend mit Zemtzki los und grab ein paar Rucksäcke Kartoffeln aus. Ich werde mir auch mal die Dörfer ansehen.« Er traf, während er sich ankleidete, immer neue Anordnungen. »Pilze ranschaffen und trocknen. Drüben, hinter der Schlucht, gibt's bald Blaubeeren, Christian, merk dir das!« Vetter redete Wolzow mit »Chef« an und gehorchte ihm sklavisch. »Und dann«, fuhr Wolzow fort, »sollten wir doch im Fluß angeln.« – »Ist gefährlich«, sagte Gomulka. »Dort unten sieht uns bestimmt jemand!« – »Wenigstens Nachtangeln auslegen«, sagte Holt, der an seine Verabredung mit Wiese dachte. »Laßt mich das machen. Den Fluß übernehm ich.« Vetter stimmte wieder sein Klagelied an. Er brauche Fett. »Kocht ihr mal was ohne Fett! ... Man müßte eine richtige Sau organisieren«, sagte er träumerisch.

Sie löffelten die Pilzsuppe. Vetter trug ein Kochgeschirr zu Zemtzki auf den Gipfel. Holt und Gomulka bereiteten sich auf den ersten Pirschgang vor. »Ihr seht aus wie Robinson«, sagte Wolzow und grinste. »Wenn's nach der Ausrüstung ginge, müßtet ihr ein Mammut schießen.« Er rief ihnen hinterher: »Weidmanns Heil!«

Sie stiegen den steilen Trampelpfad hinab und folgten dem Lauf der Schlucht, bis sich ein Tal vor ihnen öffnete. Sie wanderten, die Gewehre schußfertig unter dem Arm, nach Osten, durch den dichten und verwilderten Wald. Gebüsch und Unterholz hemmten ihre Schritte. Ein Eichelhäher stimmte gellendes Warngeschrei an. Holt hob die Büchse. »Ob man Eichelhäher essen kann?« flüsterte er. – »Ja. Aber laß, du verjagst vielleicht was Größeres!« – »Das Geschrei vertreibt sowieso alles Wild. Polizei des Waldes.« Der Vogel war auf den Zweigen einer Eiche niedergegangen, das bunte Gefieder leuchtete durch das Laubwerk. Ausatmen, Druckpunkt, Ziel aufsitzen lassen! Der Schuß brach. In einer Wolke stiebender Federn fiel der Vogel zu Boden. Holt lud. »Die erste Beute!« Er verstaute den Eichelhäher im Rucksack. Sie wanderten weiter.

Als sich der Abend senkte, tat sich eine große Lichtung vor ihnen auf. Ein Bach plätscherte zu Tal. Sie rasteten und lagerten sich am Waldrand.

Ein kühler Wind strich über sie hin.

»Denkst du manchmal an zu Hause?« flüsterte Holt. »Nein, nie«, sagte Gomulka. »Und du? Denkst du an die Stadt?« Holt schüttelte den Kopf. – »Und ... denkst du noch an den ... Gasthof, dort, beim Ernteeinsatz?« Holt sah angestrengt zur Seite. Die Frage überraschte ihn. »Manchmal«, flüsterte er nach langer Pause. Dann erstarrte er. Nicht weit von ihnen entfernt saß ein Hase im Gras der Lichtung, machte Männchen, mit spielenden Ohren, und äugte ... Langsam, ganz vorsichtig brachte Holt das

Gewehr in Anschlag. Er mußte sich zur Ruhe zwingen, er zielte sorgfältig. Gomulka hielt den Stutzen schußbereit an der Wange, um zu feuern, wenn Holt fehlte. Dämmerlicht, nicht zu tief abkommen! Der Kopf mit den langen Ohren stand zitternd auf der Visierlinie. Als der Schuß peitschte, sprang der Hase hoch und blieb liegen. Im gleichen Augenblick aber brach, greifbar nahe, ein großes Tier aus dem Gebüsch und flüchtete in langen, federnden Sätzen über die Lichtung. »Schieß!« schrie Holt. Da donnerte schon der Stutzen. Gomulka verschwand in einer stinkenden Rauchwolke. Das Echo rollte durch den Wald. Gomulka war aufgesprungen. Er stand vornübergeneigt und schob in fieberhafter Eile eine neue Patrone in den Lauf. Aber das große, flüchtende Tier verschwand jenseits der Lichtung im Wald. »Los! Lauf doch!« rief Holt. »Ein Reh war das, oder gar ein Hirsch!« Sie hetzten über die Lichtung, setzten im Sprung über den Bach. Am Waldrand rief Gomulka triumphierend: »Hier!« Eine große, versickernde Blutlache, eine breite Blutspur, die plötzlich endete. »Dort, das Gebüsch!« Sie teilten mit beiden Armen die Zweige. Da brach es schon wieder aus den Sträuchern, ein Schatten taumelte davon, zum Greifen nahe. Aus dem Gebüsch, wo das angeschossene Wild gelegen hatte, führte die dunkle Blutspur weiter. Gomulka hielt Holt in jähem Schreck am Arm fest: »Dort!«

Etwa dreißig Meter vor ihnen, zwischen den Büschen, von der Dämmerung verhüllt, richtete sich das Tier noch einmal mühsam auf die Vorderläufe und wandte ihnen den Kopf mit dem mächtigen Geweih zu. Gomulka kniete, das Gewehr im Anschlag. Es dünkte Holt eine Ewigkeit, bis der Schuß knallte und das Echo sich in den Wipfeln verfing. Der beißende Geschmack des verbrannten Schwarzpulvers füllte Holt Mund und Nase. Der Hirsch sank zusammen. Gomulka ließ den Stutzen fallen, sprang auf und begann ein Jubelgeschrei.

»Still! Wenn jetzt jemand kommt!« Sie standen unbeweglich und horchten. Kein Laut regte sich. »Wer soll denn hier kommen? Die Männer sind im Krieg, und die Weiber haben Angst im Wald.« Er hob den Stutzen auf und schob eine Patrone in den Lauf. Dann standen sie bei dem verendeten Wild. Der Hirsch hatte im Todeskampf mit dem starken Geweih den Boden zerwühlt und lag nun auf der Seite. Gomulka zählte die Enden. »Zwölf«, sagte er, »also ein guter, ein jagdbarer Hirsch ... Und weidgerecht erlegt ... Er hätte uns auch verludern können, wo wir keinen Hund haben!« Das erste Geschoß war hinter dem Schulterblatt in die Flanke gedrungen. Das zweite hatte den Hals dicht unterhalb des Kopfes durchschlagen. »Ich hab's vorhin gleich gewußt, daß ich gut abgekommen bin«, sagte Gomulka zufrieden, »er ist mir richtig in die Kugel hineingesprungen ...« Holt lief zurück und holte den Hasen. Dann schleppten sie den Hirsch tiefer in den Wald zwischen das Eichengebüsch. »Das sind gute zwei Zentner, ein schönes Gewicht!« – »Der Jäger sagt niemals ›schönes Gewicht‹ beim Hirsch«, verbesserte Gomulka. »Es heißt gut, prächtig oder brav, auch beim Geweih. Und wer sich gegen die Weidmannssprache vergeht, wird zur Strafe über einen jagdbaren Hirsch gelegt und erhält drei Pfunde mit dem Blatt.« – »Was, wie?« fragte Holt. – »Drei Schläge mit dem Weidmesser. Dazu sagt der Oberjägermeister beim ersten Pfund: ›Jo ho, das ist für meinen gnädigen Fürsten und Herrn!‹ Beim zweiten: ›Jo ho, das ist für Ritter, Leute und Knecht!‹ Und beim dritten: ›Jo ho, das ist das edle Jägerrecht!‹«

Holt lachte. Aber sie konnten sich nicht entschließen, die Beute zu zerteilen. »Hast du schon mal 'n Hirsch aus der Decke geschlagen? Das schaffen wir nicht. Wir müssen ihn wegschleppen.« Sie vergruben das Blut am Waldrand und im Gebüsch, fällten eine junge Tanne und zogen den Stamm durch die zusammengebundenen Läufe. »So geht es«, meinte Gomulka. »Im Krieg werden wir manchmal noch schwerer schleppen«, sagte Holt.

Gomulka entzündete ein kleines Feuer. Sie brieten den Eichelhäher über der offenen Flamme, und da er kaum größer als eine Taube war, spießten sie auch den Hasen auf einen Stecken und ließen ihn über der Glut schmoren.

Es war Nacht. Holt breitete seine Zeltbahn aus und legte sich nieder, den Kopf gegen den Hirsch gelehnt. Gomulka hockte ihm zur Seite und versorgte das Feuer. Die Flamme zischte, wenn das Fett in die Glut tropfte. Zwischen den Wipfeln der Bäume stand Stern an Stern.

Holt schaute in den Himmel, wie vor ein paar Tagen, am Fenster einer fremden und dunklen Kammer, in jener Nacht. Eigentlich hab ich sie längst vergessen. Und wenn ich zurückdenk, dann seh ich ein anderes Gesicht ... »Du hast da vorhin was gefragt«, sagte er. »Ich hab es gar nicht gewollt, dort im Gasthof. Ich wollte es; aber ich wollte es nicht so! Und doch hätte ich mich mein Lebtag einen Feigling genannt. Ich weiß bis heut noch nicht, ob ich mich schämen muß.«

Gomulka stocherte mit einem Ast in der Glut. »Ich hab früher gedacht, es könnte wie in den Büchern sein«, fuhr Holt fort. »Alles aus Liebe und so. Wie bei Novalis. Kennst du das? Sie ist eine Königstochter, die Schönste im Land, und er ist ein ganz armer Hund, ein Dichter, der mit seinem Vater im Wald lebt; der Vater ist kolossal gelehrt, so'n halber Weiser. Die beiden lieben sich heimlich. Eines Tages gehn sie spazieren, und da kommt ein Unwetter, und sie müssen in eine Höhle flüchten, wo's dann auch prompt passiert, aus Liebe natürlich. Aber sie traut sich nicht mehr zum König ins Schloß und bleibt bei dem weisen Mann und seinem Sohn. Der König läßt das ganze Land absuchen, umsonst. Nach einem Jahr bringt sie der junge Mann dann nach Hause, da hat sie 'n Baby, und der Dichter hat aus der Geschichte ein Lied gemacht und singt es dem König vor. Der ist ganz unbeschreiblich gerührt, und er verzeiht ihnen. Ich finde so was schön. Aber die Wirklichkeit ist ganz anders.«

»Gib mal das Salz her«, sagte Gomulka. »Hast du solche Gedanken öfter?« Er nahm den Hasen vom Feuer, teilte ihn und reichte Holt einen Fetzen des dampfenden Fleisches. »Ich bin gespannt«, sagte Holt, während er mit den Zähnen das Fleisch von den Knochen riß, »ob es im Leben mit allen ... Idealen so ist wie mit Novalis und der Wirklichkeit. Liebe, das hat mich immer ganz feierlich gestimmt. Aber es ist gar nicht feierlich, es ist ... ganz anders. Mir ist auch immer so erhaben zumut, wenn ich die Morgenfeiern der HJ im Radio hör, am Sonntag. Neulich hab ich von den jungen Kriegsfreiwilligen gehört, von diesem berauschenden Hochgefühl der Hingabe, wenn man sein Leben fürs Vaterland opfert ... Oder in diesem Büchlein ›Die Stimme der Ahnen‹ von

Sörensen, das uns der Knack neulich mitgebracht hat; Ekke hieß der Freiwillige, von dem da erzählt wird. Es hat sich mir wörtlich eingeprägt, wie er geschildert wird: ›halbaufrecht emporgeworfen die Handgranate mit einem Jauchzen in das Maschinengewehrnest schleudernd. Und im Schwung noch von der Kugel getroffen und niedersinken mit dem letzten Gedanken: ... das beste für Deutschland ...‹«

»Schmeiß den Dreck ins Feuer«, sagte Gomulka, »keine Knochen rumliegen lassen! Die Asche graben wir nachher ein ... Und da denkst du nun, es könnte damit auch so sein wie mit der Liebe? Wolzow meint, der Krieg ist ganz unpoetisch. Wissenschaftlich trocken, wie Chemie, sagt er.« – »Aber wenn man sich dann durchgerungen hat, zur Todesbereitschaft und so, wie es bei Beumelburg im ›Frontsoldat‹ steht, kennst du's?, dann soll ja erst die wirkliche und echte Begeisterung kommen.«

»Ich denke, in einem Jahr wissen wir's«, sagte Gomulka. Sie streckten sich zum Schlafen aus, Kopf an Kopf. »Es gibt vieles, worüber man mit keinem reden kann«, meinte Holt leise. »Ich dachte früher mal, der Vater wäre dazu da, daß man alles mit ihm besprechen kann.« – »Die Alten«, sagte Gomulka, »wissen nicht, was sie wollen! Erst so, dann so.«

Noch nach Tagen fragte Vetter: »Wie habt ihr das bloß gemacht?« – »Eben abgedrückt und heimgeschleppt«, sagte Gomulka.

Täglich gab es drei Fleischmahlzeiten. Wolzow holte jeden zweiten Tag Kartoffeln. Tagsüber saß er vor der Höhle, studierte seine Lehrbücher der Strategie und brütete über einem Plan, von dem er noch nichts verlauten ließ.

Er war einige Male bei einem weit entfernten Dorf gewesen, in dessen Nähe er aus einem Acker halbreife Kartoffeln ausgrub. Die Felder am Wald wurden oft von Schwarzwild heimgesucht, aber der Vorschlag, dort auf ein Wildschwein zu lauern, wurde verworfen. Der Schuß mußte im Dorf gehört werden.

Wolzow hatte einen anderen Plan. »Los! Wir halten Kriegsrat.«

Irgendwo, einsam im Wald, lag ein einzelnes, kleines Gehöft, berichtete Wolzow. »Sie haben einen Hund, einen ziemlich großen Köter, den muß man abschießen. Dann kann man in Ruhe ein Schwein aus dem Koben holen!« Holt erschrak nun doch. Aber Vetter rief: »Eine Sau? Eine richtige, gemästete Sau?« – »Den Hund abschießen, gut«, sagte Holt. »Aber da hast du zwei Minuten später die Hausbewohner auf dem Hals!« – »Es wohnen ja bloß zwei alte Leute dort«, entgegnete Wolzow. »Es muß ein Forsthaus sein. Die Leute halten zwei Kühe und ein paar Schweine. Drei von uns stechen die Sau ab und schleifen sie weg, zwei Mann halten unterdessen die Alten in Schach. Man kann es auch am Tage machen, wenn die beiden aufs Feld gefahren sind. Sie haben einen Weizenacker, ziemlich weit weg. Ich arbeite es bis ins kleinste aus.«

Holt hörte sich das schweigend an. Der Plan lockte, denn er war abenteuerlich. Immerhin: Einbruch, Raub, bewaffneter Raub sogar ... Er sagte sachlich: »Darauf steht Zuchthaus!« Zemtzki schaute Holt erschrocken an.

»Pfeif auf Zuchthaus! Erst müssen sie uns haben!« sagte Wolzow.

»Requirieren ... beim Bauern requirieren«, sagte Vetter eifrig, »das ist im Krieg so Sitte! Mein Vater hat mal erzählt, daß die Wehrmacht in der Ukraine ... in so einem Dorf ... aus sämtlichen Gehöften das Vieh rausgeholt hat, nicht bloß eine Sau, und das wurde dann verladen. Die Leute mußten sich das gefallen lassen. Und wo sie nicht mitgemacht haben, da wurde alles an die Wand gestellt.« – »Da siehst du ja, wie man so was macht!« sagte Wolzow. »Es ist eine gute Nervenprobe für später. Man muß alles, was vorkommen kann, schon mal durchexerziert haben.«

Holt wurde ein Gefühl der Sorge nicht los. Aber Wolzow die Gefolgschaft aufzukündigen, kam nicht in Frage. »Ich mach natürlich mit«, sagte er. Dabei überlegte er schon, wie man den Folgen begegnen könne. Er machte sich nichts vor: er hatte Angst. »Ich setz mich mal einen Tag lang mit dem Fernglas auf eine Kiefer«, hörte er Wolzow sagen, »und spionier alles aus. Die Operation wird erstklassig vorbereitet.«

Holt traf sich mit Peter Wiese. Er verließ das Lager unter dem Vorwand, am Fluß Nachtangeln zu legen.

Wiese brachte allerhand Neuigkeiten. Das Verschwinden der fünf Jungen war noch nicht bemerkt worden. In der Stadt glaubte man sie beim Ernteeinsatz, und Wurm mochte seine Meldung noch nicht an den Bann geschickt haben. »Der Meißner«, erzählte Wiese unter anderem, »liegt im Krankenhaus und konnte nicht einrücken. Er ist beim Klettern am Rabenfelsen abgestürzt. Aber man munkelt, daß ihn der Verlobte von der rothaarigen Suse so verdroschen hat, weil er immer hinter ihr her war.« Holt verzog das Gesicht, er fühlte sich erleichtert.

»Der Duce ist zurückgetreten«, erzählte Wiese nun. »Er hat Badoglio zu seinem Nachfolger ernannt. In einem Aufruf hat Badoglio erklärt, daß der Krieg weitergeht. Im Rundfunk hat es geheißen, das deutsche Volk nimmt diese Erklärung zur Kenntnis.« – »Komisch«, sagte Holt befremdet, »verstehst du das?« Peter Wiese hob die Schultern. Später sagte er: »Sie haben eine Woche lang ununterbrochen Hamburg bombardiert, jede Nacht.« Holt dachte flüchtig an seine Verwandtschaft und hörte Wieses Stimme: »Es soll grauenhaft sein ... der Phosphor ... furchtbare Wunden. Körper zu schwarzen Strünken verbrannt ...«

Er nächtigte am Fluß. Er dachte: Vielleicht werden wir an einem solchen Brennpunkt des Luftkrieges eingesetzt ... Am Morgen holte er die Nachtangeln ein und trat mit ein paar kleinen Aalen den Rückmarsch an.

Das Leben war anstrengend. Jeder Tropfen Wasser wollte in einer halsbrecherischen Klettertour vom Bach heraufgeholt sein. Holt und Gomulka durchstreiften die Wälder. Sie erbeuteten Hasen und Wildhühner. Bei den ausgedehnten Pirschgängen freundeten sie sich mehr und mehr miteinander an.

Wolzow hatte einen Tag lang das Forsthaus belauert, und nun saß er vor der Höhle und dachte über einen Feldzugsplan nach. Wenn Holt das bevorstehende Abenteuer einfiel, vertiefte sich seine Sorge. Aber er sprach zu keinem davon, auch nicht zu Gomulka, während er mit ihm im Walde am Feuer nächtigte. Er überlegte hin und her. Wenn Wolzows Plan mißlang, oder wenn sie hinterher gefaßt wurden, dann konnte sie keiner, auch nicht Wolzows Onkel mit seinen weitreichenden Verbindungen, vor Strafe bewahren. Es galt also, einer solchen Strafe vorzubeugen. So reifte der Gedanke heran, bei Wolzows Onkel rechtzeitig und vorerst heimlich Rückendeckung zu suchen.

Er traf sich wieder mit Wiese. Nun wurden sie in der Stadt vermißt. Die Polizei, erzählte Wiese, habe bei einigen Mitschülern angefragt, ob sie etwas von einem Urlaubsreiseplan der fünf wüßten. Offenbar forschte man erst bei den Verwandten der Jungen nach, denn den Erkundigungen der Polizei, so meinte Wiese, fehle der richtige Nachdruck ... Der Rechtsanwalt Gomulka, zum Beispiel, vermutete Sepp bei seinem Bruder, der als Zahnarzt in Dresden lebte und zur Zeit irgendwo in einem Wochenendhaus den Sommer verbrachte. Holt kehrte diesmal ziemlich beruhigt zum Lager zurück.

Am Abend saßen sie am Feuer und unterhielten sich. Vetter schwätzte: »Früher gab es eine richtige Seeräuberrepublik im Atlantik. Ich hab mal davon gelesen, die hießen Fli-bus-tier. Das wär was für mich gewesen. Da hätte meine Sippe mal versuchen sollen, mich immerfort zu hauen!«

Holt erhob sich. Er hörte nicht auf Vetters Gerede. Seit er hier in den Bergen hauste, war die Erinnerung an Uta Barnim nicht verblaßt. Jetzt war sie so stark, daß er Block und Füllfederhalter aus dem Rucksack kramte und im Schein des Feuers einen Brief an sie schrieb, verworrene, ungestüme Zeilen. Als er sich wieder mit Wiese traf, gab er ihm den verschlossenen Umschlag. Dann wartete er ungeduldig auf das nächste Zusammentreffen am Fluß. Und da Wolzow nun eifrig den Einbruch ins Forsthaus vorbereitete, verdichtete sich Holts Gedanke, mit Utas Unterstützung Wolzows Onkel zu Hilfe zu rufen.

Am Fluß, bei dem verabredeten Treffpunkt, badete er in einem verschilften Wasserarm. Dann warf er die Angelschnüre aus und fing ein paar Barsche. Er trug eine Handvoll Kartoffeln bei sich, entzündete ein winziges Feuer und legte sie rings um die Flammen. An einem Holzstecken hielt er unterdessen einen der Barsche über die Glut. Als er gegessen hatte, legte er für die Nacht die großen Aalhaken. Erwartungsvoll saß er am Feuer, rauchte eine Zigarre und blickte über den Teich, der still und bewegungslos in der Abendsonne lag. Endlich kam Wiese.

Er reichte Holt eine Zeitung. Holt überflog hastig die Notiz. »Fünf Oberschüler zwischen sechzehn und siebzehn Jahren ... Verschwinden erst sehr spät bemerkt ... Ernteeinsatz der HJ ... Wie der Leiter des Kommandos angab, schon nach wenigen Tagen desertiert ... Kreiskriminalamt vermutet einen organisierten Ausbruch aus der elterlichen Erziehungsgewalt ... und verfolgt eine bestimmte Spur ...«

»Eine bestimmte Spur ...«, sagte Holt nachdenklich, während er die Zeitung einsteckte. »Mein Vater hat mit dem Jugendrichter gesprochen«, berichtete Wiese. »Sie wissen gar nichts.« Holt atmete auf. »Hast du den Brief eingeworfen?«

»Ja. Vorgestern war Uta bei meiner Schwester. Sie haben von euch gesprochen. Von dem Brief hat sie kein Wort gesagt. Daß ihr hier in den Bergen steckt, daran denkt niemand. Uta hat gesagt: Die Polizei sollte ruhig abwarten, bis ihr wiederkommt.«

»Ob sie sich hier mit mir treffen würde?« fragte Holt. Wiese überlegte. »Ich glaube ja. Sie spricht gut von dir.«

Holt bemühte sich, ein gleichgültiges Gesicht zu ziehen. »Ich muß sie dringend sprechen. Bring sie das nächste Mal mit. Am Sonntag abend. Geh erst am Nachmittag hin, vorsichtshalber, dann hat sie keine Gelegenheit mehr, uns zu verpfeifen.«

Als er wieder allein war, sah er nach den Nachtangeln, legte sich nieder und schlief sofort ein. Nachts fiel Regen. Holt zog sich die Zeltbahn über den Kopf und schlief weiter. Im Lager erfuhr er, daß Wolzow wieder das Forsthaus beobachtete. Gomulka sagte: »Morgen geht's los.«

Es war am späten Nachmittag, als Wolzow den Kriegsrat einberief. »Der Hund ist ...« Er machte die Gebärde des Halsabschneidens. Er hatte sich am Waldrand verborgen und gewartet, bis der Alte aufs Feld fuhr. Der Hund, ein stämmiger Boxer, lief hinter dem Wagen her. »Er muß mich gewittert haben, auf einmal kam er durchs Gebüsch. Ich bin getürmt, immer tiefer in den Wald, der Hund hinterher. Da hab ich ihn in einen Knüppel beißen lassen und mit dem Fahrtenmesser abgefangen.« Er erzählte es ganz ruhig. Dann schilderte er ausführlich seinen Plan. Der Hof mit seinen Gebäuden bildete ein Rechteck. Wohnhaus und Stall mit Schuppen standen einander gegenüber. In einer Mauer befand sich das Hoftor. Hinter dem Stall, in einem umzäunten Freigehege, liefen tagsüber die Schweine herum.

»Wir erledigen es am Tag«, sagte Wolzow. »Die Alten fahren früh gegen sieben auf den Weizenacker und kommen erst gegen Mittag zurück. So lange ist der Hof unbewacht. Werner, du und ich, wir passen auf, daß wir nicht überrascht werden. Der Sepp macht mit Fritz und Christian die Sau fertig und transportiert sie ab.« Wie Wolzow es sagte, war das ganz einfach.

»Sollen wir das Schwein etwa schlachten oder kann ich den Stutzen nehmen?« fragte Gomulka. – »Nimm den Stutzen. Such dir nicht das größte aus. Und dann die Beine zusammenbinden, wie ihr das mit dem Hirsch gemacht habt. Wenn das Schwein im Wald ist, schickt Sepp einen Mann zurück, und wir kommen nach.«

Am anderen Morgen reinigten Holt und Wolzow die Pistolen. Gomulka pflegte seinen Stutzen. Vetter und Zemtzki schlugen sich einen Pfahl zurecht. Tief in der Nacht brachen sie auf. Beim Morgengrauen kamen sie ans Ziel, verbargen sich im Gebüsch, bis sie den mit zwei Kühen bespannten Erntewagen davonfahren sahen. »Hoffentlich haben sie nicht 'n neuen Köter, und er beißt mich in'n Arsch!« sagte Vetter. »Ich klettere als erster über die Mauer und öffne das Tor«, bestimmte Wolzow.

Sie warteten noch eine Stunde. Dann schwärzten sie sich die Gesichter mit zerstoßener Holzkohle. Wolzow ging voran. Sie warteten vor dem Hoftor.

»Hund haben sie keinen!« flüsterte Wolzow. »Sonst hätte er schon Laut gegeben!« Er sprang das Tor an wie eine Eskaladierwand. Da sieht man mal, wozu die Schinderei auf der Hindernisbahn gut war, dachte Holt. Eine Gans schrie. Das Tor flog auf. Wolzow rief etwas Unverständliches und deutete nach rechts. Vielstimmiges, entnervendes Gänsegeschrei antwortete.

Holt stand hinter dem aufgebrochenen Tor; als er sich umwandte, sah er drei Gestalten über den Hof rennen, zu den Ställen hin. Wolzow umkreiste das Gehöft. Das Lärmen der Gänse und auch ein schrilles Quieken aus dem Schweinestall drang an Holts Ohr. Da donnerte der Tirolerstutzen, und Holt atmete auf. Er merkte, daß er schweißnaß war. Noch immer lärmten die Gänse. Endlich rief Wolzow: »Werner ... komm!« Holt sprang aus dem Hoftor. Draußen stand Wolzow und half ihm die Torflügel schließen. Dann kam Vetter gelaufen und rief: »Eine Prachtsau haben wir, eine prima Sau!«

Die Aufregung entlud sich in krampfhaftem Lachen ... Im Wald stießen sie auf Zemtzki und Gomulka, die mit der Beute warteten. Das Schwein war in ein paar zusammengeknöpfte Zeltbahnen gewickelt; aus dem grauen Bündel schauten nur die zusammengebundenen Schweinsfüße. Sie nahmen den Stamm auf die Schultern. Zu viert schleppten sie die Last zum Lager. Zemtzki hatte sich das Schweineschwänzchen als Trophäe an die Mütze gesteckt.

Neblige, trübe und kühle Tage folgten. Über den Bergen hing die Wolkendecke grau und dicht. Es regnete stundenlang. Vetter briet ununterbrochen Fleisch. Eine tiefe, sauber ausgewaschene Felsmulde in der Höhle war mit Fett ausgegossen. Endlich brauchten Holt und Gomulka nicht mehr täglich auf die Jagd zu gehen.

Draußen goß es in Strömen. Holt saß am Feuer, der Rauch zog durch den Schacht ins Freie.

»Hast du die leere Hülse liegen lassen?« fragte Wolzow plötzlich. Holt dachte: Aha! Er grübelt also auch über die Folgen nach! »Nein. Ich bin doch kein Anfänger«, antwortete Gomulka. »Jedenfalls haben wir für die nächste Zeit ausreichend zu essen«, sagte Wolzow und steckte sich eine Zigarre an, »da schieben wir hier eine ruhige Kugel.«

»Wenn sie diese ... Geschichte mit der Sau nur nicht mit uns fünf in Verbindung bringen«, sagte Holt. Er zögerte einen Augenblick, ehe er fortfuhr: »Denn im Kreisblatt hat folgendes gestanden.« Er zog die Zeitung aus der Tasche und las die Notiz vor.

Dann sagte er: »Nun vermuten sie uns bestimmt hier irgendwo in den Wäldern.«

»Die Wälder sind groß«, sagte Wolzow. Dann erst stutzte er. »Verdammt, wo hast du das her?« – »Von Wiese.« – »Von Wiese?« Wolzow sah Holt überrascht ins Gesicht. Gomulka hielt im Gewehrreinigen inne und legte den Stutzen neben sich auf den Boden. Holt sagte: »Ich treff mich manchmal mit ihm am Fluß.«

Wolzow dachte lange nach. »Eigentlich gar nicht so schlecht«, knurrte er schließlich. Daß er die Heimlichkeit so ruhig hinnahm, wunderte Holt. Er sagte rasch und wie beiläufig: »Und morgen ... treff ich mich mit Uta Barnim.« Wolzow legte den Kopf zur Seite und überlegte wieder. »Red mal weiter. Du hast doch was vor.«

»Ich will sie fragen, ob sie zu deinem Onkel fährt. Sie müßte ihm am besten alles sagen.«

Wolzow kaute an seiner Unterlippe. Er überlegte lange. »Onkel Hans wird furchtbar fluchen, aber es ist eine brauchbare Idee ... Ob ich ihm schreib?« – »Du wirst doch kein schriftliches Geständnis abgeben!« rief Gomulka. Wolzow stand auf. »Ich überschlaf's noch.«

Als Gomulka sich neben Holt zum Schlafen niederlegte, sagte er: »Hast du's gesehen? Gilbert hat richtig aufgeatmet!«

Am Sonntagmorgen frühstückte Wolzow ein kopfgroßes Stück Fleisch. Er biß mit seinen starken Zähnen auf die Knochen, daß es knirschte. »Dann geh mal«, sagte er. »Hoffentlich verpfeift sie uns nicht.« Holt blickte zum Himmel. Endlich riß die Wolkendecke auseinander. Er machte sich auf den Weg.

Noch sorgfältiger als sonst suchte er das Sumpfgelände rings um den Treffpunkt ab, die Schilffelder und Weidenbüsche. Er schleppte die Zeltbahn voll Reisig aus dem nahen Wald in sein Versteck. Am Feuer aß er ein Stück Schweinefleisch, das ihm Vetter mitgegeben hatte. Langsam wurde es Abend.

Er ließ das Feuer niederbrennen und legte einen Kloben auf, der nur langsam verglühte. Dann wartete er am Waldrand. Als er Uta kommen sah, auf dem schmalen Rasenpfad zwischen Wald und Niederung, wurde ihm bewußt, wie aufgeregt er war.

Er trat aus dem Gebüsch, und sie begann zu lachen. »Sie spielen also tatsächlich noch Indianer!«

Holt ärgerte sich. »Hau mal'n bißchen ab, Peter«, sagte er. »Warte beim Eichenholz, ja?« Wiese ging gehorsam den Weg zurück. »Wir müssen uns verstecken.« Er drang in das Weidengebüsch ein und hielt für sie das Geäst zur Seite. Zwischen den Sträuchern war es dämmrig. Die glühenden Holzkohlen leuchteten. Er legte seine Decke auf den Boden. Sie setzte sich ans Feuer und sah ihm belustigt zu, wie er eine Zigarre aus der Kartentasche kramte und große Rauchwolken ausstieß. Sie begann wieder zu lachen.

»Im Wald Indianer spielen!« Er fühlte, wie er errötete, und sagte: »Wir haben eben dieses langweilige zivile Leben satt! Verstehen Sie das nicht?« – »Eigentlich hätte ich Sie für vernünftiger gehalten«, erwiderte sie.

»Wir haben einen Hirsch geschossen«, erzählte er, und er setzte, auf einmal recht kleinlaut, hinzu: »Dann haben wir was Schreckliches angerichtet ... Wir haben aus einem Gehöft ein Schwein geraubt.«

Sie erschrak. »Was reden Sie!«

Er versuchte, sich zu rechtfertigen, aber der Trotz überzeugte nicht einmal ihn selbst. »Mit dem Kompaß durch den Wald. Wozu haben wir das gelernt? Und Schießen; oder die Eskaladierwand, an der sie mich schon im Jungvolk gedrillt haben ... Das haben wir hier alles mal durchprobiert.« Er schaute mißtrauisch auf Uta.

Sie sah ihn nachdenklich an. »Bitte ...«, sagte er leise, beinahe kläglich, »fahren Sie nach Berlin zu Generalmajor Wolzow. Wenn Sie alles erzählen, hilft er uns, daß wir nicht eingesperrt werden.«

»Eigentlich«, entgegnete sie, »sollten Sie Ihre Untaten allein ausbaden.« Das Wort »Untaten» war wieder der blanke Spott. »Was haben die denn davon, wenn sie uns einsperren?« meinte Holt. »Die solln uns endlich in den Krieg lassen. Da ist das doch alles erlaubt.« Sie schüttelte den Kopf. »Erzählen Sie mir alles. Die ganze Geschichte, von Anfang an.« Holt erzählte. Sie sagte, als er fertig war: »Gut. Ich fahre. Aber ...« – »Was aber?« – »Nichts.« Sie erhob sich. Er ging neben ihr her, den schmalen Pfad zwischen

Sumpf und Wald entlang; er schob die Hand unter ihren Oberarm. Sie duldete es. »Ich bin Ihnen so dankbar ...«, begann er stockend. Sie spottete: »Sentimentalitäten stehen dem Bandenräuber schlecht an!« – »Ich denk immerfort an Sie ...«, sagte er beharrlich, »Tag und Nacht denk ich an Sie ...« – »Und wenn Sie mit Ihrem Räuberdasein in den Bergen eins erreicht haben«, erwiderte sie, »so dies, daß ich gleichfalls öfter an Sie denken muß.« Er zog ihren Oberarm fester gegen seine Brust. »Sie haben mich ganz durcheinandergebracht ...« – »Was Peter sicherlich sehr interessieren wird«, sagte sie lachend. Tatsächlich, da saß Wiese am Waldrand. Kühl und distanziert sagte sie: »Nächsten Samstag, am gleichen Platz.«

»Ich glaube, es ist bald Schluß mit dem Leben hier«, sagte Gomulka. »Eigentlich schade, nicht?« Holt gab keine Antwort. Er war eine Nacht lang allein durch den Wald gestreift, von einer neuerlichen, quälenden Unruhe erfüllt. Sein Interesse am Lagerleben, an Jagd und Fischfang war erloschen. Ich hätte jeden Tag Uta besuchen können, dachte er ... Er gab sich uferlosen Tagträumen hin, wenn er faul in der Sonne lag. Er liebte es, früh aufzustehen.

Am Samstagmorgen lief er vor Sonnenaufgang aus der Höhle, kletterte durch die Felsen und legte sich in den eiskalten Bach. Dann brach er auf. Er verbarg sich am Fluß im Weidengehölz und schlief bis zum Abend.

Er las in Utas Gesicht, daß sie Erfolg gehabt hatte.

Sie ließen Wiese warten und liefen am Waldrand entlang. »General Wolzow hat getobt«, erzählte sie. »Dann hat er wohl eingesehen, daß er seinen einzigen Neffen nicht im Gefängnis enden lassen kann. Er will mit dem Oberstaatsanwalt telefonieren und dieser Tage herkommen. Nächste Woche sollen Sie sich der Polizei stellen.« – »Das ist ja nun keine sehr angenehme Lösung«, sagte Holt mißmutig. »General Wolzow«, entgegnete Uta streng, »hat gesagt: Wenn Sie sich nicht seiner Anweisung fügen, verliert er das Interesse an seinem Neffen und macht keinen Finger mehr krumm.« Sie faßte Holt am Arm. »Überreden Sie die anderen! Der General sorgt bestimmt dafür, daß Ihnen nichts geschieht. Aber nun machen Sie endlich Schluß mit dieser ... versetzten Romantik. Und noch etwas Wichtiges.« Sie sprach leise und eindringlich. »Sie dürfen den Überfall auf den Hof nicht zugeben! ›Das sind die Jungen nicht gewesen!‹ hat der General gesagt, denn eine solche Affäre könne auch er nicht geradebiegen. Sie müssen leugnen und leugnen, falls man es Ihnen überhaupt zur Last legen sollte.«

Dies alles interessierte Holt schon gar nicht mehr. Das Abenteuer war Vergangenheit. Die Gegenwart war Uta. Die Zukunft war der Krieg.

Er schaute zur Seite. In den letzten Wochen war viel geschehen. Ein verzauberter Augenblick, eine ländliche Nacht, und der Schleier war endgültig zerrissen. Sie ging neben ihm, ihre Schönheit war keine Aureole mehr, die sie unnahbar machte. War sie nicht aus Fleisch und Blut wie er? Er faßte ihre Hand, und sie ließ es geschehen. »Schönen Dank auch ...«, sagte er, unbeholfen. »Hoffentlich ... haben Sie nun keine gar zu schlechte Meinung von mir!«

Sie warf einen flüchtigen Blick auf ihn. Er sagte: »Damals, bei Wieses ... Ich dachte, man darf Sie nur von ferne bewundern ... Sie dürfen es mir nicht übelnehmen, wenn ich ...«

»Still!« rief sie. »Was fällt Ihnen ein?« Und sie entzog ihm ihre Hand.

Am Wege saß Peter Wiese, erhob sich und putzte ein wenig Erde von seiner Kleidung. »Vergessen Sie nicht: am kommenden Donnerstag«, sagte sie. Schon war sie um die Biegung des Weges verschwunden.

Holt sah ihr erschrocken nach.

9

»Reumütige Rückkehr in die Stadt, freiwillige Auslieferung bei der Polizei ... ein bißchen kläglich, dieses Ende, was?« sagte Gomulka. Auch Holt hatte sich alles anders vorgestellt.

Wolzow hatte nur eine Sorge: »Wenn sie das Gepäck durchsuchen, sind die Pistolen hin!« Er begoß sie schließlich mit

Waffenöl, wickelte sie in eine Zeltbahn und versteckte das Paket im Steinbruch. Vetter schlang seit einer Woche nichts als gebratenes Fleisch in sich hinein. »Kein Knöchelchen laß ich übrig«, schwur er. Gomulka erhob sich und nahm den Stutzen. »Kommst du mit?« In der Schlucht verschossen sie die letzte Munition. Sie waren sichere Schützen geworden. In der letzten Nacht saßen sie am Feuer. Wolzow, Vetter und Zemtzki schliefen. »Abschiedsstimmung«, sagte Gomulka. »Da geht aber bißchen mehr zu Ende als bloß das Abenteuer«, erwiderte Holt. »Die Schulzeit, ein ganzer Lebensabschnitt.« Gegen drei Uhr weckten sie Wolzow und die anderen, löschten das Feuer und trugen das Gepäck zum Fluß. Am frühen Nachmittag stießen sie den beladenen Kahn vom Ufer ab. Gomulka saß im Heck und steuerte. Sie trieben mit der Strömung.

Sie legten bei der Badeanstalt an. Die Rückkehr söhnte mit dem kläglichen Ende des Abenteuers aus. Die Leute liefen zusammen. Da kamen sie, verdreckt, bartstoppelig, bewaffnet und beladen, polizeilich gesucht, gewissermaßen mit einem Steckbrief bedacht. Nur Vetter zitterte, vor der Rache seiner Sippe. Das Gepäck verstauten sie in Holts und Wolzows Badekabinen, dann drängten sie sich durch die Menge und meldeten sich bei der Polizei.

Sie wurden in eine große Zelle gesperrt. Vergitterte Fenster, sechs Holzpritschen, ein Kübel. Vetter teilte Karten aus.

Am anderen Tag wurden sie dem Richter vorgeführt. »Den kenn ich«, flüsterte Gomulka, »das ist der Jugendrichter!« Groß und dick saß er hinter einem mächtigen Schreibtisch, kahlköpfig, fetten Gesichts, und musterte die fünf Jungen durch die randlose Brille, wohl eine Minute lang.

»Pfui Teufel!« sagte er. »Das Vaterland kämpft, blutet, leidet. Fünf junge Menschen desertieren! Treiben sich rum! Pfui Teufel! Fahnenflucht vom Ernteeinsatz! Herumtreiberei! Wilddiebstahl! Jagdfrevel! Tierquälerei! ... Zemtzki!« schrie er, mit einem Blick in die vor ihm liegende Akte. »Gestehen Sie! Wer hat das alles angestiftet?«

»Bitte ...«, sagte Zemtzki flehend, und seine blauen Augen blickten unschuldsvoll. »Ich gestehe alles. Ich bin es gewesen!

Aber ich bin es nicht allein gewesen, die anderen sind es auch alle gewesen!«

»Pfui Teufel!« sagte der Richter abermals und schüttelte den kahlen Kopf. »Wolzow! Was haben Sie sich dabei gedacht? Ihre Mutter liegt im Krankenhaus! Ihr Vater ist für Führer und Reich gefallen! Ihr Onkel steht in vorderster Front! Und das Früchtchen treibt sich herum und wildert! Pfui Teufel! Und kein bißchen Reue! Unverschämter Blick, freches Gesicht, aufsässiges Gehabe!« Er neigte den Kopf tief über das Aktenstück und begann vorzulesen, ganz schnell: »Die Jugendlichen Gomulka, Sepp, geboren am 15. Juni 1927, Holt, Werner, geboren am 11. Januar 1927, Vetter, Christian, geboren am 30. April 1927, Wolzow, Gilbert, geboren am 23. März 1927, Zemtzki, Fritz, geboren am 1. Juni 1927, alle hier ansässig, werden auf dem Wege der Strafverfügung gemäß Paragraph 328 StPO wegen unerlaubter Entfernung vom Ernteeinsatz der Hitlerjugend, Herumtreiberei, Jagdfrevel laut Paragraph 292 StGB Abs. 1 und 2, Bildung bewaffneter Banden laut Paragraph 127 Abs. 1 und 2 StGB und wegen ständigen Vergehens gegen das Gesetz zum Schutz der Jugend mit acht Tagen Jugendarrest bestraft. Die Täter sind geständig. Strafmildernd wurde in Betracht gezogen, daß sie in verspäteter Einsicht der Verwerflichkeit ihres Tuns sich selbst dem Gericht gestellt haben. Gegen diese Strafverfügung kann Beschwerde beim Kreisgericht eingelegt werden, auch kann durch schriftlichen Antrag die Entscheidung des Kreisgerichtes angerufen werden, das dann die Hauptverhandlung ansetzen wird.«

Er klappte den Deckel zu und sagte: »Sie treten die Haftstrafe sofort an.«

Später sagte Gomulka: »Warum macht er so ein Theater? Meint er, das imponiert mir?« Vetter teilte schon wieder Karten aus. Wolzow legte sich auf die Pritsche und las in seinem Taschenbuch.

Am Nachmittag wurde die Zelle geöffnet, und General Wolzow trat ein. Er winkte mit der Hand, und der Aufseher schloß hinter ihm die Tür. »Gilbert«, sagte er scharf, »es ist das letztemal, daß ich deinetwegen als Bittsteller herumgeh! Ich mache keinen Finger mehr krumm! Verstanden?« Wolzow erhob sich von seiner Pritsche, die anderen standen stumm und betreten, eingeschüchtert durch all das Gold und die Orden an der Generalsuniform ... »Habe dafür gesorgt, daß ihr arbeiten werdet«, sagte der General versöhnlicher. »Holzhacken, Schlackeladen.«

Am anderen Tag wurden sie auf den Hof geführt. Sie zersägten mannstarke Kiefernstämme und spalteten Brennholz. Während der Arbeit hörten sie von schweren Luftangriffen auf Berlin. Die Deutschen an Rhein und Ruhr seien das Beispiel, dem es nachzueifern gelte.

Eine Woche später wurden sie entlassen.

Es war ein schwüler, regenfeuchter Spätsommertag. Die Schwestern Dengelmann empfingen Holt mit Gezeter und Vorwürfen. Holt ging auf sein Zimmer. Die Tage der Haft hatten ein Gefühl der Leere und des Katzenjammers in ihm zurückgelassen. Auf dem Tisch lagen ein paar Briefe, von seiner Mutter, dazwischen ein grauer Umschlag, gestempelt: »Frei durch Ablösung Reich.« Er riß den Umschlag auf. »Sie werden im Rahmen ... Dienst als Luftwaffenhelfer ... Schulklasse ... haben sich am 14. September ... Großkampfbahn ...«

Endlich! Er riß die Tür auf und brüllte durchs Haus: »Es geht los! Montag geht's los!«

Er lief zu Wolzow. Auf dem Weg dachte er an Uta. Er blieb vor der Barnimschen Villa stehen. Aber dann fiel ihm ein, wie Uta grußlos gegangen war, und er lief weiter. Wolzow öffnete, eine Rotweinflasche in der Hand. Er sagte: »Eben ist es durch den Rundfunk gekommen, daß Italien am 3. September heimlich kapituliert hat. Verrätergesindel!«

Holt ließ den Brief sinken. Er erschrak so sehr, daß der Brief in seiner Hand zitterte.

»Dabei hatten die doch gar keinen Grund«, sagte Wolzow. »Wenn man mit Großdeutschland verbündet ist, braucht man doch nicht zu kapitulieren!« Er drückte Holt die Rotweinflasche in die Hand. »Prost!« Dann erzählte er: »In Italien muß allerhand los sein. Der Duce ist entführt worden, sie haben eine neue faschistische Nationalregierung ausgerufen, und wir übernehmen jetzt allein den Schutz der europäischen Küsten ... Komm.« Er schloß das Haus ab. »Jetzt gehen wir aufs Wehrbezirkskommando und melden uns freiwillig! Dann zu Sepp und Christian. Die Einberufung muß gefeiert werden.«

Sie trafen Vetter auf dem Markt, mit Augen, die vom Weinen gerötet waren. »Mein Alter hat mich ganz furchtbar gehaun«, sagte er, während ihn noch der Bock stieß, »aber aus Rache hab ich meiner Sippe sämtliche Raucherkarten geklaut! Hier, da hol ich mir jetzt ›Attika-Auslese‹ oder ›Nil‹ ...« Sie begleiteten ihn in einen Tabakladen. Eine Frau, die nach ihnen das Geschäft betrat, schimpfte ungeduldig: »Beeilen Sie sich doch! Ich muß nach Hause! Der Führer spricht!«

Die Formalität auf dem Wehrbezirkskommando war rasch erledigt. Holt, durch die Nachrichten aus Italien deprimiert, beschloß, nun doch Uta zu besuchen.

Am Nachmittag stand er lange unschlüssig und mutlos vor dem Haus. Dann klingelte er. Er wurde ins Obergeschoß geführt. Uta lag in ihrem Zimmer auf der Couch und las. Als Holt eintrat, blickte sie flüchtig von ihrem Buch auf. »Ach ... Die Strafe schon verbüßt?«

Der frostige Empfang enttäuschte ihn. »Ich wollte ... ich möchte ...« Er sagte hilflos: »Um Verzeihung bitten möcht ich Sie.« Er lehnte sich gegen diese Demütigung auf. »Ich war ... ungehörig, ich dachte ...« Die Auflehnung erlosch, er war bereit, sich noch tiefer zu demütigen, aber sie lächelte so spöttisch wie noch nie. »Was reden Sie da? Ungehörig benommen? Nicht daß ich wüßte.« Sie erhob sich, das Buch fiel zu Boden. Sie trat ans Fenster und sah gelangweilt hinaus. »Sie sollten sich nicht so schrecklich wichtig nehmen, mein Junge.«

Auf einmal stieg Wut in ihm hoch. Er deutete eine Verbeugung an, dann stand er draußen vor der Tür und sah nicht mehr ihr erstauntes Gesicht. Als er unten durch die Diele ging, hörte er sie oben rufen: »So warten Sie doch!«, aber er verließ das Haus. Nur fort!

In der Halle der Wolzowschen Villa fand er die halbe Klasse

versammelt. »Der wilde Jäger!« schrie Rutscher, als er Holt eintreten sah. »Sepp hat grad von dem Hirsch erzählt!«

Holt sah sich um. Er begriff, daß man hier die Einberufung feierte, mit Schnaps ... Das kam ihm recht. Sein Zorn über Uta war längst verraucht, er war nun todunglücklich.

Alles brüllte durcheinander. »Der Gilbert ist in die Schule gegangen, und zum Hausmeister hat er gesagt, aus'm Heizungskeller kommt Qualm! Da ist der in 'n Keller gelaufen, und Gilbert hat den Schlüssel genommen und ist in 'n Chemieraum.« – »Ich! Ich!« rief Zemtzki. »Ich war dabei! Der Gilbert hat die Spritflasche an einem Bindfaden auf 'n Hof runtergelassen, und ich bin damit über die Mauer!« – »Und ich«, erzählte Wolzow, »bin wieder zum Hausmeister und hab gesagt, da müßte ich mich wohl getäuscht haben, wenn aus dem Heizungskeller kein Qualm käm, aber vielleicht käm Qualm aus dem Keller unter der Turnhalle ... Da ist der Kerl gleich wieder losgetrabt, und ich hab den Schlüssel wieder an 'n Haken gehängt und bin ganz gemütlich abgehaun!« – »Wir haben prima Li-kör gemacht, mit fünfzig Prozent!« sagte Vetter schwerfällig.

Holt setzte die Flasche an die Lippen. Das lauwarme klebrige Getränk brannte in der Kehle. Er nahm einen zweiten Schluck, einen dritten ... Langsam wurde ihm brennend heiß, es wurde ringsum weit und hell ... Wolzow schleppte Rotweinflaschen heran. »Trink, Werner!« Holt trank, alle tranken. Kummer und Zorn lösten sich. Zum Teufel mit Uta! Jemand brüllte: »Kameraden! Es geht los!« Holt trank aus der Rotweinflasche, das Leben war wieder leicht. »Nieder mit Badoglio!« schrie jemand. »Wir werden den F-f-führer nie im Stich lassen!« – »Niemals«, brüllte Holt, alle brüllten: »Niemaaaals!« Wolzows dröhnende Stimme: »Ein Wahrzeichen nur gilt: das Vaterland zu retten!« Das ist die Ilias, dachte Holt noch, und ganz fern und schwach dämmerte die Erkenntnis: Ich bin betrunken ... Dann ging alles durcheinander: Stimmenlärm, Geschrei, Gelächter, zum Teufel mit Uta ... Die Bilder überstürzen sich ... die Halle in Wolzows Villa, eine Straße, Marktplatz, und Wolzow trägt einen langen, dünnen Kaktus im Knopfloch, einen Kaktus, das ist zum Totlachen ... Zemtzki hat plötzlich einen Zylinder auf, wo hat er den Zylinder her? ... Was grinsen denn die vielen Leute? ... Um Gottes willen, der Bannführer. Und natürlich brüllt er, schert euch nach Hause ... Wer faßt mich da am Arm? Wiese? Der ewige Miesepeter, Drückeberger ... Was ist los? Betrunken? Na ja doch, ich komm ja schon!

Holt erlebte den traurigen Zustand zum erstenmal, und er lag am nächsten Tag wie betäubt in seinem Bett. Der Kopf schmerzte. Im Magen war ein übles, rebellisches Gefühl. Er fand sich nicht zurecht. Die Sonne schien von links ins Zimmer, also war es früher Nachmittag. Fräulein Dengelmann, Veronika, die Jüngere, den Kopf voll Lockenwickel, stand am Bett und brachte Tee. Sie zeterte: »So eine Schande ... Mit sechzehn Jahren stockbetrunken! Und das ganze Stiegenhaus haben Sie vollgebrochen!« – »Raus!« sagte Holt schwach. »Ich bin krank ...« – »Verkatert sind Sie!« sagte Veronika schadenfroh. »Sie solln rausgehn!« rief Holt. Dann war er allein und kostete den heißen Pfefferminztee. Bruchstücke der Erinnerung fügten sich zusammen. Was haben wir da bloß angerichtet!

Er stand auf. Wie bin ich ins Bett gekommen? Vor dem offenen Fenster machte er seine Kniebeugen; es klopfte.

Peter Wiese trat ein. »Wie geht's dir?« fragte er.

»Danke ...«, brummte Holt. »Mensch ... Was ist gestern bloß passiert?« – »Ihr wart alle betrunken«, sagte Wiese mit leisem Vorwurf. »Auf dem Marktplatz seid ihr dem Bannführer in die Arme gelaufen. Er hat die Polizei holen lassen. Ich kam zufällig vorbei und hab dich grad noch wegbringen können, in dem Durcheinander hat's keiner gemerkt.«

»Hab ich mich zu dir recht unverschämt benommen?« fragte Holt kleinlaut. »Es geht.« Wiese lächelte schwach. »Das Übliche. Drückeberger, Leisetreter, Miesepeter.«

»Tut mir aber wirklich leid«, sagte Holt. – »Schon gut.« Wiese langte in die Brusttasche. »Uta Barnim hat mich gebeten, dir einen Brief zu bringen.«

Holt trat zum Fenster und drehte Wiese den Rücken zu. »Lieber Werner«, stand da in einer energischen Handschrift, »ich habe

Sie gestern nicht kränken wollen, aber es war nicht recht, daß Sie gleich davongelaufen sind. Nun habe ich von Ihrer Einberufung gehört. Wenn Sie an Ihrem letzten Wochenende als Zivilist nichts Besseres vorhaben, so sind Sie herzlich eingeladen, am Samstag mit mir zu unserem Landhaus hinauszufahren. Das Wetter verspricht warm zu bleiben. Auch dort sind die Wälder nicht ohne Schönheit, wenngleich es leider keine Höhle gibt ...« Er lachte, ihr Spott machte ihn glücklich. »Kommen Sie also Samstag nicht später als zwölf, und lassen Sie mich durch Peter Ihre Antwort wissen.«

»Was soll ich ihr sagen?« fragte Wiese. »Ich komm«, entgegnete Holt.

Wiese ging. Holt überlegte: Blumen muß ich ihr bringen! Rosen, Astern, Nelken, das hat sie alles selbst. Er erinnerte sich an Doktor Zickels Orchideenhaus in der Schulgärtnerei. Ich muß einbrechen, dachte er ... Aber als er eine Stunde später über den Zaun spähte, sah er ein halbes Dutzend Menschen beschäftigt, und nachts, als er es abermals versuchte, lief eine große Dogge in der Gärtnerei umher. Dann muß ich eben den Hund vergiften, dachte er, aber die Orchideen muß ich haben!

Er versuchte es am Sonnabend früh wieder, und tatsächlich fand er die Treibhäuser unbewacht.

Er hatte schon seine Sachen zusammengepackt, denn die Schule hatte ihm für den Montagmorgen eine Einladung zur »feierlichen Verabschiedung der Klasse VII zum Luftwaffendienst ...« geschickt.

Die Schulgärtnerei lag weit draußen. Holt setzte über den Zaun. Er eilte gebückt zwischen den hohen Spargelbeeten hindurch zum Orchideenhaus.

Schwüler Duft umfing ihn. Von der Decke hingen Bastkörbe, aus denen bizarre Gebilde hervorwucherten; auf fauligen Baumstämmen leuchteten Blüten, auch zwischen Moosen und Farnwedeln ... Er zog das Messer aus der Hose und schnitt sich die schönsten Blüten ab, langstielige, schneeweiße Sterne mit zartroten Innenblättern: »Paphiopedilum villosum, Our King«, las er auf dem Schild. Er verließ das Treibhaus und gelangte unangefochten aus der Gärtnerei.

10

Vor der Barnimschen Villa hielt ein offener Jagdwagen; der Kutscher hängte den beiden braunen Pferden Futtersäcke um. Holt klingelte ungeduldig; er nahm zwei Treppenstufen auf einmal. Uta stand vor dem Spiegel. Er hielt ihr wortlos die Orchideen hin.

»So etwas Schönes hab ich noch nie gesehn«, sagte sie und drehte ihm rasch wieder den Rücken zu. Sie kämmte sich. Er sah ihr zu, wie sie das schwere Haar um den Kopf wand und feststeckte.

Sie verließen das Haus. Der alte, gebrechliche Kutscher kletterte wortlos auf den Bock und trieb die Pferde an; der Wagen rollte die Allee entlang und bog hinter den letzten Häusern in einen Feldweg ein, rollte weiter durch abgeerntete Äcker, bergan und bergab, und dann eine Stunde lang durch Mischwald. Uta erzählte. Als ihr Vater zur hiesigen Garnison kommandiert worden sei, habe er ein Haus in der Stadt und weit draußen ein Wochenendhaus gemietet. Pferde und Wagen, dieser und ein Dogcart, stünden bei einem Bauern im nahen Dorf. Zu Hause sei sie im Schwarzwald.

Das Haus lag am Waldrand, ein zweigeschossiges Holzhaus auf einem Sockel von Natursteinen. Ringsum stand der verwilderte Wald. Holt folgte Uta in die Diele, dort führte ihn eine mürrische alte Frau ins Obergeschoß und wies ihm ein Zimmer an, das nur mit eisernem Bett, Waschtoilette und Schrank eingerichtet war. Eichen und Kiefern streckten ihre Äste bis an das geöffnete Fenster. Die Frau öffnete die Tür einen Spalt und winkte.

Aus dem gegenüberliegenden Zimmer trat Uta. In der Diele saßen sie einander am Eßtisch gegenüber. Die Frau trug Pellkartoffeln auf und eine Schüssel mit saurer Sahne. Das Rauschen des Windes in den Baumwipfeln drang durch die geöffnete Tür, die zu ebener Erde in den Wald hinausführte.

Sie verließen das Haus. Im Tal zwischen Feldern lag das Dorf. Ein milder Spätsommerabend sank herab. Spinngewebe glänzte auf Farnwedeln und Schlehdorn, durch die Luft schwebten die Fäden des Altweibersommers.

Uta ging einen halben Schritt voraus. Am Waldrand setzte sie sich ins Gras. Brombeersträucher und Haselbüsche ließen den Blick nur nach Westen hin frei; über den Bergen spielte der Himmel mit allen Farben. Von der Lichtung her strich mit dem Wind der Geruch von Heu über sie hin. Er legte den Arm um ihre Schulter, sie ließ sich rücklings ins Gras sinken. Später saß er neben ihr und sah das Farbenspiel am Horizont verlöschen. Sie hielt die Augen geschlossen. Es dunkelte. Sie fröstelte. Als sie das Haus erreichten, war es Nacht.

In der Diele stand ein Abendessen bereit. Uta brachte einen Korb frischer Tomaten. Beim Essen sagte sie übergangslos: »Was du von deinem Vater erzählt hast, interessiert mich. Er hat sich also lieber maßregeln lassen, statt an einer kriegswichtigen Arbeit mitzuwirken?«

Er sah sie verwundert an. Ihre Stimme klang fremd und sachlich. »Solche Charaktere hätte es mehr geben müssen.«

»Das versteh ich nicht«, sagte er.

Um ihre Mundwinkel bebte es wieder wie Spott. »Was brauchst du nach Stalingrad *noch*, um aufzuwachen?«

Er machte eine unwillige Kopfbewegung. Er zwang sich zur Ruhe. Dann sagte er wieder: »Ich versteh dich nicht … Und … Deutschland?« Er rief: »Was wird aus Deutschland?«

Sie sah ihn lange an. »Vergiß, was ich sagte.« Sie schob den Teller von sich. »Vergiß es. Du mußt in den Krieg. Er kann noch lang dauern.« Sie sah durch ihn hindurch. »Die Wahrheit ist für euch zu schwer: es ist ja doch alles umsonst.« Ihr Blick faßte ihn verwirrend und streng. »Du mußt dieses Wochenende vergessen.« Sie zögerte. »Es kann sein, daß ich bald heirate. Also bitte. Vergiß alles.« Aber hingestoßen und liegengelassen zu werden, dagegen lehnte er sich auf: »Ich muß in den Krieg. Du zerrst mir den Boden unter den Füßen weg … Dann …«

Sie faßte, in eigenartiger Geste, mit der linken Hand an den Hals und horchte hinter dem abgebrochenen Satz her.

»Dann laß mich heut nacht zu dir«, sagte er.

Sie erhob sich so ungestüm, daß auf dem Tisch Geschirr zusammenstieß.

Er hörte im Obergeschoß eine Tür schlagen. Er saß verstört und frierend. Dann schloß er die Fenster und löschte das Licht.

Es war totenstill im Haus. Er stand bewegungslos in seinem Zimmer.

Er kämpfte um einen Entschluß.

Er trat hinaus auf den Flur. Noch einmal blieb er sekundenlang stehen, vor der gegenüberliegenden Tür. Dann drückte er die Klinke nieder. Die Tür gab nach.

Durch das geöffnete Fenster fiel schwaches Licht. Sie schlang beide Arme um seinen Nacken und zog ihn zu sich in die Dunkelheit. Aber er sah ihr Gesicht unter sich, die weitgeöffneten Augen. Das Zucken ihrer Mundwinkel verriet, daß er ihr Schmerz bereitete. Lust und Schmerz.

Er blieb bei ihr, bis es hell wurde. Der heraufdämmernde Tag war nichts anderes als ein Lichtfleck zwischen zwei Nächten. Er nahm zum erstenmal mit vollem Bewußtsein den Anblick lebendiger Schönheit in sich auf, und sie verbarg sich nicht vor ihm.

Doch ein anderes Bild, so unvermittelt, daß er sekundenlang erstarrt neben ihr lag, schlug in seine Gedanken hinein: Phosphor. Furchtbare Wunden. Körper zu schwarzen Strünken verbrannt.

Er vergrub das Gesicht in ihrem Arm. Später hörte er sie sprechen: »Ich hab mich gegen dich gewehrt. Aber es soll so sein. Es ist Krieg. Wir wissen nicht, was kommt.«

Auf den ersten Stuhlreihen in der Aula hatten die Schüler der Klasse VII Platz genommen, in HJ-Uniform. Holt saß in der dritten Reihe, hinter Wolzow, unter einem der spitzbogigen Fenster. Er war zu spät gekommen. Der Oberstudiendirektor hatte seine Rede schon begonnen. Holt hörte nicht zu. Wir sehen uns noch am Bahnhof! Er war aus dem Dogcart gesprungen und losgerannt. Wir sehen uns noch. Der Traum dauerte eine Stunde fort. Er sah noch einmal, wie der Gaul mit dem zweirädrigen Wagen durch die Felder stob. Mit geschlossenen Augen horchte er weiter zurück: Hab ich's nun einmal getan, so will ich's auch ganz tun!

Man applaudierte. Nun dröhnten die Schritte benagelter Sohlen übers Parkett. Bannführer Knopf stieg auf das Rednerpult.

»Kameraden!« Zemtzki, der eingeschlafen war, fuhr erschrocken hoch. Knopf hatte eine scharfe Kommandostimme. »In ernster Stunde ruft der Führer seine Jugend zum Einsatz … an der Ostfront ein tödlich angeschlagener Feind gigantische Anstrengungen unternimmt, den eisernen Würgegriff loszuwerden …« Vetter schneuzte sich laut, aber Wolzow fuhr auf ihn los: »Hör auf! Jetzt hat Disziplin zu herrschen!« – »… wie der Führer vor wenigen Tagen in seiner herrlichen Rede sagte … der Luftkrieg … technische und organisatorische Voraussetzungen sind im Entstehen, die Terrorangriffe endgültig zu brechen und auch zu vergelten! Bis dahin, Kameraden, ist es euch vergönnt, den deutschen Luftraum zu schützen!« Der Bannführer klirrte vom Podium herab und drückte jedem einzelnen die Hand.

Am Ausgang standen die Lehrer beisammen. Doktor Zickel spuckte: »Kh-kh … kh! Ni wahr, wenn ich das so seh, das sin doch noch Kinder, ni wahr, kh … kh … daß die schon in 'n Krieg solln, e Jammer is es!«

Auf der Straße liefen Eltern und Verwandte zum Bahnhof voraus. »Nichts in der Welt bringt mich je wieder in ein Schulhaus!« sagte Wolzow. Der scharfe Pfiff einer Trillerpfeife gellte über den Platz. »Achtung! In Linie … angetretenmarschmarsch!« Das war Otto Barth. Und am Bahnhof wartete Uta.

Holt marschierte in der Kolonne, singend: »Wir werden weitermarschieren, wenn alles in Scherben fällt …« Es war nicht weit bis zum Bahnhof. Der Zug lief ein. Endlich konnte sich Holt absondern. Er suchte. Weit abseits von der Menge stand sie vor der dunklen Ligusterhecke, die Vorplatz und Bahngelände schied.

Er sagte: »Ich hab's nicht abwarten können, daß es losgeht. Jetzt möcht ich bei dir bleiben.« – »Das würde dir bald langweilig werden, wenn's immer so bliebe«, antwortete sie, aber sie sah an ihm vorbei.

Die Lok pfiff, der Zug ruckte an. Ihr Händedruck ließ eine kleine Pappschachtel in seiner Rechten zurück. Er riß sich los. Über die Hecke, über die Geleise sprang er zum anfahrenden Zug. Gomulka zog ihn in den Wagen.

Jemand brüllte den Gang entlang: »Sondermeldung! Die Fallschirmjäger haben den Duce befreit!« Holt nahm diese Worte wahr, ohne sie zu verstehen.

Im Schneckentempo kroch der Zug durch die Berge. Holt blieb auf dem Gang. Neben ihm, steif und unbeweglich, stand Gomulka.

Holt öffnete die kleine Schachtel. Auf schwarzem Samt lag ein Kettchen, ein ziseliertes goldenes Kreuz. Er las mühsam die winzige Gravierung, die Jahreszahl 1692, und altertümliche Schriftzeichen: »Die Lieb ist unser Gott, es lebet alls durch Liebe. Wie seelig wär ein Mensch, der stets in ihr verbliebe.« Dies war als einziges von ihr geblieben. Und Erinnerung.

Vor dem Fenster zog das Gebirge vorbei; tief unten schimmerte das Band des Flusses. Mit wachsender Geschwindigkeit rollte der Zug zu Tale. Holt riß die Abteiltür auf und drückte sich in eine Ecke. Im Einschlafen hörte er Vetter sagen: »Jetzt sind wir frei wie diese Fli-bus-tier!«

Erstes Buch

1

Die Stadt war bestürzend fremd. Die Kulisse der Berge fehlte; nur Hügel zogen sich am Horizont hin. Betreten, unlustig und niedergedrückt sammelte sich die Klasse vor dem Bahnhof, einem nüchternen Backsteinbau, über dessen flachem Dach die Nachmittagssonne stand.

Im Einberufungsbefehl hieß es: »Schwere Heimatflakbatterie 107/III, Großkampfbahn.« Das klang geheimnisvoll. Wolzow fragte einen Passanten. Großkampfbahn? Es war außerhalb der Stadt, sehr weit draußen, ein Sportstadion. »Da siehst du's«, sagte Holt zu Gomulka. »Was habe ich mir nicht alles darunter vorgestellt! Und nun ist es ein Fußballplatz.« Warum kümmert sich keiner um uns? dachte er. Noch nie hatte er seine Heimatlosigkeit so deutlich empfunden wie nach dem Abschied von Uta. Wolzow erklärte: »Unaufgefordert tu ich keinen Schritt. Die wissen ja, daß wir kommen!« Um ihn scharten sich Holt, Gomulka, Vetter und Zemtzki, auch Rutscher, Weber, Branzner, Kirsch, Glaser, Gutsche, Kattner, Moebius, Schachner und Thiele. Die anderen, Nadlers Gefolgschaft, Schenke, Schönfeldt, Schulz, Götze, Grubert, Hampel, Kieback, Klein, Kuhlmann, Ebert, Kunert und Schlemm, erklärten wie auf Verabredung, es sei besser, zur Batterie hinauszumarschieren. Nadler, die grüne Führerschnur an der Uniform, ließ antreten, und die kleine Kolonne verschwand um die Ecke.

»Laß sie doch gehn, die Speichellecker, die verdammten!« sagte Wolzow mit einer wegwerfenden Handbewegung. Er überlegte. Dann ging er in eine Telefonzelle.

Holt saß bei seinem Glas Bier und hörte nicht auf das Gespräch der anderen. Der Abschied war noch nicht verwunden. Keiner wußte, was kam ... Schon war der Bruch da. Nur Wolzows Faust hatte die Klasse zusammengehalten. Was hier an den Tischen saß, das waren auch bloß Statisten, die vorläufig Wolzows Macht vertrauten und doch sofort ins andere Lager überlaufen würden, wenn es der Vorteil verlangte. Auf Gomulka ist Verlaß, dachte Holt. Der wird sich nie von mir und Gilbert lossagen. Auch Vetter nicht, der hängt an Gilbert wie ein Hund. Und Zemtzki? Wer weiß?

Wolzow setzte sich zu Holt. »Das wär geschafft. In einer halben Stunde ist ein Lastwagen hier.« Er erzählte. Da sei ein Mädchen am Telefon gewesen, er habe es sehr wichtig gemacht, mit »Transportleitung und so«. »Sie hat mich ›Herr Leutnant‹ angeredet.« – Angeredet? Hoffentlich geht's gut aus!

»Da wern die andern aber giften!« rief Vetter.

Gomulka spielte nachdenklich mit einem Bierdeckel. »Wir müssen uns vorsehen, sonst ziehn wir den kürzeren! Zu Hause konnten wir notfalls sagen, laßt uns in Ruh, in vier Wochen geht's zur Flak ... Aber hier ...?«

Wolzow knallte das Bierglas auf den Tisch. »Ich werde ein erstklassiger Soldat, das steht fest.«

Draußen warf die Sonne nun schon lange Schatten über den Platz. Ein graugestrichener Lastwagen klapperte um die Ecke. Aus dem Führerhaus sprang ein Soldat, am Kragen die roten Spiegel der Flakartillerie, auf dem Ärmel einen Gefreitenwinkel. »Ich soll hier 'n Leutnant Wolzow und siebenundzwanzig Mann abholen.«

Wolzow tat erstaunt. »Da muß sich das Fräulein verhört haben!« Der Gefreite schaute mißtrauisch. »Los ... rauf!« Sie warfen das Gepäck auf den Wagen. Wolzow und Holt stiegen vorn ein. Zu dritt saßen sie auf der harten Sitzbank.

Die Stadt zeigte enge, winklige Gassen, kopfsteingepflastert, und der Wagen rumpelte und holperte, ehe er die lange Chaussee zwischen Lauben und Schrebergärten hinausrollte. Der Gefreite saß stumm und mürrisch hinter dem Lenkrad. Wolzow kramte eine Handvoll Zigarren hervor. Der Gefreite schob sie gleichmütig in die Brusttasche. Nun taute er auf.

»Wie ist's da draußen?« fragte Wolzow. »Schieben 'ne ruhige

Kugel«, antwortete der Gefreite, der höchstens neunzehn Jahre alt war. »Ist ja nischt los hier!«

Der Wagen hatte eine Anhöhe erklommen. Das Gelände lag weit und offen vor ihnen. Verdrossen marschierte Nadler mit seinen Leuten den Weg entlang. »Fahr weiter!« befahl Wolzow. Der Gefreite gab Gas. Enttäuschtes Geschrei blieb hinter ihnen zurück. »Verdammte Radfahrer«, sagte Wolzow. Der Gefreite antwortete nicht.

Weit vor ihnen, auf der Anhöhe zwischen Wiesen und Äckern, zeichnete sich das Oval des Sportstadions ab und ein vielstöckiges, hohes Tribünengebäude.

Auf dem flachen Dach waren ein paar winzige, graue Gestalten erkennbar und ein großes, von einer Plane überdecktes Gerät.

»Sieht aus wie'n Horchgerät, nicht?« sagte Holt.

»Horchgerät?« Wolzow schnob durch die Nase. »Quatsch! Erstens heißt das Ringrichtungshörer, zweitens benutzt so'n Ding heut keine Sau mehr. Das ist ein Funkmeßgerät.« – »Fu-MG sagen wir«, meinte der Gefreite. Der Wagen bog von der Chaussee in einen breiten, mit Schlacke bestreuten Fahrweg. Sie näherten sich dem Stadion.

Hier, auf der Anhöhe, schien noch hell und gleißend die Abendsonne und blendete Holt. Genauso hatte das Licht die Landschaft überflutet, als er mit Uta durch den Wald gegangen war … Vor vierundzwanzig Stunden!

»Wir sind gleich da«, sagte der Gefreite.

Holt sah ein paar Baracken. Jenseits des Stadions, auf dem blanken Acker, erhoben sich im Kreis um eine größere Erdaufschüttung sechs graue Hügel. Der Gefreite hielt vor einer der Baracken. »Raus!« Sie sahen dem davonklappernden Wagen nach. Niemand kümmerte sich um sie.

»Wird schon stimmen!« sagte Wolzow. Er trat als erster durch die Barackentür. Ein schmaler Korridor und zwei einander gegenüberliegende Türen, zwei große Stuben, mit Doppelbetten und Spinden eingerichtet, unbewohnt, verdreckt und unordentlich. »Schlimmstenfalls müssen wir umziehen. Aber rumstehen demoralisiert.« Wolzow beschlagnahmte die Stube, die nach Süden lag.

Holt hatte sich ein Bett am Fenster gesichert, oben, weitab von der Tür, durch ein paar Spinde gegen Sicht gedeckt. Wolzow belegte das Bett daneben, Gomulka begnügte sich mit der unteren Lagerstatt. Der Unrat, der überall in Haufen herumlag, deprimierte Holt. Aber Wolzow nahm das Heft in die Hand. »Los, erst mal weg mit der Sauerei! Ich will mal sehn, ob ich einen Besen organisieren kann!«

Es war mäuschenstill in der Stube, aber Wolzow konnte nicht sehen, daß da ein stämmiger Mann von vielleicht fünfunddreißig Jahren breitbeinig in der Tür stand, das Käppi schief auf dem Kopf, die blaue Uniform voller Silber. Die Jungen glotzten ihn mit aufgerissenen Augen an. Holt versuchte, Wolzow ein Zeichen zu geben, aber hinter den Spinden brüllte es ungehemmt weiter: »Saustall! Da müssen ja Hottentotten drin gehaust haben!« Dann erst sah Wolzow, daß jemand in die Stube getreten war.

»Gar nicht schlecht«, sagte der Fremde. »Hottentotten ist wirklich nicht schlecht!« Er trat zwischen die Spinde, sein Blick ging über die Jungen hinweg und blieb an Kirsch hängen. »Name?«

Kirsch würgte das Brot hinunter, an dem er kaute, versuchte den Stern auf den silbergeränderten Schulterklappen zu deuten und antwortete: »Kirsch, Herr Feldwebel!«

»Schade. Bei uns heißt der Feldwebel Wachtmeister. Also noch mal: Ihr Name?«

»Kirsch, Herr Wachtmeister!«

»Jammerschade! Taucher? Frauenarzt? Kalfaktor?«

Wolzow wagte zu grinsen, und er grinste dem Vorgesetzten mitten ins Gesicht. Der zog ein wenig die Brauen hoch. Kirsch schrie, zum drittenmal: »Luftwaffenhelfer Kirsch, Herr Wachtmeister!«

»Herrlich!« Der Vorgesetzte strahlte. Holt beobachtete ihn unablässig. »Richtig! Sie sind gut! Sie merk ich mir! Aber eine Eins gibt das nicht, weil's erst beim drittenmal geklappt hat. Eine Zwei sollen Sie haben!« Er zog ein Notizbuch aus dem Waffenrock und notierte. Dann wandte er sich Wolzow zu. »Name?« – »Luftwaffenhelfer Wolzow, Herr Wachtmeister!« – »Beruf des Vaters, Wolzow?« – »Oberst, Herr Wachtmeister! Er ist ...«

»Au!« rief der Wachtmeister. »Das durfte nicht kommen, das will ich lieber nicht gehört haben! Sagen Sie schnell den Beruf Ihres Onkels, vielleicht paßt er besser!« – »Generalmajor, Herr Wachtmeister!« – »Grauenhaft!«

Holt überlegte, was daran wohl so grauenhaft sein könne, und hörte den Wachtmeister betrübt sagen: »Jetzt muß ich Ihnen Nichtgenügend geben. Wissen Sie, warum?« – »Nein, Herr Wachtmeister!«

»Diese Burschen« – er deutete auf die umstehenden Jungen – »behaupten sonst, ich ziehe Sie vor, weil Sie einen Onkel bei der Generalität haben!« Er schrieb wieder in sein Notizbuch. »Ich bedaure Sie, Wolzow! Sie werden's bei mir sehr schwer haben!« Dann schob er das Notizbuch zwischen zwei Knöpfe seines Waffenrockes und schaute von einem zum anderen. »Ich bin Gottesknecht. Wachtmeister Gottesknecht. Ausbildungsleiter ...« Das Gesicht blieb ernst und ungerührt. »Die mich kennen«, fuhr er fort, »die sagen, ich sei wirklich Gottes Knecht, aber wer hier groß angibt, der wird meinen, ich sei des Teufels.«

Er schlenderte durch die Stube. »Ich brülle nie, aber ich verteile pausenlos Zensuren, von eins bis sechs, wie in der Schule. Wer fünfmal Eins hintereinander schafft, der bekommt Extraausgang. Kommt sehr selten vor.« Er blieb vor Holt stehen, musterte ihn und fragte: »Ihr Name?«

»Luftwaffenhelfer Holt, Herr Wachtmeister!« Gottesknecht zog das Buch und notierte. »Beruf des Vaters?« – »Lebensmittelprüfer, Herr Wachtmeister«, sagte Holt vorsichtig. – »Enorm! Da müssen Sie mal den Harzer Käse hinschicken, den's hier gibt, darin soll Gips sein, und ... sonstwas, damit er besser stinkt.«

Holt lachte los, Gomulka und Wolzow lachten gleichfalls, die anderen zogen verlegene Gesichter. Der Wachtmeister strahlte. »Wahrhaftig! Sie lachen über meinen Witz! Das bringt Ihnen Sehrgut!« Er fragte Gomulka nach dem Namen und notierte. »Bei mir darf gelacht werden. Aber wer falsch lacht, bekommt Mangelhaft. Wer gar nicht lacht, bekommt pausenlos Nichtgenügend wegen Feigheit! ... Gomulka, Beruf des Vaters?«

Gomulka sagte nach kurzem Zögern: »Gerichtsmitarbeiter,

Herr Wachtmeister!« – »Richter?« fragte Gottesknecht mißtrauisch. »Nein, Herr Wachtmeister, Rechtsanwalt!« – »Da haben Sie aber Glück! Die Söhne der hohen Obrigkeit haben bei mir nichts zu lachen!« Er ging zur Tür. »Zwei Mann mitkommen. Besen holen, Decken holen. Revierreinigen, dann Feierabend.« Rutscher und Branzner folgten ihm.

Holt sagte zu Gomulka: »Sag bloß ... Was hältst du von dem?« – »Alles Theater, alles Mache«, antwortete Wolzow. »Der ist ganz anders! Der ist eiskalt!«

Die Stube war sauber aufgeräumt, als endlich Nadler mit seinen Leuten in den Korridor polterte. Er zog ein verbittertes, gekränktes Gesicht und trug keine Führerschnur mehr. Wolzow wies ihm die gegenüberliegende Stube an. »Das war ganz unkameradschaftlich, daß ihr uns nicht mitgenommen habt«, klagte Nadler. »Wer sich von der Hauptmacht absondert, hat immer mit bösen Folgen zu rechnen«, erklärte Wolzow. Der semmelblonde Kattner knallte Nadler die Tür vor der Nase zu. »Die Heinis«, erzählte Rutscher, »sind Gottesknecht in die Arme gerannt. Er hat ihnen allen Mangelhaft gegeben, weil sie später gekommen sind a-a-als wir! Der Nadler hat Nichtgenügend, weil ein Luftwaffenhelfer keine F-f-führerschnur tragen darf.«

Holt winkte Gomulka nach draußen. Vor der Baracke sah er sich vorsichtig um. Die Sonne war am Versinken und stand als große, blutrote Scheibe in einer Dunstschicht über den Hügeln. Unmittelbar vor der Baracke lief der breite, schlackebestreute Weg entlang, an vier oder fünf weiteren Baracken vorbei, hinter denen sich das Stadion erhob. Rechts davon, im Norden, lag die Feuerstellung.

Vom Wege führten Lattenroste zu den Geschützständen. Vor einem der grauen Erdwälle blieben Holt und Gomulka stehen. Die Erde war etwa zwei Meter hoch aufgeschüttet, der Eingang, sauber mit Brettern verschalt, im Zickzack durch den Wall geschnitten.

Holt ging voran. Die Wände des Geschützstandes waren mit Balken abgesteift, der Boden mit Schlacke bestreut. Schwarz gähnte der Eingang eines Unterstandes. Die Kanone war mit einer erdfarbenen Persenning zugedeckt, und nur das schlanke Rohr und die Holme der Kreuzlafette schauten darunter hervor. An der Kanone stand ein großer, hagerer Bursche, der nicht viel älter als Holt sein mochte, gekleidet in eine schmucklose, graublaue Uniform ohne Spiegel und Schulterklappen. Am rechten Ohr trug er einen großen, mit dickem Gummiwulst abgedichteten Kopfhörer, um den Hals ein Kehlkopfmikrophon, dessen Schalter mit einer Klemme vorn an der Feldbluse befestigt war. Der Bursche ging einer unverständlichen Tätigkeit nach. Er lockerte die Plane, steckte ein Kabel in einen Kontakt, hob einen zweiten Kopfhörer an das freie Ohr, lauschte angestrengt, legte den Kopfhörer weg, und während er schon am Kehlkopfmikrophon schaltete, sagte er: »Anton ... Zünder gut!« Dann stieg er über einen Holm, hob an einer anderen Stelle die Plane hoch, und das unverständliche Spiel wiederholte sich. »Anton ... Seite gut!« Er nahm die blaue Schimütze ab, riß die Hörgarnitur und das Kehlkopfmikrophon herunter und hängte beides in den Unterstand. Dann sagte er, mit einem Blick auf Holt und Gomulka: »Na?«

»Wir sind heut angekommen. Ich heiße Holt.« – »Oberhelfer Berger.« Der Fremde deutete eine Verbeugung an. »Schon länger dabei?« fragte Holt. – »Halbes Jahr.« – Holt kramte Zigaretten hervor. Sie rauchten. »Was hast du denn eben gemacht?« fragte Gomulka. – »Na, halt Leitungsprobe. Ewiger Mist. Jeden Tag dreimal, früh, mittags, abends.« – »Und sonst?« fragte Holt. »Wie ist es sonst?« – »Hier ist nichts los«, sagte Berger. »Ruhige Tour. Vormittags Schulunterricht, nachmittags Dienst.« – »Und schießen? Schießt ihr manchmal?« – »Schießen? Hierher hat sich höchstens mal 'n Aufklärer verirrt. Geschossen haben wir bloß in der Ausbildung, auf 'n Luftsack!«

»Miese Aussicht«, sagte Holt. Aber da verzog Berger den Mund. »Ihr werdet die Schnauze noch früh genug vollkriegen«, sagte er. »Ihr bleibt doch nicht hier!«

Holt wechselte einen Blick mit Gomulka. »Erzähl mal. Wo kommen wir denn hin?«

»Ihr werdet hier ausgebildet, weil in dieser Gegend Ruhe

herrscht«, sagte Berger. »Ihr seid Batterie 107/III, wir sind 329/XII, mit uns habt ihr gar nichts zu tun. Eure Untergruppe liegt woanders.« – »Wo?« fragten Holt und Gomulka gleichzeitig. »Bisher in Hamburg. Dort ist eure Batterie angegriffen worden. Elf Tote, sechzehn Schwerverletzte.«

Tote? Schwerverletzte? Holt sagte: »Vielleicht sind das bloß Gerüchte!« – »Da sind doch Leute hier, die euch ausbilden, ein Wachtmeister und drei Obergefreite. Frag sie doch!« Holt versuchte, sich Mut zuzusprechen. »Hamburg ist ja nun drangewesen. Da wird sich nicht mehr viel abspielen!«

»Eben, eben!« sagte Berger, sog an seiner Zigarette und blickte spöttisch. »Deshalb werden die Batterien aufgefüllt und im Ruhrgebiet eingesetzt.« Holt bemerkte, daß seine Hand, in der er die Zigarette hielt, zu zittern begann. »Dort ist was los«, hörte er. »Köln und Essen hatten ja die ersten Nachtangriffe mit tausend Bombern ... Da ist das ruhige Leben hier schon was wert«, meinte Berger noch, aber Holt sagte schnell: »Bange machen gilt nicht!« und: »Erst mal abwarten!« und: »Wer weiß, was kommt!« Berger lächelte. Gomulka fragte: »Wie kann denn eine Batterie solche Verluste haben?« – »Na, halt 'n Bombenteppich drüber ... Da kannst du dir nachher deine Knochen zusammensuchen!« – »Nachts? War das 'n dummer Zufall?« – »Zufall?« rief Berger. »Gezielt war das! Meinst du, die da oben sind blind? Wenn die Spritzen losdonnern, mit ihren Mündungsbremsen, das siehst du bis zum Mond!« Er trat den Zigarettenstummel aus. »Warte noch«, sagte Holt. »Werden wir alle am Geschütz ausgebildet? Oder kommen auch welche ans ... Fu-MG?« – »Funkmeßgerät, Kommandohilfsgerät, E-Messer«, sagte Berger, »Flakfernrohr, Flug-Malsi, Telefon ... die Robusteren für die Geschützstaffel, zur Meßstaffel die besten Mathematiker, da werdet ihr eingeteilt, wie sie's brauchen. Es ist überall derselbe Mist. Ich zieh 's Geschütz vor.« Er deutete auf die kastellartige Erhebung in der Mitte der Feuerstellung. »Auf der B 2« – er sagte »Beh-zwo« –, »da krebst immer der Chef rum, und wenn was nicht klappt, heißt's gleich Häschen-hüpf. Man sieht dort ja mehr, aber am Geschütz ist man schön unter sich. Ruhige Kugel, sanfte Tour, wenn der Geschützführer spurt.«

Es wurde Nacht. Ein Flugzeug mit bunten Positionslichtern brummte über sie hinweg. Berger verabschiedete sich bei den Baracken am Stadion. Holt und Gomulka gingen den Fahrweg entlang.

Gottesknecht stand in der Dämmerung, unbeweglich. Er schaute, den Kopf ins Genick gelegt, nach dem Flugzeug, das über der Stadt kreiste. Sie mußten an ihm vorbeigehen. »Herkommen!« – »Das gibt Mangelhaft!« flüsterte Gomulka ... »Herr Wachtmeister?« – »Kleinen Abendspaziergang gemacht?« – »Mal die Lage gepeilt, Herr Wachtmeister!« – »Na, und was Neues gehört? Von wegen ... Einsatz und so?«

»Jawohl, Herr Wachtmeister!« Wozu lügen? dachte Holt.

»Erzählen Sie mal! Da bin ich doch gespannt, was Sie zusammengehorcht haben!«

»Von Hamburg, Herr Wachtmeister«, antwortete Holt, »daß es ... ein tüchtiges Debakel gegeben hat ... Und vom Ruhrgebiet.«

»Da haben Sie doch tatsächlich alles herausbekommen! Debakel ist übrigens glänzend gesagt ... Sie kenn ich doch schon«, wandte er sich an Holt. »Sie heißen Holt, und Sie ... warten Sie mal ... Ihr Vater war Rechtsgelehrter, das hab ich mir gemerkt, aber der Name ...« – »Luftwaffenhelfer Gomulka, Herr Wachtmeister«, brüllte Gomulka.

»Warum schreien Sie denn so? Ist Ihnen nicht gut? Wer wird denn an einem so friedlichen Abend derartig brüllen?« Gottesknecht holte eine Zigarette hervor, und Holt reichte ihm nach kurzem Zögern Feuer.

»Passen Sie auf«, sagte Gottesknecht. »Ich geb Ihnen einen guten Rat. Lernen Sie unterscheiden, das ist beim preußischen Kommiß das wichtigste! Vor versammelter Mannschaft muß nun mal auch bei mir alles ruck, zuck! gehn, im Dienst ist das nötig, sonst sähe eine militärische Einheit aus wie eine Horde Papuas ...« Holt und Gomulka lachten. »Sehen Sie! Aber am Abend, wenn ich Sie privat anrede, und es schaut nicht gerade ein General zu, dann zeigen Sie, daß Sie gute Manieren haben, Kinderstube, Knigge, na, Sie verstehen schon.«

»Wir werden uns das merken, Herr Wachtmeister!« sagte Holt.

»Großartig! Ich geb Ihnen jetzt Note eins, weil Sie so findige Burschen sind!« Gottesknecht zog das Notizbuch. Aber da geschah etwas Merkwürdiges, und Holt beobachtete es mit Verwunderung. Gottesknecht hielt das Notizbuch eine Weile sinnend in der Hand, dann steckte er es langsam wieder zwischen die Knöpfe seines Waffenrockes. Er blickte unbeweglich vor sich hin, ruckte mit den Schultern, als sei ihm der Rock zu eng, bewegte den Kopf, als drücke ihn der Kragen, und in seinem Gesicht ging eine seltsame Verwandlung vor: er wechselte die Miene, die Haltung, ja auch die Stimme, als lege er eine Maske ab. Er trat dicht vor sie hin, ein nun gar nicht mehr junger Mann, sehr müde, mit gefurchtem Gesicht und einem Ausdruck tiefer Sorge in den Augen.

»Was Sie erfahren haben«, sagte er leise, »das dürfen Sie nicht wissen. Versprechen Sie mir: kein Wort zu den anderen! Wenn es Gerüchte gibt ... treten Sie dagegen auf. Sie müssen das verstehn. Ich werde den Leuten von der anderen Batterie verbieten, mit Ihnen zu sprechen. Sie sind zu jung. Es darf nicht sein, daß Ihre Moral untergraben ist, noch ehe es losgeht. Haben Sie mich verstanden?«

»Wir sagen nichts ... Bestimmt! Sie können sich auf uns verlassen!«

»In Ordnung«, sagte Gottesknecht. »Gehen Sie gleich ins Bett. Es wird sehr anstrengend. Ich soll Sie hinbiegen, so rasch es geht. Der Tommy wartet nicht. Er wirft jede Nacht Bomben. Die Batterie soll rasch wieder einsatzfähig werden. Sparen Sie mit Ihren Kräften, Sie werden genug Kraft brauchen! Gute Nacht ... Haben Sie noch was, wollen Sie noch was?«

»Ich weiß nicht, ob wir darum bitten dürfen ... Wir möchten beide gern zur Geschützstaffel!« – »Bewilligt.« Gottesknecht ging unvermittelt davon, langsam, die Hände auf dem Rücken, den Kopf auf die Brust geneigt.

Holt sah ihm nach. Die Dunkelheit ringsum war undurchdringlich. Er hörte Utas Stimme: Es ist ja doch alles umsonst. Ihn fröstelte.

2

Holt stand angekleidet im Freien. Er liebte die Morgenstunde, die kurze Spanne Zeit vom fahlen Dämmerlicht bis zum Erwachen des Tages, wenn die ersten Drosseln schlugen und an den Gräsern funkelnd der Tau hing. Er dachte an Uta.

Am vergangenen Abend hatte er einen Brief schreiben wollen, aber er war todmüde auf seinen Strohsack gesunken. Das frühe Morgenlicht hatte ihn geweckt. Zehn Kniebeugen, wie üblich, dann draußen am Wasserhahn gewaschen, angekleidet und Gomulka und Wolzow wachgerüttelt. Nun, da in der Baracke eine Klingel rasselte, trat Gomulka zu Holt. »Herrlich, so früh am Morgen! Drin raufen sie um die Waschschüsseln!«

Holt pfiff ein Lied vor sich hin. »Und die Morgenfrühe, das ist unsere Zeit.« Er dachte den Text mit. Auf einmal verstummte er. »Warum pfeifst du nicht weiter?« fragte Gomulka und zitierte den zweiten Vers: »... ›Neue Lande, neue Lande wollen wir uns gewinnen‹ ... Ich hab zwar seit vorgestern keinen Wehrmachtbericht gehört ...« – »Die Russen haben das ganze Donezbecken zurückerobert.« – »Und Sizilien ist endgültig hin«, brummte Gomulka.

»Da ist der italienische Verrat dran schuld«, sagte Holt. Gomulka schwieg und scharrte mit einem Fuß in dem schwarzen Boden. Holt fühlte sich unbehaglich, und dieses Gefühl verstärkte sich, als Gomulka sagte: »Wenn man über die ... Kapitulation Italiens nachdenkt, dann ... ich weiß nicht, es ist ein böses Zeichen.« – »Man muß auch mal Rückschläge hinnehmen können«, erwiderte Holt. »Der Führer hat gesagt, ohne Italien sind wir stärker.« Gomulka nickte, stumm, nachdenklich.

Holt dachte: Ich darf mich von diesen pessimistischen Stimmungen nicht beherrschen lassen, ich muß mich zusammennehmen.

Sieben Uhr steckte ein Obergefreiter den Kopf durch die Tür. »Raustreten, a bisserl schnell, wann i bitten darf!« Draußen rief er: »Antreten, der Größ nach, kruzitürken! I bin der Obergfreite Schmüdling, i bitt mir aus, daß i als Ausbülder mit Herr angsprochen wer … was gibt's da zu feixen? Schaun S' net so, der Dritte im zwoaten Glied!« – »Ich hab nicht gelacht!« rief Nadler beleidigt. Schmiedling schrie: »I bitt mir halt Düszüplün aus!« Das Wort bereitete ihm Schwierigkeiten. »Herhörn! I les jetzt die Namen vor von denen, wo hier mit beisein müssen, und wann i so an Namen vorglesen hab, so ruft sich derjenige, dem sein Nam i vorglesen hab, der ruft Hier!, verstehen S'?« – »Jawohl, Herr Obergefreiter!« brüllte Holt wie die anderen. Der Obergefreite las die Namen vor, von Ebert bis Zemtzki. »So! Da fehlt sich nix und alles hat sei Ordnung. Jetzt wern S' erst amol eingkleidt!«

In der Kammer musterte ein übellauniger Unteroffizier Holt mit einem kurzen Blick, warf ihm drei lange, graue Unterhosen in die Arme, Unterhemden, Wäschestücke von kratzigem, hartem Gewebe, eine Turnhose, drei Paar wollene Socken. »Schuhgröße?« Schon flogen ihm ein Paar hohe schwarze Schnürschuh zu und ein paar Gamaschen aus Segeltuch. »Raus!« Im nächsten Raum gab es Drillichzeug, eine blaugraue Luftwaffenuniform ohne Spiegel und Schulterklappen, einen blaugrauen, zweireihigen Mantel, Schimütze, Stahlhelm, Koppel mit Schloß, Kochgeschirr, Butterdose aus gelbem Kunststoff, eine Garnitur blaugewürfelter Bettwäsche. »Raus! Worauf warten Sie noch?«

Draußen maulte Wolzow: »Keine Ausgehuniform?« Schmiedling fuhr ihn an: »Meinen S', Sie bekommen Ausgang, jetzt wo Sie während dem S' in der Ausbüldung sind?« Er pflegte manchen Satz anders zu beenden, als er ihn begonnen hatte. »Worauf warten S' denn?« Er rief ihnen nach: »Ziehen S' Ihnen das Drüllüch wird zur Ausbüldung getragen, wann i bitten darf!«

»Der ist halb so wild«, sagte Wolzow. »Ein Obergefreiter ist bei der Wehrmacht gar nichts. Bei uns denkt er, er kann angeben.« – »Ich glaub, er ist ganz gemütlich«, meinte Holt. Da brüllte es schon wieder: »Raustreten!«

Zwei weitere Obergefreite stellten sich an den rechten Flügel. Als Gottesknecht bei den Baracken auftauchte, verdoppelte sich Schmiedlings Eifer, und sein faltiges Gesicht verzerrte sich vor Anstrengung. »Ausbüldungskmando … stüllgstann! Zur Meldung an den Herrn Wachtmeister die Augen … links!« Er grüßte und meldete. »Danke, lassen Sie rühren!« Gottesknecht zeigte die Würde eines Generals. »In diesem denkwürdigen Augenblick beginnt Ihre Ausbildung. Lange soll sie nicht dauern, vier Wochen, höchstens sechs. Der Dienst wird anstrengend, von früh sieben bis abends acht, eine Stunde Mittag. Die Nachtruhe von zehn bis sechs wird eisern eingehalten, sonst steig ich Ihnen aufs Dach. Preisskat und so weiter gibt's nicht, haben Sie mich verstanden? ... Richtig, das wissen Sie noch nicht ... Wenn ich ›verstanden‹ sage, dann ist das nur Gerede, ich hab schließlich meine Redensarten. Sag ich aber: ›Haben Sie mich verstanden?‹, dann erwarte ich eine Antwort! Haben Sie das verstanden?«

»Jawohl, Herr Wachtmeister!«

»Na also! Zweimal wöchentlich drei Stunden Nachtexerzieren. Ihre Ausbildung besteht fast ausschließlich in Geschütz- und Geräteexerzieren, gefechtsmäßig, mit allem Drum und Dran. Außerdem muß ich Ihnen 'n bißchen Flakschießlehre einbleuen, da können Sie mal zeigen, daß Sie intelligente Menschen sind! Was sonst noch ist, Unterschied zwischen Vorgesetzten und gewöhnlichen Menschen, Gaskram, Spionageabwehr und all das Zeug, das erledigen wir mit der linken Hand. Ordnungsübungen heute und morgen zwei Stunden, das muß genügen; wenn das Antreten nicht klappt, holen wir es sonntagnachmittags nach. Ein bißchen Bewegung wird Ihnen gut tun. Sie, ja, der Dicke mit den Schweinsäuglein, wie heißen Sie?«

»Luftwaffenhelfer Vetter, Herr Wachtmeister!«

»Entzückend!« rief Gottesknecht. »Herrlich, einfach unbezahlbar! Fett wie ein Schweinchen aus der Herde des Epikur und heißt Vetter! Dafür gibt's Sehrgut!« Er zog das Notizbuch, und während er notierte, sagte er: »Hoffentlich werden Sie uns nicht noch fetter, Vetter, fetter können wir Sie bei der Flak nicht gebrauchen!« Er quittierte das Gelächter mit einem Kopfnicken. »Weiter im Text. Wenn Sie heimschreiben wollen: Absender hiesige Ortsanschrift, Großkampfbahn, Porto brauchen Sie keins, ist Feldpost. Schreiben Sie nichts über den Dienst, ich hab das Recht, Briefe zu öffnen, und mach Stichproben. Verpflegung wird abends nach Dienstschluß in der Küche geholt. Mittags wird in der Kantine gegessen.« Er winkte die Obergefreiten zu sich. »Wir brauchen achtzehn Mann für die Geschütze, den Rest fürs Feuerleitgerät.«

In die Reihen der Jungen kam Bewegung. Schmiedling brüllte: »Wenn S' wohl glei...!« – »Schmiedling!« fiel ihm Gottesknecht ins Wort, und obwohl er die Stimme dämpfte, konnten es die Jungen hören. »Sie haben keine Rekruten vor sich, sondern Luftwaffenhelfer, wie oft soll ich Ihnen das noch sagen?« Holt stieß Gomulka an, und Gomulka nickte unmerklich.

Der Wachtmeister sonderte die Kleinsten und Schwächsten aus, auch Zemtzki war darunter, und blickte auf die Uhr. »Bis zwölf Uhr Geschütz- und Geräteexerzieren, nach dem Essen zwei Stunden Ordnungsübungen, da verdaut sich's besser.« Er winkte den Jungen, die fürs Feuerleitgerät bestimmt waren, und zog mit ihnen und einem Obergefreiten davon. Wolzow, Holt, Gomulka und Vetter achteten darauf, daß sie nicht getrennt wurden. Rutscher, Weber, Branzner, Kirsch und Kattner gesellten sich zu ihnen. In zwei Gruppen zu neun Mann zogen sie in Richtung Feuerstellung davon.

Neun Mann und ein Obergefreiter waren eine Bedienung. Schmiedling ließ sie im Geschützstand antreten, ließ das Geschütz abdecken und begann.

Was mag er im Zivilberuf sein? dachte Holt. Menschen wie Schmiedling waren ihm fremd. Vielleicht hat er einen Hof im Gebirge, dort braucht so ein Bergbauer kaum ein Wort zu sprechen beim Pflügen und Säen, und nun muß er Unterricht geben ... Er wär wohl lieber auf seinem Hof geblieben, er ist ja ganz außer sich vor Aufregung. Aber es ist Krieg, und er muß tun, was man verlangt.

Schmiedling ließ einen der Munitionsbunker öffnen, man folgte mit Feuereifer. Alles war neu, alles war interessant. Eine Kanone, eine richtige Kanone, das war doch etwas anderes als die Schule mit ihren unregelmäßigen Verben und dem mathematischen Formelkram!

»Ist das scharfe Munition?« fragte Vetter mit einem ehrfürchtigen Blick auf die handtellergroßen Patronenböden, die glänzend aus den Körben hervorsahen. Schmiedling antwortete nicht. Er zeigte den Mannschaftsbunker, er zeigte die Holztafeln mit den Zahlen von eins bis zwölf, die ringsum im Geschützstand angebracht waren und die Richtungen markierten, zwölf Norden, sechs Süden, drei Osten, neun Westen. Wenn das Kommando laute: »Fliegeralarm, Flugzeug neun!«, dann müsse das Rohr auch schon nach Richtung neun weisen. Er kratzte sich den Hinterkopf, nahm das Käppi ab, um sich den Schweiß von der Stirn zu wischen, und befahl fünf Minuten Pause, die man im Mannschaftsbunker verbrachte.

Der Unterstand, den Holt gebückt durch einen schmalen Eingang betrat, nahm die volle Breite des Geschützstandes ein. An den Wänden entlang waren Holzbänke aufgestellt. Holt sah einen Verbandkasten, an eisernen Haken die Hörgarnituren der Richtkanoniere und des Geschützführers, einen Kasten mit Werkzeug und Putzlappen und in einer Ecke einen schweren stählernen Vorschlaghammer. Wolzow, Holt und Gomulka rauchten. »Man muß es dem Schmiedling leicht machen«, sagte Holt, »er ist ein guter Kerl ...« – »Aber wenn das nicht etwas flotter geht«, sagte Wolzow, »dann mach *ich* den Unterricht weiter.« Schmiedling steckte den Kopf in den Bunker und rief: »Für Ihnen is Rauchen verboten!« Holt hielt ihm die Schachtel hin; tatsächlich, Schmiedling bediente sich ...

Dann quälte er sich weiter ab. »Jetzt wird dös schwierig! Dös is a Flakgeschütz, net wahr. Aber dös Gschütz is ka Gschütz net, verstehen S'?« Wolzow entwirrte den Knoten, und Schmiedling war begeistert. »Wenn S' so gnau Bscheid wissen, dann könn S' dös erklärn, und i spar mir's viele Gered!« Geschütz, das sei ein Sammelbegriff für schwere Feuerwaffen, Geschütze im engeren Sinne seien schwere Feuerwaffen für indirekten Beschuß mit großem Abschußwinkel, so etwa hatte Wolzow erklärt. Dies hier sei eine Kanone, flachfeuernd, mit langem Rohr und hoher Mündungsgeschwindigkeit des Geschosses. Daß es sich bei der Flak um eine Steilfeuerwaffe handle, könne nur ein Idiot aus der großen Rohrerhöhung schließen, befinde sich doch das Ziel in der Luft!

Schmiedling nickte zufrieden und fuhr fort. Flak acht-fünf-acht-acht heiße die Kanone. Sie sei in den zwanziger Jahren von Krupp gebaut und nach Rußland geliefert worden. Merkwürdig, dachte Holt, die Bolschewiken sind unsere Todfeinde, das sagt doch jeder, und da lieferte ihnen Krupp Kanonen? ... Das Kaliber habe damals 7,62 Zentimeter betragen, der Russe aber habe den Kanonen ein neues Rohr vom Kaliber 8,5 Zentimeter gegeben, und da dieses Rohr für die Lafette ein wenig zu großkalibrig sei, habe man es mit einer Mündungsbremse versehen. »Was dös is, dös erfahren S' nachher.« 1941 seien die Kanonen erbeutet und von 8,5 auf das übliche Kaliber von 8,8 Zentimetern aufgebohrt worden. Daher der Name »Flak 8,5/8,8«, genannt »Russenspritze«. »Aber wann a Bsüchtgung is, da muß dera richtge Nam gsagt wern!«

Für diese Erklärung brauchte Schmiedling eine halbe Stunde. »Wann Bsüchtgung ist«, sagte er, »dann müssen S' dös halt auf Anhieb von Ihnen verlangt, net wahr!« Er sprach oft und im Ton tiefer Sorge von der Besichtigung.

Den weiteren Unterricht übernahm Wolzow, dem es viel zu langsam voranging. »Falls ich was falsch mache, können Sie mich ja verbessern«, sagte er. Schmiedling fand kaum etwas zu korrigieren, als Wolzow loslegte: Kreuzlafette, Fahrgestell, Unter- und Oberlafette, Justierspindeln, Sockel.

»Sie sin a fixer Kopf!« lobte Schmiedling, während Wolzow die Verankerung der Lafette im Boden und die Funktion der Justierspindeln erklärte. Wolzow ging zum Richtmechanismus über. Er setzte sich auf den stählernen Sessel der Seitenrichtmaschine, der an der rechten Seite der Oberlafette angebracht war, stemmte die Füße auf die Fußraste, drehte am Handrad und fuhr mit der Kanone im Kreise herum wie mit einem Karussell. Jeder wollte es nachmachen, aber Schmiedling scheuchte sie wieder hinters Geschütz.

Wolzow erläuterte, als habe er niemals im Leben etwas anderes getan, die Rohrrücklaufbremse, auf der das Rohr ruhte, den Luftvorholer, der das Rohr nach dem Schuß wieder in die normale Stellung zu bringen habe und mit »Bremsflüssigkeit braun« gefüllt sei. Er stellte sich links an die Höhenrichtmaschine, drehte das Rohr steil in die Höhe und wieder hinab, und dann war die Zünderstellmaschine dran. So ging es fort. Das Tempo mochte Schmiedling unheimlich sein, denn er ließ immerfort wiederholen.

»Gell, dös wissen S' net, wie die Mündungsbremsn funktioniert?« fragte Schmiedling schließlich. Wolzow sagte: »Das ist doch ganz einfach.« Da stand plötzlich Gottesknecht im Geschützstand; wer weiß, wie lange er schon zugehört hatte. Schmiedling brüllte: »Achtung!« Gottesknecht winkte ab. »Soso, Wolzow. Das ist also ganz einfach? Lassen Sie hören. Aber wenn Sie es nicht genau wissen, gibt es Nichtgenügend.«

Wolzow sah den Wachtmeister mit zusammengekniffenen Augen und schräggelegtem Kopf an. »Herr Wachtmeister, kann ich vorher noch was anderes sagen?« – »Da bin ich aber gespannt«, meinte Gottesknecht. Wolzow blinzelte mit den Augen. Sein Kopf schob sich langsam vor. »Ich hab das niemals gelernt. Die vorgeschriebenen Worte kenn ich nicht. Wenn Sie gerecht sind, dürfen Sie nur achtgeben, ob meine Erklärung sachlich richtig ist.« Auf Schmiedlings Stirn standen Schweißtropfen.

»Wenn ich gerecht bin, darf ich ...«, wiederholte Gottesknecht träumerisch. Dann sagte er: »Fangen Sie an.«

»Die Mündungsbremse«, begann Wolzow konzentriert, in einem Tonfall, als habe er ein Gedicht aufzusagen, »die Mündungsbremse ist an der Rohrmündung angeschraubt und wird beim Abschuß vom Geschoß durchlaufen. Während der Geschoßboden die vordere Öffnung der Mündungsbremse zeitweilig verschließt, sind die hinter dem Geschoß herstürmenden Pulvergase, in ihrem Bestreben, sich auszudehnen ...«

Jetzt verheddert er sich, dachte Holt.

»... gezwungen, durch seitlich in der Mündungsbremse angebrachte Öffnungen auszutreten. Diese Öffnungen sind in einem Winkel in die Mündungsbremse eingeschnitten, der, in Schußrichtung gesehen, nach hinten weist. Das heißt«, sagte Wolzow nun siegessicher, »die Pulvergase verlassen die Mündungsbremse schräg nach hinten und erteilen so dem Rohr einen nach vorn gerichteten Impuls, welcher einen Teil des Rückstoßes auffängt.«

Schmiedling atmete tief und erleichtert auf. Gottesknecht sah Wolzow an, Wolzow gab den Blick zurück.

»Aufs Haar richtig«, sagte Gottesknecht. Er zog das Notizbuch. »Note eins ... Aber Sie haben meinen Gerechtigkeitssinn herausgefordert, Wolzow, und so kann ich's nun doch nicht auf sich beruhen lassen, daß sich ein Luftwaffenhelfer zum Leutnant macht, um einen Wagen zur Bahn zu bekommen.«

Wolzows Gesicht wurde blaß.

»Sie werden sich also jeden Abend pünktlich einundzwanzig Uhr melden, um mir die Schuhe zu putzen. Sie werden zugeben, daß die Strafe gerecht ist.«

Schweigen.

Dann Wolzow: »Herr Wachtmeister, Sie werden zugeben, daß Sie nicht befugt sind, persönliche Dienstleistungen als Strafe zu verhängen. Ich bitte um eine Bestrafung, die den militärrechtlichen Vorschriften entspricht.«

Das geht schief, dachte Holt.

»Wolzow«, sagte Gottesknecht, »ich hätte Lust, Ihnen noch eine Eins zu geben für soviel Mut. Aber das kann kein Mut sein. Das ist Unkenntnis! Sie wissen nicht, was Sie sich antun!« Und nun mit anderer, mit beiläufiger, üblicher Stimme: »Sie melden sich nach Dienstschluß bei mir zur Bestrafung.«

»Jawohl, Herr Wachtmeister!«

Gottesknecht sagte nur noch freundlich: »Weitermachen!«, dann verließ er den Geschützstand. Kaum war er außer Sichtweite, atmete Schmiedling so hörbar auf, daß Holt dachte: Warum hat er solche Angst? Er hat als Ausbilder doch nichts zu fürchten.

»A böse Sach, Wolzow, die was S' Ihnen sich da eben einbrockt ham!«

»Ach scheiß ...«, sagte Wolzow mit einer wegwerfenden Handbewegung.

Granatpatron-Munition, Sprengringe, Zünder ... Zeitzünder S 30, maximale Laufzeit dreißig Sekunden ... in den Patronen Diglykolröhrenpulver ... das war der Rest des heutigen Pensums.

Dann trafen sich die Jungen vom Geschütz und Feuerleitgerät in der Kantine, der früheren Gaststätte des Stadions, wo die Oberhelfer der anderen Batterie noch beim Essen saßen. Auf den rohen Holzplatten häuften sich Kartoffelschalen, dazwischen lagen Zigarettenstummel und Knochenreste. Wolzow fegte mit einer Handbewegung den Unrat vom Tisch, ein paar Oberhelfern auf die Knie. Den Protest erstickte er mit der Drohung: »Halt's Maul, sonst kracht's!«

Es gab Pellkartoffeln und eine dünne Soße, in der ein paar Fleischstücke schwammen. »Mies, saumies!« maulte Vetter. Zemtzki, Schenke und Grubert, die am Feuerleitgerät ausgebildet wurden, saßen in der Nähe und warfen mit unverständlichen Begriffen um sich, Höhenvorhalt, Grundstufe, Gebrauchsstufe ... Sie taten ungeheuer wichtig. Zemtzki erzählte: »Ich bin am E-Messer ... Die Meßoptik vergrößert vierundzwanzigfach!« – »Quatsch nicht rum, wen interessiert das schon?« sagte Wolzow. »Wer etwas auf sich hält, der geht ans Geschütz!«

Am Nebentisch wurde immer noch von einem »Handstreich« in Italien erzählt, von einem Telefongespräch zwischen Hitler und Mussolini, schließlich von neuen Luftangriffen. »Essen erneut bombardiert! Sie haben starke Verluste und Verwüstungen gemeldet.«

Holt löffelte mechanisch die Kartoffeln in sich hinein. Der Gedanke: Verwüstungen, Essen, Ruhrgebiet verließ ihn auch später nicht, als er auf seinem Bett lag und Gomulka am Tisch über dem Schreibblock saß. Ich muß heut abend bestimmt an Uta schreiben, dachte er. Der Gedanke an Uta tilgte nicht die heimliche Angst. Im Gegenteil. Alles umsonst ... hörte er wieder. Und was wird aus Deutschland?

Er war froh, als Schmiedlings Stimme in die Stube drang: »Raustreten!« Nach zwei Stunden Ordnungsübungen wurde im Geschützstand das Pensum so lange wiederholt, bis Holt die Worte Lafette, Mündungsbremse und Zeitzünder nicht mehr hören konnte. Es müsse *im Schlaf* sitzen, behauptete Schmiedling. Müsse unabhängig von Verstand und Gedächtnis in Fleisch und Blut übergehen, sagte auch Wolzow am Abend. »Der Verstand kann aussetzen, das Gedächtnis kann dich im Stich lassen, dann muß das trotzdem alles noch da sein, unwillkürlich, wie eine Reflexbewegung.«

Er zog los zu Gottesknecht, um seine Strafe entgegenzunehmen. Er war schlau genug, sich vorher von Schmiedling beraten zu lassen. »Dös is a Rapport! Da ziehen S' den Dienstanzug an, und dann setzen S' Ihnen an Stahlhelm setzen S' Ihnen dann auf!« Der Zusammenstoß zwischen Wolzow und dem Wachtmeister hatte sich unterdessen herumgesprochen. Nadler beobachtete eine Weile schweigend, wie Wolzow Koppel und Schuhe blankputzte, und höhnte: »Wenn der Gottesknecht befiehlt, dann spurt der Wolzow!« Vetter schmiß ihm einen Schnürschuh ins Kreuz. Nadler flüchtete.

Holt nahm den Briefblock vor. Er kam über die Anrede nicht hinaus, und auch diese war schon ein Problem. Wolzow kam zurück, gelassen wie üblich, aber insgeheim kochte er vor Wut. »Drei Monate Ausgangssperre! So ein gemeines Schwein!« Später erzählte er Einzelheiten. »Er war richtig enttäuscht, weil ich im vorschriftsmäßigen Anzug kam. Hat er mir eine Eins gegeben, der falsche Hund, für tadellosen Anzug, und anschließend drei Monate Ausgehverbot.«

Gomulka lachte. »Und dann hat er noch nachgeschlagen, ob die Strafe auch wirklich den Vorschriften entspricht. So ein Aas!«

Holt wurde immer wieder von seinem Brief abgelenkt. »Ich hätt ihm halt vierzehn Tage lang die Schuhe geputzt, da wär Ruh gewesen«, sagte Branzner, ein magerer Junge mit schwarzem Haar, krummer Nase und großem, hüpfendem Adamsapfel. Gomulka meinte: »Ich glaube, Gottesknecht ist nicht übel. Wenn wir erst im Einsatz sind ...«

Im Einsatz! Schon wieder das Stichwort, das Holt um seine Ruhe brachte. Er ertappte sich dabei, wie er sich nach der Geborgenheit der Kleinstadt sehnte, und schalt sich wankelmütig. Auf dem Briefbogen stand noch immer nichts als die Anrede »Liebe Uta« ... Ich will in den Krieg, hab ich gesagt, und nun verläßt mich der Mut!

Er schrieb endlich einen sachlichen Bericht über den ersten Tag, soweit er glaubte, davon berichten zu dürfen.

Der Abschied, ist das wirklich erst gestern gewesen? Es liegt so weit zurück! Vorbei, für immer. Alles andere ist Illusion. Ich bin fast drei Jahre jünger als sie. Sie ist verlobt. Aber nun, da er schrieb, betrog er sich selbst. Es *durfte* nicht vorbei sein! »Laß mich nicht im Stich«, schrieb er. »Uns steht vielleicht sehr Schweres bevor. Laß mich nicht allein.«

»Der Seitenrichtkreis«, sagte Schmiedling, »hat vierasechzg Hundert Teilstrich!«

Gomulka und Branzner, eifrig bei der Sache, in der Schule gute Mathematiker, rechneten den Richtkreis in Bogengrade um und brachten so ein wenig Abwechslung in die Hirne, die vom Drill ermüdet waren. Jeder redete, wie es ihm gefiel.

»An der Höhenrichtmaschin stellen wir Grad ein«, lehrte Schmiedling, »und a jeds Grad hat vier Strich!«

An der Zünderstellmaschine hieß es »Grad vom Kreuz«; dreißig Sekunden Zünderlaufzeit entsprachen dreihundertsechzig Grad, die Gomulka in Sekunden und Flugstrecken umzurechnen versuchte. »Schade ... dazu braucht man wohl Differentialrechnung!«

Schmiedling hatte noch nie so gelehrige Rekruten erlebt. »Die Granate ... was die Anfangsgeschwindikeit is, die is am größten! Dös heißt die Vaunull! Dös Spritzen hat a Vaunull von achthundertsechzig ...« – »Meter pro Sekunde«, ergänzte Wolzow. Schmiedling war nicht gesonnen, sich das Durcheinander länger bieten zu lassen. Er scheuchte die Bedienung in Reih und Glied und ließ wiederholen: Seitenrichtkreis, Höhenrichtbogen und Zünderstellmaschine. Es dauerte Tage, bis sie das Geschütz bedienen lernten.

Sie unterhielten sich immer wieder über diese Form des Drills. Wolzow sagte: »Es gibt Situationen, wo das Denken versagt. Da muß alles automatisch in den Gliedern sitzen. Die Ausbildungsmethoden sind für alles mögliche Kroppzeug, Müllkutscher, Straßenkehrer ... Die sind so blöd, daß sie das nie kapieren würden, deshalb wird es bis zum Kotzen gepaukt!« Er berief sich auf die Autorität eines Obersten. »Mein Vater hat immer gesagt, die militärischen Ausbildungsvorschriften sind so beschaffen, daß es auch das größte Rindvieh noch kapiert!«

Die Jungen, die am Feuerleitgerät ausgebildet wurden, spielten sich mächtig auf. »Mit uns macht der Wachtmeister den ganzen Tag Flakschießlehre, es ist hochinteressant!«

Gomulka, als er einmal mit Holt allein vor der Barackentür stand, sagte: »Die Sache hat noch eine Kehrseite. Drill versüßt uns den Einsatz.« – »Du hast recht. Wenn ich anfangs an den Einsatz dachte, war mir ziemlich komisch ... Heute wollte Schmiedling zum fünfzigstenmal wissen, welchen Seitenwert Richtung sieben hat. Da hab ich gedacht: Mag's im Ruhrgebiet noch so schlimm werden ... jedenfalls ist dann dieser sture Mist vorbei!«

»Das wollen sie erreichen.« Gomulka nickte. »Hier ist das recht harmlos«, fuhr er fort, »ich staune, wie anständig sie mit uns umgehn. Die Rekruten in der Kaserne, die werden derartig geschliffen, daß ihnen die Front wie's Paradies erscheint ... Wer schon mal draußen war, läßt sich allerdings lieber schleifen«, setzte er hinzu. Holt lachte. »Die große Wende wird schon kommen!«

»Fragt sich bloß wie!«

»Aber Sepp!« sagte Holt vorwurfsvoll. »So kann man nicht reden!«

»Ich rede nur zu dir so«, erwiderte Gomulka. »Ich überleg manchmal, ob wir nicht alle ... die Augen zumachen, was den Krieg angeht!«

»Solche Gespräche«, sagte Holt, »... und solche Gedanken ... das untergräbt die Moral, Sepp!«

Die Kanoniere hießen K 1 bis K 9 und wurden vom Geschützführer befehligt. Jeder hatte seinen Platz und seine Aufgabe. Der Geschützführer war durch eine Telefonleitung mit der Befehlsstelle verbunden, von dort erhielt er alle Anordnungen einschließlich des Feuerbefehls. Die Feuerglocke gab dem K 3, dem Ladekanonier, das Signal zum Laden und Feuern. »Dös heißt net Schuß, sondern Gruppe«, erklärte Schmiedling und wiederholte zehnmal, daß dem Geschützführer absolut und bedingungslos zu gehorchen sei! Oft komme es vor, daß ein Luftwaffenhelfer die Funktion des Geschützführers übernehme; dann schulde man ihm den gleichen Gehorsam.

Die neun Kanoniere mußten ihre Aufgaben erst einmal in Form von neun Sprüchen erlernen, und jeder mußte jedes Sprüchlein auswendig wissen. K 1 war Höhen- und K 2 Seitenrichtkanonier. K 6 bediente die Zünderstellmaschine. K 3 war der Ladekanonier, nächst dem Geschützführer der angesehenste Mann. K 4, K 5, K 7, K 8 und K 9 nannten sich Munitionskanoniere, und sie genossen das geringste Ansehen. Das alles, verlangte Schmiedling immer wieder, müsse man im Schlaf beherrschen.

»Weißt du was?« sagte Wolzow eines Abends zu Holt. »Von wegen ›im Schlaf beherrschen‹! Wir probieren das mal!« Gomulka, der nachts halb zwei wach wurde, weckte Holt, und gemeinsam holten sie Wolzow aus dem Bett. »Wen nehmen wir?« – »Den Branzner, das Rindvieh«, brummte Wolzow. Zu dritt umstanden sie Branzners Bett. Wolzows Taschenlampe leuchtete. Die Nachthemden reichten nur bis an die Knie, verwaschen und immer wieder geflickt. Holt sah auf Wolzow, dem das Hemd viel zu eng war. Über dem mächtigen Brustkorb spannte es sich zum Zerreißen, unten schauten die stachlig behaarten Beine hervor.

»Los!« Gomulka und Holt faßten Branzner links und rechts an den Armen, rissen ihn hoch, und Wolzow leuchtete ihm ins Gesicht und brüllte: »Los! K 2!«

»K 2 stellt laufend ... laufend ...«, stammelte Branzner erschrocken und schlaftrunken, dann kam er zu sich, und nun ging es wie am Schnürchen: »K 2 stellt laufend mit Hilfe der Seitenrichtmaschine die vom Kommandohilfsgerät durchgegebenen Seitenrichtwerte am Seitenteilkreis ein und beobachtet den Umdrehungsanzeiger!« So, das war geschafft, und Branzner fügte hinzu: »Mensch, ihr spinnt wohl ... mitten in der Nacht!«

»Schnauze! K 6, los!« Aber da weigerte sich Branzner. Sie sahen sich nach einem neuen Opfer um, das nicht von Wolzows Gebrüll erwacht war. »Los, den Rutscher, der stottert so schön!« Das Spiel, unter schadenfroher Anteilnahme der anderen, wiederholte sich. Rutscher hing ihnen sekundenlang verschlafen in den Armen, aber Wolzow knuffte ihn in die Rippen und brüllte: »Los, du Heini, K 6, wird's bald?«

»K6 ... stellt ... laufend die vom Ko-Ko-Kommandohilfsgerät

durchgegebenen Zünderlaufzeiten auf der Zünderstellmaschine ein und be-betätigt die Schwungma-ma-masse!« stotterte Rutscher.

»Tatsächlich!« rief Wolzow. »Es klappt im Schlaf!«

Da wurde die Tür aufgestoßen, Licht flammte auf, und in der Tür stand Gottesknecht, in einem roten Bademantel, barhäuptig, an den Füßen Pantoffeln. Er sagte böse: »Hab ich Sie erwischt! Nachtruhe eisern einhalten, hab ich ausdrücklich befohlen! Und Sie? Rumtoben, nachts halb zwei!« Gomulka faßte sich zuerst und wollte melden, aber Gottesknecht sagte: »Quatsch, Meldung im Nachthemd, nächstens melden Sie noch auf der Latrine!« Jemand lachte, aber Gottesknecht rief: »Ruhe!« Er wandte sich an Holt: »Was ist hier los? Aber ehrlich: wen wollten Sie verdreschen, und warum?« – »Herr Wachtmeister«, antwortete Holt, »wir wollten niemanden verdreschen! Wir haben nur mal ausprobiert, ob die Sprüche der Kanoniere wirklich aus dem Schlaf klappen, wie das der Obergefreite Schmiedling immer verlangt.« Gottesknecht blickte eine Weile auf Holt, dabei entspannte sich sein Gesicht. »Na und? Geht's?«

»Jawohl, Herr Wachtmeister. Der Branzner hat den K 2 und der Rutscher den K 6 aus dem Schlaf aufgesagt, ohne Überlegung.«

»Sie haben Humor!« sagte Gottesknecht. »Los, in die Betten!« Sein Blick haftete an Wolzow. »Kommen Sie her! Holt und Gomulka haben sich Schuhe angezogen, die kann ich ins Bett schicken, aber Sie, barfuß auf dem dreckigen Fußboden ...« – »Herr Wachtmeister«, sagte Wolzow, »egal haben Sie's mit mir!« Gottesknecht, eine steile Falte auf der Stirn, rief: »Wolzow, jetzt reicht mir's!« Er stemmte die Hände in die Hüften, seine Stimme war wieder ganz ruhig: »Ich hätte Sie die Füße waschen lassen und dann ins Bett geschickt. Aber jetzt ... los, ziehen Sie Drillich an, kommen Sie raus, aber schnell, jetzt sollen Sie mal sehn, wie das ist, wenn ich's mit einem ›egal habe‹!«

Holt und Gomulka krochen gehorsam ins Bett. Gottesknecht löschte das Licht. Im Dunkeln zog sich Wolzow murrend an. Im Einschlafen hörte Holt ihn fluchend zurückkommen und zu Bett gehen.

Am anderen Tag wußte auch Schmiedling davon. »Dös kenn i bei unserm Wachtmeister gar net, daß der a jemand schleifa tuat, in der Nacht scho gar net!« Er zeigte ehrliches Mitgefühl.

In den Pausen der Ausbildung unterhielt er sich immer aufgeschlossener mit den Jungen und erzählte auch von sich selbst. So erfuhr Holt, daß Schmiedling Landarbeiter auf einem großen Gut war und daheim eine Frau mit vier Kindern auf ihn wartete. Als einziger Soldat der Batterie war er k. v., kriegsverwendungsfähig, also seit langem reif für die Front. Er behauptete, sich nur in der Heimat halten zu können, weil der Major, »was unser Kmandeur is«, ihm gewogen sei. Das könne sich sofort ändern, die Sympathie sei schnell verscherzt. Daher müsse seine Bedienung die beste sein, dürfte bei der Besichtigung niemals auffallen und habe beim Schießen immer die besten Resultate zu erzielen. Holt hörte nachdenklich, was Schmiedling da erzählte.

»Wenn einer nicht spurt«, sagte er schließlich, »bekommt er's mit uns zu tun!« Schmiedling nickte dankbar. Heimat sei eben Heimat, selbst im Ruhrgebiet.

Holt und Gomulka wechselten einen Blick. Bisher hatte es Gerüchte gegeben, von einem Einsatz in Berlin, aber Holt und Gomulka waren dagegen aufgetreten. Nun plauderte Schmiedling alles aus. Die Wirkung war dementsprechend. Die Jungen schauten betreten vor sich hin. »Teifi, dös is mir halt rausgerutscht. Dös dürfen S' gar net wissen!«

In der Mittagspause wußten es alle.

3

Holt wartete ungeduldig auf Post von Uta. Ich bin ihr gleichgültig, dachte er, sie denkt nicht mehr an mich. Als bei der Postverteilung endlich sein Name aufgerufen wurde, bekam er nur ein Päckchen von seiner Mutter. Sie schickte ihm die erbetenen Zigaretten. Warum schrieb Uta nicht?

Zu seiner Mutter wünschte er sich nicht zurück. Aber er dachte häufiger als früher an seinen Vater, den er fast vier Jahre lang nicht mehr gesehen hatte. Utas Worte: »Jedenfalls scheint er ein Mann von Charakter zu sein«, hatten auf Holt nachhaltig gewirkt. Vielleicht hatte er gar keinen Grund, sich seines Vaters zu schämen. Aber die Entfremdung wurde durch diesen Gedanken nicht geringer.

Wieder verteilte der Wachtmeister beim Mittagessen Post. Holt erhielt als letzter einen Brief. Er wagte kaum, den Umschlag zu öffnen. In der Stube legte er sich auf sein Bett und las. In der kleinen Stadt ging das Leben weiter, als habe es die Jungen der Klasse VII niemals gegeben. Die Worte, die Holt ungeduldig überflog, waren blank und spöttisch wie immer. Aber zum Schluß wurden sie ernst. »Glaube nicht«, schrieb Uta, »daß dieser Sommer spurlos an mir vorübergegangen ist, aber reden wir nicht davon. Das Wasser zwischen uns Königskindern ist tief. Aber solange Du daran Freude hast, kannst Du mit einer gewissen Anhänglichkeit meinerseits rechnen; es wird Dich, wie ich Dich kenne, zu ungeheuren patriotischen Taten anspornen.«

Er setzte sich am gleichen Abend hin und schrieb, verliebt und überschwenglich.

Sie wechselten nun regelmäßig Briefe. Auf seine Verliebtheit antwortete sie mit Spott und Ironie. Nie schrieb sie mehr als zwei Seiten, aber auch nie weniger. Er bewahrte den Briefpacken sorgfältig auf; das Kreuz trug er stets in der Brusttasche.

Wolzow erklärte eines Tages: »Das einzig Wahre ist Laden!« Scharf zu laden, war für Luftwaffenhelfer verboten. »Dös is a z' schwere Arbeit für a solche Jungs!« sagte Schmiedling. Die Patronen wogen etwa dreißig Pfund und mußten auch bei siebzig oder achtzig Grad Rohrerhöhung in drei Sekunden geladen und abgefeuert sein. Aber Wolzow setzte es durch, daß er sich den riesigen, aus fingerdickem Leder genähten Ladehandschuh auf die rechte Hand ziehen und vorführen durfte, was Holt als wohlformuliertes Sprüchlein zum hundertstenmal in den Geschützstand brüllte: »K 3 faßt bei Ertönen der Feuerglocke eine in der Zünderstellmaschine ladefertig gemachte Patrone mit der rechten Hand am Patronenboden, mit der linken Hand am Schwerpunkt des Geschosses und führt sie mit der geballten rechten Faust ins Rohr ein. Unter gleichzeitiger Linksdrehung des Oberkörpers zieht er mit der rechten Hand ab.«

Das Feuerleitgerät gab nun beim Gefechtsexerzieren Richtwerte an die Kanonen. Eine uralte Klemm-Schulmaschine brummte als Ziel über der Stadt herum.

Sie fühlten sich bald als erprobte Flaksoldaten. »Wir alten Krieger«, sagte Wolzow immer häufiger im Gespräch. Was sie an den Geschützen gelernt hatten, das war in Fleisch und Blut übergegangen. Täglich lernten sie Neues. Es gab starres und bewegliches Sperrfeuer. Nahfeuer mit besonderer Munition, die durch gelbe Ringe auf den Patronenböden gekennzeichnet war. Mitten im gefechtsmäßigen Exerzieren mußten sie den Verschlußkeil ausbauen, weil angeblich der Schlagbolzen gebrochen war, was in der Praxis kaum jemals vorkam; aber Schmiedling bevorzugte gebrochene Schlagbolzen, weil dies eine beliebte Aufgabe bei der Besichtigung sei ... Er stand dabei, die Uhr in der Hand und stoppte die Zeit. Gleicher Beliebtheit erfreuten sich Versager, welche hundert Meter weit aus der Stellung getragen werden mußten, was die Bedienung in Deckung abzuwarten hatte ...

Das Geschütz- und Munitionsreinigen war erträglich. Schmiedling hockte dabei und erzählte. Er zeigte Bilder seiner Frau und seiner vier Kinder. Man lobte, wie »kräftig« die Kleinen seien. Dieses Stichwort hatte Schmiedling selbst gegeben. Er hatte Holt das Bild seiner Frau gezeigt, ein kleines, vom vielen Herumreichen abgenutztes Photo. »Sehen S' Ihnen die amol an, net wahr, dös is a kräftige Frau, wie S' fei ka beßre net wern findn!« Warum hebt er so hervor, daß sie kräftig ist? dachte Holt. Darauf kommt es bei einer Frau doch nicht an! »Wissen S', die schafft am sölbigen Hof, als Großmagd, da wo i als Schweizer gearbeit hab ... Dös is a Glück, wenn a Frau so anpacken kann! Dös haut hin!« Er sagte noch mehrfach: »Dös haut hin ... Die beiden Buabn arbeitn a scho mit, die treiben dös Vieh auf d' Alm, net wahr!«

Wieder sah Holt mit einem nachdenklichen Blick auf den Obergefreiten.

Aber die Stunden am Geschütz, da man beieinandersaß, eine

Patrone mit »Fliegerfett blau« einrieb und dabei plauderte, waren selten. Müde, wie zerschlagen, fielen die Jungen abends ins Bett und rappelten sich ein paar Stunden später wieder auf, wenn die Glocke zur Nachtübung rief, und Gottesknecht setzte das nächtliche Gefechtsexerzieren stets ohne vorherige Benachrichtigung an.

Schmiedling zeigte am Geschütz einen unerschöpflichen Einfallsreichtum. »Das kann er sich gar nicht alles ausdenken!« sagte Gomulka. »Das muß wohl alles vorkommen.« Mitten im nächtlichen Exerzieren ließ Schmiedling das Funkmeßgerät ausfallen: Düppel-Störung! »Dös is, wann die daheroben so a Silberpapierzeugs runterschütten, was die Stanniolstreifen sin, da kann dös Fu-MG net messen!« Er befahl eine neue Art des Sperrfeuers, Barrikadenfeuer, der Befehl lautete: »Barrikade – marsch!«, und bei fest eingestellten Richtwerten mußten die Ladekanoniere laden und feuern, immerfort laden und feuern ... »Jetzt is d' Munition am Gschütz zu Ende is die, holen S' Patronen von der Zwotausstattung ran, aber dalli!« Sie liefen, Exerzierpatronen im Arm, durch die Nacht, vom Geschützstand zu den weit entfernten Bunkern der Zweitausstattung und zurück, eine Stunde lang, hin und her, bis sie vor Anstrengung keuchten und ihnen die Knie zitterten. Dabei pfiff Schmiedling auch noch auf seiner Trillerpfeife, und sie mußten sich mit der Patrone im Arm hinwerfen – aber wehe, wenn dabei die Patrone den Erdboden berührte! –, denn jeder Pfiff bedeutete eine Bombe.

Bei einer solchen Gefechtsübung kam der dicke Vetter zu dem Spitznamen »Leiche«. Schmiedling ließ einen der fingierten Tiefangriffe mit Nahfeuer abwehren; beim Nahfeuer hatten die Richtkanoniere das Ziel übers Rohr direkt anzuvisieren. (»Wobei jeder Schuß 'n Kilometer danebenhaut«, sagte Wolzow.) Alles klappte, hundertmal geübt; doch da tauchte die alte Klemm plötzlich tief, ganz tief im Süden über dem Stadion auf, knatterte über die Stellung hinweg, und Schmiedling brüllte: »Tiefangriff Richtung sechs! Volle Deckung!« Auch das war schon hundertmal geübt worden. Aber heute passierte Vetter ein Mißgeschick. Er warf sich nicht der anfliegenden Maschine entgegen in die Deckung des hohen Erdwalles, sondern hopste eine Weile unentschlossen im Geschützstand herum und suchte dann auf der entgegengesetzten, auf der falschen Seite Deckung, während die Klemm über ihre Köpfe hinwegbrauste. Schmiedling wurde zornig. Er scheuchte die anderen wieder ans Geschütz, Vetter aber rief er zu: »Vetter, werden S' wohl liegen bleiben! Sie san tot! Tot san Sie! Sie depperte Leich, Sie depperte!«

Holt sagte später zu Gomulka: »Es ist ein unheimlicher Spitzname ...« Aber es blieb dabei, und auch Gottesknecht rief: »Vetter, Sie Leiche, Sie sollen ja lebensmüde sein!«

Überhaupt: Gottesknecht! Er wußte alles, er sah und hörte alles und tauchte stets im unpassendsten Augenblick auf. An den »Gastagen«, da man von früh bis abends mit aufgesetzter Gasmaske herumlaufen mußte, wurde Gottesknecht zur Plage. Man hatte ihnen französische Beutemasken gegeben, deren großer und schwerer Filter in einer umgehängten Tasche getragen wurde und durch einen Gummischlauch mit der Maske verbunden war. Die Jungen schafften sich Erleichterung, indem sie die Filter lockerschraubten, um mehr Luft zu bekommen. Aber dann war plötzlich Gottesknecht da, faßte in die Umhängetasche, und es hagelte Nichtgenügend.

Während des harten Dienstes verfolgten die Jungen mit besonderer Spannung die Nachrichten über den Luftkrieg. Tag und Nacht flogen die Bomber über die Grenzen, mindestens nachts die »Störflugzeuge«, unter denen sich niemand etwas Genaues vorstellen konnte. Immer häufiger wurde das »rheinisch-westfälische Gebiet« als Angriffsziel genannt. »Das sind wir«, sagte Holt zu Gomulka. Es war nun schon Oktober. »Hast du gehört? Gestern nacht wieder mehrere Städte, besonders Bochum.« Wolzow las aus der Zeitung vor, eine Luftschlacht über Bremen habe die Angriffe im ganzen nicht verhindern können.

Holt dachte an seine Verwandtschaft in Bremen. Der Stiefbruder seiner Mutter war dort Generaldirektor einer Werft. Die Hamburger Verwandten hatten die Angriffe unbeschadet überstanden.

Schon wenige Tage später hörte man von einer siegreichen Luftschlacht über Schweinfurt. »›Die deutsche Luftabwehr hat am

14. Oktober wiederum ihre ständig wachsende Stärke bewiesen und den feindlichen Angriffsverbänden gezeigt, daß ihrer Vernichtungswut Grenzen gesetzt sind‹«, las Wolzow vor. Die Nachricht verbreitete Optimismus. »›Wir registrieren nüchtern einen Markstein in der Entwicklung des großen Luftkampfes …‹, und hier: ›Die Piloten abgeschossener Maschinen haben völlig demoralisiert von der „Flakhölle" gesprochen!‹« Vor diesen Nachrichten verblaßten die Meldungen von den Fronten. Wen interessierte schon die »Ausdehnung der Schlacht im Osten«? – »Ich denke, wir werden gerade zur großen Wende des Luftkrieges zurecht kommen«, sagte Holt, »wenn bloß erst die Ausbildung ein Ende hätte!«

Schmiedling malte täglich die Folgen einer fehlgeschlagenen Besichtigung aus. Das Ausbildungsprogramm war erfüllt, es gab nichts Neues mehr.

Die Batterie, an deren Geschützen sie ausgebildet wurden, hatte in der vergangenen Zeit ein paarmal Alarm gehabt. »Gefechtsschaltung« war die erste Alarmstufe; kamen die Bomber näher, wurde »Feuerbereitschaft« befohlen, aber das war in den fünf Wochen nicht vorgekommen. Der Alarm der Batterie 329 hatte die Jungen von der 107/III bisher nicht betroffen.

Eines Tages waren sie, wie üblich, zum Unterricht in der Kantine versammelt, und Gottesknecht ritt sein Steckenpferd Flakschießlehre. Der etwas schwerfällige Hampel hatte gerade das dritte Nichtgenügend einstecken müssen, als die Alarmklingel losschrillte. Da packte Gottesknecht seine Dienstvorschriften ein und sagte: »Wissen Sie was? Heute machen wir mit.« Es fuhr ihnen in die Glieder.

Die Batterie, am Tage nur mit vier Geschützen feuerbereit, wurde des Nachts durch Arbeiter und Angestellte aus der Stadt, durch sogenannte Flakwehrmänner, verstärkt, so daß alle sechs Geschütze besetzt werden konnten. Heute nun rannten die Jungen an die beiden Geschütze. Gottesknecht zog mit seinen acht Mann auf die Befehlsstelle.

Schmiedlings Bedienung war aufgeregt, am aufgeregtesten aber war Schmiedling selbst. »Machen S' mir ka Schand net, i bitt Sie!« Wohl zehnmal versicherte er: »Wenn's was geben sollt … Dös

Schießen is fei net schlimm is dös net!« Da sie noch keine Gehörschützer empfangen hatten, verteilte er Watte.

Als Ladekanonier war ihnen ein Obergefreiter, der »Schreibstubenhengst«, zugeteilt worden. Wolzow nahm ihm den Ladehandschuh weg, Schmiedling, an der Geschützführerleitung, sagte: »Benehmen S' Ihnen net so frech! Da muß i erst an Antrag auf Sondererlaubnis muß erst amol eingreicht wern, eh Sie scharf laden dürfen!« – »Gefechtsschaltung aufgehoben«, brüllte jemand von der B 2.

Am nächsten Morgen, beim Appell, rief Gottesknecht: »Ich hab eine Überraschung! Unser Dienstplan sieht vier Stunden Gefechtsexerzieren vor, geht punkt zehn Uhr los, mit Zieldarstellung. Da fliegt ein ganz toller Bomber für uns, zeigen Sie mal, was Sie gelernt haben! Grinsen Sie nicht, Holt! Warum grinsen Sie?!« – »Herr Wachtmeister, der tolle Bomber wird wieder die alte Klemm sein, die fällt uns bestimmt mal auf den Kopf!« – »Mangelhaft!« rief Gottesknecht. »Heute fliegt tatsächlich eine Ju 88, weil es das letztemal ist!«

Es geht los, dachte Holt, es ist soweit! Und er sah auf Wolzow, der Ruhe und Gelassenheit ausstrahlte. Gottesknecht fuhr fort: »Ich schau mir während des Exerzierens die Geschützbedienungen an, mit allen Schikanen. Wenn es klappt ...« Er zögerte, dann fuhr er ganz sachlich fort: »... dann tragen Sie anschließend sämtliche Klamotten auf die Kammer. Unsere Batterie hat im Raum Essen, Wattenscheid und Gelsenkirchen Stellung bezogen, ideale Gegend! Wir fahren heut nacht.«

Alle wußten es, aber da Gottesknecht es aussprach, traf es doch wie ein Hieb. Gottesknecht rief: »Heiliger Antonius! Was ziehen Sie denn für Gesichter! Was denken Sie, wie schön das dort wird! Ich versprech Ihnen eine ganz ruhige Tour, wenn nicht grad geschossen wird, oder wenn Sie nicht grad Schulunterricht haben, das geht dort nämlich weiter, oder wenn nicht grad Munition abgeladen wird, oder wenn nicht grad Bombentrichter zugeschaufelt werden müssen, oder wenn nicht grad was anderes ist. – Ruhe im Glied! Wolzow, quatschen Sie nicht. Sie wollen Offizierssohn sein? Der Schandfleck der Batterie sind Sie!«

»Herr Wachtmeister«, sagte Wolzow, »den ›Schandfleck‹ laß ich mir nicht gefallen, das ist ...«

»Wolzow! Treten Sie vor! Nach links weg, marsch, marsch ... hinlegen ... auf ... hinlegen!« Er wandte sich zum rechten Flügel: »Schmiedling, machen Sie weiter, los, schleifen Sie Ihren Liebling mal 'n bißchen, so ein frecher Kerl, zehn Minuten, aber mit allem Drum und Dran!« Und zu Wolzow, der bewegungslos auf dem Boden lag: »Gaaaas! So ist's schön, jawohl, nein, Sie hier nicht, bloß der Wolzow, damit sich ihm das Ende der Ausbildung einprägt!«

Wolzow hatte die Gasmaske übers Gesicht gestreift. Gottesknecht rief: »Schmiedling, sehen Sie nach, ob die Maske dicht ist, der Wolzow ist raffiniert! Herrgott, Schmiedling, wie machen Sie denn das? Da drückt man einfach den Schlauch zusammen, wenn er dann nach fünf Minuten noch lebt, sitzt die Maske nicht dicht!«

Die Jungen lachten. Der Wachtmeister sagte: »Ist das nicht schön, daß wir alle so prachtvolle Laune haben? – Holt! Warum lachen Sie nicht mit?«

»Herr Wachtmeister, der Wolzow ist mein Freund, da können Sie nicht erwarten, daß ich mich amüsier, wenn er geschliffen wird!«

»Herrlich muß das sein, so'n treuer Freund!« rief Gottesknecht. »Wie sagten Sie? Das kann ich nicht erwarten? Haben Sie eine Ahnung, was ich alles kann! Holt, los, Gaaaas!« Holt riß die Gasmaske heraus und setzte sie auf. »Schmiedling, nehmen Sie Kastors Pollux gleich mit! Verstehen Sie nicht? Den Holt sollen Sie auch ein bißchen schleifen!« Und er rief: »Geteiltes Leid, Wolzow, ist halbes Leid. Wie bin ich zu Ihnen?«

Holt und Wolzow keuchten über den Acker. Nach einer Viertelstunde schickte Schmiedling sie in die Baracke. »Teifi, war dös wieder amol nöti?«

In der Stube war der bevorstehende Einsatz alleiniges Gesprächsthema. So stark sich ein jeder auch gebärdete: die Aufregung grenzte an Angst. Wolzow sagte: »Ob dir was geschieht oder nicht, das steht fest, da kannst du gar nichts machen! Soll dir was passieren, dann passiert's so oder so, ob du bei der Flak im Ruhrgebiet bist oder an der Ostfront.« – »Allah ist groß«, sagte Gomulka, »alles steht im Buche des Lebens verzeichnet! Deine

Schicksalsergebenheit hat was für sich.« – »Mein Vater hätte dir vielleicht Geschichten erzählen können«, rief Wolzow, »aus zwei Kriegen, von Leuten, die geglaubt haben, sie können ihrem Schicksal entgehen!«

Es komme, wie's kommen muß, dachte Holt.

Kurz vor zehn rief Schmiedling sie an die Geschütze. Gottesknecht war eine halbe Stunde bei Schmiedlings Kanone zu Gast. Er fand nichts auszusetzen. Noch einmal wurde das Programm durchexerziert. Holt, so hatte es sich eingebürgert, war K 2, Gomulka richtete die Höhe, Vetter hockte an der Zünderstellmaschine. Wolzow war K 3. Gottesknecht sah, wie spielerisch leicht Wolzow auch bei maximaler Rohrerhöhung die schwere Patrone ins Rohr schob. »Na, Schmiedling, da haben Sie eine brauchbare Bedienung ausgebildet!« Schmiedling gab das Lob weiter: »Ihr seid's fixe Kerle! Wir müssen zsammbleibn!«

In den HJ-Uniformen, in denen sie angekommen waren, lagen sie auf den blanken Strohsäcken herum und schrieben eifrig Briefe. Gegen Abend holten sie Verpflegung, dann stand schon Gottesknecht in der Tür. »Meine Herrn, wenn ich Sie höflichst bitten darf ... Der Wagen ist vorgefahren! Nehmen Sie tränenreichen Abschied.«

Ein großer, dreiachsiger LKW jagte durch die Nacht. Auf den heißen, trockenen Sommer war der Oktober gefolgt, wolkenverhangen, oft regnerisch und kühl. Bei Regen und triefender Nässe hatten sie am Geschütz gehockt, dann wieder waren strahlende Herbsttage heraufgedämmert, warm und wolkenlos. Diese Nacht aber war dunkel, kalt und sternenlos. Mit abgeblendeten Scheinwerfern raste der Wagen westwärts.

4

Der Wagen hielt in der Dämmerung auf einer Anhöhe. Es war morgens gegen fünf. Die Luft, von weißem Nebel gesättigt, schmeckte nach Ruß und Rauch. Klamm die Anzüge, die Glieder steif vor Kälte, so standen sie herum. Undeutlich im Nebel erkannte Holt mehrere dicht nebeneinander stehende Baracken. Er fror und fand sich nicht zurecht.

Ein Obergefreiter tauchte aus dem Nebel, um die linke Achsel die gelbe Schnur des UvD. »Servus, Fritz!« rief Schmiedling erfreut. »Dös is unser Waffenmeister, der Obergfreite Macht!« – »Leise«, sagte Macht, ein Mann von fünfunddreißig Jahren, klein, dick und blond, »leise! Dort drüben schläft der Chef!« Er wandte sich an die Jungen: »Sie werden eingekleidet.« – »War was los heut nacht?« fragte Schmiedling. »Hier war Ruhe«, antwortete Macht, »aber im Norden hat's Zunder gegeben.« – »Und sonst?« – »Jede Nacht«, sagte der Waffenmeister, »und fast jeden Tag.« Und zu den Jungen: »Mitkommen!«

In einer der Baracken war die Kammer untergebracht. Durch Fensterläden schimmerte Licht. Irgendwo in der Nähe erhob sich wütendes Hundegebell. Eine dröhnende Stimme rief: »Halt's Maul, Mensch!« – »Das ist der Chef!« flüsterte Macht. »Seid bloß still!«

Sie erhielten Uniformen, eine Ausgehmontur mit einreihigem, auf Taille gearbeitetem Mantel, und auch ein Blechbüchschen mit Gehörschützern. Obergefreiter Schnitzler, der Kammerunteroffizier, war ein dünner, behender Mann mit raschem Mundwerk. »Meckern Sie nicht! Wenn was nicht paßt, tauschen Sie's um!« Mit Kleidern bepackt, verließen sie die Kammer und zogen sich in einer leerstehenden Baracke um.

Die Wohnbaracke A, Anton genannt, stand etwa fünfzig Meter von der Kammer entfernt. Holt war bald fertig. Er ging ein paar Schritte den Fahrweg entlang, blieb stehen und sah sich um.

Es tagte. Bald mußte die Sonne aufgehen. Der Morgenwind trieb den Nebelvorhang zur Seite, der Blick auf die Stellung wurde frei. Holt prägte sich die Lage der Batterie fest ein. Ein kahler Höhenrücken, der Boden schmutziggrau, die Äcker mager und steinig. Im Osten stand Wald, dürre, kahle Stämme, die trostlos an die üppigen, unwegsamen Wälder in den Bergen erinnerten. Vier weit auseinanderliegende Wohnbaracken bildeten ein großes Rechteck, dessen Seiten von West nach Ost etwa hundertfünfzig, von Süd nach Nord nicht mehr als fünfundsiebzig Meter messen mochten. Holt sah im Morgenlicht links von sich Anton, rechts Berta, und dort stand noch ein gemauertes Häuschen, an dem das Wort »Kantine« zu lesen war. Zwischen Anton und Berta lag der Barackenhaufen von Kammer, Schreibstube, Küche und Chefunterkunft. Nach links, zu Anton, führte ein Lattenrost, nach rechts, zu Berta und der Kantine, ein breiter Fahrweg, der hier nach Süden bog, talwärts ein Eisenbahngleis schnitt und dann auf eine Straße mündete. Jenseits der Straße zog sich ein Kanal von Osten nach Westen; dort hing noch weißer, undurchsichtiger Nebel. Im Norden von Berta, am Westhang der Anhöhe, sah Holt Baracke Cäsar, und im Norden von Anton konnte er Baracke Dora erkennen, davor einen großen, einsamen Baum. Inmitten dieses Rechtecks lag die Feuerstellung, die hohe Erdaufschüttung der B 2, umgeben von den sechs Geschützständen. Hinter der B 2 war das Funkmeßgerät eingegraben. Im Westen der Feuerstellung wölbten sich in einer Reihe von Nord nach Süd die vier großen Munitionsbunker der Zweitausstattung aus dem Acker.

Ringsum, im Tal, sah Holt sich von dem Panorama eines gewaltigen Industriegebietes umgeben. Überall Schlote, Riesenschornsteine, die grauen Qualm ausspien, wieder und wieder Schlote, Hochöfen, die rote Flammen brennender Lichtgase in den Himmel warfen, Lufterhitzer, Kokereien, riesige Hallen der Stahlwerke am Horizont, dazwischen Fördertürme mit kreisenden Seilscheiben, Riesenretorten der Raffinerien, Abraum- und Kohlenhalden wie die heimischen Berge, und dies alles von Dunst und Rauch überlagert, von Qualmwolken, die träge mit dem Winde davonwehten, durch ein Gewirr von Bahnanlagen verbunden und ringsum eingeschlossen von einem endlosen Häusermeer: Essen im Süden und Westen, Gelsenkirchen im Norden und Nordosten, Wattenscheid im Osten. Die Städte liefen ineinander, und Häuser, Industriewerke, Schlote, Hallen und Geleise nahmen kein Ende, soweit der Blick reichte.

Das ist nun auch mir anvertraut, dachte Holt. Ein Gefühl des Stolzes bewegte ihn. Aber in seinem Rücken schrie eine derbe Stimme: »Stehn Sie hier nicht rum!« Ein Unteroffizier trat vor ihn hin, ein dreißigjähriger Mann, das Käppi tief in die Stirn gedrückt. »Name!« Und dann: »Worauf warten Sie, Holt? Haun Sie ab, Sie Spund, in zehn Minuten ist Morgenappell!«

Die Batterie trat auf dem breiten Weg an, der am Rande der Feuerstellung von der Schreibstube zur Kantine führte. Am rechten Flügel stand das Batteriekommando, ein Unteroffizier und zehn Obergefreite. Die achtundzwanzig Neuen, wie sie von den anderen genannt wurden, standen müde und übernächtig im Glied. Holt sah sich die Oberhelfer an, die schon länger zur Batterie gehörten, und er dachte respektvoll: Die haben Hamburg mitgemacht!

Das Antreten ging nicht ganz reibungslos vor sich. Wolzow geriet mit einem der Oberhelfer aneinander, der ihn einfach zur Seite schieben wollte. »Benimm dich!« sagte Wolzow schließlich. »Du hältst deine Fresse, Neuer!« – »Mensch!« rief Wolzow. »Spiel dich nicht auf, sonst kracht's!« – »Ruhe im Glied!« brüllte der Unteroffizier, Engel mit Namen. »Wollt ihr wohl die Schnauze halten?« Von hinten raunte es: »Laß ihn, Günsche, machen wir andermal!«

Das gibt Ärger, dachte Holt. Er sah Wolzow verächtlich den Mund verziehen. Hinten murmelte jemand: »Der Neue soll sich wundern!«

Engel meldete dem Wachtmeister. Gottesknecht, vor der Front, musterte schweigend die angetretenen Jungen. Dann stürzte aus der Chefunterkunft, bei der Schreibstubenbaracke, mit tollem Gebell ein brauner Setter, raste zu der angetretenen Batterie, umkreiste sie kläffend und lief zur Schreibstube zurück, aus der in diesem Augenblick der Batteriechef, Hauptmann Kutschera, trat.

»Batterie ... stillstann!« schrie Gottesknecht. Er kann also auch schreien, dachte Holt ... »Zur Meldung an den Herrn Hauptmann Augen ... rechts!« Gruß und Meldung: »Batterie mit zwei Unteroffizieren, zehn Mann und achtundachtzig Luftwaffenhelfern angetreten.«

Der Hauptmann legte mit nachlässiger Bewegung die Hand an den Mützenschirm, trat näher und rief mit einer ungeheueren Stimme: »Morn, Batterie!«, und: »Morn, Herr Hauptmann!« scholl es im Chor zurück. »Lassen Sie rühren«, sagte Kutschera.

Auch wenn er nur leise sprach, dröhnte seine Stimme weit über den Platz, Gottesknecht kommandierte: »Batterie … rührt euch!« Dann blieb er links hinter dem Chef stehen. Kutschera schaute eine Weile gelassen die Front auf und ab.

Holt betrachtete den Gewaltigen: Das war ein riesiger, an die zwei Meter großer Mann, fünfzigjährig, eine furchteinflößende Gestalt. Der graue, weite Fahrermantel reichte bis zu den Knöcheln und wies keine Rangabzeichen auf. Nur an der Schirmmütze trug er die silberne Paspel der Offiziere. Die Mütze saß schief auf dem langen Schädel, der aus dem Fahrermantel bleich emporwuchs, und überschattete das Pferdegesicht, das schmal und derb konturiert war; alles in diesem Gesicht zog sich in die Länge, die fleischige Nase, der breitlippige Mund. Die Augen, tief im Schatten des Mützenschirms, blickten kalt und drohend. Der Setter lag ihm zu Füßen, den Kopf auf die Vorderpfoten gelegt.

»Hört mal her«, sagte der Hauptmann. Er öffnete kaum den Mund, aber seine Stimme war dröhnend und durchdringend. Er hatte die Hände in den Manteltaschen vergraben. »Jetzt wird eingeteilt. Wenn das länger als eine halbe Stunde dauert, passiert was. Punkt acht …« – er nahm die Linke aus der Manteltasche und blickte auf die Armbanduhr – »melde ich die Batterie einsatzbereit. Wird höchste Zeit; hier ist bißchen was los. Das kotzt mich an, wenn die Schweine da oben rumkurven, und ich kann ihnen keins draufgeben.« Er erklärte den Kampfauftrag: »Schutz der umliegenden Industrieanlagen und Wohnviertel.« Dann verstummte er unvermittelt; er wollte sich abwenden, und der Hund sprang schon auf die Füße. Aber Kutschera hielt mitten in der Bewegung inne und dröhnte: »Ein Wort an die Neuen! Wenn sich einer beim ersten Gefecht die Hosen vollscheißt, das ist mir egal. Aber wehe, einer macht schlapp! Wenn die Brüder nicht spurn, dann sollen ihnen die Oberhelfer das beibiegen. Selbsterziehung ist noch immer das solideste.«

Ein Freibrief, dachte Holt und schielte verstohlen zur Seite; er sah die Oberhelfer grinsen und Blicke wechseln … Die Stimme des Hauptmanns riß ihn aus seinen Gedanken: »Noch was! Heut nachmittag Batterieexerzieren mit Zieldarstellung. Da schau ich mir die Neuen an. Vielleicht kommen ein paar Amis vorbei, das ist immer noch das solideste ... Ach was!« sagte er plötzlich und wandte sich ab. Der Hund sprang bellend hoch. »Sei still, Mensch!« Der Hauptmann verschwand in Richtung Schreibstube.

Gottesknecht teilte ein. Schmiedling schrie: »Wolzow! Holt! Gomulka! Die anderen, los, kommen S' her!« Sie blieben beisammen und wurden Stammbedienung am Geschütz Anton, dazu noch Weber, Kirsch, Branzner und Kattner, die nachts als Richtkanoniere zum Geschütz Berta gehörten. »Dös haut hin!« sagte Schmiedling erfreut, als er seine Bedienung wieder beisammen hatte. Gottesknecht teilte ihnen noch einen Oberhelfer als stellvertretenden Geschützführer zu. Er hieß Günter Ziesche und war ein gedrungener, blonder Junge von siebzehn Jahren, etwas dicklich, mit weibischen Zügen, unreiner Gesichtshaut und einer großen Warze an der linken Schläfe.

Auch in der Unterkunft, in die sie bedienungsweise eingewiesen wurden, blieben sie beieinander, und Ziesche zog als Stubenältester zu ihnen. Sie richteten sich eine der zwei kleinen Stuben in Baracke Dora ein, sechs Mann, Ziesche, Wolzow, Holt und Gomulka, Vetter und Rutscher. In der gegenüberliegenden Stube nahm die Bedienung von Geschütz Cäsar Quartier; und die dritte, große, am Ende des Korridors, war für Flakwehrmänner reserviert.

»Baracke Dora liegt am günstigsten«, sagte Wolzow, »schön weit weg, hier kommt nicht dauernd der UvD hin!« Ziesche erklärte, daß nur wenige der Oberhelfer in Hamburg dabeigewesen seien, zwölf Mann, die Bedienung des Funkmeßgerätes und zwei Entfernungsmesser, von denen sich Hauptmann Kutschera nicht hatte trennen wollen; die anderen waren in Hamburg geblieben. Etwa fünfzig Oberhelfer stammten aus den umliegenden Städten. Sie waren aus anderen Batterien herausgezogen und vor acht Tagen in die 107 gesteckt worden. Denn die Batterie hatte erst vor einer Woche hier Stellung bezogen.

»Eine üble Schinderei«, erzählte Ziesche, während sie sich in der kleinen Stube einrichteten. »Wir haben den ganzen Tag gebaut und geschippt, dann aufmunitioniert. Die Hauptarbeit haben

Russen gemacht, aus einem Lager, die mußten scharf ran, die Posten haben sie mit Knüppeln angetrieben.« – »Mit Knüppeln?« fragte Holt. »Gibt's das?«

»Du lebst wohl auf dem Mond!« sagte Ziesche. »Warum soll's das nicht geben?« – »Hast du schon mal was von Völkerrecht gehört?« fragte Gomulka.

»Quatsch doch nicht! In diesem Krieg geht es um Sein oder Nichtsein, da spielen rechtliche Erwägungen keine Rolle! Die Russen sind sowieso bloß Tiere!«

Es war nichts Neues, Holt hatte es hundertmal gehört.

Die Klingel schrillte, einmal, zweimal, dreimal ... »Gefechtsschaltung!« rief Ziesche. »Los, Stahlhelm, Gasmaske, Gehörschützer! Fenster auf, sonst sind die Scheiben hin! ... Laßt euch Zeit, Feuerbereitschaft klingelt nur zweimal!«

Sie liefen schon den Lattenrost entlang. Als Holt den Geschützstand betrat, sah er ein paar Luftwaffenhelfer mitten in der Feuerstellung das Müo auslegen, ein riesiges, aus weißen Tüchern gebildetes Quadrat mit einem Kreuz darin, das allen deutschen Flugzeugen Landebefehl gab. Im Geschützstand löste Schmiedling die Plane, die Jungen zerrten sie herunter und falteten sie zusammen. Schmiedling legte das Kehlkopfmikrophon um den Hals und schnallte den Kopfhörer am Ohr fest. Der kleine Weber hockte schon an der Seitenrichtmaschine, Gomulka war K 1 und polierte den blanken Höhenrichtbogen, und Vetter, ein wenig bleich, saß an der Zünderstellmaschine.

Schmiedling schaltete am Kehlkopfmikrophon herum. »Anton ... Verständgung is guat! ...« Er schaltete wieder. »Die machen Leitungsprob mit 'm Fu-MG!« Weber meldete: »Seite gut!« Gomulka folgte: »Höhe gut«, und auch Vetter meldete vorschriftsmäßig: »Zünder gut!« Wolzow grinste, haute ihm auf die Schulter und sagte: »Na, ›Leiche‹, ruhig Blut!« Er zog sich den Ladehandschuh an.

Holt stand abseits in einer Ecke. Gut, spiel ich eben Munitionskanonier. Hat seinen Vorteil: man sieht mehr. Habe ich Angst? fragte er sich plötzlich.

Er schaute in den Himmel. Im Westen stand eine niedrige, geschlossene Wolkendecke, aber über ihnen war strahlendes Blau. Eine Viertelstunde, dachte er, dann ist alles zugewölkt.

Schmiedling horchte in den Kopfhörer, dann rief er: »Noch mal Leitungsprob, mit'm Kommandohülfsgerät!« Die Richtkanoniere meldeten.

Auf einmal brüllte von der B 2 die Stimme Unteroffizier Engels: »Feuerbereitschaft!« Im gleichen Augenblick heulten ringsum, in diesem ineinandergeflochtenen Netz der Städte, die Sirenen los: auf – ab, auf – ab, laut und entnervend. Ziesche saß auf einem Holm der Lafette. »Gleich Vollalarm? Dann wird's was!« Holt sah den Hauptmann barhäuptig, den Stahlhelm in der Hand, in den Fahrermantel gehüllt und von seinem Hund gefolgt, zur B 2 gehen, dabei brüllte er mit seiner Löwenstimme: »Wollt ihr vielleicht das Müo einziehen, ihr Banditen?!« Ein paar Luftwaffenhelfer liefen über den Acker und rafften die weißen Tücher zusammen.

»Los, machen S' die Munibunker auf!« befahl Schmiedling. Holt wuchtete eine der schweren Holzplatten hoch, legte sie auf den Boden und zog ein paar Patronen halb aus den Körben, so daß sie sich gut fassen ließen. Er war aufgeregt und sprach sich unaufhörlich selbst Mut zu. »Still!« schrie Schmiedling. »A Luftlagmeldung!« Er horchte so angestrengt, daß sich sein Gesicht verzog. »Da san a paar schwere Kampfverbänd über Südholland im Anflug auf d' Reichsgrenzn!« – »Südholland? Dann kommen sie hierher«, sagte Ziesche.

Der Obergefreite Macht, mit der gelben Schnur des UvD, betrat den Geschützstand, er rauchte Pfeife, an seinem Arm baumelte der Stahlhelm. »Machst K 3, Fritz?« rief Schmiedling erfreut. Dann befahl er: »Wolzow, geben S' den Ladehandschuh her!« Wolzow protestierte: »Sie haben gesagt, ich darf laden!« Schmiedling lief krebsrot an. »Wern S' wohl pariern!« Wolzow zog murrend den Ladehandschuh aus und warf ihn dem UvD hin, der ihn verblüfft auffing.

Schmiedling war sehr aufgeregt. Seit Feuerbereitschaft befohlen worden war, sagte er immer wieder: »Machen S' mir ka Schand net … I bitt Sie!« Und plötzlich: »I hab's im Gfühl, heut gibt's was!« Dann wieder rief er: »Dös Schießen is net schlimm! Dös kracht aweng, net wahr … Stellen S' Ihnen bloß net unters Rohr, dort is die Druckwell am schlimmsten!«

Schmiedlings Unruhe übertrug sich auf Holt, der erhöht auf dem Verschlußbrett eines Munitionsbunkers stand, von wo er über den Erdwall des Geschützstandes hinweg auf die B 2 sehen konnte. Der Hauptmann ragte riesenhaft und barhäuptig über die Brustwehr und suchte mit einem Fernglas den Himmel ab.

»Luftlag!« rief Schmiedling. »Die Kampfverbänd fliegn 's Ruhrgebiet an! Glei geht's los!« Auf der B 2 begann wildes Hundegebell, was in der Meßstaffel fieberhafte Unruhe auslöste. »Der Blitz vom Hauptmann«, sagte der UvD, der neben Ziesche auf dem Holm hockte, »der riecht das Schießen!« Er zog sich den Ladehandschuh an. Auf der B 2 setzte Kutschera das Glas ab und schnauzte seinen Hund an: »Sei still, Mensch, sonst fliegst du raus!« Das Bellen verstummte.

Auf einmal, unwirklich fern, war ein feines Summen zu hören. Holt spürte seinen Herzschlag bis in die Schläfen. Die Wolkenbank stand noch immer im Westen. Von der B 2 dröhnte die Stimme des Hauptmanns über die Stellung: »Rohre Richtung neun!« Das Geschütz schwenkte nach Westen. Holt beobachtete unverwandt die Befehlsstelle, dort rief eine helle Jungenstimme: »Motorengeräusch in neun!« – »Mensch!« brüllte Kutschera. »Die Flugmelder, diese Idioten, die pennen wohl?!«

»Zünder hat Werte!« schrie Vetter, kreidebleich vor Schreck. Die Schwungmasse der Zünderstellmaschine heulte los wie eine Sirene. Holt stülpte mechanisch den Stahlhelm auf den Kopf, riß eine Patrone aus dem Korb, trug sie zu Wolzow, der sie in den Zünderstelltopf einsetzte und Holt dabei zunickte … wie gut das tat! Schmiedling schrie: »Schießen mit Funkmeßgerät!« Schon meldete Weber: »Seite eingestellt!« Gomulka folgte: »Höhe eingestellt!« – »Zünder!« schrie Schmiedling. »Was is denn mit 'm Zünder!«

Holt sah und erlebte dies alles wie von fern, denn Angst hatte ihn gefaßt. Angst vor dem ersten Schuß, Angst vor Bomben,

Angst vor allem, und sie hüllte ihn ein wie der Nebel am Morgen. Das Geschützrohr schwenkte ganz langsam nach Norden, Holt, eine Patrone im Arm, stand hinter Wolzow, das Summen am Himmel wurde stärker, nun begann ein Dröhnen und Donnern, wie ein schweres Gewitter. Der UvD, breitbeinig hinter dem Geschütz, sagte: »Das sind die Batterien in Mühlheim!« Und da kam endlich Vetters Stimme: »Zünder im Bereich! Zünder eingestellt!« – »Anton feuerbereit!« schrie Schmiedling ins Kehlkopfmikrophon.

Schließlich klappte es wie beim Exerzieren. Holt hörte auf der B 2 die Stimme Kutscheras: »Feuer frei!« Dann kam schon Schmiedling mit dem Ankündigungskommando: »Gruppenfeuer …« Holts Herzschlag setzte aus. »Gruppe!« krächzte Schmiedling, die Feuerglocke rasselte, Macht riß die Patrone aus der Zünderstellmaschine und schob sie ins Rohr, der Verschlußkeil fuhr hoch, die ledergepanzerte Hand faßte den Abzugshebel … Mund auf! dachte Holt noch, dann fuhr ihm ein Blitz in die Augen, wie ein Schlag traf ihn die Schallwelle, ein furchtbares, ohrenzerreißendes Krachen, Staub und Qualm überall, und wie im Traum sah Holt das Rohr zurückfahren und die rauchende Kartusche ausspeien. Das Bersten und Schmettern verstummte nicht. Plötzlich war alle Angst weggewischt. Holt dachte: Das sind die Nachbarbatterien! Fern in der Wolkenbank hing das durchdringende Surren der Flugzeugmotoren und vermischte sich mit dem Bersten der Flakgranaten.

»Gruppe!« schrie Schmiedling. Holt reichte Wolzow eine Patrone, Wolzow nahm sie und grinste, und kaum war der Schuß gefallen, rief Schmiedling: »Feuerpause!«

Holt reckte den Kopf nach der B 2. Dort setzte in diesem Augenblick chaotischer Lärm ein. »Pulk in neun!« schrie jemand. Holt blickte zum Himmel. Da! Ein Schwarm winziger Punkte, silberglänzend in der Sonne, schwebte aus der Wolkenbank heraus in den blauen Himmel, und ringsherum, wie hingezaubert, standen die Sprengwolken der Flakgranaten. Sie fliegen an uns vorbei! dachte Holt erlöst. Dann ging alles ganz schnell: »Ziel aufgefaßt!« gellte es auf der B 2, und wieder Kutscheras Stimme: »Feuer frei!« – »Schießen mit Kmandohülfsgerät!« rief Schmiedling, und Macht sagte: »Jetzt wird optisch geschossen, jetzt kriegen sie Pfeffer!« – »Gruppenfeuer!« rief Schmiedling. »Gruppe!« Mund auf! dachte Holt wieder. Er sah Vetter an der Kurbel drehen wie einen Leierkastenmann, sah, daß sich das Gesicht des UvD beim Abschuß verzerrte wie im Veitstanz, und sah auch, daß Schmiedling nun seelenruhig war. »Gruppe!« Holt lief nach einer Patrone zum Bunker. Schmiedling hat ja nur Angst gehabt, wir könnten versagen!

»Feuerpause!« Schmiedling sagte: »Die im Norden ham 's besser im Zünderbereich!« Und freudestrahlend: »Jungs, Kerle san S', dös is guat! … Flugzeug neun!« rief er erschrocken. Weber riß das Geschütz nach Westen zurück. Vorbeiflug von links nach rechts, schießen mit Kommandohilfsgerät, wie in der Ausbildung, dachte Holt, nur daß es zwischendurch kracht … Er zählte die leeren Kartuschen, elf, zwölf Stück, man schob sie mit den Füßen in die Ecken des Geschützstandes. Und immer wieder: »Gruppe!« Ein neuer Pulk zog im Norden an ihnen vorbei. Wozu hab ich Angst gehabt? dachte Holt, und er grinste zu Wolzow hin, und Wolzow grinste zurück.

»Feuerpause!« Das Rohr schwenkte zurück nach Norden, fünfundvierzig Grad erhöht. Das Summen der Flugzeugmotoren wurde schwach und schwächer. Im Norden grollte schwerer Geschützdonner. »Jetzt gibt's Zunder in Recklinghausen!« sagte Macht. Ziesche, der während des Schießens tatenlos bei Schmiedling gestanden hatte, meinte: »Wenn nicht noch eine neue Welle kommt, sind sie hier durch!« Schmiedling meldete den Munitionsverbrauch an die B 2, einundzwanzig Schuß. Er steckte sich eine Zigarette an. »Wann die Brüder zruckkimma, denselbign Weg, da muß dös wieder so klappen!«

Sie warfen die leeren Hülsen aus dem Geschützstand. Schmiedling horchte in seinen Kopfhörer. »Anton verstandn! … Die Feuerbreitschaft is aufghobn!« Holt sah Kutschera, von seinem Hund gefolgt, die B 2 verlassen und in Richtung Schreibstube verschwinden.

Die Luftwaffenhelfer schleppten fluchend neue Munitionskörbe an die Geschütze. Ein Korb mit den Patronen wog fast einen Zentner. Wolzow meinte: »Das Schießen ist großartig!« Sie warteten am Geschütz. Schmiedling erhielt eine Luftlagemeldung: »Die Verbänd, net wahr, die fliegn wohl nach Berlin, net wahr, da kommen s' vielleicht gar net hier zruck!« – »Von Berlin fliegen sie bei gutem Wetter meist über die Kieler Bucht nach England ab«, sagte Ziesche. Wolzow fragte: »Wenn die noch mal vorbeikommen, lassen Sie mich dann laden?« – »I frag'n Chef«, antwortete Schmiedling, »i hab jetzt a Zutraun zu Ihnen.«

Aber die Bomberpulks flogen über Norddeutschland aus.

Holt, Wolzow und Ziesche gingen Tage später über den Lattenrost durch die Feuerstellung. Da verließen drei Oberhelfer die B 2, als hätten sie dort gewartet, drei große, derbe Burschen. Einer war neulich beim Antreten Günsche genannt worden; die anderen beiden, dachte Holt, indem er die drei argwöhnisch musterte, mochten Zwillingsbrüder sein, so ähnlich sahen sie einander. Ziesche bog rasch nach links ab und ging wortlos seiner Wege. Holt und Wolzow blieben stehen.

»Hör mal, Neuer ...«, sagte Günsche in norddeutschem Dialekt; er war nur wenig kleiner als Wolzow, der ihn sofort unterbrach: »Neuer? Ich heiß Wolzow, das wirst du dir ja wohl noch merken können!« Herrlich frech! dachte Holt. Bloß nicht einschüchtern lassen! Günsche zog die Brauen hoch, seine Augen funkelten. Die Zwillingsbrüder hinter ihm, zwei kräftige Burschen, pusteten sich mächtig auf und nahmen die Hände aus den Taschen.

Günsche sagte drohend: »Wenn du noch mal den großen Rand riskierst, dann bist du dran mit Selbsterziehung!« Holt sah, daß Wolzow sich duckte, und sagte schnell: »Laßt uns in Ruhe, ihr Hamburger!« Günsche fuhr ihn an: »Du hältst die Fresse, du Spund, sonst ...« – »Sonst?« schrie Wolzow, und dann ging alles sehr schnell. Holt erhielt einen Schlag ins Gesicht, aber schon warf er den langen Günsche im Kopfschwung auf den Lattenrost; er sah noch, wie sich Wolzow auf die Zwillingsbrüder stürzte, und dann tobte kläffend der Setter um sie herum, und gleich war auch der Hauptmann da. Die ungeheure Stimme brüllte: »Mensch, was ist denn hier los, was erlauben sich denn die Kerle!«

Holt ließ den verdutzten Günsche los, der sich aufrappelte. Auch Wolzow stand stramm vor dem Hauptmann. Einem der Zwillingsbrüder lief aus der Nase dickes, dunkelrotes Blut über den Mund und auf die Uniform; der andere krümmte sich auf dem Acker und schnappte nach Luft. Hat ihm Gilbert eins auf den Magen gegeben, dachte Holt.

»An den Baum binden und auspeitschen!« dröhnte Kutscheras Stimme. »Die Neuen verprügeln die Alten, wo gibt's denn so was!« Seine Sympathie lag eindeutig bei den Hamburgern.

Plötzlich stand Gottesknecht an seiner Seite, und Kutschera drehte ihm unwillig den Kopf zu. Wenn er uns jetzt in den Rücken fällt, dachte Holt, dann hat Gilbert recht, dann ist Gottesknecht ein Aas. Aber Gottesknecht sagte, leise, wie es seine Art war: »Verzeihung, Herr Hauptmann, ich hab's von der B 2 angesehen. Die Neuen trifft diesmal weniger Schuld. Günsche hat den ersten Schlag geführt.«

»So!« sagte Kutschera unzufrieden, und einen Augenblick lang sah es so aus, als wolle er den Wachtmeister zurechtweisen. Aber dann sagte er: »Da misch ich mich nicht ein ... Günsche!« schrie er, und zu den Zwillingen: »Pingels, ihr Arschlöcher! Mensch, wenn ihr euch so blöd anstellt, dann laßt euch halt von den Spunden verdreschen!« Riesenhaft, von seinem Hund gefolgt, stiefelte er davon. Gottesknecht sagte: »Jetzt ist Ruhe, meine Herren, sonst mach ich mit und bestraf euch alle zusammen!«

Günsche, als auch Gottesknecht verschwunden war, zischte: »Das kommt euch teuer zu stehn!« Wolzow sagte: »Halt die Fresse ...« Auf einmal schrie er, nach vorn geneigt, mit geballten Fäusten, und Holt hatte Wolzow noch nie so in Wut gesehen: »Ihr sollt mich kennenlernen! Ich schlag euch reif für's Krankenhaus!« – »Schluß!« sagte Holt und zog Wolzow davon.

In der Stube räumten Holt und Wolzow ihre Spinde ein. »Wenn sie uns nicht in Frieden lassen, knöpf ich sie mir einzeln vor«, drohte Wolzow. Ziesche, leicht ironisch, meinte: »Nimm dir nicht zuviel vor. Unter den Hamburgern sind starke Kerle!« – »Du willst auch was?« Wolzow musterte Ziesche. Holt sagte: »Du bist vorhin einfach davongerannt! Sind wir zusammen an einem Geschütz? Leben wir zusammen auf einer Bude?« – »Ich bin Oberhelfer, ich verderb mir's nicht mit meinen Kameraden.« – »Oberhelfer wird nach einem halben Jahr jeder!« entgegnete Holt.

Wolzow knallte seinen Spind zu. »Ich hab's beim Wachtmeister verschissen, wieso weiß ich nicht. Ich hab's womöglich auch beim Chef verschissen. Jetzt ist mir alles egal! Ich nehm's mit der ganzen Batterie auf. Laß sie draußen antreten, deine Herren Oberhelfer, meinetwegen können sie alle auf einmal kommen ... Meinst du«, schrie er Ziesche an, »ich mach mir was draus, wenn zur Abwechslung ich mal die Fresse vollkriege? Da müssen sie mich totschlagen, oder aber es heißt danach: Auge um Auge, Zahn um Zahn, solang ich noch einen Finger rühren kann.« – »Soll ich's ausrichten?« fragte Ziesche. – »Wenn du dich nicht schnell auf unsere Seite stellst ...«, drohte Holt. Vetter rief im Hintergrund: »Du Pickelhering, Mensch, dich reiben wir zu Mus!«

»Tun Sie das nicht!« sagte Gottesknecht, der plötzlich in der offenen Tür stand. »Herrn Oberhelfers Mütterchen weint sich sonst die Augen aus.« Todsicher hat er schon lange auf dem Flur gestanden und gehorcht, dachte Holt ... Wozu sind wir in einer so entlegenen Baracke? Man muß ein Warnsystem einrichten!

Gottesknecht blickte sich in der Stube um. Endlich rief Ziesche Achtung und meldete. Gottesknecht schnüffelte mit erhobener Nase. »Die Herren haben geraucht! Pfui, das ist verboten!« Dann trat er vor einen offenen Spind, es war Ziesches Spind, faßte mit spitzen Fingern ein Buch, zog es heraus und schaute nach dem Titel. »Flex ...«, sagte er, »›Der Wanderer zwischen beiden Welten‹, aha! Wer liest denn da so kerndeutsche Bücher?«

»Ich, Herr Wachtmeister!«

»Soso! Ich hab übrigens auch was zu lesen für Sie, von meiner Frau, die wäscht sich immer mit Seesand-Mandelkleie, schaun Sie sich mal den Prospekt an, vielleicht geht davon Ihre Akne weg!« Die Jungen lachten, Ziesche errötete unaufhaltsam. »Wolzow, Holt ... mitkommen!« sagte Gottesknecht. Er ging vor ihnen den Lattenrost entlang. »So. Da wolln wir mal ... Nach Norden weg, marsch, marsch!«

Eine Sekunde verständnislosen Zögerns, dann liefen Holt und Wolzow den Hang hinab. »Achtung!« Sie standen wie die Bäume, Front zu Gottesknecht, der sich breitbeinig auf dem Lattenrost aufgepflanzt hatte. »Hinlegen!« Sie warfen sich auf den Acker. »So, jetzt wird schön flott zu mir hergerobbt!« Sie krochen den steilen Hang empor. »Auf!« befahl Gottesknecht.

Er sah ihnen in die Augen, er war nicht böse. »Der Wolzow hat noch immer Wut! Schade!« Und beinahe besorgt: »Ich hab doch recht, Wolzow, nicht wahr? Sie sind wütend!«

»Jawohl, Herr Wachtmeister!«

»Sehen Sie! Ich seh das an den Augen, das hab ich von einem Schäfer, der erkannte auch alles an der Pupille, Schwangerschaften, Bauchgrimmen, Hodenbrüche ... Wir machen also noch 'n bißchen weiter, bis Wolzow keine Wut mehr hat, eher kann ich mich mit ihm ja nicht ruhig unterhalten. Holt, Sie leisten ihm Gesellschaft, damit er sich nicht so einsam fühlt. Sie haben doch Lust, mitzumachen?« fragte er, und wieder klang seine Stimme ehrlich besorgt. »Jawohl, Herr Wachtmeister!« – »Fabelhaft! Sehen Sie, Wolzow, das ist Freundschaft! Sie laufen jetzt den Hang runter, bis zur Chaussee, hundertzwanzig Meter, alles genau vermessen! Dann kommen Sie den Hang wieder hoch, Häschen-hüpf, kennen Sie das?« – »Jawohl, Herr Wachtmeister!« – »Enorm! Aber ordentlich tief runter, die Arme im Vorhalt, schön in die Kniebeuge! ... Gesundheitlich geht's Ihnen doch gut?« – »Jawohl, Herr Wachtmeister!« – »Na also. Wolzow, Sie werden das den ganzen Nachmittag machen müssen, Sie werden ja immer wütender! Traben Sie erst mal los!«

Sie liefen im Laufschritt den Hang hinab. »Gilbert, der will was! Reg dich nicht auf!« – »Er soll mir den Buckel runterrutschen!« gab Wolzow zurück.

Sie hüpften den Hang empor. Holts Oberschenkel begannen zu schmerzen, die Muskeln verkrampften sich, die Knie zitterten haltlos. Wolzow war Holt voraus. Der Hang stieg steil an; Holt wurde der Atem knapp. Das kommt vom Rauchen, ging es ihm durch den Sinn. Er kämpfte gegen den Wunsch an, sich hinzuwerfen und auszuruhen. Mit empfindungslosen Beinen und schmerzendem Rücken, atemlos und erschöpft, langte er beim Lattenrost an.

»Na, wie war's?« fragte Gottesknecht. Er rauchte eine Zigarette, die Mütze ins Genick geschoben, offenbar bester Laune. »Nicht wahr, Wolzow, das ist eine Viecherei?« – »Es strengt ganz schön an«, sagte Holt, »man ist zuwenig trainiert!« – »So? Da müssen wir das öfter machen, an mir soll's nicht liegen!« Er wandte sich an Wolzow. »Na, haben Sie noch Wut?«

Wolzow antwortete nicht. Gottesknecht schmunzelte. »Herr Wachtmeister«, sagte Wolzow. »Ich melde, daß ich vom Häschenhüpf die Schnauze voll hab!«

Gottesknecht rief: »Die Schnauze voll! Holt, haben Sie's gehört? Wolzow, das ist ein Wort, dafür gibt's Sehrgut, da haben Sie mir eine Riesenfreude gemacht!« Er zog sein Notizbuch. »Herr Wachtmeister!« sagte Wolzow. »Das Sehrgut nützt mir nichts, ich hab noch Ausgehverbot!« – »Gehabt!« sagte Gottesknecht. »Ab heute dürfen Sie ausgehn, weil Sie mir diese Riesenfreude gemacht haben! Daß Sie heute das erstemal beim Militär die Schnauze voll hatten, das muß außerdem gefeiert werden, da lad ich Sie am Sonnabend in der Kantine zum Bier ein, Sie auch, Holt, weil Sie diesem Kastor ein so getreuer Pollux sind. Wissen Sie was, Wolzow? Ich mach meinen Frieden mit Ihnen, jetzt haben Sie eine ganz große Nummer bei mir! Wissen Sie, warum ich so einen Zahn auf Sie gehabt habe?« – »Kann mir's schon denken«, knurrte Wolzow, ganz unmilitärisch, »wegen Onkel Hans!«

»Diese Offizierssöhnchen«, sagte Gottesknecht, »die hab ich gerne! Da war mal einer, Vater Major, sofort ging's los, ich war noch Unteroffizier. Dauernd hat er sich bei seinem Vater beschwert, und der Alte hat sich hinter unseren Chef geklemmt, so daß ich pausenlos Genickschläge bekam. Seither hab ich ein Mißtrauen, das werden Sie verstehen. Wolzow, bei Ihnen hab ich gedacht, er wird mir das ganze OKL auf den Hals hetzen. Nein! Hat er nicht gemacht! So dumm ist er nicht, hab ich gedacht, daß er die Generalität in einem Brief aufhetzt, der durch meine Hände geht. Da bin ich vor acht Tagen extra mit dem Auto hinter der Frau von der Kantine hergefahren, der Sie den frankierten Brief mitgegeben haben. Jetzt hab ich ihn erwischt, dachte ich. Ja, Essig! ›Ist prima hier‹, stand drin. Ich war richtig enttäuscht!« Wolzow und Holt lachten. »Warum haben Sie den Brief eigentlich nicht mit der Feldpost geschickt?« – »Weil ich was zum Rauchen brauchte«, sagte Wolzow, »und weil Sie die Post immer drei Tage auf der Schreibstube herumliegen lassen!« – »Ihre nicht mehr«, sagte Gottesknecht, »die geht jetzt mit Eilkurier ab! Ihre auch, Holt!« Er schmunzelte: »Muß ja ein tolles Mädchen sein, Ihre Uta!«

»Herr Wachtmeister ...« Holt fühlte, wie er rot wurde. »Ich bitte Sie ... Dieser Briefwechsel ist wirklich privat!« – »Ist übrigens ein Brief da«, sagte Gottesknecht. Er langte in die Brusttasche und drückte Holt einen der schmalen, festen Umschläge in die Hand. »Wie bin ich zu Ihnen? Suchen Sie sich mal einen Vorgesetzten, der den Postillon d'amour spielt.«

Plötzlich wurde er ernst. »Der Schmiedling beantragt, daß Sie scharf laden dürfen, Wolzow, und der Chef hat ja gesagt, aber er schaut sich das beim nächsten Alarm selber an. Damit Sie Bescheid wissen!« – »In Ordnung, Herr Wachtmeister.« – »Und nun zur Sache«, meinte Gottesknecht nachdenklich. »Sie machen mir's Leben schwer, Wolzow! Sie haben sich die Alten, die Oberhelfer, zu Feinden gemacht, die werden Sie furchtbar verhauen! Der Chef liebt das. Er nennt das Selbsterziehung.« – »Herr Wachtmeister«, sagte Wolzow überlegen, »ich will nicht angeben, aber da ist keiner, vor dem ich Angst hab.« – »Aber es werden ein Dutzend kommen!« – »Ich hab auch meine Freunde. Holt kann Jiu-Jitsu, und wenn Gomulka mal die Ruhe verliert, da drischt er ganz schön dazwischen!«

»Sehen Sie«, sagte Gottesknecht, »*das* ist es, wovor ich Angst habe! Nicht, daß Sie mal den Hintern vollkriegen, da hätte ich sogar eine irrsinnige Freude dran! Aber Parteikämpfe, wie im alten Rom ... Saalschlachten, Verletzte womöglich ... Oder Sie schlagen gar einen tot, Wolzow! Und alles auf Kosten der Feuerbereitschaft! Bisher war's ganz harmlos, aber hier fallen auch Bomben! Da muß eine Batterie in Schwung sein.« – »Herr Wachtmeister, wir haben nicht angefangen!« sagte Holt. – »Ich weiß ...«

– »Die solln uns in Ruhe lassen«, rief Wolzow. »Wir schießen nicht schlechter als die Alten. Ich hab nichts gegen die, aber man soll uns in Ruh lassen und anerkennen.« – »Ich war in Berta bei den Hamburgern«, sagte Gottesknecht. »›Der Wolzow bekommt eine Abreibung, der Holt gleich mit‹, sagen die. Ich hab's verboten, aber was nützt das? Der Chef hat nichts dagegen!« – »Dann muß alles seinen Gang nehmen, Herr Wachtmeister!«

»Einen Weg gibt's«, sagte Gottesknecht sinnend, und er sah Wolzow fest an, »und das ganze Theater fällt aus wegen Nebel. Wenn der *Chef* es den Hamburgern verbietet! Jemand muß den Chef von oben ... verstehen Sie? Wolzow, ich laß Sie in der Schreibstube ganz allein mit Ihrem Onkel telefonieren!«

»Ein General hat andre Sorgen, Herr Wachtmeister!«

»Schade«, sagte Gottesknecht. Er rückte das Koppel zurecht. »Geben Sie Bescheid, das Batterieexerzieren fällt aus. Geschützreinigen, dann ist dienstfrei. Mahlzeit.«

Sie verständigten Gomulka und gingen vorsichtshalber am Abend zur Leitungsprobe zu dritt durch die Stellung. Aus einem alten Lattenrost rissen sie ein paar Holzprügel und hielten sie griffbereit in der Stube. Ziesche sah die Vorbereitungen stillschweigend an. »Wenn du für die Hamburger spionierst«, sagte Holt, »dann ...« Vetter hatte eine Idee. »Dann stecken wir dich jede Nacht ins Löschwasserfaß!« Ziesche schwieg.

Holt holte sich aus der Schreibstube seine Erkennungsmarke und brachte auch für Wolzow Post mit. Nun hatte er Zeit, Utas Brief zu lesen.

»Mein Onkel ist zum Generalleutnant befördert worden«, rief Wolzow. »Das nenne ich eine Offizierskarriere!« Ziesche war überrascht. »General? Deswegen die große Klappe!« – »Nur keinen Neid!« brummte Wolzow gutgelaunt.

Holt lag auf seinem Bett. Sie sei recht einsam, schrieb Uta. Dann und wann gehe sie zu Wieses, das sei der einzige gesellige Verkehr. Mit Interesse verfolge man alle Nachrichten über das Leben bei der Flak. Warum schreibt sie so sachlich? dachte Holt. Warum geht sie nicht ein bißchen aus sich heraus? Endlich ein paar herzliche Worte: Seine Briefe empfange sie mit Freude, er möge bleiben, wie er sei, ihr Leben verlaufe sehr eintönig grau, er bringe ein wenig Helligkeit hinein ... Er lag unbeweglich und träumte ... Als er erwachte, war es abends gegen neun. Gomulka fegte. Zehn Uhr war Zapfenstreich. Vetter, Rutscher und Wolzow spielten Skat. Wolzow sagte über die Schulter: »Verpenntes Luder! Deine Kaltverpflegung ist im Spind.«

Laut Vorschrift waren die Spinde verschlossen zu halten, ein offener Spind bedeutete »Verleitung zum Kameradendiebstahl«. Hier nahm man das nicht so genau.

Holt wollte noch an Uta schreiben, aber da gellte schon die Alarmklingel. Sie waren nur sechs Luftwaffenhelfer am Geschütz, Kirsch, Branzner, Kattner und Weber gehörten nachts zu Berta. Als Ersatz waren ihnen fünf Flakwehrmänner als Munitionskanoniere zugeteilt. Die unausgeschlafenen, abgearbeiteten Männer setzten sich in den Mannschaftsbunker und rauchten.

Holt saß als K 2 an der Seitenrichtmaschine. Ziesche legte die Geschützführerleitung an. Schmiedling langte nach dem Ladehandschuh, doch Wolzow protestierte. In diesem Augenblick wurde Feuerbereitschaft befohlen, und in den Städten heulten die Sirenen ... Ziesche erhielt die erste Luftlagemeldung: Starke Kampfverbände über Holland im Anflug auf den Raum Köln–Essen ... Hier fallen Bomben! dachte Holt mit Gottesknechts Worten. Er zog den derben Mantel fest um seinen Körper.

»Die Verbände drehen nach Osten ab«, meldete Ziesche bald darauf. Aber da kläffte auf der B 2 schon der Setter, der Hauptmann schimpfte durch die Nacht. Sekunden später dröhnte wieder das entnervende Motorengeräusch durch die Luft. »Schießen mit Funkmeßgerät!« rief Ziesche. Aber die Zünderwerte blieben weit über Bereich. Eine halbe Stunde lang zogen die Bomberschwärme im Norden vorüber. Am Horizont stachen die Lichtkegel der Scheinwerfer in den Himmel. Und fern donnerte schweres Flakfeuer.

»Münster!« erklärte Ziesche. »Dort stehen aktive Batterien, auch 12,8-Zentimeter- und 15-Zentimeter-Eisenbahn-Flak!« Dreiviertel elf wurde die Feuerbereitschaft aufgehoben. In den Städten heulten die Sirenen Vorentwarnung.

Holt blickte über die Erdumwallung hinweg durch die Nacht. Über der B 2 lag blasser Lichtschein. Die Gestalt des Hauptmanns huschte wie ein Gespenst am Geschützstand vorbei. Scheinwerfer suchten den Himmel ab und ließen die Wolkendecke aufleuchten. »Die Kampfverbände werfen im Raum Hannover–Braunschweig Bomben«, meldete Ziesche.

»Hau ab, du Pennbruder«, schimpfte Wolzow. »Rutscher, los, mach K 7, der Flakwehrmann pennt mir noch ein!«

Holt blickte auf die Armbanduhr. Das Zifferblatt leuchtete schwach. Kurz vor Mitternacht. Ins Bett! dachte er, aber Ziesche rief: »Anton verstanden! Es ist wieder Feuerbereitschaft!« Holt probierte an der Seitenrichtmaschine noch einmal das winzige Lämpchen, das den Richtkreis beleuchtete. Die Sirenen gaben aufs neue Alarm.

»Rohre Richtung drei!« rief Ziesche. Schmiedling fragte: »Wolzow, haben S' den Ladehandschuh?« – »Die Kampfverbände haben ihre Ziele in Mitteldeutschland verfehlt und fliegen den Raum Köln–Essen von Osten an«, meldete Ziesche. Er schnauzte die Flakwehrmänner an: »Munition bereithalten! ... Still! Luftlage!« Er horchte. Tiefschwarze Nacht ringsum, leise tuckerte der Motor, der die Akkumulatoren des Funkmeßgerätes mit Strom versorgte. »Anton verstanden! ... Schneller Verband fliegt Dortmund an, gefolgt von Bomberverbänden.« Schmiedling erklärte: »So a schneller Verband, dös sein Lightnings sein dös, oder Mosquitos, Pfadfinder nennen wir dös, weil damit diejenigen vorausfliegn und die Ziel markieren mit die Christbäum!«

In diesem Augenblick flammte im Westen der Himmel brandrot auf. Die Lohe schlug bis zu den Wolken empor. »Das ist das Stahlwerk, die stechen ab!« rief Ziesche. Jetzt einen Ofen abstechen, dachte Holt, wo die Bomber anfliegen!

Wolzow redete auf Rutscher ein: »Hör zu ... Wehe, ich find keine Patrone im Stelltopf! Ziesche! Sorg dafür, daß Munition rankommt!« – »Der schnelle Verband hat Dortmund passiert!« rief Ziesche. »Bomber suchen Ausweichziele!« Die Dortmunder Batterien, erzählte Schmiedling, schössen nicht auf Pfadfinder: »Kutschera schießt, wo's was z' schießn gibt ... Sehen S' ...«, redete er drauflos, »da sin die Bomber den Dreck net losgeworn, da kommen s' jetzt zu uns!« Ziesche verkündete: »Der Batteriechef spendiert zwei Flaschen Schnaps für die Bedienung, die alle Gruppen mitschießt.« – »Wolzow!« rief Schmiedling. »Geben S' lieber doch den Handschuh her!« Holt hörte es in seinem Kopfhörer knistern und knacken. Ziesche brüllte: »Flugzeug drei! Schießen mit Funkmeßgerät!« Eine klare, ruhige Stimme sprach in Holts Kopfhörer: »Fünfzehn-null-null, fünfzehn-null-null, fünfzehn-zehn ...« Eine kleine Drehung am Handrad, und Holt rief: »Seite eingestellt!« Ziesches »Anton feuerbereit!« hörte er noch und »Gruppenfeuer ... Gruppe!«, dann schmetterte schon der Schuß, ein greller Blitz zerriß die Nacht, Holt wurde von seinem Sitz emporgehoben und fiel schwer darauf nieder ... »Gruppe!« Die Feuerglocke schlug, der Schuß brach, und im Kopfhörer sagte die klar artikulierte Stimme: »Seite steht bei fünfzehn-zehn!« – »Wechselpunkt!« brüllte Ziesche. Holt fuhr mit dem Geschütz um hundertachtzig Grad herum. »Seite steht bei siebenundvierzig-zehn ...« – »Gehendes Ziel ... Gruppe!« Wieder krachte es, und als schweren Donner hörte Holt die Abschüsse der anderen fünf Kanonen ...

Es war totenstill. Das Feuer anderer Batterien zählte nicht neben dem Inferno der eigenen Abschüsse. »Feuerpause!« Ziesche murrte: »Unfug, auf Mosquitos zu schießen! Die sind ja viel zu schnell!« Wolzow tobte im Geschützstand herum: »Ich trete dir in den Arsch, wenn das nicht besser klappt mit der Munition!« – »Ruhe!« schrie Ziesche. »Da! da!« Holt erstarrte.

Im Westen bebte die Nacht von schwerem Flakfeuer. Die Dunkelheit wich, es wurde blendend hell. Die Wolkendecke im Westen gleißte wie Silber, und strahlend regnete Licht herab ... das war herrlich, das nahm den Atem, das drückte nieder in wilder Angst ... »Leuchtzeichen! Jetzt geht's los!« Vetters Stimme, von der Zünderstellmaschine her: »Werner, Gilbert, o Gott!« Schmiedling stöhnte: »Jesus ... Maria ... Ihr Apostel, alle Heilgen ... beschützt die armen Menschen!« – »Das gilt Oberhausen!« schrie Ziesche. Oberhausen, das wußte Holt auf einmal seltsam deutlich, lag kaum fünfzehn Kilometer entfernt ...

Der Hauptmann, im Lichtschein, stand plötzlich barhäuptig

im Geschützstand, in den weiten Fahrermantel gehüllt. Er stieß Wolzow mit der Faust in die Rippen, und Wolzows Gesicht verzerrte sich zu einem Grinsen. Der Hauptmann bellte: »Gleich geht's los! Schmiedling, halten Sie sich bereit, Mensch, wenn der Wolzow schlapp macht!« Dann ging er. Schmiedling rief: »Die zwoa Flaschen, Wolzow, die san uns sicher!«

Das Flakfeuer im Westen war verstummt. Jetzt brach Geschützdonner nahe im Osten los. »Bochum schießt! Die Bomber sind da!« Schon zitterte der Himmel im Motorenlärm. »Flugzeug drei! Schießen mit Funkmeßgerät, direkter Anflug!« Wieder, beruhigend und klar, die Stimme in Holts Kopfhörer: »Seite steht bei sechzehn-achtzig!« Holt meldete eingestellt. Da war auch Gomulkas Stimme, wer weiß wie lang nicht mehr vernommen. Und wieder: »Gruppenfeuer ...« – »Gruppe! dachte Holt und öffnete den Mund, aber statt dessen sagte es im Kopfhörer bedauernd: »Düppel-Störung ... Funkmeßgerät Ziel verloren ... Feierabend!« – »Funkmeßgerät fällt aus!« schrie Ziesche. »Starres Sperrfeuer, Seite sechzehn-achtzig, Höhe fünfundfünfzig, Zünder zwohundertzehn!« – »Eingestellt!« schrie es, und dann Ziesches unkenntliche Stimme: »Barrikadenfeuer ... Barrikade ... marsch!« Da zuckte der Blitz in die Augen, es krachte und schmetterte unaufhörlich, und zwischen den Abschüssen heulte Wolzow: »Munition her!« – »Barrikade halt! Seite achtundvierzig-sechzig!« Holt riß das Geschütz wieder um hundertachtzig Grad herum. »Barrikade ... marsch!« Es knisterte im Kopfhörer: »Machen wir halt weiter, 's geht wieder! Seite steht bei achtundvierzig-zwanzig!« – »Seite hat Werte, Seite eingestellt!« Ist das meine Stimme? Schießen mit Funkmeßgerät, Gruppe! Mund auf, und wieder das unerträgliche Schmettern der Abschüsse, von Wolzow durchheult: »Munition her!«

Wie lange mochte das alles gedauert haben? Zielwechsel und Wechselpunkt und zwischendurch Barrikadenfeuer, weil die Stanniolstreifen vom Himmel regneten und das Funkmeßgerät immer wieder ausfiel ... Stunden, Jahre, eine Ewigkeit? Jetzt war Grabesstille. Im Westen, wo der märchenhafte Glanz der Leuchtzeichen am Himmel gehangen hatte, schlugen nun blutigrot die

Brände zur Wolkendecke empor. »Vorbei!« sagte irgendwer. Und Ziesche ganz heiser: »Oberhausen ... das brennt und brennt!«

Von der B 2 wehte der Ruf durch die Nacht: »Feuerbereitschaft aufgehoben!« Holt taumelte vom Richtsitz hoch. Er stolperte über die leeren Hülsen, die überall umherlagen. Er war fast taub. Nun riß er den Kopfhörer herunter und nahm den Gehörschützer aus dem Ohr. Sein Gesicht war naß. Hab ich geweint? Der gewaltige, unheimliche Brand im Westen erhellte schwach den Geschützstand. Holt starrte in das ferne Flammenmeer. Da sind jetzt Menschen, mitten im Feuer, dachte er. Aber keine Vorstellung verband sich mit diesem Gedanken ... Gomulkas Gesicht war fremd und gealtert. Ziesche rief: »Munitionsverbrauch!« – »Wer soll denn die Kartuschen zählen, jetzt in der Nacht?« sagte Wolzow. Ziesche schrie ungeduldig: »Zählt doch die leeren Körbe in den Bunkern!«

Schmiedling saß auf einem Holm und kümmerte sich um nichts, rauchte und sagte zu Holt: »Da hab i halt's große Los gzogen, mit der Bedienung!«

»Munitionsverbrauch!« schrie Ziesche wieder. »Diese Flakwehrmänner, faul wie die Pest!« schimpfte Wolzow. Endlich kam die Meldung: »Vierunddreißig leere Körbe!« Das waren hundertzwei Schuß. Ziesche gab eine letzte Luftlagemeldung: »Alle Verbände im Abflug über Holland. Gefechtsschaltung aufgehoben.« Die Luftwaffenhelfer durften ins Bett. Batteriekommando und Flakwehrmänner schleppten Munitionskörbe an die Kanonen und beseitigten die Schäden, die der Luftdruck der Abschüsse an Geschützständen und Baracken angerichtet hatte.

Holt ging mit Gomulka durch die brandrote Nacht. »Ehrlich, Sepp ... Hattest du Angst?« Gomulka zögerte mit der Antwort. »Ja, ich hatte Angst ...« – »Es ist wohl auch keine Schande«, sagte Holt. »Man muß nur damit fertig werden.«

»Herhören! Was sich heut nacht an Frieda abgespielt hat, das genügt fürs Kriegsgericht!« Kutschera stand vor der angetretenen Batterie, die Hände in den Manteltaschen. »Macht, wozu sind Sie Waffenmeister, wenn die Spritze bei dem bißchen Schießen auseinanderfällt?« Er brüllte immer, aber jetzt war seine Stimme ungeheuer: »Wenn die Kanone nicht besser in Schwung kommt, sperr ich die ganze Bedienung ein!« Der Hund erhob sich auf die Vorderpfoten und knurrte. Kutschera trat mit dem Stiefel nach ihm. »Du hältst's Maul, Mensch! ... Die andern Geschütze waren gut. Bei Anton ging's rund, da war die Tollwut ausgebrochen?« Die Oberhelfer flüsterten miteinander. »Der Wolzow ist ein Gauner!« dröhnte Kutscheras Stimme. Und zu Gottesknecht: »Geben Sie ihm Extraausgang.« Ein paar Sekunden stand er unschlüssig vor der Batterie. »Ach, Quatsch!« sagte er, drehte sich um, und der Morgennebel verschluckte ihn.

Auf dem Fahrweg warteten die Munitionswagen. Die Jungen schleppten bis zum Mittagessen Patronenkörbe zu den Bunkern der Zweitausstattung. Den Nachmittag verschliefen sie.

Tag und Nacht trieb sie die Glocke ans Geschütz. Dies war ihr Leben, für lange Zeit.

5

Im November brachten die Nächte klirrenden Frost. Der zähe Nebel, der morgens über der Stellung hing, wich oft bis zum späten Mittag nicht. Täglich zogen die Bomberpulks über den Himmel. Die ständigen Alarme, die Nächte am Geschütz und das Feuer, mit dem Hauptmann Kutschera jede Maschine bedachte, waren den achtundzwanzig Jungen schnell zur Gewohnheit geworden. Am Mittag des 5. November waren Essen, Gelsenkirchen und Münster schwer bombardiert worden, und die Bomben, die den umliegenden Industriewerken galten, fielen bis dicht an die Feuerstellung.

Eine Woche später lag Holt des Nachmittags auf seinem Bett. Wolzow las in seinen strategischen Lehrbüchern, die anderen spielten Skat. Ziesche las aus der Zeitung vor. »›Es gibt höchstens einzelne Verbrecher in Deutschland, die durch einen Sieg der Alliierten etwas gewinnen wollen, und mit diesen Verbrechern werden wir fertig!‹ ... Was das ist?« sagte er auf Gomulkas Frage. »Ja, schläfst du denn? Die Führerrede vom 9. November!« Er las weiter: »Hier, zum Luftkrieg! ›… die Herren mögen es glauben oder nicht, aber die Stunde der Vergeltung wird kommen!‹ – ›… die Männer sind aufgesprungen, haben die Arme zum Gruß erhoben und riefen mit feuchtblanken Augen stolz und beglückt Heil um Heil ihrem geliebten Führer zu …‹« – »Lies lieber mal den Wehrmachtbericht«, sagte Gomulka ungerührt, »über den Fall von Kiew kann man nämlich auch feuchtblanke Augen bekommen!« Zieche warf ihm einen bösen Blick zu und las mit seiner heiseren, etwas hohen Stimme: »›Sonnenschein kann jeder vertragen, aber wenn es wettert und stürmt, dann zeigen sich erst die harten Charaktere, und dann erkennt man auch den Schwächling …‹« Holt war so müde, daß er nur noch Satzfetzen wahrnahm: »›… am Ende steht der Sieg … niemals verzagen … von hier hinausgehen mit der fanatischen Zuversicht … fanatischen Glauben … daß es gar nichts anderes geben kann als unseren Sieg!‹« Die Alarmglocke schrillte. Vetter riß fluchend die Fenster auf.

Am frühen Abend, wie üblich, kam Zemtzki nach Baracke Dora zu Besuch. Er war rasch zum stellvertretenden Gefechtsschreiber avanciert, und da er des Nachts die Ringleitung abhörte, die alle Batterien der Untergruppe miteinander verband, war er immer gut informiert. »Ich hab's eben von der Untergruppe«, sagte er. »Die Handley Page Halifax, die Dienstag nacht runtergekommen ist, die ist den Jägern zugesprochen worden!« Vetter rief empört: »Den Jägern? So was!«

Während der letzten Zeit waren drei viermotorige Bomber in der näheren Umgebung abgestürzt. Jedesmal hatte es einen wüsten Streit zwischen den Batterien gegeben, doch Kutschera verzichtete darauf, Abschüsse für seine Batterie zu beanspruchen. Schmiedling erklärte es so: »Was unser Kmandeur is, der Major Behling, der kann unseren Chef net leiden.« Der Streit der Batterien erreichte in der Regel nur, daß die in der Nähe stationierten Jagdverbände ihre Ansprüche anmeldeten und den Abschuß zugesprochen bekamen.

Heute regte sich Wolzow auf. Er liebäugelte, wie alle, mit dem Flakschießabzeichen, das den schweren Batterien nach etwa sechs Abschüssen verliehen wurde.

»Es ist eine Gemeinheit!« piepste Zemtzki. Dann räusperte er sich und gab seiner Stimme einen möglichst tiefen Klang, denn Gottesknecht hatte ihm einmal »wegen unmilitärisch hoher Stimme« Nichtgenügend gegeben. »Ich war Dienstag nacht Flugmelder! Die Jäger waren seit einer Stunde abgeflogen, als die Halifax runterkam!« – »Eine himmelschreiende Sauerei ist das!« schimpfte Wolzow. Er zog sich aus und ging zu Bett. Laut Dienstplan wurde morgens halb sieben geweckt, aber je nach Dauer des nächtlichen Alarms durften sie länger schlafen. Meist holte sie der LvD, Luftwaffenhelfer vom Dienst, ein Oberhelfer, der dem UvD assistierte, gegen halb acht aus den Betten. Acht Uhr begann der Schulunterricht. Bis dahin mußten Betten gebaut und die Stuben aufgeräumt werden, sonst warf der UvD alles durcheinander.

Der Schulunterricht war eine Farce. Fast täglich wurde er vom Alarm gestört. Fünf Tage in der Woche fanden sich Lehrer einer Gelsenkirchener Oberschule morgens in der Batterie ein und unterrichteten jeden Tag drei Stunden lang ein anderes Fach. Dienstags war der sogenannte »Schultag«. Alle Luftwaffenhelfer der Batterie gingen zum Chemie- und Physikunterricht nach Gelsenkirchen; die Batterie war unterdessen nicht feuerbereit.

Wenn die Lehrer in den Wohnbaracken unterrichteten, quälte man sich über die drei Stunden hinweg und wartete auf das Klingelzeichen zur Gefechtsschaltung.

Den ersten »Schultag« hingegen hatten die Jungen aus Holts Klasse in der Gelsenkirchener Schule verbracht, aber nur aus Unkenntnis der Gebräuche. Die Oberhelfer fuhren zwar auch in die Stadt, schickten jedoch nur ein paar Mann in die Schule. Auch Holts Klasse betrachtete den Dienstag Vormittag nun als Feiertag. Man saß von neun bis eins im Café, wo man Orangeade zu sich nahm und mit den Freundinnen verabredet war, mit den Schülerinnen der Essener, Gelsenkirchener und Wattenscheider Mädchenschulen. Kutschera ließ an den Schultagen eine Anwesenheitsliste führen, die er von Zeit zu Zeit kontrollierte, und Branzner, der selbst nie den Unterricht versäumte, entschuldigte Holt und seine Freunde mit tausend Ausreden, von »krank« bis »unabkömmlich«. Sehr beliebt waren völlig unsinnige Entschuldigungen: »Holt muß heute den Rohrmantel waschen«, »Wolzow und Gomulka fehlen wegen zu hoher Gebrauchsstufe«.

Man hatte ein kleines Café in Gelsenkirchen ausfindig gemacht, »Café Italia«, an der Rotthausener Straße, nach Essen hinaus. Ringsum lag alles in Trümmern. Das Café hatte bisher alle Bombennächte überlebt. Es gab, zu Wolzows Freude, sogar ein Billard. Man nahm auch Verbindung mit einer Mädchen-Oberschule auf. Unter den siebzehnjährigen Schülerinnen – die jüngeren Jahrgänge waren evakuiert – gehörte es zum guten Ton, mit einem Luftwaffenhelfer befreundet zu sein. Sogar Vetter fand Anschluß und ließ zweideutige Spötteleien über sich ergehen, denn das Mädchen, das ihn auserkoren hatte, war dürr wie ein Haselstecken. Auch Wolzow saß eines Tages mit einer üppigen Blondine zusammen und verkündete am Abend in der Stube laut, daß er sich mit ihr verabredet habe und daß sich dann allerhand abspielen werde. Aber die Freude dauerte nicht lange. »Alles aus!« sagte er zu Holt. »Ich hab ihr bloß mal 'n bißchen unter die Bluse gewollt, da hat sie sich angestellt wie sonstwas!« Er zog sich wieder zu seinen strategischen Lehrbüchern zurück. Am folgenden Dienstag ging er sogar in die Schule und brachte dadurch Branzner in Verlegenheit, der ihn schon »wegen Beobachtung des Rohrrücklaufs« entschuldigt hatte.

Doktor Klage, der Mathematiklehrer aus Essen, war etwa fünfunddreißig Jahre alt, ein ruhiger und ernster Mensch, der sich Mühe gab, die Jungen trotz der ungünstigen Umstände im Unterricht voranzubringen. Er hatte sich durch seine bestimmte, dabei ausgesucht höfliche Art, mit den Jungen umzugehen, beinahe etwas wie Anerkennung verschafft und war der einzige unter den Lehrern, der seinen wöchentlichen Besuch in der Batterie nicht als leere Formalität auffaßte. Holt bewunderte insgeheim die Geduld, mit der sich Klage auch den zurückgebliebenen und den aufsässigen Schülern wie Wolzow und Vetter widmete. Zur Zeit schrieb der Lehrplan Trigonometrie vor, und Doktor Klage brachte es tatsächlich fertig, in Holt, zum erstenmal seit Jahren, ein Interesse am Unterrichtsstoff wachzurufen.

Aber Wolzow fand nur Schimpfwörter für den schon grauhaarigen Mann, der als leidend galt, wobei freilich niemand genau über die Natur dieses Leidens Bescheid wußte; es sollten Nierensteine sein, wurde gemunkelt. An manchem Tage saß Doktor Klage mit eingefallener, bleicher Gesichtshaut hinter seinem Tisch, von Koliken geplagt, und die Schmerzen ließen glänzende Schweißtropfen auf seine Stirn treten. »Alles Theater, alles Verstellung«, sagte Wolzow, »der Bursche drückt sich vor der Front!« Er haßte Klage, mit dem er schon in den ersten Tagen Streit gehabt hatte. Damals hatte er an der Tafel eine Aufgabe lösen sollen, war aber auf seinem Platz sitzen geblieben, als gehe ihn der Unterricht nichts an. Doktor Klage, dem Wolzows rüde Art noch nicht bekannt war, stand dicht neben Wolzows Bank und wiederholte: »Wolzow, bitte gehen Sie …« – »Lassen Sie mich in Ruhe!« schrie Wolzow und sprang so wild von seinem Sitz auf, daß der Lehrer mit einer unwillkürlichen Bewegung der Abwehr zurückwich; bei dieser Bewegung aber stieß er versehentlich Wolzow vor die Brust.

»Prügeln wollen Sie mich!« schrie Wolzow. »Sie wollen mich prügeln …?« Holt, der hinter ihm saß, faßte ihn am Koppel: »Gilbert, gib Ruh!« – »Prügeln, wo gibt's denn so was!« krähte Vetter in seiner Ecke. Wolzow, durch Holts Einmischung etwas zur Besinnung gebracht, verließ die Baracke mit den Worten: »Als der beste Ladekanonier der Batterie hab ich's doch nicht nötig, mich von dem prügeln zu lassen!«

Doktor Klage beschwerte sich bei Kutschera. Kutschera fiel den Lehrern in solchen Fällen regelmäßig mit seiner Redensart in den Rücken: »Schießen ist wichtiger als Latein!« Diesmal verhörte er, lediglich um der Form zu genügen, einen Zeugen, wobei er sich ausgerechnet Vetter herausgriff, und rief beim Nachmittagsappell: »Mal herhören! Der Wolzow hat sich mit'm Lehrer geprügelt! Wo gibt's denn so was!« Und dann: »Ich hab einen ausgefragt, der erzählt's so rum, aber der lügt! Der Doktor Klage erzählt's andersrum, aber der lügt auch! Wenn beide Seiten lügen, seh ich keinen Grund, mich einzumischen!« Sprach's, pfiff seinem Hund und zog sich in seine Behausung zurück. Wolzow triumphierte: »Der Chef hat diesen Drückeberger durchschaut.«

Anfang Dezember wurde Klage Flakwehrmann in der 107. Batterie. Es war eine kalte und sternklare Nacht. Ziesche hatte Nachturlaub, Rutscher lag mit Mandelentzündung im Revier. Da aber mehrere Luftwaffenhelfer erkrankt waren, wurden nur fünf Geschütze besetzt. Und plötzlich erschien Doktor Klage bei Geschütz Anton und sagte: »Guten Abend.« Es verschlug ihnen allen die Sprache. Klage mochte wieder seine Koliken haben, denn er sah krank und erschöpft aus.

Wolzow überwand seine Verblüffung, zog sich den Ladehandschuh aus und sagte gedehnt: »Na, dann wolln wir mal.« Er wandte sich an Schmiedling: »Hab mir'n Ellbogen verknaxt!« Er übernahm die Funktion des Geschützführers.

Sie schossen ein paar Gruppen auf einen Verband schneller Kampfflugzeuge. In der Feuerpause drückte sich Vetter an Wolzow heran und hetzte: »Der Klage sitzt die ganze Zeit im Bunker!« – »Sehr schön!«sagte Wolzow befriedigt. Er schrie: »Wo ist Flakwehrmann Klage?« Klage tauchte, die Hände auf den Leib gepreßt, aus dem Mannschaftsbunker. »Sie haben sich gedrückt! Los, räumen Sie die Kartuschen weg!« – »Wolzow«, sagte der Lehrer, »ich ...« – »Das ist der Geschützführer«, rief Vetter, »da wird pariert!« Wolzow brüllte: »Zehnmal um den Geschützstand! Marsch, marsch!« Holt fand keine Zeit mehr, sich einzumischen, denn Klage murmelte etwas Unverständliches und ging zur B 2.

Aber bei Kutschera fand er kein Recht. Der Hauptmann hatte eben vom Major eine Anfrage bekommen, worauf die Hundertsieben eigentlich bei Feuerverbot schieße, da seien, verdammt noch mal, Jäger am Feind! Kutschera hatte also üble Laune und fuhr den Lehrer an: »Verrückt! Befehl verweigern ... wo gibt's denn so was! Beschweren Sie sich morgen auf dem Dienstweg!«

Das Funkmeßgerät faßte einen anfliegenden Verband. »Zemtzki«, brüllte Kutschera, »melden Sie der Untergruppe, wir haben nischt verstanden! Gottesknecht, los, Feuer frei!«

Klage lief, als er wieder in den Geschützstand trat, unter die Rohrmündung und mitten in den ersten Schuß hinein; die Druckwelle warf den geblendeten Mann in eine Ecke.

»Er hat sich schon wieder gedrückt«, stellte Wolzow fest, und nun jagte er seinen Mathematiklehrer um den Geschützstand, von Machtrausch besessen. Holt und Gomulka schleppten Patronen. Als sie merkten, was sich an der Kanone abspielte, war es zu spät.

Doktor Klage ging am nächsten Tag zum Kommandeur und ließ sich in eine andere Batterie versetzen.

Holt dachte über diesen Vorfall nach. Er erinnerte sich an manches Gespräch mit Peter Wiese. »Eigentlich«, so sagte er zu Gomulka, »sollten die Lehrer unsere Erzieher sein ...« Gomulka schwieg. Dann sagte er: »Weißt du, der Wolzow ...« Er verstummte, mit zusammengepreßtem Mund.

An dem gespannten Verhältnis zwischen Wolzow und den Oberhelfern hatte sich nichts geändert. Aber es blieb vorerst bei Drohungen, über die Wolzow spottete: »Die trauen sich nicht!« Da gab es einen neuen Streitfall.

Jeder Luftwaffenhelfer hatte innerhalb eines Jahres Anspruch auf einen vierzehntägigen Erholungsurlaub, den sogenannten »großen Urlaub«. Darüber hinaus gab es regelmäßig Tag- oder Nachturlaub, für diejenigen, die am Einsatzort zu Hause waren. Der Tagurlaub reichte von Mittags zwei, der Nachturlaub von abends sechs bis morgens sieben. Die Neuen erhielten Ausgang, von abends oder von mittags bis Mitternacht.

Um diesen Ausgang gab es Streit. Wilde aus Hamburg, ein enger Freund Günsches, führte die Ausgangslisten. Holt fand rasch heraus, daß die Hamburger vor allem sich selbst mit Ausgang versorgten. Daraufhin nahm Wolzow die Sache in die Hand. Als Ziesche Nachturlaub hatte, wurde beraten. Vetter sagte: »Wir sollten keinen Stunk machen! Wenn wir erst die Alten sind, dann sind wir immer mit Ausgang dran!« Gomulka protestierte. »Wenn ich mal die Listen führe, dann muß es gerecht zugehen!« Holt unterstützte ihn. Sie beschlossen, den Oberhelfer Wilde hereinzulegen. Drei Wochen lang führten sie Buch, bis der Beweis vollständig war. In drei Wochen hatte Günsche dreimal Ausgang. Holt einmal, Pingel-Otto viermal, Kirsch zweimal. Am Abend schrieben die neun Mann vom Geschütz Anton Beschwerden. Kollektive Beschwerden galten als Meuterei; die Beschwerden durften nicht einmal gesammelt abgegeben werden. Also schrieb jeder seinen Text, und dann erschienen sie, anderthalb Stunden lang, einer nach dem anderen, auf der Schreibstube und übergaben ihre Briefe dem verblüfften UvD. Der Wortlaut war fast der gleiche, das Beweismaterial war identisch. Auf dem vorgeschriebenen Dienstweg gerieten die Beschwerden an Gottesknecht. Er besuchte sie noch am selben Abend in der Stube. Zum Schein machte er Spindappell, warf einigen die Sachen durcheinander und verurteilte Wolzow und Vetter wegen »unerlaubten Grinsens beim Spindappell« zu fünfundzwanzig Kniebeugen. Dann gab er allen Sehrgut »wegen Köpfchen«.

Der Hauptmann ließ sich zwei Tage Zeit. »Er will seinen Lieblingen nicht weh tun«, sagte Wolzow. Dann schrie Kutschera beim Morgenappell: »Oberhelfer Wilde, vortreten! Die Kerle von Anton, diese Banditen, haben sich beschwert, Sie führen die Ausgangslisten falsch. Hab das geprüft. Die Beschwerden stimmen!« Und zu Gottesknecht: »Wilde vierzehn Tage Ausgangssperre!« Er brüllte den verdatterten Oberhelfer an: »Mensch, wenn Sie schon Schmu machen, dann so, daß man mich nicht mit dem Salat belästigen kann!«

Ziesche hatte sich abends bei den Hamburgern in Baracke Berta herumgetrieben und sagte: »Da habt ihr euch was eingebrockt! Die sind vor Wut außer sich!« Vorsichtshalber gingen Holt, Wolzow und Gomulka nur noch zu dritt durch die Stellung.

Holt hatte Ausgang. Es war ein Samstag. Er fuhr mit der Straßenbahn nach Essen. Vielleicht treff ich ein paar von den Mädchen, dachte er und bummelte, den Stahlhelm am Arm, die Kaiserstraße entlang. Die Menschen hatten es eilig. Das macht der ewige Alarm, dachte er. Ein paar HJ-Führer, die ihm begegneten, übersah er, aber einen Major der Panzertruppe mit dem Deutschen Kreuz in Gold grüßte er ehrfürchtig. Dann blieb er vor einem Kino stehen. »Der große König«, von Veit Harlan, auf den Bildern Gustav Fröhlich und Kristina Söderbaum. Reichswasserleiche, dachte er.

Er sah einen Luftwaffenhelfer an der Seite eines zierlichen

Mädchens vorübergehen. Das ist doch Ziesche! dachte er, und er beschleunigte seine Schritte, überholte die beiden und grüßte.

Es war kein Mädchen, was der blonde, etwas gedunsene Ziesche am Arm führte, es war eine dunkelhaarige Frau von vielleicht fünfundzwanzig Jahren. Sie wandte Holt ein schmales, mädchenhaftes Gesicht zu und sah ihn aus dunklen Augen fragend an, ehe sie mit einem Kopfnicken seinen Gruß erwiderte. Sie standen mitten auf dem Gehweg, und um sie her flutete der Menschenstrom. Ziesche räusperte sich, dann stellte er vor: »Ein Kamerad, Werner Holt. Meine Mutter!«

»Möchtest du freundlicherweise hinzufügen«, sagte die zierliche Frau rasch und ein wenig gereizt in süddeutscher Mundart, »daß ich deine Stiefmutter bin? Man könnte sonst« – sie wandte sich an Holt – »dieses Trampeltier hier« – sie stieß Ziesche mit dem Ellenbogen an – »für meinen leiblichen Sohn halten!«

Ziesches Lachen war gezwungen. »Also Stiefmutter.«

Jetzt erst, mit angewinkeltem Unterarm, gab sie Holt die Hand. Ihr Blick verwirrte ihn. Die eine Sekunde, die er den Kopf neigte, ging in ihm alles durcheinander: Ziesches Mutter, Stiefmutter, sie ist wie ein Mädchen, zart und zierlich. Er hob den Kopf. Ich darf sie nicht so anstarren! Er war verwirrt.

Sie gingen zu dritt weiter. Nach ein paar Schritten meinte Ziesche verstimmt: »Wir wollten ins Kino!« Sie antwortete ungezogen und launisch wie ein Kind: »Ich hab mir's überlegt. Eigentlich habe ich gar keine Lust.« Ziesche rief ungehalten: »Da hätten wir doch gleich zu Hause bleiben können!« – »Weißt du was«, sagte Frau Ziesche, nun in bester Laune. »Wir kehren um. Ich brühe einen Tee, und wir plaudern!«

»Nein!« Ziesche blieb stehen. »Ich geh ins Kino, mach was du willst. Heil Hitler!« Mit rotem Kopf drehte er sich um und verschwand in der Menschenmenge.

Holt war von dieser Szene unangenehm berührt. Er wußte nicht, wie er sich nun verhalten sollte. Sie lief neben ihm her und redete ungehemmt: »Ich hab meine liebe Not mit dem Kerl. Wissen Sie, seine Mutter, das war so eine Superblonde ... Arische ... Mit mir kann er sich nun nicht abfinden!« Sie blieb stehen. »Und

Sie? Lassen Sie mich auch einfach allein?« Sie war kleiner als er und sah ihn von unten aus ihren dunklen Augen an, mit einem ängstlichen und hilflosen Gesicht.

Ihre Art, so eindeutig zu schauspielern, verwirrte ihn immer mehr. »Wenn Sie erlauben«, sagte er beklommen, »begleite ich Sie ...« Sie lächelte. Das schmale Gesicht war ihm vertraut, als habe er es seit langem täglich gesehen. »Wohin?« fragte er.

»Nach Hause!« Er hatte Mühe, seinen Schritt dem ihren anzupassen. »Sie sind von auswärts? Was machen Sie, wenn Sie Ausgang haben?« Man gehe ins Kino, sitze in Cafés herum und spiele Billard ... – »Und die Mädchen?« fragte sie. »Die Dämchen aus dem Lyzeum?«

Für manchen sei das die ... einzige Abwechslung gewissermaßen ... Er könne es schon verstehen, meinte er. – »Für manchen? Für Sie also nicht?« – »Nein«, sagte er befremdet. Es paßte ihm nicht, so ausgefragt zu werden.

»Mit sechzehn Jahren in die Flakbatterie gesteckt, schrecklich! Ihr seid doch noch Kinder!« Er suchte eine Antwort, spitz, geistreich-ironisch sollte sie sein ... Er schwieg, er dachte: Hab ich das nötig, mich beleidigen zu lassen? ... Aber als sie vor dem Eingang eines großen Miethauses fragte: »Mögen Sie eine Tasse Tee mit mir trinken?«, da antwortete er glücklich: »Ja, gern ...« und folgte ihr.

Er half ihr aus dem schwarzen Pelzmantel und sah sie nun in einem braunen Wollkleid, schlank und schmalhüftig wie einen Knaben. Sie führte ihn in ein Zimmer, wo er verlegen auf dem bunten Teppich stehen blieb. Sein Blick haftete an einer großen, gerahmten Photographie, die auf dem Tisch der Leselampe stand und das Gesicht eines vielleicht fünfzigjährigen Mannes zeigte, ein großflächiges, derbes Gesicht über dem Kragen der SS-Uniform, ein wenig gedunsen, und es glich, unter der paspelierten Uniformmütze mit dem Totenkopf, dem Gesicht Günter Ziesches ... Das muß sein Vater sein! Holt drehte das Bild um und las: »Meiner heisgeliebten Gerti« – tatsächlich, »heißgeliebt« war mit s geschrieben, in klobiger und abstoßend primitiver Schrift – »zum 26. Geburtstag von ihrem Erwin.« Das Datum: »Krakau,

14. Hartung 1942.« Fast achtundzwanzig Jahre alt ist sie also. Erregt starrte er auf das Bild, auf dieses gedunsene, brutale Gesicht. Sein Inneres füllte sich bis in den letzten Winkel mit Haß auf diesen Menschen in der protzigen Uniform, der nicht orthographisch schreiben konnte und der Mann einer so wunderbaren, mädchenhaften Frau war …

Hinter ihm ging eine Tür. Mit flinken Bewegungen deckte Frau Ziesche den Teetisch. Sie lächelte freundlich und plauderte: »Es ist nicht mehr sehr gemütlich hier. Wir haben fast alles ausgelagert. Eines Tages erwischt es auch dieses Haus.«

Er saß ihr stumm und verbittert gegenüber. Sie fragte teilnahmsvoll: »Was ist mit Ihnen?« – »Nichts. Ich hab keine Ruhe. Bestimmt gibt's Alarm.« Sie beugte sich zum Radio hin. Widerwillig verfolgte er mit seinem Blick ihren schlanken Arm. »… Reichsgebiet kein feindlicher Kampfverband.« Sie suchte Musik. »Sind Sie nun beruhigt?« Sie lehnte sich bequem in ihren Sessel.

Ich will fort! dachte Holt. Wär ich lieber ins Kino gegangen! Er glaubte in seinem Rücken den Blick des blonden, breitgesichtigen Mannes zu fühlen. Er konnte nicht ständig auf den Boden blicken, er mußte sie ansehen, wie sie mit untergeschlagenen Beinen auf dem Sessel hockte. Ein zartes Profil, und das lange, dunkle Haar gebündelt im Nacken, zu einem lockeren Knoten geschlungen … »Es ist besser, wenn ich gehe.« Er stand auf. »Ich hab keine Ruhe.« Sie sah ihn befremdet an. Dann sagte sie in unverbindlicher Liebenswürdigkeit: »Wenn Sie meinen? Ich will Sie nicht halten!«

Auf dem Korridor zog er sich eilig den Mantel über. Sie gab ihm die Hand. Plötzlich stammelte er: »Bitte … Sie dürfen nicht bös sein …«

Erstaunt zog sie die Brauen hoch. Er wagte nicht, sie anzusehen. »Darf ich wiederkommen?« Sie antwortete unbefangen: »Warum nicht? Ich hab Telefon. Günter gibt Ihnen die Nummer!«

Er lief hastig die Treppen hinab und irrte planlos durch die Straßen. Dann fuhr er in die Batterie zurück.

Er fand an diesem Abend lange keinen Schlaf. Vetter röchelte leise. Holt starrte in die Dunkelheit.

Er sah mandelförmige Augen, dunkles Haar, das zu einem lockeren Knoten geschlungen war.

Und Uta?

Er beschloß, Frau Ziesche aus dem Weg zu gehen.

6

Am Sonntag morgen hatte Kutschera schlechte Laune und nahm einen nachlässigen Gruß zum Anlaß, die Batterie anderthalb Stunden mit Fußdienst zu plagen. Die Alarmklingel erlöste die Jungen.

Nach dem üblichen Sonntagsessen, Rinderbraten mit einer Soße, die »Bratenwasser Din A 4« genannt wurde, Sauerkraut und Pellkartoffeln, zog der sonntägliche Besucherstrom in die Batterie, Eltern und Bekannte der Luftwaffenhelfer aus den umliegenden Städten.

Vetter drosch mit Kirsch und Rutscher den gewohnten Sonntagnachmittagsskat. Er versicherte: »Das ist hier ein prima Leben! Na, meine Sippe soll in Zukunft mal versuchen, mich zu verdreschen!« Wolzow las im Clausewitz. Gomulka lag auf dem Bett und schlief.

Holt schrieb an Uta. Da steckte jemand den Kopf in die Stube und sagte: »Ziesche, in der Kantine ist Besuch für dich.« Ziesche verschwand. Das kann nur *sie* sein! dachte Holt. Uta war vergessen. Soll ich nachschaun, ob sie's wirklich ist?

Zemtzki trat ins Zimmer. Vetter zählte seine Stiche: »Achtundfünfzig, zwoundsechzig, es reicht!« – »Gilbert«, piepste Zemtzki, »du sollst ans Geschütz Cäsar kommen, dort probiern die Obergefreiten eine hydraulische Ladeschale aus!« Wolzow klappte das Buch zu. »Das muß ich mir ansehen!« Er warf die Tür ins Schloß.

Ich kann nicht nach der Kantine laufen, ich mach mich ja lächerlich, dachte Holt. »Was ist 'n das: Ladeschale?« fragte jemand. Vetter erklärte: »Bei der 12,8- und 15-Zentimeter-Flak sind die Patronen so schwer, daß man sie nicht mehr von Hand laden kann. Bei der 8,8 gibt's so was nicht!« Nein, bei der 8,8 gibt's das nicht, dachte Holt. Ladeschale ist Blödsinn ... »Sepp!« schrie er aufspringend und rüttelte Gomulka. »Sepp! Da stimmt was nicht! Schnell!« Er lief schon den Lattenrost entlang.

Geschütz Cäsar lag im Westen, am Abhang der Anhöhe, ein wenig tiefer als die B 2. Holt konnte im Laufen flach über den Geschützstand hinwegsehen. Die Kanone war abgedeckt. Gestalten mit Schirmmützen, also Luftwaffenhelfer! Er rannte quer über den Acker, dann war er schon am Ziel. Der Geschützstand wimmelte von Oberhelfern.

Sie hatten Wolzow überwältigt, hatten ihn über einen Holm gezerrt, sein Oberkörper war bis zum Gürtel in die große Persenning verstrickt. Auf diesem Bündel knieten vier, fünf Mann und hielten es nieder. Drei Mann hatten jedes Bein gepackt, und Günsche stand daneben und hieb mit einer mehrschwänzigen Lederpeitsche auf Wolzows Rücken. Holt warf sich dazwischen. Dann war auch Gomulka da, er hatte seinen Knüppel mit und drosch drauflos. Holt konnte sich noch einmal befreien, dann wurde er überwältigt. Aber Wolzow war frei.

Er schleuderte die Persenning von sich, sein Gesicht war blau, die Augen quollen aus den Höhlen, er schnappte ein paarmal nach Luft, dann schlug er los. Zunächst schlug er Holt heraus, der arge Prügel bezog, dann unterlief er Günsche, packte ihn und warf ihn in eine Ecke. Und während bisher alles lautlos vor sich gegangen war, begann Wolzow nun vor Wut heiser zu brüllen.

Da war Gottesknecht da. Holt lief das Blut aus der Nase. Es dauerte eine Weile, bis Wolzow sich einigermaßen beruhigt hatte; er stand mit verzerrtem Gesicht vor Gottesknecht und glotzte ihn an.

Ein paar der Oberhelfer blieben liegen. Günsche war tatsächlich besinnungslos. Ein Zwilling hockte stöhnend auf dem schlackebestreuten Boden, beide Hände vors Gesicht gepreßt, und zwischen den Fingern lief das Blut hervor; er war mit dem Kopf gegen das Geschütz geprallt. Dann krümmten sich noch zwei am Boden, die keine Luft bekamen. Das war harmlos. Blutige Nasen oder verschwollene Lippen hatten sie alle. Nur Gomulka war heil geblieben; er hatte seine Latte in Stücke geschlagen und hielt den Stumpf noch in der Hand.

»Gomulka!« sagte Gottesknecht. »Holen Sie den Sanitäter!« Dann schaute er auf Günsche, der sich noch immer nicht rührte. Erst als ihm der Sanitäts-Obergefreite ein Fläschchen mit Salmiakgeist unter die Nase hielt, schlug er die Augen auf, übergab sich und war nicht fähig, ohne Hilfe zu stehen. »Gehirnerschütterung!« Der Zwilling hatte eine tiefe, klaffende Platzwunde von der Stirn bis zum Backenknochen; das linke Auge war zugeschwollen. »Herr Wachtmeister, Günsche und Pingel müssen ins Revier.«

»Na los«, sagte Gottesknecht. Auf einmal waren nur noch Holt, Wolzow und Gomulka da. Sie deckten die Plane über das Geschütz. Gottesknecht sah ihnen schweigend zu. »Herr Wachtmeister«, sagte Wolzow schließlich, »es war Notwehr!« Gottesknecht antwortete nicht. »Die haben mich hierhergelockt und sind elf Mann hoch über mich hergefallen.« – »Halten Sie den Mund, Wolzow«, sagte Gottesknecht müde, »das interessiert mich nicht. Mich interessiert nur, daß die nächsten Tage zwei Mann am Funkmeßgerät fehlen!« – »Da können die andern Herrn vom Fu-MG eben solange nicht ausgehen!« sagte Holt wütend. Der Wachtmeister schüttelte den Kopf. »Was macht ihr mir für Sorgen! Wie soll ich denn das dem Chef beibringen?«

Der Hauptmann, als NSFO, als »Nationalsozialistischer Führungsoffizier«, hielt am Montag in der Kantine »wehrpolitischen Führungsunterricht«, »WF-Unterricht« genannt. Er zog seinen Fahrermantel aus, warf ihn Gottesknecht hin und stemmte die Fäuste in die Hüften. »Mal herhörn! Gestern haben sich welche gekloppt. Zwei mußten ins Revier! Wo gibt's denn so was! Wer schuld war, interessiert mich nicht. Die Batterie hat acht Tage Ausgehverbot. Bedankt euch bei den Kerlen, die euch das eingebrockt haben!« Dann begann er mit dem Unterricht. Lage an den Fronten, politische Lage, Panzerschlacht bei Schitomir, bisher schwerster Luftangriff auf Berlin, fanatischer Widerstand ... Holt hörte nicht hin. Das gilt uns: die euch das eingebrockt haben, dachte er.

Am Abend sagte Wolzow: »Ich hab's satt. Jetzt geh ich nach

Berta und rede mit den Oberhelfern.« – »In die Höhle des Löwen?« sagte Gomulka. »Aber das nützt nichts!« – »Man muß es versuchen«, meinte Wolzow. Holt sagte: »Keinesfalls gehst du allein! Los, Sepp, Christian, wir gehn mit!«

Die Oberhelfer zeigten sich überrascht, als die vier in die Stube traten. Sie lagen auf den Betten, ein paar saßen am Tisch. Gemütliche Bude, dachte Holt. Die Spinde waren zu einer Wand zusammengeschoben, hinter der sich die Betten verbargen. Vor dem Fenster stand ein großes Aquarium mit Fischen, auf den Fensterbrettern blühten Azaleen und Alpenveilchen.

Wolzow stand mitten im Zimmer. »Welch hoher Besuch!« spottete jemand. Wolzow sagte ruhig: »Wir sollten uns in Zukunft vertragen!« – »Vertragen?« rief ein Zwilling und fuhr in seinem Bett hoch. »Jetzt, wo mein Bruder fürs Leben entstellt ist?« – »Ich hab niemanden überfallen«, erwiderte Wolzow. Der Oberhelfer Wilde erhob sich. »Es gibt ungeschriebene Gesetze beim Militär. Vertragen können wir uns, wenn ihr eure Abreibung weghabt!« Wolzow schrie, mit einem Schritt auf Wilde, der eilig den Tisch zwischen sich und Wolzow brachte: »Noch so ein hinterhältiger Überfall ... dann gnade euch Gott!« Die Oberhelfer stimmten ein Hohngelächter an, aber es klang nicht echt.

»Es hat keinen Zweck«, sagte Holt später. »Das nennt sich nun Kameradschaft: einer bekämpft den anderen. Ich hab mir das anders vorgestellt im Einsatz. Eine verschworene Gemeinschaft ...« – »Blödes Gewäsch!« schimpfte Wolzow. Vetter rief: »Verschworene Gemeinschaft, da mußt du dir erst fünfzig mit dem Ochsenziemer verpassen lassen!«

Holt und seine Freunde waren isoliert. Die Jungen aus ihrer Klasse, die in der Meßstaffel dienten, biederten sich bei den Oberhelfern an.

Der Dezember brachte schwere nächtliche Flächenangriffe auf die umliegenden Städte.

Holt erhielt dann und wann Post von seiner Mutter, bekam regelmäßig von seinem Onkel aus Hamburg Zigarettenpäckchen und bat manchmal um Geld, denn die fünfzig Pfennige täglichen

»Ehrensoldes« reichten nicht. Sein Gesuch um Kurzurlaub zu Weihnachten wurde bewilligt. Er überlegte lange. Uta, an die er zuerst dachte, hatte schon im November geschrieben, daß sich ihre Familie zu Weihnachten im Schwarzwald treffe; zu seiner Mutter zu fahren, dazu spürte er keine Neigung. Er fühlte sich einsam. Er rief Frau Ziesche an.

Gottesknecht saß in der Schreibstube und unterhielt sich mit der rundlichen Nachrichtenhelferin, die laut Batterieklatsch die Geliebte des Hauptmanns war. Holt schielte mißtrauisch auf Gottesknecht. Es dauerte ewig, bis er eine freie Amtsleitung bekam. Dann endlich hörte er Frau Ziesches Stimme, verzerrt und klirrend. »Natürlich, kommen Sie, ich habe Gäste, es paßt ausgezeichnet!« Er machte sich auf den Weg, von einer beklemmenden Erwartung erfüllt.

Vor dem Hause standen zwei klapprige Autos. Ein Mädchen öffnete und half ihm aus dem Mantel. Er legte den Stahlhelm auf den Boden. Ein Militärmantel, am Haken, zeigte keine Offiziersschulterstücke, wie Holt erleichtert feststellte. Er hörte Tanzmusik und Gelächter.

Er kannte das Zimmer. Die Flügeltüren zu den angrenzenden Räumen waren geöffnet. Aus einem Kreis von etwa zwanzig Personen, Männern und Frauen, kam Frau Ziesche auf ihn zu, feierlich, unnahbar, Dame des Hauses. Sie reichte ihm die Fingerspitzen. Der Besitzer des Uniformmantels, ein großer blonder und bleicher Unteroffizier, am Waffenrock den Ärmelstreifen des Panzergrenadierregiments »Großdeutschland«, wurde von allen »Großdeutschland« angeredet. Wenn ihm das Mädchen ein Tablett mit Likörgläsern hinhielt und er sich bediente, so rief jemand: »Großdeutschland kann nicht genug bekommen«, und alle lachten.

Holt saß in einem Sessel, noch sehr befangen. Frau Ziesche, neben ihm, erklärte liebenswürdig und nicht ohne eine Spur Vertraulichkeit: »Ehemalige Berufskollegen, Sänger vom Operettenhaus. Sie wissen noch nicht, daß ich Tänzerin bin? Ich war hier ein paar Jahre Primaballerina … ich war gar nicht schlecht! Ich hab auch im Ausland gastiert. Wenn Sie's interessiert, zeig ich Ihnen Bilder.« Sie lachte. »Herrgott, das waren Zeiten!«

Holt rührte sich nicht und lauschte ihren Worten, beglückt durch soviel Vertraulichkeit. Ihre Nähe verwirrte und erregte ihn. »Amüsieren Sie sich gut«, hörte er sie sagen, und scherzhaft: »Nehmen Sie sich vor den Mädchen in acht! Es sind bloß Choristinnen, ich hab sie nicht gern im Haus, aber die Männer brauchen jemanden zum Tanzen.« Er blieb allein.

Er ließ keinen Blick von ihr. Sie trug ein Hausgewand aus brauner Seide, einen weiten und langen Hosenrock mit schlichtem Kasack, dessen Ärmel so weit waren, daß sie oft bis zur Schulter zurückfielen und dann die weißen, nackten Arme zeigten. Das Haar war zu einem griechischen Knoten hochgebunden. Als einzigen Schmuck trug sie in den Ohrläppchen ein paar kleine glitzernde Steine. In Holt glomm ein Funke Eifersucht auf all die Männer, die sie hier umgaben. Er neidete ihnen jedes Lächeln und jedes Wort.

»Kamerad, da wolln wir mal!« Das war der bleiche Unteroffizier, und er reichte Holt ein Glas mit Kognak. Ringsum tanzte man zur Musik des Plattenspielers. »Urlaub?« fragte der Unteroffizier mit schwerer Zunge. »Oder hier im Einsatz? Ich ... bin auf Fronturlaub ... Wissen Sie was?« Er trank. »Zappenduster! Mensch ... Kamerad ...« Er wischte sich mit dem Ärmel über die Stirn. »Ich geh in drei Tagen wieder an die Ostfront ... Prost!« Die Gläser waren frisch gefüllt. »Kamerad ... es ist wirklich zappenduster! Die Welt ist so sehr verjudet, daß sie uns schließlich doch unterkriegen!«

Frau Ziesche stand plötzlich bei ihnen und sagte mit heller Stimme, nicht ohne Schärfe: »Hab ich dir nicht verboten, vom Krieg zu reden? Geh tanzen!« Der Unteroffizier durchmaß mit unsicheren Schritten das Zimmer. Frau Ziesche setzte sich zu Holt und sagte in gespieltem Groll: »Sie sind ungezogen! Es gehört sich, daß man mit der Dame des Hauses tanzt!«

»Ich kann nicht tanzen«, gestand er. Sie rief den Mädchen am Plattenspieler zu: »Einen Foxtrott!« Dann nahm sie ihn an der Hand und führte den einfachen Schritt vor. Er begriff schnell. »Geht ja ausgezeichnet«, meinte sie. Mit klopfendem Herzen hielt er sie im Arm, vorsichtig und behutsam, als sei sie aus Porzellan.

Mit der Rechten fühlte er durch die Seide hindurch ihr Schulterblatt. Die Platte war abgelaufen. Er bat ungestüm: »Noch einmal … bitte!« Er geriet, in den Tanz vertieft, unaufhaltsam in einen Zustand von Erregung und Begeisterung. Er zog sie leicht und dann ein wenig fester an sich und erschrak darüber.

Als auch dieser Tanz, viel zu schnell, beendet war, erschien sie ihm unnahbarer denn je. Eifersüchtig sah er sie mit einem anderen tanzen. Man reichte eine Platte mit belegten Broten herum. Ölsardinen! Aber er lehnte ab, obwohl er hungrig war. Schließlich setzte er sich zu den Choristinnen, ließ sich einen Kognak und gleich noch einen zweiten einschenken, aber das Geschwätz der Mädchen, die geschminkten Gesichter, es war ihm alles zuwider.

Er raffte sich auf und bat Frau Ziesche abermals um einen Tanz. Der Kognak gab ihm den Mut, einen der Schauspieler, der ihm zuvorzukommen drohte, einfach beiseite zu schieben. Sie lachte. »Siehst du, Fritz, die tapferen Krieger werden vorrangig behandelt!« Er sah auf sie herab. In seinem Blut kreiste der Alkohol. Wenn ich mit ihr allein wär, ich würde sie küssen! Es gab einen dumpfen Fall, Gläser zersplitterten, die Choristinnen kreischten. Der Unteroffizier war hingestürzt und lag nun auf dem Parkett. Zwei der Schauspieler hoben ihn auf. Frau Ziesche wandte kaum den Kopf. »Bringt ihn ins Bad! … Er ist betrunken«, sagte sie zu Holt. »Er hat so sehr Angst vor der Front, daß er sich dauernd betrinkt!« Sie sah auf die Uhr. »In zehn Minuten werfe ich die Bande raus!«

Im Radio tickte der Drahtfunk. Dann sagte der Sprecher: »… feindliche Kampfverbände im Anflug auf das Reichsgebiet …« Gefechtsschaltung! dachte Holt. Fort! Ein Auto anhalten … dann schaff ich's! Aber er sah die Angst in Frau Ziesches Gesicht … Ich bleibe! Es war üblich, aber nicht Vorschrift, bei Alarm den Ausgang abzubrechen. Ich bleibe!

Die Gäste polterten die Treppe hinab, man schleppte den bezechten Unteroffizier in eines der Autos. Frau Ziesche kommandierte inzwischen das Pflichtjahrmädchen: »Lassen Sie das Geschirr! Bringen Sie die Koffer in den Keller!« Sie ließ sich im Pelz in einen Sessel fallen. Die Sirenen gaben Voralarm. Holt öffnete in dem finsteren Zimmer alle Fenster. Kalte Luft drang in die verrauchte Wohnung. Im Haus hörte man die Leute in den Keller laufen.

Frau Ziesche war hilflos und ängstlich wie ein Kind. »Wer soll das aushalten! Die dauernden Alarme! Zum Verzweifeln!« Holt sagte: »Warum bleiben Sie hier in Essen?« – »Mein Mann meint, es macht einen schlechten Eindruck ...« – »Unsinn! Wenn Sie umkommen, macht das einen besseren Eindruck?« Sein Haß auf den dicken, blonden Mann war frisch und unverbraucht.

Die Sirenen heulten los, auf und ab. »Wir müssen in den Keller!« – »Nicht so eilig«, meinte er, am Radio, sehr überlegen. »Sie sind erst in den Hundertfünfzig-Kilometer-Bereich eingeflogen ... Bekommen Sie den Flaksender?« – »Das versteht doch kein Mensch ...« – »Ich versteh's schon!«

Sie kniete neben ihm vor dem Rundfunkgerät nieder. Die Skala des Radios beleuchtete ihr Gesicht. Zemtzki hatte Holt die große Karte mit den Planquadraten erklärt. »Schneller Verband von Martha–Heinrich vierundsechzig nach Nordpol–Ida siebzehn ...« – »Das sind die Pfadfinder, etwa bei Dinslaken ... Wenn sie ihre Richtung beibehalten, fliegen sie südlich an uns vorbei ...« Das Ticken verstummte, die Stimme des Sprechers war wieder da: »Schneller Verband von ...« – »Sie fliegen vorbei.« – »Und wann wird es gefährlich?« fragte sie. – »Ich erklär Ihnen das gelegentlich ganz genau.« Er horchte auf den Sprecher. »Die Bomber fliegen hinterher, sie lassen uns in Ruhe.«

»Dieser Ziesche hätte mir das längst erklären können!« sagte sie. Draußen setzte schweres Flakfeuer ein, durch die geöffneten Fenster drang der Geschützdonner, beängstigend nahe. Holt horchte. »Da schießt jemand auf die Pfadfinder!« – »Eine Ruhe haben Sie! Ich will in den Keller, ich habe Angst!« Sie nahm ihn am Arm und ließ sich die Treppe hinabführen.

Der Luftschutzwart lehnte mürrisch an der Haustür und betrachtete Holt neugierig. »Wird Zeit, daß Sie runterkommen!« Der Keller war tief und mit Balken abgesteift. Eine Menge Menschen drängten sich in den Gängen zusammen. Frau Ziesche schloß ganz hinten eine Tür auf. »Ich mag nicht unter all den Leuten sitzen.« Das kleine, saubere Kellergelaß war gleichfalls mit starken Baumstämmen abgestützt. Das wird nicht viel nützen, dachte Holt mißtrauisch. Er wünschte sich in den Geschützstand, unter freien Himmel.

Sie setzten sich, sie hielt noch immer seinen Arm fest und rückte fröstelnd an ihn heran. Im Kellergang leuchtete schwacher Lichtschein. Das Flakfeuer klang nur gedämpft in den Keller.

Sie saßen stumm beieinander. Nach einer Weile sagte sie: »Die Leute draußen machen mich immer ganz verrückt. Aber Sie wirken beruhigend auf mich.« Er erwiderte: »Ich hätte hier unten vielleicht auch Angst. Aber ich bin so froh, daß ich mit Ihnen zusammensein kann.« Er spürte, daß sie ihn anschaute und dann wieder geradeaus blickte.

Vom Kellergang klang Geschwätz und Kindergeschrei zu ihnen herein. Aber das hörte Holt kaum. Er sah die junge, mädchenhafte Frau neben sich, in den Pelz gewickelt, aus dem nur das schmale und jetzt so blasse Gesicht hervorschaute. Der Knoten hatte sich gelöst, und das Haar fiel schwer und mattglänzend in den Nacken und mischte sich mit dem Pelz. Sie hatte den Kopf rücklings gegen die Kellerwand gelegt. »Warum sind Sie neulich fortgelaufen?« fragte sie halblaut.

»Ich wär auch heut beinah wieder gegangen ...« – »Und warum?« – »Wenn ... Sie mit anderen tanzen, ich ertrag das nicht ...« Sie lächelte. »Ich kann nicht dafür ...«, sagte er, »ich weiß, es ist dumm ...« Er erhielt keine Antwort. Der Luftschutzwart brüllte in den Kellergang: »Entwarnung.«

Holt schaute auf die Armbanduhr. Es war kurz nach elf. »Ich muß fort.« Wie beim erstenmal stand er mit gesenktem Kopf vor ihr, hielt ihre Hand und fragte: »Darf ich wiederkommen?« Sie sagte langsam: »Eigentlich sind Sie doch alt genug, zu wissen, was Sie dürfen und was Sie nicht dürfen.« Er hatte noch nie ein so undurchschaubares Gesicht gesehen.

Er dachte unaufhörlich über diese seltsame Bekanntschaft nach. Während des tatenlosen Wartens am Geschütz und während des Schulunterrichts drehten sich seine Gedanken um nichts anderes als um die dunkelhaarige Frau. Anfangs störte ihn dabei die Erinnerung an Uta. Aber dann kapitulierte er vor diesem neuen Gefühl, das offenbar stärker war. Es ging nicht ohne Selbstvorwürfe ab.

Am Tage vor seinem nächsten Ausgang rief er bei Frau Ziesche an. Ob er kommen dürfe? »Natürlich, wenn Sie nichts Besseres vorhaben?«

Sie öffnete selbst, sie war allein in der Wohnung. Wieder zeigte sie sich ganz anders, als er sie bisher kennengelernt hatte, sie war von bestürzender Sachlichkeit. Im Wohnzimmer hockte sie sich auf der Couch nieder. Er zog einen Sessel heran. Sie rauchten. »Warum sagten Sie: ›Wenn Sie nichts Besseres vorhaben?‹« fragte er. »Es gibt nichts, das mir lieber wäre, als Sie zu besuchen!« – »So?« sagte sie gedehnt und rekelte sich auf der Couch. »Auch nicht, an ein gewisses Fräulein Barnim zu schreiben?« Er geriet so sehr außer Fassung, daß er vor Hilflosigkeit frech wurde: »Sie spionieren mir nach?«

»Ein bißchen«, meinte sie und warf die Zigarette in die Aschenschale. »Jedenfalls hab ich aus meinem Stiefsohn etwas Wichtiges herausgehorcht.« – »Und ... das wäre?« – »Daß Sie offenbar keiner von denen sind, die sich einer Eroberung rühmen«, sagte sie langsam und sah ihn dabei fest und herausfordernd an, »daß Sie, kurz gesagt, den Mund halten können.«

Er saß wie gelähmt in seinem Sessel, bis sein Blick auf die große, gerahmte Photographie fiel. Die Erregung, die sein Blut durch die Adern trieb, schlug für einen Augenblick in sinnlose Wut um. Er schmetterte das Bild des dicken, blonden Mannes aufs Parkett, daß die Scherben umherflogen. Sie stieß einen erschreckten Schrei aus. Er faßte nach ihr. Sie zog ihn zu sich herab. Er nahm ihre Gier für Leidenschaft.

Er blieb bis zum späten Abend. Sie lagen im Schlafzimmer, in dem breiten Bett. Er schaute ihr unablässig ins Gesicht, das völlig entspannt war, als wolle er erraten, was hinter der Stirn vor sich ging. Er fragte unvermittelt: »Liebst du mich?«

Sie schlug überrascht die Augen auf. Ihr Blick ließ ihn vergessen, wie albern seine Frage war. Schon schloß sie die Augen wieder, seufzte ein bißchen und sagte: »Ja.« Dann lächelte sie, mit geschlossenen Augen.

Sie lügt! »Es ist nicht wahr, du liebst mich nicht!«

Sie wandte den Kopf zu ihm hin. »Liebe ...«, sagte sie verächtlich, »was ist denn Liebe? Ich bin doch kein Backfisch! Hingabe ... was willst du mehr?«

»Und ... das Herz?« fragte er hilflos. Sie zog seinen Kopf an ihre Brust. »Sei still!« Ehe er ging, fragte sie: »Kannst du nicht Nachturlaub nehmen, wie die anderen?«

7

»Mein Stiefsohn darf uns unter gar keinen Umständen auf die Spur kommen«, sagte Frau Ziesche zu Holt. Da er nun manchmal erst im Morgengrauen in die Batteriestellung zurückkehrte, erfand er eine »Freundin«, Hausangestellte in Gelsenkirchen. »Daß nur Ziesche nichts erfährt«, warnte sie immer wieder, »es gäbe eine Katastrophe! ... Er haßt mich, sieh dich vor!«

Eine Zeitlang versuchte Holt, Ziesche ein wenig näherzukommen, und er fragte ihn einmal: »Was ist dein Vater?« Ziesche gab Auskunft: »Reichsbeauftragter für die Festigung deutschen Volkstums im Generalgouvernement.« Holt konnte sich darunter nicht viel vorstellen. »Was hat er denn da zu tun?« Ziesche erklärte es genau. »Du weißt ja, daß die Polen eine minderwertige Rasse sind. Aber es gibt Abstufungen, zum Beispiel blonde Slawen, deren germanischer Blutanteil von früher her sehr hoch ist. Mein Vater sucht solche Kinder aus, in den Konzentrationslagern und auch sonst. Sie werden zu deutschen Familien gebracht oder im Reich deutsch erzogen. Später sollen sie aufgenordet werden; durch Nachwuchssteuerung kann man rassisch höherstehende Typen schaffen.« – »Und die Eltern?« fragte Holt. Ziesche hob die Schultern.

Es blieb bei dem einen Annäherungsversuch. Eine Beobachtung, die Holt durch einen Zufall machte, führte bald zum Bruch, ja zur Feindschaft zwischen Ziesche und ihm. Ziesche hatte einen

Freund in der Batterie, einen kleinen, blonden Jungen mit weichem Haar und verträumten Augen, er hieß Fink. Holt überraschte die beiden eines Abends im Bunker des Geschützstandes, ohne daß sie es merkten. Er erzählte niemandem davon.

Als er ein paar Tage später morgens gegen sechs übermüdet in die Baracke schlich, sah Ziesche ihn kopfschüttelnd an und brachte am Nachmittag die Sprache darauf. Wolzow, Vetter und Gomulka saßen dabei. »Du bist erst siebzehn«, sagte Ziesche, »und treibst es schon derartig mit Weibern!«

Holt schwieg betroffen. Wolzow grinste. »Das geht keinen was an«, sagte Holt. Ziesche entgegnete: »Ich wundere mich nur, daß ein Mensch sich im Sumpf so wohl fühlt.« Er lehnte mit dem Rücken gegen einen Spind und blickte auf Holt herab. »Ich jedenfalls halte es mit den Worten, die Flex seinem ›Wanderer‹ vorangestellt hat: ›Rein bleiben und reif werden, das ist höchste und schönste Lebenskunst‹!«

Holts Betroffenheit schlug in Wut um. »Du verlogenes Aas! Nennst du das rein bleiben, wenn du mit Fink …« Ziesche, während Vetter vor Lachen losbrüllte, stürzte sich auf Holt, aber er war zu schwerfällig, um mit ihm fertig zu werden. Von nun an waren sie Todfeinde.

Holt erzählte die Szene Frau Ziesche. Sie hörte aufmerksam zu. »Das war unklug«, meinte sie dann, »jetzt hast du ihn dir zum Feind gemacht.« – »Was heißt klug oder unklug? … Du bist so … berechnend! Er hat mich angepöbelt, ich hab's ihm zurückgegeben, fertig!«

Sie saßen im Wohnzimmer. Sie legte ihre kindlich kleine Hand auf seine, seufzte und sagte: »Du bist im Sturm- und Drangalter … Und berechnend, das wirst du auch noch werden, wenn du das Leben erst besser kennst, oder …« – »Oder?« – »Oder du bringst es zu nichts.«

Während des üblichen Alarms am Abend blieben sie in der Wohnung, am Radio. Mochte die Flak schießen, was tat das schon? »Wenn sie keine Zielmarkierungen werfen«, hatte er ihr erklärt, »fallen höchstens zufällig mal 'n paar Bomben.« Der Luftschutzwart klingelte Sturm. Sie verhielten sich ruhig, die Wohnung war gut verdunkelt. Das Pflichtjahrmädchen arbeitete nur viermal wöchentlich.

Holt liebte die Alarmstunden. Dann war es still im Haus, der ferne Donner der Flakbatterien deckte alle Geräusche zu. Er kniete neben Frau Ziesche auf dem Boden vor dem Radio. Der Drahtfunk tickte geheimnisvoll, der schwache Lichtschein der Skala beleuchtete ihr Gesicht. Er legte den Arm um ihre Schulter und sah sie unablässig an, und je länger er sie anblickte, desto mehr verfiel er ihr. Sie lehnte sich gegen ihn, jede Berührung ließ ihren Atem schneller gehen. Nach dem Alarm lagen sie im Schlafzimmer auf dem breiten Bett.

»Man kann ruhig darüber sprechen«, pflegte sie zu sagen; das war der Titel eines gängigen Buches. Anfangs empörte er sich gegen ihre Sachlichkeit; aber als er sie einmal schamlos nannte, lachte sie ihn rundweg aus. »Ich nehm dir die Illusionen«, sagte sie. »Wozu sind Illusionen gut? Zu nichts! Du wirst mir eines Tages dankbar sein.« Dankbar? Das verstand er nicht. »Die meisten Menschen«, erklärte sie, »sind in Liebesdingen primitiv wie die Tiere.« – »Tierisch«, meinte er, »ist es, wenn das Herz nicht dabei ist, das Gefühl …« Das nannte sie »Schmus«. »Was soll das leere Gerede! Das Tier kann nicht genießen, das ist der einzige Unterschied. Auch der Mensch muß es erst lernen, die meisten lernen es nie, und besonders ihr Männer seid unbeschreiblich egoistisch, ihr …« – »Und Liebe?« fragte er hartnäckig. »Alles Gerede«, sagte sie. »Es gibt keine Liebe, es gibt nur einen Lustgewinnungstrieb.«

Manchmal erschrak er vor ihr. »Liebe, Anbetung, Verehrung«, sagte sie, »das ist alles ganz schön, aber es wird langweilig. Eine Frau will nicht angebetet und geliebt, sie will unterworfen sein und Lust gewinnen. Vielleicht weiß sie das anfangs nicht, aber wenn der Mann etwas taugt, dann lernt sie's sehr bald. Merk dir das! Ein Mann darf die Frauen nicht umschmeicheln und viel bitten, er muß sie unterwerfen, eher mit Gewalt als mit vielem Gerede. Liebe? Jede Frau wird ihren Mann betrügen, wenn sie bloß geliebt und nicht auch befriedigt wird.«

»Wie soll man Achtung haben vor euch?« fragte Holt.

»Achtung …«, sagte sie gedehnt, »wozu? Lies mal Weininger, das Buch ist zwar verboten, aber lies es mal. Der hat die Frauen gekannt. Lies, was er schreibt. Dann vergeht dir die Achtung von selbst.«

Holt fühlte sich gleichermaßen abgestoßen und angezogen von ihren Worten, von ihrer zügellosen Sinnlichkeit. Manchmal überwog die Abneigung, wie auch in diesem Augenblick. Aber sie löschte die Entfremdung nach Belieben mit ihren Zärtlichkeiten aus. Wenn er ihr wieder verfallen war, dann brannte die Eifersucht in ihm.

Es war die frühe Morgenstunde, und er fragte böse: »Warum hast du deinen Mann geheiratet?«

Sie schaute ihm, den Kopf in die Hand gestützt, überrascht ins Gesicht. »Du haßt ihn, nicht wahr? Das ist seltsam. Du kennst ihn doch gar nicht.« Sie langte Zigaretten und Streichhölzer vom Nachtschränkchen. Er folgte der Bewegung ihres nackten Armes. Sie steckte ihm eine angerauchte Zigarette zwischen die Lippen.

»Er ist tatsächlich der hassenswürdigste Mensch, den ich mir vorstellen kann«, sagte sie.

Er mußte sie falsch verstanden haben. »Du meinst, er ist eine so starke Persönlichkeit, daß man ihn entweder verehren oder hassen …« – »Unsinn! Er ist ganz einfach ein Schwein! Ein übler, brutaler Kerl, der das Zeug zu einem Gewaltverbrecher hat. Wenn ihn die Nazis nicht zu einem hohen Tier gemacht hätten, wer weiß, was dann aus ihm geworden wäre.«

Ein Schwein, ein brutaler Kerl, die Nazis. Dieses Wort hatte er überhaupt erst ein- oder zweimal gehört, es sollte vor dreiunddreißig ein Schimpfwort gewesen sein. Wo bin ich hier hineingeraten? dachte er. Aber er tat ganz ungerührt, sog an der Zigarette und meinte dann: »Da versteh ich nur nicht, daß du ihn geheiratet hast!«

»Jeder setzt einmal im Leben alles auf eine Karte«, entgegnete sie. »Und man kann nur hoffen, daß es die richtige Karte war.« – »Und du hast alles auf einen Mann gesetzt, den du verabscheust?«

»Ich hab natürlich nicht wissen können, daß er mal eine so unbeschreiblich dreckige Arbeit macht«, sagte sie. »Außerdem sah damals überhaupt noch manches ganz anders aus. Ich sagte mir: er hat allerhand zu bieten, und da griff ich eben zu.«

»Wo du so ... schön bist, da hattest du das doch gar nicht nötig«, meinte er.

Sie lächelte. »Als Tänzerin war ich immer nur besserer Provinzdurchschnitt. Da denkt man an später.«

Sie hat sich verkauft, dachte er, an diesen Mann! »Was ist das für eine Arbeit?«

»Er sucht Kinder aus den KZs«, antwortete sie, »die will man dann später mit Ariern kreuzen, wie die Tiere! Er hat überall die Pfoten drin, wo die haarsträubendsten Dinge geschehen. Er entscheidet, ob ein Kind ins Reich kommt oder ins Gas.«

Eine grauenhafte Beklemmung überkam Holt. Fernes, ganz fernes Gemunkel verdichtete sich ... »Rede nicht darüber«, hörte er sie sagen. »Im Generalgouvernement bringen sie die Polen und die Juden zu Hunderttausenden um, die SS macht das. Ziesche nennt es ›Schwächung einer minderwertigen Rasse‹. Die Juden sind schon so gut wie ausgerottet.«

Minderwertige Rasse. Nordischer Herrenmensch. Jude und Arier. So sieht das also aus, dachte er wie gelähmt. »Aber ... das ist alles ganz anders ... mit den Rassen!« sagte er. »Mein Vater ist Professor. Einmal hab ich gehört, wie er jemandem erklärt hat, die Rassentheorie ist Religion ...« – »Der Vergleich ist gut«, meinte sie. »Die Römer haben die Christen umgebracht, die Inquisition hat die Ketzer verbrannt, und jetzt vergasen wir die Juden und die Polen. Davon hab ich natürlich nichts gewußt, als ich Ziesche heiratete. Er war hier in der Nähe Kreisleiter und hat dann Karriere gemacht. Das lockte mich. Ich will schließlich auch zu denen gehören, die obenan sind.« Sie sprach nur noch leise. »Jetzt geht's allerdings immer mehr bergab. Wer weiß, ob der Zauber nicht eines Tages zusammenkracht.«

Kurz vor dem Morgenappell näherte er sich der Baracke auf Schleichpfaden, wie es vereinbart war. Er hatte Gottesknecht um Nachturlaub anstatt des Kurzurlaubs gebeten, und Gottesknecht hatte erwidert: »So dumm werden Sie doch nicht sein, daß Sie freiwillig auf den schönen Weihnachtsurlaub verzichten!« Und gedämpft: »Nehmen Sie Ausgang wie bisher. Wenn Sie erst früh kommen wollen, dann geben Sie mir einen Wink.« So geschah es. Heute lief Holt dem Wachtmeister in die Arme. »Ich muß Ihnen das nun doch verbieten«, meinte er. – »Herr Wachtmeister, ich bin frisch und munter!« – »So? Bis zum Kugelbaum sind fünfundachtzig Meter, alles genau vermessen. Da machen wir achtzigmal Häschen-hüpf. Und wenn Sie sich nicht verzählen, dürfen Sie den Rückweg zur Belohnung auf dem Bauch kriechen.«

Von Gottesknecht erfuhr Holt auch, daß sein Weihnachtsurlaub bewilligt war. Er hatte die Absicht, mit zu Wolzow zu fahren. Aber nun folgte er einer plötzlichen Eingebung und ließ sich Papiere für eine Reise zu seinem Vater ausstellen. Er hatte ihn etwa vier Jahre lang nicht gesehen. Seiner Mutter schrieb er nichts davon. Auch meldete er seinen Besuch nicht an.

Am 22. Dezember sollte er reisen. Wenige Tage vorher nahm Schmiedling Wolzow und Holt nachts am Geschütz beiseite. »I will Ihnen was sag i Ihnen, net wahr! Die was aus Hamburg sein, die und die andern aus Berta, verstehen S', da wolln die Ihnen allezsamm nachts überfalln, in der Stuben!«

Am anderen Morgen, als Ziesche zum Schulunterricht in einer anderen Baracke weilte, hielten sie Kriegsrat. »Der Günsche hat wohl immer noch nicht genug!« schimpfte Wolzow. »Ich hab das Theater endgültig satt! Ich zieh eine schlagartige Aktion auf. Ich hau ihnen die Bude kurz und klein.« – »Wenn wir angreifen«, meinte Gomulka, »setzen wir uns ins Unrecht.« – »Quatsch!« sagte Wolzow und langte nach der Gesäßtasche. Er blätterte in seinem Taschenbuch. »Als die Schweden unter Gustav Adolf 1629 nach Deutschland zogen, da sprach Gustav Adolf vor dem schwedischen Reichstag die historischen Worte: ›Meine Meinung aber ist, daß ich zu unserer Sicherheit, Ehre und endlichem Frieden nichts dienlicher befinde als einen kühnen Angriff auf den Feind.‹«

Sie trafen Vorbereitungen. Wolzow und Holt schwänzten den Rest des Deutschunterrichts und schnitten Wolzows Aktentasche zu Lederriemen, die sie an stabile Knüttel nagelten. Wolzow rieb die Klopfpeitschen mit Lederfett ein, ehe er sie in seinem Spind versteckte.

Es schneite seit mehreren Tagen. Die schnellen Kampfverbände, die nun jede Nacht nach Berlin flogen, waren in den letzten Nächten schon über Holland abgedreht. Auch diesen Abend sah es nicht nach Alarm aus, denn am Nachmittag erhob sich ein Schneesturm.

Vetter und Rutscher machten mit. Rutscher waren im Revier die Mandeln herausgenommen worden, worauf er kaum noch stotterte. »Warum nicht gleich!« hatte Wolzow gesagt. Nach dem Stubendurchgang sprangen sie aus den Betten und zogen sich wieder an. Der kleine Kirsch, der in Berta wohnte und für Wolzow spionierte, meldete: »Sie sind schlafen gegangen!« – »Stahlhelme auf!« befahl Wolzow. Ziesche sah entgeistert zu. Wolzow erklärte: »Jetzt müssen deine Oberhelfer einen heiligen Eid schwören, daß sie uns in Ruhe lassen, sonst demolier ich ihnen die ganze Bude! Du bleibst im Bett!« befahl er schroff. »Kirsch, du bürgst mir dafür, daß der Ziesche nicht aus der Stube geht!«

Sie schlichen im Bogen um Baracke Cäsar herum und näherten sich dann Berta von Norden. Sie drangen durch den Korridor in die große Stube. Wolzow schaltete Licht ein. Rutscher und Vetter schoben sofort den Tisch vor die Tür, die sich nach außen öffnen ließ.

Die Hamburger saßen erschreckt in den Betten. »'n Abend«, sagte Wolzow. »Hab gehört, die Herren wollen uns überfallen, mit Übermacht?«

»Mach, daß du rauskommst!« rief jemand verschlafen.

»Maul halten!« brüllte Wolzow. »Ehrenwort, daß wir vor einem nächtlichen Überfall sicher sind? Wird's bald?«

Günsche glotzte von unten verdattert auf Wolzow, der bedrohlich nahe stand, und sagte schwach: »Wir lassen uns nicht erpressen!«

»Also schön, dann nicht!« rief Wolzow mit wüster Stimme. »Die beste Verteidigung ist der Angriff, sagt Schlieffen! Los, Männer!« Und während Holt und die anderen mit den Peitschen auf die überraschten Hamburger einhieben, nahm Wolzow das zentnerschwere Aquarium – ein Schrei des Entsetzens wurde laut –, hob es hoch und schmiß es nach Günsches Bett. Günsche konnte gerade noch die Beine zur Seite reißen, dann knallte der große Glaskasten überschwappend gegen den Pfosten und zerschellte, daß das Bett wankte. Fünfzig Liter Wasser ergossen sich über Bettzeug und Boden, überall klirrten Glasscherben, und dazwischen sprangen und zappelten die Fische umher ... Die Hamburger waren wie gelähmt. Holt hieb Wilde die Peitsche dreimal über den Rücken, ehe der auch nur eine abwehrende Handbewegung machte. Wolzow warf rücksichtslos die Spinde um, dann knallte er die Blumentöpfe an die Wand, die Tischlampe, Vasen und Aschenbecher folgten, ein Bild segelte wie ein Diskus durch die Luft und zersplitterte. Die anderen droschen erbittert mit den Klopfpeitschen um sich.

Endlich hatten sich ein paar der Hamburger von ihrem Schreck erholt und sprangen aus den Betten. Aber sie trugen Nachthemden, die Peitschenhiebe fielen hageldicht, und sie waren barfuß, und überall lagen Glasscherben umher.

Die Tür wurde aufgestoßen. Die Oberhelfer aus den anderen Stuben, gleichfalls im Nachthemd, wollten herein, der Tisch hinderte sie daran, und Vetter verteidigte mit Gomulka wie verabredet den Eingang. Unterdessen vollendete Wolzow sein Vernichtungswerk. Er zertrat den Holztisch, auf dem das Aquarium gestanden hatte – »Da habt ihr was zum Heizen!« –, zerfetzte den Adventskalender und warf das Radio nach seinem Feind Günsche, der verstört und von den ermattenden Fischen umzappelt in seinem Bett saß und gerade noch die Bettdecke zwischen sich und das Geschoß bringen konnte.

»Fertig!« rief Wolzow. »Wünsche angenehme Nachtruhe!« Die Stube sah aus wie nach einem Bombenvolltreffer. Sie brachen durch den Korridor, wo sich die Oberhelfer drängten, dann liefen sie nach Dora zurück.

Am anderen Morgen herrschte eine nervöse, gereizte Atmosphäre. Holt sah die Hamburger mit den anderen Oberhelfern uneins. Vielleicht lassen sie uns nun endlich in Ruhe, dachte er. Der Überfall war bestimmt nicht gemeldet worden, denn es galt als ungeschriebenes Gesetz, die Methoden der sogenannten Selbsterziehung nicht an Vorgesetzte weiterzutragen.

Aber der Hauptmann wußte doch davon. »Mal herhörn«, schrie er. »Fünf solche Banditen vom Geschütz Anton haben heut nacht in Berta gehaust wie die Vandalen ... Mit 'm Aquarium schmeißen, wo gibt's denn so was!« Und schon wieder unlustig, im Begriff sich abzuwenden: »Von den fünf wollen drei auf Urlaub gehn ... Ich wer denen was husten!« Zwei Tage später durften sie sich doch in der Schreibstube ihre Papiere holen. »Zu ihrem Vater fahren Sie?« sagte Gottesknecht. »Dort bin ich auch zu Hause.«

Holt, Wolzow und Gomulka stoppten in Essen einen LKW, der sie nach Kassel mitnahm. Der Büssing kam im Schneesturm auf verschneiten Straßen nur langsam voran. Von Kassel brachte sie ein Zug nach Erfurt, wo sie abermals einen LKW fanden. Die Autobahn war eisfrei. Der Wagen schlich mit seinem Holzgasgenerator ermüdend langsam durch die Winterlandschaft. Der Fahrtwind pfiff durch das Verdeck. Wolzow saß vorn im Führerhaus. Gomulka, mit Holt unter der zugigen Plane, sagte: »Das Leben ist auch ohne Kanone mal ganz angenehm!«

Holt nickte, tief in Gedanken. Er fuhr zu einem Manne, den er kaum noch kannte. Vier Jahre sind eine lange Zeit! Fern über der Kindheit stand das Bild seines Vaters, seiner Mutter, und heute noch fror ihn, wenn er ans Elternhaus zurückdachte. Mutter: Du vergräbst dich in deinem Labor. Dazu brauchst du keine Frau wie mich ... so oder ähnlich, immerfort Streit ... Warum arbeitest du so viel, Vater? – Der Mensch hat eine Aufgabe! Ein Mensch ohne Aufgabe vegetiert wie ein Tier.

Vegetiert wie ein Tier, schießt Hirsche, schießt mit der Kanone, rauft sich mit Oberhelfern ... Was ist meine Aufgabe? dachte Holt. Es ist Krieg. Wir kämpfen für Deutschland. Von Kindheit an stand es in allen Lesebüchern: Fürs Vaterland sterben, Langemarck, Schlageter, und so weiter.

Der Lastwagen hielt. »Hier wollte doch einer absteigen!« Holt verabschiedete sich. Er wanderte lange über eine Chaussee. Ringsum lag Schnee, der Himmel hing grau und diesig herab.

Die Stadt war fremd, eine unzerstörte Großstadt, ungewohnt, beengend, verwirrend. Die Adresse führte Holt in ein Gäßchen. Zu beiden Seiten ragten hohe Häuserzeilen auf. Wird wunderbar brennen! dachte Holt. Ein schmutziges Haus, drei Treppen, eine Wohnungstür ... Holt dachte an die Villa in Leverkusen, an Mutters Haus in Bamberg, modern, hell, von Bäumen umstanden, die Südfront ganz aus Glas. Hier, in diesem schmutzigen Loch, stand »Holt« auf einem Pappschild, kein Doktorgrad, kein Professorentitel. Er klingelte. Die unfreundliche Wirtin gab ihm die Adresse eines städtischen Amtes.

Dort sagte der Pförtner: »Holt? Ist noch oben. Der murkst immer so lange rum. Gehn Sie mal hoch.« Korridore, Laboratorien, ein kleiner Raum, nur schwach erleuchtet. Ein Mann am Mikroskop.

Das also war Vater! Das Haar auf dem mächtigen Schädel war schlohweiß geworden. Der alte Holt richtete sich auf und rieb sich lange die Augen. Dann erkannte er seinen Sohn. »Werner! Tatsächlich Werner!« rief er überrascht.

Holt stand steif in der Tür. Er war enttäuscht, er wußte nicht, warum. Die Enge des bescheidenen Arbeitsraumes bedrückte ihn, das trübe Licht der Lampe auf dem Tisch, der abgetragene Anzug seines Vaters ... Wieder fielen ihm die Redensarten seiner Mutter ein: Ein Sonderling ... er hat nichts als seine Arbeit im Sinn ... »Ich dachte, du freust dich«, sagte Holt, »wenn ich nach so langer Zeit ... Aber laß dich nicht stören.« Professor Holt räumte seine Sachen zusammen. »Ich freue mich sehr. Du störst nicht, nein. Ich probiere hier nur nach der Arbeit ein paar Färbetechniken aus, früher war ja nie Zeit dazu.« Es stimmt, dachte Holt, noch tiefer enttäuscht, er hat nichts als seine Arbeit im Sinn ... Bewegungslos, an die Tür gelehnt, sah er seinen Vater Flaschen, Reagenzgläser und Kolben im Schrank verschließen und das Mikroskop sorgfältig in den polierten Holzkasten schieben. »So, mein Junge, wir können gehen!«

Die Straßen waren finster. Ein paar Autos huschten mit verdunkelten Lichtern über den schneenassen Asphalt. Holt ging stumm neben dem Professor her, der ihn an Größe überragte. Ich soll erzählen? Ihn interessiert ja nichts. Er ist ein Menschenfeind, ganz weltfremd … Er erzählte widerwillig und flüchtig.

In dem kleinen, ärmlich möblierten Zimmer war der Tisch vors Fenster gerückt und mit Papieren bedeckt, mit Büchern und Tabellen. Auf dem Korridor schalt die Wirtin laut über unnützen Aufwand, unverhoffte Besuche und zusätzliche Arbeit vor den Weihnachtsfeiertagen. Und wieder war es die düstere Atmosphäre des Zimmers, dieser fremden und armseligen Welt, die Holt bedrückte und ihn mit einem fast feindseligen Interesse auf seinen Vater sehen ließ, der bedächtig eine kurze Pfeife stopfte: ein fremder und alter Mann, ein Mann von Charakter, der solches auf sich nimmt, in diesem Loch zu hausen, abgerissen, gescholten von einer schlampigen Wirtin, während Mutter in der Bamberger Villa residiert … ein Mann von Charakter oder ein starrsinniger Sonderling, weltfremd, menschenfeindlich? Was redet er da? … Nach vier Jahren den Weg gefunden, zu ihm, und wie es so gehe …?

»Von mir«, sagte er, »hab ich dir das wichtigste schon erzählt. Und du, Vater, wie ist es dir in den letzten Jahren ergangen?« Interessiert es mich wirklich? fragte er sich. Oder rede ich das nur so hin? Ist er nicht von allen Fremden der Fremdeste? Aber dann wurde doch etwas wie Neugier wach, nun endlich die Hintergründe dieses Schicksals zu erfahren.

»Du siehst«, sagte der Professor, die kurze Pfeife zwischen den Zähnen, »ich lebe, ich arbeite. Wozu früher keine Zeit war, das wird jetzt gründlich, in Ruhe getan.« – »Gut, gut«, sagte Holt schnell, »deine Arbeit … Ich versteh nichts davon. Aber sonst, ich meine …« Er sagte nun geradeheraus: »Du lebst hier ziemlich ärmlich. Wenn ich an früher denke … Ich hab eine Menge Fragen. Man ist schließlich älter geworden. Warum ist eigentlich …«

Er schwieg. Rühr nicht dran, sprach es in ihm.

»Warum«, fragte er, »ist eigentlich deine Ehe auseinandergegangen?«

Der Professor sah ein wenig überrascht auf. Er sog an der Pfeife. Die Tischlampe beleuchtete sein Gesicht und füllte die starken Falten, die von den Nasenflügeln über die Mundwinkel liefen, mit Schatten. »Deine Mutter«, begann er bedächtig,

»erscheint mir bis heute, in ihrer Art, als eine liebenswerte Frau, zweifellos ... Aber gerade deshalb paßte sie nicht zu mir.« – »Gut, gut«, sagte Holt wieder. »Aber der Anlaß! Als du weggingst, war doch ein Anlaß! Warum hast du damals deine Stellung in Leverkusen aufgegeben?« Und wieder dachte er: Frag nicht, rühr nicht dran!

»Die Arbeit paßte mir nicht«, entgegnete der Professor. Es klang, als weiche er einer genaueren Antwort aus.

»Ich bitte dich«, sagte Holt, »du bist aus Hamburg weggegangen, um in der Industrie großzügiger arbeiten zu können, war es nicht so? Und auf einmal paßte dir die Arbeit nicht mehr?«

»Nein. Auf einmal paßte sie mir nicht mehr«, erwiderte der Professor, den Blick nun nachdenklich und abwägend auf seinen Sohn gerichtet. »Aber hier«, rief Holt herausfordernd, »in so einem Loch, als kleiner Chemiker, da paßt sie dir?« – »Ja. Da paßt sie mir«, sagte der Professor.

Sein Gesicht tauchte in die Dämmerung des Zimmers. Der zur Seite gedrehte Kopf verdeckte die Lampe. Das weiße Haar, vom Licht durchschienen, leuchtete silbern auf. Wie gebannt sah Holt auf seinen Vater, der unbeweglich ins Dunkel blickte, den Kopf geneigt, in Nachdenken versunken.

»Ich habe«, sagte der Professor langsam, »in der zweiten Hälfte meines Lebens eine Menge Illusionen zu Grabe getragen. Du bist älter geworden ... gut. Zu diesen Illusionen gehörte der Glaube, jenseits des Zeitgetriebes in Ruhe und zum Nutzen meiner Mitmenschen arbeiten zu können, dazu gehörte unter anderem meine Ehe, dazu gehörte ferner der Wunsch, einen ... Sohn zu haben und ihn einmal nach meinem Bilde zu formen ... Ein Mensch ohne Illusionen aber kann warten. Und zum Warten ist dieses Zimmer hier ... ist meine derzeitige Arbeit gerade recht.«

Holt versuchte vergebens, den Blick von seinem Vater zu lösen; er versuchte, den Eindruck fortzuwischen, aber der Ernst dieser unverständlichen Rede spann ihn unvermittelt in Erinnerung ein, und eine sehr weit zurückliegende Zeit wurde lebendig, die früheste Kindheit. Damals, ehe die Entfremdung begann, ehe die aushöhlenden Redensarten der Mutter einsetzten, war der Vater Inbegriff aller Tugend gewesen, allwissend, allmächtig, gütig und weise, Freund und Lehrer. Damals. Langsam brach das Eis. »Vater«, sagte Holt, und nun war doch eine Spur unbewußter Wärme in seinen Worten, »du sagtest einmal zu mir ... es ist sehr lange her: Der Mensch muß eine Aufgabe haben, sonst lebt er wie ein Tier ... Du hattest doch deine Aufgabe in Leverkusen. Sag mir die Wahrheit: warum hast du sie hingeworfen?«

Der alte Holt rückte zur Seite und drehte den Stuhl ins Zimmer; das war wie eine Geste, und nun saßen Vater und Sohn dicht beisammen, im Licht der Lampe. »Eine Aufgabe«, wiederholte er. »Ja. So habe ich gesagt. Aber es gibt etwas, das darübersteht. Gewissen, Verantwortung, Treue zu sich selbst ... Das mögen manchem ... das mögen vor allem *heute* nur leere Begriffe sein. Aber es *sind* keine leeren Begriffe. Ich habe den Eid des Arztes nicht brechen können, und es wurde von mir verlangt. Ich habe nach den Auffassungen meiner Kollegen und Mitarbeiter ... und auch deiner Mutter! ... nicht nur leichtfertig meine Existenz zerstört, sondern angeblich auch ehrlos und verräterisch gehandelt. Aber ich werde dafür ein reines Gewissen haben, wenn das erst alles vorbei ist.«

»Wenn ... was alles vorbei ist?« fragte Holt. Der Professor sah auf, mit einem Blick, der Holt gefrieren ließ.

»Das sogenannte ›dritte Reich‹«, erwiderte er.

Ein tausendmal eingehämmerter Gedanke spülte über Holt hinweg: Verrat ... Zersetzung ... Aber dieser Gedanke blieb nicht haften und verrann, und an seine Stelle trat wieder Angst. »Du meinst ...« Er verstummte und hörte seinen Vater reden, nüchtern und sachlich, aber wie aus großer Entfernung: »Du trägst eine Uniform, du trägst an der Armbinde dieses ... Hakenkreuz, du bist zu mir gekommen, du hast mich aufgefordert, die Wahrheit zu sagen. Unter diesem Zeichen, das du am Arm trägst, haben die Nationalsozialisten den größten Raub- und Eroberungskrieg der Weltgeschichte vorbereitet und entfesselt, und nun verlieren sie ihn, eindeutig und gründlich. Ich habe bei der IG Farben damals an bestimmten Entwicklungen mitarbeiten sollen, die im Endeffekt der Menschenvernichtung dienen, ich habe das abgelehnt. Ich habe es darüber hinaus als verbrecherisch bezeichnet, die

Giftwirkung verschiedener chemischer Verbindungen, die zur Insektenbekämpfung geeignet waren, im Tierversuch an *Großsäugern* zu erproben, weil ich sah, wohin diese großangelegten Versuche führen sollten, und ich habe recht behalten: heute tötet die SS in den Konzentrationslagern mit einer von der IG hergestellten Kombination von Blausäure und Chlorkohlensäuremethylester Hunderttausende von Menschen ...«

Holt machte eine Handbewegung, die nichts als Hilflosigkeit ausdrückte, Hilflosigkeit und Angst. Der Professor mochte verstanden haben. Er schwieg. Die Tischlampe brannte trüb und warf riesige Schatten an die getünchten Wände. Holt kämpfte sekundenlang mit der Angst, und er zwang sie hinab, aber damit erlosch auch der Funken Wärme in seiner Seele. Die Fremdheit kehrte zurück, die Entfremdung breitete sich wieder zwischen ihnen aus wie ein Hauch von Kälte. Er fror. Er sah seinen Vater im trüben Lampenschein, und es war nun auf einmal wieder ein fremder, alter Mann, ein Menschenfeind ... Wirft mir seine Wahrheit hin wie einem Hund den Knochen, dachte er, stößt mich hin und läßt mich liegen ...

Eins wurde ihm nun klar: er mußte schnell fort von hier ... Der alte Mann, dachte er ... Saugt an seiner Pfeife, sieht vor sich hin ... Hier fror das Herz zu einem Klumpen Eis! Was will ich hier? dachte er, was trieb mich hierher, und warum mußte ich fragen?

Fort! Wohin? Zu Gertie, dachte er. Er atmete auf. Bei ihr ... ist Wärme, Geborgenheit, Trost ...

»Wenigstens haben wir uns mal wiedergesehen«, sagte er. Diese Worte brachte er unbefangen heraus. »Leider ...«, es klang bedauernd, »muß ich morgen früh schon wieder fort. Bei der gespannten Luftlage ...« Der Professor verstand. Nun war es an ihm, hilflos die Hand zu bewegen, und diese Hand fiel kraftlos auf die Tischplatte zurück. »Dann wollen wir schlafen gehen. Hoffentlich kommt kein Alarm.«

Der Morgen erwachte mit klirrendem Frost. Der Professor ging groß und aufrecht in sein Laboratorium. Holt sah ihm nach. Fremdheit, Enttäuschung und Angst ... Das schlug nun um in

Erbitterung. Geh nur, dachte er böse. Geh! Ich brauch dich nicht, ich will dich nicht, dich und deine ... Wahrheit!

Dann lief er zum Bahnhof.

Ein Schnellzug für Fronturlauber trug ihn nach Westen. Die Abteile waren mit Soldaten aller Waffengattungen vollgestopft. Bartstoppelige Gesichter, vom Schlaf entspannt, vom Wachsein entstellt. Heute war Heiliger Abend.

Magdeburg. Halt! Nicht weiter nach Norden! Er erreichte Hannover, dann saß er fest, es war auch kein Wagen zu finden, der weiterfuhr. Planlos lief er durch die Straßen. Es dämmerte. Er setzte sich in den Bahnhofswartesaal. Es wurde Abend. Radiolärm, eine Ansprache, nicht hinhören. Und dann: Stille Nacht, heilige Nacht ... Weihnachtsabend. Deutsche Dome läuten die Weihnacht ein. Holt vergrub den Kopf in den Armen.

Am anderen Morgen langte er in Gelsenkirchen an, fuhr mit der Straßenbahn nach Essen und telefonierte. Frau Ziesche war überrascht. Er fragte: »Darf ich kommen?« – »Nein«, sagte sie. »Günter Ziesche kommt nachher auf Tagurlaub.« Er flehte: »Ich hab ... alle Brücken hinter mir abgebrochen, du darfst mich jetzt nicht allein lassen.« Er hörte sie sagen: »Warte!« Es dauerte lange. »Also fahr nach Borken, das liegt hinter Wesel, irgendwie wirst du schon hinkommen. Dann läufst du bis zur Chausseegabelung und nach rechts ins nächste Dorf, es sind nur ein paar Kilometer, das Gasthaus heißt ›Zur Quelle‹. Dort treffen wir uns. Soll Ziesche sich kümmern. Ich laß mich von einem Bekannten mit dem Wagen hinfahren.« Er war glücklich. »Bis nachher«, sagte sie. »Ich freu mich auch.«

Er gelangte erst nachmittags ans Ziel. Er fand einen freundlichen Dorfgasthof. Sie saß in einer Ecke, unauffällig und mädchenhaft. Er faßte ihre Hände. Langsam wendete sie die Hand, über die er den Kopf beugte, und verschloß mit der warmen Innenfläche seinen Mund.

Sie liefen durch das flache, tiefverschneite Land. Die Ebene dehnte sich weit in der Dämmerung, eine eigenartige Niederungslandschaft. Auf Wiesen, Erlen und Weidengehölz, Moor und

Bruch fielen langsam die Schneeflocken. Die Grenze nach Holland konnte nicht fern sein. Es fror. Gegen Abend endete das Schneetreiben. In der Dämmerung summte es über ihren Köpfen. Sehr fern schoß Flak. Das war außerhalb ihres Lebens. Hier gab es keinen Alarm. Zwei volle, lange Tage lagen vor ihnen. Sie stapften durch knirschenden Schnee.

»Sieh dir die Winterlandschaft an«, sagte sie. »Ist es nicht schön hier?« Auch das war neu an ihr. Später erzählte er von seinem Vater. »Ein bißchen sehr pessimistisch«, sagte sie. »Aber im Prinzip hat er schon recht.« Sie redete von Ohnmacht und Schicksal, man sei nur eine Figur im großen Spiel. Das paßte zu seiner gedrückten Stimmung. »Vergiß das alles«, forderte sie. Auch Uta hatte gesagt: Vergiß das alles. »Ich kann das nicht vergessen!« – »Doch. Warte nur! Wenn du zur Batterie zurückgehst, hast du alles vergessen.«

In der leeren Gaststube brannten ein paar Kerzen am Weihnachtsbaum. Der Ofen spuckte wohlige Wärme. Der Gasthof war mit Bombengeschädigten belegt, aber für Frau Ziesche gab es jederzeit ein Zimmer. Vor Jahren habe man hier auf Betriebsausflügen gerastet, erzählte sie.

Sie saßen nach dem Essen am warmen Kachelofen, dicht beieinander. Im Radio ertönte wieder: »Stille Nacht, heilige Nacht ...«, aber mit einem veränderten Text: »... Balder, das Urlicht, ist da ...« Holt hörte nichts, er war nun, da draußen dunkel und drohend die Nacht stand, wieder hilflos der Erinnerung ausgeliefert, der Erinnerung an den weißhaarigen Mann und seine Worte ... Sie gingen bald auf ihr Zimmer. Holt floh zu ihr, sie mochte ahnen, was in ihm vorging, und überließ sich ihm still und willenlos. Aber er lag noch lange wach und kämpfte gegen die Angst an, die nur langsam schwächer wurde. Es darf mich nicht umwerfen, sagte er sich. Ich hab es damals verwunden, bei Uta, ich hab auch Gerties ... Gerede unterbekommen, es darf mich nicht umwerfen! Es häuft sich an, dachte er, es ist ... wie eine Belastungsprobe, als wolle das Schicksal mich prüfen. Schicksal, dachte er.

Der Morgen war von weißem, eiskaltem Nebel verhüllt, aber der Nordost trieb die Schwaden auseinander. Am frostklaren Himmel strahlte die Wintersonne und warf hinter jeden Weidenbusch blaue Schatten. Stundenlang wanderten sie durch die verschneite Ebene. Er ging neben ihr her, aber er war ihr fern und hing seinen Gedanken nach. Schicksal, dachte er wieder, das ist jenes Große, Dunkle, Unbekannte, dem wir Menschen ausgeliefert sind ... Sie erzählte aus ihrem Leben. Als Kind habe sie tanzen gelernt, als Sechzehnjährige sei sie mit einem Ballett durch Europa gereist, durch Frankreich, England, Rußland ... Er horchte auf. »In Rußland warst du?« Das Land sei uferlos wie der Himmel, der sich darüber wölbte, hörte er sie sagen, man ertrinke in Weite, in Grenzenlosigkeit ... »Lies Dostojewskij«, sagte sie. Sein Blick suchte den Horizont, wo sich das Schneegeflimmer übergangslos mit dem Blau des Himmels vermischte. Weite, Grenzenlosigkeit, dachte er, ist denn nicht auch unser Leben wie ein endloser, zielloser Weg, über dem die Vorsehung unser Schicksal wie ein Gewitter zusammenbraut? »Lies, was Rilke über die russische Seele schreibt«, hörte er. Jetzt erst riß das Gespinst seiner Gedanken auseinander.

Er blieb stehen. »Ich denke, es sind alles Untermenschen?« fragte er, und er wunderte sich nicht einmal über den neuen Widerspruch. Sie sagte: »Irgendeinen Vorwand muß man ja haben, um sie umzubringen.«

Seltsam: es traf ihn nun nicht mehr ... Das Leben geht weiter, dachte er, als er in die Batterie zurückkehrte, es kümmert sich nicht um uns, um unsere Enttäuschungen, unsere Ängste, es steht hoch und unbeeinflußbar über uns und zwingt uns auf den vorgezeichneten Weg, und wir müssen ihn gehen.

8

Der Winter brachte abwechselnd Schnee und Kälte und immer wieder wärmere Tage. Im Januar aber begann eine Periode grimmigen Frostes. Das Quecksilber zeigte des Nachts zweiundzwanzig, auch sechsundzwanzig Grad unter Null. Ungeachtet des harten Winters flogen die britischen Bomberverbände Nacht für Nacht über die Grenzen.

Die Jungen hockten steif vor Frost am Geschütz. »Der fünfte Kriegswinter!« Gomulka erzählte: »Daheim gibt's nichts zu heizen, und das Essen wird immer erbärmlicher.« Vetter sagte: »Die da oben, die müssen sich doch den Arsch abfrieren!« – »Keine Spur!« erklärte Wolzow. »Die haben's schön warm. Die Viermotorigen sind hermetisch geschlossen, die Piloten in den elektrisch beheizten Kombinationen werden ordentlich schwitzen!«

»Hör auf!« rief Holt. »Schwitzen ... So ein Quatsch!« Er zog die Wolldecke fester um seine Beine, aber die Kälte stieg im Körper hoch und ließ die Glieder wie im Schüttelfrost zittern. Vetter schwätzte: »In einer abgeschossenen Stirling haben sie Schokolade gefunden und prima Zigaretten! Und Bohnenkaffee kochen sie sich auch!« Ziesche schnitt ihm das Wort ab: »Hör auf! Das grenzt an Zersetzung!« Vetter rief entrüstet: »Ich und Zersetzung! Du bist ein Rindvieh!« – »Still! Luftlage!« Sie verstummten und bereiteten sich aufs Schießen vor.

In diesen Frostnächten kam Kutschera immer erst unmittelbar vor dem Gefecht auf die B 2 und verschwand wieder, so schnell er konnte. »Wenn was Besonderes los ist, rufen Sie mich«, sagte er zu Gottesknecht. Dann schnüffelte er noch eine Weile zwischen den Geräten herum, jagte ein paar Luftwaffenhelfer grundlos über den gefrorenen Acker, meinte endlich: »Ach, leckt mich alle ...« und zog ab. In seine Baracke hatte er sich von der Befehlsstelle eine Feldtelefonleitung legen lassen.

Solange es ruhig blieb, ging Gottesknecht, eine ganz und gar unmilitärische Pelzmütze auf dem Kopf, von Geschütz zu Geschütz und verteilte Wybert-Pastillen. »Nehmen Sie, Holt, das ist gut gegen Husten und Heiserkeit, jedenfalls steht's so auf der Schachtel!« Eines Nachts, während die Jungen langsam zu Eis gefroren, braute Wolzow im Mannschaftsbunker Grog. Schmiedling rief: »Dös gibt's fei net! Ohne meine da müssen S' mich erst amol um Bewülligung gibt's dös fei net!« Den Brennspiritus hatte Wolzow vom Waffenmeister; wer ihm den Arrak besorgt hatte, verriet er nicht. Sie schlürften das starke Getränk aus Kochgeschirrdeckeln und luden auch Gottesknecht dazu ein. Er gab Wolzow Sehrgut. Dann stieg der Alkohol den Jungen derartig zu

Kopf, daß die Richtkanoniere beim Schießen falsche Richtwerte einstellten; während die Bomber im Norden vorbeizogen, feuerte Anton nach Süden. Am Morgen zeigte es sich, daß man überdies sämtliche Nahfeuerpatronen verschossen hatte. Das ließ sich nicht verheimlichen. Gottesknecht änderte Wolzows Sehrgut in Nichtgenügend.

Am 11. Januar beging Holt seinen siebzehnten Geburtstag. Die Hamburger Verwandten schickten ein Zigarettenpäckchen, die Mutter eine Karte mit flüchtig hingeworfenen Zeilen: »Herzlichen Glückwunsch zum neuen Lebensjahr«. Holt schnob verächtlich durch die Nase. »Das ist typisch«, sagte er zu Gomulka. »Anderthalb Zeilen!« Er brannte sich eine Zigarette an, »Dehli« hieß die Sorte, und betrachtete nachdenklich die grüne Schachtel. »Tja, Sepp ... Die sogenannten Blutsbande sind eigentlich recht dünn. Da gibt's fremde Menschen, die einem viel näher stehen!«

Das Zigarettenpäckchen war schon am zehnten in Holts Hände gelangt. Pünktlich am elften brachte die Post ein winziges Päckchen von Uta. Das überraschte Holt. Er konnte sich nicht erinnern, ihr jemals sein Geburtsdatum genannt zu haben. Aus der Verpackung löste sich ein kleines, in Seide gebundenes Büchlein, Gedichte von Friedrich Hölderlin. Er überflog den beiliegenden Brief. Ihre Freundin Helga Wiese, so schrieb sie, habe diese Gabe »dürftig« genannt, denn ein Rollschinken, gut geräuchert, finde bei den Kriegern weit mehr Sympathie als ein Bändchen Gedichte. Aber sie kenne ihn als eine poetische Natur, die geistige Genüsse vorziehe. Holt lachte. Aber er verstummte beschämt, als er weiterlas. Einiges aus diesem Buche gehöre zu ihren Lieblingsgedichten. Auch sei das Bändchen nicht ganz ohne Egoismus ausgewählt. »Vielleicht denkst Du bei manchem Vers an mich.« Er blätterte wahllos in den Seiten. »Ist nicht heilig mein Herz, schöneren Lebens voll, seit ich liebe?«

Gomulka saß dabei und beobachtete Holt unverwandt. Dann stand er auf und ging aus der Stube. Eine Welle eisiger Kälte fuhr hinter ihm zur Tür herein. Holt fröstelte.

Aber am späten Nachmittag, als Frau Ziesche anrief, gratulierte und fragte, ob es dabei bliebe, sie gedenke es ihm riesig gemütlich zu machen, da lief er doch zur Schreibstube. Gottesknecht gab ihm die Erlaubnis, am Abend in die Stadt zu gehen. Doch kaum war die Dunkelheit hereingebrochen, klingelte die Alarmglocke, und Holt saß bis zum Morgen am Geschütz.

Wieder einmal suchten die Bomber Ausweichziele. Etwa hundert Viermotorige schütteten ihre Last über Bottrop aus, und dann fielen auch auf das nördliche Essen Bomben, vorwiegend Luftminen und Brandbomben, und das Rot des Feuers schlug zum frostblauen Nachthimmel empor. Wolzow kletterte auf die Erdumwallung des Geschützstandes und starrte in das brennende Häusermeer. »Verdammt, dort beklagt sich jetzt keiner mehr, daß ihm zu kalt ist!« Man lachte, ein grimmiges, kurzes Lallen. Einer der Flakwehrmänner hielt in der Arbeit inne. »Rotzjunge! Deine Leute sind ja nicht drin in den Flammen!« Wolzow sprang in den Geschützstand, aber Holt faßte ihn am Arm. »Gilbert, gib Ruhe!«

Drei Tage später hatte Frau Ziesche Geburtstag. Zu seinem Kummer fand Holt die Wohnung voller Schauspieler und Ballettmädchen. Er war verärgert. Frau Ziesche setzte sich für zehn Minuten zu ihm und redete beruhigend auf ihn ein. »Ich kann's nicht ändern. Rausschmeißen geht nicht. Laß nur, ich finde schon eine Möglichkeit, daß wir wieder ein paar Tage für uns haben.« Er trank vor Ärger viel französischen Rotwein, von dem Frau Ziesche einen unerschöpflichen Vorrat zu besitzen schien, auch holte er sie absichtlich nicht zum Tanz und tobte mit den beschwipsten Choristinnen herum, lustlos und immer mehr mit sich uneins. Er fühlte sich fremd zwischen diesen Menschen, und auch Frau Ziesche war fern und fremd. Unvermittelt brach er auf. Er verabschiedete sich flüchtig. Sie flüsterte ihm ungehalten zu: »Warte doch! Bei Voralarm werf ich alle raus!«

– »Ich muß in die Stellung«, sagte er trotzig. Sie sah ihm mit hochgezogenen Brauen nach. Voller Genugtuung glaubte er, sie gekränkt zu haben.

Auf dem dunklen Korridor überraschte er einen schnurrbärtigen Mann, der sich mit einem Chormädchen herumdrückte. Holt zog sich den Mantel an. Der Schnurrbärtige sagte weinselig: »Schon gehen, Kamerad?« – »Ich bin nicht Ihr Kamerad«, sagte

Holt verächtlich. Der andere, in Zivil, sang: »Heute rot ... morgen tot ... Unser ›Großdeutschland‹ ... Sie haben ihn doch auch gekannt, der Panzergrenadier ... gefallen!« Holt warf die Vorsaaltür hinter sich ins Schloß. Fast zwei Wochen lang hörte er nichts von Frau Ziesche, dann rief er doch wieder bei ihr an.

Die Frostperiode dauerte bis Ende Februar. Die Feuerung wurde knapp, und sie froren auch in den Baracken. Wolzow riß in der Laubenkolonie heimlich ein Dach ab und stopfte Bretter und Teerpappe in den Ofen. »Diese Banditen!« schrie der Hauptmann, bei dem man sich beschwerte. »Verheizen die Lauben, wo Ausgebombte drin wohnen! Natürlich der Wolzow! Ich sperr Sie beim nächsten Dachschaden ein!« Aber diese Drohung nahm keiner mehr ernst, denn zwischen Kutschera und Wolzow herrschte seit langem das beste Einvernehmen.

Ende Februar verwandelte beginnendes Tauwetter die Batteriestellung in einen grundlosen Morast. Dann folgten sonnige, frühlingshafte Tage. Nun saßen die Jungen Tag und Nacht am Geschütz. Die Briten flogen des Nachts ihre Flächenangriffe gegen die Großstädte, und am Tage zogen die amerikanischen Bomber zu Hunderten über den blauen Himmel. Von Jagdgeschwadern begleitet, flogen sie ihre Angriffe auf Städte, Industriewerke und Verkehrsknotenpunkte. Im Jahre dreiundvierzig hatten die Nachtangriffe überwogen. Das änderte sich nun.

Die Batterie hatte viermal am Tag Gefechtsschaltung, und immer wieder war das Ruhrgebiet selbst Angriffsziel. Der Munitionsverbrauch stieg, das Patronenschleppen verdrängte mehr und mehr den Schulunterricht. Am Tag zogen sich die Luftkämpfe von der holländischen Grenze bis weit nach Osten hin. Täglich stürzten Maschinen ab, Viermotorige, Mustangs, Focke-Wulf-, Messerschmittjäger. Aber die Bomber zogen unbeirrt ihre Bahn.

Holt lag auf seinem Bett, die Brust schmerzte, sie waren am Vormittag wieder geimpft worden, gegen Typhus oder Diphtherie, niemand wußte es genau. Wolzow las. Vetter spielte Skat, mit Kirsch und Zemtzki.

»Da sind wieder sieben Maschinen runtergekommen«, piepste

Zemtzki, »mit der Zeit müssen die das doch merken!« Er hörte die Meldungen der Untergruppe. Manchmal stürzten im Abschnitt zehn, auch zwölf Maschinen an einem Tage ab. Gomulka sagte sachlich: »Unsere Abwehr vernichtet etwa fünf vom Hundert der eingeflogenen Feindmaschinen, das ist praktisch bedeutungslos.« Ziesche rief von seinem Bett her: »Der Gomulka mit seiner jüdischen Zahlenakrobatik will wieder mal Wehrkraftzersetzung treiben!« Vetter drohte: »Paß auf, wenn wir mal *deine* Wehrkraft zersetzen, mit 'm Knüppel!« Die Alarmglocke trieb sie aus der Stube. Am Geschütz, als er sich den Stahlhelm auf den Kopf stülpte, überlegte Holt: Wo hat Sepp diese Zahl her? Wolzow erzählte von den Fronten. »Ihr könnt euch nicht vorstellen, was im Osten los ist! Ich hab ein paar Kommentare gelesen, im Wehrmachtbericht steht ja nichts drin. Zwischen Süd- und Mittelabschnitt haben die Russen einen dreihundert Kilometer breiten Keil getrieben! Schitomir ist hin. Kirowgrad ist hin, Kriwoi Rog ist hin.« – »Aber der Führer«, rief Ziesche, wie immer über Wolzows Sachlichkeit erbittert, »hat am 9. November ausdrücklich gesagt: ›Was ist das schon, wenn wir, durch die Kriegsnotwendigkeit gezwungen, einmal einige hundert Kilometer aufgeben müssen ...‹« – »Durch Kriegsnotwendigkeiten? Durch die *Russen* gezwungen«, sagte Wolzow, »immer noch durch die Russen! ... Ach, halt's Maul«, fuhr er Ziesche an, »einem Eierkopf wie dir muß das der Führer 'n bißchen sanfter beibringen. Die militärische Wahrheit ist nur für Männer wie mich.«

Er hatte sich Landkarten aller Kriegsschauplätze besorgt, stand nun fast täglich, über die Karte gebeugt, am Tisch und verfolgte den Frontverlauf. Ziesche beobachtete es mit dem ewig gleichen mißtrauischen Gesicht.

Die Oberhelfer vom Jahrgang sechsundzwanzig aus Hamburg und den umliegenden Ruhrstädten standen vor der Einberufung zum Arbeitsdienst. Schon Mitte Februar hatte sich Unteroffizier Engel mit drei Obergefreiten auf den Weg gemacht, um irgendwo im Osten Ersatz auszubilden, Schüler vom Jahrgang 1928.

Seit Wolzows »schlagartiger Aktion« war die Fehde zwischen

Wolzow und den Hamburgern erloschen. Aber nun warnte der treue Schmiedling: »Eh die aus Hamburg, net wahr, dös is sicher, weil die bevor sie zum RAD gehn, da wolln s' Ihnen noch a Abreibung verpassen!« Wolzow spottete nur.

Am 15. März sollten die Oberhelfer entlassen werden. Am 20. wurde der Ersatz erwartet. Am 12. März zog die Untergruppe die 107. Batterie für eine Woche aus dem Einsatz. Vier Geschütze mußten überholt werden, darunter auch Anton. Sie rissen den Geschützstand auf, und eine schwere Zugmaschine zog die Kanone über den Acker. Wolzow, Holt und Vetter fuhren mit in die Werkstatt. Vetter war in dem halben Jahr wesentlich schlanker geworden. An den Jungen zehrte die Schlaflosigkeit.

In der Waffenwerkstatt entdeckte Wolzow sogleich eine Kanone. »Kommt her! Die 8,8/41 ... Mit Erdzieleinrichtung!« Er erklärte Holt und Vetter die Richtoptik. Ein Flaksoldat, zu dessen Batterie die Kanone gehörte, unterstützte ihn. Wer weiß, wozu 's gut ist, dachte Holt ...

Während der folgenden Tage, da die Batterie nicht feuerbereit war, wollten die Luftwaffenhelfer einmal ausgiebig schlafen. Aber Kutschera erinnerte sich plötzlich daran, daß die Disziplin nachgelassen habe, und verfügte Fußdienst. Am Abend heizten sie den Ofen, daß er glühte, und fielen nach dem Stubendurchgang todmüde in die Betten.

Da stürzte Zemtzki ins Zimmer: »Die Hamburger kommen! Noch andere! Dreißig Mann!« – »Dreck, verdammter«, rief Wolzow, »los, Männer, raus!« Er übernahm das Kommando und packte erst einmal Ziesche. »Wenn du nicht Neutralität schwörst, sperr ich dich in meinen Spind!« Widerstrebend gab Ziesche sein Ehrenwort, zog sich aber auch an.

Wolzow organisierte die Verteidigung. Sein Plan, die anrückenden Oberhelfer auf freiem Felde anzufallen, fand keine Unterstützung, obwohl er ihn, in seinem Taschenbuch blätternd, mit klassischen Beispielen untermauerte. Das Malheur mit dem Ofen war nicht mehr rückgängig zu machen. Holt hatte einen Eimer Kohle hineingestopft. Das Feuer raste. Das Rohr glühte bis unter die Decke. Zemtzki berichtete: »Sie haben beim

Waffenmeister Tränengaspatronen geklaut!« – »Gasmasken«, befahl Wolzow, »Stahlhelme!« Gomulka hatte sich aus dem Weihnachtsurlaub sein Luftgewehr mitgebracht, knetete Kügelchen aus Kommißbrot und schoß eines probeweise gegen Wolzows Hand. »Ganz schön«, meinte Wolzow, »immer schön in die Fresse, Sepp, dann ist es richtig!« Er verwarf die Klopfpeitschen. »Heute müssen stabilere Sachen her!« Eilig demolierten sie den Lattenrost vor der Baracke. Ein Kasten »Fanta« wurde bereitgestellt; »Fanta« war eine Art Limonade, mit Coffein versetzt. Gomulka kippte den Tisch auf die hohe Kante und verschanzte sich dahinter mit dem Luftgewehr.

Wolzow und Holt warteten vor der Barackentür. Sie standen in der kühlen Nacht. Holt sagte: »Wie Hagen und Volker im Nibelungenlied.« – »Wirst mal sehen, wie ich die Brüder dresche!« sagte Wolzow.

Gegen elf zogen sie im Gänsemarsch den Lattenrost entlang. Holt gab Alarm, Wolzow wartete im dunklen Korridor. Als die Hamburger die Tür aufzogen, trat er dem ersten in den Leib, daß er im Fallen zwei andere mitriß. Da die Überraschung mißlungen war, wagte sich keiner als erster an Wolzow heran. Aber ein Bombardement mit Steinen und Lehmklumpen zwang ihn zum Rückzug in die Stube. Er rammte von innen ein Brett unter die Klinke. Der Korridor füllte sich mit Menschen. Vor den Fenstern hörte man Getuschel. Ziesche saß nervös auf seinem Bett.

Eine Weile blieb alles ruhig. Dann keilten die Hamburger mit einer Spitzhacke die obere Türecke auf, einen Spalt nur, aber doch weit genug, daß Gomulka rasch den Gewehrlauf hindurchstecken und abdrücken konnte. »Aaa!« machte es, und der Spalt klappte wieder zu. »Herrlich, Sepp!« Günsche brüllte draußen wütend: »Noch ein Schuß mit dem Luftgewehr, und wir dreschen euch reif fürs Revier!« – »Abwarten!« rief Wolzow. Holt dachte: Es sind zu viele, es muß schiefgehen!

Zemtzki drückte sich an Wolzow heran. »Gilbert ... Sie haben dich feige genannt!« hetzte er. »Einen Feigling!« Er grinste listig.

Abermals keilten die Oberhelfer die Tür auf. Gomulkas Schuß ging diesmal fehl, und eine Tränengaspatrone zerklirrte im Zimmer, eine zweite ... Sie zogen schon die Gasmasken über die Gesichter. Die Hamburger waren enttäuscht und berieten lange. Wolzow war nun endlich in Wut geraten, zertrat einen Schemel und nahm in jede Hand ein Stuhlbein.

Schritte polterten auf dem Barackendach. »Verflucht, der Ofen!« rief Gomulka. Die Hamburger kippten Wasser aus dem Löschfaß in den Kamin und legten ein Brett auf den Schornstein. Sogleich begann der überheizte Ofen zu qualmen. Die Stube füllte sich mit Rauch. Sie hielten es unter den Masken eine Weile aus, dann wurde der Sauerstoff knapp. Holt hörte es in den Ohren rauschen, irgendwer, im Rauch nur undeutlich zu erkennen, taumelte schon, Holt und Wolzow rissen die Fenster auf, rissen die Helme, die Gasmasken herunter und atmeten.

Nun wurden die Fenster gestürmt, aber sie waren gut zu verteidigen. Wolzow und Vetter schlugen mit den Latten drauflos, dazwischen patschte Gomulkas Luftgewehr. Zu spät erkannten sie, daß der Angriff auf die Fenster nur fingiert war. In ihrem Rücken barst das Türschloß, und die Oberhelfer drangen in die Stube.

Ein paar wurden sofort niedergeschlagen und krochen stöhnend wieder auf den Korridor hinaus. Wolzow hieb, in jeder Hand ein Stuhlbein, wie ein Verrückter um sich. Dann fiel er, ein Klumpen Oberhelfer warf sich auf ihn. Holt erhielt mehrere Schläge ins Gesicht und auf den Kopf und war nur noch halb bei Bewußtsein. Er sah Gomulka mit dem Gewehrkolben um sich stoßen, sah, wie ihn ein Knüppelhieb ins Gesicht traf und zu Boden warf. Vor seinem Auge schwamm das breite Gesicht Ziesches. Hassenswürdig ... ein Schwein, brutaler Kerl ... Gewaltverbrecher! Holt schlug sich durch das Gewühl zu Ziesche durch. Er sah Wolzow auf dem Boden mit vier oder fünf Gegnern ringen, die auf ihn losdroschen und sich dabei gegenseitig behinderten, sah Vetter mit blutverschmiertem Gesicht »Fanta«-Flaschen durch den Raum werfen und taumelte weiter, auf Ziesche zu, stolperte über Wolzows Beine und riß den Tisch um, der noch immer auf der Kante stand, und die schwere Platte schlug auf das ringende Menschenbündel. Wolzow, der zuunterst gelegen hatte, kam frei und kroch unter der Tischplatte hervor. Holt sah das nur noch wie im Nebel. Er warf sich auf den überraschten Ziesche, der in der Ecke bei den Betten kauerte, und packte ihn mit beiden Händen am Hals. Endlich! Sie fielen zu Boden. Ziesche röchelte. Du Aas, Gewaltverbrecher! Da traf Holt ein Schlag auf den Kopf. Er ließ los. Die Stimme des Hauptmanns dröhnte: »Diese Banditen rotten sich gegenseitig aus, wo gibt's denn so was!«

Holt betastete seinen geschwollenen, schmerzenden Kopf. In der Tür stand Kutschera, barhäuptig, und draußen, vor dem Fenster, Gottesknecht. Überall saßen und kauerten Gestalten am Boden und hielten sich die Köpfe. Der Sanitäter verband ein blutiges Auge. Wolzow, so gut wie unversehrt, stand vor dem Hauptmann, noch immer ein Stuhlbein in der Hand, und er maulte: »Wir sind mit Übermacht angegriffen worden!« Kutschera brüllte: »Und der Kerl, der das eingebrockt hat, der hat am wenigsten abgekriegt! Sie meinen wohl, Sie können sich bei mir alles erlauben!«

Die Bilanz: Sieben Luftwaffenhelfer waren so sehr verletzt, daß sie ins Revier mußten, Vetter, Gomulka und fünf Oberhelfer und dazu ein Flakwehrmann aus der großen Stube, der nichtsahnend ins Getümmel geraten war. Vetter hatte ein gebrochenes Nasenbein, und Gomulka stand hilflos grinsend mit dick verschwollenem Mund, ein Schneidezahn fehlte, das machte sein Gesicht fremd und sein Grinsen zur Grimasse. Sein Kopf war blutverklebt. Hinter dem Ohr klaffte eine große Platzwunde.

Kutschera verschwand fluchend. Gottesknecht sagte leise: »Genauso hab ich das kommen sehen!« Holt, mit einem unbeherrschbaren Schluchzen, stammelte: »So ein Wahnsinn! So ein himmelschreiender Wahnsinn!« – »Eine verschworene Gemeinschaft sollten wir sein!« sagte Ziesche von seinem Bett her. Holt sprang schon wieder zu ihm hin. »Noch einen Ton, du verlogener Hund …« – »Schluß«, sagte Wolzow. »Laß den Ziesche in Ruh! Wenn er nicht das Maul hält, bekommt er von mir einen Klaps!« Holt kam ein nervöses Lachen an. Einen Klaps, dachte er, einen Klaps …

Mit vier Stunden Fußdienst war die Sache für Kutschera abgetan. Die Oberhelfer wurden zwei Tage vor der Zeit entlassen; das hatte Gottesknecht durchgesetzt, weil er einen Rachefeldzug Wolzows befürchtete.

Holt besuchte Gomulka im Revier. Gomulka lag mit dick verbundenem Kopf in den Kissen. Die Wunde war ohne Betäubung genäht worden. »Eine Schinderei«, meinte er. »Was gibt's in der Batterie? Ich hab hin und her überlegt, warum wir uns eigentlich so blödsinnig gedroschen haben. Es ist Krampf.«

»Aus Prinzip«, sagte Holt. »Nur aus Prinzip. Bei Fontane hat einer überhaupt keine Lust zum Duell und weiß ganz genau, daß es Unfug ist, aber er schießt sich mit dem Freund seiner Frau, aus Prinzip, und schießt ihn tot, aus Prinzip.«

Gomulka drehte den Kopf ein wenig zur Seite. »Wenn aus Prinzip etwas Sinnloses geschieht, dann ist das Prinzip falsch!« – »Es hat keinen Zweck, viel darüber nachzudenken«, sagte Holt. »Das Gesetz des Handelns ist uns klar vorgeschrieben!« Gomulka mochte wohl müde sein, denn er sagte nichts mehr. Holt fuhr zu Frau Ziesche.

Sie sagte: »Lieber Himmel, wie siehst du aus!« Er erzählte von der Schlägerei. »Ich hätte den Ziesche beinah erwürgt!« Sie strich ihm mit der Hand übers Haar und meinte: »Beruhige dich. Willst du Tee?« Die Berührung ihrer Hand machte ihn matt und willenlos. Bei ihr wird alles Schwere leicht, dachte er. Sie schenkte Tee ein und erzählte Nichtigkeiten. Es war gemütlich und warm, ihm graute vor der Rückkehr in die Batterie. Er entschloß sich, über Nacht hierzubleiben, obwohl Gottesknecht das nicht decken würde. Aber auch das war gleichgültig. »Ich hab frei bis morgen früh«, log er.

Sie sagte entschlossen: »Werner, du kannst heute nicht bleiben.« Er sah sie zunächst nur verwundert an. »Du mußt das einsehen«, bat sie. »Ziesche kommt auf Urlaub, ich erwarte ihn jeden Tag.«

Er begriff nur langsam, daß nicht der junge Ziesche, sondern sein Vater gemeint war, dieser dicke, brutale Mann. »Was denn ...«, sagte er schwerfällig, »und ich?«

»Sei friedlich. Er bleibt ja nur ein paar Tage.«

Nur ein paar Tage ... So ist das also, wenn der Ehemann kommt, wird der Liebhaber abserviert ... Nun fiel ihm ein, daß der alte Ziesche mit seiner Frau ... Sein Verstand trübte sich vor Eifersucht und Ekel. Er packte Frau Ziesche am Handgelenk, derb, außer sich vor Wut. »Wenn du dich von ihm anrühren läßt ...«

Sie erschrak, doch unter dem Griff seiner Hand wurde ihr Gesicht weich, die Lider senkten sich über die Augen. Sie raffte sich auf und sagte: »Was erlaubst du dir!«

Ach so! Er ließ sie los, sein Kopf schmerzte wieder, er war müde. Er nahm seinen Mantel von der Sessellehne und setzte die Mütze auf. Sie beobachtete ihn gleichmütig. Seine Energie war schon verpufft. Er wartete auf ein Wort. Aber sie schwieg. Als er die Treppen hinabstieg, überfiel ihn Verzweiflung: Jetzt bin ich ganz allein! Er hatte keinen Stolz mehr, kehrte um und klingelte. Sie ließ sich Zeit, bis sie öffnete. Er stand vor der Tür, die Mütze in der Hand, sie zog ihn in den Flur, sie strich ihm ein paar Haare aus der Stirn und lächelte. »Dummer Kerl! Ruf mich an, wenn du Ausgang hast.« Er stand unbeweglich vor ihr. »Du darfst ...« – »Wofür hältst du mich!« sagte sie. »Eine Frau hat ihre Möglichkeiten!«

Die Geschütze wurden aus der Werkstatt zurückgebracht, es gab Arbeit über Arbeit. Anton hatte ein neues Rohr erhalten. Die gesamte Munition wurde gegen Patronen mit neuartigen Granaten ausgetauscht. Tags darauf kehrte Gomulka aus dem Revier zurück. Ein Befehl der Untergruppe ernannte Holt und seine Klassenkameraden zu Luftwaffenoberhelfern. Gomulka, ein Pflaster am Hinterkopf, sagte: »Jetzt helfen wir nicht mehr, jetzt oberhelfen wir.«

Am Nachmittag langte der Ersatz in der Batterie an, Schüler vom Jahrgang achtundzwanzig, aus Schlesien. Holt, Wolzow, Vetter und Gomulka standen bei der Schreibstube und sahen zu, wie die Neuen von den Lastwagen kletterten und an der Kammerbaracke vorbeidefilierten. »So sind wir auch mal angekommen«, meinte Gomulka. Holt nickte. Es war ewig her. »Leute, es ist geschafft!« krähte Vetter. »Jetzt sind wir die Alten!«

Die Batterie trat auf dem Fahrweg an und wurde eingeteilt. Die neuernannten Oberhelfer von der Geschützstaffel wurden als Geschützführer und Richtkanoniere auf alle sechs Geschütze verteilt. Mit Mühe konnte Schmiedling Wolzow, Holt, Gomulka und Vetter bei Anton behalten. Kutschera, barhäuptig wie immer, von seinem Hund gefolgt, trat vor die Front. »Mal herhörn!« Diesmal sagte er kein Wort von Selbsterziehung. Gomulka bemerkte dazu auf der Stube: »Es hat ihm schon lange nicht mehr gepaßt. Aber er konnte sein Prinzip nicht widerrufen.« – »Selbsterziehung eines Hauptmanns«, spottete Holt.

Die Batterie war wieder feuerbereit. Gegen Mitternacht zog Wolzow noch einmal den Wischer durch das neue Rohr. Sei es, daß die Neuen am Funkmeßgerät noch unsicher waren, daß sie Angst hatten oder sich von der üblichen Düppel-Störung verwirren liefen, das Schießen klappte in dieser Nacht schlecht. Die Batterie schoß nach Süden, die Bomber brummten im Norden vorbei. Wolzow fluchte, denn aus dem neuen Rohr floß brennendes Öl und versengte ihm den Ladehandschuh. In den Feuerpausen hörten sie, fern beim Funkmeßgerät, Kutschera toben.

Den Bestand der Batterie bildeten zu zwei Dritteln die Neuen vom Jahrgang achtundzwanzig. Außer den sechsundzwanzig Oberhelfern aus Holts Klasse waren nur fünf der alten Oberhelfer hiergeblieben, Dusenböker und Hörschelmann, die beiden Entfernungsmesser aus Hamburg, und Ziesche mit zwei seiner Klassenkameraden aus Essen. Die beiden Hamburger fanden sich abends bei Wolzow in der Stube ein, brachten Zigaretten und Schnaps mit und hörten sich eine Weile geduldig Wolzows Hohnreden an. Dann feierte man Versöhnung. Günsche war ganz allein an allem schuld gewesen!

9

In den nächsten Wochen ließ Kutschera täglich Batterieexerzieren auf den Dienstplan setzen. Er schickte die Lehrer weg: »Latein? Schießen ist wichtiger!« Die Briten flogen jede Nacht, die Amerikaner jeden Tag nach Deutschland hinein; im April steigerte sich die Angriffstätigkeit noch mehr und nahm nicht wieder ab. Das ständige Batterieexerzieren nahm den Jungen die letzte freie Zeit. Schmiedling aber sagte: »Dös is a Zeichen für a Bsüchtgung is dös!« Tatsächlich kündigte Ende April der Untergruppenkommandeur seinen Besuch an. Der Termin wurde immer wieder verschoben, und erst im Mai rollte die Autokolonne in die Batterie.

Der Major zog einen Kometenschweif von Hauptleuten und Leutnants hinter sich her, verschwand erst einmal in der Chefunterkunft und ließ die angetretene Batterie warten. »Die saufen jetzt einen prima Begrüßungsschnaps«, erklärte Vetter ungeniert laut. – »Ruhe im Glied!« schnauzte irgendwer. Dann nahte Major Behling mit seinem Gefolge, und als die Melderei begann, rollte hupend eine neue Wagenkolonne ins Batteriegelände. Gomulka murmelte im Stillgestanden: »Ach, du ahnst es nicht!« Denn einer großen Limousine entstieg der General der Flakartillerie Bergmann, in Begleitung eines Obersten und mehrerer Oberstleutnants und Majore. Kutschera zog sein Pferdegesicht in die Breite; so schlecht er beim Untergruppenkommandeur angeschrieben war, so sehr beliebt war er beim General. Er stellte sich an den rechten Flügel seiner Batterie.

Der General scheute sich nicht, die Erkennungsmarken vorzeigen zu lassen und dann die Sohlen der Schuhe zu besichtigen. Dann wünschte er ein gefechtsmäßiges Batterie-Exerzieren. Es war ein klarer, warmer Tag. Als Zielmaschine flog eine Heinkel He 111. Die B 2 war so sehr mit Offizieren vollgestopft, daß die Luftwaffenhelfer kaum die Geräte bewegen konnten. Der General wünschte Kutschera als taktisch, den Wachtmeister als technisch Schießenden zu sehen. Ehe die Befehle die Wendeltreppe des Instanzenweges vom General bis zum Hauptmann herabgestiegen waren, hatte sie die Meßstaffel schon ausgeführt. »Ich sehe«, sagte der General zufrieden, »Sie haben Ihre Batterie tadellos in Schwung!« Nach zehn Minuten Exerzieren war es soweit: »Gefechtsschaltung!« Gottesknecht ließ das Müo auslegen, die Heinkel überflog die Batterie und brummte zum nächsten Flughafen.

Der General verabschiedete sich eilig. Zurück blieb der Major. Er übernahm das Kommando über die Untergruppe und schickte seinen Adjutanten an die Ringleitung. Zehn Minuten später meldete die Luftlage starke Kampfverbände mit Jagdschutz über Holland im Anflug auf die Reichsgrenze. Zugleich hieß es: Im Raum Köln–Essen noch vereinzelte eigene Transport- und Schulmaschinen. Als Feuerbereitschaft befohlen wurde, nahm Kutschera den Helm ab, zog sich Mantel und Waffenrock aus und ließ sich den Fahrermantel aus seiner Baracke bringen. Er hatte die Augen überall. »Los, dalli, das Müo einziehen!« Der Major sagte: »Da sind doch noch eigene Maschinen oben, Hauptmann, da können Sie doch nicht das Müo wegnehmen!« Kutschera wandte das Gesicht dem Major zu und kniff die Augen zusammen. »Es ist Vorschrift, Herr Major! Wir haben Feuerbereitschaft. In ein paar Minuten sind die Bomber hier!«

Auf der B 2 herrschte Verwirrung, ob Kutscheras Befehl auszuführen sei oder nicht. Der Major sagte, gereizt über den Widerspruch: »Lassen Sie das Müo noch liegen, so geht das ja auch nicht, wie Sie das handhaben!« Kutschera kratzte sich nachdenklich den Kopf, als gebe es keinen Major auf der B 2, aber er widersprach nicht länger. »Man kann sich doch nicht wörtlich an die Vorschriften halten«, sagte der Major noch. Das Müo blieb liegen, ein zehn mal zehn Meter großes Quadrat aus leuchtend weißen Tüchern, mit einem Kreuz darin, aus einer Höhe von zehn-, auch zwölftausend Metern gut zu sehen, eine Zielscheibe mitten in der Feuerstellung, und nach ein paar Minuten dachte kein Mensch mehr daran.

Im Nordwesten flog der erste Pulk in den Batteriebereich, fünftausend Meter hoch, und Kutscheras »Feuer frei!« fand beim Kommandeur keinen Widerspruch. Die Batterie schoß Gruppenfeuer mit vier Geschützen, sie schoß sehr genau, so daß der Major, das Fernglas an den Augen, »großartig!« rief. Pulk auf Pulk zog in südöstlicher Richtung an ihnen vorbei. Die Batterie schoß gleichmäßig und ohne Nervosität. Dann änderte ein Verband von sechzehn Boeing Fortress II nach den ersten Gruppen die Flugrichtung. »Neuer Zielweg!« rief Gottesknecht, und sofort: »Direkter Anflug!« Da fiel ihnen allen wieder das Müo ein, aber da war es längst zu spät.

Die Abschüsse schmetterten. Die Leute am Kommando-Hilfsgerät und am Entfernungsmesser duckten sich und lasen mit verzerrten Gesichtern die Richtwerte ab, bis sie in der Optik die Bomber ihre Last ausklinken sahen: da warf sich vom Major bis zum Luftwaffenhelfer alles in die Deckung der Brustwehr, nur Gottesknecht drückte zusammengekrümmt die Feuerglocke, und Kutschera stand barhäuptig und tobte: »Wollt ihr wohl das Müo einziehen, ihr Banditen!« Das Schießen setzte aus, nur zwei Geschütze feuerten in rascher Folge sinnlose Schüsse in den Himmel.

Auf einmal war Zemtzki da, der kleine Zemtzki, er kam wohl aus dem Keller, hatte einen hochroten Kopf und stocherte mit dem Zeigefinger in der Luft herum wie in der Schule: »Ich … ich … Herr Hauptmann!« Dann lief er wie ein Wiesel über den Acker und raffte die Tücher zusammen. Aber da war das entnervende Geräusch der Bombermotoren schon zugedeckt von einem hohlen Sausen, das anschwoll zu orkanartigem Rauschen. Die Erde bebte, die Geschütze schwankten und rissen an den Verankerungen, ein sekundenlanger Donnerschlag spaltete den Tag, und Rauchpilze und Erdfontänen wuchsen in eins zusammen und löschten die Sonne aus. Splitter jaulten über Geschützstände und B 2 hinweg. Dann war Schweigen. Und in das Schweigen hinein plauzten ein, zwei Geschütze Schuß auf Schuß, die anderen Kanonen fielen ein, das Feuerleitgerät arbeitete wieder, und wütend und unkonzentriert schoß die Batterie hinter dem abfliegenden Pulk her. Kein Geschütz war getroffen worden. Die B 2 sah etwas mitgenommen aus, aber auch dort war nichts passiert. Nur Zemtzki, Fritz Zemtzki, lag tot vor der Befehlsstelle.

Am Abend ging Holt durch die von Bombenkratern zerklüftete Stellung. In den Baracken waren die Scheiben zerklirrt, die Dächer beschädigt, überall wurde gebaut, gesägt und gehämmert. Ein Trupp Flaksoldaten von der Untergruppe legte neue Fernsprechleitungen.

Holt stand in der Baracke des Waffenmeisters, wo zwischen Werkzeugen und Ersatzteilen Zemtzki auf der Erde lag, Luftwaffenoberhelfer Fritz Zemtzki, mit einer Decke zugedeckt. Holts

Augen brannten. Das Entsetzen des Bombenteppichs war noch nicht verwunden. Lange stand er vor dem grauen Bündel. In einem Gefühl, das aus Angst und Neugier gemischt war, schlug er die Decke zurück. Da lag Zemtzki. Das Gesicht war unversehrt, war frech und jungenhaft wie je. Aber der halbe Brustkorb fehlte ... Das Herz schlug nicht mehr. Als es noch schlug, hatte der Tote, dieser Zemtzki, den alten Gruber veralbert: »Bitte schön, der Holt spinnt, er kann nichts dafür, er hatte Gehirnscharlach!« Er hatte mit Holt zusammen in den Bergen gehaust und sich einst ein Schweineschwänzchen als Trophäe an die Mütze gesteckt. Immer aber hatte er frech und ein bißchen tückisch aus seinen blauen Augen geschaut, und frech und unschuldsvoll war er zeitlebens gewesen. Jetzt war er tot.

Die Tür knarrte. Gomulka suchte Holt, trat ein und verzog den Mund wie im Ekel. Die Zahnlücke entstellte ihn und verwandelte jede Bewegung des Gesichts in ein Grinsen. Holt bückte sich und schlug die Decke über den Leichnam.

»Am 1. Juni wär er siebzehn geworden«, sagte Gomulka. »Ja«, sagte Holt, »das wär er. Beinahe.«

Im Geschützstand bei Anton setzte sich Holt auf einen Lafettenholm. Gomulka lehnte am Eingang des Mannschaftsbunkers. Sie rauchten. Gomulka sagte: »Vielleicht bin ich der nächste!« – »Oder ich«, sagte Holt.

Gomulka lispelte ein wenig durch die Zahnlücke. »Es ist mir von Tag zu Tag unheimlicher geworden, daß sie uns ungeschoren lassen. Mein Vetter ist in Darmstadt eingesetzt. Dort lagen Anfang des Jahres vierzehn schwere Batterien, zehn Heimatflakbatterien und vier aktive. In der Nähe ist ein Werk, wo sie Panzer bauen. Die Amerikaner wollten es mehrfach angreifen, aber die vierzehn Batterien haben so genau geschossen, mit dem Kommandogerät, daß die Pulks ihre Bomben nicht ins Ziel gebracht haben. Da sind sie zwei Wochen lang Angriffe gegen die Batterien geflogen. Sie haben Hunderte von Bomben auf jede Feuerstellung geworfen. Sie haben sämtliche Funkmeßgeräte zerschmissen, und von den vierzehn Batterien sind grad noch zwanzig Geschütze übriggeblieben. Jeder dritte Luftwaffenhelfer ist gefallen, jeder zweite verwundet. Das Werk ist obendrein kaputt. Es kommt ihnen nicht drauf an. In Kassel hat sie ein Anderthalb-Meter-Scheinwerfer gestört, mit dem die Batterien nachts optisch geschossen haben, da haben sie auf diesen einen Scheinwerfer mehr als dreihundert Zentner Sprengbomben geworfen. Ich sag dir: Wir kommen auch noch dran!«

»Sie werden uns zur Sau machen«, sagte Holt.

»Sie werden ganz Deutschland zur Sau machen«, sagte Gomulka. Dann schwiegen sie lange. Aber Gomulka fing wieder an: »Die Russen sind immer noch nicht zum Stehen gebracht. Odessa ist gefallen. Wenn das so weitergeht ...«

»Da muß ja nun wirklich bald was geschehen«, sagte Holt.

»Fragt sich bloß: was?«

»Ich weiß nicht«, sagte Holt. Von der B 2 brüllte jemand: »Leitungsprobe!« Gomulka hing sich die Geschützführerleitung um. Nachher sprachen sie von anderen Dingen.

Aber in den Stuben wurde die halbe Nacht gestritten, ob der Kommandeur am Tode Zemtzkis schuld sei. Ziesche protestierte erregt: »Das Führerprinzip duldet keine zersetzende Kritik. Ihr wollt verschworene Kämpfer sein? Derartige Bemerkungen über einen Führer sind einfach Wehrkraftzersetzung!« Auch Wolzow fuhr Gomulka an und schlug mit der flachen Hand auf den Tisch: »Schluß! Es ist Krieg, da kann es jeden erwischen.« Er breitete seine Karten aus.

Am anderen Morgen, nach schwerer nächtlicher Schießerei, erlebte die zum Appell angetretene Batterie eine Überraschung. Kutschera nahte in voller Uniform. »Heil Hitler, Batterie! Der Major war sehr zufrieden. Der Herr General gleichfalls. Die Division ist inzwischen mit der Prüfung der Unterlagen fertig geworden und hat festgestellt, daß von den vierunddreißig Abschüssen im Bereich seit September vier auf unsere Rechnung kommen. Ruhe im Glied! Die vier Abschüsse sind uns zugesprochen worden. Wenn ihr Farbe habt, ihr Säcke, könnt ihr die Ringe an die Rohre pinseln.« Die Unruhe war nicht mehr zu unterbinden. Kutschera stand einen Augenblick unschlüssig, dann schrie er: »Batterie ... stillstann! Wir gedenken des Kameraden Zemtzki, der für Führer und Vaterland gefallen ist. Rührt euch! ... Herhörn! Die Batterie hat in Hamburg schon mal schwere Verluste gehabt. Ein Toter ist nischt Neues! Der Zemtzki hat Mut gehabt, dafür hat ihm der Major das Ekazwoo verliehen. – Ruhe im Glied! Nun sag ich eins: Wenn das Gequatsche auf den Stuben nicht aufhört, von wegen dem Müo und so ... Ich greif mir die Meuterer raus und sperr sie ein! Krieg ohne Tote, wo gibt's denn so was!«

Vier Abschüsse! Zemtzki war vergessen. Wolzow zeigte sich aufgekratzt. »Noch zwei Abschüsse, dann gibt's das Flakschießabzeichen.« Holt ging mit Gomulka den Lattenrost entlang, er fühlte sich wie vor den Kopf geschlagen. »Sepp! Die vier Abschüsse, das ist bloß das schlechte Gewissen vom Major!« – »Schau dich um«, sagte Gomulka. »Gestern war alles deprimiert, und jetzt?«

Im Unterricht saß Holt zerstreut und unaufmerksam auf seinem Schemel. Schließlich ging er in die Stube hinüber und warf sich auf sein Bett. Wenn ich falle, wird tags darauf kein Mensch mehr an mich denken.

Gottesknecht riß die Tür auf. »Pfui! Sie schwänzen wieder!« sagte er. »Holen Sie den Gomulka raus!« Holt folgte. »Mitkommen! Sie beide haben den Zemtzki doch näher gekannt, helfen Sie mir mal, den Brief an seine Mutter zu schreiben.« In der Schreibstube sagte er zu Holt: »Übrigens hat eine Dame angerufen und gefragt, ob Ihnen was passiert ist. Hat sich rumgesprochen, daß wir Zunder bekommen haben. Ich hab gesagt, Sie sind wohlbehalten und der Ziesche auch.«

Sie war in Sorge um mich, dachte Holt freudig. Aber dann erschrak er: Und der Ziesche auch ... Wußte Gottesknecht? Holt schielte zur Seite. Der Wachtmeister schrieb eifrig und unbeteiligt, und nur Gomulka zog ein merkwürdiges Gesicht.

»Er war das einzige Kind«, sagte Gomulka. Auf dem Schreibtisch lag das Eiserne Kreuz mit dem roten Ordensband. Zemtzki hat nichts mehr davon, dachte Holt. Wenn ich das EK hätte ... Bei einem Luftwaffenhelfer würde es Aufsehen erregen!

Gottesknecht las vor: »... in treuer Pflichterfüllung ...«

War es seine Pflicht, dachte Holt, in den Bombenregen hinauszulaufen? Was mochte in ihm vorgegangen sein? Ob er sich auszeichnen wollte?

»Was schaun Sie denn so?« fragte Gottesknecht. »Die Sache mit dem Müo kann ich doch wirklich nicht schreiben!«

»Die werden das bestimmt erfahren«, meinte Holt.

»Jetzt ist Schluß!« tief der Wachtmeister. »Die Ketzerei steht Ihnen ja an der Stirn geschrieben! Holt, in diesem Krieg sind schon Millionen umgekommen, Soldaten, Frauen und Kinder, das wissen Sie, und es hat Sie bis gestern nicht gestört.«

»Herr Wachtmeister«, sagte Gomulka, »aber ich denke, es wäre ...« – »Halten Sie den Mund!« fuhr ihn Gottesknecht an. »Meinen Sie, ich unterhalte mich hier in der Schreibstube mit Ihnen über den Dunst, der Ihnen gestern vom Gehirn weggepustet worden ist?«

Holt sah Gottesknecht verständnislos an. Was soll denn das nun wieder bedeuten? Gottesknecht beugte sich über den Tisch. Er sagte leise: »Der Ziesche führt Tagebuch! Der Ziesche notiert jedes Wort, das ihr vor ihm sprecht! ›Wo hat G-Punkt die exakte Zahl der feindlichen Bomberverluste her ... Fragezeichen!‹ Rotwerden ist sinnlos, Gomulka! Air Marshal Harris' Flugblatt an das deutsche Volk, was? Ich bitte mir aus, daß ihr in Zukunft den Mund haltet. Macht mir keinen Kummer, ich hab's schwer genug, mich immer wieder zwischen euch und den Chef zu stellen. Habt ihr mich verstanden?«

Sie antworteten beide nicht.

Der Ziesche schreibt alles auf, dachte Holt erschrocken. Er überlegte fieberhaft, ob in seinen Gesprächen tatsächlich etwas zersetzend oder feindlich gewesen sei ... Gomulka sagte fast unhörbar: »Ich versteh, Herr Wachtmeister.« In diesem Augenblick trat die Nachrichtenhelferin in die Schreibstube. Gottesknecht sagte unbefangen: »Das genügt. Sie können wieder zum Unterricht gehn.«

Sie grüßten und verließen die Baracke. Holt war verwirrt. In diesem Krieg sind schon Millionen umgekommen ... und es hat Sie bis heute nicht gestört ... Sollte das ein Vorwurf sein? »Sepp, wie verstehst du das, was Gottesknecht gesagt hat? Was meint er mit ›Flugblatt an das deutsche Volk‹?«

»Mir ist das alles unklar«, sagte Gomulka.

»Früher hab ich gewußt, was los ist«, sagte Holt. »Seit ich bei diesem Haufen bin, ist es, als würde mir langsam der Boden unter den Füßen weggezogen.«

»Früher hast du gewußt, was los ist?« fragte Gomulka. »Wirklich?«

»Es ist … der innere Schweinehund«, erwiderte Holt. »Wir müssen stur werden. Alle Soldaten sind stur!«

Dieser Gedanke befriedigte ihn wenig. Schicksal, Gesetz des Handelns, fanatisch glauben, dachte er wieder; sind wir wirklich willenlos ausgeliefert, nur … Figuren im großen Spiel? Aber das Nachdenken und Grübeln, überlegte er, bringt nichts ein. Hart werden. Glauben. Sich fanatisch der Sache verschwören. Es geht nicht, daß mich ein paar Bomben aus dem Gleichgewicht bringen!

Was ist mit mir los? dachte er.

Gottesknecht ließ ihn bis zum Abend in die Stadt, »zum Zahnarzt«, wie der UvD ins Wachbuch schrieb. Holt setzte sich eine Viertelstunde in das Café in der Rotthausener Straße, wo die Urlauber aller Batterien mit ihren Mädchen zusammensaßen, er traf ein paar Bekannte. Der Bombenangriff auf die 107. Batterie war allgemeines Gesprächsthema. Die abgemagerten, unausgeschlafenen Jungen mit den übernächtigten Augen schimpften auf den Major. »Er soll ja als erster flachgelegen haben!« Holt sagte aggressiv: »So geht's ja auch nicht! Derartige Gerüchte sind Wehrkraftzersetzung!« Es waren Ziesches Worte. Holt ärgerte sich, ausgerechnet Ziesche nachgeäfft zu haben.

Er versuchte, Frau Ziesche anzurufen, aber das Leitungsnetz war durch die letzten Bombenabwürfe gestört. Schließlich bekam er auf einem Postamt Verbindung. »Warum kommst du nicht her? Ich war in Sorge um dich!« Ihre Worte stimmten ihn froh. Aber als er mit ihr zusammensaß, als sie das Radio anstellte, brachte der Wehrmachtbericht Nachrichten, die niederschmetternd auf ihn wirkten. Schlacht in Süditalien, Großangriffe auf Valmontone

... Sewastopol gefallen. »Nordamerikanische Jagdflugzeuge führten gestern Angriffe auf Ortschaften in Nord- und Mitteldeutschland ... Verluste ... Nächtliche Terrorangriffe auf Kiel und Dortmund ... Orte im rheinisch-westfälischen Raum ...« – »Das sind wir«, sagte er, »die Bomber werden immer frecher.«

Frau Ziesche hörte die Berichte ungerührt an und fragte, warum er den Kopf hängen lasse, er sei ja heute unleidlich! Er versuchte, ihr sein Herz auszuschütten, und erzählte von Zemtzkis sinnlosem Tod. Aber auch sie sagte: »Nimm dich zusammen! Denk an die Ostkämpfer, dagegen bist du in der Sommerfrische bei deiner Batterie!« Als er sich mißmutig verabschiedete, meinte sie versöhnlich: »Sieh zu, daß du dich mal richtig ausschläfst. Nimm doch nicht alles so tragisch!«

Früh zeitig flogen zwei Mosquitos in sehr schnellem Flug von Norden her über den wolkenlosen Himmel, zehntausend Meter hoch, zwei winzige Pünktchen, die kurze Kondensstreifen hinter sich herzogen. Sie flogen drei oder vier weite Kreise über den umliegenden Ruhrstädten. Fern grollten die Abschüsse einer 12,8 Zentimeter-Batterie. Wolzow starrte zum Himmel und schimpfte: »Jetzt photographieren sie die ganze Gegend! Brauchen wir uns zu wundern, wenn die Bomber sich so gut zurechtfinden?« Die beiden Mosquitos flogen nach Norden ab.

Etwa hundert Kriegsgefangene zogen in die Stellung, von einem halben Dutzend blutjunger SS-Leute bewacht. »Russen!« sagte Wolzow, als sie den Geschützstand verließen. »Was wollen die denn hier?«

Der stereotype Kram lateinischer Grammatik, von dem Holt längst kein Wort mehr verstand, war heute so langweilig, daß Holt sich hinausstahl und sich in der Stube aufs Bett legte. Durch das Fenster sah er ein Dutzend der Gefangenen nahe der Baracke Bombentrichter zuschaufeln. Er brannte sich eine Zigarette an, ging ins Freie und sah ihnen zu.

Die erdfarbenen Gestalten, die mühsam mit Schaufeln und Spaten die Erdschollen in den Krater warfen, erwiesen sich aus wenigen Metern Entfernung als kaum noch menschenähnliche, ausgemergelte und hohlwangige Wesen mit überdimensionalen Schädeln und eingefallenen Gesichtern, grau wie die Mäntel, die viel zu weit um die stakigen Körper schlotterten. Holt hielt die angerauchte Zigarette gedankenlos einem der Gefangenen hin, der sich erst nach allen Seiten umsah, auch zögernd seinen dunklen Blick auf Holt richtete, ehe er sie nahm, die Lunge voll Rauch sog und die Zigarette weiterreichte.

Holt empfand einen schmerzhaften Druck in der Brust. Mitleid ist Schwäche! sagte er zu sich selbst, aber er fischte doch die angebrochene Zigarettenpackung aus der Tasche. Er wollte sie den Gefangenen hinwerfen, doch dann ging er die paar Schritte über den Acker und drückte die Schachtel in eine rauhe Hand. Als er vor dem Gefangenen stand, sah er mit Erschütterung, daß die Tierhaftigkeit aller dieser Gestalten nichts anderes war als das letzte Stadium eines unvorstellbaren körperlichen Verfalls. Er wollte in seiner Verwirrung auch noch die Streichholzschachtel wegschenken. Da sagte der Gefangene mühsam, als bereite das Sprechen ihm Schmerzen: »Brot!«

Holt lief in die Stube zurück und riß seinen Spind auf. Sie hungern! dachte er. Im Essenfach lagen genug Lebensmittel. Butterkeks und Drops wurden seit Wochen täglich als Alarmzulage verteilt und häuften sich in den Spinden. Er verstaute alles in seinen Taschen und zog dann den Mantel über, denn offen durfte er die Lebensmittel nicht hinaustragen. Was er zu tun im Begriff war – darüber war Holt sich klar –, war verboten und galt als strafbar. Er zögerte und wurde unsicher. Dann schob er doch das Brot unter den Mantel und dachte: Mag es strafbar sein, mögen es … Untermenschen sein, ich würde auch keinen Hund verhungern lassen! Dann fiel ihm ein, daß es zehn, zwölf Männer waren. Er riß auch Gomulkas Spind auf. Sepp würde es billigen, dessen war er sicher. Eine halbe Dauerwurst, Brot, ein Würfel Kunsthonig, reichlich Keks … Er raffte alles zusammen. Dann sah er die halbe Flasche Korn stehen, die Gomulka für seinen Geburtstag aufsparte. Er nahm die Flasche an sich.

Ruhig verließ er die Stube, nicht gesonnen, sich erwischen zu lassen. Sorgsam sah er sich um. Außer den arbeitenden Gefangenen war niemand zu sehen. Wer weiß, wo sich der Posten herumdrückte! Die Fenster der großen Stube lagen auf der anderen Seite.

Er lief über das Feld. Die Gefangenen rissen das Brot in Stücke und versteckten es unter ihren Kleidern. Sie arbeiteten weiter. Einer nach dem anderen kletterte auf den Grund des Bombentrichters hinab und trank aus der Kornflasche. Holt ging in die Stube zurück und legte sich auf sein Bett. Er versuchte zu schlafen.

Später fing er Gomulka auf dem Korridor ab und zog ihn ins Freie. Gomulka blickte sich unwillkürlich um, als Holt erzählte. Dann sagte er: »Gut ... Ich bin einverstanden.« – »Ob es richtig ist?« fragte Holt. »Sie sind unsere Feinde.« – »Sie haben nicht angefangen«, sagte Gomulka.

In der Stube saß Wolzow auf einem Hocker und schnippelte mit dem Fahrtenmesser am Nagel seiner großen Zehe herum. Vetter und Rutscher saßen auf ihren Betten. Ziesche redete mit Schwung und Enthusiasmus, und die anderen hörten heute tatsächlich zu.

»Seht sie euch ruhig aus der Nähe an«, sagte Ziesche, als Holt und Gomulka in die Stube traten. »Das ist sehr lehrreich. Klarer kann der Beweis, daß es sich um einen rassisch ganz minderwertigen Typ handelt ...« – »Bei den Russen?« fragte Gomulka. – »Ja. Ihr braucht euch bloß mal die Gesichter anzusehen ...«

Gomulka unterbrach Ziesche schon wieder: »Die Russen sind als Slawen aber doch *Arier*«, sagte er.

»Wieso?« fragte Ziesche verblüfft. »Ach so! Arier?«

»Ja, natürlich«, sagte Gomulka. »Das mußt du doch wissen!«

»Sieh mal«, erwiderte Ziesche, während er seine Gedanken ordnete. »Auch unter den arischen Rassen, verstehst du ... Also die sind nicht einheitlich, nicht wahr! In Rußland, also da liegt die Sache klar, da ist das Element der Organisation seit je germanisch und nicht slawisch gewesen. Unter allen Ariern stehen die Germanen weitaus am höchsten, weil sie die nordische Rasse am reinsten verkörpern.« Erst jetzt merkte Holt, wie sehr Gomulka Ziesche aus dem Konzept gebracht hatte.

»Das sollte dir eigentlich alles klar sein ...«, sagte Ziesche aggressiv, »aber du mit deinem slawischen Namen bist überhaupt lasch und angekränkelt ...«

Wolzow hatte bisher zugehört, den nackten Fuß im Schoß, den Dolch in der Hand. »Was soll denn das heißen? Du denkst wohl, du bist allein ein guter Nationalsozialist?« – »Dein Name ist auch nicht arischer!« sagte Holt.

Vetter lachte meckernd. Ziesche lief puterrot an. Er wackelte mit dem Kopf. »Mein Name entstand durch Abschleifung aus einem rein germanischen! Aber auf den Namen kommt es nicht an, vielmehr ...« – »Schon gut«, sagte Gomulka. »Nur eins ist mir noch unklar: Selbst wenn die Slawen nicht so hochwertig sind wie die nordische Rasse, deswegen sind sie doch immer noch Arier! Kann man sie denn da als Untermenschen bezeichnen?«

Ziesche fühlte wieder sicheren Boden unter den Füßen. »In der Vergangenheit hättest du mit deinem Einwand recht gehabt, früher, als in Rußland noch die staatstragende germanische Oberschicht herrschte. Durch die Herrschaft des Bolschewismus ist das anders geworden. Der jüdische Bolschewismus hat die rassisch-völkische Grundlage der Slawen total zerstört. Natürlich ist der Bolschewismus reif zum Untergang, denn der Jude als Ferment der Dekomposition ...«

»Waaas?« machte Vetter.

»Na ja, so sagt der Führer! Als zerstörerische Kraft ... er kann das mächtige Reich nicht erhalten, und das Ende der Judenherrschaft wird zugleich auch das Ende Rußlands als Staat sein. Der Führer hat ganz klar gesagt, daß wir vom Schicksal ausersehen sind, Zeugen einer Katastrophe zu werden ...«

Zeugen einer Katastrophe zu werden, wiederholte Holt in Gedanken, und dieser Satz hakte sich in seinem Gehirn fest.

»... die die gewaltigste Bestätigung für die Richtigkeit der völkischen Rassentheorie ist.«

Gomulka sagte: »Na ja. Aber sieh dir mal die Frontlage im Osten an.«

Ziesche rief erregt: »Was da gegen unsere Front anrennt, das ist fanatisiertes Pack! Sie werfen die letzten Reserven in den Kampf, Greise und Kranke ...« Wolzow schnürte sich den Schuh zu und begann zu schimpfen: »Jetzt werde ich dir mal was sagen, du abgeschliffener Germane! Die Wehrmacht lasse ich auf gar keinen Fall beleidigen! Willst du etwa sagen, daß unsere Divisionen von Greisen und Kranken geschlagen worden sind?«

»Geschlagen ...«, protestierte Ziesche, aber Wolzow rief aufgebracht: »Natürlich, geschlagen! In Stalingrad vernichtet! Bei Radomysl und Brussilow geschlagen! Bei Kirowgrad vernichtet! Bei Schumsk und Ostropol geschlagen! Bei Kamenez und Skala vernichtet! Von Greisen, was, und Kranken, wie?«

Holt, anfangs voller Schadenfreude, fühlte wieder eisige Beklommenheit. Ziesche raffte sich auf und schrie: »Die Übermacht ist vorübergehend so groß, daß ...«

»Übermacht!« höhnte Gomulka. »Wieviel Junge und Gesunde müssen die erst haben bei solcher Übermacht an Greisen und Kranken!« Wolzow stieß das Fahrtenmesser in die Tischplatte: »Herrgott, Ziesche, bist du blöd!« rief er. »Das ist ja unbeschreiblich, wie saudumm, *saudumm* du bist! Da muß man ja Mitleid haben, so schrankenlos blöd wie du bist! So was will ein Nationalsozialist sein! Quatscht der Kerl von Zusammenbruch und letzten Reserven! Soll ich dir mal an der Karte zeigen, was sich diesen Winter an der Ostfront abgespielt hat?«

Ziesche, nun ebenfalls wütend, rief: »So! So! So! Du meinst also ... Du willst ... Ich meine ... Der Führer hat gesagt«, schrie er, aber da schraken sie alle zusammen: die Glocke schrillte, die Spannung löste sich. Stahlhelm, Gasmaske, dachte Holt, dann lief er mit den anderen zur Kanone.

10

In den ersten Junitagen ließ die Aktivität der anglo-amerikanischen Luftwaffe über Nacht spürbar nach. Nur die nächtlichen Störflugzeuge, Verbände der schnellen Mosquitos, flogen weiterhin über die Grenzen, und am Tage kreisten die Aufklärer in großer Höhe über dem Land. Nach den ununterbrochenen Tages- und Nachtangriffen auf Städte und Einzelziele in den ersten Monaten des Jahres gab dieses Abflauen der Luftoffensive in den

Stuben und an den Geschützen unermüdlich Gesprächsstoff. Wolzow brütete über der Karte und vermutete eine »neue Teufelei«. Ziesche aber erklärte mit unverhohlenem Triumph: »Unsere verbissene Abwehr! Jetzt geht ihnen der Atem aus!«

Gottesknecht, der nicht ohne Besorgnis die wachsende nervöse Zerrüttung bei den Jungen beobachtete, setzte es bei Kutschera durch, daß nachts erst bei Feuerbereitschaft geweckt wurde, wenn keine Kampfverbände gemeldet waren. So fanden die Jungen nun ein paar Nächte lang seit Monaten das erstemal wieder reichlicher Schlaf. Sogleich ließ der ständige Streit nach, die Nervosität legte sich, und ein optimistischer Geist zog in die Batterie ein. Wolzow vertrug sich wieder mit Ziesche, und Kutschera brüllte nicht mehr durch die Batterie, raffte sich dann und wann sogar zu einem groben Witz auf und spielte während der Feuerbereitschaft mit Blitz, seinem Hund. Schmiedling wurde wieder redselig wie in der Ausbildungszeit und freute sich auf seinen Urlaub. Für Holts Wohlbefinden tat der Wehrmachtbericht ein übriges. Im Osten, so erklärte Wolzow an der Karte, stand die Front von Narwa bis zu den Karpaten; der monatelange Rückzug hatte ein Ende gefunden. Vielleicht, so sagte Wolzow, seien die Russen nun doch am Ende ihrer Kraft! Er war sich mit Ziesche einig, daß der amerikanische Vormarsch in Italien demgegenüber gering wog, und auch der Fall Roms konnte den allgemeinen Optimismus kaum dämpfen. »Italien«, erklärte Ziesche, »ist Nebenkriegsschauplatz. Die Entscheidung über das Schicksal des Reiches, das hat der Führer oft genug gesagt, fällt im Osten!«

Wolzow, der tagaus, tagein über seinen strategischen Büchern saß und, von Ziesche dazu angeregt, nun auch »Mein Kampf« las, benutzte die Ruhepause, die Methode der Selbsterziehung gegen die Neuen anzuwenden. Das Opfer, das er aussuchte, hieß Voigt, Munitionskanonier an Geschütz Anton. »Dieser Voigt«, erklärte Wolzow, »ist der einzige von den Neuen, der sich nicht freiwillig zur Wehrmacht gemeldet hat. Dem werde ich kriegerische Tugend beibringen.« Holt und Gomulka machten nicht mit. So zog Wolzow mit dem verwilderten Vetter eines Nachts zur Baracke Anton, wo Voigt mit dreiundzwanzig anderen Luftwaffenhelfern in der großen Stube schlief. Eine solche Übermacht hätte sich erfolgreich zur Wehr setzen können, aber man ließ Voigt im Stich und schaute zu, wie Wolzow in die Stube einbrach. Voigt machte Anstalten, sich zu verteidigen, aber er wurde aus der Baracke geschleppt und kopfüber ins Löschwasserfaß gesteckt. In der nächsten Nacht goß ihm Wolzow einen Eimer brackigen Löschwassers ins Bett. Dann erfuhr Gottesknecht von der Sache und verbot Wolzow jede weitere Mißhandlung bei Strafe.

An einem klaren, heißen Junitag langweilte sich Holts Klasse im Geschichtsunterricht. Holt blickte sehnsüchtig durch das weitgeöffnete Barackenfenster. Jetzt am Fluß in der Sonne liegen! träumte er. Die Klasse döste vor sich hin. Nur Wolzow, wie immer im Geschichtsunterricht, war bei der Sache und erklärte die Schlacht bei Cannae. Da schrillte die Alarmglocke. Mit nackten Oberkörpern nahm man an der Kanone ein Sonnenbad. Die Luftlagemeldungen sprachen von einzelnen Aufklärern. Auf der Befehlsstelle erhob sich das übliche Geschrei: »Motorengeräusch Richtung neun!« Kutschera nahte mit seinem Hund. Die Geschütze schwenkten die Rohre nach Westen. »Flugzeug neun!« schrie der Flugmelder am Flakfernrohr. Der Hauptmann brüllte vom Acker her: »Frage Typ!« Es war eine Lockheed P 38 F Lightning, die in zehntausend Meter Höhe über den Himmel jagte.

Holt blickte in das strahlende, blendende Blau, wo die unsichtbare Maschine einen kurzen Kondensstreifen hinter sich her zog. Wolzow beschattete mit dem Ladehandschuh das Gesicht und setzte sich dann verärgert auf einen Holm, denn an Schießen war nicht zu denken. Dennoch gab das Kommandohilfsgerät Richtwerte durch, Seiten- und Höhenrichtkanonier meldeten eingestellt. Aber die Zünderwerte blieben weit über Bereich. Der Kondensstreifen verwehte in der Ferne. Auf der B 2 erhob sich von neuem Unruhe.

Die Richtleute am Entfernungsmesser, Ebert und Nadler, hatten die Maschine im Gesichtsfeld behalten und sahen sie nach Osten abfliegen. Als Dusenböker, der Entfernungsmesser, den Blick von der vierundzwanzigfachen Meßoptik löste, wurde als winziges Pünktchen eine zweite Maschine im Sehfeld erkennbar.

»Herr Wachtmeister«, rief Nadler, »da ist ... die Lightning stürzt ab!« brüllte er. Dusenböker preßte wieder die Augen an die Okulare. »Quatsch«, sagte Kutschera. Dusenböker bestätigte: »Es stimmt ...« Es war eine Sensation. Kutschera stieß Nadler beiseite und beugte sich über die Gläser, rieb sich die Augen und sagte: »Ihr Heinis, den Tropenkoller habt ihr!« Auf der Befehlsstelle trat wieder Ruhe ein.

»Eine Lightning in zehntausend Meter Höhe abschießen, wer soll denn das gewesen sein?« fragte Wolzow. Der vorsichtige Gottesknecht ließ bei der Untergruppe anfragen, aber auch dort wußte man nichts.

Die Feuerbereitschaft wurde aufgehoben. Kutschera, wie immer, wenn er nicht zum Schießen gekommen war, fing auf der B 2 zu schimpfen an: Die Disziplin sei lasch, die Flugmelder pennten, dieser Nadler fresse Bonbons im Dienst! Schon wurden die ersten Luftwaffenhelfer zehn Runden um die B 2 gejagt. »Und den Brüdern an den Kanonen, denen werd ich ...« Aber da rief, da kreischte der Flugmelder am Flakfernrohr: »Flugzeug drei!!« Dann deutete er nach oben. »Dort!« Kein Motorengeräusch war zu hören. Alles starrte verblüfft zum Himmel. Kutschera rief: »Frage Typ!!« Endlich schwenkten Entfernungsmesser und Kommandohilfsgerät herum. »Frage Typ!« brüllte Kutschera. Der Flugmelder antwortete nicht. Die Geräteführer meldeten: »Ziel aufgefaßt!« Kutschera brüllte außer sich: »Frage Typ, Mensch, wird's bald!« Dusenböker hob den Blick von der Meßoptik. »Keine Ahnung, Herr Hauptmann!« Der Flugmelder stammelte: »Das ... ich ...« Dann fing er an: »Grobansprache Eindecker, ohne Motor, ohne Höhenleitwerk, ohne Fahrwerk ...« – »Sind Sie besoffen?« dröhnte Kutschera. »Ja, seid ihr denn alle schwachsinnig!« Gottesknecht hielt ihm das Glas hin. »Die Maschine ist unbekannt.« – »Also dann«, schrie Kutschera, »Feuer frei!« Ein kleines, silberglänzendes Flugzeug zog am Himmel lautlose Kreise.

»Fliegeralarm ... Flugzeug sechs!« gellte es an den Geschützen, »Schießen mit Kommandohilfsgerät! ... Gruppenfeuer!« und: »Gruppe!« Die Abschüsse schmetterten, Rauch wehte über die B 2 hinweg. Aus dem Keller brüllte jemand: »Feuerverbot von der Untergruppe! Jäger am Feind!« – »Wo gibt's denn so was!« rief Kutschera, während am Himmel dumpf die Granaten detonierten. Da schrie Dusenböker: »Herr Hauptmann, die Maschine hat deutsche Hoheitsabzeichen!«

Es gab niemanden in der Batterie, der jetzt nicht zum Himmel emporblickte, auf das Flugzeug, dessen Lautlosigkeit unheimlich wirkte. »Noch eine Gruppe«, sagte Wolzow, »und er wär runtergekommen!« Die Maschine, nach einer letzten Schleife, glitt nach Süden davon.

»Das ist der Jäger, der die Lightning abgeschossen hat!« Ziesche sprach als erster von einer »neuen Waffe«. Am Nachmittag rannte Wolzow von der Schreibstube zur Baracke und zog sich rasch die Ausgehuniform an. Ein Telefonanruf hatte die Flugmelder und Geräteführer aller Batterien zur Untergruppe befohlen. Wolzow lief natürlich mit. In einer Wolke von Bierdunst kehrte er am Abend in die Stube zurück.

Man schlief schon. »Los, raustreten, ihr Penner!« Er saß auf dem Tisch und berichtete: »Wir waren auf dem Fliegerhorst. Dann sind wir alle noch ins Café Italia, und die Olle hat ein Faß Starkbier angestochen, abgesteckt, angesteckt mein ich.« – »Was ist mit der Maschine?« rief Holt. – »Tolle Sache.« Es handle sich um ein neues Jagdflugzeug. »Raketenjäger!« sagte Wolzow. »Heißt Me 163. Soll phantastisch schnell sein, über tausend Stundenkilometer ...« Seine Worte gingen in Geschrei unter. »Ruhe!« Der Jäger habe westlich Dortmund tatsächlich die Lightning abgeschossen. »Der Raketensatz brennt bloß kurze Zeit, dann muß die Maschine irgendwo bauchlanden. Der Pilot hat ganz schön geflucht. Hatte nicht mal Erkennungszeichen mit. Es sollen noch andere neue Typen in Erprobung sein. Me 262, das ist ein Strahlflugzeug, wie das funktioniert, das weiß keiner.«

Die Wende des Luftkrieges! dachte Holt. Im Einschlafen sah er Schwärme der neuen Jäger die Bomber hinwegfegen ... Und ich, dachte er, war oft so wankelmütig und schwach ...

Im Café Italia saßen am nächsten Tag Luftwaffenhelfer aller Batterien. Das gestrige Ereignis entzündete die Phantasie. Man erzählte unglaubliche Geschichten und sagte den neuen Maschinen die Vernichtung ganzer Bomberverbände nach. Das unvermittelte Ende der Luftoffensive wurde den neuen Jägern zugeschrieben.

Holt hockte in einem angenehmen Zustand von Schläfrigkeit auf dem alten Plüschsofa und ließ sich von den Mädchen etwas über einen Sanitätseinsatz erzählen, auf den sie sich vorbereiteten. Er hörte nicht zu und überlegte, ob um diese Zeit Frau Ziesche daheim erreichbar sei. Er ließ die Mädchen sitzen und lief durch die zerstörten Straßen. Aus den Krupp-Werken ergoß sich zum Schichtwechsel ein Strom von Menschen. Die Fabriken sind nicht totzukriegen, dachte er.

Frau Ziesche zeigte sich über seinen Besuch erfreut und hörte sich geduldig den Bericht über das rätselhafte Flugzeug an. »Rom hat dein Raketenjäger jedenfalls nicht gerettet«, sagte sie, und er ärgerte sich. Sie gingen zusammen ins Kino. Der uralte Kriminalstreifen beeindruckte Holt wenig, aber die Aufnahmen der Wochenschau verfolgte er mit Interesse. Da waren Panzer zu sehen, die sich mit Sturmgeschützen herumschlugen.

Draußen empfing sie ein klarer und milder Sommerabend. Der böige Wind milderte die Hitze. Sie gingen langsam durch die Straßen einer Villenvorstadt. Nirgendwo Grün, nur Staub und Ruß, die Luft verraucht und unrein ... Holt erinnerte sich an die uferlosen Wälder, an Berge und Steinbruch. »Wenn man verreisen könnte, jetzt im Sommer«, sagte er.

Sie sah ihn prüfend von der Seite an, dann lief sie eine Weile wortlos neben ihm her. »Du warst in der letzten Zeit oft patzig und ungezogen.« – »Du mußt das verstehen«, erwiderte Holt. »Im April, im Mai, es war fast zuviel ... Die Nerven ... Außerdem ...« – »Außerdem?« – »Ich war in einer verdammten Krise«, sagte Holt. »Jetzt, wo es hinter mir liegt, seh ich erst, wie zerrüttet ich war. Ich hatte Zweifel an allem. Am Endsieg, an mir selbst. Ja, ich hab ...« Sie stieß ihn, da er innehielt, ermunternd mit dem Ellenbogen an. »Ich hab nicht mehr gewußt, ob ich dich ... mag.«

Sie lachte klingend und drückte seinen Arm. »Auf den Scheiterhaufen mit dem Ketzer!« Er fragte: »Bist du mir böse?« – »Schrecklich!« sagte sie. »Du wirst feierlich abschwören müssen!«

Die Straßenzüge ringsum lagen in Schutt. Über den Ruinen, über sattem Unkraut stand friedlich der Abend. »Es ist heute wie am Anfang, als ich dich kennenlernte«, sagte Holt. »Was hast du eigentlich gedacht, damals auf der Straße?«

»So fragt man nicht«, antwortete sie. »Du wirst es nie lernen! Man zwingt eine Frau nicht, über etwas nachzudenken, das besser ungedacht und unklar bleibt. Frauen wollen nicht nachdenken über ihr Gefühl.« – »Warum nicht?« Sie sagte nachdenklich: »Warum soll ich mir meiner Schwäche bewußt werden? Aber du verstehst das nicht. Bei euch ist das anders. Ein Mann fühlt sich bestätigt in Eitelkeit und Herrschsucht ...« Er verstand sie nur halb. »Ich hab mich wie ein Sklave gefühlt, damals.« – »Mit den Jahren gibt sich das hoffentlich«, sagte sie lachend. »Die Frau will ja auch ein bißchen Furcht haben vor dem Mann, sonst wird es langweilig.«

»Wie konnte ich damals ahnen«, sagte er unwillig, »daß du ...« – »Sprich es nur ruhig aus«, erwiderte sie. »Daß ich als verheiratete Frau, und so weiter, das meinst du doch? Es ist eben deine Unerfahrenheit. Sonst hättest du gewußt, daß verheiratete Frauen am leichtesten zu erobern sind.« Sie setzte, in einem Tonfall von Trotz, hinzu: »Jede verheiratete Frau ist zu haben. Jede! Der Mann muß die Frau nur fühlen lassen, daß Widerstand nutzlos ist.«

Das Gespräch behagte ihm nicht, es erinnerte ihn an all das Zweifelhafte, Anrüchige in seiner Beziehung zu ihr. Er sagte ablenkend: »Und doch glaube ich, du würdest es mir sehr übelnehmen, wenn ich einmal den Kopf gegen dich durchsetzen wollte!« – »Weil dein Trotz immer den gleichen dummen Grund hat!« rief sie aufgebracht.

»Verstehst du das nicht?« fragte er. »Kannst du nicht einsehen, wie schwer es für mich ist, in deinem Leben nur ... eine Randfigur zu sein!«

»Du bist dumm! Du bist auf ein Stück Papier eifersüchtig. Du wirst nächstens noch meinen Hauswirt hassen, an den bindet mich nämlich auch ein formeller Vertrag! Wenn du großes Kind ein wenig erfahrener wärst«, rief sie, »dann würdest du einsehen, daß höchstens *er* Grund hätte ...« Sie schwieg unvermittelt. »Ich hab schon viel zuviel gesagt!« Sie ging rascher. »Vielleicht lassen sie uns heute einmal zufrieden!«

Tatsächlich verging die Nacht ohne Fliegeralarm. Am frühen Morgen schlief Holt fest und traumlos. Da weckte Frau Ziesche ihn unsanft. Er hatte so gründlich Batterie, Krieg und Kanone vergessen, daß ihn das Wachwerden wie eine Enttäuschung überkam. »Hör zu!« rief Frau Ziesche, die Hand am Lautstärkeregler des kleinen Radios, das auf ihrem Nachttisch stand.

Holt blinzelte. Aus dem Radio drangen Worte. »... hat der Feind seinen seit langem vorbereiteten und von uns erwarteten Angriff auf Westeuropa begonnen ... zu ihrem blutigen Opfergang auf Befehl Moskaus angetreten ... gelang dem Feind, von See her an mehreren Stellen ... im Gebiet der Seine-Bucht starke Luftlandeverbände ... Treffer auf Schlachtschiffseinheiten ... Kampf gegen die Invasionstruppen ist in vollem Gange ...« Sie schaltete ab und schüttelte ihn: »Wach endlich auf!« Dann sagte sie: »Da hast du's!« Er zog sich fröstelnd die Steppdecke bis unter das Kinn. »Es wird ein neues Dieppe geben!« Nun fiel es ihm wie Schuppen von den Augen. »Jetzt versteh ich! *Deshalb* haben uns die Bomber in Ruhe gelassen!«

Frau Ziesche schob ihm eine angebrannte Zigarette zwischen die Lippen. »Nun ist es doch ein Zweifrontenkrieg!« Er rang noch mit der Enttäuschung, aber er sagte: »Sei nicht so pessimistisch!« Frau Ziesche folgte ihm ins Bad. Er rasierte sich. Sie steckte sich mit nackten Armen die Haare hoch und fragte: »Du willst in die Batterie?« – »Da gehör ich jetzt wohl hin«, antwortete er.

Günter Ziesche stand vor der Baracke, von ein paar der Neuen aus Schlesien umgeben. »Nun können wir endlich auch die amerikanischen Truppen vernichtende Schläge fühlen lassen!« Vetter steckte den Kopf mit verwildertem Haar aus dem Fenster und spottete: »Paß auf, daß die Bomber dich nicht mal vernichtende Schläge auf den Gehirnkasten fühlen lassen!« Während des Unterrichts stand Wolzow in der Stube über seinen Landkarten. Wenige Tage später beugte er sich noch tiefer, noch nachdenklicher über den Tisch. »Die Russen greifen die karelische Landenge an!«

Ziesche erklärte: »Dieser russische Angriff in Karelien ist nichts als ein Schwächezeichen« – »In der Normandie«, fuhr Wolzow fort, »haben sich gestern die beiden Landeköpfe vereinigt!« – »Um so besser!« rief Ziesche. »Da können wir sie in *einem* Ansturm ins Meer werfen!« Der Sprecher, in Ziesches kleinem Radio, sagte: »Der Sturm hat begonnen. Die Brust hebt sich im Vorgefühl wahrhaft entscheidender Stunde.« Wolzow, über seiner Karte, kratzte sich lange den Kopf.

Zum Nachmittagsappell ließ sich wieder einmal Kutschera sehen. »Herhörn! Ich hab eine Nachricht, wird heut durch den Rundfunk kommen, 's geht los! Die Stunde der Vergeltung ist da! Ruhe im Glied! Seit heute morgen liegt London unter dem pausenlosen Feuer neuartiger deutscher Sprengkörper schwersten Kalibers.« Nach einigen Tagen wurden Einzelheiten bekannt, und der Name: »V 1«.

Holt registrierte Hochgefühl und Niedergeschlagenheit in jähem Wechsel, ein Auf und Ab seiner Stimmung, das ihn erschreckte. Die Nachrichten vom Einsatz der neuartigen Sprengkörper machten die niederdrückenden Meldungen aus Frankreich vergessen. Als Rundfunk und Zeitungen sich in optimistischen Meldungen überschlugen, war Gomulka der einzige, der darüber die Hiobsbotschaft zur Kenntnis nahm: »Die Amerikaner sind aus dem Landekopf Cotentin herausgestoßen.« Tags darauf wurde der Fall von St. Sauveur gemeldet.

Mit voller Wucht setzten nun wieder die britischen und amerikanischen Luftangriffe ein. Rasch hintereinander flogen die Amerikaner Tagesangriffe auf verschiedene Industriewerke der engeren Umgebung, die Briten Nachtangriffe auf Oberhausen, Duisburg und Gelsenkirchen. Eines Nachts wurden die Gelsenkirchener Hydrierwerke getroffen und brannten tagelang. Schießen und Munitionsschleppen füllte im alten Rhythmus das Leben der Jungen aus. Die Luftlagemeldungen berichteten nun immer häufiger von lebhafter Feindtätigkeit in weit östlich liegenden Räumen. Die Zahl der Einflüge und der eingesetzten Maschinen nahm zu. Die Luftkämpfe am Tag ließen langsam nach, die Stunde kam, da Wolzow sagte: »Sie haben die Luftherrschaft über dem Reichsgebiet!« Eines Nachts schossen sie mehr als hundert Gruppen; anschließend schleppten sie Munition, bis sie vor Erschöpfung taumelten. Da war es Gomulka, der in einem Koller von Wut Ziesche anschrie: »Ich denke, durch ›unsere verbissene Abwehr‹ haben die Bomber den Atem verloren, was?«

Optimismus und Begeisterung gehörten vollends der Vergangenheit an, als eine Nachricht, erst als Gerücht durchgesickert, dann bestätigt, die Jungen in Furcht versetzte: Nördlich Recklinghausen, auch bei Duisburg und Dortmund waren Flakbatterien bombardiert worden. Pfadfinder hatten am hellichten Tage das Batteriegelände mit Rauchzeichen abgesteckt und die Bomber in mehreren Wellen ihre Last auf die Kanonen geschüttet.

»Wir kommen auch dran!« sagte Gomulka. Holt hatte Angst. Die Alarmglocke jagte ihm einen Schauer der Furcht über den Rücken. Erst wenn die Kanonen losdonnerten, wurde er ruhiger. Ich muß die Angst unterkriegen, ich muß! Nach einiger Zeit sagte er sich: Ich werde nicht schlimmer versagen als alle anderen. Auch die anderen haben Angst.

Ziesche hörte dreimal wöchentlich die Kommentare Hans Fritzsches und versuchte anschließend, die Jungen mit neuen Argumenten von besserer Führung und kommender Stunde aufzupulvern. Wolzow stand unterdessen nachdenklich über der Karte. »Großoffensive im Osten«, sagte er. »Männer, da ist was los!« Seine Gelassenheit wurde Holt unheimlich.

Ziesche hatte Ausgang, Rutscher und Vetter spielten mit Kirsch in der Kantine Skat. Wolzow holte seine Landkarten aus dem Spind. Holt sprang in einem plötzlichen Entschluß vom Bett und fragte mit gespielter Gleichgültigkeit: »Was gibt's Neues?« Gleich war auch Gomulka da.

»Es sieht ernst aus!« sagte Wolzow. »Die Halbinsel Cotentin ist in amerikanischen Händen.« Er faltete die Karte von Frankreich auseinander. Holt verfolgte die Zirkelspitze, mit der Wolzow nun auf Cherbourg tippte, und sagte erleichtert: »Das ist die Halbinsel Cotentin? Aber das ist ja nur ein ganz kleines Stück von Frankreich!«

»Es ist immerhin ein strategischer Raum«, erklärte Wolzow. »Jetzt können sie sich einen großzügigen Aufmarsch leisten. Doch das alles ist noch recht harmlos, wenn man's mit der Ostfront vergleicht.«

»Sieht's dort so böse aus?« fragte Holt bedrückt.

Wolzow schnob durch die Nase. Er legte die Karte von Osteuropa auf den Tisch. Da öffnete sich die Tür. Gottesknecht trat ein. »Weitermachen!« Er sah sich prüfend in der Stube um. »Die Herren bei der Lagebesprechung, wenn ich mich nicht irre? Na, Wolzow, auf Ihre Lagebeurteilung bin ich gespannt! Schießen Sie los.«

Wolzow schaute Gottesknecht mit schräggelegtem Kopf an, als wolle er sagen: Du hast mir gerade noch gefehlt! Dann meinte er zögernd: »Aber ich muß mir das alles rekonstruieren, das ist gar nicht so einfach.« – »Rekonstruieren? Wie meinen Sie das?« – »Na, eben zusammenbasteln. Der Wehrmachtbericht gibt ja keinen Überblick. Da wird hier mal 'n örtlicher Einbruch, dort eine Absetzbewegung gemeldet und ab und zu ein paar Ortsnamen. Bloß die Kommentare im ›Völkischen‹ verraten was davon, wie's wirklich aussieht, da muß man sich ein Bild von den Geschehnissen zusammenstückeln.«

»Also stückeln Sie«, sagte Gottesknecht. »Lassen Sie hören! Aber wenn Sie Unsinn reden, gibt's Mangelhaft!«

»Bis zum 20. Juni«, begann Wolzow, »stand die deutsche Front etwa folgendermaßen: von der Schwarzmeerküste westlich Odessa über Jassy zu den Karpaten, nach Norden über Brody bis zum Pripjet. Dort schloß sich der Mittelabschnitt als ein dicker Bogen an, der etwa dreihundert Kilometer nach Osten verlief, den Pripjet entlang, dann nordöstlich bis Rogatschow und Shlobin, nun im Bogen über den Dnepr nach Norden und zurück aufs westliche Dneprufer, um Witebsk vorgebuchtet, dann ein Stück zurück nach Westen bis Polozk. Dort schloß sich der Nordabschnitt an, dessen Front steil nach Norden bis zum Peipus-See und weiter bis Narwa führte.« Er zeigte den Frontverlauf auf der Karte. »Wenn ich mir diesen Frontbogen angeschaut habe, ist mir ganz komisch geworden, weil man ja in jedem Lehrbuch der Strategie und Taktik nachlesen kann, daß solche Frontbögen fast immer ins Auge gehn, siehe Stalingrad! Die riesige Südflanke im Mittelabschnitt, hier, wo sie von Westen dreihundert Kilometer lang nach Osten läuft, ist zwar durch die Pripjet-Sümpfe gedeckt, wo im Sommer kein Mensch Krieg führen kann. Trotzdem ist dieser Bogen mit seiner riesenlangen Front ein weiches Ei, wenn ich mal so sagen darf.«

»Sie dürfen.«

»Tatsächlich haben die Russen nun diesen Frontbogen angegriffen, an vier Stellen, zwischen dem einundzwanzigsten und dreiundzwanzigsten, hier, beiderseits Witebsk, dann hier bei Orscha, bei Mogilew und schließlich beiderseits Bobruisk. Der Wehrmachtbericht sprach schon nach dem ersten Angriffstag von ›örtlichen Einbrüchen‹, die ›abgeriegelt‹ worden wären. Das hat wohl nur bis zum nächsten Morgen gestimmt. Nehmen wir als Beispiel die beiden Einbrüche nördlich und südlich Witebsk: am einundzwanzigsten begann dort der Angriff, spätestens am dreiundzwanzigsten waren die Russen an beiden Stellen durch die deutsche Front gebrochen und am vierundzwanzigsten müssen sich beide Stoßkeile vereinigt haben. Daß Witebsk trotzdem noch tagelang im Wehrmachtbericht genannt wurde, der übliche Kram mit schweren Abwehrkämpfen und so, das beweist, daß ...« Wolzow zögerte.

»Na, was denn?« fragte Gottesknecht.

»Herr Wachtmeister, wenn die Russen schon im Vormarsch weit nach Westen sind und östlich davon im Raum Witebsk schwere Kämpfe gemeldet werden, dann nenne ich das einen Kessel.«

Schweigen. Gottesknecht riß ein Streichholz an und rauchte.

»Die Falle um Witebsk ist zu«, fuhr Wolzow fort. »Die Russen stoßen so rasch nach Westen vor, daß mir ganz mulmig ist! Dasselbe muß sich im Angriffsraum Orscha–Mogilew abgespielt haben: es hieß ›örtliche Einbrüche‹, einen Tag später fallen Namen von Orten, die viel weiter westlich liegen. Am schlimmsten aber sieht es hier aus: der Stoß auf Bobruisk muß mit unheimlicher Wucht geführt worden sein. Ich hab besonders aufgepaßt, wann die Russen nördlich Bobruisk den Dnepr erreicht haben. Es klingt wie ein Witz, Herr Wachtmeister, aber die Russen müssen tatsächlich gleichzeitig mit unseren Divisionen über den Fluß gegangen sein! Jedenfalls gibt es zur Zeit zwischen Mogilew und Beresino Abwehrkämpfe, während im Raum Mogilew, Orscha und Bobruisk noch gekämpft wird; dort scheint der größte Kessel entstanden zu sein.« Wolzow legte den Zirkel hin und stützte beide Hände auf den Tisch. »Orscha ist gefallen, Mogilew und Bobruisk sind abgeschnitten. In dem tiefen Raum zwischen dem Dnepr und der Beresina operieren die Russen. Sie müssen jeden Tag die Beresina erreichen. Offenbar haben sie Bewegungsfreiheit, während im Norden die Front von Narwa bis Polozk frei in der Luft hängt, mit offener Südflanke. Die nördlich Witebsk durchgebrochenen Keile brauchen nur nach Norden einzudrehen, um Polozk zu umgehen, wenn sie nicht etwas anderes im Schilde führen, nämlich in einer weiten Umfassungsbewegung den ganzen Mittelabschnitt bis Minsk einzuschnüren und dabei möglichst rasch zur ostpreußischen Grenze durchzustoßen.«

Gottesknecht war sehr ernst, als er fragte: »Und was ist da zu tun?«

Wolzow begann zu grinsen. »Eine Prüfungsfrage für'n Generalstäbler ist das, Herr Wachtmeister! Nach den klassischen Regeln der Kriegskunst gilt noch immer der Satz, unter allen Umständen eine Umklammerung durch den Feind zu vermeiden. Ich würde versuchen, auf der Linie Minsk–Sluzk eine neue Front aufzubauen.«

Gottesknecht betrachtete lange die Karte; dann sagte er, ohne den Blick zu heben: »Da käm Ihre neue Front aber schon verdammt nahe an Ostpreußen heran!«

Wolzow hob die Schultern. »Vor der Linie Dünaburg–Minsk–Sluzk, da geh ich jede Wette ein, bringt die Russen kein Mensch mehr zum Stehen!«

Gottesknecht setzte seine Mütze auf, rückte sie umständlich zurecht und sah Wolzow mit einem dunklen Blick an. »Sie haben doch Vertrauen zur Führung, Wolzow?« fragte er.

»Jawohl, Herr Wachtmeister!«

Gottesknecht klopfte mit dem Knöchel hart auf den Tisch. »Ich würde nicht gar zu oft solche ›Lagebesprechungen‹ abhalten! Ich empfehle Ihnen dringend, in unerschütterlichem Vertrauen auf unseren Führer zu blicken, besonders immer dann, wenn Ziesche im Zimmer ist. Haben Sie mich verstanden?«

»Jawohl, Herr Wachtmeister!«

»Großartig! Na, Holt, und Sie? Was hocken Sie denn auf einmal so traurig in der Ecke?« Er wandte sich an Wolzow. »Sehen Sie sich mal Ihren Freund an! Ich bin ja Psychologe genug, um zu wissen, daß der Holt voller Zuversicht auf den Endsieg baut, und wenn er jetzt so niedergeschmettert in der Ecke sitzt, dann bloß, weil ihm wieder mal irgendeine Weibergeschichte über den Kopf wächst. Aber der Ziesche, oder so einer, der könnte jetzt auf Holt zeigen und sagen: Der Wolzow hat ihn moralisch fertiggemacht mit seiner defätistischen Einschätzung der Lage! Er könnte zum Chef laufen und eine bildschöne Meldung machen: Der Wolzow zersetzt die Wehrkraft seiner Kameraden! Und wie das weitergeht, so mit Tatbericht und allem Komfort, das ist Ihnen ja bekannt. Sehen Sie, und wir wollen doch unter allen Umständen vermeiden, daß so was passiert, nicht?«

»Jawohl, Herr Wachtmeister!«

»Na also. Und Sie, Holt, Sie ziehn ein anderes Gesicht, aber sofort! Sie sind überhaupt ein ganz wankelmütiger Mensch! Kaum hat Ihnen die V 1 ein bißchen die Moral aufgemöbelt, da genügt ein Blick auf die Karte, und Sie kippen aus den Pantinen. Schlecht, Holt! Nehmen Sie sich ein Beispiel an Wolzow, der hat eine geradezu napoleonische Gelassenheit ... Gesundheitlich geht's Ihnen doch gut, Holt?«

»Jawohl«, sagte Holt, der sich verhöhnt und elend fühlte.

»Das ist immer noch die Hauptsache. Also ...«, er wandte sich zur Tür, »dann haut euch mal bald aufs Ohr, Jungs, wer weiß, ob ihr heut nacht zum Schlafen kommt. Gute Nacht!«

»Gute Nacht, Herr Wachtmeister!«

Wolzow faltete wortlos die Karte zusammen. Gomulka trat ans Fenster und blickte in den späten Sommerabend hinaus. Holt sagte: »Wirklich ein Original, dieser Gottesknecht, nicht?« Es klang verkrampft. Er sagte leise und schnell: »Gilbert, auf Ehre und Gewissen: täuschst du dich auch nicht? Ist es wirklich so, wie du sagst?«

Wolzow antwortete: »Ich kann mich täuschen. Es kann noch viel interessanter sein, denn ich hab keine Ahnung, wieviel Divisionen in den Kesseln stecken und was weiter westlich an Reserven zur Verfügung steht.«

»Aber da versteh ich nicht, wie du so gleichgültig darüber reden kannst! Mein Gott, was soll denn werden? Es geht doch um Deutschland! Bewegt dich das gar nicht?«

»Mich?« sagte Wolzow erstaunt. »Aber man muß das doch auseinanderhalten, ob man selbst im Schlamassel drinsteckt, oder ob man die Lage allgemein beurteilt. Hier, an der Karte, da ist das wie beim Schach, wo man sich als fairer Spieler über jede schöne Kombination des Gegners freut. Außerdem nützt das doch nichts, wenn man den Kopf hängen läßt!«

»Ich kann das nicht. Ich muß immer denken: Und wie geht das weiter?«

»Woher soll ich das wissen? Der Führer wird sich schon was einfallen lassen! Das ist ja schließlich nicht der erste Krieg, wo's mal Rückschläge gibt und doch noch gut endet. Hannibal stand nach der Schlacht bei Cannae vor dem schutzlosen Rom, da hätte keiner mehr einen Groschen fürs Römische Reich gegeben, und dann kam's doch anders! Oder die Goten, die sind unter Totila nach Byzanz gerückt, und kein Mensch hätte sie aufhalten können, und doch hat Narses noch den Krieg gewonnen.« Er zählte weitere historische Beispiele auf. »Friedrich nach Kunersdorf ... Das Marnewunder 1914, da haben die Franzosen genauso dagesessen wie heute wir und haben gedacht: die Lage ist mies!«

Die Analogien verfehlten nicht ihre Wirkung. Holt schämte sich: Ich bin wankelmütig und schwach. Nichts ist verloren, wenn ein jeder an seinem Posten ausharrt!

11

Es war ein Sonntag im Juli, das schöne Wetter hielt an. Der Tag war tropisch heiß. Dunst verschleierte den Himmel. Über den Werken ringsum lagerte der Rauch der Schlote in grauen Bänken.

Schmiedling lehnte an der Bunkerwand und erzählte, was er sich für den Urlaub alles vorgenommen habe. Ziesche horchte in den Kopfhörer und verfärbte sich. »Mehrere starke Jagdverbände über Holland! Mit Tiefangriffen muß gerechnet werden.« Tiefangriffe? dachte Holt verwundert. Warum nicht gar!

Wolzow nahm die Warnung ernst. Er schnauzte: »Seit Ostern gibt's überall Tiefangriffe! Sepp, Werner, hängt euch an die Leitung! Nahfeuerpatronen!« – »Nahfeuer?« sagte Vetter erstaunt. »Mach bloß keine Witze!«

Ein paar Minuten verstrichen. Auf der B 2 schrie eine Stimme: »Motorengeräusch Richtung neun!« Und schon: »Verband in neun!« Fern, aber nicht allzu hoch, zog ein Schwarm einmotoriger Flugzeuge vorüber. Wolzow streifte die Feldbluse über den nackten Oberkörper. Das Motorengeräusch schwoll auf einmal mächtig an. Ziesche schrie mit einer Stimme, die sich überschlug: »Tiefflieger Richtung neun!« Holts Herzschlag setzte aus. Unwillkürlich riß er das Geschütz nach Westen herum. Eine Woge von Lärm spülte heran. Zwölf Mustang-Jäger rasten über die Stellung hinweg, stießen erst über dem Wäldchen im Osten tief herab und feuerten mit Bordkanonen und Maschinengewehren in die Schrebergärten und Laubenkolonien. »Neuer Anflug Richtung drei!« brüllte Ziesche. Die Mustangs flogen zum zweitenmal sehr tief an; sie hatten die Batterie entdeckt, lösten ein paar Bomben und schossen mit Bordwaffen auf die B 2 und Geschützstände.

Eine Druckwelle warf Holt gegen die Kanone, Rauch füllte den Geschützstand, in der Dunkelheit klirrte Stahl, Holz brach ... Fern, undeutlich, überschrie Wolzow das Motorengeheul: »Werner, verdammt, nach links!« Eine fremde, entstellte Stimme: »Volle Deckung!« Das Dunkel wehte auseinander, eine einzelne Maschine raste auf den Geschützstand zu, so tief, daß hinter dem Glas der Kabine das Gesicht des Piloten maskenhaft heranwuchs. Ein Satz, Holt war im Mannschaftsbunker. Dort schnallte Wolzow den Helm fest und schrie: »Die Kanone ist hin! Der Luftvorholer läuft aus! Werner, Christian, Sepp, los ... zu Berta!« Holt sprang hinter ihm her. Der graue Barackenhaufen am Fahrweg brannte. Neben dem Geschützstand ein breiter, flacher Trichter.

Holt lief. Motorenlärm, der sich ins Unerträgliche steigerte. Holt warf sich hin. Wie eine Sturmbö fegte es über ihn hinweg. Er lief und erreichte den Geschützstand. Dort stemmte Wolzow den Verschluß auf. Auch Vetter und Gomulka waren da, barhäuptig, und rissen einen Munitionsbunker auf. Wolzow warf eine Nahfeuerpatrone ins Rohr. Eine Maschine raste heran, Holt zog den Kopf zwischen die Schultern. Die Kanone wankte, Wolzow schrie: »Daneben!« Holt hatte keinen Einschlag gehört, eine Rauchwolke trieb über den Geschützstand. »Links, Werner, ja, so! Weiter runter, Sepp!« Der Schuß schmetterte, die Kanone bebte, Holt dachte befreit: Gilbert schießt! Vetter brüllte: »Neuer Anflug Richtung neun!« Die Maschine war schon über die Jungen hinweg, auf dem Erdwall stiebte Dreck hoch. Wieder zog Wolzow ab, der Schuß krachte. »Feierabend! Hülsenklemmer!« Auf einmal war es ganz still. Gomulka keuchte: »Verflucht … o verflucht!«

Holt erhob sich taumelnd vom Richtsitz. Wolzow spähte über den Erdwall. Er sagte: »Sie sind weg!« Und: »Brennt ganz schön … Bloß die Chefbude steht noch!« Holt nahm den Helm ab und befühlte seinen Kopf. Das Feuer knisterte.

Sie traten ins Freie. Die B 2 wimmelte von Menschen. Bei den Geschützen im Norden rief es langgezogen: »Sa-ni-tääa-ter!« Anton bot ein Bild der Verwüstung. Schmiedling lag bewegungslos in einer Blutlache. Ein paar der Schlesier standen verängstigt herum. »Helft doch dem Ziesche!« rief jemand.

Die Westwand des Geschützstandes war eingedrückt. Ziesche lag auf dem Rücken zwischen zwei Holmen, seine Beine waren bis über die Knie unter dem Erdreich begraben; er lag bewegungslos, mit offenen, hervorquellenden Augen, sein Unterkiefer bebte. Sie wuchteten einen Balken der umgestürzten Holzverschalung hoch und zogen Ziesche hervor. »Es ist nicht zu glauben! Die Beine sind heil!« – »Der Balken hat auf einem Pfahl aufgelegen«, erklärte Wolzow ungerührt, »sonst hätte er ihm die Knochen zerquetscht!«

Sie standen alle um Schmiedling herum, der auf dem Bauch lag, die Hände in den Schlackebelag des Bodens gekrallt. »Und mich hat er ›Leiche‹ genannt!« rief Vetter. »Dabei hätte der lieber auf sich selbst aufpassen sollen!« – »Halt's Maul«, sagte Gomulka. Holt stand stumm dabei und sah auf den toten Schmiedling. Er hat vier Kinder, dachte er.

Ziesche stand unversehrt auf, alle Glieder schlotterten. »Nervenschock!« sagte Wolzow. »Das gibt sich!« – »Leitungsprobe!« rief es von der B 2. Die Leitungen waren ohne Strom. Gottesknecht trat in den Geschützstand. »Verluste?« – »Schmiedling tot«, meldete Wolzow, »und Ziesche leicht beschädigt.« – »Und das Geschütz?« – »Der Luftvorholer dürfte endgültig hinüber sein«, sagte Wolzow. Gottesknecht notierte und ging.

Fünf Tote und elf Verwundete war die Bilanz dieses Sonntagvormittags. Die Nachrichtenhelferin war in der Schreibstube umgekommen, verbrannt. Vier Geschütze waren beschädigt, zwei davon wurden bis zum Abend wieder einsatzfähig. Anton und Dora mußten in die Werkstatt gebracht werden. Bei Anton hatte ein Geschoß den Luftvorholer zerschlagen. Ein Splitter mochte Schmiedling getötet haben. Dora war von einer Splitterbombe getroffen worden, von der Bedienung waren zwei Luftwaffenhelfer gefallen und fünf verletzt. Auf der B 2 war Nadler gefallen.

Am Nachmittag ging der Hauptmann mit Gottesknecht durch die Stuben. Ziesche lag auf seinem Bett, noch immer mit zitternden Gliedern. Kutschera stieß die Tür auf, winkte ab und fragte: »Wie geht's?« Sein Blick fiel auf Ziesche, der apathisch auf dem Strohsack lag. »Wie sehn Sie denn aus, Mensch?« Gottesknecht flüsterte ein paar Worte, Kutschera fragte: »Wolln Sie ins Revier?« Ziesche schüttelte den Kopf. »Nein, Herr Hauptmann.« Kutschera nickte befriedigt. Sein Blick fiel auf Holt: »Habt ihr Banditen dem Ziesche nicht eher helfen können?« – »Herr Hauptmann«, sagte Holt, »ich hab das alles erst hinterher gemerkt. Wir sind zu Berta, an was anderes hat keiner gedacht!« Wieder nickte Kutschera. »Na, Wolzow, aber ehrlich: War's schlimm?« Wolzow legte den Kopf auf die Seite und sah den Hauptmann an: »Herr Hauptmann! Da gehören ein paar Zweizentimeter-Kanonen in die Stellung! Das Nahfeuer hat doch bloß eine moralische Wirkung!« – »Klugscheißen kann jeder«, sagte der Hauptmann und langte nach dem Türgriff. Gottesknecht sagte: »Ich schick nachher den UvD durch, zur Leitungsprobe, der Fernsprech-Bautrupp ist schon da.« Kutschera, schon in der Tür, wendete noch einmal den Kopf. »Hat jemand 'n Wunsch?« – »Waaas?« rief Vetter. »Na, Herr Hauptmann, auf das Gemetzel wär eigentlich eine Flasche Schnaps fällig, und der Küchenbulle könnte mal wieder eine Büchse Rindfleisch rausrücken!« – »Mensch«, rief Kutschera, »nischt als Fressen und Saufen im Sinn!«

Holt legte sich auf sein Bett. Er schloß die Augen. Es ist vorbei, mag es wiederkommen, es war weniger schlimm, als ich fürchtete. Ich hatte keine Zeit, Angst zu haben. Es ist wohl auch keine Zeit, Schmerz zu empfinden, wenn es trifft ... Schmiedling hat ein rasches Ende gehabt. Aber dann schauderte ihn bei dem Gedanken, hilflos zu liegen wie Ziesche, den Blick zum Himmel gerichtet, wo die Jagdbomber entlangrasen ... das muß furchtbar sein!

Der Sanitäter brachte Ziesche ein Schlafmittel. Kaum war er gegangen, warf Ziesche die Tabletten zum Fenster hinaus. »Richtig«, sagte Wolzow.

Holt dachte: Der Tiefangriff war schlimmer als die Bomben damals, als Fritz starb. Zemtzki, Nadler ... nun sind es schon zwei aus der Klasse. Und Schmiedling.

Schmiedling, dachte Holt. Da hat er nun solche Angst vor der Front gehabt, und hier, in der Heimat, erschlägt es ihn. Vielleicht wäre er draußen am Leben geblieben. Oder sollte er fallen? War es ihm bestimmt? Wieder dachte er: Schicksal, Vorsehung ... Ist alles Zufall? Schmiedling war mir immer sehr fremd, ein Mensch aus einer anderen Welt. Was für eine Welt ist das?

Der UvD riß die Tür auf. »Leitungsprobe, dalli!« Holt ging mit Wolzow und Vetter zu Berta. Eine Zugmaschine würgte Anton aus dem Geschützstand. Ein Kommando Gefangener schaufelte die Trichter zu, arbeitete an dem verwüsteten Geschützstand, besserte die Lattenroste aus und räumte den Schutt der verbrannten Baracken fort. Wolzow begann Munition zu reinigen. »Der Hülsenklemmer war nämlich überflüssig«, erklärte Vetter. Holt blickte von der Arbeit auf. Vetter war nicht mehr das dicke, weinende Kerlchen, das sich ewig zurückgesetzt fühlte. Vetter war groß und stark geworden, roh und draufgängerisch.

Kutschera ließ tatsächlich Schnaps verteilen und auch »Rindfleisch im eigenen Saft«. Wolzow öffnete eine Flasche und hielt sie Ziesche hin. »Heute«, sagte er, »bist du zuerst dran. Wenn du nicht immer so dußlig quatschen würdest, könnten wir zwei die besten Freunde sein.« Ziesche lächelte und trank. Wolzow hob ihm den Arm samt Flasche: »Bißchen mehr, Mensch!« Ziesche verschluckte sich, der Schnaps lief ihm übers Gesicht und in den Halsausschnitt. »Du bist mir ein schöner Germane«, spottete Wolzow, »kannst nicht mal saufen!« Er gab die Flasche weiter. Holt fühlte den Alkohol brennend in der Kehle. Ein Schauer lief über den Rücken. Dann breitete sich wohlige Wärme in ihm aus, Klarheit und Zufriedenheit. Das Leben ist *doch* schön! Das Leben ist gefährlich, aber es lohnt sich. Und jetzt ruf ich Gertie an, dachte er.

Im Keller der B 2, der nun provisorisch als Schreibstube diente, saß Gottesknecht und las den »Völkischen Beobachter«. Holt wählte Frau Ziesches Nummer. »Werner? Gott sei Dank! Hier gehen die tollsten Gerüchte um, ist es denn wahr?« – Holt vermied vor Gottesknecht jede Anrede. »Komm zu mir«, sagte Frau Ziesche. – »Das geht heut nicht.« – »Ist Ziesche wohlauf?« fragte sie endlich. »Er hat Glück gehabt«, sagte Holt, und nun mußte Gottesknecht erraten, mit wem er sprach, »er ist unverletzt, bloß mit den Nerven runter.« Er glaubte, die Verbindung sei unterbrochen. Aber da meldete sie sich wieder: »Schade, daß du nicht kommen kannst! Laß dich recht bald bei mir sehen!« – »Ja. Natürlich.« – »Und paß auf dich auf, hörst du?« Sie sorgt sich um mich, dachte er, während er den Hörer auf die Gabel legte. Er wäre gern zu ihr gefahren, nun war ihm der Sonntag verleidet. Viele Luftwaffenhelfer ließen sich von ihren Mädchen besuchen. Warum hab ich nicht eine Freundin, mit der ich mich hier sehen lassen kann?

Vetter und Rutscher gaben keine Ruhe, ehe Holt nicht mit ihnen Skat spielte. Vetter reizte: »Achtzehn ...« Wolzow sagte: »Das hat mit Klugscheißerei gar nichts zu tun. Wir brauchen eine

Zwozentimeter-Flak!« – »Vierundzwanzig?« wiederholte Holt unschlüssig. »Ich passe. Meinst du, daß die was nützen würde?« Vetter rief: »Vier, sieben, dreißig, drei, sechs ...?« – »Und ob!« sagte Wolzow. »Wenn hier eine Vierlingsflak gestanden hätte, da wären die Fetzen geflogen!« – »Die hätten auch eine Vierlingsflak zur Sau gemacht!« – »Vierzig!« rief Vetter. Wolzow sagte brummig: »Aber von den Mustangs hätten mindestens zwei dran glauben müssen!« – »Grand!« sagte Vetter stolz.

Sie spielten. Wolzow, den »Clausewitz« vor sich, meinte: »Da haben sie nun auf der B 2 die beiden MGs, und keiner hat geschossen!« Gomulka sagte von seinem Bett her: »Es wäre auch sinnlos gewesen!« – »Vierundachtzig, siebenundachtzig, einundneunzig, Schneider!« sagte Vetter. »Heute sind fünfzehn Mann ausgefallen. Ob's da großen Urlaub gibt?« Ziesche brummte von seinem Bett her: »Im gegenwärtigen Stadium des Krieges ist Urlaub überflüssig!« – »Kaum kann der Ziesche wieder den Mund aufmachen«, krähte Vetter, »da quatscht er dämlich! So was!« Ziesche schrie bebend: »Ich laß mir diese Beleidigungen nicht mehr gefallen!« – »Was willst du denn machen?« fragte Vetter. »Du weißt ja genau, daß wir dir nach Belieben den Popo vollhauen können!« Aber Wolzow sagte: »Christian, laß den Ziesche in Ruhe, der gehört jetzt zu uns alten Kriegern!«

Holt wechselte einen Blick mit Gomulka.

Ziesche mußte am Abend doch ins Revier gebracht werden. Das Gliederzittern wollte nicht nachlassen. »Hoffentlich wird er nicht so'n Schüttler!« sagte Rutscher. Aber der Sanitäter erklärte fachkundig: »Der kriegt Prontosil und spurt wieder.« Wolzow verbrachte den Tag in der Kantine. Am Abend erzählte er: »Dort sitzen die SS-Leute vom Russenkommando. Die schweinigeln was weg!«

Nachts dröhnte der Himmel von Bombermotoren. Weit im Osten fielen Leuchtzeichen. »Dortmund!« sagte Holt. Er war an Berta Geschützführer. Ringsum schoß Flak. Dann feuerte auch die 107. Batterie.

Der Lehrer fand am anderen Morgen fast keine Schüler vor.

Holt, Gomulka und Wolzow halfen, Geschütz Anton in Stellung zu bringen. Der Luftvorholer war geschweißt worden. Die Kriegsgefangenen schlossen den Geschützstand. Wolzow befahl Munitionsreinigen. »Ich will so bald keinen Hülsenklemmer mehr erleben!« Sie zogen die Hemden aus und arbeiteten. »Hier an der Kanone ist das Leben noch am erträglichsten«, sagte Holt.

Am Nachmittag wurde Gefechtsschaltung befohlen. Die Luftlagemeldungen nannten Ludwigshafen, Mannheim und Schweinfurt. Weitere Bomberverbände flogen über die Alpen in den süd- und südostdeutschen Raum. Am späten Nachmittag lag Holt übermüdet auf seinem Bett. Gomulka steckte den Kopf durch die Tür und rief ihn heraus.

Er war aufgeregt. »Schau dir das an!«

Beim Kugelbaum arbeiteten die Kriegsgefangenen an einem Trichter. Der SS-Posten stieß mit dem Kolben seines Karabiners nach einem der Gefangenen, stieß ihn zu Boden und trat ihn mit Füßen.

Holt lief in die Stube zurück, wo Wolzow mit Vetter und Rutscher beim Kartenspiel am Tisch saß. »Gilbert! Draußen schlägt ein SS-Mann die Gefangenen!«

»Na und ...?« fragte Wolzow gedehnt. »Was gehn denn mich die Russen an!«

Ja. Was gehen uns die Russen an? »Wir sollten uns das nicht bieten lassen, Gilbert.« – »Jetzt laß mich endlich mit diesem Kroppzeug zufrieden!« schimpfte Wolzow. Aber Holt rief: »Du hast mir einmal geschworen, wenn ich dich um was bitte ...«

Worauf laß ich mich ein?

Die Sache paßte Wolzow nicht. »Mit dem Burschen wirst du doch allein fertig!« Holt wußte nun ganz klar: Es ist Wahnsinn! »Gib mir einen General zum Onkel, und ich brauch keinen andern.«

Wolzow zögerte noch immer. Dann wurde er wütend. Er knallte die Karten auf den Tisch und sah Holt böse an. »Langsam ist mir egal, mit wem ich mich prügel.« Holt sah, wie unlustig Wolzow zu seinem Wort stand.

Vetter riß das Fenster auf. Sie schauten hinaus. Der mißhandelte Gefangene lag noch immer am Boden. Die anderen schaufelten.

Der Posten hielt sich ein paar Meter abseits. Wolzow stapfte über den Acker und rief: »Mensch, vielleicht benimmst du dich hier 'n bißchen zivilisiert!«

»Das geht schief!« flüsterte Gomulka.

Man konnte nicht verstehen, was der Posten antwortete, hörte aber Wolzow schreien: »Wer ich bin? Ich bin der Oberhelfer Wolzow! Genügt das?« Wieder sagte der Posten etwas, trat einen Schritt zurück und hob den Karabiner, während Wolzow schimpfte: »Drisch die Iwans im Lager! Aber nicht in unserer Batterie! ... Du!« schrie er, sprang zu dem Posten hin, und faßte ihn an der Bluse: »Was willst du mit der Knarre? Bist du verrückt? Nächstens schießen Deutsche auf Deutsche!« Er schüttelte den Posten und ließ ihn dann einfach stehen.

Er setzte sich wortlos wieder an den Tisch und nahm seine Karten auf. »Schiß hat er gehabt!« sagte Vetter. »Halt's Maul!« rief Wolzow. Dann fuhr er Holt an: »Das war das erste und letzte Mal, daß ich mich von dir in so was hineinziehen lasse! Du mit deinen verrückten Ideen! Viel zu weich bist du!« Holt fuhr herum: »So! Willst du mir die Freundschaft aufkündigen?« Er schrie: »Dann sag's doch offen! Meinst du, ich fürcht mich vor dir?«

Wolzow blickte auf Holt und sagte verblüfft: »Du bist wohl verrückt! Ich prügel mich doch nicht mit *dir*!« – »Einigkeit mama-macht stark!« sagte Rutscher. Wolzow rief: »Du stotterst ja wieder, Mensch, du mußt dir noch mal die Mandeln rausnehmen lassen!« Das Gelächter wirkte versöhnend.

Die Nacht am Geschütz war lang. Kutschera hatte Kurzurlaub. In der Batterie residierte Gottesknecht. Während des Schulunterrichts saßen die Jungen dann schlafend auf ihren Schemeln. Der Lehrer las mit monotoner Stimme aus einem Buch vor.

Mitten im Unterricht holte der UvD Wolzow auf die Befehlsstelle, die immer noch als Schreibstube diente. Holt fuhr aus dem Halbschlaf empor und wechselte einen Blick mit Gomulka. Zehn Minuten später ging abermals die Tür. Gottesknecht winkte Holt.

Holt hatte Gottesknecht noch nie so ernst gesehen, so sorgenvoll und verfallen. Der erste Abend fiel ihm ein. Damals hatte Gottesknecht das Gesicht eines müden, gealterten Mannes gezeigt. Heute sah er verzweifelt aus.

»Holt, kennen Sie Wolzows Onkel, den General? Wir müssen sofort etwas unternehmen. Wolzow ist eben von der Geheimen Staatspolizei abgeholt worden.«

Holt nahm die Worte hin wie einen Schlag. Unsinnige Angst faßte ihn. »Ich konnte nichts tun«, hörte er Gottesknecht sagen. »Ihr untersteht ja nicht einmal der Militärgerichtsbarkeit, so verrückt das ist. Kriegsrechtlich seid ihr Zivilisten. Das erleichtert andererseits eine Intervention von oben.« Im Keller der B 2 hielt ein Obergefreiter Telefonwache. Gottesknecht schickte ihn hinaus, ließ sich von der Untergruppe eine Amtsleitung geben und meldete ein Blitzgespräch an. Er rief abermals die Untergruppe: »Hör mal, Kleine, ich hab blitz Berlin verlangt, leg das sofort in die Hundertsieben!«

Holt fand keinen klaren Gedanken. Schließlich fragte er mühsam: »Und weswegen ...«

»Tun Sie doch nicht so!« fuhr Gottesknecht ihn an. »Das wissen Sie doch am besten! Ich kenn den Wolzow, der hätte keinen Finger gerührt. Sie stecken dahinter, Holt, kein anderer!«

»Herr Wachtmeister, ich ...«

»Halten Sie den Mund! Sie haben Ihrem Freund einen schlechten Dienst erwiesen!« Gottesknecht war aufgebracht wie noch nie. »Wenn das Theater wenigstens einen Sinn gehabt hätte! Aber wegen der Russen mit der SS anzubinden, das ist doch sinnlos! Was haben Sie sich bloß dabei gedacht?«

»Mir ist das alles erst hinterher eingefallen«, sagte Holt kläglich. Mitleid ist Schwäche, dachte er. Mit uns haben die Jagdbomber am Sonntag ja auch kein Mitleid gehabt! Daß mich der Gilbert bloß nicht verrät!

Das Telefon summte, Gottesknecht verzerrte das Gesicht vor Konzentration. »Bitte einen Augenblick, Herr Oberst!« Er reichte Holt den Hörer und flüsterte: »Sehn Sie zu, daß Sie den General persönlich an den Apparat bekommen!«

»Herr Oberst?« rief Holt mit heiserer Stimme. »Hier spricht

Luftwaffenoberhelfer Holt. Dürfte ich bitte den Herrn Generalleutnant Wolzow sprechen? Es handelt sich um seinen Neffen!«

»Gefallen?« fragte eine scharfe Stimme.

»Nein, Herr Oberst. Aber es ist dringend!«

Fern in der Leitung klang ein Besetztzeichen. Holt sagte leise: »Er holt ihn.« Gottesknecht flüsterte hastig: »Sagen Sie, er hat sich das nur verbeten, weil's unmittelbar vor der Baracke war! Vielleicht hat's ihn beim Schlafen gestört oder so! Sagen Sie, es ist ein Mißverständnis!«

Am anderen Ende der Leitung wurden Schritte laut, eine ruhige Stimme sagte: »Wolzow. Was ist los?« Holt erzählte stockend, so gut es ging. Am anderen Ende schrie es: »Ich muß schon sagen, daß ich das Theater mit euch Rotzjungen langsam satt habe!«

»Herr General«, sagte Holt verzweifelt, aber der Generalleutnant schrie wütend: »Wie stellen Sie sich das vor! Bin ich der liebe Gott?« Dann klang die Stimme ruhiger: »Ich werde sehen. Mahlzeit.« Es knackte. Aus, vorbei. Holt wischte sich den Schweiß von der Stirn. »Gelsenkirchen, sprechen Sie noch?« Holt legte den Hörer auf.

»Was hat er gesagt?« fragte Gottesknecht ungeduldig. Er lachte kurz. »Böse? Das glaub ich!« Erst jetzt wurde Holt völlig klar, was geschehen war. Wenn Wolzow ihn als Anstifter preisgab, dann holten sie auch ihn, und kein Generalsonkel half ihm aus der Schlinge.

»Wie bring ich das bloß dem Chef bei!« sagte Gottesknecht. »Und Sie, Holt, was machen wir, wenn die Sie auch noch holen?«

»Herr Wachtmeister«, sagte Holt, und er raffte allen Willen zusammen, trotz seiner Angst eine einigermaßen gute Figur abzugeben, »ich bitte Sie, Tatbericht einzureichen, daß ... ich der Anstifter gewesen bin!« Er hoffte inbrünstig, daß Gottesknecht diesen Vorschlag ablehnen würde.

»Sie sind ein Idiot!« sagte Gottesknecht. »Unüberlegt *und* dumm, Holt, das ist ein bißchen viel! Jetzt kommen Sie sich wohl mächtig edel vor, bei soviel teutonischer Aufrichtigkeit, was? Sie wären imstande und machen aus einem Dummejungenstreich eine Verschwörung, mit Anstiftern, Hintermännern und Statuten. Das war und bleibt ein Dummejungenstreich, verstehen Sie? Der Wolzow prügelt sich fürs Leben gern, das weiß hier jeder. Er prügelt sich mit allen, also zufällig auch mal mit einem SS-Mann. Anlaß? Braucht er keinen. Er prügelt sich aus Sport. Dabei bleiben wir, Holt! Es hat keinen Anlaß gegeben! Den Wolzow ärgert manchmal die Fliege an der Wand, und dann sucht er Händel. So war es auch gestern.«

»Jawohl, Herr Wachtmeister!«

»Merken Sie sich das, wenn der Chef Sie fragt, oder ein anderer. Was mach ich mit Ihnen?« Er überlegte. »Sie verschwinden. Wenn man nach Ihnen fragen sollte, sag ich, Sie haben Urlaub. So gewinnen wir Zeit, bis sich der General einschaltet. Morgen früh sind Sie wieder hier. Bewegen Sie sich ein bißchen vorsichtig. Warten Sie am Geschütz Anton auf mich, ich sag Ihnen dort Bescheid, wie die Dinge liegen. Verschwinden Sie.«

»Oberhelfer Holt meldet sich ab auf Nachturlaub!«

»Wer weiß noch von der Sache?«

»Gomulka, Rutscher und Vetter.«

Gottesknecht schüttelte den Kopf, als könne er alles gar nicht fassen.

Holt zog sich um und lief dann durch den Wald zur Straßenbahn. Aber er ging zu Fuß. Ein Glück, daß es Gertie gibt! Er läutete bei ihr an. Doch niemand meldete sich. Er setzte sich in einem Lokal abseits in eine Ecke. Vielleicht fahnden sie schon nach mir!

Geheime Staatspolizei, Gestapo, ein geläufiges Wort. Die Vorstellung, die sich mit diesem Wort verband, war vage und unklar. Holt erinnerte sich, wie Knack im Geschichtsunterricht den Charakter aller nationalsozialistischen Organisationen erläutert hatte, auch Wesen und Aufgabe der Geheimen Staatspolizei. Holt bemühte sich, einige dieser Definitionen in seinem Gedächtnis wachzurufen. Die Geheime Staatspolizei ist der unerbittliche Wächter über die innere Sicherheit des Reiches, oder so ähnlich. Das verjüngte deutsche Volk schützt seine rassische Grundlage, seine Einigkeit und Kraft hart und rücksichtslos gegen alle Anschläge des Weltjudentums, und es bedient sich hierzu der SS und der Geheimen Staatspolizei. Oder: Die Gestapo ist der Arm des Führers, der unbarmherzig allen Feinden des Reiches das Handwerk legt. Oder: Hätte es 1918 schon eine Gestapo nationalsozialistischen Gepräges gegeben, so würde die Revolution der Zuhälter und Deserteure brutal im Keim erstickt worden sein …

Jetzt erst fiel Holt auf, daß jede dieser Definitionen mit einem Beiwort wie »unbarmherzig«, »brutal« oder »rücksichtslos« versehen war, was den Begriff »Geheime Staatspolizei« mit dem Geruch des Schrecklichen umgab. Womit hab ich angebunden! Was hab ich herausgefordert! Wie soll das enden! Immer neue Erinnerungen tauchten in seinem Bewußtsein auf, von weit her, gewaltsam aus dem Gedächtnis getilgt: »… Ruths Vater ist gar nicht wieder nach Hause gekommen, und niemand weiß, wo er jetzt ist …«, das hatte Marie Krüger erzählt, »und niemand weiß, wo er jetzt ist …« – »Im Generalgouvernement bringen sie die Juden zu Hunderttausenden um, die SS …«, das war Gertie. Und der alte Mann in seinem muffigen Zimmer: »… tötet die SS heute Hunderttausende von Menschen.«

Eine Welt des Grauens tat sich auf.

Er sprang auf, warf einen Geldschein auf den Tisch und trat ins Freie. Er lief in eine Telefonzelle. Sie war außer Betrieb. Er rannte planlos durch zerstörte Straßen, bis er ein Postamt fand. Endlich meldete sich Frau Ziesche. »Ich komm eben nach Hause, ich war bei Günter im Revier … Was gibt's? Wo sprichst du?« Er sagte: »Ich kann heut nicht in die Batterie zurück, erst morgen früh … Bitte, darf ich bei dir bleiben?« Sie lachte. Er begriff nicht, warum sie so lachte. »Komm schon!« Befreit hängte er den Hörer auf. Fürs erste war er geborgen.

Sie empfing ihn, nahm ihm den Stahlhelm ab und schob, als sie ihn ins Zimmer geleitete, gutgelaunt ihren Arm unter den seinen. »Was ist das für eine neue Mode?« sagte sie. »Meinst du wirklich, du mußt Gruselgeschichten erfinden, wenn du bei mir bleiben willst?« Jetzt wurde ihm klar, warum sie vorhin so gelacht hatte, und er sagte unwillig: »Du irrst dich. Ich bin in einer schlimmen Situation!«

Sie hörte sich an, was er erzählte, und während sie zuhörte, gefror ihr Gesicht. Noch ehe er fertig war, erhob sie sich, stellte das Radio ab und entzündete in nervöser Hast eine Zigarette. »Und was hast *du* damit zu tun?« – »Ich hab Wolzow angestiftet«, sagte er.

»Bist du denn nicht bei Trost?« sagte sie erregt. »Wie kannst du so etwas tun?« Er blickte ihr in das blasse, feindselig verschlossene Gesicht, tief enttäuscht. »Du hast recht«, sagte er müde. »Ich weiß, daß es nicht richtig war. Aber Verständnis solltest du eigentlich dafür haben.«

»Nein!« sagte sie scharf. »Da täuschst du dich gewaltig in mir. Ich bin eine deutsche Frau! Für so was habe ich nicht die Spur Verständnis!«

»Was denn, was denn«, sagte er fassungslos. »Wer hat mich denn konfus gemacht mit ›russischer Seele‹?« – »Ach …«, sagte sie gedehnt und sah ihn mit einem unbeschreiblichen Ausdruck an. »Jetzt soll ich wohl an diesem Wahnsinn schuld sein?« – »Jawohl, du!« rief er, außer sich vor Zorn. »Streng dich nur ein bißchen an und erinnere dich!«

»So nicht, mein Lieber«, sagte sie leise, aber drohend. »So auf gar keinen Fall! Du möchtest mich wohl in die Sache hineinziehen, ja? Gib dich keinen Illusionen hin, ich habe mehr Rückgrat als du!« Sie beugte sich über den Rauchtisch, das entstellte Gesicht ihm zugewendet: »Treib mich nicht so weit, daß ich Ziesche gegen dich zu Hilfe rufen muß!«

Holt fühlte, wie ihn die Beherrschung verließ. Er wollte Frau Ziesche anschreien. Aber da erfaßte ihn verzweifelte Schwäche. Apathisch saß er im Sessel. War also Geschwätz, was sie von »russischer Seele« erzählt hat, dachte er, hat sie gar nicht ernst gemeint …

»Such die Schuld erst einmal bei dir«, sagte Frau Ziesche, »bei den Einflüsterungen deines sauberen Herrn Vaters, bei deiner persönlichen Laschheit, der undeutschen Toleranz …!«

Das ist allerhand! dachte Holt empört, und nun wurden auch in ihm gemeine Gedanken hochgespült. »Drohen …«, sagte er, »mit deinem Mann drohen ist sinnlos! Du denkst nämlich gar nicht daran, ihn gegen mich auszuspielen, ich könnte ihm immerhin ein paar ... interessante Einzelheiten aus deinem Leben erzählen.« Das war deutlich. Sie stieß nervös die Zigarette in die Aschenschale. Er sah mit Genugtuung, daß er die rechte Tonart gefunden hatte.

»Du entpuppst dich ja in einer netten Weise«, sagte sie. Er fiel ihr ins Wort: »Ich hab nicht zu drohen angefangen!«

Sie schwiegen beide. »Ich hab gedacht, du hilfst mir«, sagte er, »stehst mir bei ... Aber du bist ja so unbeschreiblich falsch, daß ...« Jetzt fiel sie ihm ins Wort: »Du hast kein Recht, so mit mir zu sprechen!«

»Nein?« fragte er. Zum erstenmal im Leben war er zynisch: »Da möcht ich wissen, was man noch anstellen muß mit dir, eh man dieses Recht hat!« Das traf sie wie ein Schlag ins Gesicht.

»So!« sagte er und stand auf. »Ich geh!« Er hatte keine Freude mehr daran, sie beschimpft zu haben, er empfand weder Scham noch Genugtuung, er fühlte in diesem Augenblick nur Gleichgültigkeit und dahinter dunkel und drohend die Angst. Auf dem Korridor konnte er seinen Stahlhelm nicht finden. Als er ihn schließlich auf einem Korbstuhl liegen sah, öffnete sich die Wohnzimmertür; Frau Ziesche war bleich, und die dunklen Augen glühten in dem blassen Gesicht. Leise, doch sehr deutlich sagte sie: »Du unverschämter Kerl wirst dich jetzt sofort bei mir entschuldigen!« Er schaute sie ein wenig verwundert an und kam nicht los von ihrem Blick. Er sagte: »Es tut mir leid.« Er faßte ihre Hand: »Verzeih mir.«

»Wolltest du wirklich fort?« fragte sie später. – »Ja.« – »Und an mich hast du nicht gedacht?« – »Nein. Aber du hättest mir gefehlt.« – »Du bist ein dummer, unverschämter Junge«, flüsterte sie. »Und du bist falsch«, sagte er, noch immer böse. Aber sie drängte sich gegen ihn. »Jetzt bin ich nicht falsch«, flüsterte sie. Die Sirene trieb sie hoch.

Voralarm. Während Holt die Uniform überzog, stellte sie im Wohnzimmer das Radio an. Starke feindliche Kampfverbände im Anflug über der deutschen Bucht. Aller Voraussicht nach galt das nicht ihnen. »Wir hätten uns Zeit lassen können«, sagte er. Sie richtete im Wohnzimmer den Teetisch her, nun saßen sie ohne

Licht vor den weitgeöffneten Fenstern. Kurz vor Mitternacht heulten die Sirenen Vollalarm. »Ich hätte mich doch lieber anziehen sollen«, sagte sie, noch immer im Kimono. Er beruhigte sie: »Es sind abfliegende Verbände.« Zwanzig Minuten lang zogen die Bomber vorbei. Flak grollte im Norden. Sie standen am Fenster. Entwarnung! Sie sagte: »Jetzt ruf ich in der Batterie an und frag nach dir!« – »Mitten in der Nacht? Frag lieber nur, wenn sich Gottesknecht meldet, er wird bestimmt noch auf der B 2 sein!«

Holt brachte sein Ohr dicht an ihr Gesicht; so konnte er mithören. Gottesknecht meldete sich. »Holt? Wer spricht denn da? Ach so! Nein, Holt hat Ausgang. Er wird morgen früh zu sprechen sein. Hier liegen günstige Nachrichten für ihn.« Frau Ziesche sagte noch: »Das hört man gern!« Holt warf sich aufatmend in einen Sessel.

Am Morgen schob sie ihm ein großes zusammengerolltes Heft unter den Arm. »Schau dir das an, damit du siehst, für wen du dich eingesetzt hast.« Er stopfte die Zeitschrift durchs Koppel und rückte die Mütze zurecht, sie stellte sich auf die Zehenspitzen und flüsterte, den Mund an seinem Ohr: »Komm bald wieder!«

In der Straßenbahn nahm er sich das Heft vor. Vom Titelblatt grinste ihn eine grauenhafte Menschenfratze an. Darunter große, fahle Buchstaben: »Untermenschen ...«, »IB Sondernummer«. Viele Seiten lang die gleichen tierischen Gesichter, mittelalterliche Teufelsmasken, verzerrt, mit gebleckten Raubtierzähnen. Ab und zu eine kurze, einprägsame Textzeile: »Das Reich ist bedroht!« Oder: »Das Antlitz Judas, lüstern nach deutschem Blute!«

Auf dem Batteriegelände wurden neue Baracken aufgestellt. Gottesknecht winkte Holt zu sich heran. »Wolzow ist wieder da.« Er ging neben Holt durch die Feuerstellung. »Es war ein Mißverständnis, wie ich dachte.« Holt sagte: »Ich habe Ihnen zu danken, daß ...« – »Scheren Sie sich zur Hölle!« rief Gottesknecht.

In der Stube saß Wolzow, frühstückte und erklärte: »Minsk ist gefallen! Ich hab also recht behalten!« Als Holt eintrat, rief er unbefangen: »Wieder im Lande?« Er räumte Brot und Wurst in den Spind. »Sepp, Werner, kommt mal mit zur Leitungsprobe!«

Am Geschütz erzählte er. Man hatte ihn mit dem Wagen auf irgendeine Dienststelle gefahren und dort vor einen Obergruppenführer gebracht. Wolzow hatte die Anschuldigung, er habe einen SS-Mann im Dienst bedroht, sogleich zugegeben. Aber er hatte bestritten, daß dies wegen der Russen geschehen sei. Es habe sich vielmehr um eine »reine Privatsache« gehandelt, davon hatte er sich nicht abbringen lassen, auch nicht, als man drohte, die Wahrheit gewaltsam aus ihm herauszuholen. Dann war er in eine Kellerzelle gesperrt, nach zwei Stunden aber wieder herausgeholt und abermals vor den Obergruppenführer geführt worden. Inzwischen mußte schon ein Anruf aus Berlin vorgelegen haben, denn man behandelte ihn nun wesentlich sanfter. Wenn er den wahren Grund angebe, warum er den Posten bedroht habe, so könne er nach Hause gehen. Wolzow hatte sich erinnert, daß die SS-Leute am Abend vorher in der Kantine zusammengesessen und dort auf laute und rohe Weise über ihre Mädchen gewitzelt hatten. Dies gab er nun als Grund an. Die Schmähungen der SS-Leute gegenüber deutschen Frauen seien es gewesen, erklärte er, die ihn bewogen hätten, sich einige SS-Leute einzeln vorzuknöpfen, jedoch sei es dann am anderen Morgen bei dem einen geblieben. Man nahm diese Antwort zu Protokoll, auch Wolzows Bemerkung, die Anzeige sei ein »hundsgemeiner Racheakt«. »Na, und dann haben sie mich eben entlassen«, schloß er seine Erzählung. »Der Obergruppenführer hat mich noch furchtbar angebrüllt, ich soll meine Rauflust im Zaum halten, bis ich an der Front bin.«

»Du bist ganz korrekt behandelt worden?« fragte Gomulka gespannt. Wolzow sagte: »Ja. Aber im Keller, da haben die ein paar Typen als Schließer, Mensch, richtige Zähneeinschläger!«

Holt sagte: »Ich hatte Angst, du könntest mich verraten!« – »Wenn du wieder so eine verrückte Idee hast, dann such dir dazu einen andern!« fuhr Wolzow ihn an. »Von deiner Humanitätsduselei hab ich genug. Nimm dir ein Beispiel an Ziesche! Wenn's drauf ankommt, hat der mehr soldatische Härte als du!«

Kutschera schimpfte am anderen Tag vor versammelter Mannschaft über »die verdammte Händelsucherei von dem Wolzow«.

Tage später erhielt Wolzow einen wütenden Brief seines Onkels, darin er und seine Freunde mit groben Worten aufgefordert wurden, »derartige anrüchige Scherze ein für allemal zu unterlassen«. Damit war die Angelegenheit abgetan.

Die Julitage reihten sich aneinander, trocken und heiß, dann diesig und trübe. An einem regnerischen Tag wurde die Batterie zum zweiten Male von Tieffliegern angegriffen. Eine Kette Mustang-Jagdbomber stürzte sich auf die Geschütze Dora und Cäsar. Der Sachschaden war gering. Aber zwei Tote und sechs Schwerverwundete blieben liegen. Gomulka sagte: »Das ist alles erst der Anfang. Verlaß dich drauf!«

12

»Holt«, sagte Gottesknecht eines Tages, »verdient haben Sie's nicht, aber ich gebe Ihnen einen guten Rat. Reichen Sie sofort ein Urlaubsgesuch ein, Sie und Wolzow, auch Gomulka, ehe es zu spät ist! Wie's mit unserer Mannschaftsstärke aussieht, das wissen Sie. Noch ein paar Ausfälle, und mit Urlaub ist's vorbei!«

Über dem Ruhrgebiet lag eine Hitzewelle. Dunst verschleierte die Mittagssonne. Türen und Fenster der Baracke standen offen, aber kein kühlender Luftzug strich durch die überhitzten Stuben. »Wir sollen den Chef gleich um Urlaub angehn«, sagte Holt. Gomulka rief: »Still!« Wolzow las aus der Zeitung vor: »... ›und so wird die Schlacht im Osten immer mehr zur großen Bewährungsprobe der Einzelkämpfer. Den Vorstößen schneller sowjetischer Kräfte begegnen unsere Kampfgruppen durch Zusammenschluß in einzelnen Widerstandsräumen ...‹« Gomulka meinte: »Da hast du tatsächlich recht behalten mit deiner Lageeinschätzung!« Wolzow las weiter: »›Während der feindliche Einbruch in Minsk von Südosten und Nordosten her geschah, stehen weiter südöstlich bis zur Beresina hin immer noch deutsche Truppen, die sich unter fortgesetzten Durchbruchskämpfen nach Westen zurückschlagen.‹« – »Also eingekesselt!« sagte Gomulka und nahm Wolzow die Zeitung aus der Hand. »Außerdem geht eindeutig daraus hervor, daß es im Osten ein Bewegungskrieg geworden ist: ›Der Feind versucht‹, heißt es, ›die Bewegung weiterhin aufrechtzuerhalten.‹«

Holt schielte auf Ziesche. Ziesche schlief, oder er gab vor zu schlafen. »Und noch immer keine Gegenmaßnahmen?« fragte Holt. »Lies den Wehrmachtbericht!«

Gomulka blätterte in der Zeitung. »Gegenmaßnahmen?« Es zuckte in seinem Gesicht. »Moment! Invasionsfront ... Also: ›im Mittelabschnitt der Ostfront stehen unsere Truppen bei drückender Hitze in auch für uns verlustreichen Kämpfen ...‹«

Wolzow unterbrach ihn: »Da muß was los sein!« Ziesche richtete sich auf und glotzte verschlafen.

»Das hat es im ganzen Krieg noch nicht gegeben«, sagte Gomulka. »Da brauchst du gar nicht so 'n ungläubiges Gesicht zu machen, Ziesche, schau dir die Wehrmachtberichte an, vom Polenfeldzug bis heute! Das ist das erstemal, daß es heißt ›in auch für uns verlustreichen Kämpfen‹.« Er las weiter: »›Die heldenmütige Besatzung von Wilna‹ ...« – »Wilna?« rief Holt erschrocken. »Na ja doch«, sagte Gomulka, »Wilna ist schon vor drei Tagen erreicht worden. ›An Wilna vorbei dringt der Gegner weiter nach Westen und Südwesten vor.‹« Er legte die Zeitung fort. »Sieht also nicht nach Gegenmaßnahmen aus.«

Holt saß deprimiert am Tisch. Eben noch hatte er sich auf den Urlaub gefreut. Nun war ihm diese Freude verdorben. Er wunderte sich nur immer wieder über die anderen, die all die niederschmetternden Nachrichten so empfindungslos hinnahmen oder aber ihre Gefühle besser als er zu verbergen wußten. Vetter jedenfalls rief von seinem Bett: »Scheiß auf Wilna! Die solln uns hier mal ausschlafen lassen, das ist wichtiger!«

Sie schrieben Urlaubsgesuche. Holt überlegte noch einmal: Was fang ich mit dem Urlaub an? Mutter? Nein. Vater? Nein. Holt hatte seit Weihnachten nichts mehr von ihm gehört und vor ein paar Wochen, als die mitteldeutschen Industriezentren bombardiert worden waren, nur durch eine der vorgedruckten Mitteilungskarten erfahren, daß sein Vater lebte. So blieb nur Wolzows

Einladung. Wolzow und Gomulka hatten ihn immer wieder aufgefordert, mitzukommen. Solange man noch Freunde hat, ist alles gut! Freunde, dachte er mit leichtem Mißbehagen. Gab es zwischen Wolzow und ihm nicht eine leise Entfremdung? Aber dann erinnerte er sich an die verwilderte Villa, die Sommertage am Fluß … und an Uta! Dieser Gedanke war unangenehm. Frau Ziesche fiel ihm ein.

Er konnte unmöglich auf Urlaub fahren, ohne vorher mit ihr gesprochen zu haben. Vielleicht hatte sie Zeit, vielleicht konnten sie zusammen verreisen, wie Weihnachten … Er saß sinnend und dachte: Ob es noch einmal so wird wie damals? Seltsam, überall die gleiche Entfremdung! Er zog sich rasch die Ausgehuniform an. »Wo willst du hin?« fragte Wolzow. – »Zum Zahnarzt.« Wolzow begann zu grinsen. Da schrillte die Alarmglocke. Wolzow lief in der Badehose zum Geschütz, das Drillich unter dem Arm.

Die Sonne prallte senkrecht in den Geschützstand. Holt, in der Uniform aus Wollstoff, suchte vor den sengenden Strahlen vergeblich im Mannschaftsbunker Schutz; das Erdreich war so heiß, daß die Luft aus dem Bunker wie aus einem Backofen schlug. Er zog sich die Bluse aus. Schröder, einer der Schlesier, saß statt seiner an der Seitenrichtmaschine. »Feuerbereitschaft!« meldete Ziesche, der auch die Ausgehuniform trug. Sie setzten die Stahlhelme auf. – »Einzelne schnelle Feindflugzeuge …« – »Die obligaten Mosquitos«, sagte Gomulka. Wolzow zog sich den Ladehandschuh wieder aus und setzte sich auf einen Holm.

»De Havilland Mosquito«, sagte er dann träumerisch. »Die sind als Aufklärer vollständig unbewaffnet. Sie fliegen so schnell, daß unsere Jäger sie nur im Sturzflug einholen können.«

Ziesche fragte: »Aus was für Kanälen stammt diese Weisheit eigentlich?« Wolzow warf den Zigarettenstummel auf den Boden. »Das hat im ›Völkischen Beobachter‹ gestanden! Aber du liest ja bloß immer die Schlagzeilen, die Kommentare mußt du lesen! Du bist zwar ein guter Nationalsozialist, aber du könntest dir endlich ein bißchen militärische Sachlichkeit angewöhnen.«

»Rohre Richtung neun!« schrie Ziesche. In der Ferne erhob sich ein dunkles Grollen. »Die 12,8-Batterien in Bottrop schießen!«

Wolzow zog sich wieder den Ladehandschuh an und dozierte weiter: »Damit stellst du dir nämlich ein unnötiges Armutszeugnis aus, wenn du die militärische Wahrheit als Zersetzung ansiehst. Nächstens sagst du noch, der Führer treibt Zersetzung, wenn er die Lage als ernst bezeichnet.«

In den Städten heulten die Sirenen Entwarnung. Ziesche schaltete am Mikrophon. »Anton verstanden. Feuerbereitschaft aufgehoben. Die schnellen Feindflugzeuge sind ins Reich eingeflogen ... Zwei Mann bleiben an den Geschützen. Die anderen können essen gehen.« – »Ich bleib«, sagte Wolzow. »Sepp, bring mir das Essen her!«

Holt zog die Bluse an und lief zur B 2. Gottesknecht furchte die Stirn. »Pünktlich siebzehn Uhr wieder hier, verstanden? Und hören Sie sich beim ›Zahnarzt‹ mal die Luftlagemeldungen an, wenn Kampfverbände einfliegen, dann kommen Sie sofort zurück!«

Holt trabte im Laufschritt zur Straßenbahn. Vor dem Hauptbahnhof stieg er aus und lief zu Fuß weiter. Zehn Minuten später klingelte er bei Frau Ziesche. Sie lief in einem Strandanzug in der Wohnung umher und hatte in der Küche Bier auf Eis stehen. »Seit den letzten Angriffen will Ziesche unbedingt, daß ich hier weggeh! Ich soll zu ihm nach Krakau kommen! Außerdem werde ich dauernd angemeckert wegen der großen Wohnung. Ziesche schreibt, es wäre besser, wenn ich zwei Zimmer abgebe, damit die Volksgenossen nicht sagen können, die Partei macht Schiebung.«

»Eigentlich könntest du hierbleiben, bis ich zum RAD geh«, sagte Holt. »Wir sind vorige Woche gemustert worden. Es sind ja nur noch sechs Wochen.«

»Ausgerechnet nach Krakau!« sagte sie. »Dort sind doch bald die Russen! Da fühl ich mich hier im Keller noch wohler!« – »Hör doch mal zu!« rief Holt. »Ich will was mit dir besprechen!«

Sie hörte sich Holts Urlaubspläne an und überlegte lange. »Es wäre schön«, sagte sie. »Ich kenne einen Ort im Bayrischen Wald ... Nein ... Es geht nicht! Du hast Urlaub, fährst nicht nach Hause, und gleichzeitig verreise ich, Ziel unbekannt ... Das *muß* ja auffallen!«

Er war enttäuscht. »Überleg dir doch Ausreden!« Sie schüttelte den Kopf. »Ich kann das nicht riskieren. Es wäre herrlich, aber es geht nicht.« Nach einer Weile setzte sie hinzu: »Wenn Günter Ziesche nicht wäre!« – »Wenn, wenn!« sagte er. »Alles verdirbt er mir, dieser ekelhafte Kerl!« – »Sei friedlich«, meinte sie. – »Dann bleib wenigstens hier, bis ich zum RAD geh«, bat er, »ich hab sonst niemanden.« – »Werde nicht sentimental, dazu ist gar kein Grund.«

Als der Drahtfunk meldete: »Über dem Reichsgebiet befindet sich kein feindlicher Kampfverband«, lag Holt neben Frau Ziesche auf dem Bett. Die Fenster waren weit geöffnet. Er versuchte noch einmal, sie zu überreden: »Hast du nicht irgendwo Verwandte, daß du sagen kannst ...« – »Es geht wirklich nicht! Mir tut es selbst leid.« Ihm war, als höre er Schritte in der Wohnung. Das mußte ein Irrtum sein. »Und wenn du vorausfahren würdest«, fragte er hartnäckig, »und ich komm später nach? Da kann doch keinem was auffallen!«

Die Tür öffnete sich, und auf der Schwelle des Schlafzimmers stand Ziesche, tatsächlich, Luftwaffenoberhelfer Ziesche, den Stahlhelm am Riemen in der Rechten; Holt erschrak und zog nur die Steppdecke über Frau Ziesche.

Ziesche sagte hilflos: »Aha ... aha ... aha!«, und ehe sie noch recht begriffen hatten, war er verschwunden wie ein Spuk. Die Tür blieb offen. Draußen fiel die Vorsaaltür ins Schloß. Holt sagte wütend: »Dieses Schwein ... Dieses schwule Schwein!«

Frau Ziesche zitterte vor Schreck. Sie war bleich. »Um Gottes willen!« Er wollte sie beruhigen, aber sie hörte auf nichts und stammelte: »Erledigt ... erledigt, er schreibt's seinem Vater!« Dieser Gedanke schreckte nun auch Holt. Er überlegte schwerfällig, was da zu tun sei. Gilbert muß helfen, und Ziesche muß schwören, nichts zu verraten! dachte er zuerst. Aber dieser Gedanke war sinnlos. Auf Wolzow war nicht zu rechnen, und Ziesche würde sich lieber totschlagen lassen, ehe er darauf verzichtete, seine Stiefmutter samt Holt ans Messer zu liefern. Holt saß im Bett, die Knie bis unters Kinn gezogen, und dachte: Elend, verfluchtes!

Frau Ziesche lag bewegungslos neben ihm. Sie sah auf einmal

verfallen aus. »Er jagt mich weg«, flüsterte sie, »er jagt mich einfach weg!« – »Warte ab«, sagte Holt. »Er wird's nicht erfahren, dafür laß mich sorgen.« Er hatte keine Ahnung, was er tun sollte, aber der Weg in die Stellung war lang, und unterwegs würde ihm schon etwas einfallen. Er stand auf, nahm seine Sachen und ging ins Bad. Er ließ sich eiskaltes Wasser über den Kopf laufen. Frau Ziesche folgte ihm, fröstelnd trotz der Hitze. »Er darf es nicht seinem Vater schreiben«, sagte sie, ein wenig gefaßter. Sie redete auf Holt ein: »Werner, was du tust, ist gleichgültig. Aber er darf es nicht seinem Vater schreiben! Du kennst den alten Ziesche nicht, er ist eitel und rachsüchtig.« Angst griff nach Holt. Er kämmte sich, warf den Kamm hin und sagte: »Ich werde sehen.«

Er fuhr in die Batterie. Natürlich fiel ihm auch auf dem Wege nichts ein. Er dachte: Welch bodenloser Leichtsinn! Das durfte nicht passieren! Und: Ich werde erst einmal mit ihm reden.

In der Stube saß Wolzow am Tisch und stocherte mit dem Zirkel auf der Karte herum. Gomulka las. Ziesche fehlte. »Laß ihn mal lieber in Ruhe«, sagte Gomulka. »Er wollte auf Nachturlaub gehen, dann ist er wiedergekommen, mit einer Stinklaune. Jetzt sitzt er in der Kantine und schreibt.« Ziesche schrieb also schon! Es war höchste Zeit.

Es dämmerte in dem öden Kantinenraum. Hinter der Theke schlief der Küchenchef auf einem Stuhl. Vor einem der kleinen, verdreckten Fenster saß Ziesche an einem Tisch und schrieb. Als er Holt eintreten sah, raffte er seine Papiere zusammen. Holt setzte sich ihm wortlos gegenüber. Ziesches Gesicht war noch gedunsener als sonst, war blaß und rotfleckig, und die Augen blickten voller Haß.

Holt sagte: »Hör mal zu!« – »Hau ab«, sagte Ziesche böse. »Hau bloß ab!« – »Sachte!« meinte Holt. Aber Ziesche brüllte los: »Verschwinde, du … du … du Schwein! Mit dir red ich nicht! Du hast die Ehre meines Vaters …« – »Lauter!« sagte Holt. »Noch lauter, damit der Küchenbulle was davon hat!« Der Obergefreite hinter der Theke war aufgewacht und schaute verständnislos auf die beiden Jungen. Dann schloß er seine Schränke ab und verließ die Kantine.

»Ich will dir mal was sagen«, meinte Holt. »Du hast was gesehen, was du besser nicht gesehen hättest. Wir beide denken da anders drüber, es hat gar keinen Zweck, daß wir uns lange unterhalten. Aber daß du dich hinsetzt und brühwarm alles deinem Alten schreibst, das ist ... erbärmlich ist das! Wenn du dich beleidigt fühlst und für'n Groschen Mut hast, dann machst du das mit mir ab und läßt deinen Vater aus dem Spiel!«

Es war ein rettender Gedanke: Wenn Ziesche zu bewegen war, die Sache als eine Art Ehrenhandel aufzufassen, dann war viel gewonnen. Aber Ziesche zischte Holt ins Gesicht: »Gib dir keine Mühe!« Und schon wieder schreiend: »Ich laß die Ehre meines Vaters nicht von dir antasten! Schluß! Jetzt ist endgültig Schluß, jetzt wird aufgerechnet, vom ersten Tag an, deine ganze morsche Intellektualität ... deine undeutsche Sittenlosigkeit ... alles wird abgerechnet ...« Seine Stimme überschlug sich. Holt verstummte vor diesem Ausbruch. Heiser fuhr Ziesche fort: »Daß du die Frau zur ... zur ... daß du sie zur Hure gemacht hast, dafür wirst du von meinem Vater die Quittung bekommen! Du und sie! Und das werdet ihr noch bereuen ... bereuen ... bitter werdet ihr das bereuen!«

Holt war ratlos. Er sprang auf und packte Ziesche an der Bluse. Aber da schlug lärmend die Alarmglocke. »Da bist du grade noch mal um deine Prügel gekommen!« sagte Holt. Ziesche stopfte zitternd vor Wut seine Papiere unter die Bluse, dann lief er ans Geschütz.

»Schneller Kampfverband über Nordwestfrankreich im Anflug auf die Reichsgrenze.« Dabei blieb es. Drei Stunden verstrichen, es wurde Nacht. Die Flakwehrmänner schliefen im Mannschaftsbunker. Ziesche meldete: »Feuerbereitschaft!« In den Städten heulten die Sirenen. »Gleich Vollalarm?« sagte Gomulka verwundert. »Starke Kampfverbände über Holland im Anflug auf den Raum Köln–Essen«, rief Ziesche. Wolzow trieb die Flakwehrmänner aus dem Bunker. Aber die Verbände änderten ihre Flugrichtung und flogen weit im Norden vorüber. »Scheinangriffe, Verschleierungsmanöver«, sagte Gomulka. »Die veralbern uns und die Nachtjäger!« Die Sirenen heulten Entwarnung. Die Luftlagemeldungen sprachen später von Bombenabwürfen im Raum Groß-Berlin.

Holt unterhielt sich mit Gomulka. Von der B 2 her hörte man Kutschera brüllen. Ein paar Scheinwerfer suchten den Himmel ab. Die Nacht war hell. Am Zenit standen Sterne. Ringsum lagerten Dunstbänke. Im Süden wurde ein Hochofen abgestochen, brennende Gichtgase färbten den Himmel blutigrot. »Was haben die schon für Bomben geschmissen!« sagte Wolzow. »Und die Werke arbeiten immer noch!« Ziesche rief: »Ruhe ... Weitere starke Kampfverbände über dem Kanal im Anflug auf den Raum Emden–Oldenburg.« Ringsum in den Städten heulten wieder die Sirenen. Eine halbe Stunde später hieß es: »In Küstennähe starke Nebelbildung. Bomber suchen Ausweichziele.« – »Da kommen sie hierher.« Wolzow sprach mit den Flakwehrmännern: »Wenn sie Christbäume setzen sollten, dann wird erst die Munition aus der Zweitausstattung rangeholt, verstanden?« Das Auf und Ab der Sirenen: Vollalarm! Schon summten am Himmel die Bomberpulks, und nahe im Osten fielen Leuchtzeichen, gleißend hell, sie markierten die Siedlung, die wie eine Insel im Westen zwischen den Werken lag. Nervös tasteten Scheinwerfer über den Himmel und erloschen, ehe die optischen Feuerleitgeräte ein Ziel auffassen konnten. Das schwere Summen der Bombermotoren wuchs von Nordwesten heran. Ringsum setzte wütendes Flakfeuer ein. Die fallenden Leuchtkaskaden erhellten den Geschützstand. Ziesche rief: »Schießen mit Funkmeßgerät!« Und sofort: »Düppel-Störung! Starres Sperrfeuer Richtung drei!« Er brüllte die Richtwerte in den Geschützstand. »Barrikade ... marsch!« Die Abschüsse verschmolzen mit den nahen Bombeneinschlägen zu einem einzigen langanhaltenden Donner. Holt, mit einer Kopfbewegung, sah Wolzow breitbeinig hinter dem Geschütz stehen, ohne Helm, und sah ihn mit gleichmäßigen Bewegungen Patrone auf Patrone ins Rohr schieben.

Feuerpause.

Die Flakwehrmänner warfen stumm die leeren Kartuschen aus dem Geschützstand, irgendwer zählte: »Neununddreißig, vierzig, einundvierzig.« Holt dachte erstaunt: Einundvierzig Schuß? Die Kaskaden erloschen. Im Osten war der Himmel nun brandrot, die Flammen schlugen gleich hinter dem zerfetzten Wäldchen, hinter den Schrebergärten hoch. Ein hohles Fauchen drang bis in die Stellung; in der großflächigen, dicht bebauten Siedlung entwickelte sich rasch ein Feuersturm. Einer der Flakwehrmänner, an der Wand des Geschützstandes, krümmte sich zusammen, die Hände vors Gesicht geschlagen. »Seine Leute … dort drüben«, sagte jemand rauh. »Egal!« rief Wolzow. »Reiß dich zusammen!« Er fettete den Verschluß ein. Wieder zitterte die Luft im Motorengeräusch. »Düppel-Störung!« schrie Ziesche, mit einer kratzigen Stimme, und Holt dachte schadenfroh: Hat er sich vorhin heiser gebrüllt! »Barrikadenfeuer! Höhe fünfunddreißig-dreißig, Seite achtundvierzig-zwanzig, Zünder zwohundert Grad vom Kreuz!« Holt rückte den Kopfhörer zurecht. »Barrikade … marsch!« schrie Ziesche. Aufs neue stiebte bei jedem Abschuß der trockene Staub ins Gesicht. Die Augen brannten, geblendet vom Mündungsfeuer. Er hörte nicht, daß Ziesche Feuerpause befahl. Auf einmal war es still. In die Stille keuchte Wolzow: »Jetzt haben die Schweine Sprengbomben in die Flammen geschmissen!«

Abermals neue Einflüge. Über Frankreich steuerten starke Kampfverbände den Raum Koblenz–Saarbrücken an. »Die haben heut nacht aber viel vor«, sagte Gomulka. Wolzow zog mit einem Flakwehrmann den Wischer durchs Rohr.

Erst morgens gegen vier, als es schon taghell war, wurden die letzten Pulks im Abflug gemeldet.

Holt hatte keine Vorstellung, wie der Streit mit Ziesche beizulegen sei. Als sie die Plane über die Kanone zogen, beobachtete er Ziesche und atmete auf, als er ihn wie alle anderen in die Stube gehen sah, wo er sich erschöpft aufs Bett warf.

Den Papierkram mußte er noch unter seiner Bluse tragen. Einen Augenblick dachte Holt daran, ihm den angefangenen Brief mit Gewalt zu entreißen.

Ziesche schlief, leise schnarchend. Alle schliefen. Nur Holt lag abgespannt und übermüdet wach und suchte einen Ausweg. Er erwog, sich doch noch Wolzow anzuvertrauen, ihn abermals beim Wort zu nehmen ... Gegen sieben Uhr trieb ihn die Alarmglocke wieder ans Geschütz.

Der Morgen war frisch und klar. Im Osten, wo die Siedlung bombardiert worden war, lagerte eine undurchdringliche Rauchbank und verschleierte den Horizont. Die Leitungsprobe mit den optischen Feuerleitgeräten war kaum vorüber, als schon einzelne schnelle Maschinen gemeldet wurden. Sie flogen den Rhein entlang nach Süden. Ziesche meldete starke Kampf- und Jagdverbände über Südostholland. Gomulka sagte: »Bomber mit Jagdschutz? Da werden sich unsere Jäger freuen!« – Wenn's nur nicht wieder Tiefangriffe gibt, dachte Holt sorgenvoll.

Wolzow begann zu fluchen. Jetzt, da die Flakwehrmänner die Stellung verlassen hatten und die Jungen allein am Geschütz waren, stellte es sich heraus, daß nachts die Munition aus den Bunkern am Geschütz verschossen worden war. »Also los«, befahl Ziesche, »Patronen von der Zweitausstattung ranholen! Tempo!« Während sie die Körbe über den Acker zum Geschütz schleppten, wurde das Auf und Ab der Sirenen laut. Zugleich erhob sich auf der Befehlsstelle das übliche Geschrei.

Holt warf den zentnerschweren Korb auf den Acker und lief zum Geschütz. Er brachte in der Aufregung nicht den Stecker des Kopfhörers in den Kontakt an der Seitenrichtmaschine. »Rohre Richtung neun!« schrie Ziesche. Irgendwer sagte: »Pfadfinder!« Nur schwaches Motorengeräusch drang an Holts Ohr. Er blickte auf. Drei Maschinen zogen über den Himmel, sehr schnell. Wahrscheinlich Lightnings! In der klaren Luft standen auf einmal schmale, hohe, scharf begrenzte Rauchsäulen. Holt begriff nur langsam. »Sie stecken uns ab, mit Rauchzeichen!« brüllte Ziesche außer sich. Holt sah sich erstaunt nach allen Seiten um: überall standen die Rauchzeichen über der Stellung, vor ihm, beim Kugelbaum mußte das sein, riesenhaft, und hinter ihm, bei der Kantine, und nun erst begriff er, daß dies Zielmarkierungen und sie selbst das Ziel waren ... Auch Wolzows Stimme war heiser: »Heut sind wir dran!« Fern, rasch stärker werdend, erscholl Motorenlärm. »Fliegeralarm ... Flugzeug neun«! schrie Ziesche verzweifelt. »Schießen mit Kommandohilfsgerät, direkter Anflug!« In Holts Kopfhörer sprach es klar und deutlich: »Seite steht bei neunundvierzig-dreißig ...« – »Anton feuerbereit!« schrie Ziesche. »Gruppenfeuer ... « – »Schön zügig Patronen her!« rief Wolzow, und Ziesche brüllte überschnappend: »Gruppe!« Holt zog den Kopf zwischen die Schultern und drückte sich eng ans Geschütz. Der Schuß schmetterte und ließ die Kanone aufbocken, die Kartusche klirrte auf einen Holm. In Holt zog Ruhe ein: Gilbert schießt! Noch ehe er das gewaltige Rauschen wahrnahm, diesen heranheulenden Orkan, erlosch der helle Morgen, die Erde hob sich und schwankte und bebte, und Holt war es, als falle er ins Bodenlose ... Als er sich aufraffte und nicht wußte, was geschehen war, zitterte die Luft unter den nahen Bombermotoren, und ringsum gab es keinen Geschützstand mehr, nur noch umgepflügte Erde und zersplitterte Balken, und mittendrin kauerte Wolzow am Boden, und vor ihm kniete Gomulka und wickelte ihm ein Verbandpäckchen um die Stirn. Holt spuckte Schlacke und Erde aus. Wo war die Kanone? Er sah sie umgestürzt, statt des schlanken Rohres ragte ein Holm der Kreuzlafette in den Himmel, dahinter lagen ein paar blaugraue Gestalten bewegungslos auf der schwarzen Schlacke. Er kroch zu Wolzow hin, der sich den Helm auf den verbundenen Kopf stülpte: »Los! Zu Berta!« Holt taumelte mühsam hoch, warf einen Blick auf die leblosen Gestalten hinter und unter dem umgestürzten Geschütz, dann lief er über den zerklüfteten Acker. Er sah am Himmel, breit auseinandergeweht, die Rauchzeichen, er sah eine Kette viermotoriger Bomber in geringer Höhe die Stellung anfliegen und warf sich zu Boden. Die Abschüsse zweier Geschütze erschreckten ihn so sehr, daß er sich in einen riesigen Bombentrichter hinabrollte. Dort lag Wolzow, mit blutigem Gesicht, und schrie: »Die zweite Welle!« Der Motorenlärm der tief anfliegenden Bomber war so stark, daß Holt kaum verstand. Wie ein Windstoß fegte es über ihn hin. Zugleich traf ihn die Schallwelle mit solcher Gewalt, daß er sekundenlang nach Atem rang. An seinem Ohr stöhnte Wolzow: »Munition ... Jetzt ist Munition in die Luft geflogen ...«

Das Dröhnen der Motoren ließ nicht nach. Ein einzelnes Geschütz schoß und verstummte. Holt und Wolzow kletterten aus dem Trichter und liefen zu Geschütz Berta.

Dort hatten Gomulka und Vetter und zwei von den Schlesiern Schutz vor den Bomben gesucht und machten nun in fieberhafter Eile die Kanone feuerbereit. Wolzow wuchtete den Verschluß auf. »Werner Geschützführer! Sepp K 1! Christian K 6! Los doch, Schröder, steh nicht rum und mach K 2! Du hier, du bist K 7 ...« Holt legte das Kehlkopfmikrophon um den Hals. Welch Wunder, die Leitung hatte Strom! Mit unbeschreiblicher Erleichterung vernahm er Gottesknechts Stimme. Wolzow rief: »Wir brauchen Munitionskanoniere!« – »Hier Berta!« meldete sich Holt. »Besetzt mit sechs Kanonieren von Anton. Wir brauchen Munitionskanoniere!« – »Ich schick euch Leute vom Funkmeßgerät«, sagte Gottesknecht. »Berta! Wer ist Geschützführer? Sind Sie das, Holt?« – »Jawohl.« – »Wie sind die Verluste an Anton?« – »Ich weiß nicht.« Es summte in der Leitung. »Geschütze ... melden!« – »Hier Berta!« Nur das Geschütz Cäsar folgte. Auf der B 2 brüllte Kutschera: »Wollt ihr wohl zu Dora und Emil Notleitungen legen!«

Ein paar Luftwaffenhelfer drängten sich in den Geschützstand. »Was gibt's auf der B 2?« fragte Gomulka. Es gab nur Schäden durch Luftdruck. Bei Geschütz Frieda waren die Munitionsbunker detoniert. Die Leute vom Funkmeßgerät sagten apathisch: »Dort rührt sich nichts mehr!« Wieder nahte Motorenlärm. Gottesknechts Stimme, im Kopfhörer, fremd und rauh: »Fliegeralarm! Flugzeug neun! Direkter Anflug! ... Die dritte Welle!« Holt brüllte die Kommandos heraus, ohne es zu wissen. Die Kanoniere meldeten eingestellt. »Berta feuerbereit!« Er blickte zum Himmel, dort zog abermals eine Kette viermotoriger Bomber heran. »Gruppenfeuer! ... Gruppe!« Wolzow lud rasch und sicher. Nur zwei Kanonen schossen. »Gruppe!« Wolzow zog schon ab. Das Rohr fuhr immer höher empor. »Wendepunkt!« Die Kanone schwenkte nach Osten. Das Rauschen der Bomben war im Schießen untergegangen, ringsum wuchsen die Rauchpilze und Erdfontänen zum Himmel, der Geschützstand bebte. Holt keuchte: »Gruppe!« Tatsächlich, Wolzow lud und zog ab; Gottesknechts Stimme sagte im Kopfhörer: »Diesmal ging's weit daneben!« Wolzow schob in einer wahren Raserei Patrone um Patrone ins Rohr und schoß ohne Befehl und ohne Pause, bis Vetter meldete: »Zünder über Bereich!«

»Feuerpause!« Gottesknechts Stimme im Kopfhörer: »Einen Moment! Luftlage!« Es dauerte lange, bis er sich wieder meldete. »Alle Verbände im Abflug. Feuerbereitschaft aufgehoben.« – »Berta verstanden.« Holt war auf einmal unsagbar müde. Er riß die Hörergarnitur herunter und reichte sie Wolzow, der auf einem Holm saß, den verbundenen Kopf in die Hände gestützt.

Holt lief zu Anton.

Er fand sich in der Stellung nicht zurecht. Zwischen den Geschützen war die Erde wie umgepflügt. Bombentrichter gähnten. Der Geschützstand von Anton war ein Haufen Erde, aus dem zersplitterte Teile der Holzverschalung ragten. Holt kletterte über die Reste des Erdwalles zu der umgestürzten Kanone. Er stieß auf Rutscher, der mit dem Unterkörper zwischen dem Pfahlwerk des Bunkers und der Lafette eingeklemmt und zerquetscht worden war. Der Anblick war schrecklich. Holt wurde übel. Er erinnerte sich unvermittelt an Rutschers große und schöne Schwester ... Er stieg über den Leichnam hinweg. Vor einem eingedrückten Munitionsbunker, aus dem die blanken Granatpatronen massenweise herausgerutscht waren, lagen zwei weitere Gestalten. Die eine, kleinere war nicht zu erkennen, denn das Gesicht war zertrümmert und der Stahlhelm bis über die Augen herabgeglitten. Daneben lag Günter Ziesche, noch durch die Geschützführerleitung mit der Kanone verbunden. Er lag mit ausgebreiteten Armen auf dem Rücken, in einer Blutlache, und das Blut war aus Ohren, Nase und Mund geflossen. Das Gesicht war seltsam in die Breite gezogen. Wie ist das nur geschehen? dachte Holt ... Rutscher und Ziesche, dachte er ... Er kauerte sich auf den Boden, öffnete Ziesche die Bluse, zog die Papiere hervor und steckte sie in die Hosentasche. Dann nahm er ihm die Erkennungsmarke ab, auch dem Kleinen, den er nicht erkennen konnte.

Gomulka war plötzlich bei Holt, noch andere Luftwaffenhelfer und ein paar Mann vom Batteriekommando. Gomulka sah

Rutscher, und sein Gesicht wurde grau. Gottesknecht stand erhöht auf dem Erdhaufen, der einmal ein Geschützstand gewesen war, das Notizbuch in den Händen. Holt reichte ihm die beiden Erkennungsmarken. »Der Rutscher ... Herr Wachtmeister ...« – »Es ist gut. Kümmern Sie sich um Berta.«

Gomulka sprang in einen Trichter, es würgte ihn, er erbrach sich. Dann sagte er: »Bei Frieda ... die ganze Bedienung ... in Stücke gerissen!«

Holt dachte auf einmal weit zurück. Ich hab das Elternhaus sattgehabt, ich hab die Schule sattgehabt, ich hab es nicht mehr erwarten können, ich hab mich nach dem Krieg gesehnt ...

Bei Berta saßen alle bedrückt und schweigend an der Kanone. Nur Wolzow tat, als wäre nichts geschehen. »Sechsunddreißig Bombentrichter«, sagte er. »Bomben von fünfzehn oder zwanzig Zentnern! Und der Erfolg? Zwei Geschütze sind ausgefallen. Das nenn ich aus dem vollen wirtschaften!« – »Laß dich verbinden«, sagte Holt. Durch Wolzows Verband sickerte Blut. Das Haar war verklebt, das Gesicht blutbeschmiert. Wolzow verließ den Geschützstand. Holt teilte die Bedienung neu ein.

Fehlt ein ordentlicher K 7, dachte er, nachts haben wir Flakwehrmänner, und was wird tagsüber? Er brüllte: »Los! Geschützreinigen!« Die Schlesier zogen gehorsam den Wischer durchs Rohr.

Auf dem Fahrweg hielten Sanitätsautos. Gomulka sagte: »Ich werde nie begreifen, was bei Anton passiert ist!« Da traten Kutschera und Gottesknecht in den Geschützstand. Der Hauptmann brüllte: »Heißer Morgen, was? Die Banditen haben meinen Hund erschlagen, das verzeih ich denen nie!« Holt sagte: »Wir brauchen einen K 3, einen K 7 und Munitionskanoniere!« Gottesknecht notierte. »Herr Wachtmeister«, sagte Holt, als Kutschera gegangen war, »darf ich mal telefonieren?« Gottesknecht sah ihn zerstreut an. »Warten Sie. Die Leitungen sind noch überbeansprucht.« Er dachte nach. »Wenn Sie telefonieren, dann können Sie mir eine ... Benachrichtigung abnehmen.«

Die Baracke war so sehr durchgeschüttelt worden, daß ihr Inneres einem Trümmerfeld glich. Es dauerte zwei Stunden, ehe sie ein wenig Ordnung geschaffen hatten. Ein Bombentreffer hatte die Latrine weggefegt, der Unrat klebte an den Barackenwänden. Wolzow, noch immer mit durchblutetem Verband, stützte beide Hände in die Hüften. »Das ist ein uraltes Kampfmittel«, sagte er. »Schon die alten Römer haben mittels sogenannter Ballisten Scheiße in belagerte Städte geschossen.« Holt schrie ihn an: »Scher dich ins Revier!« Er lief in die Schreibstube, wo Gotteskiecht über den Mannschaftslisten saß. »Dreizehn Tote, Holt, es ist furchtbar!« Er klopfte mit dem Stift auf die Liste. »Die Bedienung Frieda bis auf den letzten Mann. Neun von den Schlesiern, die waren alle erst sechzehn.« Holt fragte beklommen: »Wie ist das passiert?« – »Volltreffer. Es müssen Neunhundert-Kilo-Bomben gewesen sein.« – »Und bei uns, bei Anton? Ich versteh das nicht.« – »Eine Bombe ist dicht hinter den Erdwall im Norden gefallen; was an der Nordwand stand, ist gewissermaßen in Feuerlee gewesen ... Wer weiter weg stand, muß in den Druck- und Splitterbereich geraten sein.« – »Da hat der Sepp ein Riesenglück gehabt! Er stand links an der Höhenrichtmaschine.« Gotteskiecht sagte: »Ihr alle habt ein Riesenglück gehabt.« Er erhob sich. »Ich lasse Sie allein, tun Sie mir den Gefallen.«

Holt wartete lange auf eine freie Amtsleitung. Nun war das Gestern wieder gegenwärtig, so fern, als sei ein Jahr darüber hingegangen. Er wählte. Jetzt könnte sie doch mit mir verreisen, dachte er, aber das Blut stieg ihm zu Kopf bei diesem Gedanken. Frau Ziesche meldete sich: »Ich hab kein Auge zugetan, die ganze Nacht! Was ist los? Seid ihr auch bombardiert worden? Ich hör die tollsten Gerüchte!« – »Ja. Es war schlimm. Wir haben dreizehn Tote.« – »Und Ziesche? Was ist mit Ziesche? Er darf auf gar keinen Fall an seinen Vater schreiben!« Er unterbrach sie. »Ziesche kann nicht mehr an seinen Vater schreiben. Er ist tot.« – »Tot?« fragte sie und zog das Wort in die Länge. »Bist du sicher, daß er nicht schon gestern abend geschrieben hat?« Er stand starr. »Nein. Er hat nicht geschrieben.« Die Verbindung wurde unterbrochen, die Untergruppe verlangte den Chef. Holt schaltete den Apparat nach Kutscheras Baracke.

Er stand unbeweglich in der Schreibstube. Welch Glück, daß

die Verbindung abgerissen war! Plötzlich schlugen seine Zähne aufeinander. Er fror. Er trat ins Freie.

Die Stellung wimmelte von Kriegsgefangenen, die an den Bombentrichtern schaufelten. Am Geschütz Anton wartete eine der schweren Zugmaschinen. Ein Dutzend drillichgekleideter Flaksoldaten von der Untergruppe richtete mit Hebebäumen und Seilwinden die umgestürzte Kanone auf. Auch Gottesknecht stand dort, mit Vetter und Gomulka. Ein paar Gefangene arbeiteten schon an dem zertrümmerten Geschützstand. Holt ging zu Gottesknecht. Wolzow meldete sich ab ins Revier. Gottesknecht musterte Holt und sagte: »Jetzt müssen Sie die Zähne zusammenbeißen!« Holt lief davon ... Es ist ja vorbei! Er warf sich auf sein Bett.

13

Wolzow kehrte schon am folgenden Tag in die Batterie zurück. Er sah ziemlich mitgenommen aus. Man hatte ihm Dutzende von kleinen Holzsplittern aus Stirn- und Kopfhaut gezogen. »Da ist nicht ein Bett mehr frei im Revier«, erzählte er. »Die 109. Batterie hat fünf Tote, die 136. vierzehn. Die Verletzten haben sie bis nach Bochum in ein Reservelazarett bringen müssen.«

Am Abend schaltete er Ziesches kleines Radio ein. »Der Kasten dürfte hin sein!« sagte Gomulka. Aber auf einmal tönte aus dem Lautsprecher die harte Stimme des Sprechers. Holt fuhr kerzengerade auf seinem Bett empor. »... Juli neunzehnhundertvierundvierzig. Auf den Führer wurde heute ein Sprengstoffanschlag verübt. Aus seiner Umgebung wurden hierbei verletzt: Generalleutnant ...«

»Das ist ...«, rief Gomulka. »Still!« fuhr Wolzow ihn an. »... Mitarbeiter Berger. Leichtere Verletzungen trugen davon: Generaloberst Jodl, die Generale Korten ...« Holt blickte immer abwechselnd auf Wolzow und Gomulka. Wolzow beugte sich aufmerksam über das Radio. Gomulka hielt den Mund offen und starrte wie hypnotisiert auf einen Fleck an der Wand. »... Bodenschatz, Heusinger, Scherff ...« Vetter richtete sich auf, ganz langsam, und sein

Gesicht spiegelte Verständnislosigkeit. »... Führer selbst hat außer leichten Verbrennungen und Prellungen keine Verletzungen erlitten«, sagte der Sprecher im Radio. »Er hat unverzüglich darauf seine Arbeit wieder aufgenommen und wie vorgesehen den Duce zu einer längeren Aussprache empfangen ...« – »Den Duce?« sagte Vetter. »Er hat den Duce ...?« Wolzow herrschte ihn an: »Ruhe!« – »... traf der Reichsmarschall beim Führer ein.«

Schluß, aus.

Die harte Stimme war verstummt. Wolzow stand schweigend, den Kopf schräggelegt. Aus dem Radio ertönte Marschmusik. Vetter fragte, als habe er nichts verstanden: »Ein Attentat? Ein Bombenattentat? So ein richtiges Bombenattentat?« Wolzow entschloß sich: »Das müssen wir melden! Wer weiß, ob das außer uns jemand gehört hat!« Er nahm seine Mütze. »Komm, Werner!«

Draußen war es noch immer heiß. Die Sonne stand in den Dunstbänken über dem Horizont. Holt packte Wolzow am Arm. »Was hat das zu bedeuten?« – »Woher soll ich das wissen?« sagte Wolzow. Sie liefen über den Lattenrost, der außerhalb der Feuerstellung unbeschädigt auf dem Acker lag. Zwischen den Geschützständen schaufelten die Gefangenen an den Trichtern.

Gottesknecht stand vor der Schreibstube und rauchte seine kurze Pfeife. »Na, ihr Dioskuren?« fragte er freundlich. »Holt, wie sehn Sie denn aus? Ist Ihnen der Schock gestern so tief in die Galle gefahren?«

Wolzow trat einen Schritt an Gottesknecht heran. Der Wachtmeister nahm die Pfeife aus dem Mund und zog ein eigenartiges, gespanntes Gesicht. Er blieb eine Weile schweigend stehen. Dann meinte er: »Es ist gut. Der Chef ist zur Untergruppe gerufen worden und noch nicht zurück ...« Er rührte sich nicht vom Fleck. »Der ... Führer lebt, sagen Sie?« – »Jawohl. Aber ein paar Generäle sind verletzt, Jodl, Heusinger, Admiral Voß, ich hab mir nicht alle Namen merken können ...« Gottesknecht nickt abwesend, tief in Gedanken. Dann rückte er seine Mütze zurecht und verschwand wortlos in der Schreibstube. Wolzow sagte: »Beim Major, da wird der Chef vielleicht schon Einzelheiten erfahren.« – »Ich versteh das alles nicht«, sagte Holt hilflos. »Denkst du, ich?« meinte Wolzow.

In der Stube plärrte das Radio noch immer Marschmusik. Vetter und Gomulka stritten miteinander. »Und Badoglio?« schrie Vetter. »Wie war das bei Badoglio?« Gomulka machte eine abweisende Handbewegung. Er sah erschöpft und verfallen aus. »Hört doch mit dem Gequatsche auf«, sagte Wolzow. Er dämpfte die Musik. Holt saß verwirrt und apathisch auf einem Schemel. Ein paar Flakwehrmänner polterten durch den Korridor in die große Stube. Holt sah auf die Uhr, es war noch nicht acht. Wolzow fuhr ihn plötzlich an: »Sitzt der Kerl hier rum! Du bist mir ein schöner Geschützführer! Hast du denn deine Nachtbedienung schon beisammen?« Holt erhob sich widerwillig.

Während der Leitungsprobe ging Gottesknecht von Geschütz zu Geschütz. »Sie bekommen einstweilen drei Mann von Dora, und Flakwehrmänner. Morgen früh wird neu eingeteilt.«

Holt war so müde, daß er nur noch einen Gedanken kannte: Schlafen, mag kommen, was will! In der Stube warf er sich aufs Bett. Schon nach einer Stunde knuffte ihn Wolzow in die Rippen: »Raus! Gefechtsschaltung!« Der übliche schnelle Kampfverband flog über das Ruhrgebiet hinweg.

Im Geschützstand warteten die Flakwehrmänner, die nun die Nachricht von dem Attentat in der Batterie verbreiteten. Vetter sagte: »Also, mir ist das jetzt restlos klar. Das sind diese Bolschewisten gewesen.« Wolzow meinte: »Und wie kommen die Bolschewisten ins Führerhauptquartier? Wo gibt's denn so was!« – »Also dann waren das diese Kommunisten«, sagte Vetter.

Einer der Flakwehrmänner sagte leise und gleichgültig: »Kommunisten? Deutsche Kommunisten? Die sind alle im KZ oder im Zuchthaus.« – »Da gehören sie ja wohl auch hin!« rief Wolzow scharf.

Erst kurz vor Mitternacht meldete der Luftwarndienst den schnellen Kampfverband im Abflug über der deutschen Bucht. Wolzow und Holt zerrten die Persenning über die Kanone. Vetter sagte: »Die Flakwehrmänner sind komisch.« – »Proleten«, knurrte Wolzow.

In der Stube drehte Vetter an dem kleinen Radio, aus dem noch immer Marschmusik ertönte. Er sagte aufgeregt: »Der Führer spricht!« Da wurde schon die Tür aufgerissen. Auf der Schwelle stand Kutschera, groß und bedrohlich. Vetter brüllte: »Achtung!« Der Hauptmann winkte ab. »Alles in die Kantine! Gemeinschaftsempfang!«

Holt hatte sich nur die schweren, benagelten Schuhe ausgezogen und war angekleidet auf sein Bett geklettert. Übermüdung und Abgespanntheit hatten einen solchen Grad erreicht, daß er alles distanziert wie ein Zuschauer im Kino erlebte, unbeteiligt, gleichsam von fern, ohne innere Anteilnahme. Geht mich alles nichts an, dachte er. Ich wach plötzlich auf, da sitzt Ziesche auf seinem Bett und quatscht: Der nordische Mensch ist zur Neuordnung Europas bestimmt, oder so ähnlich ... Holt sprang vom Bett. Ist das tatsächlich erst gestern passiert? Ein Tag ist wie tausend Jahre, aber warum hat Kutschera nicht den UvD geschickt?

»Vetter!« schrie Kutschera, und seine Stimme dröhnte wie ein Gong. »Was sagen Sie zu dem Anschlag auf unseren Führer Adolf Hitler?«

»Ich?« stammelte Vetter. »Was ich ...? Meinen Sie, was ich ...?« – »Sie pennen wohl!« schimpfte Kutschera. Gomulka sagte unaufgefordert: »Herr Hauptmann, in den letzten vier Tagen haben wir keine fünf Stunden geschlafen!« Kutschera wandte Gomulka das Pferdegesicht zu, aber da rief Gottesknecht auf dem Korridor: »Herr Hauptmann, jeden Augenblick beginnt die Führerrede!«

In der Kantine drängten sich übermüdete Luftwaffenhelfer, Obergefreite und Flakwehrmänner. Gottesknecht bediente den großen Radioapparat, der sonst in der Chefbaracke stand.

Holt hatte weit hinten, in einer Ecke, Platz genommen, wo er sich wenig beobachtet fühlte. Er machte es sich auf dem harten Stuhl so bequem wie möglich. Wolzow saß neben ihm. Holt war nur noch halb wach, die klirrende Musik aus dem Lautsprecher wirkte einschläfernd. In diesem Schwebezustand zwischen Wachen und Schlafen war die Phantasie seltsam rege. Nun verstummte die

Marschmusik. Der Ansager redete und redete. Großdeutscher Rundfunk, angeschlossen die Sender … Sender und immer mehr Sender, dann war es still, eine lange Weile, und Holt dachte: Es geht gleich los! … Er legte den Kopf auf die Seite, so sah er Wolzows Profil. Sein Verstand taumelte an der Schlafgrenze entlang. Wolzow ist der beste Mann in der Geschützstaffel, deutsche Volksgenossen und Volksgenossinnen, und so einen Ladekanonier soll sich eine Batterie erst einmal suchen! Ich weiß nicht, zum wievielten Male nunmehr ein Attentat auf mich geplant und zur Durchführung gekommen ist, zum wievielten Male?, na, aber das muß der Führer doch eigentlich wissen, komisch, so was merkt man sich doch, also, ich würde mir das genau merken, ein Bombenattentat passiert ja schließlich nicht alle Tage … Holt riß die Augen auf. Der Führer spricht! dachte er. Es war ein Zauberwort von Kindheit an: Der Führer spricht! Und zwar spricht er heute besonders aus zwei Gründen: erstens, damit Sie meine Stimme hören und wissen, daß ich selbst unverletzt und gesund bin, zweitens damit Sie aber auch das Nähere erfahren über ein Verbrechen, das in der deutschen Geschichte … hoppla, nicht einschlafen! … Eine ganz kleine Clique ehrgeiziger, gewissenloser und verbrecherischer dummer Offiziere … Holt fuhr aus dem Halbschlaf hoch … hat ein Komplott geschmiedet, um mich zu beseitigen … Holt versuchte, den Schlaf abzuschütteln, es gelang, nur die Augen brannten, aber der Verstand war für ein paar Augenblicke hellwach, Holt hatte das Gefühl, jemand habe ihm einen Eimer eiskalten Wassers über den Kopf gegossen. Offiziere? Ein Komplott deutscher Offiziere gegen den größten Führer aller Zeiten?

»Die Bombe, die von dem Oberst Graf Stauffenberg gelegt wurde, krepierte zwei Meter von meiner …«

Stauffenberg? Holt war nicht fähig, sosehr er sich auch Mühe gab, der Rede Wort für Wort zu folgen. Einzelne Satzfetzen hakten sich in seinem Denken fest. Oberst Graf Stauffenberg? Ein Oberst legt eine Bombe? Was hat das zu bedeuten, wie ist das zu verstehen, was war damit bezweckt …?

»… bis auf ganz kleine Hautabschürfungen und Verbrennungen. Ich fasse das als eine Bestätigung des Auftrages der Vorsehung auf, mein Lebensziel ...«

Vorsehung, dachte Holt. Er erschlaffte. Müdigkeit und Erschöpfung waren so stark, daß sie auch die Erregung niederzwangen. Ein Schleier zog sich über sein Bewußtsein, seine Gedanken liefen bunt wie im Traum durcheinander. Vorsehung, Schicksal ... Daß Ziesche heute morgen umgekommen ist, das ist auch die Vorsehung gewesen, sonst wär mir's nämlich dreckig gegangen, Gertie und mir ... Es ist eben doch gut, daß es eine Vorsehung gibt ... Glaube an die Vorsehung, Glaube an Gott ... Ich glaube an einen Sinn der Geschichte, das hab ich doch irgendwann einmal gehört, der Doktor Goebbels muß das gesagt haben, in einer Rede ... Ich glaube ... aber mein Vater, mein Vater? ... der hat immer das Gesicht verzogen, wenn einer vom Glauben sprach, von der Vorsehung ... Kunststück: Der Intellektuelle glaubt nicht, weil er nicht glauben kann, das hab ich auch gelesen, bei Hanns Johst, und mein Vater ist überhaupt ein typischer Defätist, ein richtiger Miesmacher! In der Schule mußte ich mal zwei Seiten Hanns Johst auswendig lernen: Es gibt in der Provinz des Glaubens keine Problematik, sondern eine Gnade, ja, keine Problematik, sondern eine Gnade, das hab ich damals nicht verstanden, heute versteh ich's: man muß an den Führer glauben, an die Vorsehung, an den Endsieg, an die Me 163, an die V 1, an den neuen Ein-Mann-Torpedo, auch wenn die Russen bei Wilna weiter nach Westen vordringen, na, und mit der Invasion, vonwegen: die Brust hebt sich im Vorgefühl der entscheidenden Stunde ...

»Schlaf nicht!« Holt wurde in die Seite gestoßen, das war Wolzow. Na ja doch! Der Führer spricht! Holt sah sich blinzelnd um: alles starrte wie gebannt auf das Radio. Die heisere Stimme im Lautsprecher schrie: »... wie im Jahre 1918 den Dolchstoß in den Rücken zu führen ...«

Richtig, der Dolchstoß! dachte Holt schläfrig. Das war wohl die größte Gemeinheit damals! Wenn man sich das so überlegt, ein Dutzend Zuhälter und Deserteure, und sie haben der Front einfach die Waffe aus der Hand gewunden ... aber im Lesebuch stand: Und ihr habt doch gesiegt ... und schlägt's dich in Scherben, ich steh für zwei, und geht's zum Sterben, ich bin dabei ...

»... ganz kleiner Klüngel verbrecherischer Elemente, die jetzt unbarmherzig ausgerottet werden ...«

Ausgerottet: das hörte Holt noch, dann nickte er ein. Aber Wolzow stieß ihn derb in die Seite: »Mensch, hör zu!« Holt raffte sich noch einmal auf und mühte sich, der Stimme im Radio zu folgen. »... befehle daher in diesem Augenblick: Erstens, daß keine Zivilstelle irgendeinen Befehl entgegenzunehmen hat von einer Dienststelle, die sich diese Usurpatoren anmaßen. Zweitens, daß keine Militärstelle, kein Führer einer Truppe, kein Soldat irgendeinen Befehl dieser Usurpatoren ...«

Was bedeutet bloß Usurpatoren? grübelte Holt, das muß doch aus dem Lateinischen kommen, ach ja, usu rapere, damit war Wiese mal dran, Peter Wiese, der hat's gut, der ist daheim und kann schlafen! »... entweder sofort zu verhaften oder bei Widerstand augenblicklich niederzumachen ...« Niederzumachen, auszurotten, dachte Holt, er begann zu frieren, aber das ließ ihn wieder munter werden. »... freudig begrüßen«, hörte er verständnislos, da er den Zusammenhang verloren hatte, »daß es mir vergönnt war, einem Schicksal zu entgehen, das nicht für mich Schreckliches in sich barg, sondern das den Schrecken für das deutsche Volk gebracht hätte. Ich ersehe daraus auch einen Fingerzeig der Vorsehung, daß ich mein Werk weiterführen muß und daher weiterführen werde ...« Stille. Eine andere Stimme: »Großdeutscher Rundfunk ...« Vorbei!

Ringsum setzte heftiger, wenn auch gedämpfter Stimmenlärm ein, alles redete durcheinander. Holt klapperte mit den Zähnen. »Batterie ...«, rief Gottesknecht langgezogen, und der Stimmenlärm verstummte, »... Achtung!« Ein einziges, donnerndes Füßeaufstampfen. Luftwaffenhelfer und Flakwehrmänner standen bewegungslos. Kutscheras Stimme, rauh und brüllend wie je, füllte den niedrigen Kantinenraum. »Befehle werden nur von direkten Vorgesetzten entgegengenommen!« Pause. Dann: »Die schwere Heimatflakbatterie 107 steht in bedingungsloser Treue zum Führer! Sollte jemand in der Batterie ...« Pause. Dann: »... oder sollte irgendeiner unter den Flakwehrmännern glauben, jetzt könnte man bißchen aufwiegeln, Zersetzung treiben ...« Pause. Dann: »Den leg ich selber um, an Ort und Stelle! Da bin ich mir gar nicht zu fein dazu!«

Die Tür fiel ins Schloß. Gottesknecht ließ auf die Stuben wegtreten. Holt sah auf die Uhr. Es war null Uhr dreißig Minuten. Luftwaffenhelfer und Flakwehrmänner verloren sich in der Weite des Batteriegeländes, kletterten in der Dunkelheit durch das Kratergebirge der halb zugeschütteten Bombentrichter. Auf der B 2, bewegungslos, mit umgehängtem Gewehr, stand ein Obergefreiter Posten.

Zwei, drei Tage vergingen. Nacht für Nacht dröhnte der Himmel, fielen Leuchtzeichen, lohte das Feuer der Brände.

Holt schlief erschöpft. Als ihn jemand wachrüttelte, lag er mit dem Gesicht zur Wand, und es dauerte lange, bis er munter wurde. Er wälzte sich herum, sah die gelbe Schnur, den Stahlhelm ... Der UvD stand an seinem Bett. Holt richtete sich auf. Der Obergefreite sagte mit halblauter Stimme: »Werden Sie endlich wach! Sofort zum Chef!«

Zum Chef? Holt schaute verständnislos. Was soll ich früh um vier beim Chef, was will Kutschera von mir? »Was soll ich denn ...« – »Reden Sie nicht, stehen Sie auf! Schnell!«

Holt schnürte die Schuhe zu und überlegte. Wieder bemächtigte sich seiner das Angstgefühl und wurde zur Panik: Die Russen! Es kann nur wegen der Russen sein! Hätt ich damals bloß nicht den verdammten Wahnsinn angezettelt! Was gingen mich die Gefangenen an!

»Stahlhelm auf«, sagte der UvD.

Wer mag mich verraten haben? Jetzt, nach drei Wochen? Er fühlte mechanisch mit den Händen nach, ob alle Knöpfe geschlossen seien. Oder ... was kann er sonst von mir wollen, mitten in der Nacht? Der Gedanke an Ziesches Tagebuch fuhr ihm durch den Sinn. Ziesches Tagebuch! Aber das hatte Gottesknecht an sich genommen, und Gottesknecht ... Nein!

Es war fast taghell. Auf dem Fahrweg hielt ein großer Personenkraftwagen. Vor der Chefbaracke stand Gottesknecht. Holt sah ihn im Vorbeigehen hilfeflehend an. Nickte er nicht beruhigend mit dem Kopf?

In der verdunkelten Chefunterkunft brannte trübes Licht. Der UvD meldete. Dann stand Holt allein, mutterseelenallein, mit dem Rücken zur Tür. Er riß sich zusammen. Die Hacken knallten, der rechte Arm flog zum Gruß empor: »Oberhelfer Holt meldet sich wie befohlen!« Sekunden zogen sich in die Länge, dann sagte Kutscheras Stimme: »Sie können rühren.«

Jetzt erst nahm Holt Einzelheiten des matt erleuchteten Raumes in sich auf. Die Luft war von Tabakqualm verschleiert. Ein unberührtes Feldbett, zwei Sessel an einem Rauchtisch, ein Schreibtisch, Telefon, das große Radio ... Hinter dem Schreibtisch hockte ein Zivilist. In einem der Sessel saß Kutschera mit aufgeknöpftem Waffenrock, neben ihm ein fremder Offizier, nein, ein SS-Führer, und Holt entschlüsselte rasch die Schulterstücke: Rangstufe eines Oberleutnants, ein SS-Obersturmführer muß das also sein ... Obersturmführer ... daß ich mich bloß nicht irre! Zum Glück fiel ihm noch ein, daß bei der SS die Anrede »Herr« wegfiel.

»Näher ran, Holt«, sagte der Hauptmann. Auch wenn er ganz leise sprach, war seine Stimme gewaltig. Holt gehorchte. Der fremde SS-Führer sagte: »Sie sind Werner Holt?«

»Jawohl, Obersturmführer!«

Frage und Antwort fielen Schlag auf Schlag. Kutschera hörte gelassen zu und rauchte.

»Kriegsfreiwilliger?«

»Jawohl, Obersturmführer. Panzertruppe.«

»Was ist Ihr Vater?«

»Mediziner, Obersturmführer. Jetzt Lebensmittelprüfer.«

»Ihr Vater mußte 1938 gemaßregelt werden. Wie stehen Sie dazu?«

Holt zögerte mit der Antwort, aber dann sagte er: »Ich hab seit Jahren kaum Kontakt mit ihm. Er ist mir sehr fremd.«

»Warum sind Sie dann Weihnachten zu ihm auf Urlaub gefahren?«

»Er ... hatte mich eingeladen, Obersturmführer.« Das war eine Lüge. »Ich fühlte mich verpflichtet.«

»Sie waren nur einen Tag bei Ihrem Vater, und Sie haben sich dort nicht wie vorgeschrieben auf der Urlauberstelle des Wehrbezirkskommandos gemeldet. Wo waren Sie die anderen drei Tage?«

Ja um Gottes willen, woher weiß er denn das alles?

»Los, Antwort!«

»Ich war in einem Dorf im Kreis Wesel … es heißt Dingden. Dort hab ich in einem Gasthof gewohnt. Gasthof ›Zur Quelle‹.«

»Haben Sie sich dort gemeldet?«

»Ins Gästebuch eingetragen und ausgewiesen, Obersturmführer.«

Eine Handbewegung nach links, und der Zivilist hinter dem Schreibtisch nickte und notierte. Sie werden das nachprüfen, dachte Holt, verdammt, da steht ja auch Gertie im Gästebuch! Aber was will er nur von mir, das sind doch alles nur Randfragen …

»Kennen Sie einen Oberst Barnim?«

»Jawohl, Obersturmführer, das heißt, nein …«

»Was denn nun: ja oder nein?«

Das war die entscheidende Frage, Holt fühlte es genau. Schon lief unter dem Stahlhelm Schweiß hervor und rann übers Gesicht. »Ich kenne ihn nicht persönlich, Obersturmführer, ich habe ihn nie gesehen oder gesprochen.«

»Wen kennen Sie aus seiner Familie?«

»Die beiden Töchter, Obersturmführer. Die älteste Tochter kenne ich persönlich, die jüngere nur so vom Sehen.«

»Die älteste Tochter heißt Uta?«

»Jawohl, Obersturmführer.«

»Wann waren Sie mit ihr das letztemal zusammen?«

»Im September, Anfang September vorigen Jahres, Obersturmführer.«

»Wo bewahren Sie die Briefe auf, die sie Ihnen seither geschrieben hat?«

Holt schluckte. »Im Spind, Obersturmführer.«

Eine verbindliche Handbewegung zu Kutschera. »Gottesknecht!« brüllte Kutschera. In Holts Rücken ging die Tür. »Herr Hauptmann?« Der Obersturmführer sagte zu Holt: »Erklären Sie, wo die Briefe liegen!«

Holt blickte auf Gottesknecht. »Mein Spind ist offen … Oben links … eine Mappe, die Briefe sind zusammengebunden …«

»Bringen Sie die ganze Mappe!« sagte der Obersturmführer. Die Tür fiel ins Schloß. Ehe Holt einen Gedanken fassen konnte, ging die Fragerei weiter.

»Kennen Sie einen Leutnant Kiefer?«

Holt überlegte. Kiefer, Kiefer, warte doch mal …

»Antworten Sie!«

»Ich habe einmal in einer Gesellschaft einen Leutnant getroffen, der mit Uta Barnim verlobt war. Ich komm nicht mehr drauf, ob er Kiefer hieß. Kann sein. Er war von der Panzertruppe.«

»Wann war das?«

»Voriges Jahr im Juli, Obersturmführer.«

»Was war das für eine Gesellschaft?«

»Die Schwester eines Klassenkameraden hatte Geburtstag. Ich kam zufällig dazu.«

»Wie heißt dieser Klassenkamerad?«

»Wiese, Obersturmführer.«

Blick auf Kutschera. Kutschera bewegte verneinend den Kopf. Handbewegung nach links, der Zivilist notierte. »Kannten Sie damals die Barnim schon?«

»Nein, Obersturmführer. An diesem Nachmittag hab ich sie kennengelernt.«

An diesem Nachmittag … unvergeßlicher Augenblick! Holt fühlte sich elender als je zuvor, fast kam ihm ein Weinen an.

Die Tür knarrte, Gottesknecht sagte: »Befehl ausgeführt!« und legte Holts Schreibmappe auf den Rauchtisch. Der Obersturmführer nahm die Briefe heraus und blätterte sie durch, es war ein ansehnlicher Packen.

»Sind das alle Briefe, die sie Ihnen geschrieben hat?«

»Jawohl, Sturm … Verzeihung, Obersturmführer.«

»Fehlt keiner?«

»Nein, Ober … sturm … führer.«

»Was ist los?«

»Nichts, Obersturmführer.«

»Die Briefe sind beschlagnahmt.« Nun wurde die Mappe durchgesehen, aber sie enthielt nur unbeschriebenes Papier. Handbewegung nach links, der Zivilist erhob sich und verließ grußlos die Baracke.

Der Obersturmführer richtete den Blick prüfend auf Holt, einen scharfen, durchdringenden Blick aus hellgrauen Augen. Holt hielt diesem Blick stand. Aber in seinem Inneren breitete sich ein Schwächegefühl aus, das seine Knie beben ließ. Die Stimme des Obersturmführers klang sehr nahe: »Wissen Sie, wo die Barnim sich aufhält? Können Sie uns einen Hinweis geben, wo sie sich vielleicht aufhalten könnte?«

»Ich habe wirklich keine Ahnung, Obersturmführer«, sagte Holt, und seine Stimme zitterte.

»Sollte die Barnim Ihnen in Zukunft irgendwelche Nachricht geben, gleichgültig ob brieflich oder telefonisch oder sonstwie, sollten Sie auf irgendeine Weise von ihr hören oder etwas über ihren Aufenthalt erfahren, so haben Sie sofort der Geheimen Staatspolizei, der Polizei oder Feldgendarmerie, notfalls Ihrem Vorgesetzten davon Mitteilung zu machen, unter Hinweis darauf, daß nach der Barnim gefahndet wird. Haben Sie verstanden?«

»Jawohl, Obersturmführer.«

»Nehmen Sie Haltung an!«

Holt zog die Hacken zusammen.

»Hiermit belehre ich Sie darüber, daß Sie sich selbst der schwersten Bestrafung aussetzen, falls Sie im angenommenen Fall eine Meldung unterlassen.«

»Jawohl, Obersturmführer.«

Der Obersturmführer wandte sich an Kutschera. »Ich bin fertig, Hauptmann Kutschera.« Kutschera bellte: »Haun Sie ab, Mensch, und halten Sie gefälligst den Mund.«

Holt bewegte sich nicht. Er preßte verzweifelt die Hände an die Hosennaht. »Herr Hauptmann … Ich bitte, eine Frage an den Obersturmführer …« – »Da müssen Sie doch nicht mich fragen«, schimpfte Kutschera. Der Obersturmführer sah Holt befremdet an.

»Was wollen Sie?«

»Ich bitte fragen zu dürfen«, sagte Holt mühsam, denn Gewißheit wollte, nein *mußte* er haben, »ob ... ob Uta Barnim ... Ob der Oberst Barnim ...«

»Der Oberst Barnim«, sagte der Obersturmführer drohend und schnell, »ist erschossen worden.«

Ist erschossen worden. Erschossen.

»Und Sie als Deutscher sollen sich Ihr Lebtag schämen, mit diesem Abschaum bekannt gewesen zu sein!«

Kutschera: »Und jetzt raus, Sie, aber schnell!«

Gruß. Kehrtwendung. Tür auf. Tür zu. Die Sonne scheint. Sie steigt aus den Dunstbänken empor. Alles geht weiter. Um acht wird geweckt. Auch ich werde geweckt, und alles war nur ein böser Traum. Zemtzki ist noch am Leben, es gibt keine Short Stirling mehr, keine Kanone und keinen Stubendienst. Es ist alles wieder wie in fernen Kindertagen, als der Vater tröstend sagte: Nein, böse Hexen gibt's nur im Märchen ... Und was dazwischen liegt, zwischen dem fernen Gestern und dem Jetzt, das ist nur ein Traum gewesen. Alles ist nur ein Traum. Hab nur Vertrauen: Wenn der Traum auch drückend ist, einmal wird das Wecksignal geblasen, dann fällt ins Dunkel zurück, was dich bedrückte, und du lachst darüber und schüttelst es ab.

Holt ging zum Geschütz Berta. Als gegen sieben Gefechtsschaltung befohlen wurde, hatte er sich wieder in der Gewalt. Wolzow nahm ihn beiseite. Holt sagte: »Ich mußte ein paar Auskünfte geben. Es ist uninteressant und hat nichts mit uns hier zu tun.«

Wolzow sagte: »Na schön, dann eben nicht.«

Der übliche Morgenaufklärer steuerte den süddeutschen Raum an. Dann folgten Kampfverbände und warfen im Raum Bremen Bomben. Gegen elf hieß es: »Starke Jagdverbände im Anflug auf den Raum Köln–Essen.« Die Untergruppe warnte vor Tieffliegern. Holt gab alle Durchsagen unbewegt weiter. Wolzow und Gomulka redeten auf die Schlesier ein, die jede Warnung vor Tieffliegern in Panik stürzte. Dorsten, Haltern und Lünen meldeten Tiefangriffe auf verschiedene Ziele, auch auf Flakbatterien. Vetter wechselte mit einem der Schlesier den Platz und setzte sich an die Seitenrichtmaschine. Wolzow wickelte den leuchtend weißen Verband vom Kopf und drückte den Stahlhelm in die wunde Stirn. Recklinghausen und Dinslaken meldeten Tiefangriffe, dann Moers, Krefeld und Düsseldorf. »Gleich sind sie da!« sagte Holt. Gottesknecht gab einen Rundspruch: »Nehmt volle Deckung!« Wolzow sagte: »Ich schieß Nahfeuer, und wenn ich krepier!«

Sie waren da. Sie stießen vom Himmel, rasten am Horizont entlang, sehr tief. Fern sprang eine riesige Feuersäule hoch. »Öl!« schrie Wolzow. »Die Raffinerien von Gelsenkirchen!« Irgendwo schoß eine schwere Batterie und verstummte wieder. Fern hämmerte Zweizentimeter-Flak. Eine Kette einmotoriger Maschinen flog von Norden heran und stieß auf die Batterie herab. Sie drosselten die Motoren und flogen so niedrig, daß sie beim Abflug über das Wäldchen hinwegspringen mußten. Sie wendeten und flogen von neuem an, drei Mustangs. Erst warfen sie ihre Bomben, dann feuerten sie mit Raketen und Bordwaffen auf die B 2 und die Geschützstände. Wild und hemmungslos kurvten sie über der Batterie.

Zwei Geschütze schossen Nahfeuer. Cäsar verstummte nach zwei oder drei Schuß. Berta feuerte sinnlos weiter. Die Jagdbomber flogen immer wieder den Geschützstand an. Einer der Schlesier fiel über einen Holm, Wolzow schleifte ihn zur Seite. Er lud und feuerte. Dann fiel Vetter vom Sitz der Seitenrichtmaschine, und auch Berta verstummte. Die Jagdbomber zogen steil in die Höhe und verschwanden.

Holt und Gomulka bemühten sich um Vetter. Ein Splitter hatte den Stahlhelm getroffen, ohne ihn zu durchschlagen. Vetter erlangte bald wieder das Bewußtsein. »Mensch, du überlebst uns alle!« sagte Wolzow. Er drehte den Schlesier auf den Rücken, dann warf er die Persenning über ihn. Gomulka nahm den Stahlhelm ab und sagte: »Jetzt wird es gottverdammt Zeit, daß wir Urlaub bekommen!« Holt rief: »Starke Kräfte der in den Raum Bremen eingeflogenen Kampfverbände sind nach Südwesten abgedreht. Mit Bombenabwürfen im westfälischen Gebiet ist zu rechnen.« Gomulka setzte den Stahlhelm wieder auf. Wolzow trieb die demoralisierten Schlesier ans Geschütz. Im Norden setzte schweres

Flakfeuer ein. Vetter lehnte in einer Ecke und hielt sich den Kopf. »Du mußt mitmachen«, schrie Wolzow, »wir sind nur drei Munitionskanoniere!« Die Bomber flogen nordwestlich vorbei und warfen Bomben auf Duisburg. Die Batterie feuerte. Gegen fünfzehn Uhr wurde die Gefechtsschaltung aufgehoben, eine Stunde später flogen abermals Aufklärer ein, Bomberströme folgten, Jagdverbände und wieder Bomber. Die Jungen blieben sechsunddreißig Stunden lang am Geschütz. Anschließend hatten sie ein paar Stunden Ruhe.

»Das geht so weiter«, sagte Gomulka zu Holt. »Das wird nicht besser, das nimmt kein Ende.« Holt antwortete nicht.

14

Sie hausten zu viert in der kleinen Stube, bis Gottesknecht alles durcheinanderbrachte. Baracke Berta wurde geräumt für den Ersatz, der nun jeden Tag eintreffen sollte. »Sie dürfen sich aussuchen, wen Sie zu sich in die Stube nehmen wollen«, sagte Gottesknecht, »wie bin ich wieder mal zu Ihnen?« Sie entschieden sich für Kirsch und Branzner. Beide hatten anfangs zur Stammbedienung Anton gehört, waren zu Dora übergewechselt und taten nun seit dem Ausfall zweier Geschütze des Nachts bei Berta Dienst. »Die beiden sind in Ordnung«, sagte Wolzow. Gomulka sagte zu Holt: »Aber der Branzner steckt in der letzten Zeit dauernd mit Kieback zusammen, und mit denen ...« – »Seit dem letzten Tiefangriff«, meinte Holt, »ist die ganze Batterie so ... fanatisch. Der Angriff hat eine wahre Erbitterung ausgelöst.« – »Ich möchte mal wissen, wieso?« sagte Wolzow. »Wir sind doch ein militärisches Ziel. Das ist doch in Ordnung, wenn sie uns angreifen!« – »Seit dem Attentat haben alle die Übersicht verloren«, sagte Gomulka. Wolzow erzählte: »Gestern abend hat Kutschera die Obergefreiten schleifen lassen, weil der deutsche Gruß immer noch nicht klappt!«

Branzner erwies sich als eine »äußerst zweifelhafte Errungenschaft«, wie Gomulka am Morgen nach dem Einzug zu Holt sagte.

Unter dem Eindruck der Zeitereignisse, als Reaktion auf die blutigen Gefechte, hatte Branzner sich sehr verändert. Er sah, wie er schon am ersten Abend beiläufig erklärte, den einzigen Garanten des Endsieges darin, allen Anstrengungen des Feindes den unerschütterlichen und fanatischen Glauben an die Sendung des Führers und die Ewigkeit des Reiches entgegenzusetzen. Natürlich gab es gleich Streit.

Wolzow hörte sich Branzners Erklärung an, mit schräggelegtem Kopf. Holt dachte: Da haben wir ja Ziesche wieder! Aber Branzner übertraf Ziesche noch, denn er war redseliger und wortgewandter, wenn er auch seines schwarzen Haares wegen weniger von Rasse sprach und der völkisch-rassische Gedanke nur gelegentlich in seinen Argumenten Platz hatte.

»Hör mal zu«, sagte Wolzow auf Branzners programmatische Erklärung. »Unerschütterlichkeit, Fanatismus ...« Er brach ab und dachte nach. »Wenn einer ein bißchen bekloppt ist, verstehst du, beschränkt, eben dämlich, wie so die meisten sind, dann ist der fanatische Glaube ein ganz brauchbares Mittel, ihn bei der Sache zu halten. Ohne diesen Glauben würden die meisten immerfort aus den Pantoffeln kippen, weil sie keine kriegerische Tugend haben und weil ihnen die höhere Einsicht fehlt. Aber *unsereins?* Angenommen, der Krieg wäre verloren, so eindeutig verloren, daß es ein Blinder sieht: ich würde trotzdem weiterkämpfen, ohne fanatischen Glauben, ganz einfach weil sich das für einen Soldaten gehört. Was anderes gibt es gar nicht. Hör zu, Branzner! Was meinst du wohl, warum wir neulich als einzige Kanone Nahfeuer geschossen haben, während ihr samt eurem Glauben schön flachgelegen habt? Etwa weil ich fanatisch glaube, daß das was nützt? Quatsch. Nahfeuer nützt gar nichts. Aber es gehört sich so!« Wolzow redete sich in Eifer. »Ein Soldat muß kämpfen, ohne Frage, ob es einen Sinn hat oder keinen! Ein Soldat ist zum Kämpfen da, zu nichts anderem! Dein Glaube, mein Lieber, ist eine verdammt unsichere Sache, er kann in die Binsen gehn, und dann sitzt du da und schnappst nach Luft! Bei mir kann nichts in die Binsen gehn. Bei mir heißt es: Der Soldat hat zu kämpfen. Also wird gekämpft.«

Was Wolzow sagte, gefiel Holt besser als die Forderung nach blindem, fanatischem Glauben. Jetzt wußte er auch, wo Wolzow seine Ruhe hernahm. Er dachte: Leicht ist das nicht, so zu denken wie Wolzow, ohne irre zu werden. Da muß man wohl seit 1750 aktive Offiziere zu Vorfahren haben.

»Kämpfen als Selbstzweck«, sagte Gomulka, »halten wir das mal fest. Kampf ist für dich Selbstzweck, Gilbert, und das läßt sich hören. Mit dieser Einstellung brauchst du keinen Glauben an den Endsieg oder an den Führer. Aber einen Einwand forderst du geradezu heraus. Es ist ein Widerspruch in deiner Auffassung.« Er furchte die Stirn, so angestrengt dachte er nach. »Du hast uns oft genug die Fehler erklärt, die in der Vergangenheit von Feldherren begangen wurden. Terentius Varro, Daun und Karl von Lothringen bei Leuthen, du kannst also nicht abstreiten, daß du *einen* Zweck des Kampfes anerkennst: den Sieg. Wird deine Überzeugung nicht in dem Augenblick in die Brüche gehn, wo der Kampf aussichtslos ist?«

»Ach wo, ganz und gar nicht! Natürlich, der Kampf soll zum Sieg führen, der Sieg ist das Salz aufs Brot des Krieges. Solange eine Möglichkeit besteht zu siegen, solange wird um den Sieg gekämpft. Aber man kann auch um eine Remis-Lösung kämpfen. Und wenn die Lage aussichtslos ist, dann wird gekämpft, weil sich das so gehört.«

Holt brütete vor sich hin. Wolzows Worte riefen die Erinnerung an ein Buch in ihm wach, an Ernst Jüngers »Das Wäldchen 125«. Eine Stelle in diesem Buch hatte ihn damals beeindruckt, und jetzt war sie gegenwärtig. Er sagte: »Ich glaube, Gilbert hat die ... die echte soldatische Haltung.« Er zitierte, was aus der Vergessenheit aufgetaucht war: »›Aber ein höchstes Gesetz erfüllt, wer in einsamer Nacht und auf verlorenem Posten fällt. Ihrer wird man gedenken, wo immer man die Bitterkeit des Unterganges liebt und den hohen Sinn, den keine Flamme versehrt.‹«

Gomulka sog, mit vorgestrecktem Kopf, dieses Zitat in sich hinein. Nach einem langen Schweigen wiederholte er: »Die Bitterkeit des Unterganges ...« Branzner hockte mit mißmutigem Gesicht auf seinem Strohsack, ihm mochte das alles nicht passen.

Holt trat ans Fenster. Die Bitterkeit des Unterganges, wiederholte er noch einmal in Gedanken.

Gottesknecht riß die Tür auf. »Meine Herren, wollen Sie sich nicht ein bißchen zur Ruhe begeben, ehe das Theater wieder losgeht?« Sein Blick fiel auf Holt. »Was ist mit Ihnen los? Mitkommen! Ich habe mit Ihnen zu reden.« Es dämmerte. Gottesknecht hatte seit dem nächtlichen Verhör kein außerdienstliches Wort mit Holt gewechselt. Jetzt sah er müder und sorgenvoller aus denn je. »Ihr Urlaub ist bewilligt«, sagte er. »Aber ehe ich Sie abfahren lasse, muß ich Ihnen ins Gewissen reden … wegen dieser … Barnims.«

Holt sagte: »Ich weiß von nichts. Ich kann mir das nicht vorstellen. Ob es mit dem Attentat zu tun hat?« – »Sobald der Ersatz eintrifft, können Sie reisen. Sie fahren zu Wolzow, nicht? Jetzt hören Sie zu! Lassen Sie dort die Finger von den Barnims. Erkundigen Sie sich nach niemandem. Reden Sie mit keinem Menschen. Halten Sie den Mund. Haben Sie das verstanden?« – »Jawohl, Herr Wachtmeister.« – »Und jetzt ehrlich: Macht Ihnen die Sache sehr zu schaffen?«

»Ich … denk nicht drüber nach«, sagte Holt.

Gottesknecht lächelte. Es war ein bitteres Lächeln. »Sie denken nicht nach …«, wiederholte er. Er murmelte: »Keiner denkt nach … keiner! … Los, legen Sie sich ins Bett!« – »Jawohl, Herr Wachtmeister.«

In der Stube wurde wieder gestritten. Wolzow saß auf dem Tisch, rauchte und fragte, als Holt ins Zimmer trat: »Na … und?«

»Ein bolschewistischer Schriftsteller«, rief Branzner erregt, »hat erklärt … Ich glaube, er heißt Ehrenburg oder so ähnlich … Er hat erklärt, daß es für die Bolschewisten nur ein Ziel gibt, und das heißt Berlin!« Er lag im Bett, richtete sich auf und stützte sich auf die Ellenbogen.

»Das braucht dich doch nicht zu wundern«, sagte Wolzow. »Denkst du, die Russen wollen den Krieg nicht gewinnen? Die Eroberung der feindlichen Hauptstadt ist für die Russen das strategische Ziel, das mit dem Siege gleichzusetzen ist. Das kannst du schon bei Clausewitz unter den ›Allgemeinen Grundsätzen‹ der Strategie nachlesen.«

»Du hast mir zuviel Verständnis für die Russen«, sagte Branzner böse. Wolzow lachte nur. Aber auf einmal schimpfte Gomulka: »Das ist ja zum Verzweifeln! Kaum sind wir den Ziesche los, und schon liegt einer im selben Bett und pöbelt uns genauso an! Werden denn diese Stänker niemals alle?«

»Nein!« schrie Branzner, und ein böses Funkeln war in seinen Augen, als er sich nun gegen Gomulka wandte. »Nein! Sie werden nicht alle! Was du beschimpfst, das sind die besten Deutschen, die echten Nationalsozialisten, jawohl! Alle denken so wie ich, ihr seid die schimpfliche Ausnahme, die ganze Batterie denkt wie ich, das ganze deutsche Volk denkt so und glaubt an den Führer, weil er der größte Deutsche ist und der größte Feldherr und ... und ...«

»Und, und!« spottete Holt. »Nach dem Führer kommst gleich du, was?, der zweitgrößte Deutsche, der zweitgrößte Feldherr, der zweitgrößte Trottel ...« – »Ruhe!« brüllte Wolzow. »Seid ihr denn wahnsinnig?«

Aber Branzner saß schon auf seinem Bett, wachsbleich, und er sagte, während er nach den Schuhen angelte: »So ... so! Ihr habt es alle gehört! Ihr seid Zeugen! Er hat den Führer einen Trottel genannt! Ich mach Meldung!«

Gomulka rief: »Quatsch doch nicht, Mensch, dich hat er Trottel genannt!« – »Den zweitgrößten«, sagte Branzner. Gomulka meinte: »Sei doch froh, daß es offensichtlich noch einen größeren gibt als dich!« Aber Branzner, während er einen Schuh anzog, schüttelte den Kopf: »Nein, also nein, nein! Keine Ausreden! Nein! Ich stelle eindeutig fest, daß es gar keine andere Auslegung gibt: der Führer ist der größte Trottel!«

Die Tür flog auf. Gottesknecht trat ein. »Branzner!« sagte er streng. »Was höre ich? Was sagen Sie da?«

Schweigen.

»Ich drücke ja beide Augen zu«, fuhr Gottesknecht fort, »wenn sich einer mal eine kernige Bemerkung über die Führung erlaubt. Aber was Sie da eben gesagt haben, das geht zu weit!«

Branzner stand halb angekleidet, einen Schuh in den Händen, vor seinem Bett. Er stammelte: »Ich? Aber ich … Der Holt! Ich meine doch … Das ist doch …« Plötzlich schrie er verzweifelt: »Aber ich hab das doch gar nicht … ich wollte doch bloß … die anderen hatten doch … ich würde doch nie … ich … ich …« – »Nehmen Sie sich zusammen!« rief Gottesknecht. »Was erlauben Sie sich!«

Holt war überzeugt, daß Gottesknecht lange an der Tür gelauscht hatte und im passenden Augenblick eingetreten war. Die Art, wie sein Erscheinen die Szene ins Groteske kehrte und auf den Kopf stellte, erfüllte ihn mit einem Lachreiz und mit Furcht.

Branzner war in sich zusammengesunken und warf hilfesuchende Blicke auf Wolzow, auf Holt, auf Gomulka. Wolzow sagte endlich: »Der Branzner ist ja sonst ein anständiger Kerl, vielleicht hat er es wirklich nicht so gemeint.«

»Wenn niemand etwas gehört hätte, wäre es zweifellos das beste«, sagte Gottesknecht nach einigem Nachdenken.

»Ich hab nichts gehört«, sagte Gomulka. – »Ich auch nicht.« – »Ich hab schon geschlafen.« – »Ich als Nationalsozialist«, sagte Wolzow großartig, »müßte eigentlich darauf bestehen. Aber da will ich halt auch nichts gehört haben.«

»Schön«, sagte Gottesknecht. »Ich bitte mir aus, daß solche sinnlosen Streitereien in Zukunft unterbleiben. Gute Nacht.«

Sie schwiegen, bis die Barackentür ins Schloß gefallen war. Branzner sagte: »Was seid ihr … für Schufte!«

Theater, alles Theater, dachte Holt.

Gottesknecht sagte: »Ich seh's ja, wenn ich Sie nicht gehen lasse, dann leidet Ihre Kampfmoral! Haun Sie ab!« Eine Stunde später langte Holt bei Frau Ziesche an.

Sie packte. Auf dem Korridor standen Koffer, Kisten und Körbe. Frau Ziesche trug eine knallbunte Schürze. Im Schlafzimmer schichtete sie Wäsche in einen Korb. Holt sah ihr zu. »Ja, lebst du denn auf dem Mond?« rief sie. »Goebbels ist Reichsbevollmächtigter für den totalen Kriegseinsatz geworden. Sämtliche Theater, Varietés und Kunstschulen sind geschlossen und fast das ganze Schrifttum ist stillgelegt worden! Jeden Tag können neue Richtlinien für den Arbeitseinsatz bekanntgegeben werden, ganz strenge Maßnahmen! Meinst du, ich hab Lust, Granaten zu drehen? Da ruiniere ich mir fürs ganze Leben die Hände! Sechzig Stunden Arbeitszeit wöchentlich, dazu hab ich keine Lust!« Sie setzte sich aufs Bett und brannte sich eine Zigarette an. »Ich schließe hier zu«, sagte sie, »die Sachen werden ausgelagert ... Wie steht es denn mit deinem Urlaub?«

»Bewilligt«, sagte Holt. »Es kann jeden Tag losgehen.«

»Wollen wir in den Bayrischen Wald fahren?« fragte sie.

Er antwortete nicht. Er rauchte und schaute sie aufmerksam an. Sie lächelte, sehr verführerisch, sehr verlockend. Wie seltsam: es wirkte nicht! Holt dachte: Sie hat nicht mal gefragt, wie das mit Ziesche passiert ist ... Es wäre wirklich schade, wenn ihre Hände Schwielen bekämen! Auf einmal, es war wie eine Zwangsvorstellung, sah er Schmiedlings große, behaarte Hände, in den Schlackeboden des Geschützstandes gekrallt, sah auch Zemtzkis Hände, Rutschers Hände ... »Ich weiß nicht«, sagte er trübsinnig, »in den Bayrischen Wald? Es wäre schön. Aber ob sich das bei mir noch ändern läßt ...« Sie sagte leise: »Es wird bestimmt sehr schön!« Aber auch das verfing seltsamerweise nicht. Er dachte: Sie ist wirklich bildhübsch. Warum regte sich bei diesem Gedanken nichts in ihm, wie sonst? Sie sagte: »Laß deine Papiere umändern, Urlaubsort, Fahrschein. Ruf mich morgen an.« Er nickte. Sie erhob sich: »Jetzt laß ich alles stehn und liegen. Ich will unbedingt ins Kino, kommst du mit? In Wattenscheid wird zufällig noch einmal ›Nora‹ gespielt, nach Ibsen, ich hab den Film voriges Jahr verpaßt.«

Sie brauchten fast eine Stunde, bis sie in Wattenscheid anlangten. Die Verkehrsmittel hatten durch die ständigen Angriffe stark gelitten. In dem engen, muffigen Kinosaal wurde Holt ein beklemmendes Gefühl nicht mehr los. Unfug, zur Abendvorstellung zu gehen! Es gibt bestimmt Alarm, bei diesem idealen Wetter: ein bißchen diesig, da sind die Jäger behindert, die Flak auch ... Und wir sitzen hier in einer wildfremden Gegend, weit weg von Gerties Wohnung, weit weg von der Batterie ... Apathisch saß er in dem harten Klappstuhl, den Stahlhelm auf den Knien. Der Film interessierte ihn nicht. Er atmete erleichtert auf, als der Streifen endlich abgelaufen war. »Komm!« Aber sie wollte noch die Wochenschau sehen. »Es soll Bilder vom Attentat geben!« Er setzte sich wieder. Die Fanfare des Vorspanns war noch nicht verhallt, da brach die Wochenschau auch schon ab; auf der Leinwand erschienen die Worte: »Voralarm! Verlassen Sie sofort das Theater!« – »Da hast du's, verdammt!« rief er wütend. Sie sagte beschwichtigend: »Vielleicht sind es nur Aufklärer!« Alles drängte zum Ausgang.

Es war zweiundzwanzig Uhr. Draußen umfing sie die Nacht. Der verschleierte Himmel leuchtete schwach. Holt orientierte sich rasch: die Straße, von Trümmergrundstücken und ausgebrannten Fassaden gesäumt, lief nach Norden, vermutlich nach Gelsenkirchen; mochte sich der Teufel in diesem Städtegewirr zurechtfinden! Die Straßenbahn fuhr nicht mehr. Der Menschenhaufen verlief sich rasch. Bald war die Straße menschenleer. Sie gingen sehr schnell und erreichten ein unzerstörtes Stadtviertel mit engen Straßen. Nun schlug das Auf und Ab der Sirenen wie eine Woge zum Himmel hoch. Sie liefen im Laufschritt weiter. Flakfeuer donnerte, fern erst, dann ganz nahe. Am Himmel summten Motoren. Holt tröstete sich: Sie überfliegen uns nur! Sein Blut erstarrte: Oder sind es Pfadfinder? Die Nacht wurde taghell. Irgendwo fielen Leuchtkaskaden, es mußte sehr nahe sein, die hohen Häuser versperrten die Aussicht, aber der Himmel gleißte.

Ein Mann verstellte ihnen den Weg, abenteuerlich uniformiert, die Volksgasmaske um den Hals: »Halt ... halt! Von der Straße weg! In den Schutzraum!« Frau Ziesche redete schnell, angstvoll, aber Holt sagte: »Sei vernünftig, Herrgott!« Er zog sie in den Hausflur. »Sie bleiben hier oben«, sagte der Luftschutzwart zu Holt. Frau Ziesche rief: »Nein! Ich ... ich bin leidend ... ganz hilflos, ich brauche Schutz!« Sie zog ihn die steile und tiefe Treppe hinab.

Der Kellergang war mit Menschen vollgestopft. Holt überschaute den matt erleuchteten Raum, überschaute die hundert

Gesichter, die wie kreidige Flecke in der Dämmerung schwebten, überschaute Koffer und Rucksäcke und die Wannen mit Wasser. An sein Ohr drang Kindergeschrei.

»Nicht den Ausgang verstellen!« Irgendwer schob Holt in den Keller. Holt strebte dem Ende des sehr langen Ganges zu, vielleicht nur, weil dort hinten Platz war. Sie stiegen über Packtaschen und ausgestreckte Beine hinweg. Der Platz war eigentlich gar nicht so schlecht, vielleicht nur etwas weit vom Ausgang entfernt. Sie saßen, als letzte in der langen Reihe, unmittelbar am Mauerdurchbruch. Das flache Tonnengewölbe des Kellerganges war hier noch einmal mit zwei starken Pfählen abgestützt, die wie Säulen den vermauerten Durchbruch zu Holts linker Hand flankierten. Er legte schützend den Arm um Frau Ziesche. Sie zitterte unter dem leichten Sommermantel. »Setz meinen Helm auf!« Der Helm war zu groß, aber so schützte er auch Nacken und Schultern. Holt sah sich einem kleinen Mädchen von vielleicht vier Jahren gegenüber. Das Kind war zusammengesunken, in tiefem Schlaf. Daneben lag viel Gepäck. Dann saß eine große, derbe Frau auf der Bank, sie trug eine Tarnjacke aus Zeltleinen und blaue Schihosen. Holt suchte in seinen Taschen die kleine Stabtaschenlampe, fand sie und steckte sie wieder weg. Eine dumpfe Stimme sagte: »Trocken Brot will ich essen mein Lebtag, wenn bloß die Bomben aufhören!«

Der Keller war sehr tief. Aber das Motorengedröhn der Bomber drang nun doch herab. Ein zitternder, gebrechlicher Greis setzte sich dicht neben Frau Ziesche. So saßen sie, zu dritt in die Mauerecke gepreßt. In der gegenüberliegenden Ecke schlief das Kind.

Ein furchtbarer Schlag, der Keller erbebte, ein zweiter Schlag, dann ein dritter, so gewaltig, daß Holt die Erschütterung der Kellerwand in seinem Rücken fühlte. Ein Windstoß fegte durch den Gang. Holt hörte Frau Ziesches Stimme dicht an seinem Ohr, stammelnd: »O heilige Maria … Mutter Gottes … unter deinen Schutz und Schirm fliehen wir …« Vom Kellereingang her kreischte eine Stimme: »Es brennt!« Barsches Geschrei, das schon unterging: »Alle Männer …« und: »… zum Löschen!« Holt wollte sich erheben, aber Frau Ziesche klammerte sich an ihm fest, sie schrie: »Es brennt ... ich will raus ... Ich will raus hier!« Wahnsinn, dachte Holt, Wahnsinn; er hörte Wolzows Stimme: »Die Schweine ... Sprengbomben in die Flammen ...« Da traf ihn ein Stoß mit solcher Wucht, daß sein Kopf gegen die Mauer schlug, das Licht verlöschte, das Leben setzte aus, Holt rang nach Luft, und er hustete, hustete ...

Es dauerte lange, ehe er die Taschenlampe fand. Der Lichtstrahl prallte auf eine undurchdringliche weiße Wand von Kalkstaub. Holt stieß Frau Ziesche von sich, erhob sich, trat auf einen Körper, trat darüber hinweg, tastete nach rechts, trat auf Schutt. Sein Kopf stieß gegen etwas Hartes, das war die heruntergebrochene Kellerdecke. Er hustete noch immer, aber der Kalkstaub setzte sich. Verschüttet! Holt wollte schreien, der qualvolle Hustenreiz hinderte ihn. Endlich bekam er Luft, nun zwang er die Panik nieder, aber die Gedanken flatterten. Der Staub wurde durchsichtig. Holt überblickte im hin und her huschenden Lichtkegel der kleinen Taschenlampe die Ecke des Kellerganges, in der sie eingeschlossen waren. Die kaum bezwungene Panik jagte zusammenhanglose Worte durch seinen Sinn: ... in einsamer Nacht und auf verlorenem Posten ... Der Greis richtete sich stöhnend vom Boden auf. Das kleine Mädchen würgte und zog mit pfeifendem Ton die Luft in die Lungen, als habe es Keuchhusten. Aus dem Schutt ragten zwei Beine in blauen Schihosen. Frau Ziesche hustete und rang nach Luft ... und geht's ans Sterben, ich bin dabei ... Er dachte: Ich muß ... ich muß ... Und immer wieder: Ich muß! Er dachte: Gleich kommt das Wecksignal ... Er dachte: *Der Mauerdurchbruch!*

Er wischte sich über die Augen, in denen der Kalkstaub wie Säure brannte. Er packte Frau Ziesche am Arm und zog sie hoch, sie wollte sich an ihm festhalten, er stieß sie nach hinten, daß sie auf den Schutt fiel. Er schob den Greis hinter sich, er schob das kleine Mädchen hinter sich. Dann nahm er die Holzbank, auf der sie gesessen hatten und rammte sie gegen den Mauerdurchbruch. Vergeblich. Er konnte nicht weit genug ausholen, immer wieder stieß er zu, das Sitzbrett spaltete der Länge nach auf. Er ließ die

Bank fallen und schlug mit den Fäusten auf die Ziegelsteine. Er keuchte, er trat mit dem Fuß gegen das Mauerwerk. Er brüllte überschnappend: »Hilfe!« Er warf das volle Gewicht seines Körpers gegen den Durchbruch, er fiel nach vorn und schlug mit dem Gesicht auf kantige Steine, es rasselte, es knisterte in den Ohren, er stöhnte vor Schmerz. Dann lag er bewegungslos und atmete tief.

Als er aufstand, fielen Steine von ihm ab. Er hielt die Taschenlampe noch in der Hand, aber sie brannte nicht mehr. Er schüttelte sie. Nun flammte sie auf. Vor ihm lag ein langer, leerer Kellergang. Weit vor ihm glühte rotes, zuckendes Licht. Sie sind hier längst raus, dachte er, und dachte: Fliehen! Er hörte hinter sich das hemmungslose Geschrei Frau Ziesches. Er kletterte durch das Mauerloch zurück in den verschütteten Keller, hob sie auf und herrschte sie an: »Still! Still doch!« Ihr Gesicht war verzerrt und entstellt. Er nahm das Kind wie ein Bündel unter den Arm. Frau Ziesche schrie: »Hilf mir … Hilf mir doch! Laß das Kind!« Er mußte sie wieder abschütteln, ehe er mit dem Kind in den Nachbarkeller hinüberklettern konnte. Dann half er Frau Ziesche, dann auch dem Greis. Frau Ziesche hielt sich krampfhaft an ihm fest, er zog sie gewaltsam den Gang entlang. Am Fuß der Treppe lag viel weggeworfenes Gepäck. Oben flammte gelbrote Glut durch das Viereck der Haustür. Ein starker Luftzug strich über ihn hin. Draußen heulte der Feuersturm. Frau Ziesche schrie: »Ich will nicht ins Feuer … ich will nicht!« Holt sah sich verzweifelt nach einem anderen Ausgang um, es mußte ihn geben, denn es gab diesen fauchenden Luftstrom, aber er hörte über seinem Kopf ununterbrochen Mauerteile niederkrachen. Raus! dachte er. Die Bitterkeit des Unterganges. Neben der Treppe, in einer Nische, stand eine große Zinkwanne voll Wasser. Reichsminister Doktor Goebbels: ein Wort zum Luftkrieg, dachte er. *Nasse Decken!* dachte er, es gab keine Decken. Er tauchte das Kind in die Badewanne, und noch einmal, es kam zu sich und schrie, er legte es auf den Kellerboden. Frau Ziesche lag auf den Knien: »Heiliger Joseph, Nährvater … bitte für uns in der Stunde des Todes … Jungfrau Maria … bitte für alle, die heute im Todeskampf liegen …«

Als Holt sie anfaßte, begann sie wieder zu schreien: »Nicht ins Feuer!« Er stieß sie gewaltsam in die Wanne. Der Stahlhelm klirrte auf das Zinkblech. Ein Lachen schüttelte Holt, oder war es ein Weinen? Er tauchte ihr den Kopf unter, sie verstummte, er half ihr heraus, sie hatte irre Augen. Holt wälzte sich in der Wanne, dann hing die Uniform wie eine Zentnerlast an ihm. Wo war der Alte? Der Alte war nirgends. Alle, die heute im Todeskampf liegen … »Los jetzt!« Er hob das Kind auf, da umklammerte ihn Frau Ziesche abermals: »*Mich* mußt du retten, Jesus Maria, laß doch das Kind!« Er befreite sich, faßte sie am Unterarm und zog sie die Stufen hoch. Das kleine Mädchen hing unbeweglich unter seinem Arm. Als sie auf halber Höhe waren, krachte vor der offenen Haustür brennendes Gebälk auf die Straße, die Funken stoben bis in den Hausflur. Unerträgliche Glut prallte ihnen entgegen. Holt zerrte Frau Ziesche ins Freie. Der heulende Feuersturm schlug über ihnen zusammen und peitschte ihnen Funken ins Gesicht. Wohin? Wo ist Rettung? Alle Häuser ringsum brannten, in großen Flächen brannte der Asphalt, Blasen werfend unter Phosphorpfützen, die Lungen versengten, auf der Straße lagen dunkle Gestalten, schwarze Strünke, mitten im Feuer, glimmende Matratzen, überall Tote, hinter ihnen krachte ein Haus in sich zusammen, vor ihnen kippte eine riesige, flammende Fassade auf die Straße … Zurück! Holts Mütze brannte, er warf sie von sich, er packte Frau Ziesche um die Hüfte und schleppte sie weiter, die nassen Kleider kochten, sein Bewußtsein setzte aus, er stolperte über einen Toten.

Sie fanden sich auf dem Gelände einer Kohlengrube wieder. Hinter ihnen raste das Feuer. Überall lagerten Menschen auf dem Boden, stumm, wie tot, nur Kinderweinen war zu hören. Frau Ziesche hockte auf der Erde, regungslos, er nahm ihr den Stahlhelm ab. Das kleine Mädchen zu seinen Füßen bewegte sich nicht. Er setzte den Stahlhelm auf, um beide Hände frei zu haben, dann trug er das Kind zu dem großen Sanitätszelt. »Eltern?« Holt sagte: »Ich weiß nicht …« Ein Arzt beugte sich über das Kind, richtete sich auf, ließ das Stethoskop sinken und sagte über die Schulter:

»Ex.« Zu Holt: »Sie hätten sich die Mühe sparen können.« Holt rührte sich nicht. Er sah auf das Kind. Es trug rote Schuhe.

Ein Mädchen schenkte Kaffee aus, in angeschlagenen Steinguttassen. Holt wurde zur Seite gedrängt. Er ließ sich einen Becher geben und trug ihn zu Frau Ziesche: »Hier ... trink!« Sie trank willenlos. »Willst du noch mehr?« Sie schüttelte den Kopf. Er brachte den Becher zurück und ließ ihn wieder füllen. Das Mädchen sagte: »Wie siehst du denn aus! Bist du verletzt?« Er schüttelte den Kopf. Er ging zurück zu Frau Ziesche. »Komm!« Sie reihten sich ein in die Kolonne, die nach Westen zog. Sie gelangten an einen schmalen Kanal, über den eine Holzbrücke führte. Weiter! Ein Güterbahnhof, am Rande eines riesigen Fabrikgeländes. Dort lagerten sich die Menschengestalten auf Bündeln und Koffern. Holt ging mit Frau Ziesche die Chaussee weiter nach Westen. Es war drei Uhr.

Die letzten Kilometer mußte er sie fast tragen. Dann schleppte er sie die Treppe hoch. Auch seine Kraft ging zu Ende. Er legte sie auf ihr Bett, zog ihr den verbrannten Mantel aus und deckte sie zu. Sie hielt die Augen geschlossen. Ihre Zähne schlugen aufeinander. Er ging ins Bad. Sie rief schwach: »Bleib hier!« Er sah in den Spiegel. Das Gesicht war blutverschmiert, Stirn und Kinn waren zerschunden. Die Hände brannten wie Feuer, als er sie ins Wasser tauchte, auch Hals und Gesicht. Das Haar war versengt, die Uniform von Funkenlöchern zerfressen, die Überfallhosen an den Knöcheln verkohlt.

Er ging wieder ins Schlafzimmer und setzte sich, von Schwäche übermannt, zu ihr aufs Bett. »Du wirst sofort abreisen?« Sie sagte tonlos und ohne die Augen zu öffnen: »Ja.« – »Weißt du, wohin?« – »Ja. Ich hab Verwandte in München.« Er schwieg. »Geh nicht fort«, rief sie, »ich habe solche Angst!« Er erhob sich. »Ich muß in die Batterie.« Sie begann wieder zu weinen: »Bleib doch!« Er sagte: »Laß dir's gutgehn.« Sie rief hinter ihm her: »Werner!« Er warf die Vorsaaltür zu und lief aus dem Haus.

Gottesknecht stand auf den Stufen der Schreibstube. Holt meldete sich zurück. Gottesknecht sah ihn lange an, vom versengten, unbedeckten Kopf bis hinab zu den Füßen. »Doch nicht etwa mittenhineingeraten?«

»Jawohl.«

»In Wattenscheid?«

»Jawohl.«

Gottesknecht schwieg. Dann fragte er: »Und ... schlapp gemacht?« Holt schüttelte den Kopf.

Gottesknecht stopfte sich eine Pfeife und entzündete sie. »Lassen Sie sich vom Sanitäter Brandsalbe geben, und Heftpflaster. Oder wollen Sie ins Revier? Gut. Tauschen Sie die Montur. Die Mütze ist weg? Schreiben Sie einen Wisch, ich mach meinen Wilhelm drauf, das soll der Wachsmuth zu den Listen legen. Die Kleiderbude brennt sowieso eines Tages mal ab.«

»Jawohl, Herr Wachtmeister.«

Gottesknechts Blick ruhte auf Holt. Dann fragte er: »Wohl gerade noch rausgekommen?«

»Jawohl.«

»Allein?«

»Ein kleines Mädchen hab ich mitgeschleppt. Und eine Frau. Sie hat mir's so schwer gemacht. Als ich das Kind endlich draußen hatte, da war's ... da hat es nicht mehr gelebt.«

»Holt!« sagte Gottesknecht, und er kam die wenigen Stufen herab, und tatsächlich: er nahm Holt am Arm und zog ihn fort, zur Feuerstellung hin. »Werner ... Junge ... Kopf hoch!« Er sprach sehr leise. »Zähne zusammenbeißen. Durchhalten. Nicht schlapp machen. Das ist doch die einzige Chance! Ein paar von euch *müssen* übrigbleiben. Der Krieg geht zu Ende, vielleicht bald. Ihr müßt weiterleben.«

Sie blieben stehen. »Verstehn Sie mich recht«, fuhr Gottesknecht eindringlich fort. »Ich bin Lehrer, Jungen wie euch hab ich zum Abitur geführt, ich will das wieder tun. Soll ich vor leeren Klassenzimmern unterrichten? Ihr müßt es durchstehen! Wenn dieser Krieg zu Ende ist, dann ... beginnt der schwerere Kampf. Es ist nicht nur das kleine Mädchen, Holt. Keiner kann mehr die Toten zählen. Es ist schon zuviel gestorben worden! Nach dem Krieg ist soviel Arbeit. Die Suppe ist in fünf Jahren eingebrockt, ein Jahrhundert wird daran löffeln.« Er zwang Holt seinen Blick auf. »Wer sich heute freiwillig zu den Ein-Mann-Torpedos meldet, zu den Sturmstaffeln oder Panzerjagdkommandos, der drückt sich vor dem schwereren Kampf, der nachher kommt! Wer sich mit allen Mitteln zu bewahren sucht, nicht aus Feigheit, Holt, sondern aus Einsicht, der bewahrt sich für ... Deutschland.«

Deutschland ... dachte Holt. Zum erstenmal im Leben hörte er das Wort nicht von Jubel getragen oder von Heilrufen umrahmt, sondern gleichsam entblößt von allem Flitter und Standartengold, durchzittert von tiefer Sorge. »Deutschland«, sagte Gottesknecht, »das ist ja schon heute kein Gigant mehr, der Europa beherrscht, sondern ein blutendes, elendes Etwas. Es wird noch elender werden und bettelarm und wird unsagbar leiden, aber es darf nicht verbluten! Für das riesige, schimmernde Deutschland von gestern zu sterben, *das* nenn ich Feigheit, Holt. Aber für das arme, todwunde Deutschland von morgen zu leben ... das ist Heroismus, dazu gehört Mut. Ich weiß: Sie suchen, Holt ... einen Sinn, ein Ziel, einen Weg ... Ich kenn den Weg nicht. Ich kann Ihnen nicht helfen. Wir sind alle mit Blindheit geschlagen und müssen durch die sieben Höllen hindurch bis zum Ende.« Er schwieg. Dann sagte er noch: »Das muß wohl so sein. Damit wir endlich wir selbst werden.«

Holt ging allein zur Baracke weiter. Die verbrannten Hände schmerzten nicht mehr. Er schaute geradeaus, über die Baracke hinweg, am Horizont lag Dunst. Er blickte durch den Dunst hindurch ins Ferne und Uferlose. Er begriff nichts und verstand nichts. Er horchte, ob nicht das Wecksignal ertöne ... aber noch war es wohl nicht soweit.

Er fiel in einen Schlaf, der an Ohnmacht grenzte. Die anderen ließen ihn liegen und rüttelten ihn erst am Nachmittag wach.

Holt fand sich in der kleinen Stube wieder, und ein Gefühl der Geborgenheit durchströmte ihn. Er hörte Wolzows rauhe Stimme: »Raus, du Penner! Ich hab dir was zu fressen mitgebracht!« Er fühlte Gomulkas Blick mitleidig auf sich gerichtet.

Keller, Kalkstaub, Feuersturm, ist das überhaupt Wirklichkeit gewesen? Unmeßbares Grauen war nun wie von Nebel bedeckt, unwirklich, unglaubhaft, fern ... Holt dachte: War es ein Angsttraum?

Er richtete sich auf, wie zerschlagen, es gab keine Stelle an seinem Körper, die nicht schmerzte. Doch mit einem Satz sprang er vom Bett und reckte sich.

Am Tisch saß rauchend der Sanitäter, die Ledertasche auf den Knien. Er grinste. »Bei Ihnen mach ich sogar Hausbesuche, kostet fünf Mark! Los, lassen Sie sich verarzten!« Auf beiden Handrücken hatten sich Brandblasen gebildet. »Die lassen wir schön in Ruhe, sonst entzündet sich das.« Er legte Holt einen Mullverband an. »Hier ... Prontosil-Rotschiff, das beruhigt die Nerven!«

Holt zog sich endlich die verbrannte Montur aus. Gomulka sagte: »Du bist am ganzen Körper blutunterlaufen!« Holt sagte nur: »Ich versteh nicht, wie die Leute das aushalten!« Da gab es gleich wieder Streit.

Holt dachte: Jetzt geht das Theater von neuem los! Branzner furchte die Stirn und sah Holt mißbilligend an. »So! Das verstehst du nicht? Na, da werd ich dir das erklären.« Gomulka sagte: »Da bin ich aber gespannt!« Branzner warf einen mißtrauischen Blick auf ihn und begann: »Die deutsche Nation ist von unwandelbarem Glauben an den Führer und an den Endsieg erfüllt. Darum nimmt sie alle Lasten freudig auf sich. Wer Wind sät, wird Sturm ernten! Der Führer hat das ganz klar gesagt, voriges Jahr, am Vorabend des 9. November. Die Ausgebombten sind die Avantgarde der Rache!«

Holt sah das Elendslager der Überlebenden auf dem Gelände der Kohlengrube. Avantgarde? Vetter nähte sich mit einer riesigen Stopfnadel einen Knopf an die Drillichjacke. Gomulka fragte Branzner: »Hast du schon mal einen Terrorangriff mitgemacht?«

»Nein.«

»Dann halt den Mund!«

»Aber der Führer«, protestierte Branzner. »Du sollst den Mund halten!« rief Gomulka. »Der Führer hat auch noch keinen Terrorangriff mitgemacht! Er hat noch nicht einmal eine ausgebombte Stadt besucht!«

Branzner schluckte, daß sein großer Adamsapfel auf und nieder hüpfte. »Das ... das ... jetzt ist es genug!« sagte er. »Heut legt ihr mich nicht wieder rein! Jetzt mach ich endgültig Meldung! Ich geh zum Chef!« Holt rief: »Gilbert, nun sorg du doch endlich mal für Ruhe!« Wolzow, der seine strategischen Lehrbücher aus dem Spind holte, fragte uninteressiert: »Was willst du denn melden?« und vertiefte sich in ein Buch. Branzner schnallte das Koppel um. »So fing es 1918 auch an! Ihr treibt Zersetzung! Feindpropaganda ...«

Gomulka schüttelte den Kopf. Branzner schrie wütend: »Ihr steckt alle unter einer Decke! Kirsch, du hast es gehört!« Kirsch, der Tischlersohn, saß am Tisch und stopfte paketweise Butterkeks in sich hinein. »Ich ...?« Er gähnte. »Das können hier alle bezeugen, daß ich fest geschlafen hab!« Gomulka sagte befriedigt: »Da wird sich nichts machen lassen, Branzner!«

Branzner setzte die Mütze auf. »Also gut! Gut! Ein Verschwörernest! Aber ich laß euch alle hochgehn, alle!« Er schrie: »Volksschädlinge seid ihr, Saboteure ...«

Gomulka tippte sich stumm an die Stirn; er schnitt Holt mit Sorgfalt und Geschick das versengte Haar. »Volksschädlinge?« rief Vetter in seiner Ecke. »Also, Gilbert, so was darfst du dir als Offiziersbewerber nicht gefallen lassen. Stell dir vor, diese Knalltüte läuft zum Chef!« – »Jawohl«, sagte Holt, »du mußt ihm ein für allemal beibringen, wie er sich zu benehmen hat.«

Wolzow blickte von seinem Buch auf. »Wie hat er mich genannt?« – »Volksschädling«, hetzte Vetter, »Saboteur ... und überhaupt ...« Wolzow sprang auf, langte sich Branzner und faßte ihn mit der Rechten vorn an der Bluse. Branzner wollte sich wehren, aber da traf ihn schon eine schallende Ohrfeige. Vetter meckerte vergnügt, und Kirsch stopfte Keks in sich hinein. Wolzow hob den erschlafften Branzner mit der Rechten langsam in die Höhe, er war so kräftig, daß er ihn in der Luft schütteln konnte. Dann stellte er ihn auf den Boden, stieß ihn gegen einen Spind und zog ihn wieder dicht zu sich heran. »Hör zu! Hör genau zu! Die paar Wochen, die ich noch bei diesem Haufen bin, will ich Ruhe haben! Ich laß mir doch von dir nicht meine Laufbahn vermasseln. Du wirst also endgültig aufhören zu stänkern! Sonst ... Weißt du, was sonst ist? Du bist nachts mit uns am Geschütz. So wahr ich Gilbert Wolzow heiße: Ich schlag dir beim nächsten Schießen mit'm Schraubenschlüssel das Genick ein! Solche Unfälle passieren relativ häufig, das kannst du schon in Prinz Kraft zu Hohenlohes ›Militärischen Briefen über Artillerie‹ nachlesen! Verstehen wir uns?« Er ließ Branzner los.

Holt hatte das Empfinden, als schnüre ihm jemand die Kehle zu. Er nahm Wolzows Drohung ernst. Er hatte nie die Szene vergessen, als Wolzow am Rabenfelsen dem wehrlosen Meißner die Mündung der Pistole auf die Stirn gedrückt hatte ... Es ist alles dasselbe, dachte Holt in einem Gefühl des Grauens. Ob er einen Wachhund totschlägt, ob er sich prügelt oder Nahfeuer schießt ... es ist alles dasselbe!

Bei der Leitungsprobe sagte Gomulka unvermittelt zu Holt: »Stell dir vor, Wolzow wär unser Feind!« Er hing die Kopfhörer in den Bunker. »Wenn du nicht sein Freund wärst ...« – »Ein Glück, daß er vorhin nicht richtig zugehört hat«, sagte Holt. »Wer weiß, was das für ein Theater gegeben hätte!«

Gomulka setzte sich auf einen Holm. »Sag mir mal ganz ehrlich: Wie war das heut nacht?« – »Ich sag es nur dir«, erwiderte Holt. »Es war über jede Beschreibung furchtbar. Ich kann mir nicht vorstellen, daß irgend etwas auf der Welt schlimmer ist. Lieber Tiefangriffe und Bombenteppiche hier draußen.«

Gomulka schwieg. Dann sagte er zusammenhanglos: »Wolzow hat von seinem Onkel Post bekommen. Der ist schon wieder befördert worden, zum Kommandierenden General. Er übernimmt eine Einheit an der Westfront. Früher hatte er eine Luftwaffen-Felddivision in Rußland, die wurde eingeschlossen. Bei Woronesch. Aber er ist mit einem Fieseler-Storch aus dem Kessel entkommen.«

Bei Woronesch eingeschlossen, dachte Holt. Da hat man ja auch nie davon gehört. Er dachte verwundert: Vor einem Jahr hätte mich so eine Bemerkung niedergedrückt. Gomulka sagte beiläufig: »Ich hab auch Post von daheim.« Holt fragte beklommen: »Und ... hast du was gehört? Hängt es mit dem Attentat zusammen? Ist sie festgenommen worden?« Gomulka schüttelte den Kopf. »Sie soll spurlos verschwunden sein …« Fragen Sie nach niemandem, dachte Holt, reden Sie mit keinem … – »Sippenhaft!« flüsterte Gomulka. »Oberst Barnim soll mit seinem Regiment kapituliert haben, und als er selbst zu den Russen wollte, da haben sie ihn …«

Holt sprang auf. »Hoffentlich lassen sie uns heut nacht schlafen«, sagte er hastig.

In der Nacht, an der Kanone, riß Wolzow Witze über den Mosquito-Verband, der kreuz und quer durch das Land flog, ehe er sich nach Berlin wandte und dort Bomben warf. »Da verarschen sie die Nachtjäger«, sagte er, »die suchen jetzt bei München!«

Am anderen Morgen war der Ersatz da. Vetter kam früh um sieben von der Leitungsprobe, als die anderen noch in den Betten lagen, und rief: »Die Schusterjungen sind da! Mensch, das sind keine Oberschüler, das sind solche Heinis, Bäckerlehrlinge, Schlosser, lauter solches Kroppzeug von der Berufsschule … Fragt mich einer: ›Kamerad, ich finde mir hier nicht zurecht …‹ Ich hab gesagt: ›Da mußt du dir mal beim UvD erkundigen, sonst kann ich dich nicht helfen …‹ Sagt der auch noch: ›Danke!‹ Männer, das wird was! Wenn die sich nicht benehmen, dann führ ich hier offiziell die Prügelstrafe ein!« Wolzow rief von seinem Bett: »Mit denen geben wir uns gar nicht ab!«

Beim Morgenappell nahte Kutschera seltsamerweise ordentlich angezogen, von drei hohen HJ-Führern begleitet. Gottesknecht holte einen Karton aus der Schreibstube. Wolzow stieß Holt überrascht mit dem Ellenbogen an. Kutschera rief: »Die Luftwaffenoberhelfer Dusenböker, Hörschelmann und Wolzow … vortreten!« Er überreichte den drei Jungen das Eiserne Kreuz. Gottesknecht stopfte ihnen die Bänder ins Knopfloch, die HJ-Führer schüttelten ihnen die Hände. Dann ließ Kutschera das Batteriekommando vortreten und las Namen von einer Liste: »Dusenböker, Ebert, Gomulka, Grubert, Holt …« und so weiter, alle, die noch vom Jahrgang 27 da waren, mit den beiden Hamburgern noch siebzehn Mann. Holt lief nach vorn. Er dachte: Wir waren achtundzwanzig, als wir herkamen … dreizehn Tote aus einer Klasse! Gottesknecht steckte ihm das Flakschießabzeichen an die Bluse, das begehrte silberne Abzeichen, an der linken Brust zu tragen …

Die Batterie wurde eingeteilt. Gottesknecht rief. »Holt, Wolzow, Gomulka, ihr könnt morgen fahren!« Wolzow sagte strahlend: »Herr Wachtmeister, also, auf das EK müssen wir zusammen ungeheuer einen saufen!« – »Sie sind wohl verrückt!« empörte sich Gottesknecht. »Mit siebzehn Jahren alkoholische Exzesse, dem leiste ich keinen Vorschub!« Am Abend brachte Wolzow aber doch eine Flasche Kognak. Holt wurde nach ein paar Schlucken angenehm müde. Er dachte glücklich: Urlaub, Ruhe, endlich!

Beim Stubendurchgang befahl Gottesknecht: »Morgen wird alles eingepackt! Spinde leermachen! In unserem Batteriegelände wird ein Flakschwerpunkt gebildet … Großkampfbatterie mit achtzig oder hundert Geschützen.«

Nachts saßen sie faul im Geschützstand und sahen den Neuen beim Schießen zu. Am anderen Morgen packten sie. Vetter mußte bleiben. Der Urlaub begann zwölf Uhr und dauerte vierzehn Tage, zuzüglich zweier Reisetage. Sie liefen im Trab nach Essen. Als sie endlich auf dem Bahnhof angelangt waren, heulten die Sirenen Vollalarm. Ein Wehrmacht-LKW nahm sie mit nach Süden. In Wuppertal kletterten sie in einen Personenzug. Nach ein paar Stationen blieb der Zug auf freier Strecke stehen. Wolzow sah aus dem Fenster. »Los, raus!« Und sie liefen, während die Bomber sie überflogen, zu einer großen Schutthalde. Die Flak schoß, ringsum grollte es dumpf. Sie liefen auf einem Feldweg nach Westen. Hinter ihnen schütteten die Viermotorigen ihre Bomben aus.

15

Über der Wolzowschen Villa hing ein trüber Morgenhimmel. Es regnete.

Holt und Wolzow trugen die Rucksäcke ins Haus. Holt streckte die Füße von sich. Der Klubsessel war weich. Wolzow berichtete: »Das Haus ist voll fremder Leute, Bombenfrischler, weißt schon, Evakuierte und Ausgebombte. Da baun wir für dich ein Feldbett in mein Zimmer und sind ganz unter uns.«

Holt schlief erschöpft und traumlos. Als er am Nachmittag wach wurde, öffnete Wolzow eine Konservenbüchse. Über dem Spirituskocher, in der Pfanne, brutzelte Fett. Holt erschrak vor der heillosen Unordnung, die ringsum herrschte, alles lag durcheinander, die Stahlhelme, die Uniformen, die geöffneten Rucksäcke. Überall Gerümpel, das ausgestopfte Rebhuhn obenauf, die Duellpistolen, der zertrümmerte Totenkopf. »Wir müssen hier erst mal aufräumen, Gilbert!« – »Wieso? Ich find's ganz gemütlich.« Wolzow kippte den Inhalt der Konservenbüchse in die Pfanne. Der Duft gebratenen Fleischs füllte das Zimmer.

Holt wickelte den Verband von den Händen. »Mein Onkel«, sagte Wolzow, »ist in Frankreich, vorher war er noch mal hier und hat einen Haufen Kram dagelassen, Vorräte: Konserven, Rotwein, russischen Tabak, sogar Kaviar, ich hab vorhin so'n Döschen aufgemacht, schmeckt wie Hering, aber satt wirst du nicht davon, da mußt du schon zehn Büchsen auf einmal fressen ...« – »Ob ich nicht erst mal deine Mutter begrüße?« fragte Holt. »Lieber nicht. Du störst sie bloß beim Heulen. Ich hab ihr gesagt, daß wir da sind, das genügt.«

Das Haus war verwahrlost. Im letzten Jahr mochte nichts mehr aufgeräumt oder gar gesäubert worden sein. Nur im Erdgeschoß, wo nun Fremde wohnten, herrschte Ordnung. Holt ging ins Bad. Der Abfluß der Wanne war mit Haarbüscheln verstopft. Aus dem Hahn über dem Becken lief kein Wasser. Richtig, dachte Holt, da hat Gilbert damals das Bleirohr rausgerissen ... Er duschte sich. Er sah im Spiegel, daß sich die blutunterlaufenen Stellen auf dem Rücken blau und grün färbten.

Zum Frühstück aßen sie das Büchsenfleisch aus der Pfanne. »Brot?« dozierte Wolzow. »Fleisch ist viel gesünder. Attila soll nur Fleisch gegessen haben.« Er hatte als erstes den zerlesenen Clausewitz aus seinem Rucksack geholt. Holt blätterte darin. »Wenn du dich endlich mal 'n bißchen mit Kriegskunst beschäftigen willst«, sagte Wolzow, »dann fängst du am besten mit Schlieffens ›Cannae‹ an.«

Holt klappte das Buch zu. »Danke«, sagte er und nahm die angebotene Zigarette.

Wolzow fuhr fort: »Wenn man keine militärischen Kenntnisse besitzt, kann man nämlich die Vorgänge an den Fronten gar nicht richtig verstehen. Soll ich dir sagen, warum Leute wie Branzner die Wahrheit über die militärische Lage nicht hören wollen?« entgegnete Wolzow. »Weil sie innerlich ... unsicher sind, weil sie trotz aller schönen Worte den Krieg eigentlich gar nicht richtig mögen! Schau mal, der Führer sagt zwar immer, der Krieg sei uns aufgezwungen worden, aber das sagt er bloß wegen der Leute. In Wirklichkeit war nach 1918 natürlich ein neuer Krieg fällig, ich weiß doch von meinem Vater, daß ein richtiger Soldat so eine Niederlage nicht hinnimmt, ohne an die kommende Revanche zu denken. Das steht auch alles in ›Mein Kampf‹, und auch, daß wir uns neuen Boden im Osten mit dem Schwert erobern müssen ...«

Holt hatte kaum aufgeatmet, von der zermürbenden Anspannung des Luftkrieges befreit, er hatte sich kaum in die Atmosphäre der kleinen Stadt und des Urlaubs eingewöhnt, da stießen ihn Wolzows Worte in die alte Niedergeschlagenheit zurück und riefen die Erinnerung wach: »... Eroberungskrieg vorbereitet und entfesselt ...«, so hatte Vater gesagt, und auch Gomulkas lakonische Worte angesichts der verhungernden Gefangenen waren gegenwärtig: »Sie haben nicht angefangen ...«

»Einer wie ich«, redete Wolzow unterdessen weiter, »na, wie soll ich sagen? ... der *bejaht* den Krieg, und wenn keiner wäre, müßte man schnell einen anfangen. Es muß ein ordentlicher Krieg sein, nicht so'n Ramschkrieg wie 1806, sondern nach allen Regeln der Kriegskunst, wie bei Alexander oder Napoleon. Also frag nur, jetzt haben wir Zeit. Willst du die Lage erläutert haben? Wir kämpfen nun langsam auf der inneren Linie, und das schöne Vorfeld ist hin.«

Holt rauchte, er ließ Wolzow reden. Er sah auf die Uhr und erschrak. »Schluß! Das Wehrbezirkskommando macht zu!«

Sie trafen Gomulka in der Stadt. Der Regen war versiegt, die Wolkendecke riß auseinander, und ab und zu huschte Sonnenlicht über die Erde. Sie gingen stadtwärts. Nachdem sie sich auf der Urlauberstelle gemeldet hatten, bummelten sie durch die engen Kleinstadtstraßen zum Marktplatz.

Sie gingen an einem Lebensmittelgeschäft vorbei. Aus der Ladentür trat ein schmächtiges, sehr junges Mädchen und trat noch einmal zurück, um die drei vorbeigehen zu lassen. Das Mädchen, in einem ärmlichen bunten Kleid, trug am Arm einen Einkaufskorb.

Ihr Haar war braun. Auch ihre Augen waren braun. Ihr Blick streifte über Holt hinweg. Er dachte: ... da stand das Kind am Wege ..., es war eine Zeile aus einem Gedicht, das er einmal gelesen hatte: Da stand das Kind am Wege. Das kleine Mädchen mit den roten Schuhen fiel ihm ein. Er blieb stehen. Warum sieht sie so traurig aus?

Das fremde Mädchen ging den Weg zurück, den er eben gekommen war. Über ihr lastete der Himmel mit seinem Regengewölk. Durch ein Wolkenloch ergoß sich Sonnenlicht und blendete Holt. Er ging weiter. Was war das? dachte er. *Wer* war das? Wolzow schalt: »Der Kerl pennt am hellichten Tage!«

Auf dem Marktplatz begegneten sie einer Rotte junger Leute, Peter Wiese war dabei und Herbert Wurm, bei dessen Anblick Wolzow die Brust mit dem Ordensband herauswölbte, und dann die Mädchen: Rutschers Schwester, die Friedel Küchler in Uniform, ihre Freundin, Putzi genannt, noch drei, vier andere. Sie trugen Badesachen bei sich. »Donnerwetter, der Wolzow mit 'm EK!« hieß es. »Und das, was ist das?« – »Flakschießabzeichen, gibt's bei soundsoviel Abschüssen.« Man schlug den Weg zur Badeanstalt ein. Holt blieb stehen. »Wir wollten doch Zemtzkis Eltern besuchen.« Rutschers Schwester war noch blasser als früher und zog Holt beiseite. »Sie waren doch mit ihm am Geschütz ...« Nichts erzählen! Holt dachte an den zertrümmerten Geschützstand, an die umgestürzte Kanone. Läuft mir der Krieg bis hierher nach? Die Mädchen erzählten von Einsätzen im Kinderlandverschickungslager ... Man verabredete sich für den kommenden Tag.

Sie besuchten Zemtzkis, saßen verlegen auf den Stühlen und redeten Frau Zemtzki ein, die Sache mit dem Müo sei wirklich nur ein Gerücht. »Ein ganz gemeines Gerücht«, meinte Wolzow. Draußen schwur er: »Das war der erste und letzte Besuch dieser Art! Zu meiner Mutter braucht auch keiner hinzugehn, wenn's mich erwischt.« Gomulka ging zum Zahnarzt, um endlich die Lücke in der Schneidezahnreihe schließen zu lassen.

Nachts schreckte Holt ein Angsttraum aus dem Schlaf: Flammen, überall Flammen ... Es wird noch oft wiederkehren. Es ist erst drei Tage her! Drei Tage. Die Zeit ist durcheinander. Wie alt bin ich jetzt? Siebzehneinhalb. Wenn es bis zum Flakeinsatz sechzehneinhalb gewesen sind, dann müssen seither dreißig, fünfzig Jahre verstrichen sein. Noch mehr. Die Feuernacht in Wattenscheid allein hat hundert Jahre gedauert. Er sank wieder in Schlaf, glücklich in dem Gedanken: keine Alarmglocke, keine Mosquitos, keine Leitungsprobe. Im Einschlafen dachte er wieder: Da stand das Kind am Wege ... mit einem Einkaufskorb.

Wolzow triumphierte am nächsten Morgen: »Herrliches Wetter! Der Himmel verläßt die alten Krieger nicht!« Beim Frühstück erzählte er, was er sich vorgenommen hatte: »Da liegen noch die Tagebücher von meinem Vater rum, die muß ich endlich lesen. Dann will ich in die Berge, unsere Pistolen ausbuddeln.« Holt wollte Peter Wiese besuchen. Wolzow fragte: »Ausgerechnet den Miesepeter? Was du bloß an dem findest!« Vorerst beschlossen sie, baden zu gehen. Holt hatte Bedenken, mit seinem zerschundenen Rücken. »›Da lagen die Helden, die Wunden *vorn*‹«, zitierte er. »Die alten Germanen hätten mich mit Schimpf und Schande davongejagt.« – »Da gab's auch noch keinen Luftkrieg.« Wolzow fuhr mit den Beinen in die Überfallhose. »Das waren Zeiten! Stell dir das vor. Kampf Mann gegen Mann, o was hätt ich dazwischengehaun, bestimmt!« Die Vorstellung einer längst vergangenen Kampfesweise überwältigte ihn. »Ich wär der größte Feldherr des Altertums geworden«, prahlte er. »Dem Hannibal hätte ich mit einer Gegenumfassung geantwortet. So ein Blödsinn! Varro stellt die Truppen sechsunddreißig Mann tief auf, was nützt ihm da seine Überlegenheit? Ich hätte die Hastati und Principes nur in zwölf Glieder gestellt und die Triarii seitlich gestaffelt in Reserve behalten, da hätt ich Hasdrubals Reiterei in den Aufidus geschmissen ...«

»Oder Napoleon«, spottete Holt, »da hättest du ganz Rußland erobert ...« Aber Wolzow entgegnete: »Nein.« Er zog sich die Hose über den Bauch. »Wenn ich Napoleon gewesen war, hätte ich Rußland nicht angegriffen. Die Russen hätten ja kommen können, wenn sie was wollten. Da hätte ich aus der Nachhand geschlagen, ganz nahe meiner Basis.« Er knöpfte sich die Hose zu. »Bei Napoleon ist es anders. Napoleon hat als Feldherr keinen Fehler gemacht. Wenn da behauptet wird, er hätte vor dem Marsch auf Moskau erst die baltischen Festungen erobern müssen, dann ist das Geschwätz. Napoleon hat in Rußland richtig gehandelt, das hat Clausewitz ein für allemal nachgewiesen. Napoleons Rußlandfeldzug ist deshalb nicht gelungen, sagt Clausewitz, weil die feindliche Regierung fest, das Volk treu und standhaft blieb, weil er also nicht gelingen *konnte*. Was schaust du denn so? Was ist denn?«

»Nichts«, antwortete Holt. »Beeil dich. Schade um den schönen Nachmittag!«

Die Badeanstalt war fast menschenleer. Holt schwamm zum anderen Ufer, Wolzow blieb zurück. Als Holt die Flußmitte erreicht hatte, legte er sich auf den Rücken und ließ sich treiben. Blödes Beispiel, dachte er, mußte ich ausgerechnet auf Napoleon kommen? Am jenseitigen Ufer lag er eine Weile im Gras. Stimmt also gar nicht, daß der Führer Napoleons Fehler vermieden hat, wie's immer heißt. Napoleon hat demnach gar keine gemacht.

Als er wieder die Badeanstalt erreichte, hielt er sich ermattet an der Treppe fest und hing eine Weile im Wasser. Dann kletterte er an Deck. Das Herz arbeitete in harten Schlägen. Auf dem alten Stammplatz neben dem Sprungturm sah er sie alle beisammen, Jungen und Mädchen, Wolzow und Gomulka mittendrin. Langsam ging er über das Floß. Nein, dachte er, das ist doch nicht möglich! Ganz allein, weit abseits, saß das fremde Mädchen, an einen

Pfeiler des Geländers gelehnt, die Knie bis unter das Kinn gezogen, hockte dort mit geschlossenen Augen.

Holt schlich zum Sprungturm und warf sich auf die Planken. Sogleich fragte die Friedel Küchler, wer ihn denn so grün und blau geschlagen habe. Holt antwortete nicht. Aber Gomulka, der sonst Kraftausdrücke gar nicht liebte, fuhr sie an: »Wo der Werner sich das geholt hat, du dumme Gans, dort hättest du dich vor lauter Angst von oben bis unten be... schmutzt!« Die Mädchen verzogen die Gesichter. Wolzow begann derartig zu lachen, daß oben am Ufer der alte Bademeister verwundert aus seiner Bretterbude schaute.

Dann saßen sie stumm und träge in der Sonne. Jemand fragte: »Wie ist denn der Luftkrieg nun eigentlich?« Wolzow grinste. »Wie der Luftkrieg nun eigentlich ist? Der Luftkrieg ist nun eigentlich ganz einfach! Das ist der einfachste Krieg, den's überhaupt gibt. Wir sind unten und schießen nach oben, und die sind oben und schmeißen nach unten.«

Holt dachte: Ich muß noch warten, eh ich frag, sonst fällt's auf! Er fragte schon, so ganz nebenbei: »Wer ist das Mädchen dort drüben?« Alle wendeten die Köpfe. Ein paar Mädchen lachten. Holt sagte gereizt: »Ihr seid albern!« Wolzow brummte: »Alle Mädchen, sobald mehrere beisammen sind! Eine allein möcht am liebsten in die Erde versinken.« – »Gut beobachtet«, sagte Gomulka.

»Die ist nicht von hier«, erzählte Friedel Küchler, die weißblonde BdM-Führerin, nach einer Weile. »Die ist evakuiert, aus Westdeutschland, ich glaube aus Schweinfurt. Die soll hier oben« – sie tippte mit dem Finger an die Stirn – »nicht ganz in Ordnung sein. Von ihrer Scharführerin weiß ich, daß sie keine Eltern mehr hat und in Schweinfurt Dienstmädchen war, das heißt, sie war im Pflichtjahr. Sie ist ja erst fünfzehn. Sie soll bei einem Angriff verschüttet worden sein, und als man nach einer Woche den Keller geöffnet hat, war alles tot, bloß sie hat noch gelebt. Dann hat sie im Krankenhaus gelegen. Jetzt ist sie hier bei einer kinderreichen Familie im Pflichtjahr, der Mann ist in der SS, dort ist sie gut aufgehoben. Im Mai mußte sie wieder ins Krankenhaus. Jetzt hat sie Schonung und braucht bloß vormittags zu arbeiten.«

Wolzow legte sich lang auf die Planken. »Krieg ist eben Krieg.« Holt kämpfte gegen die Vision eines Kellers, in dem sich zwischen erstarrten Leichen ein Lebender um den Verstand schrie. Er hörte ringsum das Geplauder der Mädchen. Er fragte mit heiserer Stimme: »Warum kümmert ihr euch nicht um sie?« Man verstummte. »Die will ja nicht. Die weicht ja allen aus.«

Holt sprang auf. »Volksgemeinschaft«, höhnte er, »alle für einen ...« Er sah viele Augenpaare verständnislos auf sich gerichtet. Ihm war, als höre er die blonde BdM-Führerin von verschworener Gemeinschaft reden, und das war noch kein Jahr her! Er hörte auch Frau Ziesches Stimme: Laß doch das Kind! Mich mußt du retten! Dann wandte er sich rasch ab. Hinter seinem Rücken sagte Gomulka: »Er hat so was vor paar Tagen selbst erlebt.«

Das ist es ja gar nicht, dachte Holt, als er das Floß entlangging. Ich hab es durchgestanden, ich würde es wieder durchstehen.

Am Ende des Floßes, wo die Paddelboote und Angelkähne befestigt waren, setzte er sich nieder und ließ die Füße ins Wasser hängen. Der Fluß glänzte im Licht.

Acht Tage verschüttet! dachte er. Er sah sich das kleine Mädchen mit den roten Schuhen zum Verbandplatz tragen, und jemand sagte: Ex. Die Mühe hätten Sie sich sparen können. Brennendes Dachgebälk krachte auf die Straße, und Funken stoben bis in den Hausflur ... Kennen Sie einen Oberst Barnim? Und dann: ... erschossen worden. Was ist mit Uta? Vielleicht lebt sie nicht mehr ... Vielleicht hat sie nie gelebt. Vielleicht hab ich Uta nur geträumt, wie die Mustangs, den Schmiedling, die Bombenteppiche.

Er erhob sich und ging langsam zu dem Mädchen, das noch immer in der Sonne saß, den Rücken an die Planken des Geländers gelehnt. Er setzte sich an ihrer Seite auf den Boden. »Ich heiß Werner Holt. Ich bin Luftwaffenhelfer und hab Urlaub.« Sie wandte flüchtig den Kopf zu ihm hin. Langsam stieg ihr die Röte in die Wangen.

Wenigstens ist sie nicht gleich fortgelaufen, dachte er. Ihr Gesicht war ihm eigentlich gar nicht fremd, die bewimperten Lider, die dunklen Brauen und die roten Lippen. Ich darf sie nicht so anstarren, sonst läuft sie doch noch weg! Was sag ich bloß? »Ich bin auch fremd, ich bin erst voriges Jahr hierher aufs Gymnasium gekommen, nur ein paar Monate, dann ging's zur Flak.«

Flak ist falsch, dachte er. Luftwaffenhelfer war auch falsch, das erinnert sie an den Bombenkrieg. »Ich hab's zu Hause nicht länger ausgehalten, ich weiß nicht, warum.« Zu Hause, das ist auch falsch, weil sie keine Eltern mehr hat ... Eigentlich hab ich auch keine Eltern mehr. »Sie müssen ... Du mußt entschuldigen«, sagte er verwirrt. »Ich rede lauter Unsinn ... Es ist aber auch schwer«, sagte er gradheraus, »ein fremdes Mädchen anzusprechen. Außerdem hab ich Angst, daß du fortläufst.«

Sie rührte sich nicht.

»Ich hab dich schon gestern gesehen, mit dem Einkaufskorb«, fuhr er fort. »Am liebsten wär ich dir gleich nachgegangen. Als ich hörte ...« Jetzt schlug sie die Augen auf, aber sie blickte geradeaus ... »... daß du aus Schweinfurt bist ...« Er dachte: Was red ich da? »... als ich das hörte, dachte ich, daß dich hier überhaupt keiner verstehen kann.«

Sie schloß die Augen und saß unbeweglich.

Verstehen, dachte Holt, kann man denn überhaupt einen anderen Menschen verstehen? »Wir sind im Ruhrgebiet eingesetzt. Ich weiß nicht, wie oft ich in den Luftlagemeldungen gehört hab: ›Raum Würzburg–Schweinfurt‹ ...« Er erinnerte sich sehr deutlich. Es war im Oktober gewesen, die Amerikaner hatten an die tausend Begleitjäger mitgeschickt, und die Luftkämpfe zogen sich von der holländischen Grenze bis in den süddeutschen Raum. Mehr als hundert Viermotorige waren abgestürzt, aber Schweinfurt war dennoch bombardiert worden ... Holt sah ein Häusermeer in einer grauen Rauchwand versinken, darin unaufhörlich die Blitze der Einschläge zuckten, bis sich das Rot der Brände durch den Rauch fraß ... Er schüttelte die Erinnerung ab. Wie sagte Gottesknecht immer? Zähne zusammenbeißen!

»Es ist gut, daß ich damals nichts von dir wußte. Ich hätte ja keine Ruhe gehabt. Helfen hätte ich dir auch nicht können.« Er saß lange stumm neben ihr. Unsicher durch ihr standhaftes

Schweigen fragte er: »Soll ich gehen?« Sie schüttelte unmerklich den Kopf.

Die Gesellschaft am Sprungturm brach auf. Wolzow sah im Vorbeigehen auf das Mädchen, dann verlor sich der Stimmenlärm auf der Liegewiese. Sie blieben allein auf dem Floß zurück. Die Abendsonne stand tief über den Bergen jenseits des Flusses und wärmte nicht mehr. Er fragte: »Ich weiß noch gar nicht, wie du heißt.«

»Gundel. Eigentlich Gundula.« Er horchte auf ihre Stimme, eine dunkle, etwas brüchige Stimme. Er wiederholte: »Gundel …« Sie wandte ihm das Gesicht zu. »Und mit Familiennamen?« – »Thieß.« Ihre Stimme gefiel ihm. »Wird dir nicht kalt?« Sie sagte statt einer Antwort: »Die andern werden böse sein, wenn du nicht mitgehst. Es sind doch deine Freunde.« – »Gilbert und Sepp«, sagte er, »die andern gehn mich nichts an.«

Sie lächelte. Er sah zwischen den Lippen die blanken Zähne schimmern. »Woran denkst du?« Das Lächeln vertiefte sich. Sie sagte: »Ich möcht wissen, was du gestern gedacht hast.« – »Ich?« Die Frage verblüffte ihn. »Ich hab dir nachgeschaut. Zuerst fiel mir eine Zeile aus einem Gedicht ein … Da stand das Kind am Wege …« Sie neigte den Kopf zu ihm hin: »Und wie geht's weiter?« Er überlegte angestrengt. »Da stand das Kind am Wege … und winkte ihn nach Haus … Es ist von Storm, glaub ich.« Er sah, daß sich ihre Lippen bewegten; sie wiederholte für sich die beiden Verszeilen. »Und du?« forschte er. »Was hast du gedacht?« Da stieg ihr wieder die Röte ins Gesicht, und sie stand auf. Er war einen halben Kopf größer als sie. Er sah ihr nach, dann rannte er über die Liegewiese zu seiner Kabine und fuhr in die Uniform. Er wartete am Ausgang.

Sie trug wieder das verschossene bunte Kleid. Er lief wortlos neben ihr durch die Parkanlagen zur Stadt. Als hinter der Brücke die Straße nach links zum Fischerviertel abzweigte, blieb sie stehen und sagte: »Nicht … Es ist besser, wenn sie dich nicht sehen.«

»Gehst du morgen wieder baden?« Sie nickte. Dann, als sei dies schon zuviel gewesen, ging sie davon, die enge, schattige Gasse entlang.

Holt besuchte am anderen Morgen Gomulka. Wolzow schlief noch. Auf dem Tisch lag ein Stoß schwarzer, in Wachstuch gebundener Hefte, in denen Wolzow die halbe Nacht gelesen hatte, die Tagebücher seines Vaters. Holt schrieb einen Zettel: »Bin bei Sepp. Sehen uns vielleicht beim Baden.« Als sein Blick auf Wolzow fiel, der im Schlafe leise schnarchte, hatte er Lust, ihm ins Gesicht zu brüllen: Gefechtsschaltung! Sollst mal sehen, wie er hochkommt!

Gomulkas bewohnten ein Haus am Stadtrand. Im Vorgarten blühten Gladiolen und Astern. Gomulka öffnete im Bademantel und führte Holt durch die Diele in ein helles Speisezimmer. Aus dem angrenzenden Raum drang das Gespräch mehrerer Frauenstimmen. Gomulka erläuterte: »Wir haben Verwandtenbesuch.«

Sein Zimmer war einfach möbliert. Hier herrschte eine peinliche, fast pedantische Ordnung und Sauberkeit. Als Gomulka den Schrank öffnete, sah Holt die Wäschestücke auf die gleiche Breite gefaltet, exakt aufeinandergestapelt, die Schuhe in Reih und Glied und die Kleidungsstücke sauber gebürstet auf den Bügeln. Er dachte an die Unordnung bei Wolzow.

Sie suchten sich im Garten einen schattigen Platz. Die Aprikosenbäume hingen voll reifer Früchte. Gomulka meinte: »Heuer ist ein gutes Aprikosenjahr. Wir lassen sie ganz reif werden, überreif, da kann man sie ohne Zucker zu Marmelade kochen.« Holt hob ein paar der herumliegenden Früchte auf, aß und warf die Kerne ins Gebüsch. Träge und zufrieden legte er sich unter einen Baum. Gomulka fragte: »Was machst du am Nachmittag?« – »Ich bin verabredet.« Gomulka fragte vorsichtig: »Stimmt es, daß sie ... nicht ganz richtig ist?«

»Das ist ein verdammter Quatsch, Sepp! Das ist typisch für die Küchler, diese Ziege!« Holt fuhr ruhiger fort: »Ich weiß auch nicht, warum ich so eine Wut auf die hab. Wenn ich sie seh, dann wird mir schon ganz kribblig ...« Er dachte: Sie ist das weibliche Gegenstück zu Ziesche und Branzner und all denen. »Sag mal, Sepp«, fragte er nachdenklich, »warum haben wir eigentlich immer gegen die etwas, die begeistert sind, von der ... nationalsozialistischen Idee durchdrungen? Wenn einer kommt, irgendein

Fremder, da denkt man: Sympathischer Kerl! Kaum macht er den Mund auf, da geht's los: Herrenrasse, unbedingte Gläubigkeit, fanatischer Wille, eben das übliche. Sofort denk ich: Lieber Gott, das ist ja auch so *einer*. Eigentlich sollten die doch unser Vorbild sein, Leute wie Ziesche, in ihrem ... gläubigen Fanatismus.«

»Mir persönlich«, sagte Gomulka bedächtig, »ist Fanatismus ... na, unheimlich will ich's nennen. Warum? Mit einem Fanatiker kann man nicht reden. Der Inbegriff des Fanatismus ist für mich eine wütende Bulldogge. Lach nicht, Werner, es ist wirklich so!«

»Aber gerade Fanatismus wird doch von uns gefordert!« rief Holt. »Und gerade, weil ich dazu neige, alles zu zergrübeln, zu zergliedern, beneide ich diejenigen, die fanatisch glauben können. Ich geb mir wer weiß was für Mühe, fanatisch zu sein! Man hätte es viel einfacher. Das Nachdenken und Grübeln, das macht einen fertig, Sepp! Ich wünschte, ich wär ein Fanatiker.«

Gomulka richtete sich auf. »Da könnte ich nicht dein Freund sein. Stell dir vor, ich sag etwas, da springst du auf, mit funkelnden Augen, und machst Meldung ... Es ist ja sowieso unmöglich, ganz aufrichtig zu sein!« Er ließ sich wieder ins Gras sinken. »Das Nachdenken«, sagte er mit ungewöhnlichem Ernst, »das macht dich nicht fertig, nur das sinnlose Nachdenken! Suchen ist richtig, nur nicht sinnlos suchen, gewissermaßen mit verbundenen Augen, im dunklen Zimmer ...«

Mit verbundenen Augen im dunklen Zimmer, dachte Holt, ja, ein gutes Gleichnis, oft ist es tatsächlich so, als tappe man im Finstern umher, dann denk ich: Das versteh ich nicht, und das werde ich nie verstehen ... Was hab ich nicht alles heruntergeschluckt in diesem einen Jahr. Barnims hier sind alle verhaftet, der alte Ziesche macht im Generalgouvernement eine unbeschreiblich dreckige Arbeit, die Juden, die stillschweigend verschwunden sind, werden mit ... wie hieß es doch, Chlorkohlensäuremethylester oder so, das hat Vater gesagt, und gelogen hat er noch nie! Aber da darf ich überhaupt nicht daran denken! Denn wie soll ich durchkommen, ohne Sicherheit, ohne Halt? Was ist denn überhaupt noch sicher auf dieser Welt?

»Vielleicht verstehen wir diese Zeit nicht«, sagte er. »Aber jetzt, wo die Russen vor Ostpreußen stehen, bleibt da nicht wenigstens eins: daß wir für Deutschland kämpfen? Haben wir bisher nicht für Frauen und Kinder in Essen und Gelsenkirchen gekämpft? Vielleicht hat es nicht viel genützt, aber *daran* hab ich mich immer festgehalten: wir schützen Frauen und Kinder!«

»Die anderen aber doch auch«, sagte Gomulka. »Wenn du damit anfängst, dann gibt es überhaupt keine Klarheit mehr. Was meinst du denn, wofür die Russen kämpfen? Laß dir mal erzählen, wie die SS von Anfang an in Rußland gehaust hat, die Feldgendarmerie und die Wehrmacht! Der Ziesche hätte dir genau erklärt, daß wir ein Recht haben, die Russen auszurotten, weil's Bolschewiken sind. Nun versetz dich mal in so einen Bolschewisten hinein, dem vielleicht die ganze Familie erschossen oder nach Deutschland zur Zwangsarbeit gebracht worden ist. Kämpft der *nicht* für Frau und Kinder?«

»Sepp ... Du sagst das so einfach!« rief Holt. »Du nimmst diesen Widerspruch einfach hin! Und was gibt *dir* Halt?« – »Mir?« sagte Gomulka gedehnt und ausweichend. »Das ist schwer zu sagen, sehr schwer ...«

Holt dachte unvermittelt an des fremde Mädchen. Ein Mensch wird mir Halt sein, dachte er. Vielleicht hätte es Uta sein können, aber ich Idiot bin zu Gertie Ziesche gelaufen, und statt Halt zu finden und Sicherheit hab ich erleben müssen, wie mir ein Mensch immer gleichgültiger wurde, so schauerlich gleichgültig, daß mich heut noch friert, wenn ich daran denke.

»Komm essen«, sagte Gomulka.

Auf der Veranda war der Mittagstisch mit unübersehbarem Aufwand an Porzellan und Silber für acht Personen gedeckt. Gomulka stellte vor: »Mein Freund Werner Holt.« Seine Mutter war eine stattliche Frau, blond und blauäugig. Holt hörte Namen von Tanten und Nichten. Rechtsanwalt Doktor Gomulka war ein Mann von fünfzig Jahren, mit schütterem grauem Haar und einer dunklen Brille, dennoch wie ein Doppelgänger seines Sohnes anzusehen. Er sagte höflich: »Ich freue mich wirklich *sehr*, Herr Holt!« Er pflegte verschiedene Wörter seiner Rede über Gebühr zu betonen.

Man aß eine Aprikosenkaltschale, dann Aprikosenauflauf, Aprikosenkompott, und statt des Kaffees gab es einen sehr dünnen, aber echten Tee, dazu Aprikosenkuchen. »Sie sehen«, sagte Frau Gomulka, »der Garten ernährt seinen Mann.« Das Tischgespräch bestritten fast ausschließlich Gomulka und sein Vater. Es dauerte nicht lange, bis Holt die leise Gereiztheit heraushörte, die im Gespräch zwischen Vater und Sohn mitschwang. Aus Höflichkeit beantwortete er dann und wann eine Frage; der ungeduldige Wunsch, mit sich allein zu sein, verstummte erst, als sie im engeren Kreise am Tisch sitzen blieben.

Die Verwandtschaft zog sich zurück.

»Wir hätten Sie gern schon früher einmal bei uns gesehen«, begann der Rechtsanwalt in einem Ton, als sage er: Herr Präsident, meine Herren Geschworenen! »Lassen Sie uns ein paar offene Worte sprechen. Ihre Klasse hat Verluste gehabt, dreizehn Tote, wenn ich recht informiert bin ... Wie schätzen Sie Ihre weiteren Aussichten ein?«

»Wir haben Glück gehabt«, antwortete Holt. »Gilbert Wolzow meint immer, der Himmel verläßt die alten Krieger nicht.« – »Ein zweckoptimistisches Wort«, entgegnete der Rechtsanwalt, »finden Sie nicht? Rauchen Sie? Bitte. Danke, ich bediene mich selbst.« Er setzte eine Shagpfeife in Brand.

Frau Gomulka sagte, die Teetasse in der Hand: »Jede Mutter möchte ihren Sohn wiederhaben.« Gomulka rief heftig: »Mama! Du wolltest nicht wieder davon anfangen!« Sie wies ihn zurecht: »Ich glaubte dich besser erzogen zu haben, als daß du dir einen solchen Ton erlauben dürftest.« Der Wortwechsel erfüllte Holt mit Mißbehagen.

»Ihr Vater«, begann der Anwalt wieder, während er seine Brille abnahm, »wenn ich recht unterrichtet bin, so ist er gemaßregelt worden ... Sie gestatten, daß ich davon spreche? Hat er sich nie mit Ihnen über die weitere Perspektive unterhalten? Haben Sie nicht gewisse Grundsätze für eine zweckentsprechende Verhaltensweise vereinbart?« Ehe er Holt ansah, setzte er seine Brille wieder auf.

Gewisse Grundsätze? Zweckentsprechende Verhaltensweise?

Holt sagte abwehrend: »Mein Vater ist ein Sonderling, er hat keinen Sinn fürs Praktische ... Sepp und ich, wir haben uns natürlich mal überlegt, wie wir uns verhalten wollen. Aber es kommt doch immer ganz anders. Zum Beispiel die endlose Fehde mit den Hamburgern, da sind wir hineingeraten, ohne es gewollt zu haben.«

Der Rechtsanwalt sog unzufrieden an seiner Pfeife. »Damit Sie mich recht verstehen: ich bin ein Gegner der Handlungs*normen*. Ich bin überhaupt gegen jede Norm. Sie sollen durchaus kein Schema suchen. Es gibt da zum Beispiel Soldaten, deren Gedanken in das Schema gepreßt sind: Nie freiwillig melden! Dieses wie jedes Schema ist unbedingt falsch. Der Mensch bedarf der Elastizität. Ich wünschte, ihr Jungen besäßet diese Elastizität. Die heutige Zeit, oder besser: die Gegenwart ... unsere Epoche jedenfalls neigt zur Überbewertung des starren Prinzips und setzt es über die Entscheidung des einzelnen.«

Holt hatte das Gefühl, der Anwalt schleiche mit seinen Worten um ihn herum wie die Katze um den heißen Brei. Holt suchte keine Antwort, er suchte den Widerspruch, er wußte nicht, warum; es ging ihm ähnlich wie Weihnachten bei seinem Vater. »Entschuldigen Sie, Herr Doktor. Ich weiß nicht, ob das stimmt, was Sie sagen. Während der diesjährigen russischen Angriffe im Mittelabschnitt, da wurde die Rolle des Einzelkämpfers besonders hervorgehoben, eines Kämpfers also, der auf die persönliche Initiative und die Freiheit seiner Entscheidung angewiesen ist.«

»Zweifellos!« sagte der Anwalt sarkastisch. »Wobei diese Handlungsfreiheit ebenso unbeabsichtigt erteilt als auch von vornherein eingeengt worden ist.« – »Eingeengt? Wodurch?« fragte Holt nervös. »Nun ... Durch die totale Ausrichtung des einzelnen. Eben durch das, was ich die heute gültigen Normen nenne. Kampf bis zur Selbstaufopferung zum Beispiel, Ehrlosigkeit jeder Kapitulation. Und so weiter.«

»Ohne zwingenden Grund«, sagte Holt herausfordernd, »halte ich Kapitulation allerdings für unehrenhaft.« Er war davon durchaus nicht überzeugt. Hatte nicht Sepp erzählt: Der Oberst Barnim soll mit seinem Regiment kapituliert haben ...?

Der Rechtsanwalt sah Holt mit einem forschenden Blick an,

ehe er die Brille abnahm. »Persaepe accidit, ut utilitas cum honestate certet«, sagte er bedächtig. »Sehen wir davon ab, den Ehrbegriff zu erläutern, den Sie da ins Feld führen. Gut, gut ... Sie haben recht, *ich* habe ihn ins Feld geführt. Es genüge vielmehr die Frage, ob Sie sich in der Lage fühlen zu beurteilen, wann denn der ›zwingende Grund‹ gegeben sei. Aber lassen wir das.«

Gilbert müßte hier sein, dachte Holt verärgert, er würde ihm schon erklären, unter welchen Umständen eine Kapitulation gerechtfertigt ist! Das Gespräch war ihm zuwider. Gomulka mischte sich ein. »Entschuldige, Papa. Das Gerede führt zu nichts. Damit ist uns nicht gedient. Solche Spitzfindigkeiten«, sagte er mit erhobener Stimme, »würzen vielleicht ein Tischgespräch, aber sie geben uns keinen Halt.«

»Nein, nein«, entgegnete der Anwalt, »ganz recht, gewiß nicht ... Aber es gibt erst recht keinen Halt, wenn man sich über tiefgehende innere Zerwürfnisse hinwegsetzt.«

»Wobei es wahrscheinlich ist«, rief Gomulka geradezu verbittert, »daß sich gewisse Zerwürfnisse, die ich lange mit ansehen mußte, erst recht demoralisierend ausgewirkt haben!«

Der Rechtsanwalt sog an seiner Pfeife. Er furchte die Stirn. Frau Gomulka hob den Blick und sagte kühl: »Ich glaube, im letzten Jahr haben sich ganz andere Dinge demoralisierend auf dich ausgewirkt.« Gomulka war erregt: »Wofür ihr nicht das geringste Verständnis habt!«

Der Rechtsanwalt nahm die Pfeife aus dem Mund. »In entscheidenden Fragen«, sagte er ruhig, wenn auch tadelnd, »hast du deine Eltern niemals anders als einmütig gesehen. Deine Anspielung auf gewisse Zerwürfnisse verdient also äußerst taktlos genannt zu werden, noch dazu in Gegenwart eines Gastes. Est adulescentis maiores natu vereri.« Diese Phrase schien Gomulka noch mehr zu verbittern, denn er rief: »Stultus es ... qui facta infecta facere verbis cupias! Laß doch die weisen Sprüche, Papa, dein Latein imponiert mir ja nun weiß Gott nicht!« – »Und was unser angebliches Unverständnis für deine Erlebnisse im Ruhrgebiet anbelangt«, fuhr der Anwalt mit unerschütterlicher Ruhe fort, »so wollen wir mit ihrer Hilfe lediglich deinen Gesichtskreis erweitern. Lassen wir das. Ich habe diese Differenzen vorausgesehen und nehme dir nichts übel. Denn wo anders als zu Hause vermöchtest du auch, deinem jugendlichen Oppositionsdrang ungestraft nachzugehen?«

Holt war diese Szene peinlich. Er sagte, so unbefangen wie möglich: »Bitte erlauben Sie, daß ich mich verabschiede.« Vielleicht hatte er den unglückseligen Streit durch seinen Widerspruch provoziert. »Mein Widerspruch war ungehörig«, sagte er aufrichtig, »und er war falsch. Man verteidigt oft nach außen hin Dinge, die ... hier innen drin ganz und gar nicht so klar sind. Vielleicht verteidigt man sie gerade deshalb! Auf Wiedersehen, gnädige Frau. Danke, es wird schon schiefgehen. Heil Hitler, Herr Doktor.«

Sepp brachte ihn durch den Vorgarten. Er war noch immer aufgeregt. Holt sagte beschwichtigend: »Nimm's doch nicht so tragisch, Sepp! Ich kenn das! Mit meinem Vater geht mir's genauso.« – »Aber der Wahnsinn ist ja, daß er recht hat!« rief Gomulka. »Er hat recht, ja! Aber ich kann's nicht zugeben, nicht so ohne weiteres, ich kann nicht!« – »Schwimm dich frei, Sepp«, sagte Holt, »wir müssen selber durch den Dreck!« ... Durch die sieben Höllen, dachte er.

Er ging die Allee entlang. Schluß jetzt mit der Selbstzerfleischung! Ich denk nicht dran, mich selber fertigzumachen! Auf einen imaginären Punkt schauen, dachte er, und vorwärts, marsch!

Er schaute bei den Tennisplätzen auf der Parkinsel eine Weile dem Spiel zweier Mädchen zu. Dann wartete er auf der Brücke. Es war schon drei Uhr vorbei. Er lehnte mit dem Rücken am Holzgeländer, in der sengenden Sonne, und warf den Zigarettenrest in das faulige, abgestandene Wasser. »Nun komm schon«, sagte er laut. Er sah immer wieder auf die Uhr und wunderte sich, daß von Mal zu Mal kaum Minuten verstrichen waren. Die Zeit ist aus den Fugen! Er sagte: »Komm!« Aber als sie dann aus der engen Gasse in den Inselweg einbog, erschrak er und stand wie festgenagelt am Geländer. Sie ging langsam über die Brücke, als sehe sie ihn nicht. Erst als er ihren Namen rief, blieb sie stehen.

»Ich wußte ja gar nicht, ob dir's ernst war«, sagte sie unbefangen und sah aus großen Augen zu ihm auf. »Ich war komisch gestern, nicht? Ich hab erst über alles nachdenken müssen.« – »*Ich* war komisch«, widersprach er. »Ich hab unmögliches Zeug geredet, da mußte ich dir ja ganz unheimlich werden!« Sie lachten beide; das nahm die letzte Befangenheit. »Gehn wir baden? Wir können auch ein Stück wandern.« – »Wie du willst«, antwortete sie.

Gleich hinter dem Gerichtsgebäude führte ein Feldweg den Berg hinan und mündete in einen breiten und stillen Waldweg. Holt litt unter der Hitze und zog die Mütze durchs Koppel. Auf der Höhe wehte der Wind dann kühlend über sie hin. Holt erzählte, was ihm gerade einfiel, von Wolzows »schlagartiger Aktion« gegen die Hamburger, damals, vor dem Weihnachtsurlaub.

»Der große?« fragte sie. »Ist das dein Freund? Ich glaube, er ... hat kein Herz.« Er fragte verblüfft: »Wie meinst du das?« – »Gestern, als sie alle vorbeigingen«, sagte sie, »da hat er mich angeschaut. Er sieht so ... gleichgültig aus.« – »Aber er ist ein treuer Freund«, rief Holt, und er rief es gleichsam auch sich selbst zu. Er erzählte weiter und gab sich Mühe, die Situation anschaulich zu schildern, wie Wolzow das Aquarium nach Günsches Bett geworfen hatte ... »Das ist schrecklich!« rief Gundel. »Und die Fische?« – »Es waren keine drin«, log Holt, »bloß leere Schneckenhäuser, Steine und so was.« – »Ich glaube, er hätte es auch mit den Fischen hingeworfen«, sagte sie. Holt schwieg. Er sah Wolzow im Biologiezimmer Zickels Zierfische an die schnurrende Katze verfüttern ...

Der Wald nahm sie auf. Der Weg war kühl und schattig. In den Wipfeln rauschte das Laub. »Du sagst ja gar nichts mehr.« Er meinte: »Ich überleg. Hab ich auch kein Herz?« – »Du mußt nicht gekränkt sein«, sagte sie. »Ich wollte deinen Freund nicht beleidigen.« Er fand sie eigenartig, ganz anders als die Mädchen, die er kannte. »Die anderen«, begann er vorsichtig, »haben gesagt, du sonderst dich ab ... du weichst allen aus ... Aber warum hast du mich dann gestern nicht weggeschickt?«

»Ich weich allen aus«, wiederholte sie, »ja, das stimmt. Die einen wissen nichts und reden immerfort von Zusammennehmen. Das ertrag ich nicht. Die anderen wissen nur die Hälfte und haben Mitleid, oder sie heucheln. Mitleid mag ich nicht. Überhaupt ... ich paß nicht zu denen.« – »Und ich?« fragte er. »Bei dir«, sagte sie nachdenklich, »hatte ich das Gefühl, du ... könntest wirklich *mich* meinen.« – »Das versteh ich nicht«, entgegnete er. – »Ich weiß schon, was ich sagen will. Ich kann es bloß nicht richtig ausdrücken ... Außerdem könnte es ja sein, daß du mich brauchst.« In einer impulsiven Regung streckte er die Hand nach ihr aus. Sie wich zur Seite, bis an den Rand des Weges, doch dann folgte sie ihm durch das kniehohe Farnkraut zum Waldrand, wo die Sonne auf Brombeerhecken lastete. Der gelbe Roggen neigte sich schwer im Wind. Jenseits des Talgrundes auf dem Hügelrücken ragte der Rabenfelsen in den Himmel. »Setz dich«, sagte er, »der Boden ist trocken, es gibt auch keine Ameisen hier.«

Sie saß mit untergeschlagenen Beinen im Gras und zupfte einen Faden aus dem Rocksaum. Holt legte sich lang auf den Boden und verschränkte die Hände unter dem Kopf. »Erzähl mir was.« Er sah, daß sie überlegte. »Du hast keine Eltern mehr? Erzähl mir von deinen Eltern.« Sie zögerte und sah zu dem schwarzen Basaltfelsen hin. »Von meinem Vater weiß ich nichts«, sagte sie schließlich. »Ich kann mich kaum noch an ihn erinnern. Ich war erst vier Jahre alt, als er verhaftet wurde.«

Verhaftet? Sie kann kein ... Verbrecherkind sein ... Hätte ich bloß nicht gefragt! dachte er müde ... Sie beobachtete ihn.

»Es war im Februar 1933«, erzählte sie. »Er ist nie wiedergekommen, aber er hat noch lange gelebt, in einem Lager. Ich war schon elf Jahre alt, als die Todesnachricht kam, am 3. August 1940. Meine Mutter hat nie von meinem Vater gesprochen. Aber als der Brief kam, da war sie weiß wie die Wand. Ich hör noch jedes Wort. Sie hat gesagt: ›Ich hab geschwiegen, weil ich gedacht hab, ich kann ihm helfen, daß er zurückkommt ... Aber jetzt‹, hat sie gesagt, ›jetzt kann ich nicht mehr schweigen.‹ Ich hab das nicht verstanden. Ein paar Tage später ist sie abends zu mir ans Bett gekommen. Sie hat gesagt: ›Sie haben deinen Vater bespuckt, sie werden auch deine Mutter bespucken, aber du darfst niemals glauben, was sie von uns behaupten.‹«

Gundel flüsterte nur noch. »Von diesem Tag an war alles durcheinander. Ich hab oft gehört, wie meine Mutter nachts fortgegangen ist, wir hatten ja nur Stube und Küche. Im Dezember, am 9. Dezember, als ich aus der Schule kam, da war die Polizei da. Sie haben mich gefragt und gefragt, und nachher hat mich eine Frau mitgenommen und hat mich geschlagen, ich soll sagen, was ich weiß. Ich wußte nichts. Dann bin ich in ein Heim für verwahrloste Jugendliche gebracht worden. Im Frühjahr haben sie meine Mutter sechsmal zum Tode verurteilt und gleich hingerichtet.« Sie schwieg. »Nun weißt du's. Ich bin auch schon angespuckt worden. Im Heim, da waren Mädchen, die gestohlen hatten und noch viel schlimmeres, aber die waren alle besser als ich. Und alle haben auf mich geschrien: ›Dreckstück‹ ...« Ihr Gesicht war verschlossen. »Geh! Lauf ruhig weg! Ich brauch keinen.« Er lag unbeweglich und starrte in den Sommerhimmel, bis die Augen schmerzten. »Sprich zu niemandem darüber!« sagte er endlich. »Daß nur *dir* nichts geschieht.«

Ihr Gesicht wurde weich. Er sagte leise: »Ich weiß nicht, wielang der Krieg noch dauert. Ich weiß nicht, was los ist in der Welt und was aus mir wird. Manchmal denk ich, das ist alles nur ein böser Traum. Wenn ich heimkomm aus dem Krieg, dann mußt du noch da sein. Ich weiß sonst nicht, wo ich hingehen soll.« Sie sagte: »Wirst du mich auch nicht gleich wieder vergessen?« Er riß einen Getreidehalm ab und warf ihn ins Feld zurück. »Nein.« Auf einmal lachte sie. »Ich glaube, jetzt kann ich dir auch sagen, was ich gedacht hab, vorgestern, auf der Straße.« Sie blinzelte in die Sonne, die schon dicht über dem Rabenfelsen stand. »Ich hab gedacht: Der müßte mein Bruder sein.« – »Dein Bruder?« Holt war verwirrt, und sie fragte auch noch: »Möchtest du nicht mein Bruder sein?«

Er richtete sich auf. Aber nun sah er nicht nur das Gesicht mit den großen Augen und dem kindlichen Mund, sondern auch die nackten braunen Arme, die junge Brust, die das knappe Kleid schlecht verbarg, die winzigen Füße mit den Holzsandalen, die unter dem ausgebreiteten Kleidersaum hervorsahen. »Nein. Nicht dein Bruder«, sagte er und sprang auf. »Komm. Es wird bald Abend.« Er hielt ihr die Hände hin und half ihr aufzustehen, einen

Augenblick standen sie unbeweglich voreinander, dann riß sie sich los. Er folgte ihr, sie gingen durch den Wald stadtwärts.

Es dämmerte. Zwischen den Bäumen herrschte ein durchsichtiges Halbdunkel. Der Pfad teilte sich. Holt wählte den längeren Weg. Eine Bank stand zwischen den Sträuchern, er zog Gundel neben sich auf den Sitz und faßte ihre Hände. Dann hob er sie auf seinen Schoß. Ihr Kopf lag an seiner Schulter. Er legte den linken Arm um sie und strich ihr mit der Rechten das Haar aus der Stirn. Etwas wie Mitleid überkam ihn, er sagte: »Du bist noch so jung!« Sie antwortete mit geschlossenen Augen: »Du doch auch!« Er küßte sie, nur flüchtig. »Nicht doch«, sagte er, »du mußt den Mund nicht so fest zumachen! Die Lippen nur ganz leis aufeinanderlegen …« Sie begann plötzlich zu lachen: »Probier's noch mal!« Er küßte sie wieder, sie hatte begriffen. »War's jetzt richtig?« fragte sie. Er antwortete: »Das darfst du *mich* doch nicht fragen, du dummes Kind, wenn dir's gefällt, dann war's richtig.« Sie hob ihm schon wieder die Lippen entgegen, sie fand Gefallen daran. Er zog sie fester an sich. Sehr behutsam, um sie nicht zu erschrecken, legte er die Hand auf ihre Brust. Sie wollte etwas sagen, aber er drückte ihr Gesicht fest an sich, dann öffnete er ihr das Kleid bis hinab zum Gürtel, sie trug darunter nur den Badeanzug. Er fühlte ihre warme Haut, er streifte den Träger des Badeanzugs über die Schulter und strich mit den Fingerspitzen hauchzart über die Wölbung ihrer Brust. Sie seufzte: »Ich hab Angst.« Aber sie legte den nackten und kühlen Arm um seinen Hals.

Er kam zu sich und erschrak so sehr, daß er sie fast von sich stieß. »Was ist?« fragte sie. Er zog sie ganz sacht wieder zu sich heran, er sprach, den Mund in ihrem Haar: »Nichts. Du gefällst mir. Du bist wie … eine Elfe.« Sie sagte unvermittelt: »Du hast recht.«

»Womit hab ich recht?«

»Daß du nicht mein Bruder sein willst.«

Das überwältigte ihn. »Wenn der Krieg vorbei ist«, sagte er, »dann komm ich und hol dich. Wenn du mich nur bis dahin nicht vergessen hast!« – »Ich dich vergessen!« rief sie. Er erhob sich und trug sie ein paar Schritte weit, und während er sie auf den Weg stellte, lag sie eine Sekunde lang an seiner Brust wie das kleine Mädchen mit den roten Schuhen. Er preßte sie hilflos an sich und barg das Gesicht in ihrem Haar.

Er ging langsam durch die winkligen Gassen. Wolzow war noch nicht zu Hause. Holt saß lange am offenen Fenster. Er konnte durch die Sommernacht bis hinab zum Fluß sehen.

Nach Mitternacht polterte Wolzow ins Zimmer, staubig und verschwitzt. »Das war ein Gewaltmarsch!« Er warf ein schweres Bündel auf den Tisch: »Unsere Schießeisen!« Das Leder der Taschen war feucht und verschimmelt. Holt hielt den belgischen Browning in der Hand, ein paar Rostflecke auf dem dunklen Stahl ließen sich abreiben. Sie rauchten Zigarren und putzten die Waffen. Wolzow war merkwürdig wortkarg. »Was hast du?« fragte Holt. »Ich? Nichts«, antwortete Wolzow. Er zog den Schlitten der Walther-Pistole zurück und ließ eine Patrone in den Lauf schnappen, zielte auf das ausgestopfte Rebhuhn und drückte ab. Der Schuß krachte in dem engen Zimmer wie eine Kanone, der Pulverdampf wehte zum offenen Fenster hinaus. Wolzow warf die Pistole auf den Tisch. Im Haus wurde es lebendig. Von unten rief jemand: »Was ist ... Um Gottes willen!« Wolzow sprang zur Tür und brüllte: »Ruhe! Sonst kracht's noch mal!« Dann saß er wieder auf dem Bett. »Und du?« fragte er übellaunig. »Warst du bei der Kleinen? Spinnt sie denn nun wirklich? Sogenannte traumatische Neurosen sind das, gibt es im Krieg häufig, ›Kriegsneurosen‹, das sind bloß abnorme Reaktionen, gab's auch schon früher, ich glaube, ich habe schon bei Altgeld in ›Sanitätsdienst im Felde‹ drüber gelesen. Meistens ist es nur Simulation ... Was denkst du, wie die das während des Weltkrieges in den Lazaretten des 16. Armeekorps gemacht haben? Da haben sie den Kriegsneurosen Gewaltexerzieren verordnet, dreimal täglich vier Stunden, du kannst dir nicht vorstellen, wie das geholfen hat! In acht Tagen waren schwere Fälle von Schüttlern und Verkrümmten wieder fronteinsatzfähig ...«

Als Holt auf seinem Feldbett lag und einschlief, sah er Wolzow wieder über den schwarzen, in Wachstuch gebundenen Heften sitzen und lesen, mit finsterem und verschlossenem Gesicht.

Am anderen Morgen gegen elf erwachte Holt durch ein Klopfen an der Tür. »Runterkommen, die Post ist da!«

Die Briefträgerin ließ sie beide unterschreiben. Holt sah den Umschlag. Er las nur den Stempel: »Frei durch Ablösung Reich«. In einem Schwindelgefühl lehnte er sich gegen den Türpfosten.

Wolzow riß den Umschlag auf und las laut vor: »Sie haben sich ... Mensch, das war vorgestern! ... bei der RAD-Abteilung 2/461 ...« Sie gingen wieder die Treppe hoch. Wolzow bürstete seine Uniform. Die Briefe waren von Gelsenkirchen an die Batterie und von dort an Wolzows Adresse nachgeschickt worden. Wolzow befahl: »Du holst den Sepp!« Aber Holt lief die Gasse hinab.

Er fand das Haus wieder, riß die Tür auf und stieg die Treppe hoch. Es war dunkel hier, die Luft roch muffig. Hinter dem ersten Treppenabsatz kniete Gundel und scheuerte die hölzernen Stufen. Als sie ihn hörte, wandte sie den Kopf. Ihr Gesicht leuchtete auf. Sie war barfuß und trug eine graue Kleiderschürze. Verwirrt strich sie sich mit dem Handrücken eine Haarsträhne aus der Stirn.

»Ich muß fort!« sagte er. »Ich muß dich noch mal sprechen.« – »Du mußt fort?« fragte sie fassungslos. »Schon heute?« Oben schlug eine Tür. Eine Frauenstimme rief: »Gundel! Mit wem schwatzt du?« Holt sah, wie Gundel erschrak, warnend den Finger auf die Lippen legte und hastig weiterarbeitete. Eine große, derbe Frau mit wirrem Haar stand auf der Treppe und lehnte sich schimpfend über das Geländer. Als sie Holt sah, rief sie erschrocken: »Guten Tag ... was wollen Sie?«

»Heil Hitler!« schrie Holt. Warte, dir werd ich! dachte er, während er die Hacken zusammenknallte. »Heil Hitler heißt das, nicht guten Tag, wo gibt's denn so was!« Das Gesicht der Frau lief rot an. »Das brauchen Sie mir ...« – »Offenbar doch!« schrie Holt, von einer grimmigen Freude erfaßt, und er versuchte, Hauptmann Kutschera nachzuahmen: »Mal herhörn! Ein Benehmen wie die Banditen!« Die Frau schielte argwöhnisch nach oben, wo geräuschvoll eine Tür aufgerissen wurde, und sagte: »Aber machen Sie doch kein …« Benagelte Sohlen polterten die Treppe herab, ein Mann beugte sich über das Treppengeländer, ein vierschrötiger Kerl mit grauem Sturzbärtchen und Glatze; er trug schwarze Reithosen und Stiefel, und das Netzhemd ließ die behaarte Brust sehen. »Was is'n hier los?« fragte er.

Durchhalten! Jetzt ist schon alles egal! Holt bellte: »Was hier los ist? Die Frau da empfängt einen, daß man denkt, man ist in der Pollackei! An den Baum binden und auspeitschen!« Das saß. Der Kerl sagte drohend: »Haste wieder dein ungewaschnes Maul … Los, du, verschwinde!« Und zu Holt: »Nu sei mal friedlich, Kamrad … Was willste denn?« Jetzt fort! dachte Holt, planmäßig absetzen! »Ich will die Eltern eines gefallenen Kameraden besuchen«, sagte er. »Nadler, das muß hier wo sein.« – »Nadler?« wiederholte der Kerl auf der Treppe und überlegte. »Da biste aber schief gewickelt, da biste falsch, aber komm erst mal hoch.« Holt zögerte. Die Neugier ließ ihn die Treppe hinaufsteigen.

In einer großen Wohnküche lungerten fünf Kinder herum, ein sechstes lag in einem Korb am Fenster. Der Kerl zog sich einen schwarzen SS-Rock über und sagte zu den Kindern: »Hagen, Wulf, haut ab … Raus, Annegret, nimm die Kleinen mit, dalli!« Dann ließ er sich auf das Sofa fallen: »Nimm Platz!« Holt studierte die Rangabzeichen. Es wurde Zeit zu verschwinden. »Ich bitte um Entschuldigung, Unterscharführer, ich konnte natürlich nicht wissen …«

»Nu setz dich erst mal«, sagte der Kerl. »Is schon gut, hast ja recht, dieses Weibszeug spurt nicht, was hab ich nicht schon versucht! Erzähl mal, wo kommst'n her?« – »Gelsenkirchen«, sagte Holt einsilbig. »Ja richtig! Die Jungs von hier sin ja alle dort unten … Und wie sieht's dort nu aus?« – »Wie soll's denn aussehen«, sagte Holt. »Es wird gearbeitet, trotz der Bomben, die Leute sind zähe.« – »Na also«, meinte der Kerl befriedigt. »Hier gibt's Gerüchte, du ahnst es nicht … von Demoralisation un so … Unser Mädel spielt sich wer weiß wie auf, bloß weil sie in Schweinfurt was aufs Dach gekriegt hat … Hab ich längst durchschaut … von der Arbeit drücken will sich das Aas! Du mußt's ja nu wirklich wissen.« Holt erhob sich. »Ich hab heut die Einberufung zum RAD bekommen, irgendwo im Protektorat muß das sein, nach der Slowakei hin.«

»Slowakei? Feine Ecke haste da erwischt!« Der Kerl nickte freundlich mit dem kahlen Schädel. »Die dort unten sin ganz schön frech ... Zugüberfälle, Brückensprengungen un so, immer freiweg, wern immer frecher, un die Russen setzen nachts welche mit'm Fallschirm ab ... Na, unsre gehn da jetzt aber ran, die wern hingemacht, das geht eins fix drei.« – »Vorher muß ich noch aufs Meldeamt, wegen der Adresse«, sagte Holt, »ich hab nur noch ganz wenig Zeit ...« – »Hals- und Beinbruch«, sagte der Kerl und führte Holt zur Küchentür, »halt die Ohren steif! – Hagen«, schrie er, »Wulfi, Annegret, Heidrun, könnt wieder reinkomm!«

Holt lief die Treppe hinab. Im Vorbeigehen drückte er Gundels Hand. »Nach drei ... wieder an der Brücke, ja?« Sie nickte. Holt stand vor dem Haus, erschüttert, verstört. Auf dem Wege zu Gomulkas dachte er: Sie muß dort raus!

Bei Gomulkas öffnete niemand. Aus der Wohnung dröhnte Radiomusik bis auf die Straße. Holt klingelte und klopfte, nichts rührte sich. Er lief durch den Garten. Die Verandatür stand offen. Holt trat ins Haus. »Sepp!« Er trat in die Diele. Das Radio dröhnte so laut, daß eine Vase auf dem Fensterbrett klirrte. Auf einmal verstummte die Musik. In der Stille hörte Holt durch die angelehnte Speisezimmertür Gomulkas Stimme, in einer fremden Sprache, langsam und betont. Nun die Stimme des Rechtsanwaltes: »Das Kroatische macht dir die meisten Schwierigkeiten, du mußt es jeden Abend in Gedanken wiederholen! Jetzt noch einmal auf russisch!« Komisch, dachte Holt, wirklich komisch! Wieder hörte er Gomulkas Stimme fremdartige, konsonantenreiche Worte formen ...

»Sepp!« rief Holt. In diesem Augenblick setzte wieder das Radio ein. Frau Gomulka erschien in der Tür. »Entschuldigen Sie vielmals, ich habe geklingelt, geklopft, gerufen ...« Sie führte ihn unbefangen ins Speisezimmer. »Wir haben Sie erwartet. Was meinen Sie, wann Sie reisen müssen?« – »Heute noch«, sagte Holt.

»Komm mit, Sepp, zu Wolzow!« Gomulka ging, sich anzukleiden. Holt hockte trübselig auf einem Stuhl. Sie muß raus dort, dachte er. »Herr Doktor«, sagte er in plötzlichem Entschluß, »dürfte ich Sie wohl um ... eine Unterredung bitten?«

Der Anwalt wechselte einen Blick mit seiner Frau. »Aber gern!« Er führte Holt in sein Arbeitszimmer. An den Wänden standen Regale mit Hunderten von Büchern. Holt, in einem Klubsessel, wurde ein unbehagliches Gefühl nicht los. Worauf laß ich mich da bloß wieder ein?

»Es ist ... wegen gestern«, begann er stockend. »Ich bin mir darüber im klaren ... Ich will sagen, man kann sich so furchtbar täuschen, aber bei Ihnen glaube ich ...« – »Aber ich bitte Sie!« unterbrach ihn der Anwalt. »Der kleine Streit ist doch nicht der Rede wert ... Uns muß es peinlich sein, nicht Ihnen! Zwischen den Vätern und den Söhnen gibt es gelegentlich Differenzen, das hat doch nichts zu bedeuten.« Er erhob sich. »Sie verstehen mich falsch«, sagte Holt schnell. »Ich wollte nur erklären, warum ich gerade zu Ihnen ... warum ich mich gerade an Sie ... es ist eine ... Vertrauensfrage.«

Doktor Gomulka setzte sich wieder. »Immer frisch von der Leber weg! Reden Sie ohne Hemmungen! Sie wissen, ich bin in der Partei, Sie brauchen also keinerlei diesbezügliche Scheu zu haben. Andererseits ... ich versichere Sie, daß ich Ihnen zuhören werde, als wären Sie mein leiblicher Sohn.«

»Ich habe eine Freundin hier«, sagte Holt, und er schaute auf den Anwalt, denn er fürchtete insgeheim, ausgelacht zu werden. »Es ist ein sehr junges Mädchen. Sie heißt Gundel Thieß.«

»Thieß, Thieß?« wiederholte der Anwalt. »Warten Sie. Ich entsinne mich. Das braucht Sie gar nicht zu wundern, ich kenne so gut wie jeden hier. Thieß ... Ja, da war ein Vorgang, eine Vormundschaftssache ...« – »Das könnte stimmen«, sagte Holt eifrig, »denn sie hat keine Eltern mehr ...« – »Ich erinnere mich jetzt genau. Sie hat beide Eltern durch ... recht unglückliche Umstände verloren. Vor einiger Zeit wurde die Vormundschaft neu verfügt. Womit kann ich Ihnen dienen?«

»Ich war heut dort, wo sie im Pflichtjahr ist«, sagte Holt langsam. Der Anwalt unterbrach ihn abermals. »Sind Sie über die ... Ereignisse informiert, die den Tod ihrer Eltern zur Folge hatten? Ja? Dann erlauben Sie mir zunächst die Frage, ob Sie sich nicht veranlaßt sehen, die Verbindung zu dem Mädchen zu lösen.«

»Wenn Sie das von mir erwarten«, sagte Holt heiser, und er war enttäuscht, »dann ...« – »Nichts, gar nichts erwarte ich«, entgegnete der Anwalt ruhig. »Ich frage nur. Sie sehen sich also nicht veranlaßt. Gut. Es paßt zu dem Bilde, das Sepp von Ihnen zeichnete. Nun weiter. Bitte.«

»Ich war heut dort. Sie können sich das Milieu kaum vorstellen, und die Menschen ...« – »Ich kann es mir vorstellen«, sagte der Anwalt. »Ich kenne den Herrn. Er ist in einer bestimmten Abteilung der Gefangenen-Anstalt beschäftigt. Er genießt auch sonst den Ruf, ein ... beispielhafter Nationalsozialist zu sein. Überdies ist er der Vormund des Mädchens. Gewisse Bestrebungen, dies zu verhindern, waren nach Lage der Dinge zum Scheitern verurteilt.«

»Kann man sie dort nicht wegholen?« fragte Holt. »Kann man ihr nicht helfen?«

Der Anwalt antwortete unumwunden: »Nein. Jura noscit curia. Glauben Sie mir, da ist keine Möglichkeit, überhaupt keine, vorerst nicht. Es gibt viele solcher oder ähnlicher Fälle«, sagte er und blickte zur holzgetäfelten Decke. »Es gibt weitaus schlimmere. Sie können sich nur in das Heer der Wartenden einreihen.«

»Warten«, sagte Holt, »worauf?«

Der Anwalt strich sich durch das schüttere Haar. »Credo rem integram restitutum iri«, flüsterte er. Dann lächelte er schwach und sagte: »Daß der Märchenprinz unser verwunschenes Kind bald befreie!«

Sepp riß die Tür auf. Holt erhob sich. »Ich danke vielmals, Herr Doktor.« Der Anwalt sagte: »Sie sollen sich nicht sorgen, lieber Werner Holt. Das Mädchen ist nicht so völlig verlassen, wie Sie glauben.« Er begleitete die beiden Jungen bis an die Gartentür.

Holt grübelte. Manches Wort des Anwalts blieb unklar. Er sagte zu Gomulka: »Ich finde deinen Vater großartig, Sepp!« Gomulka erwiderte nachdenklich: »Ja ... Ich versteh mich ja auch mit ihm.

Nur manchmal ... da ist es mir zu einfach, was er sagt. Es ist in Wirklichkeit viel komplizierter.«

Wolzow saß inmitten der Unordnung seines Zimmers und las in den schwarzen Heften. Sein Rucksack stand gepackt an der Tür. Er sagte: »Wir fahren achtzehn Uhr, über Prag. Das Nest liegt an der slowakischen Grenze. Vielleicht werden wir gegen Partisanen eingesetzt. Ich hab mit Essen telefoniert, Gottesknecht läßt euch grüßen. Schau nicht so dumm, Sepp, hau ab! Punkt vier treffen wir uns im Café am Markt.«

Als Gomulka gegangen war, sagte Holt: »Da hat unser Urlaub ein verdammt schnelles Ende gefunden.« Wolzow rauchte und las schweigend weiter. »Diese Tagebücher«, sagte Holt, »hätten mich ja auch mal interessiert. Da müssen doch tolle Sachen drinstehen, nicht?« Wolzow legte den Kopf auf die Seite. »Wie meinst du das?« fragte er. »Was soll das heißen?«

Holt blickte verwundert auf. »Na ... nichts! Ich mein bloß so! Dein Vater war Oberst, das muß doch interessant sein, was er da schreibt!« Er schob den Rucksack zur Tür. »Gib mir eine Zigarre. Danke.« Er rauchte. »Ich wollte mich über viele Dinge mit dir unterhalten. Zum Beispiel ... dieses Attentat. Ich versteh das noch immer nicht.«

Wolzow sprang auf und starrte Holt ins Gesicht, aber dann bückte er sich und holte unter dem Holztisch eine Rotweinflasche hervor. »Jetzt hör mal zu«, sagte er, während er zwei Gläser füllte. »Jetzt werd ich dir mal was sagen.« Er rief: »Ein Wolzow verabscheut diese Verräter! Ein Wolzow hält seinem Kriegsherrn die Treue! ... Mein Onkel ist seit 1930 in der Partei, und wir sind seit 1742 Offiziere, und da hat noch keiner seinen Treueid gebrochen!« Er hielt den Packen der Tagebücher in der Hand. Nun warf er ihn auf den Tisch, daß die Weingläser überschwappten. »Ein Wolzow steht zum Führer«, rief er und schlug mit der flachen Hand auf die schwarzen Hefte, »und zeigt, was soldatische Haltung ist! Jetzt beginnt für uns ein neuer Abschnitt, jetzt wird es ernst! Geb's Gott, daß der Krieg noch zwei Jahre dauert, dann sollst du erleben, was ein deutscher Offizier ist.«

Er weiß, was er will, dachte Holt, wenn er auch Wolzows Erregung nicht recht verstand. Alles oder nichts, die Halben soll der Teufel holen! Sie tranken. »Auf gute Kameradschaft!« rief Wolzow. Er hielt Holt die Parabellum hin. »Zeig sie nicht rum, bis wir mal im Einsatz sind.«

Holt sah auf die Uhr. Er nahm einen Zettel und schrieb die Adresse seines Vaters auf. Er bat Wolzow: »Nimm meinen Rucksack mit, ich komm später.« Er lief durch die Straßen zur Parkinsel.

Holt wartete länger als eine halbe Stunde.

»Ich muß auf die Kinder aufpassen«, sagte Gundel, atemlos vom schnellen Lauf. »Ich hab nur zehn Minuten Zeit ...« Er zog sie über die Brücke in die Anlagen und redete auf sie ein. »Denk an alles, was ich dir gesagt hab: ich komm wieder! Ich schreib dir postlagernd, geh ab und zu fragen. Schreib mir, sooft du kannst, ja? Und hier ... die Adresse meines Vaters.« Sie las den Zettel. »Doktor Richard Holt?« – »Er ist Professor. Aber jetzt hat er eine ganz armselige Stellung, weil er ... Ich hab so gut wie keine Verbindung zu ihm. Aber wenn du je im Leben hinkommen solltest, sag, daß wir uns kennen. Du kannst ihm alles erzählen, da wird er dir bestimmt helfen.« Er nahm ihre Hand, eine rissige, verarbeitete Kinderhand. »Leb wohl, Gundel!« Sie sagte: »Komm wieder, Werner ... Und werd nicht so ... so, wie du heute morgen warst!« – »Ich hab doch Theater gespielt!« rief er. »Ich hab meinen Hauptmann nachgeahmt!« – »Ich weiß«, sagte sie. »Aber etwas davon ist auch in dir.« Er fühlte den Druck ihrer Hand. Sie wandte sich ab. Er rief sie noch einmal zurück, zog das Kästchen aus der Brusttasche und legte Utas Kreuz mit dem Kettchen in ihre Hände. »Ich hab's vor einem Jahr geschenkt bekommen, von einem Mädchen, das vielleicht gar nicht mehr lebt ...«

Sie schaute lange auf das rote Gold und flüsterte die Jahreszahl: »Sechzehnhundertzweiundneunzig ...«

»Lies, was da steht«, bat er. Sie buchstabierte die verschnörkelte winzige Gravierung. Dann lief sie davon.

Er ging durch die Anlage und schaute über den Fluß.

Im Café saßen Wolzow und Gomulka zwischen den Mädchen. Auch Wurm war dabei. Wolzow führte große Reden, er war angetrunken. Gomulkas Gesicht war gerötet. Wolzow rief: »Die Olle rückt nur Bier raus! … Da hat Stammführer Wurm eine Pulle von daheim geholt! Bist eben doch ein guter Kerl, was?« Er schlug ihm kräftig auf die Schulter. Man drückte Holt ein Glas in die Hand. Jemand rief: »Trinkspruch!« Wolzow sprang auf und brüllte, daß die Adern auf seiner Stirn schwollen: »Schlägt's dich in Scherben, ich steh für zwei, und geht's ans Sterben, ich bin dabei!« – »Wir müssen zur Bahn«, mahnte Gomulka. Ein Bierglas fiel vom Tisch und zerbrach. Holt warf den Rucksack über die Schulter. Der Stahlhelm klirrte gegen einen Stuhl. Auf einen imaginären Punkt schauen, dort, über der Tür, und: vorwärts, marsch!

Im Zug holte Wolzow eine Karte aus dem Rucksack. »Mal die Örtlichkeit studieren. Miese Gegend! Berge, Wälder, tief eingeschnittene Schluchten. Günstig für Kleinkrieg! Gut, daß ich das klassische Infanteriewerk von Boguslawski mitgenommen hab!«

Zweites Buch

1

Mitte September zog ein milder Nachsommer über die nordwestlichen Beskiden.

Gomulka sagte zu Holt: »Eigentlich sollten wir uns nicht beklagen. Weißt du noch, wie wir uns während der Flak-Ausbildung unterhielten, wozu der stumpfsinnige Drill gut ist? Damit man Sehnsucht nach dem Einsatz bekommt.«

Sie saßen zusammen auf der Latrine. Das war hier der einzige Ort, wo man ungestört ein paar Worte wechseln konnte. Gomulka war seit dem Urlaub schweigsam und in sich gekehrt. Sie rauchten. Über das Lager brach die Dämmerung herein.

»Hast recht«, antwortete Holt. Essen stand mir bis oben ran, dachte er, und jetzt wünsch ich mich zurück. Alles, was kommen kann, ist besser als dieses Lager!

Die Gerüchte von einem bevorstehenden Einsatz verstummten nicht. Jeder hatte anfangs mit Unruhe und Angst an diesen Einsatz gedacht, heute gab es wenige, die ihn nicht herbeiwünschten. »Man ist verdammt vergeßlich«, sagte Holt. »Wir werden uns eines Tages hierher zurückwünschen!« – »Bis jetzt haben wir's jedesmal schlechter erwischt«, meinte Gomulka. Holt sog an der Zigarette. »Gottesknecht war ein märchenhafter Vorgesetzter!« – »Die Flak war überhaupt die reinste Sommerfrische«, erwiderte Gomulka. »Dort haben sie uns wenigstens noch wie Menschen behandelt.« Holt nickte.

Hier trieb ein von morgens fünf bis abends sieben minutiös geregelter und genau vorgeschriebener Tagesablauf die Jungen an die Grenze der Erschöpfung. Holt hielt durch, er war gesund und kräftig, er schickte sich drein, daß Obervormann Schulze ihn zwanzigmal mit Karabiner und Sturmgepäck über die Eskaladierwand jagte und nahm alle Strapazen als Training. Nur Härte, dachte er, wird mich die Anstrengungen des Krieges ertragen lassen! Aber der Ton, der hier herrschte, zermürbte ihn doch, die Schikane, das ausgeklügelte und dabei so einfache System, den Willen jedes einzelnen zu brechen.

Das Lager, auf dem Gelände einer Gärtnerei, war von einer hohen Ziegelmauer umgeben. Dicht beim Tor lag die große Verwaltungsbaracke mit Wachlokal, Arrestzelle und den Wohnungen der Führer. Dahinter dehnte sich der Appellplatz, hundert Meter im Quadrat, mit Schlacke bestreut. Die Gärtnerei, rings um die drei Unterkunftsbaracken, war in ein Übungsgelände mit Aschenbahn, Eskaladierwand und Wassergraben, Feldstellungen, Unterständen, Schützengräben und Drahthindernissen verwandelt worden. Die Arbeitsmänner wurden militärisch ausgebildet. An die Stelle des Spatens war der Karabiner getreten.

Holt gehörte mit Gomulka, Wolzow und Vetter zum Trupp des Obervormanns Schulze und lag mit ihnen zusammen in einer Stube, in einem der großen, unwirtlichen Barackenräume, in dem gewöhnlich fünfzehn Arbeitsmänner mit einem Stubenältesten untergebracht waren. Aus der Batterie und Holts ehemaliger Klasse waren noch ein paar andere Schüler zur gleichen Abteilung eingerückt.

Obervormann Schulze war ein grober, stiernackiger Bursche von zwanzig Jahren. Über dem unbewegten, leeren Gesicht floh die Stirn flach nach hinten. Den wasserhellen Augen fehlte jeder menschliche Ausdruck, sie blickten so tierhaft drein, daß Holt das Gefühl nicht loswurde, er habe es mit einem angezogenen Affen zu tun. Der deprimierende Eindruck wurde verstärkt durch die zu lang herabhängenden, mit Muskelwülsten bepackten Arme und eine reichliche Körperbehaarung, die Holt morgens beim Waschen mit immer neuem Ekel erfüllte. Die Intelligenz des Obervormanns reichte gerade, empfangene Befehle weiterzugeben, mit einer eigenartig gequetschten Stimme, die sich zu heiserem Gebrüll erheben konnte. Er verfügte über ein paar auswendiggelernte

Dienstvorschriften, war trotz seiner Beschränktheit nicht ohne Schläue und dabei von rücksichtsloser Ungerechtigkeit. Er verfolgte jeden, der intelligenter war als er selbst, mit Mißtrauen und Haß.

An diesem Abend hackte Schulze auf Vetter herum. Christian Vetter war nicht mehr dick oder schwammig, er war gewachsen und überragte Holt an Körpergröße. In den sechs Wochen hatte er sich mehr als Holt und Gomulka an den rohen Ton gewöhnt und eine Reihe von Angewohnheiten angenommen, deren er sich noch bei der Flak geschämt hätte. Er rülpste, ließ rücksichtslos die Darmwinde fahren und quatschte mit den anderen in gemeinen Worten von Weibergeschichten, was Holt um so abstoßender und alberner fand, als Vetter noch immer vor jedem weiblichen Wesen einen roten Kopf bekam.

Obervormann Schulze bediente sich in seiner Begriffsarmut zweier immer wiederkehrender Schimpfwörter: »Sie Untier« und »Sie nasser Sack«. Die Bezeichnung Untier, fand Holt, paßte am besten auf Schulze selbst, wie er so dastand, nach vorn geneigt, das tote Gesicht vorgeschoben und die langen Arme in die Hüften gestützt. »Sie nasser Sack!« brüllte er mit seiner gequetschten Stimme Vetter an. »Mit Sie wer ich noch fertig, aber jetzt falln Sie um, Sie Untier, das kost zwanzig, vonwegen über mir lustig machen!« Vetter kippte gehorsam nach vorn auf den Fußboden und zählte laut: »Eins ... zwei ... drei ...«

Holt zog sich aus und baute sorgfältig an seinem Kleiderpäckchen. Überflüssig, daß ich mir solche Mühe geb, dachte er dabei. Es ist sowieso ein Lotteriespiel, wen es trifft! Fast alle lagen schon auf den Strohsäcken, nur Wolzow fehlte noch.

Holt kletterte auf sein Bett. Wolzow hatte sich eine Ausnahmestellung erobert. Nach außen hin knallte er vor Schulze die Hacken noch lauter als andere, aber hinter dieser Kulisse der Subordination soufflierte er dem Obervormann beim Dienst und flüsterte ihm alles ein, was nötig war, das Ansehen des Truppführers bei den Vorgesetzten sprungartig zu heben. Wolzow verhalf Schulze zu der Anerkennung, sein Trupp sei der beste der Abteilung. Wolzow organisierte den Dienst, und der Obervormann befahl mit armen Worten, was Wolzow durchdacht hatte. Wolzow war der eigentliche Führer des Trupps. Schulze fügte sich und fuhr gut dabei, in der Illusion, daß er der Vorgesetzte und Wolzow eine Art Adjutant sei. Das einzige Originale an Schulze war das Schimpfen und Brüllen und das Leuteschinden.

Wolzow zeigte sich seit den Urlaubstagen finster und verschlossen, was Holt auf den Drill schob. Wer weiß, ob ich mich nicht auch so verändert hab ... Er rauchte, obwohl das Rauchen im Bett verboten war. Aber er konnte sich nicht entschließen, die Zigarette auszudrücken. Vetter und ein blonder, gutmütiger Bauernbursche aus dem Harz hatten Stubendienst und fegten eifrig den geölten Bretterboden. Der Obervormann saß angekleidet an seinem kleinen Tisch neben der Tür. Endlich polterte Wolzow in die Stube. Er hatte im Speiseraum den Dienstplan abgeschrieben und reichte Schulze das Blatt. Der Obervormann rief: »Ich verles den Dienstplan von morgen!« Dann gab er Wolzow das Papier zurück. Wolzow las: »5 Uhr wecken. – 5 Uhr 20 bis 5 Uhr 29 Frühstück. = 5 Uhr 30 raustreten zum Morgenappell. – 6 Uhr bis 8 Uhr 45 Ordnungsdienst. – 9 Uhr bis 10 Uhr 44 Waffenausbildung: Panzerfaust. – 10 Uhr 45 bis 10 Uhr 59 Pause. – 11 Uhr bis 11 Uhr 55 Abteilungsunterricht: Verhütung von Geschlechtskrankheiten römisch zwei. – 12 Uhr bis 12 Uhr 45 Mittagessen, anschließend Mittagsruhe. – 13 Uhr 30 raustreten und Abmarsch zum Scharfschießen, Karabinerübungen III und IV. – 20 Uhr Abendessen. – 21 Uhr Nachtruhe.« Wolzow bückte sich und flüsterte Schulze ein paar Worte zu. Der Obervormann rief: »Karabinerübung IV wird mit Gasmaske geschossen, bis morgen früh Meldung bei mir, wer neue Klarscheiben braucht!« Holt verbarg die Zigarette hinter der hohlen Hand. Käm der Schulze nie drauf! Wenn die Kerle nichts sehn und lauter Fahrkarten schießen, dann wär das Donnerwetter da!

Schulze gab noch den Stubendienst bekannt: »Wenskat und Huber ... Daß Sie früh ranhaun, daß Sie gleich Kaffee holn könn!« Er ging von Bett zu Bett, in zehn Minuten war Stubendurchgang. »Gomulka, natürlich Ihr Kleiderpäckchen, saumäßig, raus, Sie Untier, wegen Sie fällt der ganze Trupp auf!« Er warf Gomulkas

Uniformstücke durch die Stube. Gomulka sprang schweigend aus dem Bett und las seine Sachen zusammen.

Holt hatte endlich die Zigarette ausgedrückt und überdachte schläfrig den kommenden Tag. Ordnungsdienst, üble Schinderei. Waffenausbildung, Panzerfaust, kann interessant werden. Abteilungsunterricht, wieder mal Geschlechtskrankheiten, die eine Stunde geht vorbei. Dann raus zum Schießstand, ein Elend, diese Marschiererei.

Schulze, an der Tür postiert, meldete: »Stube fünf mit ein Obervormann und vierzehn Mann fertig zur Stubenabnahme!« Unterfeldmeister Böhm, der Zugführer, ging als »Führer vom Dienst« durch die Baracken. Er mochte guter Laune sein, denn sonst pflegte er gleich an der Tür loszubrüllen: »Sauerei! Mistloch!!« Heute trat er schweigend in die Stube. Hoffentlich bleibt er friedlich, dachte Holt. Da ging es schon los: »Füße vorzeigen!« Holt hing die Beine aus dem Bett. Gomulka war vorhin barfuß auf den geölten Fußboden gesprungen und hatte sich danach die Sohlen nur flüchtig an einem Lappen abgewischt. »Dreckschwein, Misthund!« schrie der Unterfeldmeister. »Schulze, sehn Sie sich diese Sau an!« – »Raus, Sie Untier!« schimpfte Schulze. Gomulka zog die Hose über und lief in den Waschraum.

Böhm stand unschlüssig in der Stube. Jetzt überlegt er, ob's genug ist, dachte Holt und sah den Unterfeldmeister suchend umherblicken ... Jetzt geht's los, jetzt findet er bestimmt was! »Was ist denn das?« sagte Böhm langsam. »Ein Gewehr ohne Mündungsschoner?« Er brüllte: »Wem gehört der Karabiner!?« Holt beugte sich weit aus dem Bett, bis er den Gewehrständer sehen konnte: Gott sei Dank, meins ist es nicht! Jemand sprang aus dem Bett. »Sie wahnsinnige Gestalt! Sie irrsinniges Vieh, Sie wahnsinniges!« Jetzt ist er in Fahrt, jetzt geht es weiter! »Fünfzig Kniebeugen, das Gewehr in Vorhalt, ich bring Ihnen bei, wie man mit seiner Waffe umgeht, Sie hohläugiges Gespenst!« Er hat immer neue Schimpfwörter, dachte Holt. »Und hier: Staub unter dem Gewehrständer! Und dort: eine Kippe im Aschenbecher, Jesusmariaundjosef: eine Kippe!« Jetzt ist der Stubendienst dran, dachte Holt, armer Christian!, und wütend: Die Kippe hat der Schulze ausgedrückt, als Böhm reinkam! »Dreck, überall Dreck!« tobte der Unterfeldmeister. »Die Kerle scheißen wohl in die Ecken, ja, was ist denn das für ein Sauladen, ein Schweinekoben, ein stinkiger Affenstall, verdammt!« Stille. »Alles raus, los, raus, alles!« Holt sprang aus dem Bett, vier, fünf Handgriffe, er war angezogen, er schnürte schon die Schuhe zu. »Schulze! Fünfzehn Minuten Nachtschliff, aber im dritten Grad! Häschen-hüpf will ich sehn!« Und wieder brüllend: »Ihr werdet robben, bis euch der Nabel glänzt!«

Holt lief langsam in die Nacht hinaus, bis Schulzes gequetschte Stimme »Achtung!« rief. Im Gänsemarsch trabten sie in Richtung Hindernisbahn durch die Gärtnerei. Die Aschenbahn entlanggehüpft, mit vorgestreckten Händen, dann auf dem Bauch gekrochen, es war finster, man konnte mogeln. Zurück in die Stube: Handtuch, Seife, ab in den Waschraum. Jetzt wird er wohl Ruhe geben, jetzt ist er befriedigt!

Sie krochen in die Betten. Der Unterfeldmeister stand mitten in dem trüb erleuchteten Raum. »Ich bring euch Ordnung bei!« sagte er beinahe sanft. »Ich lehr euch, was Sauberkeit ist, ihr unerzogenen Ferkel, ich mach noch Menschen aus euch ... und wenn ihr drüber krepiert!« Er ging zur Tür. »Gute Nacht!« Holt wickelte sich in eine Decke. Schlafen, nichts als schlafen!

»Aufstehen! Raus!« Holt sprang im Halbschlaf aus dem Bett und wurde erst im Waschraum völlig wach, als er sich kaltes Wasser über Hals und Schultern laufen ließ. Jede Minute, die er jetzt gewann, kam dem Bettenbau zugute. Zurück in die Stube! Es war halb dunkel, Licht durfte nicht gebrannt werden.

Der Bettenbau war das Problem seines derzeitigen Lebens. Ein schlechtgebautes Bett bedeutete ein eingerissenes Bett, und dieses löste das Strafgericht Schulzes aus. Der Obervormann besaß alle Vollmachten, das Bett zum zweiten, dritten oder vierten Male einzureißen, unter Preisgabe der Mittagspause und jeder Minute der kargen Freizeit, immer wieder, bis zum Zapfenstreich und darüber hinaus. Es gab Fälle, da das Bett fünfzehn-, auch zwanzigmal am Tage gebaut worden war, und Schulze stand dabei und riß es zum fünfzehnten oder zwanzigsten Male wieder ein. Ein schlechtgebautes Bett hieß, einen Tag lang ununterbrochen gequält und gepeinigt zu werden.

Es war schwer, das Bett zur Zufriedenheit des »Führers vom Dienst« herzurichten, und unmöglich, wenn der »Führer vom Dienst« Böhm hieß. Die Strohsäcke lagen hier, von allen Seiten sichtbar, auf dem eisernen Bettgestell. Sie sollten geometrisch exakte Quader darstellen, mit waagerechter Oberfläche, senkrechten Längsseiten und rechtwinkligen Kanten. Also wurden Bretter oder Kartonstreifen unter dem Laken verborgen. Man hatte gelernt, trotz eines zerlegenen Strohsacks mit Hilfe von Latten und Hölzern das Laken so zu spannen, daß alles ganz ideal aussah. Aber bei Böhm nützte das nichts. Böhm betrachtete die Betten nicht, er befühlte sie.

Holt kämpfte den üblichen Kampf, er fühlte sich heute schlecht in Form, das machte ihn mutlos. Er drückte und knetete und stapelte die zusammengefalteten Decken millimetergenau übereinander. Währenddessen goß er einen Becher des lauwarmen Kaffees hinunter und kaute lustlos einen mit Kunsthonig bestrichenen Brotkanten. Noch zehn Minuten! Wenskat, ein Schlächtergeselle aus dem Westerwald, fegte geschäftig. Wenn das Bett jetzt keine Gnade fand, dann war es Gottes Wunsch und Wille oder des Schicksals oder vielleicht eben auch nur Böhms, aber das blieb sich gleich. Holt zog die Drillichjacke über. Koppel, Mütze, Fingernägel, Schuhputz, Halsbinde – alles in Ordnung! Er fuhr noch einmal mit der Bürste über die Knobelbecher. Dann verschloß er vorsichtig den Spind. Hier riskierte man nicht nur, wegen »Verleitung zum Kameradendiebstahl« bestraft zu werden, hier riskierte man, daß tatsächlich der Tabak verschwand, und dann war es das beste, zu schweigen, denn hier war nicht der Dieb, sondern der Bestohlene schuld.

Fertig! Holt schaute auf Schulze, Schulze schaute auf Wolzow, Wolzow schaute auf die Armbanduhr. Schulzes Strohsack sah erbärmlich aus! Kunststück, sein Bett war ein Obervormannsbett! »Fertigmachen zum Raustreten!« Jemand hastete zur Tür herein und schimpfte: »Nicht mal in Ruhe kacken kann man hier!«

Durch das geöffnete Fenster schrillte die Trillerpfeife. Es war nun hell. Im Osten hinter den Bergen flammte der Himmel. Aus allen Baracken liefen die Mannschaften zum Appellplatz. Das Antreten klappte nicht schlechter als sonst, doch Böhm schrie: »Hilfsausbilder rechts raus! Alles nach hinten weg ... marsch, marsch!« Hundertachtzig Mann trabten über den Platz, daß die Schlacke stiebte. »Hinlegen!« Auf und Nieder, zehn-, zwölfmal, bis endlich die Pfeife schrillte. »Achtung! ... Euch Schweine werd ich muntermachen!« brüllte Böhm. »Nach hinten weg ... marsch, marsch!« Erst als Oberfeldmeister Lesser, der Abteilungsführer, aus der Verwaltungsbaracke trat, gab Böhm sich zufrieden.

Das übliche Zeremoniell: Meldung, Flaggenhissung, Ausgabe der Parole ... Hinweise fürs Scharfschießen? Wolzow wird schon aufpassen! »Abteilung ... rechts um! Im Gleichschritt ... marsch!« Die Kolonne zog um den Appellplatz, das gehörte nun schon zum Ordnungsdienst. – »Ein Lied!« Vorn stimmten sie an: »Ich habe Lust ...« Holt murmelte: »Ich habe Lust ...«, hinten schrie es: »Lied durch!« Das war Lessers Leib- und Magenlied. »Drei ... vier!« Das Marschieren war tatsächlich leichter und weniger stumpfsinnig, wenn man sang. Holt dachte: Das geht jetzt anderthalb Stunden so, dann kommt die Schleiferei in den Trupps! – »Ich habe Lust im weiten Feld ...« Holt schrie: »Zu streitää-än mit dem Feind!« Schlafen müßte man, dachte er, statt hier im Kreis herumzumarschieren! Schulzes gequetschte Stimme, ohne Rücksicht auf die Melodie, klang an seiner Seite: »... wohl als ein tapfrer Kriegesheld ...« Als Hilfsausbilder hat man gar kein schlechtes Leben, überlegte Holt, während er sang: »... der's treu und ree-eeed-lich meint!«

»Lied aus!« brüllte Böhm. »Nennt ihr das vielleicht singen, ihr kastrierten Ratten? Wartet, ich werd euch die Stimmritzen öffnen! Hilfsausbilder rechts raus! Alles nach links weg ... marsch, marsch! Hinlegen! Auf!« So ging das fünf Minuten. Dann wieder: »Drei ... vier! Ich habe Lust ...« Holt war noch außer Atem, aber er brüllte, was die Lungen hergaben. Plötzlich dachte er: Böhm ist weg, vielleicht reißt er jetzt mein Bett ein! »Wohlan, die Fahne weht«, sang er, und: »Es helfe mir der Herre Gott zum Sieg ...«

Holts Bett war nicht eingerissen. Er setzte den Stahlhelm auf und nahm den Karabiner aus dem Ständer. Die Trupps suchten sich in der Gärtnerei einen Platz, in einem Grabenstück oder hinter dem Mauerrest eines zerstörten Treibhauses. Nun war »kriegsmäßiges Verhalten« vorgeschrieben. Schulze nahte mit einer Übungspanzerfaust. Man hörte Wunderdinge von dieser Waffe. »Leistet enorm viel«, sagte Wolzow, »wenn du gut triffst.« Holt und Wolzow standen rauchend abseits, das Rauchen war vor dem Mittagessen verboten, aber Schulze achtete heute nicht darauf. Er hatte mit sich selbst zu tun. »Der T 34/85«, erzählte Wolzow, »wie er seit vorigem Jahr im Einsatz ist, hat eine Frontpanzerung von fünfundsiebzig Millimetern, das haut die Panzerfaust durch, wenn sie günstig trifft.« Schulze befahl: »Antreten! Gewehre zusammensetzen!« Sie standen im Halbkreis um ihn herum. »Die Panzerfaust!« begann er. »Die Panzerfaust ist ein Panzerbekämpfungsmittel. Ein Panzerbekämpfungsmittel für den Infanteristen, und heißt Panzerfaust. Fahrn Sie fort, Wolzow!« Wolzow sprach konzentriert, in leicht dozierendem Ton. Schulze schrie zwischendurch: »Wiederholen Sie, Wenskat!« Wenskat war nicht dumm, aber träge, er machte: »Ha?« und wurde eine Weile über die Aschenbahn gejagt. Wolzow erklärte das Prinzip der Hohlladung; die Panzerfaust sei eine Hohlladung, die auf den Panzer geschossen werde und im Aufprall detoniere. Ob Schulze nicht länger die Rolle des Zuschauers spielen oder ob er sich die heimliche Angst abreagieren wollte, die er vor diesem Thema gehabt hatte, blieb unerfindlich. »Fallen Sie um«, schrie er plötzlich den Arbeitsmann Kranz an, »fünfzig Sachen pumpen!« Ringsum schaute man interessiert zu, wie Kranz sich abmühte und langsam ermattete.

Unterfeldmeister Böhm trat um die Mauerecke. »Weitermachen!« Er war mittelgroß, etwa dreißig Jahre alt, und seine wäßrigen blauen Augen drückten stets Mißtrauen aus. Im Zivilberuf war er Inhaber einer Stehbierhalle in einer rheinischen Industriestadt. Auch heute sah er mißtrauisch von einem zum andern und ließ wiederholen. Es ging nicht ohne Gebrüll ab. »Holt, was erlauben Sie sich zu grinsen?« – »Herr Unterfeldmeister, mein

Gesicht hat gezuckt!« – »Der Bauch«, schrie Böhm, »der vollgefressene Wanst soll Ihnen zucken, so werden Sie jetzt robben! Nieder! Bis zum Wassergraben!« Holt ließ sich Zeit. Stärkt die Muskeln, dachte er verbissen. Als er zurückkehrte, war Böhm schon bei der nächsten Gruppe. Schulze erklärte mit mageren Worten die Bedienung der Panzerfaust. Wolzow führte das praktisch vor. »Werner, Sepp, Christian, aufpassen! Die Panzerfaust ist wichtiger als alles andere!« Der Unterricht endete mit der üblichen Einpaukerei. Vier Handgriffe, zehnmal wiederholt und zehnmal geübt. Erstens Sicherungsdraht lösen, zweitens Visier hochklappen ... Visier hochklappen, zum Kotzen stur ist das, dachte Holt. Drittens Sicherungsschieber in Stellung »entsichert« schieben ... Das hängt mir ellenweit zum Hals heraus! Viertens Feuertaste drücken, erstens, zweitens, drittens, viertens, Draht, Visier, Sicherungsschieber, Feuertaste, das vergeß ich mein Lebtag nicht mehr, und wenn ich hundert Jahre alt werde! Anschlagsarten, hinten mindestens zehn Meter frei wegen des Feuerstrahls, Rückstoß gibt's keinen, und immer wieder erstens bis viertens, Draht bis Feuertaste, Anschlagsarten, los, zeigen Sie noch mal, jetzt Sie, jetzt Sie hier, Sie Untier, jetzt Sie noch mal, wehe, das klappt nächstens nicht, wehe! Ob man freilich trifft, dachte Holt, bleibt vorläufig unklar. Ob ich die Nerven hab, so ein Ding auf fünfzig Meter gegen einen Panzer abzuschießen?

»Keine Sorge!« erklärte Wolzow, als es endlich vorüber war. »Wenn ein Sherman seine dreiunddreißig Tonnen gegen dich loswälzt, dann drückst du von allein ab!« – »In die Hosen!« rief Wenskat.

Unterricht in der Kantine. »Der Knochenschuster!« sagte jemand. »Achtung!« Irgendwer meldete irgendwem. »Heutiges Thema für den Abteilungsunterricht: Verhütung von Geschlechtskrankheiten römisch zwei. – Hinsetzen.« Ein blutjunger Feldunterarzt trat vor die Abteilung und setzte sich nachlässig auf die Tischkante. Er begann in leichtem Plauderton. Seine Laszivität war eher zynisch als derb. Er liebte es, die übelsten Dinge im Diminuitiv zu nennen und versah sie mit niedlichen Beiwörtern, etwa so: »Was wir Ärzte den syphilitischen Primäraffekt nennen, das ist ein ganz reizendes Geschwürchen ...« Wenn er jemanden zur Beantwortung einer Frage aufforderte, pflegte er ihn mit einer unverständlichen Krankheitsbezeichnung zu kennzeichnen: »Sie, ja, der Struma mit den Basedow-Augen!«

»Wir hatten übrigens gesehen«, sagte der Feldunterarzt, »daß man sich die böse Syphilis notfalls auch auf dem Klo holen kann. Wie ist denn das nun mit dem Tripper? Kann man sich denn auch das Tripperchen auf dem Abort anlachen? Sie ... ja, Sie dort, den Spund mit der blühenden Impetigo contagiosa staphylogenes mein ich, stehn Sie auf, Sie wandelnder Grind, antworten Sie!« Vorn erhob sich ein Arbeitsmann mit schorfbedecktem Gesicht und stammelte: »Nein, aber doch nicht, das geht nicht.« – »Das ist ein verhängnisvoller Irrtum«, sagte der Feldunterarzt. »Warum haben Sie sich übrigens nicht krankgemeldet? Sie verseuchen ja das ganze Protektorat! Setzen. Natürlich kann man den Tripper auch auf dem Klo bekommen, allerdings nur, wenn man dort mit seinem Mädchen die einschlägigen Dummheiten treibt.« Und in dieser Tonart ging es weiter ...

Morgen Revierreinigen, Zeugputz und so weiter, dachte Holt, da ist ein Spindappell fällig, und ich muß die Parabellum verstecken. Bloß früh nicht auffallen, sonst muß ich nachmittags die Latrine scheuern! Wäsche tauschen, vielleicht rückt der Kammerchef neue Fußlappen raus ...

Die Stunde ging zum Glück rasch vorbei. Händewaschen, Anzug säubern, Eßbesteck, Haare kämmen, Fingernägel, womöglich steht Böhm am Eingang und läßt sich die Hände zeigen ... »Raustreten zum Mittagessen!« Tatsächlich, Böhm stand an der Tür: »Zeigt eure Krallen her!« Holt durfte passieren, hinter ihm ging das Gebrüll los: »Ist denn so was möglich, o Gott, diese Toppsau! Scheren Sie sich zur Hölle!«

Zwei Trupps aßen zusammen an einem langen Holztisch, dreißig Mann, eng aneinandergedrückt. Der Stubendienst schleppte Waschschüsseln voll Pellkartoffeln heran, einen Eimer graubrauner Soße, in der undefinierbare Fleischfetzen schwammen. »Achtung!« Der Abteilungsführer, Oberfeldmeister Lesser, gefolgt von

Feldmeister Böttcher, stapfte zwischen den Stuhlreihen hindurch zu seinem Tisch, wo er gemeinsam mit den Zugführern aß. »Tischspruch!« Aus einer Ecke brüllte jemand auf sächsisch: »Kartoffeln mit Soße und Zwiebeln dazu, das läuft durch die Hose bis in die Schuh!« Der Oberfeldmeister lachte, dann rief er: »Alle Mann ...« – »... ran!« brüllte die Abteilung.

Holt fand das Essen miserabel, aber er hatte Hunger und aß große Mengen Kartoffeln.

Es war üblich, beim Essen ekelerregende Dinge zu erzählen, und es galt als Zeichen soldatischer Tugend, dessen ungeachtet weiterzuessen.

Böhm trat in die Kantine, einen dicken Packen Briefe unter dem Arm. Heute muß für mich was dabei sein, dachte Holt. Er hatte bisher vier Briefe von Gundel erhalten. Böhm verteilte die Post an die Truppführer. Holt schielte auf Schulze. Der setzte sich wieder und legte die Briefe mitten in die Kartoffelschalen und Soßenflecken hinein. Auf der Stube teilte er aus.

Holt sah auf die Uhr: gleich eins. Er zog einen Schemel ans Fenster und brannte sich eine Zigarette an. Er riß ungeduldig den Umschlag auf. Als er letzthin an Gundel schrieb, hatte er sich gehenlassen. Es gab Tage, da ihn Schikane, Gebrüll und Drill zur Verzweiflung trieben. In einer solchen Stimmung hatte er sich Gundel anvertraut. Zu Mutlosigkeit und Bedrückung hatten sich trübe Erinnerungen gesellt, und das Ergebnis waren konfuse und abstrakte Worte gewesen, die ihn am anderen Morgen reuten.

Nun überflog er ihre Zeilen; ganz am Ende stand: »Ich kann verstehen, daß du manchmal traurig bist.«

Ihre Handschrift war kindlich und wenig ausgeschrieben. In den ersten beiden Briefen war ihr sprachlicher Ausdruck ungeschickt und holpernd gewesen, aber nun schrieb sie so unbefangen, wie sie gesprochen hatte. »Lieber Werner, stell Dir vor, was ich gestern erlebt habe! Beim Einkaufen hat mich eine Dame angesprochen.« Erst hatte es »Frau« geheißen, aber das Wort war durchgestrichen. »Sie hat ihren Namen genannt: Gomulka.« Seltsam! Holt las gespannt weiter: »Dann hat sie gefragt, ob ich nicht einen Augenblick Zeit habe. Auf der Straße sagte sie, Du bist ein guter Freund von Sepp. So heißt ihr Sohn. In der Badeanstalt hattest Du mir erzählt, daß Deine Freunde Gilbert und Sepp heißen. Da habe ich ihr geglaubt. Du sollst Frau Gomulkas Mann erzählt haben, daß Du bei uns gewesen bist und daß es Dir gar nicht gefallen hat. Auch die Leute nicht. Wenn Du das erzählt hast, mußt Du Herrn Gomulka ja sehr gut kennen. Dann hat sie gefragt, was ich in meiner Freizeit mache. Und ob ich sie nicht einmal besuchen will? Sie war sehr nett. Ich weiß gar nicht, warum. Sie hat gesagt, leider hat sie keine Tochter, so ein junges Mädchen wäre ihr schon recht, manchmal am Abend, und auch sonntags. Als Besuch. Wenn ich nicht will, erzählt sie auch keinem davon, und ich kann vom Hügelweg durch die Gärten kommen, daß es keiner sieht. Ich habe gesagt, daß ich es mir überlegen muß, aber vielleicht komme ich doch einmal, wenn es ihr wirklich recht ist. Lieber Werner, Du mußt mir schreiben, ob ich hingehen soll und was es für Leute sind. Du weißt ja, warum ich mit vielen nichts zu tun haben will.«

Was haben Gomulkas für Gründe, Gundel einzuladen? Menschenfreundlichkeit? Holt erinnerte sich: ... das Mädchen ist nicht so völlig verlassen, wie Sie glauben ... Sie habe viel Arbeit, schrieb sie, aber sie sei das Anpacken ja gewöhnt. Die Kinder machten doch Freude, obwohl sie frech zu ihr seien, denn sie habe Kinder gern, auch freche. Die Bitte um eine Photographie könne sie ihm nicht erfüllen, denn sie habe keine. Dann jener Nachsatz und am Ende der Wunsch: »Schreib mir bald wieder, wenn es Dir nicht zuviel Mühe macht.«

»Fertigmachen zum Raustreten!« Holt sagte zu Gomulka: »Lies mal, Sepp?« Er hatte Gomulka Gundels Schicksal erzählt. Gomulka nahm den Brief. »Warum lädt deine Mutter sie ein?« fragte Holt. »Was weiß ich?« entgegnete Gomulka.

2

Das Antreten zog sich in die Länge. Der Abmarsch zum Scharfschießen verzögerte sich. Oberfeldmeister Lesser ließ auf sich warten. Ein Kradmelder war ins Lager gerollt, nun hieß es, der

Chef telefoniere. Die Abteilung stand Gewehr bei Fuß, Gerüchte machten die Runde, Feldmeister Böttcher und die Zugführer wurden vom Appellplatz weg zur Schreibstube gerufen. Auf einmal war es kein Gerücht mehr: Einsatz!

Die nächsten Stunden ging im Lager alles drunter und drüber. Schulze schrie: »Wolzow, Wenskat, Holt, Gomulka, Huber ... mitkommen!« Sie holten drei Kisten Patronen. Während in der Stube scharfe Munition verteilt wurde, meckerte Vetter: »Zweihundert Schuß pro Mann, wer soll denn das schleppen?« Aber Wolzow wies ihn zurecht.

Am frühen Abend stand die Abteilung marschfertig. Holt stützte sich auf den Karabiner. Der Tornister drückte. Am Koppel lasteten die gefüllte Patronentasche, Seitengewehr, Infanteriespaten, Gasmaske, Brotbeutel und Feldflasche. Die Armbinden mit dem Hakenkreuz waren befehlsgemäß von den Uniformen abgetrennt worden. Oberfeldmeister Lesser trat vor die Front. »In der verbündeten Slowakei«, schrie er, »wollen die Feinde des Reiches, unterstützt von bolschewistischen Fallschirmspringern, der schwer ringenden Front in den Rücken fallen! In einem Aufruf hat der slowakische Staatspräsident erklärt, daß der Abschaum der Gesellschaft aufgeboten worden ist, um in der Slowakei ein Chaos zu entfesseln und den Boden reif für den Bolschewismus zu machen! Da die slowakischen Kräfte zu schwach sind, hat Staatspräsident Tiso den großen deutschen Verbündeten um Truppen zur Niederwerfung der Bolschewistenhorden gebeten.« Er stand breitbeinig vor der Front, die Brauen zusammengezogen. »Wir übernehmen Wachdienste und unterstützen die Kampftruppen bei Verlade- und Entladearbeiten, gegebenenfalls natürlich auch im Kampf. Jetzt könnt ihr zeigen, was ihr gelernt habt.« Der dicke Feldmeister Böttcher übernahm das Kommando und ließ die drei Züge abrücken. Auf dem Bahnhof standen Viehwaggons bereit.

Die Maschine dampfte langsam aus der Station, dann stand der Zug viele Stunden in der Nacht. Holt schlief, in eine Decke gewickelt, auf dem harten Boden. Am nächsten Tag hielt der Zug abermals viele Stunden auf freier Strecke. Ein Gerücht lief von

Wagen zu Wagen: »Der Lokführer ist getürmt!« Gomulka lachte unterdrückt. Am Nachmittag ging es endlich weiter. In der folgenden Nacht blieb der Zug mit einem Ruck stehen, so daß die Arbeitsmänner durcheinanderrollten. Draußen war Geschrei, schon krachten ein paar Schüsse. »Raus!« schrie Wolzow. Holt sprang mit dem Karabiner in die Nacht. Vorn blitzten Schüsse. Wolzow schoß stehend ins Dunkel. Bei der Maschine brüllte jemand wie besessen: »Stopfen! Stoooooopfen!« Das Licht einer Taschenlampe huschte über die Gleise. Wolzow lief nach vorn, wo nun ein rotes Signallicht leuchtete. Oberfeldmeister Lesser brüllte: »Ihr wahnsinnigen Säcke! Ihr verdammten Idioten!«

Die Arbeitsmänner standen auf dem Bahnkörper neben dem Zug. Wolzow berichtete: »Eine Brücke. Natürlich bewacht. Da zeigen die Posten ein Langsamfahrt-Signal, der Lokführer hält, die Posten im ersten Wagen knallen gleich wild drauflos. Da haben die Brückenposten natürlich zurückgeschossen, die wußten auch nicht mehr, was gespielt wird.« Die Maschine zog ruckend an, alles kletterte durch die Schiebetüren in die Wagen. Holt sah auf der Brücke ein paar Gestalten stehen, Gewehre umgehängt. »Ist was passiert?« – »Komischerweise nicht«, sagte Wolzow, »aber das ist ein mieses Zeichen, daß keiner getroffen hat!«

Am nächsten Tag erreichten sie endlich das Ziel. Der Zug lief in einen Güterbahnhof ein. Gleisanlagen, Schuppen und Stellwerke dehnten sich weitflächig bis zum Wald. Ein paar Kilometer weiter überspannte eine Eisenbahnbrücke das tiefeingeschnittene Tal eines schmalen, reißenden Flusses. »Das ist der Gran«, erklärte Wolzow nach einem Blick auf die Karte. Die Stadt lag eine halbe Wegstunde vom Güterbahnhof entfernt zwischen dichten Laubwäldern, eine kleine, verschlafene Stadt mit wenigen Straßen. Sie marschierten durch die engen Gassen. Obwohl es Mittag war, sah man kaum einen Menschen. Sie sangen: »… her zu uns, daß wir die Saat beginnen, ein Hunger ist in die Augen gesetzt, neue Lande, neue Lande wollen wir uns gewinnen.« Sie marschierten durch die Stadt hindurch und hinaus aus dem verwinkelten Straßengewirr auf einen großen freien Platz. Dort befahl

Böttcher Halt. Ein größeres freistehendes Gebäude kehrte die Front mit dem Eingang dem Platz und der Straßenmündung zu, ein zweigeschossiges Schulhaus, von einem weitflächigen, dicht bepflanzten Garten umgeben, der mit niedrigen Lattenzäunen zu beiden Seiten des Gebäudes an den Platz grenzte. Die Giebelwände waren kahl und fensterlos. Die Fenster an der Frontseite waren im Erdgeschoß eng vergittert, desgleichen die Kellerfenster.

»Scheißquartier!« sagte Wolzow, während er das Gewehr absetzte. »Schlecht zu bewachen!« Böttcher hatte mit den Zugführern das Schulhaus besichtigt und gab Befehle. »Erster Zug Wachdienst. Zweiter Zug räumt die Schule aus. Dritter Zug holt Stroh ran. Los, auf dem Hof Gepäck ablegen, Waffen werden ständig mitgeführt. Gewehre umhängen. Links um. Zugweise Reihe rechts, ohne Tritt marsch. Mitkommen.«

Holt trat durch den Eingang, die wenigen Stufen hoch, dann wichen die Mauern zu beiden Seiten weit zurück und umschlossen eine geräumige Eingangshalle. Dort zweigten links und rechts die Korridore mit den Klassenzimmern ab. Geradeaus, dem Eingang unmittelbar gegenüber, führte eine breite Holztreppe ins Obergeschoß. Rechts daneben ging es wieder ein paar Stufen hinab und dann an der Kellertür vorbei durch die Hoftür ins Freie. Von der Eingangshalle sah man links, vor dem Korridor, durch eine Tür in einen kleinen Raum. Dort stand der Hausmeister, ein dunkelhaariger Mann von fünfzig Jahren. Böhm schnauzte ihn an: »Schlüssel her, los! Sie scheren sich weg hier! Weg, Mann!« brüllte er. Der Hausmeister verstand offensichtlich kein Deutsch. Nun verließ er durch die Hoftür das Schulhaus.

Holt arbeitete bis zum Abend. Er half, Schulbänke und Katheder auf den Hof zu räumen. Der dritte Zug brachte Wagenladungen voll Stroh heran. Sie schleppten die Ballen in alle Klassenzimmer.

Am anderen Tag hatte der zweite Zug Wachdienst. Böhm teilte ein. Der erste Trupp mit Obervormann Schulze übernahm die Quartierwache, der zweite Trupp mit Obervormann Rößler die

Stadtstreifen, der dritte mit Obervormann Berger die Wache am Bahnhof, der vierte mit Obervormann Lachmann die Wache an der Eisenbahnbrücke. Böhm erklärte: »Die Brückenwache schießt von zwanzig bis sechs Uhr ohne Anruf, in dieser Zeit hat die Bevölkerung Ausgehsperre. Die Quartier- und die Bahnhofswache schießt nach einmaligem Anruf. Die Stadtstreifen nehmen alle Zivilisten fest, die nach einundzwanzig Uhr auf der Straße angetroffen werden. In der Polizeistelle, wo das Wachlokal ist, sind feste Zimmer. Die Polizei geht nachts keine Streifen. Am Tage werden ständig Ausweise kontrolliert, eine Liste der gültigen Papiere hängt im Wachlokal. Sind noch Fragen?« Niemand meldete sich. Böhm fuhr fort: »Die Slowakei ist mit uns verbündet, aber die Bevölkerung ist aufsässig und deutschfeindlich. Die örtlichen Polizeiorgane genießen kein Vertrauen, wenn irgendwas passiert, werden sie festgenommen und entwaffnet. Bei allen Verhaftungen rücksichtslos zupacken! Widerstand mit allen Mitteln brechen! Es ist besser, von der Schußwaffe Gebrauch zu machen, als verdächtige Elemente laufen zu lassen.« Er las aus seinem Notizbuch ab: »Jedoch ist nach Möglichkeit darauf zu achten, daß mit dem Reich sympathisierende Bevölkerungsteile korrekt behandelt werden.« Er befahl: »Gewehre umhängen!« Dann legte er die Hände an die Hosennaht: »Zweiter Zug … stillstann! Parole ›Morgenlicht‹.« Er hob den Arm zum Gruß. »Vergatterung!« Die Trupps zogen sofort zur Ablösung.

Schulze und seine Leute nisteten sich im Erdgeschoß ein, links, in dem Zimmer des Hausmeisters, das als Wachlokal benutzt wurde. Dort waren ein paar Munitionskisten aufgestapelt; auf einem Tisch lag das Wachbuch. Holt hatte gemeinsam mit Gomulka von Mitternacht bis zwei Uhr morgens Posten zu stehen. Die anderen beiden Züge waren am Vormittag zu den wenigen umliegenden Dörfern marschiert, wo sie Heu und Stroh zu beschlagnahmen und zum Bahnhof zu bringen hatten. So war der Trupp Schulze allein im Schulhaus.

Am Mittag saß Holt mit Wolzow im Wachlokal. Wolzow hatte deutsche Zeitungen aufgetrieben, sie waren nicht mehr ganz neu. Er rauchte und las. Holt fragte: »Wie sieht es an den Fronten aus?«

Wolzow ließ das Blatt sinken. »Daß Finnland kapituliert hat, das weißt du? Bulgarien hat nun auch die Beziehungen zum Reich abgebrochen. Und an der Invasionsfront muß es eine üble Geschichte gegeben haben, die Front scheint in Auflösung zu sein. Nur an der Riviera gibt es noch feste Linien. Lyon ist gefallen, die Mosel erreicht.« Er fragte mürrisch: »Genügt das? Im Osten hat die Entwicklung einen reißenden Verlauf angenommen. Im Mittelabschnitt stehn sie vor Warschau ...« – »Warschau?« rief Holt erschrocken. – »Ja. Der Aufstand ist immer noch nicht niedergeschlagen. Im Nordabschnitt greifen die Russen an, bei Narwa sind sie durch die Front gebrochen. Nun rollt auch in der Ukraine eine Offensive, die Russen können bald in den Karpaten sein, sozusagen Wand an Wand mit uns hier. Das siebenbürgische Kronstadt ist schon gefallen. Der Stoß zielt offenbar nach Ungarn hinein ... Noch was? Ja, richtig, die V 2! Die Briten scheinen sie nicht schlechter zu verdauen als die V 1.«

Holt fragte, wie er schon oft gefragt hatte: »Wie soll denn das um Gottes willen weitergehen?« – »Na, halt irgendwie«, sagte Wolzow. »So'n Krieg ist zum Glück recht zählebig, und jetzt wird ja auch allerhand getan, ihn wieder ordentlich hochzupäppeln! Goebbels hat ganz radikale Maßnahmen zum totalen Kriegseinsatz erlassen, Schulen werden geschlossen, fast das ganze Schrifttum wird stillgelegt, das preußische Finanzministerium ist aufgelöst, und so weiter. Hier, im ›Völkischen Beobachter‹, der ist allerdings schon bißchen älter, da ist eine Rede abgedruckt, die der Staatssekretär Dr. Naumann zum Eintritt ins sechste Kriegsjahr gehalten hat, in Danzig. Es heißt hier, Doktor Naumann gab ...« – »Laß mich lesen!« sagte Holt. Wolzow reichte ihm die Zeitung. Holt überflog den Vorspann: »... gab ein ungeschminktes, durch keinerlei Winkelzüge beschönigtes Bild der Lage ... getragen von der Gläubigkeit des Nationalsozialisten ... seinen Zuhörern gleichzeitig die deutschen Siegeschancen überzeugend zu begründen vermochte ... klang die Kundgebung in einem einzigen großen Bekenntnis zum Führer und seiner Idee aus ...« Wo steht denn die Begründung unserer Siegeschancen? Das muß ich unbedingt lesen! Er überflog den Wortlaut: »... totaler Erfolg daher nur durch einen totalen Einsatz möglich ... Wellenberge und Wellentäler ... Tage des Eintritts in das sechste Kriegsjahr fallen in ein solches Wellental ... unseren Feinden einige Tatsachen zur Kenntnis gebracht, in denen die Überwindung aller Krisen bereits vorgezeichnet ... Erstens: der Führer ist nicht vom deutschen Volk zu trennen, und das deutsche Volk steht bedingungslos zu ihm ... zweitens: das deutsche Volk ist nationalsozialistisch, nicht allein in glücklichen, sondern erst recht in schweren Tagen ... drittens: es gibt kein Versagen der deutschen Heimat, in der Gewißheit des Sieges ...« Ja aber die Begründung der Siegeschancen, wo ist sie denn? Holt las hastig weiter: »... kämpfen wir um die Zeit, die wir zur Mobilisierung unserer Reserven noch benötigen ...« Aha! Wolzow fragte: »Spielst du einen Offiziersskat mit?« Holt schüttelte den Kopf. Er las. »Unsere Gegner täuschen sich«, las er, »wenn sie sich am Vorabend des Sieges wähnen ... neue Divisionen rücken an die Front ... Festung Deutschland wird verteidigt werden, wie nie zuvor eine Festung verteidigt wurde, dann aber wird unsere Stunde kommen ...« Dann, dachte Holt, dann ... *wann*? »... steht das deutsche Volk ... gehärtet und im Schmelztiegel seines Kampfes gestählt wie nie zuvor ... wilden und fanatischen Entschlossenheit durchdrungen, sein Land, sein Leben und seine Weltanschauung bis zum letzten Blutstropfen zu behaupten ... Weltanschauung ... kämpft für sie, in schlechten Tagen mit größerer Entschlossenheit als in den guten und glücklichen Stunden ...« Aus. Ende.

»Da hast du den ›Völkischen‹«, sagte Holt, »mir reicht es jetzt wieder mal, Gilbert, mir reicht es wirklich! Wer ist dieser Naumann?« – »Ein SS-General, SS-Brigadeführer, er wird ein ›an der Front gehärteter politischer Soldat genannt‹ ... Also, wenn du nicht mitspielst, dann leg ich mir eine Patience!«

Gomulka trat ins Wachlokal. »Werner, wir müssen gleich ablösen!« Holt setzte den Helm auf und nahm den Karabiner. Sie warteten am Hintereingang. Der große, quadratische Hof war an drei Seiten vom Garten umgeben, und der buschreiche, mit Obstbäumen und Ziersträuchern bepflanzte Garten grenzte an den nahen Wald. In der Mitte des Hofes stand eine Pumpe, rechts am Zaun ein Schuppen, und daneben führte eine Pforte in den Garten. Hinter der Pumpe, dem Hofeingang gegenüber, wohnte der Hausmeister in einem kleinen Gartenhaus aus roten Backsteinen.

Bei der Pumpe lümmelten ein paar wachfreie Arbeitsmänner, Wenskat, Baruffke, Zöllner und Meermann, auch Vetter war dabei, alle halbnackt, sie hatten sich dort gewaschen. Holt sagte: »Sieht vorläufig aus wie's große Los, der Einsatz, neben dem Lagerbetrieb eine Erholung!« Gomulka antwortete nicht. Holt sah aus dem Gartenhäuschen ein junges Mädchen treten und über den Hof zum Schuppen gehen. Sie war vielleicht zwanzig Jahre alt und hatte sehr helles und langes Haar. »Schau dir an, was die Slowaken für hübsche Mädchen haben!« sagte er. Aber Gomulka schwieg hartnäckig.

Beim Brunnen pfiff Wenskat schrill auf zwei Fingern, jemand rief langgezogen: »Heeeee! Puppchen!« – »Die solln sich was schämen«, sagte Holt, »was soll die denn von uns denken!« Er ging über den Hof. Gomulka folgte ihm. »Haste gesehn, Holt?« fragte jemand. »Das wär meine Hutnummer, wie?« Holt sagte: »Benehmt euch!« – »Quatsch doch nicht, Mensch«, sagte Wenskat, »hier so'n Zimt machen wegen der Slowakischen!«

Das Mädchen brachte zwei Zinkeimer aus dem Schuppen und näherte sich zögernd der Pumpe. »Die will Wasser holen!« krähte Vetter. Holt sah, als sie herankam, daß sie große blaue Augen hatte. Ihr Gesicht war verschlossen. Sie erinnerte ihn in allem, in Gang und Haltung und in der Art, wie sie den Kopf trug, an Uta. Wenn die Kerle unverschämt werden, dachte er, dann ... Aber er dachte zugleich: Vorsicht, daß ich nicht wieder in irgendwas hineintreib ...

Das Mädchen stellte einen Eimer unter das Wasserrohr. Wenskat rief: »Na, Kleine, willst dir von uns bissel pumpen lassen?« Das Mädchen verstand wohl kein Deutsch und nahm das rohe Gelächter unbewegt hin. Sie wollte den Pumpenschwengel fassen, aber Wenskat streckte rasch ein Bein aus und schrie: »Nix daitsch, wos? Verstehste nicht? Was wir wollen, ist international!« Sie versteht wirklich kein Deutsch, dachte Holt, und er fuhr

Wenskat an: »Nimm die Knochen weg ... los!« Wenskat sagte verständnislos: »Was willste? Bist wohl ...« Holt sagte drohend: »Du nimmst sofort das Bein weg, oder es setzt was!« – »Der Kerl spinnt lauwarm«, sagte Wenskat, aber er zog doch den Fuß zu sich heran. Das Mädchen trat an den Brunnen, füllte die beiden Eimer und trug sie zum Gartenhaus. Die Arbeitsmänner sahen ihr nach. Wenskat sagte böse: »Wie meinst'n das, daß du wegen der mit mir Streit anfängst, ha?« An der Hoftür brüllte Schulze: »Holt, Gomulka! Posten ablösen!«

Mißmutig standen sie zwei Stunden auf dem Gehsteig vor dem Eingang. Die Stadt lag wie ausgestorben. Am späten Abend rückten die beiden Züge ins Quartier und füllten den Schulhof mit Lärm. Als es Mitternacht war, ging Holt mit Gomulka die Streife um Schule und Garten. Gomulka begann unvermittelt: »Das ist die Tochter vom Hausmeister, Milena heißt sie. Der Schulze hat ein Auge auf sie.« – »Schulze?« rief Holt. »Dieser Pavian?« – »Als er von ihr erzählt hat, da hab ich zum erstenmal in seinem Gesicht etwas wie einen Ausdruck gesehn. Übrigens keinen guten.« Was reg ich mich auf? dachte Holt. Sie geht mich nichts an! Aber ... sie soll wissen, daß hier nicht alle dumm und rüpelhaft sind. Gomulka sprach weiter: »Warum hast du sie an der Pumpe in Schutz genommen?« – »Ich sag dir was!« rief Holt wütend. »Wenn der Schulze ... Also, daraus wird nichts!« – »Sieh dich vor«, sagte Gomulka bedächtig. »Angriff auf einen Vorgesetzten, Kriegsgericht, aber soweit kommt es gar nicht, gegen den Schulze hast du keine Chance, der dreht dir einfach den Hals um. Der Wolzow würde mit ihm fertig, aber auf den rechnest du besser nicht. Und außerdem ...« – »Halt!« rief Holt und sprang erschrocken in die Deckung der Mauer. Er hob den Karabiner. Aus dem Dunkel rief es die Losung. Es war Böhm. »Halten Sie das Maul! Brüllen Sie nicht so rum!« Holt meldete. Keine besonderen Vorkommnisse. Böhm meckerte: »Auf Posten wird nicht gequatscht! Passen Sie lieber auf!« Er trug eine Maschinenpistole um den Hals und tauchte wieder im Dunkel unter. Sie setzten den Rundgang fort. Holt meinte nach einer Weile mit gedämpfter Stimme: »... und außerdem?«

Gomulka blieb stehen und sah sich nach allen Seiten um, er durchforschte mit seinen Blicken die Nacht. »Seit hier die Aufstandsbewegung ist«, flüsterte er, »soll hier, wie im ganzen Osten, nicht nur der Kommissarbefehl gelten, sondern auch der Führererlaß über die Behandlung von Straftaten von Angehörigen der Wehrmacht und des Gefolges gegen Landeseinwohner ... Das heißt, wenn sich einer was gegen die Slowaken zuschulden kommen läßt, wird er nicht kriegsgerichtlich, sondern nur disziplinarisch bestraft.« Kommissarbefehl, Führererlaß? »Woher ... weißt du das?« fragte Holt befremdet. »Der Erlaß ist ja berüchtigt«, antwortete Gomulka ausweichend. »Kannst ja mal Wolzow fragen, der weiß das alles! Der Erlaß wird der Truppe nicht mehr bekanntgegeben, nur den Führern, denn wenn ihn die Soldaten erfahren haben, dann sind sie so verroht, daß die Disziplin gelitten hat.« – »Woher weißt du das?« fragte Holt abermals. »Das ist ja gleichgültig«, meinte Gomulka. »Ich sag dir's, damit du gewarnt bist. Du kannst dich nicht mal auf die Kriegsgesetze berufen, wenn du dem Mädel gegen Schulze beistehst.« Sie gingen weiter. Dieser widerwärtige Schulze, dachte Holt haßvoll, dieser bösartige Gorilla! Aber sein Haß war mit Hilflosigkeit gemischt. »Da soll ich also zusehn, wenn er sich an dem Mädchen vergreift?« Er ereiferte sich: »Das sagst du?« Gomulka zeigte zunächst keine Absicht, zu antworten. Aber dann sagte er doch: »Daß du dich so in Wut hineinsteigerst, nimm mir's nicht übel, Werner ... Das machst du doch bloß, weil es um ein Mädchen geht.«

Holt war gekränkt. »So ...«, sagte er. »Und die Russen, in der Batterie damals, waren das auch Mädchen?« Gomulka antwortete nachdenklich: »Nein ... Du hast recht. Sei nicht böse«, bat er, »ich dachte nur ...« Er hat recht, dachte Holt, nein, er hat doch nicht recht ... Vielleicht ist es immer noch wie vor einem Jahr, als ich glaubte, mit Gilbert für ... Gerechtigkeit kämpfen zu müssen, damals, als mich die Marie Krüger behext hatte, daß ich dem Meißner an den Kragen wollte ... Das war kindisch. Nein, es war nicht kindisch, aber ... Es hat keinen Zweck, dachte er. Was ist Gerechtigkeit? Vielleicht ist alles falsch ... oder vielleicht ist Mitleid wirklich Schwäche, und Ziesche hatte doch recht, und wahre Gerechtigkeit ist Härte, wenn wir Deutschen ... Mit verbundenen Augen im dunklen Zimmer, dachte er.

Die nächsten Tage brachten schwere Arbeit. Transportzüge mit SS-Einheiten trafen auf dem Bahnhof ein. Die Arbeitsmänner entluden Waggons: Waffen und Gerät, Kraftfahrzeuge, auch Pferde und Fuhrwerke, leichte Feldgeschütze und Minenwerfer. »Jetzt geht's den Banden an den Kragen!« frohlockte Vetter. »Jetzt dauert das keine acht Tage mehr!« Wolzow fluchte, als sie stundenlang Munitionskisten und Granatkörbe schleppten: »Das könnten auch die Slowaken machen, das faule Volk hockt daheim in den Stuben!«

In der Mittagspause löffelte er aus dem Kochgeschirr den faden Eintopf. »Eine kriegsstarke SS-Division ist das. Ich hab gehört, es sollen Spezialverbände sein, die Division hat in den Pripjet-Sümpfen Partisanen gejagt, die haben Erfahrung in so was!« Sie stapelten weiter Munitionskisten auf die wartenden Fahrzeuge. Ein paar Kisten Gewehrmunition wurden in der Schule abgeladen.

Eine Woche war verstrichen, ohne daß der Einsatz etwas anderes als Arbeit gebracht hätte. Der September ging zur Neige, aber das Wetter blieb sommerlich warm. Nur die Nächte waren schon kalt und neblig.

Holt lag eines Tages im Schulgarten in der Sonne und schaute in den Himmel. Er hörte Schritte. Das blonde Mädchen ging den Gartenweg entlang, mit einem Laubrechen und einem großen Henkelkorb. Holt sagte vernehmlich: »Guten Tag.« Sie blickte rasch zu ihm hin, dann schaute sie wieder geradeaus, aber sie erwiderte seinen Gruß, indem sie flüchtig mit dem Kopf nickte.

Na also! dachte Holt befriedigt, sie kann unterscheiden zwischen denen und meinesgleichen!

In der folgenden Nacht stand er mit Wolzow an der Eisenbahnbrücke Posten. »Horch!« sagte Wolzow. In der Ferne grollte schwerer Kanonendonner. Es war gegen drei Uhr, die schmale Mondsichel stieg über die Berge. Holt fröstelte. »Hört sich an wie eine richtige Schlacht!« Wolzow entgegnete: »Aus dem Gebirge holt die so schnell keiner raus! Berge bis zweitausend Meter ... da schaffst du nur mit Brachialgewalt Ordnung!« Holt erwog, Wolzow zu fragen, was es mit jenem »Kommissarbefehl« auf sich habe, aber irgend etwas hielt ihn zurück, die wachsende Entfremdung, eine unerklärliche Scheu ... Das Geschützfeuer blieb bis zum Morgen hörbar. Als sie am Mittag in die Stadt zurückkehrten, hielten vor der Schule ein paar verdreckte Lastwagen. Auf dem Hof lagerten etwa zweihundert SS-Leute, zwischen Gewehrpyramiden und Gepäckstücken. Wolzow setzte sich zu ihnen. Dann brachte er Neuigkeiten. »Von wegen in acht Tagen Schluß«, sagte er, »das war eine Illusion! Überall geht's los, das halbe Land ist in Aufruhr, ganz in der Nähe haben sie eine Garnison niedergemacht. Die SS ist ganz schön abgekämpft. Die Partisanen, sagen sie, sind nicht schlechter als reguläre Truppen, manchmal noch zäher, weil ihnen die SS grundsätzlich den Pardon verweigert. Die Russen schmeißen ihnen Waffen ab, die Partisanen sind mitunter besser bewaffnet als die SS, alle mit Maschinenpistolen. Bin gespannt, wann es hier bei uns losgeht.« Vetter erzählte: »Der erste Zug hat heut vormittag in der Stadt Haussuchungen nach Waffen gemacht. Gefunden haben sie nichts!«

Am frühen Nachmittag rückte die SS ab. Im Haus blieben nur der Wachtrupp vom dritten Zug und Schulzes Trupp, der nach der Brückenwache dienstfrei hatte. Die Arbeitsmänner lagen im Stroh und schliefen. Aber Holt litt es nicht im Zimmer. Er schlenderte ziellos über den Hof und in den Schulgarten.

Dort traf er die blonde Slowakin. Sie schleppte einen großen Korb, der mit Holz gefüllt war, mit Ästen und Reisig. Holt sagte: »Lassen Sie mich das tragen!« Er nahm ihr den Korb ab und trug ihn zum Schulhof. Er fragte über die Schulter: »In den Schuppen?« – »Ja.« Sie versteht also doch Deutsch, dachte er überrascht. Sie schloß die Tür auf. Er setzte den Korb in einer Ecke ab, wo viel Holz auf einem Haufen lag. Sie war ihm gefolgt und sagte freundlich: »Danke.« Er richtete sich auf. Er war verwirrt, denn sie stand nahe bei ihm. Er faßte sie plötzlich an den Schultern und zog sie an sich, aber da schlug sie ihn mit solcher Heftigkeit ins Gesicht, daß er taumelte. Wut stieg in ihm auf. Er dachte eine Sekunde lang an Gewalt. In seinem Inneren sagte eine Stimme: Etwas davon ist auch in dir! Die Scham schlug wie eine Welle in ihm hoch.

Das Mädchen hatte den Hackklotz zwischen ihn und sich gebracht, hatte das Handbeil herausgerissen und stand nun lauernd, nach vorn geneigt. Mit der Rechten umklammerte sie den Schaft des Beiles, während sie langsam den linken Arm hob und zur Tür wies. Sie sagte nur ein einziges Wort: »Hinaus!« Er wollte eine Entschuldigung stammeln, eine Rechtfertigung, etwas von einem Mißverständnis, aber aus ihren Augen traf ihn ein Blick so abgründigen Hasses, daß er wortlos den Schuppen verließ.

Er ging in den Garten. Er sah das Mädchen rasch über den Hof laufen, zum Gartenhaus hin, sie trug noch immer das Beil in der Hand. Aber das alles drang gar nicht in sein Bewußtsein. Im Schulgarten stand er wie geistesabwesend zwischen den Sträuchern. Er versuchte, dieses erstickende Gefühl der Scham loszuwerden. Er dachte: Die soll sich nicht aufspielen! Schließlich bin ich ein Deutscher, und sie ... Da wuchs das Schamgefühl ins Unerträgliche. Sein Gesicht brannte, wie vom Feuer versengt.

3

Drei Tage später hielt Trupp Schulze wieder Quartierwache. Holt saß in der Wachstube, als Schulze das Zimmer verließ und die Stufen hinab zur Hoftür ging. Ein paar Minuten später brüllte Böhm vom Kellereingang her: »Schulze ... Schulze!« brüllte er noch einmal. Wenskat trat ins Wachlokal und sagte grinsend: »Der Schulze hört jetzt nischt, der ist der Kleinen in den Garten nachgeschlichen, dem hing richtig die Zunge raus!«

Das traf Holt wie ein Schlag. Aber da stand Böhm in der offenen Tür: »Pennt denn die ganze Wache? Los, Holt, Gomulka, mitkommen!« Wenskat verschwand auf dem Hof. Holt stieg die Kellertreppe hinab. Er kramte unter einem Stapel Patronenkisten einen Kasten Pistolenmunition hervor, den Böhm für seine Maschinenpistole brauchte, und trug ihn mit Gomulka ins Wachlokal.

Da stürzte Wenskat ins Zimmer. Sein Gesicht war verzerrt. »Wache! ... der Schulze, im Garten, Herr Unterfeldmeister ... tot!«

Böhm starrte Wenskat an, sein Mund öffnete und schloß sich. Dann überschlug sich seine Stimme: »Mitkommen!« Sie rannten über den Hof in den Garten. Zwischen den Büschen lag Schulze. Der Anblick war furchtbar. Wolzow beugte sich ungerührt über den Toten. Die Stirn klaffte von einem Beilhieb. Er lag auf dem Rücken, die Beine waren im Hinstürzen seltsam nach hinten geknickt. Waffenrock und Hose waren geöffnet. In der linken, krampfhaft verschlossenen Faust hielt er ein dichtes Büschel hellblonden Haares. Wolzow richtete sich auf. »Der ist hin.« Er sah sich suchend um. »Dort!« Holt sah im Gras ein Beil liegen, *das* Beil.

»Herr Unterfeldmeister!« schrie Wenskat. »Die Blonde vom Hausmeister! Er ist ihr nachgegangen, und als ich sehen wollte, wo er bleibt, da lag er hier!«

Böhm lief schon los. Sie folgten ihm. Aus dem Schulhaus stürzten immer mehr Leute. Böhm rüttelte an der Klinke des Gartenhäuschens. »Tür einschlagen!« Wolzow stieß mit dem Kolben des Karabiners zu, daß es donnerte, immer wieder, bis das Schloß barst. Der Korridor lag offen vor ihnen. Wenskat stürmte als erster hinein, durchmaß mit wenigen Schritten den Vorraum und riß die Tür auf.

Mitten im Zimmer stand der Hausmeister, ein Jagdgewehr im Anschlag, der Schuß krachte. Wenskat brach schreiend zusammen. Böhm riß dem Hausmeister das Gewehr aus den Händen und schlug mit dem Kolben auf ihn los, er brüllte: »Verbrecher! Bandit! Slawenvieh!« Der Hausmeister fiel zu Boden, Böhm trat ihn mit den benagelten Stiefeln und tobte: »An die Wand ... Sofort an die Wand!« Das Mädchen stand am geöffneten Fenster, einen halbgefüllten Rucksack zu Füßen.

Böhm fuhr auf das Mädchen los: »Die Hände hoch, du Aas!« Das Mädchen hob die Arme. »Vetter, Wolzow!« schrie Böhm. »Den Wenskat ins Krankenzimmer! Gomulka, Schwedt, den Banditen auf die Beine bringen, aber schnell, an die Mauer, Gesicht zur Wand! Holt, stehn Sie nicht rum, das Aas abführen, Gesicht zur Wand ... Wirst du wohl die Arme oben lassen, du Hurenstück!

Meermann, Runge … mitkommen!« Er lief davon. Gomulka und Schwedt hoben den Hausmeister auf, er wankte vor ihnen durch den Korridor auf den Hof. Das Mädchen folgte unaufgefordert.

Holt ging ein paar Schritte hinter ihr. Sie hielt die zitternden Hände im Nacken verschränkt, das Haar fiel über Hände und Schultern. Er trug den entsicherten Karabiner unter dem Arm. Die Linke umklammerte den Kolbenhals, der Finger lag am Abzug. Wenn sie wegläuft, dann muß ich schießen. Dann *werde* ich schießen. Sein Blick suchte einen Punkt zwischen den Schulterblättern. Etwas links, dachte er, dann spürt sie nichts.

Der Hausmeister lehnte den zerschlagenen Kopf gegen die Mauer des Schulhauses. Das Mädchen trat neben ihn hin. Holt stand dicht dahinter, das Gewehr in den Händen, er dachte: Gleich kommt Böhm wieder, dann muß ich schießen …

Böhm brüllte von der Haustür her: »In den Keller! Los, vielleicht bewegt ihr euch ein bißchen schneller!« Böhm öffnete unten ein stockdunkles Loch, ein massives Gelaß mit eiserner Tür. »Schwedt, Sie bleiben als Posten hier, bis ich Ablösung schicke. Die andern mitkommen.«

In der Wachstube stand der Trupp beisammen. Wolzow meldete: »Wenskat tot. Vier Mann auf Posten!« Böhm überflog die Gesichter, er murmelte die Namen: »Gomulka, Holt, Vetter, Zöllner, Meermann, Matzke, Runge … Schwedt im Keller … Wolzow, Sie übernehmen den Trupp! Ich hab mit dem Oberfeldmeister telefoniert. Er ist am Bahnhof. Wenn er zurückkommt, will er die beiden verhören. Er sagt, es stinkt, es stinkt überall, und es stinkt auch hier ganz gewaltig … Der erste Zug ist zurückgerufen worden. Der dritte Zug war nicht zu erreichen. Die Wachen werden heut nacht verdoppelt. Wolzow … Schulze ins Krankenzimmer. Dann das Erdgeschoß von Stroh säubern, ist zu brenzlich, alles hoch ins Obergeschoß, bloß das Wachlokal bleibt hier. Ich muß zur Brücke. Sie melden die Wache beim Oberfeldmeister, sobald er zurückkommt. Lassen Sie sich Befehle geben.«

»Erster Trupp hört auf mein Kommando«, rief Wolzow. »Vetter, Posten verständigen, die werden vorläufig nicht abgelöst!

Zöllner und Meermann, Schulze holen!« Vetter ging durch die Tür. Wolzow rief: »Arbeitsmann Vetter, wollen Sie nicht den Befehl wiederholen?« – »Jawohl«, sagte Vetter verdattert. – »Ich bin mit Truppführer anzureden!« – »Jawohl, Truppführer!« – »Los, ab! ... Ordnung muß sein«, schrie Wolzow. »Wir räumen die Zimmer im Erdgeschoß aus.«

Der erste Zug rückte ein. Das Haus dröhnte von Hammerschlägen. Sie nagelten von innen die herausgerissenen Türen gegen die Erdgeschoßfenster. Irgendwer befahl, auch die Flügel der Eingangs- und der Hoftür dazu zu verwenden. »Hauptsache, sie können uns keine Bomben durch die Fenster schmeißen«, sagte Unterfeldmeister Rischka, der den ersten Zug befehligte. Gegen Abend kehrten Lesser und Böttcher zurück. Wolzow meldete sich bei ihnen im ersten Stock. Als er die Treppe wieder herabkam, sagte er zu Holt: »Kannst die Parabellum tragen, er hat nichts dagegen.« Am Abend war auch Böhm wieder da, und Holt sah ihn hinter dem Oberfeldmeister in den Keller steigen. Wolzow brachte die Nachricht: »Die beiden werden morgen der SS übergeben.« Holt antwortete nicht.

Endlich wurde es ruhig im Haus. Der erste Zug unter Rischka übernahm mit je zwei Trupps die Bahnhofswache und den Streifendienst in der Stadt und rückte ab. Der zweite Zug wurde zur Brücken- und zur Quartierwache eingeteilt. Am späten Abend holte Böhm noch einen der beiden Trupps von der Schulwache zur Brücke. »Drei Trupps an die Brücke ...«, sagte Gomulka, »und nur ein Trupp für die Schule?« – »Sie faule Sau!« schrie Böhm. »Da werden Sie eben nur alle drei oder vier Stunden abgelöst, ich brauch die Leute! Die Brücke ist wichtiger als das Quartier, der Oberfeldmeister hat das so befohlen!« Widerstrebend ließ er den Obervormann Rößler zurück. Wolzow stellte drei Doppelposten auf, vor dem Eingang auf der Straße und im Hof. Der dritte patrouillierte durch das Schulgelände.

Sie saßen im Wachlokal, Wolzow, Holt, Gomulka, Vetter, auch der Obervormann Rößler, ein ruhiger Mensch, der nur manchmal im Jähzorn üble Schimpfwörter hervorstieß. Wolzow rauchte eine dicke Zigarre und kommentierte die Tagesereignisse. »Wir sind vierzehn Mann hier, dazu Böttcher und Lesser. In der Nacht soll der dritte Zug zurückkommen, dann sind wir genug Leute.« Vetter meinte: »Also, diese Nervosität, so was! Wenn sie so aufgeregt sind, dann gibt es meistens überhaupt nichts.«

Holt verließ das Wachlokal. Das Gerede war ihm zuwider.

Er stand einen Augenblick an der Haustür und sah die beiden Posten unbeweglich im Dunkel ... Er dachte an das Mädchen im Keller; dieser Gedanke quälte ihn wie ein körperlicher Schmerz. Ich hätte sie erschossen, dachte er. Er war unfähig, damit fertig zu werden. Er warf sich im Obergeschoß ins Stroh, aber er fand keinen Schlaf.

Elf Uhr löste er mit Gomulka den Streifenposten ab. Gomulka schärfte den anderen ein: »Daß ihr nicht etwa auf uns schießt!« Sie liefen langsam ihre Runde, die Straße vor dem Schulhaus entlang, durch den Garten um den Hof herum und auf der anderen Seite wieder zur Straße. Der Zaun beiderseits des Schulhauses war niedergelegt worden. Sie schwiegen und horchten angespannt in die Dunkelheit.

Es war Mitternacht. Sie verließen den Schulgarten und traten auf die Straße. In der Stadt, ganz nahe, knallte ein Schuß. Holt erstarrte. Eine wüste Schießerei begann. Rasche, dünne Feuerstöße aus Maschinenpistolen, dazwischen in immer dichterer Folge Gewehrschüsse. Beim Eingang brüllte es: »Steh!« Dann knallte es auch dort. Gomulka lief los, zum Eingang hin. Holt hörte hinter sich hastende Schritte durch das Gebüsch des Gartens brechen. Er schoß. Vor ihm in der Dunkelheit blitzte das Mündungsfeuer einer Maschinenpistole. Jenseits des Schulplatzes, wo die Straße zwischen den Häusern stadtwärts führte, setzte heftiges Feuer ein, verstummte, flackerte wieder auf. Nun fielen auch aus dem Schulhaus Schüsse.

Holt hörte Schritte über das Pflaster hallen, jemand lief von der Stadt her auf den Garten zu, stürzte hin und schrie: »Hiiiilfe!« Holt war mit ein paar Schritten bei dem Gefallenen, der auf dem Bauch lag, den Kopf hob und röchelte: »Die Stadtwache ... Die Streifen ... Alles ...« Dann klirrte der Kopf mit dem Helm auf das Pflaster: Am Straßenausgang jenseits des Schulplatzes begann ein Maschinengewehr zu feuern, in kurzen Stößen.

Holt flüchtete zwischen die Gartenbüsche. Aber auch auf dem Hof schoß es, hinter ihm im Garten, ganz nahe, überall. Er lief auf die Straße, lief nahe der Mauer am Schulhaus entlang, warf sich zu Boden und kroch zur Tür hin. Vor dem Eingang lag einer der Posten, der andere auf der Schwelle. Holt kroch über ihn hinweg ins Treppenhaus. Dort lag Rößler, unbeweglich.

Holt schrie: »Nicht schießen!« Er rollte sich zur Seite aus dem Schußwinkel des Maschinengewehrs, das seine Feuerstöße durch den Eingang ins Schulhaus schickte. Ununterbrochen fetzten Geschosse gegen die Wände. Oben, in der Vorhalle, blitzten in regelmäßigen Abständen die Abschüsse eines Karabiners auf.

Holt kroch, eng an die Wand gedrückt, die wenigen Stufen hoch und fand in der Halle endlich Deckung hinter dem Mauervorsprung. Wo die Tür ins Wachlokal führte, kniete Wolzow, in Hemdsärmeln und barhäuptig, und sandte Schuß auf Schuß durch die Tür ins Freie. Holt sah Vetter aus dem Wachlokal eine geöffnete Patronenkiste zu Wolzow hinschieben.

Wolzow lud. Er brüllte zu Holt hinüber, und bei dem Lärm der Schüsse konnte man sich nur schreiend verständigen: »Hast du's geschafft, Werner? Zum Hoftor! Dort steht bloß der Kranz!«

»Wo ist Sepp?« schrie Holt zurück. Wolzow deutete mit dem Ellenbogen ins Wachlokal. »Streifschuß im Gesicht! Vetter hat ihn verbunden!«

Holt rechnete: Gilbert, Christian, Sepp und ich, sind vier. Rößler tot: fünf. Die Straßenposten tot: sieben. An der Hoftür einer: acht. Schwedt und Schwerdtfeger standen auf dem Hof, die sind wohl auch gefallen: zehn. Fehlen sechs Mann.

»Wo sind denn die anderen?« schrie er. Wolzow ließ sich von Vetter einen geladenen Karabiner reichen und gab das leergeschossene Gewehr zurück. Er deutete mit dem Daumen über die Schulter. Die breite Holztreppe, die ins Obergeschoß führte, lag dem Eingang unmittelbar gegenüber. Ununterbrochen klatschten Geschosse in die Holzstiegen. Wolzow schoß wieder. Im Blitzen der Abschüsse sah Holt auf den zersplitterten Stufen drei regungslose Gestalten liegen, eine vierte lag am Fuß der Treppe in der Halle. Zehn und vier sind vierzehn. »Und Lesser und Böttcher?« schrie er. Wolzow antwortete zwischen zwei Schüssen: »Sind oben. Die traun sich nicht über die Stiegen runter!« Eine Kugel schlug dicht vor seinem Gesicht in den Mauervorsprung, der Putz stiebte. »Vetter, meinen Helm!« schrie Wolzow. Vetter reichte ihm den Stahlhelm.

Holt sprang endlich die Treppe hinunter zur Hoftür. Zu seiner Rechten führte die Kellertreppe hinab. Auch durch die geöffnete Hoftür schlugen ununterbrochen Schüsse herein und klatschten in die Mauer. Kranz stand eng an den Türrahmen gepreßt und schoß auf den Hof hinaus. Er hörte, als das Schießen einen Augenblick nachließ, wie Böttcher im Obergeschoß laut »Obacht!« rief, dann fiel in der Halle klirrend ein Gegenstand zu Boden.

Holts Auge hatte sich an die Finsternis gewöhnt. Wolzow fischte mit dem Gewehrlauf ein in Papier gewickeltes Päckchen zu sich heran, las und warf es Holt hin. Dann begann er wortlos wieder zu feuern. Holt hob das Päckchen auf, ein Schlüsselbund fiel zu Boden. Er drückte sich tief in die Ecke zwischen Hof- und Kellertür, entzündete ein Streichholz und las: »Befehl vom Oberfeldmeister. Sofort die Gefangenen erschießen! Schlüssel anbei. Böttcher.«

Holt warf das Streichholz weg. Die solln lieber sehn, daß sie runterkommen, dachte er. Er drehte den Zettel in den Händen. Er sah Kranz noch immer eng an den Türpfosten gepreßt und dann und wann einen Schuß zum Brunnen hinüberfeuern. Von der Straße her schoß das Maschinengewehr wütend seine Feuerstöße durch die Tür. Die Treppe war der Kugelfang. Da kommt keiner runter, dachte Holt, der Lesser nicht, der Böttcher nicht. Er warf den Karabiner auf den Rücken.

Während er sich die Kellertreppe hinabtastete, begann sein Herz vor Angst wie rasend zu schlagen. Er zog die Parabellum und entsicherte sie. An der Mauer entlang fühlte er sich zu der Eisentür hin. Als er sie gefunden hatte, stand er und horchte. Er mußte sich erst beruhigen, so sehr zitterte er vor Angst und Aufregung. Von oben drangen gedämpft die Schüsse zu ihm herab.

Er zog den Schlüssel und öffnete. Das Licht eines Kerzenstummels fiel auf ihn.

Der Hausmeister stand schützend vor seiner Tochter. Holt stieß hervor: »Ihr müßt weg hier! Aber ich kann euch nicht rauslassen, sonst erschießen sie *mich*!« Das Mädchen starrte ihn an. Jetzt wird sie endlich begreifen, daß sie mir unrecht getan hat, dachte Holt. Der Hausmeister sprach mit seiner Tochter. Sie rief: »Schieß doch, Faschist!« Er schrie unbeherrscht, in seiner Nervosität durch dieses unverständliche Gebaren gereizt: »Red doch keinen Unsinn! Ich muß euch erschießen, und was ist, wenn jetzt einer kommt, dann bin *ich* dran, was soll ich denn tun?«

Sie redete hastig auf den Hausmeister ein, der mißtrauisch auf Holt und auf die Pistole blickte und dann irgend etwas antwortete. »Schnell doch!« rief Holt ungeduldig. – »Haben Sie Schlüssel?« – Holt nickte. – »Gegenüber ist Werkzeug … Eine Brechstange!« – Holt blickte zu dem winzigen, vergitterten Fenster hoch. Er verstand. Er probierte die Schlüssel an der gegenüberliegenden Tür. Das Mädchen stand schon neben ihm: »Geben Sie her!« Sie öffnete, und der Hausmeister schob Holt zur Seite und suchte in dem stockdunklen Loch, bis er ein großes, doppelt u-förmig gebogenes Eisen fand. Das Mädchen schloß ab und gab ihm die Schlüssel zurück. Holt steckte die Pistole weg. Der Hausmeister kletterte auf eine hochgekantete Kiste und wuchtete mit dem Eisen an den Gitterstäben. Holt sagte: »In fünf Minuten müßt ihr weg sein, dann kann ich melden, ihr wart schon fort, als ich runterkam.« Sie nickte. Er wollte die Eisentür schließen, aber plötzlich sagte er heiser: »Und wenn uns eure Leute heut nacht … dann denk an mich!« Sie sah ihn groß an. »Schlagt eure Anführer tot! Wir werden sagen, daß sie euch nichts tun!« Verrückt, dachte Holt, sie ist verrückt! Er warf die Tür ins Schloß, drehte den Schlüssel um und lief nach oben.

Er trat gerade in dem Augenblick wieder in den Hausflur, als Kranz an der Hoftür das Gewehr fallen ließ, sich nach vorn neigte, sich immer mehr zusammenkrümmte und dann lautlos nach rechts auf die Seite fiel, mitten in die offene Tür. Holt kniete hinter der Mauer nieder und schob den Gewehrlauf hinaus. Bei der

Pumpe blitzten wieder Schüsse auf. Kranz streckte sich, dann lag er unbeweglich. Holt schoß das Magazin leer. Er lud und wartete. Sinnlos, dachte er.

Im Haus war es auf einmal ruhig. Auch Wolzow schoß nicht mehr. Aber auf der Straße feuerte noch immer das Maschinengewehr. Das geht doch nun schon eine Stunde so, dachte Holt. Er sah auf die Uhr. Es war noch nicht eins. Wolzow brüllte: »Werner?« Auf dem Hof verstummte das Schießen. Der entfernte Gefechtslärm war nun deutlich vernehmbar. Wird am Bahnhof sein, dachte Holt. Im Garten brach Gebüsch. Auf dem Hof rief jemand fremdartige Worte. Jetzt sind sie weg, dachte er. »Werner!« brüllte Wolzow wieder. Holt antwortete: »Der Kranz ist auch tot! Und die Gefangenen hab ich nicht erschießen können. Die waren getürmt!«

Wolzow riß das Gewehr hoch, auch Vetter schoß, sehr rasch hintereinander knallten die Abschüsse der Walther-Pistole. Dann war wieder Ruhe. »Plötzlich an der Tür waren sie!« rief Vetter. »Wollten einfach rein, so was!« Auf einmal verstummte auf der Straße das Maschinengewehr. Eine mächtige Detonation erschütterte das Schulhaus, eine zweite, dritte, vierte, der Boden bebte, von der Decke fiel Putz. Dann war es totenstill. Wolzows Stimme: »Herr Oberfeldmeister! ... Das war oben!« Niemand antwortete. »Rauch«, schrie Wolzow, »es brennt!«

Holt lehnte sich an die Mauer. Aus. Vorbei. Er hörte Wolzow rufen: »Laßt keinen rein!« Dann jagte er die Treppe nach oben. Auf den Hof fiel flackernder Feuerschein. Wolzow polterte wieder die Treppe hinab, kam um die Ecke zu Holt und sagte: »Feierabend! Lesser und Böttcher sind hin ... Handgranaten! Das Stroh brennt überall.« – »Gilbert!« schrie Holt. – »Sei doch still!« Wolzow nahm den Helm ab und fuhr sich mit der Hand durchs Haar. Holt sagte: »Wer ist denn noch da?« Wolzow antwortete: »Wir vier von Anton, sonst keiner.«

Der Feuerschein schlug heller auf den Hof hinaus, auch durchs Treppenhaus flackerte rotes Licht. »Im Dunklen wär eine Chance gewesen«, sagte Wolzow, »aber jetzt knallen sie uns ab, wenn wir durch den Feuerschein laufen, darauf warten die in aller Herrgottsruhe.« Er dachte nach. »Wir müßten längst weg sein! Als es losging, hätten wir uns sofort zur Bahnhofswache durchschlagen müssen, das wär richtig gewesen, das können wir dem Lesser auf den Grabstein meißeln ... Der Lesser«, sagte er plötzlich wütend, »hat's gewußt, daß es heut losgeht.« Vetter rief: »Hier fällt solcher Kalk von der Decke!« – »Laß ihn fallen«, rief Wolzow zurück, »paß lieber auf den Eingang auf!« Er dachte wieder nach. »Sag mal, hast du etwa den Hausmeister auskneifen lassen?« – »Nein.« – »Komisch. Wie sind denn die getürmt?« – »Durchs Fenster.« – »Aber die Fenster sind doch vergittert!« – »Die Stäbe waren rausgebrochen«, rief Holt, »Herrgott, was wird denn aus uns? Sollen wir hier verbrennen?« – »Sei mal still!« sagte Wolzow. »Wo führt das Fenster hin? Auf den Hof?« – »Nein, in den Garten unter der Giebelwand.« – »Gib den Schlüssel her«, sagte Wolzow, »ich schau mir das an!« Er lief die Kellertreppe hinab. Über Holt fauchte und prasselte das Feuer, Fensterscheiben zerklirrten und fielen auf den Hof.

»Mensch!« rief Vetter entrüstet. »Dort drüben, am Schulplatz, dort laufen sie rum! Die denken wohl, wir sind nicht mehr da?« Er schoß, der Schuß dröhnte, als Antwort jagte das Maschinengewehr einen Feuerstoß durch die Tür, daß die Treppe splitterte. Holt sah auch hinter dem Brunnen und beim Gartenhäuschen ein paar Gestalten, auf die der Feuerschein fiel, aber er schoß nicht.

Wolzow tauchte in der Kellertür auf. »Wenn wir ein bißchen Glück haben, kommen wir in den Garten. Mal sehn, wie's weitergeht.« Es geht also doch weiter, dachte Holt, es ist noch nicht alles zu Ende ... »Und Sepp?« – »Wundschock. Wir nehmen ihn mit. Paß auf! Christian muß mit Sepp weg. Wir bleiben noch.« Er überlegte schon wieder, mit schräggelegtem Kopf. Holt rief ungeduldig: »Also los doch!« – »Na, einen Moment! Hab dich doch nicht so! Was ist denn heut mit dir los? Ich überleg bloß. Ob die uns hier noch raushaun? Kampfauftrag hatten wir keinen. Ich denke, man kann den Ausbruch verantworten.«

»Gilbert!« brüllte Holt. »Hör auf! Sonst hau ich allein ab!« – »Das wirst du nicht tun«, sagte Wolzow, und er war böse. »Auf gar keinen Fall! Organisierter Rückzug: ja. Aber nicht türmen!«

Holt dachte entgeistert: Vier Mann ... und organisierter Rückzug!

Vetter und Gomulka krochen durch die Halle. Dann standen sie bei Holt. Gomulka stützte sich auf Vetter und auf seinen Karabiner. Er war erschöpft, sein Gesicht sah blaßgrau und eingefallen aus dem Mullverband hervor, die Lippen schimmerten bläulich, kalter Schweiß bedeckte seine Stirn. »Hast du Schmerzen?« fragte Holt. »Fast gar nicht«, antwortete Gomulka schwach. Er verschwand mit Vetter im Keller.

Auf der Straße schoß wieder das MG. Wolzow schoß zurück, er brüllte: »Schieß, Werner!« Jemand rannte aus dem Lichtschein in die Dunkelheit des Gartens. Holt schoß den Karabiner leer, über ihm tobte das Feuer, nun krachten Ziegel und Balken auf den Hof ... Wolzow war neben ihm und steckte das Seitengewehr auf den Karabiner. »Laden, dann weg!« Sie flüchteten in den Keller. Holt stieg auf die Kiste und kroch durch das Fenster. Wolzow reichte ihm die Gewehre nach. Dann tauchten sie ins Gebüsch des Gartens. Gerettet! Holt blickte zurück. Das Feuer raste, die Flammen schlugen aus den Fenstern und hoch über dem Dach zusammen.

Unbehelligt erreichten sie den Bahndamm und folgten ihm zum Bahnhof. Hinter ihnen, in der Stadt, verstummte das Schießen. Sie mußten Gomulka stützen und kamen nur langsam voran. Gegen zwei Uhr morgens erreichten sie den Bahnhof, wo noch immer Schüsse knallten. Sie warteten, weit abseits im Wald versteckt, bis es hell wurde und auch hier das Feuer verstummte. Die Reste der Bahnhofswache hatten sich in einem Stellwerk verschanzt.

Ringsum war alles ruhig, als sei in der Nacht nichts geschehen. Sie meldeten sich bei Unterfeldmeister Rischka, der bleich und demoralisiert zwischen seinen Leuten hockte.

Gomulka kam bald wieder zu Kräften. Er ließ sich von Holt ein neues Verbandpäckchen um den Kopf wickeln. Der Schuß war vorn schräg über die Wange gefahren und hatte bis zum Ohrläppchen eine fingerlange Fleischwunde gerissen, die stark geblutet hatte.

Wolzow und Vetter zogen unterdessen mit ein paar Mann in die Stadt und fanden sie verlassen und menschenleer. Gegen zehn

Uhr traf zögernd, in einzelnen Trupps, der dritte Zug beim Bahnhof ein, führerlos und stark gelichtet. Er war am Abend auf dem Rückmarsch weit außerhalb der Stadt angegriffen und auseinandergetrieben worden. Der Zugführer war gefallen. Die Trupps hatten sich in den Wäldern versteckt. Wenig später erschien Böhm mit einer fünf Mann starken Bedeckung am Bahnhof. Auch die Brückenwache war angegriffen worden. Böhm übernahm das Kommando über die Abteilung, lief mit dem Notizbuch herum und versuchte, die Verluste festzustellen. Die Abteilung war von hundertfünfundachtzig auf hunderteinunddreißig Mann zusammengeschmolzen.

Holt zitterte bei dem Gedanken an die kommende Nacht. Er lag in einem Kornspeicher. Wolzow trieb sich draußen herum; am Nachmittag sagte er: »Wenn's dunkel ist, dann kommen die wieder.«

Aber am späten Nachmittag rollte eine motorisierte SS-Einheit in die Stadt. Die Arbeitsmänner drängten sich vor dem Bahnhof um die Lastwagen. Vetter rief: »Schau mal, was die für tolle Waffen haben!« – »Sturmgewehr 44«, sagte Wolzow, »eine neue Maschinenpistole.« – »Wenn wir so was hätten«, rief Vetter, »da hätten wir heut nacht bestimmt gesiegt!«

Holt saß teilnahmslos auf der Betonrampe eines Güterschuppens. Wenn sie wiederkommen, dann verlieren wir wieder fünfzig Mann. Und morgen abermals. Und spätestens übermorgen bin ich dran. Noch zwei Tage ... Böhm ließ antreten. Die Arbeitsmänner kletterten auf die Lastwagen. Die SS stand Gewehr bei Fuß vor dem Bahnhof und blieb.

Die Fahrzeuge rollten in einem Tal den Weg entlang, der dem Lauf eines reißenden Gewässers folgte. Das ferne Geschützfeuer, das seit dem Morgen über den Bergen grollte, kam näher und näher. Am Abend erreichten sie ein Dorf in einem weiten Talkessel. Der Ort war mit SS vollgestopft. Die Abteilung erhielt eine windschiefe Feldscheune als Quartier. Endlich gab es warmes Essen und Verpflegung. Die Abteilung hatte in der Schule alles Gepäck verloren. Holt war noch im Besitz des Brotbeutels und verstaute darin Konserven und Brot. Zigaretten und Tabak hoben die Stimmung. Holt brachte Gomulka zum Verbandplatz. Ein Sanitäter besah die Wunde und sagte verächtlich: »Mach keinen Zimt wegen dem Läusebiß ... Was hast du gehabt? Einen Wundschock willst du gehabt haben bei dem Kratzer? Du bist ja bescheuert!«

Am anderen Tage rückte ein Großteil der SS ab, nur die Stäbe und Troßeinheiten blieben zurück. Böhm hatte ausgeschlafen und zeigte sich sehr geschäftig. Aus den Beständen der SS erhielt die Abteilung eine dürftige neue Ausrüstung, Brotbeutel, Feldflaschen, Feldspaten und jeder eine Zeltbahn. Die drei Züge, zu vier Trupps, waren nun nur noch je einundvierzig Mann stark; als Truppführer wurden Arbeitsmänner, als Zugführer die dienstältesten Obervormänner eingesetzt. Sechs Mann waren überzählig, aus ihnen bildete Böhm einen »Kommandotrupp«, den er Wolzow übergab; Wolzow suchte sich Holt, Vetter, Gomulka und noch zwei andere aus. Am Nachmittag brachte Wolzow Schnaps. Der Alkohol gab Holt nur für kurze Zeit Kraft und Entschlossenheit zurück. Dann beherrschte ihn wieder das trostlose Gefühl von Verlassenheit und Angst.

Böhm schleppte den Kommandotrupp ständig mit sich herum. »Kommandotrupp? Eine Leibwache hat er gewollt!« sagte Holt. – »Wir sind die Leibstandarte Adolf Böhm«, rief Vetter, auf den die Ereignisse keinen sichtbaren Eindruck hinterlassen hatten.

4

Die Abteilung erhielt einen neuen Einsatzbefehl. Wolzow erzählte. »Heut nacht hat die SS ein Dorf mit einer wichtigen Straßenkreuzung erobert und ist sofort weitergezogen. Wir sollen den Ort besetzen und die Kreuzung bewachen. Endlich mal ein eindeutiger Kampfauftrag, da weiß man doch, woran man ist!«

Sie marschierten, über dichtbewaldete, mächtig ansteigende Berghänge, durch urwüchsige Laubwälder, auf Waldpfaden und Pirschwegen. Böhm orientierte sich nach der Karte. Ein Trupp zog als Vorhut voraus, die Abteilung folgte in Schützenkette, weit auseinandergezogen. Auf einem breiten, befestigten Fahrweg, unangefochten, wenn auch vom Marsch erschöpft, erreichten sie am Nachmittag ihr Ziel.

Vor ihnen öffnete sich ein grünes Tal, das sich langgestreckt, etwa drei Kilometer breit, von Osten nach Westen zog. Der Fahrweg stieß im Süden aus den Wäldern heraus, den steilen Berghang hinab ins Tal, und jenseits der Talsohle, im Norden, wieder hoch in die bewaldeten Berge. Die Talsohle entlang, von Osten nach Westen, floß ein breiter Wildbach durch versumpfte Wiesen, und seinem Lauf folgte eine Straße, die im Westen hinter einer Krümmung des Tales verschwand. Wolzow taufte sie Talstraße. Wo beide Wege einander im rechten Winkel schnitten, dort sah man ein halbes Dutzend Häuser, und am Bach ein paar niedrige Gebäude. Das war die ganze Ortschaft.

Am Fuße dies Berges, auf den Wiesen, befahl Böhm Halt. Die weit auseinandergezogene Abteilung sammelte sich. Die Kreuzung lag etwa einen Kilometer vor ihnen. »Der erste Zug«, schrie Böhm, »gräbt sich hier links und rechts der Straße ein, Front nach Süden gegen die Berge. Zweiter und dritter Zug Gewehre umhängen! Ohne Tritt ... marsch!« Etwa hundert Meter vor der Straßenkreuzung ließ er abermals halten. »Der dritte Zug marschiert über die Kreuzung und über die Brücke, bis etwa einen Kilometer hinter das Dorf, und gräbt sich dort ein, Front nach Norden gegen den Berghang. Dritter Zug abrücken!« Er zog die Karte hervor und beriet sich mit Rischka.

Holt sah sich um. Die Wiesen waren sumpfig. Kein Spaß, sich da einzugraben, dachte er. Fünfzig Meter vor ihm, rechts an der Straße, lag ein Haus, ein Wirtshaus offenbar. Links sah Holt drei einzelne Gehöfte, dann die Talstraße, dahinter den Bach, den eine niedrige Holzbrücke überspannte. Die Gebäude jenseits des Baches, Haus und Schuppen, gehörten zu einer Sägemühle, wie Holt an den Bretterstapeln auf dem Hof erkannte. Im Osten der Ortschaft war der Bach gestaut. Dort zweigte ein Arm des Gewässers ab, lief unter der Straße hindurch und dann durch das Gelände der Sägemühle, ehe er wieder in den Bach zurückmündete. Rechts an der Talstraße, etwa zweihundert Meter östlich der Kreuzung, sah Holt ein weiteres einzelnes Gehöft liegen, niedergebrannt, in Trümmern.

Die beiden Unterfeldmeister berieten noch immer. Wolzow hatte sich einfach dazugestellt. Der Kommandotrupp war ihm gefolgt und stand um die beiden Führer herum. »Also gut«, sagte Böhm, »der zweite Zug nimmt im Dorf Quartier.« Wolzow legte die Hände an die Hosennaht und fragte: »Warum graben sich der erste und der dritte Zug einen Kilometer außerhalb des Dorfes ein? Man soll seine Kräfte nicht unnütz teilen!« – »Hörn Sie auf, Sie dreifacher Idiot!« brüllte Böhm außer sich. »Wer hat Ihnen erlaubt, hier dämlich herumzuschwafeln?« Wolzow setzte umständlich den Helm auf. Böhm schrie: »Der zweite Zug wie befohlen ins Dorf, als Reserve! Die Züge bleiben liegen, wo sie sind, auf freiem Felde sind wir denen über, ich laß mich doch nicht wieder auf einen Häuserkampf ein! An die Talstraße stelle ich Doppelposten, und Sie Idiot, Sie mit Ihrem Kommandotrupp, Sie werden Wache schieben, bis Ihnen das Gekröse zum Arsch heraushängt!« Die letzte Beschimpfung kam schon schwächer, seine Wut war verflogen. »Gewehre zusammensetzen! Es darf geraucht werden!« Er warf sich ins Gras und knöpfte die Feldflasche los. Wolzow! Der Kommandotrupp sucht Quartiere aus!«

Sie stiefelten den staubigen Weg entlang. »Schau mal, dort!« sagte Wolzow und wies mit der Hand nach rechts. Vor der Giebelwand des Wirtshauses neben der Straße lag ein grauer Haufen erstarrter Leichen. »Hat die SS Gefangene umgelegt!« Er rief über die Schulter: »Vetter, schaut euch links die drei Gehöfte an!«

Wolzow, Holt und Gomulka standen auf der Wegkreuzung. Sie gingen über die Brücke zur Sägemühle. Holt folgte Wolzow ins Wohnhaus. Gomulka öffnete die Tür zur Werkstatt. In den Räumen des Wohnhauses waren die Wände von Einschlägen zerhackt. Wolzow stapfte die Treppe hoch ins Obergeschoß. Holt sah unter dem eingeschlagenen Fenster einen Leichnam liegen, mit zertrümmertem Gesicht. Er lief ins Freie.

Aus der anderen Tür, die im rechten Winkel zur Wohnhaustür und nur wenige Schritte entfernt in die Werkstatt führte, trat in diesem Augenblick Gomulka, nein, er trat nicht, er *taumelte*. Er hielt sich an der Klinke fest, so daß er die Tür unwillkürlich hinter sich zuzog, dann fiel er gegen die Mauer. Sein Gesicht war grünlichgelb. Er krümmte sich zusammen, er schlug beide Hände vors Gesicht.

»Sepp!« rief Holt erschrocken.

Gomulka ließ die Hände sinken. Er stöhnte. Er sah Holt an. Aus seinen Augen sprach unbeschreibliches Entsetzen. »Geh nicht rein!« schrie er. »Mein Gott, geh nicht rein!« Abermals bedeckte er das Gesicht mit den Händen.

Holt war ratlos. Das Gefühl einer unheimlichen Bedrohung schnürte ihm die Kehle zu. Gomulka sagte dumpf: »Doch ... geh rein ... Los, geh!«

Holt nahm den Karabiner von der Schulter, aber er hängte ihn wieder um, zog die Parabellum und entsicherte sie. Er riß die Tür auf und schaute in einen schmalen Korridor. Er trat ein. Die Tür fiel hinter ihm ins Schloß. Er spähte vorsichtig in das kleine Büro. Nichts. Schließlich ging er in die Werkstatt.

Es dauerte ein paar Sekunden, bis er sich an die Dunkelheit gewöhnt hatte. Dann sah er. Was er sah, war so über alle Maßen grauenhaft, daß es sich in seinem Hirn erst wie aus Mosaiksteinchen zu einem vollständigen Bild zusammenfügen mußte. Aber dann begriff er. Alles um ihn begann sich zu drehen, vor seinen Augen wurde es rot und dann schwarz. Er hielt sich am Türpfosten fest. Er wollte fliehen, aber die Glieder versagten und begannen haltlos zu zittern.

Er sah: Eine Kreissäge. Auf dem mit Sägespänen bestreuten, blutgetränkten Boden lagen russische Uniformstücke verstreut, und dazwischen ein paar über den Knien abgesägte Beine, eine Hand, ein Stück Schenkel. Auf dem Tisch der Kreissäge lag der nackte, armlose Oberkörper eines Menschen. In die Brust war ein großer Sowjetstern geschnitten. Aus dem Leib hatte das runde Sägeblatt die Gedärme herausgezerrt, und Eingeweide, Fleischfetzen und Kot erfüllten den Raum mit einem unerträglichen Gestank.

Jemand polterte durch die Tür und prallte zurück. Es war Wolzow. Auch er wurde aschfahl. Er zog die Schultern nach vorn, sein

Kopf kippte zur Seite. Dann packte er Holt am Arm und zog ihn ins Freie.

Holt wankte ein paar Schritte in den Abend hinaus. Er spürte, wie ihm der Mageninhalt hochkam. Er erbrach sich. Wolzow sagte neben ihm: »Immer raus damit ... Jetzt geht's schon wieder besser!« Dann stieß er Holt mit der Faust in den Rücken: »Los, weg hier!«

Sie gingen die Straße zurück und trafen Vetter mit den anderen. »Zwei Gehöfte sind ganz ordentlich«, sagte Vetter, »aber keine Sau im Stall, nicht mal 'n Karnickel!« – »Halt's Maul!« sagte Wolzow.

Er ging zu Böhm. Böhm fragte: »Wo?« Wolzow deutete mit der Hand ins Dorf. Böhm hob die Schultern und schüttelte den Kopf, aber da rief Wolzow: »Wir haben auch Nerven, gehn Sie doch hin und sehen Sie sich an, was für eine Sauerei die SS dort angerichtet hat!« Rischka zog Wolzow zur Seite, nestelte seine Feldflasche los, und Wolzow nahm sie und trank. Holt sah das alles teilnahmslos mit an. Wolzow reichte ihm die Feldflasche. »Trink! Los doch, es ist Schnaps, das hilft, nimm noch einen Schluck, du auch, Sepp!« Holt trank und gab die Flasche weiter.

Vetter führte den Zug zu den beiden Gehöften. Bald wurde es dunkel. Böhm stellte den Kommandotrupp an den Talweg. Holt und Gomulka wachten nach Osten hin, bei dem einsamen, ausgebrannten Gehöft.

Wolzow durchstreifte das Dorf. Gegen Mitternacht kontrollierte Böhm die Posten, mürrisch und mißgelaunt. Als er gegangen war, kam Wolzow wieder und rauchte bei Holt und Gomulka eine Zigarette. Er erzählte: »Ich hab ihm noch mal vorgeschlagen, die beiden Züge ins Dorf zu holen. Ich hab ihm gleich vorhin gesagt, wir müssen die Mühle abbrennen, aber er will nicht. Wenn sie das Dorf einnehmen und die Bescherung in der Mühle sehen, dann lassen sie ihre Wut an uns aus. Ich versteh die SS nicht! Wenn man so was macht, läßt man's doch hinterher nicht offen rumliegen.« Er trat die Zigarette aus. »Ich komm wieder.« Er tauchte in der Nacht unter.

Gomulka hatte den Abend kein Wort gesprochen. Seine Bewegungen waren fahrig. Jetzt, da sie in der Dunkelheit beieinanderstanden, sagte er plötzlich: »Ich hab es gewußt. Aber ich hab es nicht geglaubt.« Erst nach Minuten fuhr er fort: »Jetzt glaub ich *alles*.«

Holt nahm den Karabiner von der Schulter und legte ihn auf die Patronentasche. Auge um Auge, Zahn um Zahn, dachte er. »Gnade Gott uns allen, wenn wir nicht siegen!«

»Siegen!« sagte Gomulka verächtlich. »Das gibt es nicht. Das darf nicht sein, daß so was siegt!«

Holt antwortete nicht. Eine halbe Stunde verging. Es war still, nur der Bach rauschte.

»Ich hab, seit ich in die Schule gehe, nicht mehr an Gott geglaubt«, sprach Gomulka wieder, und seine Rede war verworren. »Ich kann auch nie mehr an Gott glauben ... Aber daß es den Teufel gibt, das glaub ich.« Er sprach mit entstellter Stimme: »Seit ich das heute gesehen hab ... und wenn ich nun denk, wie es werden wird mit Deutschland, dann hör ich meine Mutter, wie sie mir früher einmal aus der Bibel vorgelesen hat. Und in den Tagen werden die Menschen den Tod suchen und nicht finden ... und werden begehren zu sterben, und der Tod wird vor ihnen fliehen ... Und ich seh das Kriegsende ... das fahle Pferd, von dem es heißt: Und der darauf saß, deß Name hieß Tod. Und die Hölle folgte ihm nach ...«

Holt schauderte. Nun wußte er das Gefühl zu deuten, das ihn seit Stunden nicht mehr losließ. Es war Todesangst. Er horchte mit allen Sinnen in die Dunkelheit. Der Mond ging erst frühmorgens auf. Das Rauschen des Baches deckte alles zu. In einsamer Nacht, und auf verlorenem Posten.

Wolzow rief die Losung, noch ehe seine Schritte laut geworden waren. »Was Neues? Nein? Es ist gleich eins.« Er stand regungslos. »Böhm hat sich hingelegt. Ich geh jetzt mal zum dritten Zug. Wenn was ist ... schießt lieber zu früh als zu spät.«

Die Nacht sog ihn auf.

Es wurde empfindlich kalt. In der Dunkelheit leuchtete nun blaß der weiße Nebel, der aus dem Bach stieg und langsam über die Wiesen kroch. Gomulka flüsterte an Holts Ohr: »Ich hör was!« Holt starrte in die Nacht. »Dort vorn!« Holt sah und hörte nichts. Gomulka hob das Gewehr.

»Warte!« Holt ging langsam den Weg entlang. Er dachte: Das ist falsch, da kann Sepp nicht schießen. Aber er ging doch weiter. Endlich blieb er stehen und lauschte. Nichts. Nur der Bach rauschte. Holt drehte sich um und horchte nach Süden über die Wiesen hin. Nichts.

Ein klirrender Schlag traf seinen Helm, glitt ab, traf die Schulter, warf ihn hin, im Fallen drehte er sich um sich selbst, dann traf ein zweiter, kraftvoller Kolbenschlag seinen Körper. Der Klang einer gewaltigen erzenen Glocke dröhnte in seinen Ohren, hob ihn hoch über das Tal, bis er das einsetzende Schießen nur noch von fern vernahm, das Geschrei der Kämpfenden, das Brüllen Wolzows, der den dritten Zug auf der Brücke in einen Feuerhagel hineinführte. Aber das alles war schon ausgelöscht. Ein großes, warmes Glücksgefühl erfüllte ihn.

5

Heftiges Stoßen und Schaukeln löste unerträgliche Schmerzen aus. Holt stöhnte. Er drehte den Kopf zur Seite. »Lieg still!« sagte Wolzow barsch. »Dir haben sie wahrscheinlich etliche Rippen eingeschlagen.« Holt lag auf einem Lastwagen. Neben ihm röchelte jemand. Er schloß wieder die Augen. Sein Kopf schmerzte, als wolle er zerspringen. Er wußte nicht, was geschehen war. »Wo ist Sepp?« fragte er schwach. – »Auch hier. Hat einen Schuß im Arm. Mir ist einer durch die Wade gegangen. Durch die Hand ein Bajonettstich. Lieg still, wer weiß, was bei dir alles kaputt ist!« Holt wälzte sich auf die schmerzende Seite. So lag er besser. Das Röcheln neben ihm war grauenhaft.

Der Wagen erreichte bald einen Verbandplatz. Dort nahm man die Verwundeten nicht an. Auch der Hauptverbandplatz wollte nichts von ihnen wissen und schickte sie fort. Der Wagen fuhr weiter, immer weiter. Das Röcheln neben Holt verstummte. Erst tief in der Nacht erreichten sie eine Stadt. Dort wurden sie ausgeladen.

Holt wurde am Morgen geröntgt. »Schreiben Sie: Röntgenaufnahme linkes Schultergelenk. Das Acromion zeigt eine Infraktionslinie ohne irgendeine Dislokation …« Und weiter: »Röntgenbefund Thorax. Zwerchfelle glatt konturiert, Herz normal konfiguriert, Fraktur dritte, vierte und fünfte Rippe im Bereich der hinteren Axillarlinie ohne nennenswerte Dislokation …« Er wurde hinausgefahren und fand sich in einem Bett wieder, in einem richtigen, weißbezogenen Bett. Das Zimmer war klein. Eins der drei Betten war leer, in dem anderen lag ein hohlwangiger, älterer Mann. Man sah durch das geöffnete Fenster in den Garten.

»Das ist hier schon Protektorat, Kumpel«, sagte der Mann, »hier kannst du ganz ruhig schlafen!« Holt war stark benommen. Am Abend stand eine junge Schwester in heller Tracht an seinem Bett und fragte: »Wie alt sind Sie?« – »Bald achtzehn.« – »Also siebzehn!« rief sie teilnahmsvoll. »Haben Sie Schmerzen?« Er drehte den Kopf zur Seite und sah hinaus in den dunklen Abendhimmel.

Später kam sie abermals und gab ihm eine Injektion in den Unterarm. »Morgen sieht alles schon wieder ganz anders aus!« – »Wie heißen Sie?« flüsterte Holt. – »Schwester Regine. Aber jetzt wird geschlafen!«

Am anderen Morgen, nach der flüchtigen Arztvisite, humpelte Wolzow durch die Tür, guter Laune wie lange nicht mehr. Er hatte die Hose über das Nachthemd gezogen, das linke Hosenbein war abgeschnitten. »Wie geht's, alter Krieger?« Er setzte sich zu Holt aufs Bett. »Bei mir ist alles wie geölt durch die Glieder gerutscht, saubere Fleischwunden, der Himmel verläßt die alten Krieger nicht! Der Chefarzt wollte mich gar nicht hierbehalten, ich sollte ins Garnisonsrevier, da hab ich eben ein bißchen simulieren müssen!«

»Simulieren?« rief der Mann in der Ecke und richtete sich auf. Er war schrecklich abgemagert. »Und er hat's nicht gemerkt? Ich denke, die Ärzte merken es immer, wenn einer simuliert?«

»Ach wo«, sagte Wolzow. »Ich weiß Bescheid, die Frage ist ausführlich untersucht worden, schon im Weltkrieg und noch früher, steht alles in Peltzers ›Kriegslazarett-Studien‹, glaub ich, oder in Frölichs ›Militärmedizin‹, ist ja egal. Ich hab gesagt, ich könnte mich nicht erinnern, wie das alles passiert wär, ich hätte plötzlich dagelegen und immerfort gebrochen, auch auf der Fahrt hätt ich noch alles vollgekotzt, und so benommen wär mir, und dann hätt ich fürchterliche Kopfschmerzen, aber wenn ich ganz ehrlich sein soll: ein bißchen hätten sie schon nachgelassen, die Kopfschmerzen! Da hat er natürlich die Diagnose auf schwere Gehirnerschütterung stellen müssen, mindestens einundzwanzig Tage Bettruhe, was blieb ihm denn anderes übrig?«

Holt mußte lachen, aber das Lachen schmerzte in der Brust. »Wenn er dich hier erwischt!« Wolzow schüttelte den Kopf. »Sind ja bloß zwei Ärzte hier, die operieren jetzt. Der Chef operiert für sein Leben gern; wenn es was zu operieren gibt, dann nimmt er jeden auf! Das ist doch kein Lazarett hier, das ist ein ganz gemütliches Kreisspital.«

Schwester Regine trat ins Zimmer. »Wolzow«, schalt sie. »Durch das Haus laufen, das gibt es nicht! Sofort ins Bett!« – »Schwester«, sagte Wolzow, »wir sind ganz alte Schulfreunde, ich kriech dort in das freie Bett!« Sie zögerte einen Augenblick, dann lächelte sie. »Schön. Da machen wir eben eine Kinderstation auf.« Wolzow empörte sich: »Kinderstation! Von wegen …« Sie befahl: »Sofort hinlegen!« Sie gab Holt eine Tablette. »Gegen die Schmerzen.«

»Wie hab ich das gemacht?« fragte Wolzow. Der Hohlwangige in der Ecke aber sagte aufgeregt: »Hör mal, Kumpel, also weißte denn noch mehr solche Sachen, die was die Ärzte nicht rauskriegen?« Wolzow war zurückhaltend. »Da müßte ich erst mal wissen, wie alt du bist und bei was für einem Haufen.« – »Landsturm«, sagte der Mann, »bis dreiundvierzig war ich g. v. H., dann haben sie mich bedingt k. v. geschrieben. Ich war in Prag bei der Korpskommandantur, da sollte ich auf einem Gut in der Slowakei ein Schwein abholen, ein gemästetes, für den Korpsintendanten, die Sau, die hab ich mit'm Opel-Blitz geholt, da haben sie mich zusammengeschossen, auf der Straße, grad als das dort losging. Das Schwein war auch hin. Hier ist es wie im Himmel, Kumpel! Es war ein glatter Lungenschuß, aber in drei Tagen werd ich entlassen, das ist furchtbar, denn der Korpsintendant soll so getobt haben, weil das Schwein hin gewesen ist, daß er mich wird an die Front schicken lassen. Ich heiße August Meier, bin dreiundfünfzig Jahre alt, evangelisch, verheiratet und hab vier Kinder. In der Partei bin ich aber nicht, weil ich früher Sozi war.«

»August Meier!« sagte Wolzow und lachte laut. »Ausgerechnet August Meier, da ist deinen Eltern wohl nichts Gescheiteres eingefallen, was? Also, alter Sozi oder was du da warst, Stahlhelm, Volkspartei, war ja alles dasselbe, wenn du vierzig wärst, dann wüßte ich ja nichts, da würde ich dich an die Front jagen, aber mit dreiundfünfzig und vier Kindern, da will ich mal nicht so sein, da werd ich dir eine Blinddarmentzündung verpassen! Den Blinddarm hast du doch noch? Gut. Du mußt nach der Operation die Sache schön in die Länge ziehn, da kann man die Wunde eitern lassen und so, ich erklär dir das alles. Du hebst dir sofort alle Butter auf, du brauchst mindestens ein Viertelpfund ...« – »Hab ich«, sagte Meier, »sogar mehr, ich schick sie immer nach Hause.« – »Da kannst du ja schon heute nacht operiert werden! Paß auf! Du bekommst plötzlich Leibschmerzen, aber gräßliche! Du stöhnst und verziehst das Gesicht, so sehr du kannst, du hast ganz furchtbare Bauchschmerzen, und sie haben wie der Blitz aus heitrem Himmel angefangen ...«

»Aber wenn das so sehr weh tut«, sagte Meier mit verzerrtem Gesicht, »dann ist es vielleicht nicht das richtige ...« – »Du bist dämlich!« rief Wolzow, »Mensch, es tut ja gar nicht weh, du tust doch bloß so, als ob es weh tut!« – »Ja, richtig!« sagte Meier. Wolzow fuhr fort: »Grad wolltest du sehn, wie spät es ist, ob es schon Zeit zum Schlafen ist, da war es dreiviertel neun oder so, das wirkt immer sehr überzeugend, wenn man die Uhrzeit noch weiß. Und der ganze Bauch tut dir weh, nicht bloß rechts, vor allem in der Mitte, so unterm Nabel ...«

Holt lag unbeweglich. Die Erinnerung kehrte zurück. Die letzte Wache im Dorf. Der Kampf um die Schule. Die Slowakin. Das RAD-Lager. Gundel. Die Feuernacht in Wattenscheid. Er schloß die Augen.

»Ja, weiter!« sagte Meier.

»Du legst dich nie auf die linke Seite, merk dir das, weil es da noch schlimmer weh tut! Du ziehst das rechte Bein an, weil das den Schmerz erleichtert, und wenn sie dir's gewaltsam ausstrecken, dann stöhnst du und ziehst es gleich wieder an. Verstehst du?«

Ich hab es gesucht, das ... Abenteuer, dachte Holt. Nun darf ich nicht jammern und klagen, auch wenn ich darin umkomm. Aber ich hab es mir anders gedacht: reinigend, befreiend, und heroisch ... nicht so sinnlos. Langemarck, wie es in den Lesebüchern stand, war immer das Ideal, singend für Deutschland in den Tod zu stürmen ... Alle die Bücher fielen ihm ein, er sah eine Seite mit gotischen Lettern aufgeschlagen vor sich: »... halbaufrecht emporgeworfen die Handgranate mit einem Jauchzen in das Maschinengewehrnest schleudernd ... im Schwung noch von der Kugel getroffen und niedersinken mit dem letzten Gedanken: ... Deutschland ... Nahm den bitteren Kelch mit stolzem Heldenlachen ...«

Lüge! Die Bücher haben alle gelogen.

»Links tut's nicht weh, beim Drücken, aber rechts ... Dann drückt er dir den Bauch ganz langsam tief rein, auch auf der rechten Seite, und läßt plötzlich los ... da schreist du Au! Und wenn er wieder reindrückt, da merkst du nichts, aber wenn er wieder losläßt, dann stöhnst du, was du kannst ...«

Die Erinnerung an die Kindheit war heute klarer als sonst. Da bin ich noch nicht zehn gewesen, da haben wir Krieg gespielt. Ich hab gesagt: Wenn ich groß bin, dann will ich auch in den Krieg! Nun hab ich, was ich mir wünschte.

»... damit das Blutbild stimmt, mußt du zwanzig Minuten vor der Blutentnahme die ganze Butter auffressen, so schnell du kannst. Schaffst du das?« – »Ich denke doch«, sagte Meier. »Mal so richtig Butter essen, warum nicht?«

Aber die Erwachsenen haben es zugelassen! Die haben mich hineingetrieben. Sieh dir den Werner an, der wird bestimmt einmal ein tapferer Soldat! Ich bin nicht schuld, ich wußte es nicht besser. Die Erwachsenen hätten es besser wissen müssen. Sie haben mich mit schönen Sprüchen auf den Weg geschickt, auf diesen Weg.

»Und wenn du alles richtig machst, dann müssen sie dich operieren, und kein Mensch kann dir was beweisen!«

Holt drehte das Gesicht zum Fenster. Das Laub in den Baumwipfeln färbte sich braun. Wolzows Geschwätz drang immer wieder in sein Bewußtsein. Am Morgen, als er erwacht war, hatte er geglaubt, ihm sei die Flucht geglückt. Aber das Leben folgte ihm nach. Es folgte ihm in Wolzows Gestalt, das Leben, der Krieg. Wenn ich nicht wieder aufgewacht wär, dachte er, dann wär jetzt alles vorbei. Es war gar nicht schlimm. Es war schön. Nur die Angst ist schlimm, vorher, aber das Sterben ist sanft.

Wolzow wiederholte seine Anweisungen und paukte sie Meier ein. »Am besten, wir machen's gleich heute abend«, sagte Meier, »weil du mir da noch helfen kannst!«

Holt hörte nicht hin. Er hatte keine Schmerzen mehr. Die Benommenheit war gewichen. Ein Gefühl der Gelöstheit und der Ruhe überkam ihn. Die Ereignisse des letzten Jahres zogen wie Bilder an ihm vorbei, Ereignisse, die jedes für sich nicht viel mehr als einen Schock, vielleicht sogar nur ein Erschrecken bedeutet hatten, doch nun, da er sie überschaute, waren sie ineinandergeschmiedet wie die Glieder einer Kette, und diese Kette band ihn an das Leben und gab ihn nicht frei.

Es begann mit der Marie Krüger, dachte er. Bis dahin war alles leicht und klar. Als sie mir das von Meißner gesagt hat, da fing es an. Dann, in den Bergen, hat einer erzählt, wie man in der Ukraine Vieh requiriert und einen Bauern samt Familie erschossen hat. Dann Uta: Es ist ja doch alles umsonst! Dann Frau Ziesche und die unbeschreiblich dreckige Arbeit ihres Mannes. Dann Vater: ... tötet die SS in den polnischen Konzentrationslagern Hunderttausende ... Dann die Russengeschichte in der Batterie. Dann die Nacht in Kutscheras Baracke. Dann Gundels Schicksal. Dann die Slowakin. Dann die Sägemühle.

Ich weiß alles. Kommunisten werden hingerichtet, Juden mit Giftgas erstickt, Kriegsgefangene geschlagen und zu Tode gehungert, Polenkinder ins Reich verschleppt, Ukrainer ins Ruhrgebiet deportiert, junge Mädchen erschossen, Partisanen zu Tode gefoltert. Ich weiß es. Ich hab versucht, das alles zu vergessen.

Immer wenn ich es vergessen hatte, ist etwas Neues geschehen. Es läuft mir nach, es drängt sich mir auf, ich bin mittendrin, ich komm nicht mehr frei. Jetzt gibt es kein Ausweichen mehr. Ich kann nicht mehr zurück. Ich muß durch die sieben Höllen. Eher ist nicht Schluß, eher gibt es keine Ruhe, kein Vergessen.

Ich *weiß* es nicht nur, dachte er, sondern: Etwas davon ist auch in mir. Etwas? Ich mach alles mit. Wenn Böhm befohlen hätte: Erschieß sie!, ich hätte sie erschossen. Wenn der gleiche Befehl morgen wieder kommt ... ich würde sie erschießen.

O mein Gott!

Aber der sie erschossen hätte, grübelte Holt, der wär nicht ich gewesen. Ich hatte ja Lessers Befehl, in der Nacht, ich hab ihn nicht ausgeführt, ich hab sie laufen lassen, ich hab auch die Russen in Schutz genommen, damals. Der da im Geist schon visiert hat: zwischen den Schultern, etwas links, der bin nicht ich gewesen. Doch wir beide, er und ich, wir werden weitermachen, wie das Gesetz es befiehlt. Geradeaus schauen, irgendwohin, und vorwärts, marsch!

Vielleicht muß das so sein ... damit wir endlich wir selbst werden. Vielleicht muß es so sein, daß alles dies erst über uns selbst kommt: Elend, Zerstörung, Qual und Tod, in den Bombennächten, und nun wohl bald überall, im ganzen deutschen Land. Er lag im Dämmerschlaf.

»Wo ist Sepp?« fragte Holt. »Wo ist Christian? Was war überhaupt los? Gilbert, wo hast du den Bajonettstich her?«

Wolzow kaute, er sagte mit vollem Munde: »Sepp ist auch hier. Christian? Der wird halt irgendwo rumkrebsen, froh und munter, der überlebt uns alle, den hat der Schmiedling unsterblich gemacht, von wegen ›Leiche‹. Ich war mit ihm bis zuletzt zusammen. Ich hätt ihm nie zugetraut, daß der mal so ein eiskalter Hund wird.« – »Wie sind wir in den Lastwagen gekommen?« – »Das war so: Die Doppelposten fielen ohne einen Schuß. Schon waren sie im Dorf. Als die Knallerei losging, war ich beim dritten Zug. Wir sind gerannt, was wir konnten. Als wir am Bach waren, da hatten sie im Dorf schon alles überwältigt, nur aus einem Gehöft hat es noch ein bißchen geschossen. Sie haben uns nicht über den Bach gelassen. Wir haben es zweimal versucht, aber sie haben uns zusammengeschossen. Auf der Brücke hab ich auch mein Ding verpaßt bekommen, durch den Stiefel. Sind wir also in die Sägemühle, noch einundzwanzig Mann.« – »Und der erste Zug?« – »Der hat draußen auf der Wiese gelegen und hat zugeschaut. Wir haben die Mühle verteidigt. Ich hab einen Melder losgeschickt, zum ersten Zug, über die Wiesen, später noch einen, aber keiner ist durchgekommen. Wir haben die ganze Nacht gekämpft. Zweimal waren sie bis im Hof und einmal schon im Korridor, da mußten wir sie mit dem Seitengewehr zurückwerfen, Vetter ganz vorneweg, wie ein Wilder. Wir haben uns geschlagen wie die Berserker, für keinen Kampfauftrag, für keinen Zweck, *nur*, damit sie uns nicht dort schnappen, wo unten noch die ganze Sauerei herumlag. Das hab ich den Leuten vorher gezeigt. Hier, hab ich gesagt, jetzt wißt ihr, daß ihr bis zum letzten Tropfen Blut kämpfen müßt! Haben sie auch getan. Aus Angst! Als es hell wurde, haben wir zwar besser gesehen, aber da haben sie uns an den Fenstern abgeschossen, daß man hätte seine helle Freude dran haben können, so gute Schützen waren dort dabei. Bei uns wurde die Munition knapp. Zuletzt waren noch neun Mann kampffähig. Ich hab nur immer überlegt, was ich mach, daß sie mich nicht in der Mühle erwischen. Schließlich kam eine Lastwagenkolonne von Osten den Talweg entlang, da fuhren als Bedeckung drei Schützenpanzer mit, Panzergrenadiere drauf, MGs und eine Zweizentimeter, die haben sämtliche Gehöfte in Klump geschossen und uns aus der Mühle rausgeholt, sozusagen in letzter Minute. Der erste Zug hat unterdessen in den Löchern gelegen und hat es knallen lassen, weil sie keinen Befehl hatten, stell dir so was vor! Als es hell wurde, wollten sie ins Dorf, aber auf dem offnen Gelände ist der Angriff natürlich liegengeblieben. Als die Panzergrenadiere kamen, sind die Partisanen in die Wälder. Es waren höchstens dreißig Mann, aber alles Scharfschützen. Nun hör dir an, was dem Sepp passiert ist. Er ist mit einem Schuß im Arm in das ausgebrannte Gehöft gekrochen und hat sich im Keller versteckt. Über ihm in der Ruine haben die Partisanen ein MG aufgebaut und zu uns in die Mühle gefunkt. Und die ganze Nacht hindurch haben sie die Hingerichteten, die beim Wirtshaus lagen, in den Keller getragen. Sepp hat sich hinter Gerümpel verkrochen, er ist fast gestorben vor Angst. Dich haben wir am Talweg aufgelesen. Ein Wagen hat die Verwundeten weggebracht, vier sind unterwegs gestorben. Den Rest der Abteilung haben die Panzergrenadiere auf ihren Wagen mitgenommen.« Er verschränkte die Hände unter dem Kopf.

Holt lag wieder mit geschlossenen Augen. Sepp hat es also auch überstanden. Ich hab es überstanden. Wozu eigentlich?

Am frühen Abend begann Meier tatsächlich zu simulieren. Wolzow leitete ihn an. Schwester Regine versah den Dienst, wer weiß, wann sie einmal frei hatte. Sie stand an Meiers Bett. »Aber nun strecken Sie doch mal das Bein aus!« – »Nein!« stöhnte Meier. »Da soll es ja noch mehr weh tun!« – »Soso«, sagte sie, »da will ich mal den Arzt holen!«

»War's gut?« fragte Meier. Wolzow rief: »Himmelhohes Rindvieh, du darfst doch nicht sagen, es *soll* weh tun, du mußt sagen, es *tut* weh! Und wenn er dich abfühlt, dann mußt du Au brüllen!«

Der Assistenzarzt, ein noch recht junger Mann mit starken Gläsern in der dunklen Hornbrille, beugte sich über Meiers Bett, wobei er Wolzow den Rücken zuwandte. Er schlug die Decke zurück. Schwester Regine stand neben ihm. »Tut das weh?« – »Überall!« ächzte Meier. Er drehte das Gesicht zu Wolzow hin. Wolzow kniete im Bett und gab Meier Zeichen. Meier verstand nicht. Er hatte offenbar so große Angst, als Simulant entlarvt zu werden, daß er ganz leidend aussah. – »Tut es hier weh?« – »Stöhnen!!« rief Wolzow ungeduldig. Meier stöhnte. Der Arzt drehte sich herum. »Was ist denn mit Ihnen los?« – »... tut der Kerl«, sagte Wolzow rasch, »stöhnen tut der, daß einem ganz bange wird!« Der Arzt sagte unwillig: »Sie haben wohl schwache Nerven!« Dann untersuchte er weiter. »Tut das weh?« – »Nein ... Au! !« schrie Meier. – »Drehn Sie sich zur Wand!« Meier wälzte sich auf die linke Seite und stöhnte. – »Was ist denn?« – »Es tut ... weil es immer mehr, auf dieser Seite«, stammelte Meier. – »Einwandfrei«, sagte der Arzt zu Schwester Regine, »alles hübsch beisammen, komischerweise keine Abwehrspannung, die fehlt aber öfter mal. Rektal sparen wir uns, es ist einwandfrei.« – »Und brechen!« sagte Meier zaghaft. »Vorhin, da war mir so übel, und der *ganze* Bauch tut weh, nicht bloß rechts!«

»Geben Sie ausnahmsweise Dilaudid«, sagte der Arzt. »Und früh gleich fertigmachen und in den Opeh, der Chef operiert grundsätzlich nicht im Intermediärstadium, ich seh ihn heut noch und sage Bescheid. Aber vorher brauch ich den Leukozytenwert, läßt sich das machen?«

Kaum hatte sich die Tür geschlossen, rief Wolzow: »Die Butter! Rasch, friß die Butter auf!« Meier holte mit zitternder Hand eine gelbe Bakelitdose aus dem Nachttisch, fuhr mit zwei Fingern hinein und strich sich die gelbe Butter in den Mund, wieder und wieder. Dann warf er die Dose ins Schubfach und schluckte. Die Augen quollen ihm aus den Höhlen. Er schluckte, er würgte. »Nicht brechen!« rief Wolzow. »Zwing's runter!« Meier preßte die Hand vor den Mund. Er würgte immer qualvoller. Schwester Regine trat ins Zimmer und machte sofort kehrt, aber als sie mit einer Brechschale zurückkam, da hatte Meier es geschafft und lag schweißnaß und erschöpft in seinem Bett. »Geht es jetzt besser?« fragte sie mitleidig. »Warten Sie, ich mach Ihnen erst die Spritze zurecht!«

»Siehst du!« sagte Wolzow triumphierend. »Der August Meier wird operiert! Und dann schön die Wunde eitern lassen, du mußt dir den Dreck von deinem Furunkel reinschmieren, das haut hin! Aber jetzt müssen wir unbedingt erst noch zwanzig Minuten vergehen lassen, am besten, ich bring dich solange aufs Klo. Los, Tempo!« Er sprang aus dem Bett. »Kumpel«, sagte Meier, »das vergeß ich dir nie! Wenn der Krieg aus ist, mußt du mich besuchen, du auch, Holt, ich hab ein Stück Acker, da schlacht ich die beste Gans! Es ist zwischen Erfurt und Weimar ...« Sie verschwanden durch die Tür, beide im Nachthemd.

Schwester Regine sah erstaunt auf die leeren Betten: »Nanu?« Sie legte die Spritze auf den kleinen Instrumententisch am Fenster, dann stellte sie sich zu Holt ans Fußende des Bettes. Es dunkelte.

»Und wie geht's uns?« fragte sie. – »Danke. Ich hab bis jetzt keine Schmerzen gehabt. Die Tablette war so schön beruhigend.« – »Sooo?« sagte sie gedehnt. »Aber das will ich nicht gehört haben, von wegen schön beruhigend, sonst gibt's nichts mehr, das war Eukodal!« Wie sie an seinem Bett stand, im letzten Tageslicht, erschien sie ihm ganz traumhaft und unirdisch, in der hellen Tracht, mit dem Häubchen auf dem blonden Haar. Er schaute sie an, schweigend, er dachte: Wenn es Gerechtigkeit gibt auf der Welt, dann wird auch hinter ihrem Rücken einmal einer stehen und wird visieren: zwischen den Schultern, etwas links.

»Schwester Regine ...«, sagte er, »Sie sind doch ein ... guter Mensch, bestimmt ...« Sie lächelte. »Was soll das?« Er sagte: »Aber es wird über uns alle kommen, auch über Sie.« Sie neigte den Kopf, dann setzte sie sich zu ihm auf die Bettkante. »Was reden Sie!«

Er sah an ihr vorbei. Vor seinem Blick verschwammen die Konturen des Fensters in der Dämmerung. »Ein Mädchen ... wie Sie«, sagte er, »genauso jung, eine Slowakin, auch blond ... in der Notwehr hat sie einen von uns totgeschlagen ... er wollte sie vergewaltigen. Dafür sollte sie erschossen werden. Wenn ich den Befehl bekommen hätte ... dann hätte ich es getan.«

»Aber ... Sie haben es doch nicht getan«, sagte sie leise. »Da können Sie doch ruhig schlafen.«

»Ich hab sie sogar laufen lassen«, sagte Holt kaum hörbar. »Aber das zählt nicht. Denn ich hab gewußt, daß es nicht rauskommt, sonst hätte ich nicht den Mut gehabt ... Was ist das?«

Sie saß lange stumm. Dann sagte sie: »Versuchen Sie doch ... zu beten!«

Er antwortete nicht. Er schüttelte den Kopf. Schicksal, Vorsehung, Gott ... Es regte sich in ihm wie Auflehnung: Ich will keinen Gott! Die Menschen müssen daran schuld sein, vielleicht weil sie unvollkommen sind oder wer weiß warum. Gott soll nicht schuld sein, sonst wär's zum Verzweifeln!

Sie stand in einem plötzlichen Entschluß auf und holte die Spritze, nahm seinen Arm und stieß ihm die Nadel unter die Haut.

Er wurde rasch müde. »Ich hab eine Bitte, Schwester Regine. Kann morgen nicht Sepp Gomulka in Meiers Bett?« – »Der Oberarmdurchschuß?« Sie nickte. »Aber nun müssen Sie schlafen.« Sie redete beruhigend auf ihn ein. »Es soll ein Lazarettzug durchkommen. Er geht bis ins Reich. Ich will versuchen, daß Sie mitgeschickt werden.« Er lag mit geschlossenen Augen. Sie strich ihm mit der Hand über die Stirn. Er hörte im Einschlafen noch die rauhe Stimme Wolzows, der Meier wieder ins Bett steckte.

Am anderen Morgen lag Gomulka tatsächlich am Fenster, das Gesicht mit Pflastern beklebt, den Arm verbunden. Auf Holts Fragen gab er einsilbig Antwort. Wolzow, der hier seit dem Urlaub das erstemal wieder etwas wie gute Laune zeigte, sagte: »Meier ist operiert! Der Chef hat sich das nicht entgehen lassen.« Holt döste vor sich hin. Erst am Abend, als die Dämmerung ins Zimmer kroch, erwachte er aus seiner Lethargie. Schwester Regine trat ihren Dienst an und fragte: »Wie steht's auf der Kinderstation?« Sie kümmerte sich nicht um Wolzows Protest, sie lachte und lehnte sich mit dem Rücken gegen das offene Fenster. Holt fragte: »Was Sie gestern gesagt haben, von einem Lazarettzug, ist es wirklich wahr?« – »Wir erwarten ihn schon morgen«, sagte sie. »Sie dürfen mit. Ich hab schon die Unterschrift.« – »Aber wenn Sepp und Gilbert …« – »Ich hab mir's gedacht. Bei Ihnen, Wolzow, hat der Doktor ein bißchen die Stirn in Falten gezogen, dann hat er aber doch unterschrieben. Ich soll Sie alle in eine Kinderklinik überweisen.« Sie lachte abermals. Wolzow knurrte: »Die paar Jahre, die Sie älter sind als wir!«

Gomulka sagte auf einmal von seinem Bett her: »Daß wir hier wegkommen, daß es uns überhaupt wieder so gut geht, das haben wir gar nicht verdient!« – »Verdient?« Wolzow lachte. »Du hast wohl Fieber! Seit wann geht denn so was nach Verdienst? Beziehung braucht man! Diesmal hat der Werner die Beziehungen. Wenn es um Weiber geht …« – »Gilbert!« rief Holt böse. Wolzow fuhr ungerührt fort: »Sieht doch ein Blinder, Schwester, wie der Holt Sie mit Schmus eingewickelt hat!« Sie stützte sich mit beiden Händen rücklings auf das Fensterbrett und lachte, daß ihre

Zähne blitzten. »Paßt es Ihnen nicht, wenn ich Holt ein bißchen vorzieh? Ich zieh immer einen vor. Er brüllt ja auch nicht so rum wie Sie und ist nett, nicht so ein Landsknecht wie Sie!«

»Mit richtigen Schlafwagen reist ihr«, sagte sie am anderen Tag und packte die Sachen zusammen. »Ich wünschte, ich könnte mitkommen, aber ich darf noch nicht weg, erst, wenn meine Zeit herum ist, dann such ich mir daheim in Schwerin was.« Als die Krankenträger erschienen, hatte Schwester Regine das Zimmer verlassen. Holt dachte, da er die Treppe hinuntergetragen wurde: Ich hätte ihr gern auf Wiedersehen gesagt ...

Er bezog mit Gomulka ein zweibettiges Abteil. Wolzow lag nebenan. Holt hörte ihn durch die dünne Abteilwand schimpfen: »Nimm doch deine Knochen zur Seite, Döskopp!« Das Pflegepersonal war unfreundlich und mürrisch.

Am anderen Morgen erreichten sie Prag. Holt hatte nicht geschlafen, die Schienenstöße bereiteten ihm Schmerzen. Auch Gomulka fühlte sich elend. Zwischen Prag und Dresden hielt der Zug oft und lange auf freier Strecke. Sie brauchten vierundzwanzig Stunden bis Schandau, dort standen die Wagen einen Tag lang auf einem Abstellgleis. Am anderen Morgen erreichte der Zug endlich Dresden. Sanitätskraftwagen brachten sie in ein großes Reservelazarett. Holt, Wolzow und Gomulka lagen wieder Bett an Bett.

Man sah von den Fenstern hinab zur Elbe. Der Lazarettbetrieb erinnerte eher an eine Kaserne als an ein Krankenhaus. Nach wenigen Tagen sagte Wolzow: »Ich hab das satt. Ich meld mich gesund!« Am Nachmittag erhielt er einen Brief von Vetter. Der Rest der Abteilung sei wieder in einem Lager, erzählte er. »Vetter schreibt, er wird voraussichtlich Mitte Oktober entlassen.«

Tags darauf stand Wolzow marschfertig an Holts Bett. Es war das erstemal, daß sie sich trennten.

Gomulka sprach kaum noch ein Wort. Er lag in seinem Bett und sah vor sich hin. Dann und wann besuchte ihn sein Onkel, der hier in Dresden als Zahnarzt praktizierte. Holt las in den Hölderlin-Gedichten.

Er gewöhnte sich schwer an das antike Versmaß. Nur wenige der Gedichte erschlossen sich seinem Verständnis. Meist war es nur eine Stimmung, die er nachempfand, eine tiefe Melancholie. Doch Glanz und Wohllaut der Sprache berührten ihn auch dort, wo er die Worte nicht verstand. Es gab Verse, die sich ihm für immer einprägten, die zürnenden Worte des »Jünglings an die klugen Ratgeber« und stärker noch die Elegie »An die Natur«. Er las, bis er die Strophen auswendig wußte. Daß der Jugend Träume sterben, dachte er, das erleb ich jetzt: Hoffnungen und Wünsche lösen sich auf, die Illusionen werden fortgerissen wie ein Vorhang, hinter dem sich das Leben verbirgt. Was bleibt zurück? Das einsame, frierende Ich, dem es gegeben ist, auf keiner Stätte zu ruhen.

»Und Siegesboten kommen herab:«, las er, »Die Schlacht ist unser!« Das erschütterte ihn. »Lebe droben, o Vaterland, und zähle nicht die Toten! Dir ist, Liebes! nicht Einer zu viel gefallen ...« Könnte man doch so sprechen! dachte er. Könnte man den Krieg erleben als furchtbare, doch reine und heilige Aufgabe, wie man sich's einmal erträumte ... Wüßte man doch: Es ist gerecht und darum sinnvoll und gut! Denn nicht der Kampf ist unerträglich und furchtbar, nur die Sinnlosigkeit, das Umsonst der Entschlüsse, das Unrecht der Taten ... Wolzows Kampf in der Mühle, dies erkannte er nun, war ein Symbol. Sich schlagen ohne Auftrag und Zweck, nur um eine grauenvolle Bluttat zu verbergen. Wer ist schuld, daß wir unsere Kraft, unser Leben, alles, was wir besitzen, hinopfern müssen ohne Sinn, daß wir umsonst und vergeblich kämpfen, nur, um die Nacht über tausend Sägemühlen festzuhalten?

So grübelte er, tagelang.

Er ließ sich in der Lazarettbibliothek Bücher geben und las, was ihm in die Hände geriet, Bücher, die hier herumstanden und nie gelesen wurden: Griechische Kosmogonie von Hesiod bis zur Orphik, eine Abhandlung über Kants Antinomien der reinen Vernunft, Goethes »Faust« und viele Romane, Bände, die wer weiß wie ins Lazarett gelangt waren.

Als er aufstehen durfte und auch Gomulka das Bett verließ, kamen sie wieder miteinander ins Gespräch. An manchem schönen Oktobertag wanderten sie durch die Anlagen des Krankenhausgartens. Die Sonne wärmte nicht mehr. »Ich überleg mir, wie's nun weitergeht«, sagte Holt. Gomulka hob die Schultern. »Woher soll ich das wissen?«

Rechtsanwalt Gomulka besuchte seinen Sohn. Er übergab Holt einen Brief von Gundel. Dabei sagte er, in einem Ton, als gratuliere er einem Mandanten zum Freispruch: »Was das junge Mädchen betrifft, mein lieber Werner Holt, so sendet sie Ihnen ... Eigentlich«, unterbrach er sich, »müßte ich *es* sagen, aber man darf hier wohl das Genus naturalis dem grammatischen Geschlecht vorziehen ... sendet sie Ihnen also dies hier mit den allerbesten Wünschen für baldige Genesung. Meine Frau hat recht viel Freude an Gundels gelegentlichen Besuchen.« Als er wieder abreiste und sich verabschiedete, beugte er sich zu Holts Bett herab. »Übrigens ... Sie brauchen nicht die geringste Sorge zu haben. Es ist alles bedacht, in casum casus. Was eventuell den Vormund erwartet, wird keinesfalls das Mündel treffen, dessen versichere ich Sie!«

Holt las Gundels Brief, dankbar, aber auch beschämt. Die Gedanken an Gundel hatten etwas Bedrückendes. Werde ich ihr jemals wieder unter die Augen treten können? Ich darf ihr niemals eingestehen, daß ich geschossen hätte, damals, auf dem Schulhof ... Der Gedanke war wie eine Wunde, die nicht heilen will. Und wenn nun so ein Befehl tatsächlich ... und wenn ich ihn ausführe ... Dann ... Es sprach in ihm: Wie willst du weiterleben, das Kainsmal an der Stirn?

Die Gedanken quälten ihn. Er sagte im Garten zu Gomulka: »Ich muß dich was fragen. Als du auf dem Schulhof hinter dem Hausmeister standst ... wenn Böhm dir da befohlen hätte ...« Gomulka bewegte ablehnend die Hand. Holt verstummte.

»Ich weiß nicht, ob es viel Sinn hat, darüber nachzugrübeln«, sagte Gomulka schließlich. »Drück dich nicht!« sagte Holt. »Hättest du ihn erschossen? Ja oder nein!«

»Damals: ja.«

»Und heute?«

»Heute ...?« Gomulka atmete rasch. »Ich würde auf Böhm schießen! Ich würde um mich schießen! Ich wär ja sowieso hin, wenn ich den Befehl verweiger. Dann soll aber noch jemand mitgehn von dem Gesindel, das uns so etwas befiehlt.«

Holt hörte die Stimme der Slowakin im Keller: Schlagt eure Anführer tot! Er fragte atemlos: »Würdest du das wirklich tun, Sepp?«

Gomulka schwieg. »Ich möchte«, sagte er dann. »Aber ... ob ich den Mut habe ... Ich weiß nicht ...«

»Ob es welche gibt, die so einen Befehl verweigern?«

»Ich glaub schon.«

Holt rief: »Aber wir müssen doch jeden Befehl ausführen! Das ist doch das oberste Gesetz des Soldaten! Wo käm denn die Wehrmacht hin, wenn wir Befehle verweigern! Befehl ist Befehl!«

Gomulka lächelte. »Wo die Wehrmacht hinkäm? Wo kommt sie denn so hin, Werner! Und was du ›oberstes Gesetz‹ nennst ... Da haben längst alle Gesetze ihre Gültigkeit verloren, nur dieses eine nicht!« Er holte aus der Brusttasche sein kleines Notizbuch und blätterte darin. »›Es ist in keinem Kriegsgesetz vorgesehen‹« las er, »›daß ein Soldat bei einem schimpflichen Verbrechen dadurch straffrei wird, daß er sich auf seinen Vorgesetzten beruft, zumal wenn dessen Anordnungen in eklatantem Widerspruch zu jeder menschlichen Moral und jeder internationalen Übung der Kriegsführung stehen.‹ Wie findest du das?«

»Das?« sagte Holt verwirrt. »Das ist ... die Genfer Konvention, nicht?«

Da lachte Gomulka, bitter, verzweifelt. Er rief: »Denk an die Sägemühle! Das hier ... das hat Goebbels zu Pfingsten im ›Völkischen Beobachter‹ geschrieben! Gemeint sind die amerikanischen Flieger, die unsere Städte bombardieren.«

»Aber ... das ist doch richtig!«

»Und wer bestimmt, was ein ›schimpfliches Verbrechen‹ ist? Und was ist ›menschliche Moral‹? Überhaupt ...«, höhnte Gomulka, »›menschliche Moral‹, das hätte uns der Ziesche um die Ohren gehauen, Herrenmoral des nordischen Menschen gibt es, sonst nichts!«

Heilloser Wirrwarr! Es fehlt irgendwas, dachte Holt, *es fehlt ein Maßstab ...!* »Ein Maßstab fehlt, Sepp«, sagte er, »an dem sich messen läßt, was gerecht und ungerecht ist!«

»Jeder behauptet, recht zu haben«, antwortete Gomulka. »Es kommt auf die Maßstäbe an. Es gibt einen sehr einfachen Maßstab, Ziesches Maßstab: wir Deutsche haben recht, immer, auch in der Mühle, wir dürfen alles.«

»Aber so ... kann es nicht sein.«

»Wenn du auf das hörst, was die ... die bei uns sagen«, fuhr Gomulka fort, »dann wirst du immer verwirrter, dann weißt du gar nichts mehr. Die drehn alles so, als ob sie recht hätten.«

»Der Archimedische Punkt fehlt«, sagte Holt.

»Ja ... Hast recht. Es muß etwas geben, wo keiner lügen kann. Wo die Tatsachen sprechen. Wo man sagen kann: Sei ruhig, hier ist der Beweis, du hast unrecht, du hast schuld. Der erste Schuß ist es nicht, solche ... äußerlichen Tatsachen kann man organisieren, frisieren, verschleiern. Es muß etwas Innewohnendes geben, etwas im Wesen der Welt.«

»Nicht vielleicht außer ihr?« fragte Holt.

»Du meinst Gott? So sagen viele. Dauernd wird von Gott geredet, von Vorsehung, Schicksal. Mir paßt das nicht. Die Alten, Werner, wo sie etwas nicht wissen, da muß es auf einmal Gott sein.«

»Früher war jedes Gewitter Gott«, erwiderte Holt, »und die Cholera auch. Mein Vater hat gesagt, da war ich noch ganz klein: Gott ist ein Virus ... Das Unerkannte ist Gott, Sepp, solange es unbekannt ist. Die Wissenschaft hat Gott schon den Mantel ausgezogen und wird ihm auch noch das Hemd ausziehen.«

»Aber am Krieg soll er schuld sein!« sagte Gomulka. »Nein, das ist ja genauso primitiv wie der ›Weltjude‹, da kann sich auch jeder darunter vorstellen, was er will.« Er versank wieder in Nachdenken. »Bis man's weiß, muß man sich an das Wenige halten, was eindeutig ist.«

»An die Mühle?« sagte Holt leise.

»Ja. Das genügt ja auch.« Gomulka hockte trübselig neben Holt auf einer Gartenbank. »Mein Vater«, sagte er noch, »der gibt sich alle Mühe. Aber ich komm so schwer darüber hinweg, daß die Alten uns das alles eingebrockt haben, und wir dürfen es auslöffeln!«

»Und dürfen dran krepieren!« sagte Holt.

Holt erhielt einen Brief von Wolzow. Wolzow saß, vom Arbeitsdienst entlassen, in der öden Villa und spielte mit Vetter Offiziersskat. Seine Mutter, schrieb er, sei nun endgültig in einer Irrenanstalt untergebracht, nachdem sie noch »für eine Offiziersfrau schandbare Dinge« getrieben habe ... Der Rest der Klasse sei in die Winde verstreut. Für den 20. Oktober habe er nun die Einberufung zur Panzer-Ersatz- und Ausbildungsabteilung 26 erhalten, Vetter desgleichen. Auf dem Wehrbezirkskommando habe er erfahren, daß der gleiche Truppenteil auch auf Holt und Gomulka warte.

Holt erkundigte sich bei der Lazarettverwaltung. Dort lagen schon für ihn und Gomulka die Gestellungsbefehle. In der letzten Oktoberwoche wurden sie entlassen. Die Abteilung hatte ihnen die alten Luftwaffenhelfer-Monturen nachgeschickt. Sie waren laut Entlassungsbefund »k. v. Ersatzreserve I« geblieben. Genesungsurlaub, wie sie erhofft hatten, gab es nicht. Mit einem Personenzug fuhren sie von Dresden ostwärts.

Ein riesiges Kasernengelände nahm sie auf. Sie fragten sich durch ein halbes Dutzend Schreibstuben zur Stabskompanie durch. »Jetzt ist Mittag. Melden Sie sich nach zwei bei Leutnant Wehnert. Raus!« Auf einem Korridor kam ihnen Wolzow entgegen, groß, finster, im Drillich, ein gefülltes Kochgeschirr in der Hand.

Er freute sich. »Ich hab bestens vorgesorgt. Dem Revetcki hab ich gesagt, wenn er die beste Korporalschaft haben will, dann muß er unbedingt für euch Platz halten. Hat er gemacht. Revetcki ist unser Unteroffizier. Ein Urvieh, halb Wildschwein, halb Kasperle. Der Peter Wiese ist auch hier, den haben sie k. v. geschrieben! Er hängt an allen Ecken und ist für die Ausbilder der Fußabstreicher. Vetter ist natürlich auch dabei. Sind die alten Krieger wieder schön beisammen!«

Draußen heulte es: »Woooolzow!« – »Das ist er! Mal sehn, was er will. Bin wieder so eine Art Adjutant. Unser Zugführer heißt Wehnert, Leutnant, ganz junger Kerl, von der Napola, leidenschaftlicher Soldat. Mal sehn, was Revetcki will.«

Holt sah sich in der Stube um und belegte eins der beiden leeren Betten. Von dem darunterliegenden Strohsack erhob sich ein baumlanger Mensch. »Stabsgefreiter Kindchen«, sagte er. »Könnt ›du‹ zu mir sagen. Bloß wenn ich mal dienstlich werden muß, dann lieber ›Sie‹. Bin hier Stubenältester. Außerdem Schießunteroffizier.« Er gab ihnen die Hand. »Ich hab ausgesorgt«, erzählte er in leicht sächsischer Mundart, »wunderbar steifes Knie, hält ewig, g. v. H. bis ans Ende dieser Welt! Bin seit achtunddreißig Soldat.« Er setzte sich wieder auf sein Bett, dabei mußte er den Rücken krumm machen, so groß war er. »Bin Fabrikbesitzer, ich mach feine Andenken, herrliche Sachen, kleine Schweine mit ›viel Glück‹ und Steirerbuam mit ›Gruß von der Bastei‹, auch Gartenzwerge. Unser Kommandeur, Major Reichert, diese Sau, der ist Vertreter! Paßt mal auf! Nach dem Krieg wird's bei mir klingeln. Ich sitz grad beim Frühstück. Wird meine Frau sagen: »Fritzel, da ist ein Herr Reichert!« Nehm ich die Tasse. Trink. Gähn. ›Soll warten!‹ sag ich dann. Das wird herrlich!«

Holt warf den Rucksack aufs Bett. Es geht weiter, dachte er.

6

Holt war Rekrut. Er nannte sich Panzerschütze. »Panzerschütze Holt!« Er sang, ein MG über der Schulter, mit rasselnden Stimmbändern: »Fern-bei-Se-dang! Auf-den-Höööö-hen! Stand-ein-Pan-zer-schüüüü-tze-auf-der-Wacht!« Alles Bisherige war Spiel gewesen, Vorspiel, bloßer Auftakt der militärischen Ausbildung. Nur selten noch dachte er nach. Die Ausbildung war anstrengend, das Leben unmenschlich hart. Aber der Panzerschütze Holt wünschte sich nicht mehr fort aus diese riesigen Kaserne, obwohl er sie wie ein Zuchthaus verfluchte, aus der Nähe der Vorgesetzten, obwohl er sie verabscheute. Er schickte sich in alles, in Drill und Dienst und Schikane. Denn er hatte gelernt: Es wird immer noch schlimmer, als es war. Diesmal stand die Front bevor, das Inferno der Durchbruchsschlachten im Osten. Die 11. Panzerdivision, für die man hier Ersatz ausbildete, gehörte zum Ostheer. Und im Osten erbebte in diesen Wochen das Reich. Also: wünsch dir nicht, daß es ans Rucksackpacken gehe!

Holt wurde als Panzerfunker ausgebildet. Sie durchjagten ein umfassendes Ausbildungsprogramm. Funkgeräte, Ultrakurzwellen- und Mittelwellensender, -empfänger. Funktion, Bedienung des Gerätes, Abstimmen, Frequenzwechsel, Sprech- und Tastfunk, Pflege und Wartung, Störungen. Täglich zwei Stunden Morsen. Man zog des Nachmittags mit einem zweirädrigen Karren los, worauf die Funkgeräte montiert waren, zog auf die umliegenden Dörfer und suchte sich dort einen windgeschützten Fleck, hinter einer Feldscheune oder auf dem Hof eines Bauern. Dann ging es los. Funksprechverkehr. Kaum hatte man ein warmes Plätzchen gefunden, schon trieb der Befehl die Bedienung des Karrens wieder hinaus, die Chaussee entlang, über die der Novembersturm pfiff.

An den Abenden paukte man Q-Gruppen, wie einst in der Schule Vokabeln. QZL hieß »Spruch hat keinen Sinn«, Merkhilfe: »Quatsch zum Lachen«. Man sagte nicht mehr: »Wie spät?« Man fragte: »QTR«, »erbitte Uhrzeit!« Man lernte den Gebrauch der Funk- und Schlüsseltafel und des Rasterschlüssels.

Ausbildung am Panzer, an veralteten, nicht mehr einsatzfähigen Wagen, die aus Benzinmangel nie die Fahrzeughalle verließen, an dem dreiundzwanzig Tonnen schweren Panzer III. Aus- und Einsteigen, Ausbooten nach Treffern, Ein- und Ausbau der Funkgeräte, Funker-MG und Turmwaffen, Richt- und Ladeübungen an der Kanone. Einen fahrenden Panzer, von den klapprigen, turmlosen Gestellen der Fahrschule abgesehen, auf denen hinten klobige Holzgasgeneratoren montiert waren, sah Holt in all den Wochen nur ein einziges Mal. Das war, als sie »Panzerüberrollen« übten, in einem kleinen Erdloch, den Kopf zwischen die Schultern gezogen, den Karabiner zwischen den Knien. Die breite Kette des Panzers rollte über das Loch, deckte es zu, drückte Sand und Erde hinein, gab es wieder frei. Holt tauchte aus dem Erdreich, Sand in den Augen, und er mußte nun nach Befehl hinten auf den abfahrenden Panzer springen ... Dann Waffendienst. Karabiner, Gewehrgranatgerät, die Maschinengewehre 34 und 42, die Pistolen 08 und 38, Maschinenpistole, Sturmgewehr 44, Stiel- und Eierhandgranate, geballte und gestreckte Ladungen, Kriegsmittel zur

Panzerbekämpfung, Nebelkerze, Tellermine, Hafthohlladung, Panzerschreck und Panzerfaust. Am strapaziösesten war die Infanterieausbildung. Nachtorientierungsmärsche, tagelange Quälereien im Zielgarten, gefechtsmäßiges Scharfschießen, Dreieckszielen, Panzernahbekämpfung, Kriegspiel Gruppe gegen Gruppe, wobei man die Platzpatronenvorräte des Stabsgefreiten Kindchen verknallen durfte, auf freiem Feld oder zu nachtschlafener Zeit in der Stadt, wo die Einwohner ängstlich durch die verdunkelten Fenster lugten. Nahkampfausbildung, Bajonettfechten, Infanteriespaten als Waffe, Haltung des Gewehrkolbens beim Schlag, die Handgranate als Schlagwaffe, MG-Schießen aus dem Lauf, die eine Hand am Zweibein, die andere am Abzug. Man schrie dabei aus Leibeskräften »Hurra!«. Gasausbildung, Gasplane, Entgiften, Filterwechsel, Erste Hilfe. Und außerdem Unterricht über zwei Dutzend Themen, Spionageabwehr, Geschlechtskrankheiten, Panzererkennungsdienst, Taktik des Panzerkampfes am Sandkasten.

Vierzehn Stunden täglichen Dienstes! Eins, in diesem Winter des Jahres 1944, gab es nicht mehr: Exerzieren, Kasernenhofdrill. Die Ausbildungszeiten waren immer wieder verkürzt worden, und der Drill war in potenzierter Form in der Infanterieausbildung enthalten. Zwei Stunden im Zielgarten waren sechs Stunden Ordnungsdienst auf dem Kasernenhof wert. Aber es gab keine Gewehrgriffe mehr, keine Ordnungsübungen, nur ein paar Wendungen, ein wenig Marschieren und Grüßen.

Sobald das Kasernengebäude verlassen wurde, war »kriegsmäßiges Verhalten« vorgeschrieben. Der riesige, mehrere Hektar große Kasernenhof war gesprengt und in ein künstliches Trichterfeld verwandelt worden, in dessen Mitte wie ein drohendes Gespenst ein hundertmal ausgebrannter T 34 stand, ein grauenvolles Wrack, an dem man mit Nebelkerzen und Übungspanzerfäusten ausgebildet wurde. Wer aufrecht aus der Kasernentür trat, verfiel der Rache der Unteroffiziere. Selbst beim Essenholen setzte man mit dem leeren oder gefüllten Kochgeschirr gebückt und sprungweise durch die Trichter.

Die Ausbilder brauchten kein Exerzieren, um die Rekruten

»sauer zu machen«, wie der Fachausdruck hieß; man konnte ihnen beim Infanteriedienst »zeigen, was Preußengeist ist«, »die Gedärme rausleiern«, »das Gehirn ausschaben«, »die Seele verdorren«. Der UvD sorgte dafür, daß es in den Stuben nicht zu gemütlich zuging und warf das Bettzeug nicht nur in der Stube umher, sondern auch aus dem Fenster, zwei Stockwerke tief hinab. Er kippte mit Vorliebe Spinde nach vorn ins Zimmer. Man erlebte nachts den »Maskenball«, es gab das Scheuern des Korridors mit Hand- oder Zahnbürsten, schamlose Inspektionen bestimmter Körperteile, und es gab Gewehrappelle, die Samstag am Abend begannen und Sonntag am Abend endeten.

Holt ertrug es stumm, auch Gomulka schwieg zu allem. Vetter stumpfte immer mehr ab. Wolzow nahm das alles als »Training für die Front«, wo es »weit ungemütlicher« zugehe. Der kleine, schwächliche Peter Wiese aber verfiel körperlich und zerbrach. Wolzow sagte ungerührt zu Holt: »Er geht drauf, so oder so. Nur die Starken bestehen die Probe.«

Holt sah oft auf den schmächtigen Jungen. Er dachte: Drei Monate Ausbildung, noch acht Wochen, noch vier Wochen ... Also hat er noch zwei Monate, noch einen Monat zu leben. Wiese träumte vom Konservatorium. »Ich bin nun doch fest entschlossen, Pianist zu werden! Vor allem Chopin und Rubinstein möchte ich spielen ... Ja, Rubinstein hab ich erst im letzten Jahr entdeckt. Ich weiß nicht, was mir an ihm so gefällt. Vielleicht, weil er in seinen Jugendwerken so ein ... Temperament hat, das mir selbst fehlt ... Oder der Bal costumé, das müßte ich dir vorspielen, es ist unbeschreiblich! Du hast recht, eigentlich liegt mir Schumann viel mehr, ich hab ihn leidenschaftlich gern gespielt, aber er liegt mir eben zu sehr, bei ihm verlier ich mich.«

»Da komm ich später in deine Konzerte«, sagte Holt. Wiese sah auf die Uhr. »Ich muß Revetcki und Boek die Schuhe putzen.«

Die beiden Gruppenführer des Ausbildungszuges waren der Schrecken der Rekruten. Unteroffizier Revetcki nannte sich einen »preußischen Korporal«. Wolzows Formel: »Urvieh, halb Wildschwein, halb Kasperle«, war zu einfach. Revetcki war unberechenbar, herzlos, gemein, manchmal affektiert und albern, dann wieder roh und stumpf, gleichzeitig brutal und triefend von Sentimentalität, heute so, morgen so und übermorgen wieder ganz anders. Er war wortgewandt und flüsterte in wohlgesetzter Rede, dann wieder brüllte er, wüst und in schamlosen Ausdrücken. Er war von Beruf Schauspieler. Er spielte immer Theater, und wie er wirklich war, wußte keiner. Peter Wiese zitterte vor ihm, Holt nannte ihn einen Wahnsinnigen, Gomulka sagte: »Er ist pervers!«

Er war Ende der Dreißig, klein, nur etwa einen Meter und sechzig groß, von zierlichem Wuchs. Er pflegte sorgfältig seine schlanken Hände und parfümierte sich. Sein Gesicht war zerknittert, verfältelt; in der Mitte, über einem hölzernen, roten Mund, hing eine gurkenförmige Nase herab. Er konnte dieses Gesicht zusammenfalten wie eine auf Leinwand aufgezogene Landkarte, er konnte es strahlend ausbreiten wie ein frischgewaschenes Laken. Aber sein Blick blieb kalt und böse. Das Register seiner mimischen Verwandlungsmöglichkeiten war endlos. Er sprach abwechselnd in Jamben, gereimt und im übelsten Kasernenhofton. Sein Haarschnitt, eine lange, dauergewellte Mähne, widersprach allen militärischen Sitten, und auf diesem Bubikopf thronte das Schiffchen; unter der Feldmütze quoll die Lockenpracht rings hervor. Es blieb ein Rätsel, wie er diese Haartracht zu bewahren verstand. Vieles war rätselhaft an ihm.

Holt hatte ihn am ersten Tage kennengelernt. Er war noch keine halbe Stunde da und räumte seinen Spind ein, als sich die Tür öffnete und ein Männchen in die Stube trat, das Holt am liebsten für ein altes Weib gehalten hätte. Aber die Schulterklappen eines Unteroffiziers ließen ihn Haltung annehmen und brüllen: »Panzerschütze Holt meldet sich zum Dienst!« Der Unteroffizier hielt ein dünnes Rohrstöckchen in den gepflegten Händen. »Unteroffizier Revetcki«, sagte er und lächelte honigsüß. »Angenehm. Für mich! Ich bin Ihr Korporal.« Er deutete ringsum. »Beim Eintritt hier laßt alle Hoffnung fahren!« Er drehte das Stöckchen in den Händen. »Dies ist mein Korporalstock, bei mir wird noch geprügelt.« Dann nickte er wohlgefällig mit dem Kopf. Er ging zweimal im Kreis um Holt herum und klopfte dabei mit dem

Rohrstöckchen an die Schäfte seiner Knobelbecher. »Ein schmucker Rekrut«, sagte er sanft, »ein hübscher Rekrut, ei, welche Augenweide!« Dann stand er wieder vor Holt, seine zerknitterten Gesichtszüge ordneten sich, er flüsterte mit einem drohenden Unterton: »Jetzt halten Sie mich doch nicht etwa für einen Urning?« Er schüttelte sich vor Ekel. »Für homosexuell?« – »Nein, Herr Unteroffizier!« brüllte Holt. Revetcki nickte. »O welches Glück, daß mich ein Menschenherz begreift!« deklamierte er mit hochgezogenen Brauen. Sein Gesicht war wieder wüst zerknittert. Mit dem Stöckchen deutete er auf Wolzow. »Der Wolzow weiß, daß ich heterosexuell bin. Er kennt meine Alte, diese Toppsau, die mir das Mark aussaugt!« Sein Gesicht verklärte sich.

Holt glaubte zu träumen. Revetcki hüstelte. »Weitermachen!« Dann ging er zur Tür. »Wenn Sie mit Ihren Mistsachen die Stube verdrecken!« schrie er plötzlich, und flötete: »Darin bin ich komisch!«, und schrie: »Wenn ich nachher die Stube inspiziere und finde Staub, dann sehen Sie keine Betten mehr, dann sehen Sie keine Spinde mehr, dann sehen Sie keine Tische mehr, dann sehen Sie keine Stühle mehr, dann sehen Sie nur noch herumwirbelnde Hölzer!«

Das war Revetcki. Er war nicht immer so harmlos. Er war tückisch: »Gomulka, Sie hinterlistiges Dreckstück, Ihre Gedanken möcht ich lesen, Ihre Maske möcht ich herunterreißen, das müßte mir Wollust sein, Sie zu entlarven, Sie verkappter Meuterer! Aber warten Sie, ich schreib Ihnen eine Beurteilung, daß Sie in der Strafkompanie enden!« Er war gemein: »Wiese, Muttersöhnchen, lasches Knäblein, puh, wann schreiben Sie an Ihre Mammi … aber ehrlich! So, heute Abend? Das werd ich Ihnen vermanschen!« Und am Abend nach Dienstschluß: »Wiese, den Brief an Ihr Mütterlein bekommen Sie nie fertig! Los, mein Drillich waschen!« Und, so unglaublich das war, er prügelte! Jemand gab beim Unterricht eine falsche Antwort, Revetcki tobte, plötzlich wurde er sanft. »Heute abend, mein Guter, da hol ich Sie zu einem kleinen Privatschliff, der Himmel erbarme sich Ihrer! Und wenn Ihnen das Bauchfell platzt!« Er stellte sich vor das eingeschüchterte Opfer und flötete: »Früher ... lang ist's her, in längst verschollnen Zeiten ... da war es einfacher, da wurde körperlich gezüchtigt! Mir ist das verboten, da werde ich eingesperrt. Es sei denn, Sie bitten mich, daß ich Sie aus Barmherzigkeit und Spaß verdresche!« Meist hieß es sogleich: »Ich bitte darum, Herr Unteroffizier!« Revetcki schrie: »Sie haben es alle gehört! Er wünscht es, und es ist Spaß!« Dann hieb er mit der Gerte los, auf die Hände, ein böses Funkeln in den Augen, und sagte mit verzerrtem Mund: »Du willst es? Gut, dann hau dich dich mit meinem Stecken fürchterlich!«

»Das glaubt uns später kein Mensch!« sagte Holt zu Gomulka. Gomulka nahm Holt beiseite. »Revetcki war erst Hilfsausbilder bei der Genesenenkompanie. Du weißt ja, die Leute aus den Lazaretten werden ganz schön geschliffen. Dort hat er einen alten Fronthasen zu Tode gehetzt. Der wollte sich krank melden, weil er vor Leibschmerzen kaum noch geradestehen konnte. Revetcki hat ihn deshalb durch den Zielgarten gejagt, bis er zusammenbrach. Aber da war die akute Blinddarmentzündung schon in die Bauchhöhle durchgebrochen, und die Operation kam bei diesen Ärzten hier viel zu spät. In der Genesenenkompanie hagelte es Beschwerden. Revetcki wurde zwangsversetzt. Nicht an die Front, nein, zu uns.« – »Woher weißt du so was?« fragte Holt. Gomulka wich aus. »Erkundige dich. Ich sage dir, er ist pervers, er ist ein Sadist. So was brauchen die hier.«

Neben Revetcki sank das Zerrbild des Unterfeldmeisters Böhm samt allen Geschreis in der Erinnerung zu völliger Bedeutungslosigkeit herab. Neben Revetcki konnte sich Unteroffizier Boek, der zweite Gruppenführer, ein Theologiestudent, nur gelegentlich seiner schrecklichen Jähzornausbrüche rühmen, annähernd so gehaßt und gefürchtet zu sein. Zwei Gefreite, die als Hilfsausbilder tätig waren, gaben nur die Kulisse für die Auftritte Revetckis ab. Revetcki war zudem der Scharfrichter des Zugführers. Der geschniegelte Leutnant war kein Rekrutenschleifer. Er sagte, wenn er auch vor Wut kochte, leise und beherrscht: »Ich mach mir doch an euch nicht die Finger schmutzig! Revetcki, nehmen Sie diese fünf Mann! Machen Sie die Leute fertig! Bis zum

Zusammenbrechen!« Revetcki führte die Delinquenten in ein schweres Gelände beim Zielgarten, wo es Gräben, Hecken, Hohlwege und Hügel gab, oder auf das Trichterfeld des Kasernenhofes, spitzte die Lippen und flötete: »Dies sind die Tage, von denen wir sagen, sie gefallen uns nicht, Prediger zwölf, Vers eins.« Dann wanderte er langsam über den Acker, die Hände mit dem Stöckchen auf dem Rücken, und ließ seine Opfer im Laufschritt um sich herumlaufen und ließ sie unter der Gasmaske brüllen: »Zicke-zacke-zicke-zacke-hei-hei-hei!«, bis ihnen der Atem verging. Revetcki hatte es dabei nicht eilig, er wußte, daß unter der Maske bei genügender Bewegung jedem die Luft knapp wurde. Es gab körperliche Zusammenbrüche. Holt sagte nach einer solchen »Sonderbehandlung«: »Es ist das gemeinste, das es gibt!« Der Leutnant aber pflegte zu sagen: »Den Kerlen zittern ja bloß ein bißchen die Knie! Revetcki, machen Sie die Brüder doch gleich noch mal fertig, sonst denken die, hier ist ein Sanatorium!«

Das ärgste an Revetcki war, daß er die Rekruten zu erniedrigenden Schaustellungen mißbrauchte. Das bekam Holt zu spüren. Ein zeitiger Winter mit viel Schnee und harten Frösten brach herein. In der Schneewüste des Zielgartens, draußen, zwischen den Hügeln, wurden die fünf Stunden Infanteriedienst zu einer Strapaze. Eines Tages zogen sie wieder zu dem berüchtigten Übungsgelände hinaus. Holt marschierte an der Spitze des Zuges, ein MG über der Schulter, Vetter war Schütze 2 und schleppte ein paar mit Platzpatronen gefüllte Munitionskästen. Dann lagen sie hinter dem MG im Schnee. Holt sah in der Nähe die bullige Gestalt des Oberfeldwebels Burgkert, in einem verdreckten Fahrermantel; er trieb sich mal hier, mal da herum, man sah ihn gelegentlich mit einem Waffenrock voller Orden, man wußte nichts von ihm, als daß er der Liebling des Abteilungskommandeurs sei und etwas wie Narrenfreiheit genieße. Er sah verkommen aus und bewegte sich stets in einer Wolke von Schnapsdunst. Jetzt stand er bewegungslos auf der Anhöhe, wo sie am zugigsten war, und schneite ein; schon reichte ihm die Schneewehe bis an die Knie. Holt blickte auf ihn. Er überhörte einen Befehl Revetckis. Revetcki sprang zu ihm hin. »Laufwechsel!« Er stoppte die Zeit. »Fünf Sekunden!« Holts Hände waren klamm vor Kälte. »Zehn Sekunden … Fünfzehn …« – »Fertig!« rief Holt. »Schlecht, sauschlecht, hundsmiserabel!« schrie Revetcki. »Unfähig, faul, träge, minderwertig! Schwein, Dreckschwein, Wildschwein, es hat eine Sekunde zu lange gedauert!« Holt rührte sich nicht. »Jetzt schleif ich dich zum Krüppel! Los, aufstehen!« Holt erhob sich. Revetcki umkreiste Holt zweimal. Dabei schlug er mit dem Rohrstöckchen an die Schäfte seiner Stiefel. »Ich weiß was Besseres! Sie werden den Himmel darum bitten, daß mir im Kriege kein Leides geschehe! Sie werden täglich für mich beten! Sie melden sich mit Vetter heute abend bei mir.«

Eine Stunde vor Zapfenstreich stieg Holt mit Vetter die Treppe zum dritten Stock hinauf, wo die Zimmer der Unteroffiziere lagen. Revetcki wohnte mit Boek und einem ruhigen, älteren Unteroffizier namens Winkler zusammen. Revetcki lag im Trainingsanzug auf seinem Bett. Er hatte sich viele bunte Kissen in den Rücken geschoben und hielt die Hände auf der Brust gefaltet. Unteroffizier Boek saß am Tisch, rasierte sich und grinste erwartungsvoll. Unteroffizier Winkler lag schon im Bett. Revetckis Gesicht zuckte. »Ich wünsche ab sofort allabendlich ein Nachtgebet zu hören«, sagte er. »Ich habe mich entschlossen, fromm zu werden, weil ich unter euch Teufeln Gefahr laufe, ein Leben zu führen, welches Gott nicht wohlgefällig ist. Holt, sagen Sie das Gebet auf!«

Boek feixte.

»Und Vetter, Sie beten anschließend mohammedanisch«, befahl Revetcki, »falls Allah größer als Jehova ist!«

Holt besann sich nicht länger und sagte, was ihm gerade in den Sinn kam: »Ich bin klein, mein Herz ist rein …«

Revetcki schrie schon los: »Wahnsinniger! Irrsinniger! Schwachsinniger! Nennt Er das ein Nachtgebet für einen preußischen Korporal?« Er äffte nach: »Ich bin klein … Will Er seinen Korporal wegen seines geringen Wuchses verhöhnen?«

»Nein, Herr Unteroffizier!«

»Ab!« schrie Revetcki. »In einer halben Stunde wieder hier! Mit einem ordentlichen Gebet! Es muß zwei Teile haben! Der erste Teil muß traurig sein, daß ich an meine vielliebe Mutter denken und weinen kann! Der zweite Teil muß kernig sein, wie dies für einen Soldaten sich geziemt! Los, ab!«

Holt sagte draußen zu Vetter: »Er ist geisteskrank! Er ist ein geisteskranker Narr!« – »Ach wo«, sagte Vetter, »der hat bloß seinen Jux mit uns, weil wir doch alles tun müssen!«

In der Stube berieten sie. Die Anteilnahme war groß, denn schon morgen konnte es jeden anderen treffen. Das Problem wurde mit Kindchens Hilfe gelöst. »Drei Zigaretten, und ich mach's! Ich kann dichten, ich hab schon als Junge Festzeitungen geliefert, Hochzeitsgedichte und so!« Er nahm Papier und Bleistift. »Zwei Teile? Erst ernst, dann kernig?« Er schrieb. Er fragte: »Was reimt sich denn gleich auf Furz?« – »Sturz!« rief Wolzow. »Kurz!« schrie es aus einer Ecke. Kindchen war rasch fertig, las vor und erntete Beifall. Holt prägte sich die zusammengereimten Zeilen ein. Kindchen witterte ein Geschäft. »Wenn er jeden Abend so ein Gedicht haben will, und ihr bestellt sie bei mir wochenweise, dann geb ich bei sieben Stück dreißig Prozent Rabatt, sagen wir: fünfzehn Zigaretten die Woche.«

Holt und Vetter meldeten sich wieder bei Revetcki. »Der Abend sinkt«, begann Holt, »die Sterne scheinen, der Mond am Himmel leuchtet mild.« Revetckis Gesicht verklärte sich. Holt fuhr fort: »Die Mütter in der Heimat weinen an ihrer Söhne trautem Bild.« – »Schön!« flüsterte Revetcki. »O so schön!« Holt überlegte verzweifelt, wie es weitergehe. »Fern tönt des Glöckchens süß Gebimmel. Der Herr verhüte deinen Sturz.« Revetckis Augenbrauen zuckten. Holt vollendete: »Ruh sanft. Es schenke dir der Himmel gesunden Schlaf und guten Furz!«

Unteroffizier Boek schlug ein brüllendes Gelächter an. Revetcki schrie: »Vetter! Auf die Knie! Das Gesicht gen Mekka! Los, heulen Sie wie ein Derwisch: Allah il Allah!« Vetter zeterte mit erhobenen Armen: »Aaalah il Aaalah!«

Holt sah abwechselnd auf Revetcki, dessen Gesicht eine unbekannte Begeisterung ausstrahlte, auf Vetter, der einen kläglichen Anblick bot, und auf Boek, der vor Lachen zu bersten drohte, beide Hände zwischen die Schenkel preßte und schrie: »Hilfe, ich ... schiff mir ... in die Hose!«

Holt sagte nachher zu Wolzow: »Ich soll jeden Abend kommen. Muß ich das?« – »Mußt du nicht«, sagte Wolzow. »Beschwer dich, du wirst todsicher recht bekommen. Aber überleg dir das hundertmal. Die Ausbilder sehen dann einen Spielverderber in dir.« Holt beschwerte sich nicht, obwohl er sich deshalb verachtete. Revetcki führte diese abendlichen Szenen dem Unteroffizierkorps der Stabskompanie vor. Kindchen lieferte Gebete, die am Anfang immer mehr von Sentimentalität trieften und deren Pointen immer lasziver wurden. Dann hatte Revetcki die Sache satt und erklärte, weiter ein »gottlos lüderliches Leben« führen zu wollen.

Der Stabsgefreite Kindchen sagte: »Du hast doch Abitur, Holt. Da mußt du nach dem Krieg Kritiker werden! Da gehst du in die Stadt, wo der Revetcki am Theater ist, und schreibst in der Zeitung: ›Der Statist Alois Revetcki, dieser mittelmäßige Komparse, verfügt nicht annähernd über die notwendigen Gestaltungsmittel, eine Rolle mit Leben zu erfüllen.‹ Dann gibst du ihm den Rest: ›Revetcki erwies sich wieder einmal als äußerst zweifelhafte Errungenschaft, auf die der Herr Intendant hätte verzichten müssen!‹ Sieh mal, ich hab eine kleine Fabrik, und unser Alter, der Reichert, also der hat mich mal ganz hundsgemein schleifen lassen. Von Beruf ist er Vertreter. Und nach dem Krieg ...« Und wieder einmal erzählte er, wie er sich nach dem Krieg am Kommandeur rächen wolle.

Der Führer des Ausbildungszuges, Leutnant Wehnert, war einundzwanzig Jahre alt, groß und schlank, blond und blauäugig. Seine schwarze Uniform mit den silbernen Totenköpfen auf den Spiegeln war immer peinlich sauber und gebügelt. Wehnert sprach oft über sich selbst: »Ich bin Soldat durch und durch!« Oder: »Ich bin ein politischer Soldat ... Wir glühenden Nationalsozialisten«, sagte er, »kennen nur ein Gesetz: die Treue zum Führer!« Er sprach gern und oft. »Das deutsche Volk hat den wertvollsten Zug seines Wesens, die nordische Treue, für das Linsengericht des welschen Humanismus hingegeben. Der Führer macht diesen verderblichen Tausch rückgängig. Es muß wieder gelten: Unsere Ehre heißt Treue! Das nenne ich deutsche Wiedergeburt.« Er sprach nicht nur gern, er sprach auch fließend. Er zitierte oft »Mein Kampf« und noch öfter Rosenbergs »Mythus«. Er war NSF-Offizier. Mit Leidenschaft hielt er »wehrpolitischen Führungsunterricht«. Wehnert, fand Holt, ließ sich mit Ziesche vergleichen. »Vergeßt nie die strahlende Mission, die wir Deutschen erfüllen!« sagte er. »Seit zwei Jahrtausenden sehnt sich die Menschheit nach Erlösung. Die Welt wartet auf den Heiland. Wir, Volk der Deutschen, sind der Heiland. Aber wir lassen uns nicht, wie jener falsche Erlöser, ans Kreuz schlagen. Wir schlagen die anderen ans Kreuz. Unser Evangelium heißt Macht.«

Zu den Rekruten pflegte er zu sagen: »Panzerschütze Reimann! Sie sind nur ein Stück Dreck! Sie werden die Gnade nie begreifen, in dieser Zeit leben zu dürfen. Niemals wird die Erleuchtung über Sie kommen, welche Ehre es ist, für Adolf Hitler zu sterben. Sie leben stur dahin, fressen, saufen. Sie sind Dünger für den Acker, den wir Nationalsozialisten mit dem Schwert pflügen, damit das Reich wachse und gedeihe.«

Er hatte zwei Steckenpferde: Vorträge über Themen wie »Der Held und die Geschichte«, »Das Deutschtum und der heldische Gedanke« und Kriegsspiele am Sandkasten. Er führte eine Reihe von Liedern ein, die von der SS gesungen wurden: »Kamerad, wo bist du«, lautete das eine, es kam etwas von einer »kleinen Freundin« darin vor. Peter Wiese sagte zu Holt: »Die Sentimentalität dieser Lieder ist verlogen!« Holt war das gleichgültig. Er schrie, was die Lungen hergaben, denn wenn der Gesang klappte, ließ man sie in Ruhe marschieren. Das war das wichtigste.

An der Front war Leutnant Wehnert nur kurze Zeit gewesen, ein paar Wochen in Frankreich. Wolzow sagte: »Reden kann er sehr schön. Mal sehn, was an der Front aus seinem ›heldischen Gedanken‹ wird. Was er sagt, unterschreib ich. Er könnte mein Ideal sein. Aber ich werde das Gefühl nicht los, er trägt eine Maske, und in Wirklichkeit ... Also abwarten!« Einmal gerieten sie aneinander. Wolzow prahlte mit seinen militärischen Kenntnissen. Wehnert rief: »Sie sind ein Angeber, Wolzow! Ich habe schon manchen großmäuligen Feigling gekannt.«

Wolzow sagte am Abend: »Großmäuliger Feigling … Das laß ich mir nicht bieten!«

Wenige Tage später war im Zielgarten das erste Werfen mit scharfen Handgranaten. In der Deckung eines Gebüsches händigte Revetcki Holt eine Stiel- und eine Eierhandgranate aus. Holt mußte sie schärfen, dann steckte er die Stielhandgranate durchs Koppel und kroch über das Feld zu dem Schützenloch hin, wo Leutnant Wehnert wartete.

Der Leutnant, in dem engen Loch dicht an Holts Seite, erklärte noch einmal: »Es wird nicht gezählt! Es wird abgerissen und geworfen.« Etwa zwanzig Meter vor dem Loch war ein Pfahl als Ziel in die Erde gerammt. »Los!« Holt schraubte den Stiel auf, die Schnur mit dem Porzellanknopf fiel in seine Hand. Er riß ab und warf. Leutnant und Rekrut duckten sich tief ins Loch, die Druckwelle der Detonation fegte über sie hin. Holt warf auch die Eierhandgranate.

Wolzow saß inmitten der Gruppe im Gebüsch und wartete. Er schwang wie üblich große Reden. »Die Wirkung einer Handgranate ist gering«, sagte er. »Es handelt sich vor allem um eine moralische Wirkung.« – »Sie sollen heute noch verspüren«, deklamierte Revetcki, »wie tief moralisch mein Privatschliff wirkt!« Wolzow schwieg. »Los, ab!« befahl Revetcki.

Wolzow kroch ins Loch, wo Wehnert wieder seinen Spruch aufsagte: »Es wird nicht gezählt, es wird abgerissen und geworfen.« – »Jawohl«, sagte Wolzow. Dann warf er die Stielhandgranate. Als er sich die Eierhandgranate zurechtmachte, fragte er: »Ich bin doch recht unterrichtet: der Zünder brennt fünf Sekunden?« – »Quatschen Sie nicht. Werfen Sie!«

Wolzow schob umständlich den Ärmel des Mantels und der Feldbluse hoch, legte das Zifferblatt seiner Armbanduhr frei, sah den Leutnant an und riß den Zünder ab. Dann hielt er die Eierhandgranate in der Faust und blickte auf die Uhr. »Noch vier Sekunden …« – »Wolzow!« schrie der Leutnant in Todesangst. – »Noch zwei Sekunden … noch eine …« Der Leutnant sank zusammen, grau im Gesicht. »Weg!« schrie Wolzow und schleuderte die Eierhandgranate von sich, sie detonierte in der Luft, Sand peitschte ins Loch.

Wehnert zitterte. Auch Wolzow zitterte nun. »Herr Leutnant, eh Sie mich das nächste Mal ›großmäuligen Feigling‹ schimpfen, da sehn Sie sich meine Ahnentafel an.«

Nur Holt und Gomulka erfuhren von dieser Begebenheit. Wolzow sagte: »Nun muß ich abwarten, ob er Tatbericht einreicht.« – »Warum forderst du ihn so heraus?« fragte Holt. – »Das verstehst du nicht. Von Wehnerts Beurteilung hängt meine Offizierslaufbahn ab. Ich muß schnell Unteroffizier werden. Entweder er macht mich jetzt fertig, oder ... Ich glaub, ich hab ihm imponiert.« Er nahm Holt beiseite: »Wie ihm in dem Loch das Zittern gekommen ist ... Jetzt bin ich sicher. Alles Fassade! Der macht sich was vor, der redet sich was ein, weil er Angst hat! Der Wehnert fällt um!«

Holt antwortete nicht. Er sprach mit Wolzow eigentlich nur noch über den Dienst. Wolzow wurde immer härter, rücksichtsloser, von vielem, was Holt bewegte, durfte er nichts wissen. Holt hatte sich nie mit ihm über die Erlebnisse in den Karpaten ausgesprochen. Er ließ sich von Wolzow mitschleppen, aber die Entfremdung wuchs.

Leutnant Wehnert reichte keinen Tatbericht ein, sondern zog Wolzow mehr und mehr vor. Wolzow wurde sein Lieblingsrekrut. Die Spiele am Sandkasten taten ein übriges. Die Ausbildung sah dann und wann Unterricht über »Taktik des Panzerkampfes« vor; das Thema beschränkte sich auf Formationsfahren, Marsch- und Gefechtsformation, Geländekunde. Wolzow aber schlug mit Wehnert im Sandkasten wahre Mammutschlachten, Schachkämpfe der Strategie, wobei er den Leutnant mittels klangvoller Phrasen einkesselte und vernichtete. Er lieferte ein klassisches Cannae nach dem andern, vereinigte seine getrennten Truppen mehr als einmal mustergültig auf dem Schlachtfeld – »Das höchste, was ein Feldherr zu leisten vermag!« – und meldete dann, mit schräggelegtem Kopf: »Herr Leutnant, ich muß Schachmatt sagen! Ihre beiden

Kampfgruppen dort, die dürften inzwischen längst verschossen haben!«

Holt ließ sich gern als Helfer heranziehen, er hörte geduldig Wolzows ausgefallene historische Parallelen an. Der Sandkasten war zehn mal fünf Meter groß, ringsum führten ein paar Holzstufen empor. Wenn ein solches Spiel bevorstand, befahl Wehnert Holt und Vetter zu sich und ließ sie eine vielgestaltige Landschaft aufbauen, mit Flüssen, Bergen, Wäldern und Städten. Am Nachmittag wies er dann Revetcki für die vorgeschriebenen Formationsübungen eine schäbige Ecke an und rief Wolzow zu sich. »Ich hab uns da ein schönes Problem aufgebaut. Sie haben Rot. Ich hab Blau und greife an.«

Er verteilte die Figuren, kleine Panzer, Schützenpanzer, Kanonen aus Kunststoff, Symbole für größere Einheiten. Holt stand mit einem zwei Meter langen Zeigestab dabei, um die Figuren zurechtzurücken. Wehnert hockte geschniegelt auf der obersten Treppenstufe. »Ich bin mit starken Panzerkräften überraschend durch Ihre Linien gebrochen, mit zwei Panzerkorps, Infanterie, Artillerie und so weiter. Meine Reserven sind Ihnen unbekannt. Sie haben keine bedeutenden Reserven.« Wolzow maulte: »Immer muß ich mit unterlegenen Kräften operieren, und dann kritisieren Sie, daß ich Ermattungsstrategie treibe! Wie sieht es denn in der Luft aus? Darf ich rauchen?« Wehnert nickte. »In der Luft reichen die Kräfte gerade aus, jeweils die eigenen Erdtruppen zuverlässig abzuschirmen, das vereinfacht das Problem etwas.« – »Hier, die Stadt, soll das meine Hauptstadt sein?« – »Ja. Legen Sie los.« – »Nein«, sagte Wolzow unlustig. »Ich muß doch erst mal sehn, wohin der Stoß zielt!« Leutnant Wehnert zog die Spitze eines Panzerkeils näher an die Stadt heran. »So. Abend des vierten Angriffstages.« Wolzow überlegte lange, ging um den Sandkasten herum und rauchte. »Ich beginne meinen Aufmarsch. Ich brauch acht Tage. Rücken Sie inzwischen weiter vor ... Nein, Herr Leutnant, nicht gar so schnell, ich hab dort immerhin ein paar feste Orte und Artilleriekräfte, mit denen müssen Sie erst mal fertigwerden. Bis an den Fluß, weiter kommen Sie in den acht Tagen nicht.« Wolzow stellte seine Figuren auf und erklärte: »Ihr Angriff zielt auf meine Hauptstadt, die Situation ähnelt der Lage in Frankreich Juni 1940.« Wehnert sah mit wachsendem Erstaunen zu. »Was ist denn los! Das ist doch Unsinn! Wollen Sie Ihre Kräfte nicht zur Verteidigung der Hauptstadt ansetzen?« – »Wo steht denn geschrieben, daß ich meine Hauptstadt unbedingt decken muß, Herr Leutnant? Da werden Sie aber auch nicht eine Literaturstelle finden. Das kann ich doch machen, wie ich will! Ich hab eine starke Garnison dort, die wird natürlich alarmiert.« – »Und wollen Sie mir nicht den Flußübergang verwehren? Das ist doch die letzte Barriere vor Ihrer Hauptstadt!« – ›Ich werd doch nicht wegen so einem bissel Flußsand meine besten Divisionen opfern!« sagte Wolzow. »Hier, hinter meiner Hauptstadt, stell ich ein schwaches Korps auf, das kann jederzeit zur Verstärkung der Besatzung eingesetzt werden. Ich erklär meine Metropole zur Festung, die müssen Sie belagern, Herr Leutnant!« Wehnert zog seine Panzerspitzen bis an den Fluß. »Ich kämpfe mir den Flußübergang frei und setze über.« – »Bitte!« sagte Wolzow. »Ziehen Sie gegen die Hauptstadt, das kann mich gar nicht irre machen. Ich marschier in Ihrer Nordflanke auf, mit der Hauptmacht meiner Panzer- und Infanteriedivisionen, da wolln wir doch mal sehn, ob Sie wagen, weiter vorzugehn!«

Nun überlegte der Leutnant, verblüfft über die Wendung, die das Spiel nahm. Wolzow fuhr fort: »Wenn ich Ihnen meine Panzerdivisionen überstürzt in den Weg werfe, werde ich geschlagen und bin erledigt. So haben Sie sich das nämlich gedacht.«

Der Leutnant schwieg noch immer betroffen. »Aber daß Sie mir einfach den Weg freigeben, ist das nicht gegen alle Regeln?« – »Regeln, was man darf und was man nicht darf«, erklärte Wolzow großsprecherisch, »gibt es in der Strategie überhaupt nicht. Grundprinzipien, ja, aber sonst gilt nur eins: das jeweils Bestmögliche zu tun. Moltke hat die Strategie ein System von Aushilfen genannt. Bis Moltke hat es geheißen: Ein Feldherr muß als wichtigstes seine Basis sichern, muß Flanken und Rücken decken, muß seine Kräfte zusammenhalten, soll vor der Schlacht Masse bilden, soll vordringlich auf die feindliche Hauptarmee marschieren … Ein Feldherr soll und ein Feldherr muß und so weiter, das waren im neunzehnten Jahrhundert unumstößliche Gesetze. Moltke hat gegen alle diese Gesetze verstoßen und hat trotz dieser Riesenfehler gesiegt. Da hat schon Schlieffen die Frage gestellt: War das bloß Glück? Es war mehr. Es war eben Moltkes System von Aushilfen.«

»Gut, gut«, sagte Wehnert. »Jetzt muß *ich* also eine Aushilfe finden. Sie sollen sich verrechnet haben, daß ich Sie dort in Ihrer Bombenstellung angreife. Ich lasse Ihren Aufmarsch in meiner Flanke stehen, natürlich drehe ich Teilkräfte nach Norden ein, im übrigen stoße ich weiter auf Ihre Hauptstadt und beginne sofort mit der Belagerung. Holt, rücken Sie mal die ersten acht Abteilungen heran!« Wolzow überlegte. Dann zog er seine Panzer im Bogen nach Osten. Wehnert sagte: »Ja ... aber ...« – »Ging heut schnell, was? Sehn Sie, was jetzt passiert?« Wehnert starrte auf den Sandkasten. Sein Gesicht rötete sich. »Ich bin aber doch stark genug, um einen Stoß in den Rücken aufzufangen! Ich beziehe hier in der Hügelgegend mit starken Teilkräften eine feste Rückenstellung.«

Wolzow grinste ungeniert. »Überall starke Teilkräfte! Teilkräfte drehen nach Norden ein, Teilkräfte beziehen eine Hügelstellung, Teilkräfte belagern meine Hauptstadt; und mein Panzerkorps, Herr Leutnant, das schick ich jetzt auf Urlaub, für Ihre Teilkräfte reicht meine Garnison! So will Moltke ja nun auch nicht verstanden sein! Ihre Teilkräfte überrenn ich, wo ich will!« Wehnert sah verblüfft auf Wolzow, der nun fragte: »Darf ich was Grundsätzliches sagen? Ihnen schwebte so etwas wie Cäsar bei Alesia vor. Die Deckung einer Belagerung gegen Entsatzheere ist eine der schwersten Aufgaben für den Feldherrn, dabei ist schon vielen großen Männern eine Pleite passiert, und gelungen ist es nur wenigen.« Er zog sein Taschenbuch. »Erstmalig wurde das Problem von Cäsar gelöst. Als die Gallier mit Übermacht den Vercingetorix entsetzen wollten, gab er die Belagerung Alesias nicht auf, sondern schloß sein Belagerungsheer selbst mit Wall und Graben ein. Moltke hätte das eine geniale Aushilfe genannt. Ob so was heute überhaupt noch möglich ist, das ist sehr fraglich. Immerhin ist es den Russen bei Stalingrad gelungen, Mansteins Entsatzversuch abzuweisen, ohne die Belagerung aufzugeben. Aber der Wunsch, bereits errungene Vorteile nicht preiszugeben, hat zum Beispiel 1683 dem Kara Mustapha den greifbaren Sieg gekostet! Er konnte sich nicht entschließen, seine Janitscharen gegen Karl von Lothringens Entsatzheer zu werfen, aus war's! Ähnlich ging's dem preußischen Friedrich, als er mit Teilkräften nach Kolin zog. Richtig hat es Napoleon gemacht. Er hat 1797 die Belagerung von Mantua aufgegeben und bei Rivoli, Corona und La Favorita die Österreicher vernichtet, woraufhin ihm Mantua von selbst zufiel. Ich habe hier den Fehler vermieden, den Napoleon 1813 gemacht hat. Napoleon«, sagte er mit unüberbietbarem Selbstbewußtsein, »hätte *wie ich* sein Heer seitlich von Paris aufstellen müssen, da hätten es die Preußen nie gewagt, ein Korps auf Paris gehen zu lassen! Sie haben es gewagt. Wären Sie gegen meinen Aufmarsch nach Norden eingedreht, da hätte ich es sehr schwer gehabt.«

»Sie haben ein phänomenales Gedächtnis, Wolzow«, sagte Wehnert, »das hilft natürlich viel, wenn man solche Präzedenzfälle im Gedächtnis hat. Ich mach Sie zum Unteroffizier, ich schick Sie auf Offizierslehrgang. Erst müssen Sie natürlich durch den Schmelztiegel der Front. Denn Sie dürfen nicht denken«, meinte er, während er das helle Koppel zurechtrückte, »daß militärisches Wissen allein die Führernatur ausmacht, dazu gehört selbstverständlich mehr, und nicht jeder wird Leutnant!« Er nickte. »Sehen Sie mich an. Härte bis zur Grausamkeit, unerschütterlicher Glaube an die großdeutsche Sendung, und vor allem bedingungslose Treue zum Führer über den Tod hinaus ... Das sind die wichtigsten Eigenschaften eines nationalsozialistischen Offiziers.« Er deutete auf den Sandkasten. »Morgen sind Sie vom Infanteriedienst befreit, da spielen wir noch einmal durch, wie es gekommen wär, wenn ich Ihre Hauptmacht angegriffen hätte.« Wolzow schrie: »Jawohl, Herr Leutnant!«

Leutnant Wehnert hielt Unterricht. Thema: »Ist Rasse Schicksal?« Holt saß im Unterrichtsraum stets weit hinten, neben Peter Wiese. In seinem Rücken lümmelten sich Wolzow und Vetter auf den harten Schemeln. Wehnert trat hochaufgerichtet vor die Rekruten hin, in seinem Rücken thronte Revetcki auf dem Katheder, ein Auge halb geschlossen, das andere weit aufgerissen und den Blick starr in den Raum gerichtet. Wehnert trug das runde Parteiabzeichen an der Panzeruniform. Der Blick seiner kalten Augen ging über die Rekruten hinweg. Er hielt die Hände auf dem Rücken.

Jetzt konzentriert er sich, dachte Holt. Er stützte die Ellenbogen auf die Tischplatte, aber Revetcki zog drohend eine Augenbraue hoch.

»Ist Rasse Schicksal?« fragte Wehnert mit klingender Stimme. Holt dachte gespannt: Ob er jetzt endlich mal erklärt, was er unter Schicksal eigentlich versteht? Immerfort Schicksal, Herrgott, Vorsehung …

»Das Schicksal einer Rasse bedeutet Selbstbestimmung«, begann der Leutnant. »Denn das nordische Blut …« Holt war unaufmerksam. »… jeder einzelne daran Anteil hat …«, hörte er, »… die Möglichkeit, von sich aus zur Wiedervernordung unserer Nation beizutragen … nordische Rasse und …«

Nordische Rasse, dachte Holt, noch keiner hat jemals erklärt, was das eigentlich ist, die »nordische Rasse«, weder Kutschera noch Ziesche, noch Lesser. Er erinnerte sich an seinen Vater. Es lag weit zurück. Holt hatte gehört, wie sein Vater mit irgendwem über die Rassentheorie gesprochen hatte. Menschenblut in vier Gruppen, A, B, AB und 0, dachte er jetzt, noch etliche Untergruppen. Aber Eskimoblut, Japanerblut, Schwedenblut, Indianerblut, da ist kein Unterschied, nur diese Gruppen. Was meinen die also mit nordischem Blut, was soll man sich darunter vorstellen?

»Soll das deutsche Volk sich seiner rassischen Aufgabe klar bewußt werden, muß ihm eine auserwählte Führerschicht, ein neuer Adel des nordisch reinen Bluts vorangehen, sagt einer unserer Rasseforscher.«

Holt dachte: Vater hat gesagt, das ist alles Religion, Aberglaube, Spuk, fauler Zauber. Aber er hat es nicht zu mir gesagt! Zu mir, dachte er bitter, hat er gar nichts gesagt, mich hat er laufen lassen, ins Elend, ins Unglück! … Die ständige Wiederkehr des »nordischen Blutes« in Wehnerts Rede reizte ihn. Alles Quatsch, dachte er. Aber *warum*? Wozu dieser ganze Rassen-, Blut- und Nordmenschzauber? Das müßte man wissen!

»... daß die Rasse letzten Endes ein Mysterium ist«, sagte Leutnant Wehnert. Holt nickte unwillkürlich. »Man kann sie nicht erkennen, nur fühlen. Der Verstand faßt sie nicht, nur das Gefühl ... durch die Rasse kann die heutige Welt den heldischen Gedanken zurückgewinnen.« Wieder überkam den Leutnant jene eifernde Beredsamkeit. Holt beobachtete den Offizier mit Skepsis und Mißtrauen. Wozu das?

»... und zwar nur im nordischen Blut: die Germanen oder die Nacht, das ist heute wie einst die Losung.«

Die Rekruten dösten. Nur wenige hörten zu. Der Leutnant sagte: »Das Leben des Helden ist das Leben, das wir uns erstreben, das Leben der nach Beute und Sieg lüstern schweifenden blonden Bestie. Wir können nur dadurch Helden sein, daß wir unser Jahrhundert zum Beginn einer neuen Welt gestalten. Denn der Held steht immer in den Anfängen der Welt. Sein Gegenbild ist der Nachfahr. Darum hassen alle Späten das Heldische.«

Es ist klar, daß es keinen interessiert, dachte Holt. Wenn er sagen würde, wie der Krieg weitergeht, dann würden alle zuhören. Außerdem hat er das Wesen des Helden schon ein paarmal erklärt.

»In der Kindheit ist der Held faul und lebt für sich. Es gibt eine heldische Faulheit.«

Wolzow stieß Holt in den Rücken und flüsterte: »Ich! Ich! Aber genau!«

»Heldische Faulheit ist Ruhen in sich selbst: gutmütig, wortfaul, gleichgiltig ...« Er sagte gleich*giltig*. »... bis dann der Berserkergang kommt, dieser urmenschliche Ausbruch von Kraft und Kampflust ...«

»Jawohl«, flüsterte Wolzow in Holts Rücken. »Vier Wochen faul wie die Pest, aber dann mal richtig dreschen!«

»... erlebt der Held als Jüngling seine Einsamkeit, bis ihm als Mann die Einsamkeit des Helden Stolz und Kraft ...«

Vetter nickte ein, aber Wolzow stieß ihn in die Seite.

»Darum liebt der Held das Meer und die Fahrt im Wikingsdrachen, darum steigt er hinauf ins Gebirg. Droben fühlt er sich ewig, den Aaren des Anfangs gefreundet, und spürt, was einzig ihn ausfüllt: zeitlose Macht! Held und All, das ist der tiefste Blick in den Tag des Geschehens.«

Den Aaren des Anfangs gefreundet? Jetzt ist er ganz groß in Fahrt! Komisch, ich hör ihm zu und hör jedes Wort und hab doch keine Ahnung, was er eigentlich redet!

»Der Held hat's gewagt, ein Schicksal zu leben, den Tod nicht zu fürchten und vielen verhaßt zu sein. Er kennt seinen Reichtum, er reckt seine Arme und schreitet hinein. Daß noch alles zu tun ist, daß rings ein Anfang und überall Bestätigung glänzt, das ist die heldische Zuversicht, die nur der Reine kennt, der Edelgeborene.«

Und vielen verhaßt zu sein! Holts Gedanken irrten ab. Das soll also etwas Großes, Heldisches sein, wenn man sich vielen verhaßt macht ...?

»Es ist seltsam bestellt mit dem Schicksal des Helden ... Revetcki!« rief Wehnert plötzlich, und ein Ruck ging durch die Zuhörer. Das Gesicht des Leutnants war zornrot. »Menke, Hintz, Otzdorf und Pleß! Daß Sie mir nachher die Schweine fertigmachen, Revetcki, bis sie röcheln! Im Unterricht schlafen! Ihr undeutsches Gesindel, ich treib euch den inneren Schweinehund aus!«

Jetzt hat er todsicher den Faden verloren, dachte Holt, während er dem Leutnant aufmerksam ins Gesicht sah, aber er kann fortfahren, wo er will, es paßt immer alles überall.

»Es ist seltsam bestellt mit dem Schicksal des Helden«, wiederholte der Leutnant. »Begreifen wir ihn und seine Schicksalsschau, so begreifen wir ihn und seine ganze Welt.«

Schicksal, immer wieder Schicksal, dachte Holt: Was ist Schicksal?

»Der heldische Haß, o dieser Griff Thors um seinen Hammer, daß die Knöchel der Hand weiß werden, diese Herrlichkeit heldischen Hassens, prasselnd in die Welt, daß den Starken in ihren Wäldern der Atem stockt! Erst seit der Haß, der heldische Haß wieder gelehrt werden darf, ist ein Anfang über Deutschland.«

Nach dem heldischen Haß kommt immer die heldische Sittlichkeit, dachte Holt.

»Aus der edlen Entfesselung der Sinne, die eine alte Zeit gekannt hat, sind die vielerlei Unzuchtsverfahren des Genießers geworden. Die Unzucht früherer Zeit ...« – die Aufmerksamkeit hob sich – »... war ein Erlebnis, hatte ihren eigenen Spaß, ihr schenkelklatschendes Pathos und ihre bunten Galgenvögel, die etwas opfern konnten, damit es herrlich am Morgen in einer Gosse endete ...«

Vetter räusperte sich laut.

»So mag sein wildes Blut den Helden in den Urstreit schleudern des Geschlechtlichen und mag ihn ringen lassen um den Sinn von Mann und Weib, der zu erleben ist, nie zu erklügeln! Und fessellos ausbrechen will das Geschlechtliche, darin liegt die Fragwürdigkeit der Ehe für manche Männer heldischen Blutes ...«

Jetzt hörten die Rekruten tatsächlich zu. Man schaute gespannt auf den Leutnant. Aber Wehnert kehrte zur heldischen Rasse zurück, und das Interesse erlosch. Auch Holts Aufmerksamkeit ließ nach.

»Die heldische Rasse ... Blutserfahrung eines jeden einzelnen sollte sie sein ... Spricht der Führer: Die Sünde wider Blut und Rasse ist die Erbsünde dieser Welt ... Alle Werte der Welt geschaffen von nordischen Menschen ... Das klassische Griechenland eine Großtat nordischer Rasse, das Römerreich eine Rassentat nordischer Größe ... Die italienischen Künstler sind nordischen Blutes ... Nordischen Blutes waren Voltaire und ...«

Jetzt kommt die heldische Schönheit, dann ist er fertig, dachte Holt.

»... nicht nur der begabteste, auch der schönste Mensch ist der Mensch nordischer Rasse. Da steht die schlanke Gestalt des Mannes aufgerichtet zu siegreichem Ausdruck des Knochen- und Muskelbaus ... da blüht der Wuchs des Weibes auf mit schmalen gerundeten Schultern und breiter geschwungener Hüfte ... So sind die nordischen Menschen als der Schmuck der Erde erschienen, als die strahlenden Kömmlinge aus der Freude der Schöpfung.«

»Amen«, sagte jemand ganz leise. Das war Gomulka.

»Uns aber«, rief der Leutnant, »denen das Ahnen erschlossen

ist um Würde und Wunder der Rasse, uns bleibt eine elementare Pflicht zu erfüllen. Wer aus tiefster Seele an die Sendung des nordischen Helden glaubt, der kann nie wanken und nie weich werden, wenn der Befehl auch dem Verstand unfaßbar ist, dem Verstand, der nur die Äußerlichkeit begreift, während der Glaube allein das Wesen erschließt.«

Wie war das? Wenn der Befehl auch dem Verstande unfaßbar erscheint ... ja, jetzt begreif ich!

»Das Schicksal des Helden ist seine Rasse, der Mythos vom Reich sucht gläubige Herzen. Es ist nicht die Kraft des Verstandes, die das Reich erbauen wird, sondern die heldische Zuversicht, die Selbstbeherrschung, auch wenn der klügelnde Verstand sich meldet. Der Führer schrieb: Wenn unserer Jugend etwas weniger Wissen eingetrichtert worden wäre, so hätte sich das für Deutschland vielfach gelohnt. Der Weg zum Endsieg heißt nicht Denken–Wissen–Kritik, sondern Schicksal–Mythos–Glaube! Die heldische Größe zeigt sich im Gehorchen und im Handeln. Des Führers Partei schuf die Grundlage, die Partei, von der der Dichter singt: ›Aus dem Sumpf und seinen Niederungen stieg die Partei mit ihren Gliederungen ...‹«

Holt hörte nicht mehr hin. Jetzt begreif ich, wozu das erfunden worden ist, dachte er, und der Gedanke nahm ihm den Atem: Rasse, nordisches Blut, Arier, Übermensch, heldische Zuversicht ... damit ich die Slowakin erschossen hätte, ohne mit der Wimper zu zucken!

»Im Kampf um das Reich gilt keine Moral! Unser Dichter Hanns Johst spricht: ›Es läßt sich aus einer Moral aber kein Glauben gewinnen, nur aus dem Glauben eine Moral.‹ Aus dem Glauben an die Urkraft der Rasse wuchs unsere Moral. Wo Glaube ist, so spricht Hanns Johst, dort ›ist Allmacht! Und wo Allmacht ist ... ist das Reich und die Herrlichkeit!‹« – »... in Ewigkeit, amen ...«, flüsterte Gomulka.

»Achtung!« brüllte Revetcki. Die Rekruten sprangen auf. Leutnant Wehnert verließ kerzengerade den Raum. Die Tür fiel hinter ihm ins Schloß.

»So!« sagte Revetcki. »Dienstschluß? Nein, Essig! Ich habe

gesehen, daß ihr allesamt gepennt habt.« Er lief vor den Tischen auf und ab und klopfte mit dem Stöckchen an seine Stiefel. »Warum spiegeln eure Visagen keine heilige Ergriffenheit? Warum glotzt ihr mich an wie tote Karpfen?« Er brüllte: »Jetzt werdet ihr einen Berserkergang erleben, ihr dreckigen Kömmlinge, bis ihr bei lebendigem Leibe verwest! Jetzt treib ich euch die heldische Faulheit aus, ich werd euch fessellos schleifen, bis es herrlich am grauen Morgen in einer Gosse endet! Ihr sollt den tiefsten Blick in den Tag des Geschehens tun! Los, in drei Minuten feldmarschmäßig und ... Gaaaas!«

Sie rissen die Masken heraus, Revetcki führte sie auf das Trichterfeld des Kasernenhofes. »Jetzt treibe *ich* WF-Unterricht«, sagte er, »daß die Knöchel weiß werden!« Boek grinste begeistert. »Karabiner im Vorhalt! Hüpft heldisch Häschen-hüpf, Hunde, hübsch durch die Trichter! Reckt die Arme und schreitet hinein!«

Er ließ sie erst nach einer Stunde auf die Stuben.

7

Die trübe, gedrückte Stimmung der Rekruten besserte sich überraschend, als am 19. Dezember die Nachricht von der Ardennenoffensive eintraf. Wehnert und Wolzow standen bis tief in die Nacht am Sandkasten, wo sie die Landschaft zwischen Schneifel und Hohem Venn aufgebaut hatten. Holt mußte seinen Schlaf opfern und mit dem Zeigestock die kleinen Panzer zurechtsetzen. Wehnert wußte mehr Einzelheiten, als der Wehrmachtbericht meldete. Wolzow studierte die Karte, stocherte mit dem Finger im Sandkasten herum und sagte: »Die Offensive ist nach allen Regeln der Kriegskunst angelegt!« Einen Tag vor Heiligabend standen sie das letztemal am Sandkasten. Bis zum Jahresende klangen die Berichte vom Fortgang der Offensive optimistisch. Dann brachen jegliche Illusionen zusammen.

Wenige Tage vor Weihnachten wurden sie vereidigt. Es war eine flüchtige Zeremonie, die an den Rekruten ohne Eindruck vorüberging. Nur Wolzow nahm sie ernst. »Jetzt sind wir vereidigt«, sagte er, »jetzt haben wir bis zum letzten Blutstropfen zu kämpfen, was auch kommen mag!«

Revetcki kündigte die Abteilungs-Weihnachtsfeier an: »Ich habe euch ab sofort seelisch zu läutern, damit ihr in der hohen Nacht der klaren Sterne mit schuldlosem Antlitz vor das heilige Jesulein tretet!«

»Seelisch läutern?« sagte Holt. »Schleifen meint das scheinheilige Aas!«

Revetcki trat in die Stube. »Wiese! Öffnen Sie sofort Ihre Halsbinde!« Wiese gehorchte. Revetcki besichtigte einen Spind. Dann fuhr er Wiese an: »Das ist un-möööglich! Der Kerl läuft mit offener Halsbinde herum! Dafür werden Sie sechs Stunden sonderbehandelt! Machen Sie sich fertig, ehe ich Sie fertigmache, schreiben Sie noch ein paar Zeilen an Ihre Hinterbliebenen!«

Peter Wiese wurde bleich.

Revetcki sagte: »Oder wollen Sie ein Ablaßbriefchen kaufen? Was machen Sie in der stillen, heiligen Nacht mit Ihren Schnapsmarken?«

»Herr Unteroffizier«, stammelte Wiese, Tränen der Erleichterung in den Augen, »die geb ich Ihnen!« – »Welch liebliches Geschenk!« rief Revetcki, und sein Gesicht warf abenteuerliche Falten. »Die geöffnete Halsbinde ist großzügig verziehen!«

Dann war Heiligabend. Wolzow, Holt, Vetter, Gomulka und noch ein paar andere waren zu Unteroffiziers-Ordonnanzen befohlen und holten sich in der Kammer neue, schneeweiße Drillichjacken. Die größte der Fahrzeughallen war ausgeräumt und mit Tischen und Bänken vollgestellt worden. An der Wand zog sich eine Theke entlang. Vorn war ein Podium aufgebaut. Dort sang am Abend ein Soldatenchor: »O du fröhliche …« Zwei große Weihnachtsbäume warfen schwaches Kerzenlicht in die Halle. Major Reichert, der Abteilungskommandeur, hielt eine Ansprache. Holt, in der weißen Drillichjacke, stand an der Theke und hielt ein Tablett bereit.

Es war öde und leer in ihm. Weihnachten, dachte er … Niemand hatte ihm geschrieben, auch Gundel nicht. Wortfetzen aus der Rede des Kommandeurs drangen an sein Ohr: »Sechste

Kriegsweihnacht … Führer unerschütterlich … Unerschütterliches Vertrauen … Fest der Hoffnung, Fest der Zuversicht … Endsieg.« Der Chor setzte wieder ein, dann sangen in der Halle mehr als tausend kratzige, rauhe Stimmen: »Stille Nacht, heilige Nacht …« Holt lehnte an der Theke. Gomulka, neben ihm, verzog keine Miene. Wolzow trat an Holts Seite und stieß ihn in die Rippen: »Alter Krieger, trink einen Schnaps!« Es war ein Bierglas, halb voll Korn, Holt rang sekundenlang nach Atem, dann wischte er sich über die Stirn. Ein dünner, durchsichtiger Schleier zog sich über seine Sinne: die Kerzen an den Bäumen strahlten heller, das einsetzende Summen der tausend Stimmen rauschte fern wie Meeresbrandung. Das war das letztemal, daß ich weich geworden bin! dachte er. Schlägt's dich in Scherben, ich steh für zwei, und geht's ans Sterben, in bin dabei … »Noch leben wir«, sagte er, und Wolzow knuffte ihn wieder in die Seite und meinte: »Und ob! Zwei alte Krieger wie wir!«

Der Abend entartete rasch zu einem Saufgelage. Holt trug Tabletts mit Schnaps- und Biergläsern von der Theke zu den Unteroffizieren, wischte Bierpfützen auf, sammelte Schnapsmarken ein und trug sie zur Theke. Anfangs wurden die Marken nachgezählt, bald mußte Holt sie ungezählt in einen Kasten werfen, wobei er fleißig betrog. Mit der Zeit ging die Kontrolle verloren.

Die Unteroffiziere betranken sich rasch. Revetcki rollte mit den Augen, trank und rief: »Keinen Tropfen trinkt das Huhn, ohne einen Blick zum Himmel aufzutun!« In einer Ecke, umringt von Unteroffizieren und Feldwebeln, stand die Tochter des Kantinenwirtes, ein übles Frauenzimmer von dreißig Jahren mit weißgebleichtem Haar, leicht verwachsen, heute noch greller als sonst geschminkt. Sie hatte anfangs bei den Offizieren serviert, aber nun ließen sie die Unteroffiziere nicht mehr an die Arbeit. Am Offizierstisch standen Batterien von Wein- und Kognakflaschen auf der weißgedeckten Tafel, Konfektschalen und geöffnete Zigarrenkisten. Holt sah den Abteilungskommandeur, Major Reichert, zum erstenmal. Zu seiner Rechten saß der sagenhafte Hauptmann Weber, Chef der IV. Kompanie, sagenhaft ob seiner lückenlosen Sammlung von Kriegsauszeichnungen, mehrfach im

Wehrmachtbericht genannt und nun seit einem halben Jahr endgültig beim Ersatzheer gelandet: einarmig, den linken Ärmel der zweireihigen schwarzen Uniformjacke in die Achsel eingeschlagen, einäugig, das rechte Auge von einer schwarzen Binde bedeckt, das Gesicht von Narben zerhackt, so saß er kerzengerade neben dem Major und hob mit einer eckigen Bewegung das Weinglas zum Mund. Er trug heute an der Jacke keinen Orden, keine Medaille, nur um den Hals das Ritterkreuz.

»Sieh ihn dir an!« sagte Wolzow zu Holt. »Der Mann hat den Dnepr-Übergang bei Rogatschow mitgemacht, dann war er bei Mogilew eingekesselt und hat sich mit seinen Henschel-Tigern nach Westen durchgeschlagen, da ist die ganze Kompanie draufgegangen, einzig er ist mit dem Umsteigewagen durchgekommen!«

»Ordonnanz!« krakeelte Revetcki am Unteroffizierstisch. Er hatte trübe Augen. »Holt! Uns ist so kannibalisch wohl ... Ganymed, du findiger Engel ...!« Der Schluckauf plagte ihn. »Hier fehlt nur eins: Schnaps und ... Holt! Wo ist die Toppsau hin, die Bucklige? Das Aas verlangt zehn Mark!« Er schrie: »Anstatt froh zu sein, wenn sie ein preußischer Korporal ...« Der Schluckauf zerrüttete ihn. »Da sagte ich: Nein danke! Dafür kann ich ja zweimal in den Puff gehn!« Unteroffizier Boek brüllte: »Du wirst den Spund doch nicht etwa bitten! Seit wann werden die Dreckspunde denn gebeten! Gib dem Spund doch einen Befehl! Sag dem Spund doch, er wird morgen den ganzen Feiertag geschliffen, ge-schliiiifen, bis ihm das Hirn verdampft!« – »Los, schaff uns Schnaps«, schrie Revetcki, »aber schnell, sonst schleif ich dich zum Eunuchen!«

Wolzow zog Holt zur Seite: »Wir müssen Revetcki und Boek jetzt derartig besoffen machen, daß sie morgen nicht schnaufen können!« – »Also los«, sagte Holt. An der Theke füllte der Kantinenwirt Schnapsgläser.

Jemand faßte Holt von hinten am Arm und drehte ihn mit unwiderstehlicher Gewalt herum. Das war Oberfeldwebel Burgkert. »Junge«, sagte er, »Ordonnanz, wie heißt du?« – »Panzerschütze

Holt, vom Ausbildungszug der Stabskompanie.« Jeder kannte den Oberfeldwebel. Er ließ sich von niemandem etwas sagen, grüßte die Offiziere lasch, herablassend und erwiderte den Gruß Untergebener mit einem Kopfnicken. Heute hatte er sämtliche Orden angelegt. Er war so groß wie Wolzow, aber viel breiter, bulliger. Holts Blick glitt über die schwarze Uniformjacke. EK I und EK II, zählte er, goldenes Verwundetenabzeichen, silberne Nahkampfspange, Deutsches Kreuz in Gold, am Ärmel sieben Panzervernichtungsabzeichen ... – »Schau dir den Ramsch ruhig an, mein Junge!« sagte der Oberfeldwebel mit heiserem Baß, und er hielt Holt noch immer am Arm fest. »Wenn du genug geglotzt hast, dann holst du für mich zwei Flaschen Kognak, aber nicht solchen Fuseldreck, sondern den gleichen, den die Offiziere bekommen! Zwei Flaschen, zwei Gläser, es müssen Schwenkschalen sein! Das bringst du mir in die Ecke!« Er deutete in das trüb erleuchtete Ende der Fahrzeughalle. »Los!«

Holt lief zur Theke. »Zwei Flaschen für den Kommandeur! Kognak! Und zwei Schwenkschalen!« Die Schwenkschalen tilgten das Mißtrauen. Der Oberfeldwebel saß auf einem leeren Bierfaß, er nahm Holt die Flaschen aus der Hand und studierte die Etiketten. »Gut!« Er stellte eine Flasche auf den Boden und füllte die beiden Schwenkschalen. »Trink, Rekrut!« Der Lärm in der Halle ebbte ab. Irgendwo grölte ein Dutzend betrunkener Stimmen: »Wie einst, Lilli-Marleeeeen!« Dann verstummte auch das. Bei der improvisierten Bühne war der Major, offensichtlich stark betrunken, auf die Offizierstafel geklettert, hielt ein gefülltes Sektglas in der Hand und brüllte: »Hoch ... Panzer ... elf! ... Es lebe ... die ruhmreiche ... ungeschlagene ... 11. Panzerdivision!!« – »Ungeschlagen!« sagte der Oberfeldwebel. Seine Stimme hatte alles Kratzige verloren, und der Baß rollte grabestief. »Ungeschlagen! Tula, November einundvierzig ... Smolensk, September dreiundvierzig ... Mogilew, März vierundvierzig ... Minsk, Juli vierundvierzig ... ungeschlagen, aber *vernichtet*! Es gibt keine 11. Panzerdivision mehr! Es gibt noch fünfhundert Gewehre und ein Dutzend Tiger, aber die sind schrottreif!« – »Es lebe ...«, schrie der Major, »unser großer General ... und unser Führer Adolf Hitler ...« Die Halle zitterte im

Gebrüll der tausend Soldaten. »Junge, trink!« sagte der Oberfeldwebel. »Nicht auf den General. Auf niemand. Auf den größten Beschiß der Welt!« Holt trank gehorsam. »Abteilungsbefehl!« hörte er den Major brüllen. »... Anbetracht der Lage ... noch vorhandenen Alkoholvorräte ... rücksichtslos zu versaufen!« – »Wir sind ja *so* beschissen worden«, sagte der Oberfeldwebel. »Junge du hast keine Ahnung!« Er goß sich wieder das Glas voll. »Sauf, Rekrut! Der Dank des Vaterlandes ist dir gewiß.« Holt starrte gebannt auf den riesigen Mann, der sich einschenkte, trank, wieder einschenkte und trank. Er hörte ihn zwischen zwei Schlucken sagen: »Sauf, Junge! Willst du nicht?« Er nahm schon die zweite Flasche zur Hand. »Junge, wie man uns beschissen hat!« Holt lief davon.

Beim Tisch der Unteroffiziere ging das Gelage seinem Ende zu. Revetcki trank aus der Flasche. Boek lag mit dem Oberkörper über dem Tisch. Der Stabsgefreite Kindchen torkelte zwischen den Tischen entlang, in jedem Arm eine Flasche, und sang: »Ein Pro-oo-sit der Ge-müüt-lich-keit!« Die Offiziere waren verschwunden. Unteroffizier Winkler, der auf Revetckis Stube lag, wankte dem Ausgang zu, stolperte und schlug hin. Revetcki beugte sich über ihn, richtete sich auf und sagte grinsend: »Weitermachen!« Holt eilte zu Winkler. Dort stand Burgkert und sagte: »Bring ihn weg, Rekrut! Er wird noch gebraucht. Wir werden alle noch gebraucht!«

Holt und Gomulka hoben Winkler auf. An der Hallentür stand ein Gefreiter, klein von Statur, vielleicht dreißig Jahre alt. Er rauchte und blickte ungerührt in das Chaos, mit einem aufmerksamen und wachen Blick. Er öffnete die Tür für Holt und Gomulka, die Winkler aus der Halle trugen, während Boek an ihnen vorbei ins Freie torkelte.

»Eure Ausbilder?« fragte er.

Gomulka sagte: »Es ist widerlich.«

Der Gefreite lächelte. Er sagte, indem er mit einer Handbewegung in die Halle hineindeutete: »Warte nur, bis diese Fehlcharge abgestochen wird! Fliegt auf den Schrotthaufen, das dauert kein Jahr mehr!«

Holt und Gomulka schleppten Winkler über den zerklüfteten Kasernenhof in sein Bett. Gomulka lief zurück zur Halle, wo der Gefreite noch immer an der Tür stand.

Holt ging in die Stube. Die trübe Lampe erhellte den großen Raum nur schwach. In einer Ecke saß Peter Wiese. Er schrieb einen Brief.

Holt lehnte sich an einen Spind. Wiese lächelte. Der Lärm drang über den weiten Kasernenhof bis in die Stube. »Tja, Peter ...«, sagte Holt hilflos. Er warf sich auf sein Bett. Weihnachten! dachte er ...

Am ersten Feiertag, als die Kaserne endlich aus der Betäubung erwachte, brachte Kindchen Post. Holt erhielt ein Päckchen von Gundel. »Ich durfte bei Frau Gomulka für dich backen«, schrieb sie. »Es ist das erstemal, daß ich gebacken habe. Darum ist es noch nicht restlos gelungen. Frau Gomulka meint aber, ich soll es trotzdem schicken. Die getrockneten Aprikosen hat sie mir für Dich geschenkt. Das Bild habe ich beim Photographen machen lassen, aber ich finde, so sehe ich gar nicht aus.«

Er faltete das Papier auseinander. Obenan lag ein einfacher Tannenzweig. Er sah lange auf die Photographie. Gundel ... Sie lächelte nicht, sie war ganz ernst. Wie kann man so große Augen haben, dachte er.

Seinen Geburtstag verbrachte Holt im Gelände beim Übungsschießen mit der Panzerfaust. Auf dem Rückmarsch schob Revetcki eine »Sonderbehandlung« ein, und erschöpft fiel Holt auf sein Bett. Vetter sagte: »Jetzt bist du achtzehn! Jetzt darfst du auch als Zivilist in alle Filme!«

Eine Woche später traf die Nachricht in der Kaserne ein: »Die Russen sind an der Weichsel durchgebrochen!« Wolzow breitete die Karte aus: »Hier! Aus dem Brückenkopf Sandomierz! Der Stoß zielt wahrscheinlich südwestlich nach Krakau oder westlich nach Kielce ... Hier! Aus dem Brückenkopf Pulawy, auf Litzmannstadt angesetzt ...« Neue Nachrichten langten an: »Sie sind auch in Ostpreußen durchgebrochen!« In der Kaserne verbreiteten sich ununterbrochen Gerüchte. »Die zweite Kompanie geht an die Front, noch diese Nacht!« Vetter schrie: »Wir solln weiter ausgebildet werden! Und eh's rausgeht, solln wir alle in einen Puff!« Noch eine Woche verstrich.

Der Ausbildungszug fuhr mit einem Lastwagen zum gefechtsmäßigen Nachtscharfschießen auf den benachbarten Truppenübungsplatz. Die Rekruten auf dem LKW sangen. Dann standen sie lange in der Nacht und warteten. Wenig entfernt krachte Gewehr- und Maschinengewehrfeuer, Leuchtkugeln erhellten immer wieder die Dunkelheit. Holt stand mit gespreizten Beinen über seinem MG. Vetter hatte sich ein paar Gurte um den Hals gehängt und schleppte Munitionskästen, den Karabiner auf dem Rücken. Sie nahmen die Helme ab und rauchten eine Zigarette. Wolzow gab die letzten Direktiven: »Leute, wenn ihr vorgeht, lauft den MGs nicht ins Schußfeld! Werner, wir geben uns gegenseitig Feuerschutz beim Stellungswechsel.« Er sog an der Zigarette. »Bin gespannt, ob sie uns für frontreif erklären.«

»Abwarten«, sagte Holt.

Gomulka fragte: »Ob wir bald eingesetzt werden?« – »Der kann's gar nicht mehr erwarten!« spottete jemand. Holt dachte: Ängstlich hat Sepps Frage wirklich nicht geklungen, eher erwartungsvoll! »Hast recht, Sepp. Das Warten, diese Ungewißheit, das ist vielleicht das übelste.« – »Vielleicht«, sagte Gomulka. Revetcki rief: »Fertigmachen!« Sie traten die Zigaretten aus und setzten die Helme auf. »Antreten!« Revetcki gab sich freundlich und sagte zu den Rekruten »Musketiere« oder »Füsiliere«. Er verkündete: »Ruhig Blut! Euer Korporal steht euch bei in der Stunde der Not!« Dann befahl er: »Gewehre laden und sichern!« Holt nahm das MG auf. »Schützenreihe«, rief Revetcki, »mitkommen!« Sie marschierten in Richtung der fingierten Hauptkampflinie. »Schützenkette links! Im Laufschritt … marsch, marsch!« Die Gruppe schwärmte aus. »Vorwärts, Arkebusiere!« rief Revetcki. Holt lief am rechten Flügel durch den tiefen Schnee. »Stellung!« Vetter warf sich neben Holt zu Boden. Schloß zurück, Deckel hoch, Gurt einlegen, Deckel schließen, entsichern, Kolben fest in die Schulter einsetzen … – »Visier vierhundert! Feuer frei!« Eine Leuchtkugel stieg hoch, blendend weißes Licht lag über dem beschneiten Acker. Wolzows MG am linken Flügel schoß schon. Holt sah vor sich die Mannscheiben durchs Gelände ziehn und schoß in kurzen Feuerstößen. Vielleicht übe ich es zum letztenmal, dachte er.

Revetcki war zufrieden. Die Kritik des Leutnants fiel dürftig aus. Dann brachte sie der Lastwagen zurück in die Kaserne. Sie sangen während der Fahrt: »Schlägt uns die Todesstunde, ruft uns das Schicksal ab, dann wird uns der Panzer zum ehernen Grab ...«

Nach zwei Uhr langten sie auf den Stuben an. Wolzow brachte aus dem Waschraum Neuigkeiten: »Auf dem Boden haben sie ein Mittelwellengerät aufgestellt, mit einem Achtzig-Watt-Sender, damit haben sie Verbindung zu den Kampftruppen, die schreien draußen um Hilfe! Die Russen sind über Krakau und Litzmannstadt hinausgestoßen. Bei der vierten Kompanie machen sie die Jagdpanther einsatzbereit, die noch in der Halle stehn, die gehn heut nacht ab, die Funker haben sie aus unserer Kompanie abgestellt ...« Revetcki riß die Tür auf: »Wolzow zum Leutnant!« – »Der will doch nicht etwa noch am Sandkasten spielen!« Wolzow zog die Jacke über und ging. Schon nach zehn Minuten riß er die Tür auf und ließ Leutnant Wehnert eintreten. Revetcki folgte. Wer schon in den Betten lag, richtete sich auf.

Holt sah auf Wolzows Gesicht und wußte alles.

Der Himmel steh mir bei!

Der Leutnant sah sich in der Stube um. Dann begann er: »Deutschland, heldischer Gedanke, nationalsozialistische Idee, hab ich euch das alles umsonst erzählt?« Er ging in der Stube auf und ab. »In den Wind geredet? Nein! Das darf nicht sein!« Nun sehr schnell: »Der Russe hat die Grenzen Schlesiens überschritten, jenes Landes, das unsere Vorväter mit heldischem Schwert ans Reich brachten. Er stößt ins Industriegebiet, er stößt gegen Breslau. Gefahr! Die schwerste Stunde bricht an! Die letzte Etappe des Krieges hat begonnen: der Nervenkrieg! Die besseren Nerven werden siegen. Wir werden die besseren Nerven haben.«

Er soll endlich sagen, was er von uns will!

»Der Führer hat in dieser Stunde die Aufstellung einer Panzerjagddivision befohlen. Aus Freiwilligen.«

Aus Freiwilligen? Gott sei Dank!

Gomulka sprang von seinem Bett und fuhr in die Hose.

»Es liegt an euch, daß diese Division eine Elitetruppe wird, an der sich das letzte Aufgebot des Bolschewismus die morschen Zähne ausbeißt. Unser Kamerad Wolzow hat sich als erster gemeldet, wie ich das von ihm nicht anders erwartet habe. Wer folgt ihm nach?«

»Herr Leutnant«, rief Gomulka, »ich melde mich freiwillig zur Panzerjagddivision.«

Sepp! schrie es in Holt. Sepp!

»Wer noch?« fragte der Leutnant.

Panzerjagd im Osten! Und der Sepp meldet sich!

Vetter beugte sich aus seinem Bett und kratzte sich hörbar unter dem Hemd auf der linken Brust.

»Der Führer hat befohlen: wer sechs Panzer mit Nahbekämpfungsmitteln vernichtet, erhält das Ritterkreuz.«

»Waaas?« rief Vetter. »Sechs Panzer ... Ritterkreuz? Aber dann, Herr Leutnant, also ich mach mit, und überhaupt!«

Gilbert, Sepp, Christian ... und ich?

Wolzow blickte zu Holts Bett hoch und sagte: »Werner! Mensch!«

»Herr Leutnant«, sagte Holt, mit einer fremden Stimme, »ich auch.«

Aber nun blieb alles still. Der Leutnant sagte: »Ihr vier ... Ich hab's mir gedacht, Kameraden, ich danke euch. Ihr schlaft morgen aus, solange ihr wollt. Zwölf Uhr Schreibstube, Laufzettel holen. Gute Nacht.«

Holt sprang aus dem Bett. Revetcki stand in der Stube und schrie: »Und die anderen? Die anderen!? Kerls, wollt ihr denn ewig leben?« Holt suchte Briefpapier im Spind. Revetcki schrie: »Ihr sollt es be-reu-en! Die Panzerjagd ist kurz, aber eure Reu ist lang! Ab morgen gewöhne ich euch den Selbsterhaltungstrieb ab, ihr Schweine, ihr trichinösen!« Er warf krachend die Tür zu.

Holt schrieb. Jemand rief: »Licht aus, wir müssen in drei Stunden raus!« Wolzow, der eine Liste für die Kleiderkammer entwarf, sagte: »Knäblein, halt deine Schnauze!« – »Jawohl!« sagte der

Stabsgefreite Kindchen befriedigt. Er rief, von seinem Bett her: »Gib's ihnen feste! Wenn ich nicht *leider* ein steifes Knie hätte, also wie ich hier lieg, so käm ich *sofort* mit!«

Holt schrieb: »Liebe Gundel! Ich geh morgen an die Ostfront zur Panzerjagd. Ich hab mich freiwillig gemeldet. Ich weiß nicht warum.«

Er überlegte. Ich tu's für Dich, wollte er schreiben.

Für Gundel?

Er hörte seine eigene Stimme sprechen, und dann die Stimme des Rechtsanwalts Gomulka. Warten, worauf? ... Daß der Märchenprinz unser verwunschenes Kind bald befreie ...

Er starrte auf das weiße Papier. Alles falsch, dachte er. Alles falsch.

8

Der Laufzettel schrieb vor: Abteilungsrevier, Kleiderkammer, Waffenkammer, Schießunteroffizier, Fourier, Hauptfeldwebel und so weiter. Der Stabsarzt im Revier untersuchte sie flüchtig. »Kerngesund«, sagte er. »Panzerjagd ist das beste Mittel gegen Alterskrebs.« Die Kleiderkammer war das Klatschzentrum der Abteilung. Ein paar Kommandos seien schon in der Nacht abgegangen, das erfuhren sie hier. Der Kammerunteroffizier brachte, was Wolzow haben wollte. »Der behandelt uns nachsichtig wie Todkranke«, sagte Holt, während er warme Wäsche auf die Arme lud, Pullover, Feldgrau mit kurzen, zweireihigen Blusen aus Wolltuch, Schnürschuhe, Gamaschen, Fäustlinge. Wolzows Liste war lang, Kopfschützer, wattierte Überkleidung, Schneehemden mit Kapuzen. Endlich protestierte der Kammerchef gegen weitere Wünsche, das sei alles gegen die Vorschrift. Wolzow sagte: »Vorschrift? Die Russenpanzer halten sich auch nicht an Vorschriften!«

Der Waffenmeister berief sich auf Anweisungen. »Jeder eine Maschinenpistole!« Wolzow wies das neue Sturmgewehr zurück, er nannte den Unteroffizier »Mann«. »An der Front gibt's nirgendwo die dreiviertellange Karabinermunition, Mann! Geben Sie uns die zweiundvierzig!« Vetter bettelte um eine Parabellum. Wolzow packte die Leuchtpistole ein und ging zur Tür, aber der Waffenmeister brüllte: »Wollen die Herren nicht vielleicht das MG mitnehmen? Darf ich den Herren das MG auf die Stube tragen lassen?« – »Und ich kann's schleppen«, maulte Holt.

Kindchen, in seinem Munitionskeller, rief: »Kraftfutter! Schönes Kraftfutter!«, und baute einen Stapel Munitionsschachteln vor ihnen auf. »Zwanzig Gurte, beste Ware, meine Herren, jede dritte Patrone Leuchtspur!« – »Beste Ware, so was!« rief Vetter. Kindchen errötete bis in die großen Ohren. »Wer soll denn das schleppen!« sagte Holt. »Und für die MP noch sechs Magazine! Und Handgranaten!« rief Kindchen. Er brüllte hinter ihnen her: »Und Panzerfäuste! Für jeden eine Kiste! Die lade ich gleich aufs Auto, Dienst am Kunden, ganz groß!«

Beim Fourier führte Vetter das große Wort. »Rücken Sie mal die guten Sachen raus, Herr Feldwebel, Schoka-Kola, und solche Päckchen ›Für Panzerkämpfer im Großeinsatz‹!« – »Für meine Freiwilligen ist das Beste gut genug«, log Wolzow, »das hat der Major gesagt!« Der Feldwebel stieg schimpfend in den Keller.

In der Stube wühlte Vetter in Schokoladen- und Zigarettenpäckchen. »Leute, genießt den Krieg, der Frieden wird furchtbar sein!« Wolzow schärfte Handgranaten. Holt saß dabei und las in der Zeitung, in der ein Butterklumpen eingewickelt gewesen war. »Völkischer Beobachter«. »Vom Einsatz unserer Ostkämpfer« las er. In seiner heimlichen, nagenden Angst versuchte er zu glauben, was da stand. Es sind also ganz minderwertige Kämpfer, die Russen! Ich bin gut ausgebildet, bin jung und kräftig. Wer soll es schaffen, wenn nicht wir jungen Kerle?

Ein Fußtritt warf die angelehnte Stubentür auf. Zwischen den Spinden stand Oberfeldwebel Burgkert, die schwarze Uniform voll Orden. Er sah grau aus, verfallen, auf seiner Stirn glitzerten Schweißtropfen. Er sagte mit kratziger Stimme: »Ihr geht mit mir raus?« Dann setzte er sich an den Tisch und spielte mit Wolzows Pistole. Er bekam einen Schweißausbruch, seine Hände zitterten. »Ich war auf'm Dach bei den Funkern«, sagte er heiser. »Die haben die ganze Nacht Hilferufe aufgefangen. Keine Front mehr.

Alles eingekesselt. Unsere 11. P. D. steckt beim Korps Nehring, das ist bei Kalisch eingeschlossen.« – »Ich weiß«, sagte Wolzow gleichgültig. »Sie haben einen Spruch aufgefangen, von irgendeiner Kampfgruppe. ›Gott sei unserer Seele gnädig!‹ Die haben alle die Nerven verloren!«

Ein Gefreiter trat ein, ein kleiner, untersetzter Mann, der von einem zum anderen blickte. »Gefreiter Horbeck.« Er setzte sich. Holt erkannte ihn wieder. Der Gefreite hatte nach der Weihnachtsfeier am Tor der großen Fahrzeughalle gestanden, der einzig Nüchterne im Chaos der Betrunkenen. Holt sah, wie er Gomulka überrascht zunickte und dann Wolzow und Vetter musterte, er glaubte dabei in dem Blick der grauen Augen einen Ausdruck verborgener Wachsamkeit zu beobachten, der unversehens in Gleichgültigkeit hinüberwechselte. »Ich bin der Fahrer.« Der Gefreite fragte, nun mit allen Zeichen prächtiger Laune: »Na, ist die Charge reif?«

»Was?« fragte Vetter.

»Ich meine: seid ihr fertig?« Wolzow zog sich ein neues, leuchtendes Ordensband durchs Knopfloch. Holt und Vetter hatten die Flakschießabzeichen angesteckt. »Meins ist weg«, sagte gleichmütig Gomulka, der blaß und stumm dabeisaß. »Ihr bekommt eigene Marschpapiere!« sagte Burgkert. Sie gingen zur Schreibstube.

Leutnant Wehnert redete von Taten. Seine Augen waren blauer denn je. »Taten werden gebraucht!« Er endete: »Mit Gott, Kameraden!«

Auf dem Hof wartete das Auto, ein offenes, achtsitziges Fahrzeug mit leichtem Verdeck, wie es die Polizei für Einsatzkommandos benutzte. Kindchen lud die Panzerfäuste auf. Der Gefreite Horbeck stand dabei, rauchte und machte keine Anstalten zu helfen. Er trug keine Tarnbekleidung und war nur mit einem Karabiner bewaffnet. Aber er schleppte einen prall gefüllten Rucksack, mehrere Decken, Zeltbahnen, Zeltstäbe und einen großen Kochkessel mit.

»Was willst du mit dem ganzen Mist?« fragte Wolzow.

Der Gefreite wandte bei dieser Frage flüchtig den Kopf. Ein

Zug von Mißtrauen stand in seinem Gesicht, aber das mochte Täuschung sein, denn nun schlug er Wolzow auf die Schulter und rief: »Wirst schon sehen.«

Holt beobachtete es. Er dachte: Was ist das für einer?

Es dunkelte. Niemand kümmerte sich um sie. Der Ausbildungszug war zum Infanteriedienst ausgerückt. Burgkert setzte sich ganz hinten zu Wolzow. Sein Baß dröhnte. Wenn er aus der Feldflasche trank, verbreitete sich Schnapsgeruch. Gomulka hatte vorn neben dem Gefreiten Platz genommen, hinter ihnen saß Holt. Am Kasernentor prüfte der Posten umständlich die Papiere. Der Fahrer schaltete. Holts Blick streifte einen Wegweiser: »Görlitz 58 km«.

Fahrt durch die Nacht. Holt zog die Decke über die Knie. Die Winterkälte pfiff eisig durch das dünne Verdeck. Schnee fiel. Es stürmte. Als Holt sich umwandte, sah er Burgkert zur Seite gegen Wolzow gesunken. Beide schliefen. Der Kopf des Gefreiten stand als schwarze Silhouette vor der Windschutzscheibe, durch die der Schnee leuchtete. Der Gefreite sprach mit Gomulka, und nun hob er den rechten Arm vom Lenkrad und verstellte den Spiegel über der Windschutzscheibe, als wünsche er, das Innere des Wagens zu überschauen. Manchmal, wenn draußen der heulende Schneesturm abflaute, fing Holt Gesprächsfetzen auf, die das gleichmäßige Summen des Motors immer wieder übertönte.

Gomulkas Gesicht war nach links gewendet. Er sagte, und das mußte die Antwort auf irgendeine Frage sein: »... den müssen Sie ja besser kennen als wir.« Eine Bö warf Schnee über den Wagen. »... Wolzow hört manchmal ein bißchen auf Holt, sonst auf keinen«, sagte Gomulka.

Worüber reden die? fragte Holt sich schläfrig. Das Auto bockte durch ein Schlagloch, er fiel zur Seite. Er hörte, als er sich zurechtsetzte, den Gefreiten fragen: »Und der Blonde?« – »Gehorcht Wolzow wie ein Hund«, antwortete Gomulka, »aber wenn er allein ist ...« Das Brummen des Motors verschluckte die Worte. Dann hörte Holt, wie Gomulka sagte: »... nein, eigentlich mein Vater ...«, und er beugte sich vor, um besser zu verstehen.

»Hab Ihnen ja damals erzählt, wie das gekommen ist«, sagte Gomulka. »Leicht war es nicht für mich. Es mag ja Leute geben, die von Anfang an wußten, was gespielt wird. Der Holt hat im Urlaub ein Mädchen kennengelernt, deren Vater ist in einem Lager umgekommen, und die Mutter wurde hingerichtet. Solche ...« Wieder übertönte das Motorengeräusch die Worte.

Holt dachte verwundert: Sepp erzählt von Gundel? Der Gefreite hob wieder die Hand zum Spiegel, verstellte ihn ein wenig und warf einen Blick nach hinten, wo Burgkert und Wolzow im Schlaf zusammengesunken waren. »... und ob du alles verstehst, das ist die Frage«, sagte er, »ganz abgesehen davon, daß man heutzutage über so was am besten den Mund hält.« – »Man wüßte halt manchmal ganz gern etwas genauer, mit wem man's zu tun hat«, erwiderte Gomulka. Der Gefreite wandte ihm das Gesicht zu. »Genau das ist es«, sagte er betont. Dann schwieg er, und der Wagen raste mit verdunkelten Scheinwerfern durch die Schneewehen.

Sie hielten in Görlitz lange an einer Kreuzung. Burgkert erwachte und stieg aus. »Seht euch das an!« Holt stand frierend neben dem Wagen. Ein lautloser, spukhafter Zug wälzte sich langsam vorbei, Fußgänger, Handwagen, Schlitten, Pferdefuhrwerke, mit Koffern, Bettenbündeln, Hausrat bepackt, endlos, lautlos, nur das Wimmern von Kindern drang durch die Dunkelheit, das Kratzen einer Schlittenkufe am Bordstein.

Burgkert trank aus der Feldflasche. Hupend schob sich dann der Wagen mit abgeblendeten Scheinwerfern zwischen die Menschen. Auf der Chaussee nach Lauban zog ihnen der gleiche endlose Flüchtlingsstrom entgegen. An allen Kreuzungen gab es Aufenthalt. Kontrollposten, SS, Gendarmerie. »Papiere vorzeigen!« Morgens gegen sechs erreichten sie Breslau. »Frontleitstelle, oder wie nennt sich das?« Niemand wußte Bescheid. Endlich ließ Burgkert halten, ungeduldig und nervös. Vor einem Gebäude patrouillierte ein Doppelposten. Burgkert kam zurück. »Ich muß mich hier erst mal umsehen. Wolzow, kümmern Sie sich, wo wir hinsolln. In einer halben Stunde wieder hier, wenn ich nicht komm, dann ziehn Sie allein los.« Er verschwand in der Dunkelheit. Wolzow sah ihm verblüfft nach. »Weißt du, was der sucht? Schnaps! Der ist ja schon ganz konfus, weil er nichts mehr zu saufen hat!«

Überall herrschte das Chaos. »Hier, Einsatzstab … Halt mal!« Ein Feldwebel brüllte Wolzow an: »Panzerjagddivision? Quatschen Sie nicht! Papierdreck!« Schließlich hieß es: »Versuchen Sie, nach Klein Nieritz durchzukommen, dort liegt der Stab der 17. P. D.«

Sie warteten lange vergebens auf Burgkert. Der Gefreite sagte: »Wir fahren. Wer weiß, wann der wiederkommt!« Wolzow überlegte. Auch Gomulka drängte: »Jawohl, wir brauchen den nicht! Wir haben eigene Papiere!« Wolzow zögerte, aber der Gefreite rief: »Los! Fort! Wozu warten?«

»Die Panzerjagddivision gibt's offenbar gar nicht«, sagte Wolzow endlich. »Das ist aber ein böses Zeichen! Also los! Dies ist die Stunde der Einzelkämpfer.« Holt zog Gomulka zur Seite. »Der Gefreite … was ist das für einer?« – »Ein Stahlwerker aus Wuppertal«, antwortete Gomulka. »Er war bis vor kurzem als Ofenmeister u.k. gestellt.« – »Wieso kennst du ihn?« – »Ich hab ihn nach Weihnachten dann und wann in der Kantine getroffen.«

Sie stiegen ein. Der Gefreite gab Gas. Klein Nieritz war ein winziges Dorf. »17. Panzerdivision?« Kopfschütteln. Ein undefinierbarer Stab einer undefinierbaren Einheit, bestehend aus drei Feldwebeln, ein paar Kraftfahrern und einem Dutzend konfuser Offiziere, befand sich in Auflösung. Vor dem Haus standen Lastwagen mit laufenden Motoren. Wolzow fragte. Einer schob sie zum anderen ab. Schließlich schickte man sie in ein Zimmer zu einem Major.

Der Major telefonierte, mit hochrotem Gesicht. »Aber ich sage Ihnen doch, zwischen hier und dem Russen ist nichts! Nein! Kein Panzerkorps, nur Volkssturm! Nein! Wer das sagt, ist ein Narr! Nein! Keine Nachrichten! Die letzten Nachrichten sind überholt! Nein! Da sind Sie falsch unterrichtet! Korps Nehring kämpft sich von Kalisch auf die Oder zurück! Nein! Die Russen sind mitten dazwischen! Nein! Da sind Sie falsch unterrichtet! Saucken steht noch weiter östlich als Nehring! Nein! Sie sind auf Breslau angesetzt. Nein! Wenn sie die Oder überhaupt erreichen, dann viel weiter nördlich! Nein! Von hier bis Oppeln ist ein Loch! Nein, Oppeln kann jede Stunde fallen! Nein! An der Oder soll die neue Linie aufgebaut werden, Ohlau–Brieg–Oppeln ... Nein! Ich muß hier weg, sofort!«

Er horchte und musterte Holt und Wolzow. Dann rief er ins Mikrophon: »Was? Nein? Gut! Nein! Schluß!« Er warf den Hörer auf den Tisch und schrie: »Was wolln Sie!« – »Wir suchen die Panzerjagddivision, Herr Major«, sagte Wolzow. Der Major brüllte unbeherrscht: »Aber doch weiß Gott nicht hier! Suchen Sie, wo Sie wollen, aber doch nicht hier!« Handbewegung im Kreis. »Hier gibt es Wald, Eis, Schnee, Sumpf und Russen! Gleich gibt es so viel Russen, wie Sie wollen!« Er brüllte immer lauter: »Ja, bin ich denn unter Narren gefallen? Ich hab keine Zeit! Raus! Es gibt überhaupt keine Panzerjagddivision, das ist Narretei!«

Wolzow grinste, und das Grinsen schien den Major merkwürdigerweise zu beruhigen. Er fragte leiser, in zitternder Nervosität: »Was wollen Sie? Ich hab keine Zeit.« – »Panzerjagdkommando, motorisiert«, sagte Wolzow, »gut bewaffnet, Herr Major, wir brauchen einen Kampfauftrag, Karten und etwas Benzin. Wenigstens einen Tip, wo wir hinsolln.«

»Sie sind ein Narr!« schrie der Major wieder. »Karten?« Er sah sich um. »Hier, Karten, da haben Sie! Haun Sie ab mit Ihren Karten!« Er schmiß Wolzow einen dicken Packen vor die Füße. »Benzin? Auf dem Hof ist Benzin! Das Benzin tanken morgen die Russen!« – »Und wo sollen wir hin?«

»Ins Narrenhaus!« schrie der Major und tastete mit fliegenden Händen über sich hin, vom Hals zum Koppel, vom Koppel zum Kragen. Dann legte er beide Hände an die Schläfen. »Fahrn Sie nach Ohlau, oder nach Brieg, oder nach Oppeln, melden Sie sich bei Major Lindner! Raus!«

Draußen sagte Wolzow kopfschüttelnd: »Als Stabsoffizier müßte er sich etwas mehr in der Gewalt haben!« – »Das kann heiter werden«, sagte Holt. Der Gefreite holte Benzinkanister vom Hof. »Zurück nach Breslau, ob wir den Burgkert wiederfinden!« befahl Wolzow und studierte die Karte.

In Breslau gab es eine »Auffangstelle«, dort hieß es: »Sie kommen in eine Alarmkompanie!« Wolzow protestierte so lange, bis sie vor einen Oberstleutnant gerieten. »In Klein Nieritz liegt ein Divisionsstab, die 17. P. D. Zeigen Sie erst mal Ihre Papiere!« – »In Klein Nieritz gibt es keine 17. P. D! Ein Major hat uns zu einem Major Lindner geschickt!« – »Major Lindner? Der ist doch in Klein Nieritz!« So ging es weiter. Ein Hauptmann mit dem Gesicht eines Gallenleidenden, trüben Augen, gelber Gesichtsfarbe sprach in gequältem Ton: »Keine Ahnung, Major Lindner liegt mit seinem Stab in Oels, falls da nicht schon der Russe ist! Zur Kampfgruppe Buchert müssen Sie! Zeigen Sie mal die Papiere!« Sie sind alle verrückt geworden, dachte Holt. »Von der Panzer-Ersatz- und Ausbildungsabteilung 26? Da gehören Sie doch zur 11. P. D.! Die liegt auch hier irgendwo!« – »Nein, Herr Hauptmann.« – »Keine Ahnung«, schrie der Hauptmann. »Funker? Panzerfunker? Hier wird eine Kampfgruppe aufgestellt. Sie bleiben hier. Die Panzer sind noch nicht da!« Aber im nächsten Zimmer drückte ein Offizier mit müder Bewegung die nötigen Stempel auf die Papiere, ohne viel zu fragen. Sie erhielten freie Fahrt Richtung Oberschlesien. »Beeilen Sie sich! Überall werden die Brücken gesprengt!«

Der Gefreite schlug frierend die Arme um den Körper. Es schneite und stürmte. Gomulka unterhielt sich mit ein paar alten Soldaten. Dann fuhren sie los, am westlichen Ufer stromaufwärts. Bald erreichten sie eine kleine Stadt. Sie hielten bei dem großen Kasernenkomplex. Dort zerrte man ein paar 15-Zentimeter-Langrohrgeschütze aus den Hallen. Der Kasernenhof war mit alten Männern vollgestopft, die hier eingekleidet, bewaffnet und zu Volkssturmeinheiten zusammengestellt wurden.

Wolzow fragte sich zum Hauptkommandanten durch. Holt stand an der Straße und sah den Strom der Flüchtlinge vorbeiziehen, Frauen, vom Schneesturm weiß überstiebt, in Decken gewickelte Kinder, Schlitten und Handwagen, Bettzeug, Hausrat, armselige Habe, Greise an Stöcken wankend, zerlumpt, alte Frauen in Umschlagtüchern, ein furchtbarer Zug des Elends, der

Verzweiflung. Holt dachte an die verhungernden Gestalten der Gefangenen in der Batterie. Nun ist es über uns gekommen. Schnee fiel, immer mehr, und deckte alles zu.

Wolzow kam zurück. »Ich hab einen Kampfauftrag! Los, ab!« Auf der Fahrt erzählte er. Am östlichen Oderufer stand ein Verband Volkssturm. Ob es kampffähige Truppenreste der zerschlagenen Front gab, wußte auch hier niemand. »Wir verstärken die Besatzung einer Panzersperre. Kampfauftrag: Panzer aufhalten, solange's geht, bis hier eine Linie aufgebaut worden ist. Truppen sind im Anmarsch.«

Die Straße führte zur Brücke. Das Ufer fiel steil zum Wasser ab. Soldaten würgten hinter dem Damm die 15-Zentimeter-Langrohrgeschütze in Stellung. »Von der Artillerieabteilung 64, die hier in Garnison liegt«, erzählte Wolzow, »ist kaum noch was da. Der Kommandeur, ein steinalter Major, ist Kampfkommandant ... Blödsinn, hier Langrohrgeschütze aufzustellen!« schimpfte er. »Die gehören fünf Kilometer hinter die Front!« Der Wagen rollte langsam über die Brücke. »Der Kommandant hat hier Rekruten ausgebildet. Seit Verdun, sagt er ganz hilflos zu mir, hat er keine Front mehr gesehen. Ein letzter Rest vom Ersatzhaufen, ein paar Alarmkompanien aus Klein Oels, ein Haufen Volkssturm, das ist seine Truppe.«

Die Oder, dieser mächtige Strom, war an beiden Ufern vereist. In der Mitte trieb die Strömung Schollen mit sich, preßte sie an den Buhnenköpfen zu Packeis auf, das sich über die glatte beschneite Eisfläche bis zu den Ufern hinschob. Zwischen den treibenden Schollen glänzte das Wasser grauschwarz und ölig.

Auf der Brücke begegneten ihnen Flüchtlingstrupps, auch auf der Chaussee. Wolzow ließ immer wieder halten. »Wo ist der Russe?« Man deutete nach Osten: »Sie sollen schon in Namslau sein!« – »Ist dort Militär?« – »Nur Volkssturm.« – »Weiter, Horbeck!«

Leer und einsam lag die Chaussee vor ihnen. Der Sturm wehte den Schnee zu weißen Dünen auf. Langsam kämpfte sich der Wagen voran. Ein Dorf, menschenleer, verlassen. In den Ställen brüllte Vieh. Vetter rief: »Also, hier könnte man eine Sau rausholen!« Wolzow studierte die Karte. »Die Panzer werden unbedingt auf diese Brücke stoßen!« Er sprach, als spiele er mit Leutnant Wehnert am Sandkasten. »Von Kreuzburg her über Namslau ... Es gibt keine Nachrichten, keine Luftaufklärung, nichts! Bei Oppeln sollen sie angeblich schon über die Oder sein. Ich hab jedenfalls keine Lust, unter irgendein Volkssturmkommando gestellt zu werden.« – »Das ist richtig!« rief der Gefreite. »Wir bleiben am besten allein!« – »Mein ich auch«, sagte Gomulka. Holt fragte: »Wie kommen wir über die Oder zurück, wenn sie die Brücken sprengen?«

»Das soll uns jetzt aber verflucht egal sein!« sagte Wolzow ungehalten. »Fahr los, Horbeck! Fahr vorsichtig!« Er sah zum Himmel. »Es schneit nicht mehr. Da stinkt's nach Tieffliegern.« – »Ich denk, die haben keine Luftwaffe?« fragte Vetter. »Was haben die nicht?« rief der Gefreite und wendete den Kopf. »Mann, die haben Schlachtflieger, daß dir noch Hören und Sehen vergehen wird!«

Die Chaussee führte durch einen Laubmischwald. Geäst und Holz waren von funkelnden Schneekristallen überzogen. Dann und wann leuchteten weiße Eisflächen zugefrorener Sümpfe durch die mächtigen Stämme. Fern dröhnte der Donner einer schweren Kanonade. Horbeck stoppte. Wolzow horchte. »Das ist weit weg! Fünfzig Kilometer vielleicht. Geht uns nichts an! Weiter!« Der Wald wich zu beiden Seiten der Straße zurück. Verschneite, sumpfige Wiesen, am Horizont der dunkle Waldstreifen, der bald wieder nahe heranrückte. Dann stieß die Straße in tiefen Wald und bog scharf nach rechts. Etwa sechzig Meter vor der Biegung lag die Panzersperre. Sie stiegen aus.

»Das ist gut gemacht«, sagte Wolzow. »Der Panzer kommt aus dem Wald und sieht die Sperre erst, wenn er unmittelbar davor ist.« Zwischen Sperre und Wald blieb beiderseits der Straße ein schmaler Streifen Wiese, links sumpfig, von Eis bedeckt. Ein paar Volkssturmmänner standen unbeweglich auf der Fahrbahn.

Der Gefreite lenkte den Wagen nach rechts auf die Wiese hinab, fuhr um die Sperre herum und am Waldrand ins Unterholz. Holt, die Maschinenpistole um den Hals, folgte Wolzow. »Wer kommandiert hier?« Am Waldrand sah Holt einen Schuppen, wie ihn Waldarbeiter zu benutzen pflegen. Aus der Tür trat eine Gestalt, bei deren Anblick Wolzow zu grinsen begann. Vetter brach in Gelächter aus.

Es war ein kleiner und dicker Mann von fünfzig Jahren, der da herankam. Er trug eine quittegelbe Uniform mit der Hakenkreuzbinde, bunte Norwegerhandschuhe und eine Schirmmütze. Da er ohne Mantel war, fror er. Seine Ohren standen ein wenig ab und sahen weiß aus. Sein Gesicht war rot und blau gefroren. Aus den Augen liefen Frosttränen. Am Arm baumelte ein Stahlhelm.

»Na, Sie?« sagte Wolzow.

Der Mann wußte nicht, was er von Wolzow halten sollte. Auf den weißen Tarnmänteln waren keine Rangabzeichen zu sehen. Er entschloß sich zu grüßen. »Heil Hitler! Melde Blockwart Kühl mit zwölf Mann Volkssturm auf Feldwache!«

Vetter meckerte los. »Kühl!« rief er. »Mensch, Blockwart Kalt müßten Sie heißen, Eiskalt!« Wolzow schüttelte den Kopf. »Was wollen Sie hier? Sind Sie etwa der ›Verband‹ Volkssturm?«

Der Blockwart sah von einem zum anderen, empört über Vetters Spott, und doch hilflos. »Wir sind die Nachhut einer Volkssturmeinheit, die heute morgen abgezogen ist. Wir haben Befehl, hier die Panzer aufzuhalten.« Wolzow musterte den Blockwart, von den Füßen bis zum Kopf, dann flog sein Blick über die Volkssturmmänner, Gestalten in blaugrauen Mänteln, mit dem langen Gewehr 98 und Panzerfäusten bewaffnet. Er schüttelte den Kopf. »Mensch, Kühl! Sie werden hier zermanscht!« Der Blockwart sagte frierend: »In dieser entscheidenden Stunde gibt es keine Rücksicht auf den einzelnen! Deshalb werden wir ...« – »Abhauen«, sagte Wolzow. »Schnell abhauen werden Sie! Lassen Sie sich in die Oderlinie stecken, dort macht's die Masse. Hier kommt es auf den einzelnen an! Los, ich gebe Ihnen den Befehl, Sie ziehn sich auf die Oderlinie zurück.«

»Befehl?« Der Blockwart, das erkannte Holt, schwankte zwischen Mißtrauen und Hoffnung. »Wer sind Sie denn?« – »Leutnant Wolzow«, sagte Wolzow, ohne mit der Wimper zu zucken, »von der Panzerjagd-Divi...« Er schwieg mitten im Wort, hob das

Gesicht und fuhr mit der Hand unter den Kopfschützer, um besser hören zu können. »Weg!« schrie er und sprang mit Riesensätzen zum Wald. Holt warf sich neben Vetter ins Unterholz, aber die zwölf Volkssturmmänner und der Blockwart standen noch erschrocken auf der Chaussee, als schon eine Maschine über die Wipfel raste, hochzog, wendete und steil auf die Straße hinabstieß, aus allen Rohren feuernd. Eine zweite Maschine fegte die Straße entlang, Panzersperre und Volkssturmmänner verschwanden in Rauch und Feuer, Geschosse klatschten in den Asphalt. Die beiden Schlachtflieger rasten in Richtung Oder davon.

Holt lief zur Straße. Die Volkssturmmänner standen verstört um einen Gefallenen. Der Blockwart war schweißnaß und zitterte. In der Ferne dröhnte Artilleriefeuer. Wolzow fuhr den Blockwart an. »Vielleicht glaubst du mir jetzt! Haut ab!« Und als der Blockwart noch immer ratlos von einem zum anderen sah, schob sich der Gefreite in den Vordergrund. »Willst du sie wirklich wegschicken?« – »Hast du was dagegen?« – »Ich? Dagegen? Bewahre!« Er zwinkerte. »Bloß, weil es heißt, du möchtest hier gewaltig kämpfen ...« – »Deswegen will ich das Kroppzeug doch los sein! Das vermanscht mir doch bloß die Disposition!«

»In Ordnung!« Der Gefreite steckte zwei Finger in den Mund und pfiff gellend. Dann brüllte er: »Achtung! Lassen Sie antreten, Mann!« – »Kann er prima«, sagte Vetter. Der Blockwart ließ antreten. »Die Panzerfäuste bleiben hier!« rief Wolzow. »Melde mich ab«, sagte der Blockwart stramm, und seine Glieder bebten. »Heil Hitler! Rechts um ... Marsch!« Sie sahen den Gestalten nach, die mit gesenkten Köpfen durch den Dunst zogen.

Wolzow untersuchte die Panzersperre. »Hat das Ding überhaupt einen Sinn?« fragte Holt zweifelnd. Der Asphalt war aufgerissen. In den Unterbau der Straße hatte man zwei Reihen starker Baumstämme gerammt. Der Zwischenraum war mit Steinen und Erde ausgefüllt. Die Erde stammte aus einer kleinen Feldstellung, die am Waldrand ausgehoben worden war, aus Löchern und Gräben.

»Jedenfalls müssen die Panzer stoppen«, erklärte Wolzow nachdenklich. »Der T 34/85 fährt auf der Chaussee fünfzig Kilometer pro Stunde, in diesem Tempo triffst du ins Blaue. Vor der Sperre müssen sie die Straße verlassen und nach links auf die Wiese. Rechts geht es nicht, da ist Sumpf.«

»Das Ding taugt nicht viel«, meinte Holt, »die Bombe hat die Stämme ganz schön schiefgedrückt!«

»Ich hab eine Idee!« Wolzow schritt die Strecke zwischen Sperre und Waldrand ab. »Fünfzig, sechzig Meter, gut! Sie werden einen Marschabstand von fünfzig Metern halten. Nehmen wir an, der erste Wagen rollt vor die Sperre und hält. Den schießen wir ab. Jetzt kommt der zweite aus dem Wald. Den schießen wir auch ab. Jetzt hat höchstens noch ein dritter Platz, merkst du was? Die stecken im Wald, durchfahren können sie ihn nicht, da sind die Stämme viel zu dick. Wir schießen also die ersten drei ab, dann ist die Ausfahrt aus dem Wald verstopft, und wir können sie nachher aus dem Unterholz der Reihe nach abknallen. Laß ruhig eine ganze Kompanie kommen; mit denen wird ein Taktiker wie ich fertig!«

»Hm«, machte Holt. Die Rechnung ging gar zu glatt auf. »Der erste Panzer ist am schwersten abzuschießen«, erklärte Wolzow weiter, »aus moralischen Gründen! Vor dem ersten hat man Angst, wenn es gekracht hat und einer hochgegangen ist, dann sieht es schon besser aus. Ich brauch also was Idiotensicheres, damit der erste erledigt wird. Wir werden ihn verlocken, einfach über die Sperre wegzufahren, und ich leg mich dahinter und spreng Sperre samt Panzer in die Luft ...« Er untersuchte noch einmal die Baumstämme. »Los! Von jeder Seite eine Panzerfaust dagegen, daß die Erde runtersackt ...« Er kniete schon mit einer Panzerfaust im Straßengraben; die anderen verkrochen sich im Unterholz. Mund auf! Es krachte gewaltig; Holzstämme und Erdreich wirbelten durch die Luft. Der Rauch verzog sich. Durch eine breite Lücke rutschte das Erdreich auf die Straße. »Noch eine von der anderen Seite!« befahl Wolzow. Holt schoß, probeweise aus der verschneiten Feldstellung am Waldrand. Wolzow besah sich zufrieden die Verwüstung. »Jetzt rollt der erste Panzer kurz entschlossen über den Haufen weg!«

Holt fuhr zusammen. Eine ferne, mächtige Detonation erschütterte die Luft, dröhnte sekundenlang und grollte noch lange nach. Wolzow fluchte. »Jetzt haben's die Idioten krachen gehört und haben die Brücke gesprengt!« Holt schrie: »Und wie kommen wir zurück?« – »Irgendwie«, sagte Wolzow. »Das werden wir dann schon sehen.«

Sie schraubten die Köpfe der Panzerfäuste ab, die von den Volkssturmmännern zurückgelassen worden waren und häuften sie samt Sprengkapseln auf den Trümmerhaufen der Sperre. »Handgranaten!« befahl Wolzow. Holt lief zum Auto.

Dort stand der Gefreite und rauchte. Vetter schanzte abseits am Waldrand, er verlängerte den Graben bis ins Unterholz. Holt sagte: »Du könntest ihm helfen!« – »Blinder Eifer schadet nur«, spottete der Gefreite. Dann wurde er unvermittelt ernst. »Hör mal, Holt. Willst du hier wirklich ...« Er machte eine Kopfbewegung zur Panzersperre hin; er zwinkerte.

Holt blickte befremdet auf. »Was soll das ...«

Der Gefreite sah ihn merkwürdig an. »Na schön«, sagte er. Dann schlug er Holt auf die Schulter. »Nichts für ungut.«

Holt trug die Handgranaten zu Wolzow. Er dachte: Was ist mit dem los? Das ist doch ... alles Maske! Er erinnerte sich an die Gesprächsfetzen, die er nachts mit angehört hatte und die nun einen Doppelsinn erhielten ... Der ist in Wirklichkeit ganz anders!

Wolzow häufte die Handgranaten auf die Panzerfäuste und betrachtete mit schräggelegtem Kopf sein Werk. »Das haut die ganze Sperre kurz und klein! In dem ersten Panzer möcht ich nicht sitzen!« Er sah zum Himmel. »Schneit wieder, das ist die beste Tarnung.« Er nahm Holt am Arm. »Den Russen werd ich zeigen, was überlegene Taktik vermag! Ich bring die bessere Stellung ins Spiel! Ich nütze das Überraschungsmoment zu meinen Gunsten aus! So kühn, wie ich geplant habe, halten wir hier eine ganze Kompanie auf! Die Sache mit der Panzersperre hätte Moltke eine geniale Aushilfe genannt!« Holt nahm den Helm ab, zog den Kopfschützer ab und fuhr sich durchs nasse Haar. Aber Wolzows Zuversicht riß ihn doch mit. Er erinnerte sich an das Zeitungsblatt. Die Russen sollen ganz minderwertige Kämpfer sein, dachte er, vor allem die Panzerbesatzungen sollen gar nichts taugen ... Er schnallte den Spaten vom Koppel und half Wolzow, ein Schützenloch jenseits der Sperre auszuheben. Der Tag ging zur Neige. »Von hier schieß ich eine Panzerfaust drauf, wenn der erste Panzer mit der Wanne schön über dem Haufen ist!« sagte Wolzow. Es dunkelte. »Vetter! Du gehst mit dem MG drüben am Waldrand in Stellung!« – »Das Auto lassen wir erst mal stehn«, sagte der Gefreite. »Das bring ich in der Nachtschicht weg.« Vetter blieb als Wache draußen.

In der Hütte spuckte ein kleiner Kanonenofen wohlige Wärme. An den Bretterwänden standen rohe Holzbänke. Durch die Ritzen pfiff der Schneesturm.

Wolzow saß am Ofen. Holt lehnte mit dem Rücken an der Wand und versuchte, im Sitzen zu schlafen. Der Gefreite hatte sich in die hinterste Ecke verkrochen. Ein Hindenburglicht warf flackernde Schatten durch den Raum. Wolzow schmolz Schneewasser, ließ es kochen und brühte Pfefferminztee. Gomulka sagte: »Wolzow ... Jetzt erklär mir noch mal genau, warum du den Volkssturm weggeschickt hast.«

»Weil die Leute ohne jede Kampfkraft sind«, antwortete Wolzow. »Ich kämpf doch in so einer komplizierten Lage nicht mit Leuten, die eigentlich gar nicht wollen und nur gezwungen mitmachen. Das bringt doch nichts ein, auf solche Leute ist kein Verlaß!«

Gomulka stand auf und ging ein paarmal in der kleinen Baracke auf und ab, die Maschinenpistole unter dem Arm. Dann blieb er am Eingang stehen, an den Türpfosten gelehnt. »Du kämpfst nicht mit Leuten .. die nur gezwungen mitmachen und ... eigentlich gar nicht wollen«, wiederholte er stockend.

Holt blickte auf. Gomulka hatte die Maschinenpistole an der Hüfte angeschlagen, sie war entsichert. Der Finger lag am Abzug. Die Mündung wies auf Wolzow. Gomulkas Gesicht war kreideweiß.

Was ist ... was ist los? dachte Holt.

»Gilt das bloß für den Volkssturm«, hörte er Gomulka fragen, »oder auch für andere?«

Wolzow hob den Blick, sah lange auf Gomulka und fragte dann: »Versteh ich dich recht, Sepp?«

»Ja«, sagte Gomulka. »Ich denke, jetzt hast du mich verstanden … Bleib sitzen, Wolzow!« rief er, als Wolzow sich bewegte, und fügte hinzu: »Ich hab dir was zu sagen!«

Der Gefreite, in seiner Ecke, in die nur blasses Kerzenlicht fiel, beugte sich nach vorn. Er blickte abwechselnd auf Gomulka und auf Wolzow und warf dann einen prüfenden Blick auf Holt. Holt saß unbeweglich auf der hölzernen Bank, fasziniert durch das Schauspiel, das vor seinen Blicken in Szene ging, das er nicht begriff oder nicht begreifen wollte.

»Ich hab mich … aus *einem* Grund hab ich mich hierhergemeldet«, sagte Gomulka, atemlos vor Aufregung. »Ich mach nicht mehr mit. Also, ich geh zu den Russen!«

Es blieb lange still.

Wolzow sagte: »Du hast einen Eid geschworen, Sepp!«

»Ich hab ihn schwören *müssen*«, rief Gomulka, »man hat ihn mir abgepreßt!«

»Du bist Kriegsfreiwilliger«, sagte Wolzow. »Ein Kriegsfreiwilliger kann nicht sagen, daß ihm der Eid abgepreßt worden ist.«

Gomulka atmete so erregt, daß sich seine Schultern hoben und senkten. »Egal! Dann werd ich eidbrüchig!«

»Ein Lump, wer seinen Kriegsherrn im Stich läßt!« sagte Wolzow in einem kalten und feindlichen Ton.

Aber da brüllte Gomulka los, und die Narbe schwoll in seinem Gesicht:

»Kriegsherr … Das ist nicht mein Kriegsherr! Das ist nicht mein Krieg! Du nennst den Hitler deinen Kriegsherrn und hältst ihm den Eid … Ich nenn ihn einen *Verbrecher* … einen wahnsinnigen Mörder! Ich gehorch nicht mehr! Ich … hab gekämpft bei der Flak, ich hab geglaubt, es ist für Deutschland … Ich hab nicht hören wollen und nicht sehn, wie er alles in den Dreck gezogen hat und Deutschland zur Sau gemacht … und wie wir für ihn zu Verbrechern werden müssen! Aber dann ist mir's klargeworden! Und jetzt mach ich Schluß!«

In der Stille, die diesen Worten folgte, erhob sich der Gefreite in seiner Ecke, aber niemand achtete darauf.

»Ich hab auf dem Hof gestanden«, rief Gomulka leidenschaftlich, »und wenn es der Böhm befohlen hätte, da wär ich zum

Mörder geworden an dem Hausmeister, obwohl der recht hatte, als er schoß, denn der Schulze gehörte hin, dieses Untier ... Aber ich sollte drüber zum Mörder werden! Ich laß mich nicht zum Mörder machen von dem! Eh so was wiederkommt, geh ich! Jawohl ... ich geh!«

Schweigen.

»Und du«, fuhr Gomulka ruhiger fort, »du kannst nicht sagen, daß ich was Falsches will, außer daß ich meinen Eid brech! Aber ein Eid, den ich diesem Gesindel geschworen hab, der bindet nicht!« Und nun schrie er seine Anklage Wolzow ins Gesicht. »Du kannst gar nichts dagegen sagen, Wolzow, überhaupt nichts!, denn du weißt alles! Denk an die Sägemühle! Du weißt viel mehr, als du zugibst! Du hast uns nie die Wahrheit gesagt, wenn sie dir nicht in den Kram gepaßt hat! Du willst uns zugrunde richten, Wolzow, damit du deine Freude am Kriegsspiel hast! Und daß er für eine Lumperei ist, der ganze Kampf, das weißt du am besten! Du weißt alles! Du kennst den Kommissarbefehl, durch den schon dein Vater zum ... zum Verbrecher geworden ist, jawohl, zum Verbrecher! Du kennst den Nacht-und-Nebel-Erlaß, du kennst die ›Endlösung der Judenfrage‹, du weißt genau, was Auschwitz ist, du hast die Zähneeinschläger bei der Gestapo in Essen selber gesehn! Du weißt überhaupt alles! Denn es steht alles in den Tagebüchern deines Vaters. Deine Mutter hat es daheim vielen Leuten erzählt, und du weißt auch, daß dein Vater seine Offiziersehre tausendfach besudelt und geschändet hat!«

Der Schein des Hindenburglichts flackerte noch trüber über Wolzows Gesicht, das nun weiß wie die gekalkte Barackenwand war. Aber Gomulka schwieg noch immer nicht. Es brach aus ihm hervor und wollte gesagt sein: »So einem Führer bin ich keine Treue schuldig! Ich mach nicht mehr mit! Und jetzt gib mir dein Wort, Wolzow, daß du mich gehn läßt!«

Wolzow stand auf und legte die Rechte auf die Pistolentasche. Er wandte sich mit einer entschlossenen Bewegung zu Gomulka herum. Die Mündung der Maschinenpistole war auf seine Brust gerichtet. »So nicht«, sagte er drohend. Er sah mit einem dunklen Blick auf Gomulka. »Nimm die MP weg! Ich zähl bis drei.«

»Und dann? Was ist dann?« schrie Gomulka.

»Dann knall ich dich ab ... Eins ...«

»Ich schieß!« schrie Gomulka außer sich. »Eh ich einen Schuß auf die Russen abgeb, schieß ich dich zusammen, es ist mein heiliger Ernst! Du weißt, daß ganz Deutschland wie die Sägemühle ist, Wolzow, und du willst weiterkämpfen, damit die Sauerei nicht ans Licht kommt ...«

»Zwei ...«, zählte Wolzow, ging einen Schritt auf Gomulka zu und duckte sich zum Sprung.

»Wolzow!« schrie Gomulka, und die Hand am Abzug krampfte sich schon zusammen. Holt warf sich dazwischen. Er begriff nur eins: Sepp wird schießen! »Wahnsinnig seid ihr! Die Maschinenpistole weg! Gilbert ... zurück! Eh ihr aufeinander schießt ...« Er wußte nicht, was er tat, er riß eine Handgranate aus dem Koppel und hielt schon die Schnur in der Faust. »Ich zieh ab!«

Gomulka senkte widerwillig den Lauf der Maschinenpistole und sagte dabei: »Ich geh! Mich hält keiner! Und ich laß mich nicht von Wolzow abknallen!«

»Gilbert!« rief Holt. »Zum ... zweitenmal im Leben erinner ich dich ... du hast mir geschworen ...«

»Ich knall ihn ab, den Lump, den Verräter«, sagte Wolzow haßvoll. Die Waffe, die noch immer auf ihn gerichtet war, erregte ihn mehr und mehr. Holt schrie: »Sepp! Die MP weg!« Gomulka gehorchte zögernd. »Gilbert ... setz dich dort hin!« Wolzow setzte sich endlich, Wut in den Augen. Holt atmete auf. Als er sich umwandte, sah er den Gefreiten in der Ecke den Karabiner absetzen.

»Läßt du ihn gehn?« fragte Holt. Wolzow schwieg und warf wortlos ein paar Holzscheite in den Ofen. Gomulka hängte die Maschinenpistole um den Hals.

Jetzt erst erfaßte Holt die volle Tragweite dessen, was Gomulka vorhatte. »Die Russen!« rief er. »Die schlagen dich tot! Sie bringen doch alle um!«

Da rief der Gefreite in der Ecke. »Hör auf! Hör mit dem Schwindel auf. Ich hab das lange genug herunterschlucken müssen! ... Ja ... im Nahkampf, wenn dir's da plötzlich einfällt, dann ist es längst zu spät, längst! Aber nicht, wenn wir ruhig ankommen, mit einem Auto, und ich kann ein paar Worte Russisch ...! Was meinst du, wie die sich da freuen!«

Sie sahen alle auf den Gefreiten. Gomulka fragte verwundert: »Wir?«

»Ja ... was denkst du denn von mir! Was meinst du denn, warum *ich* mich freiwillig gemeldet hab! Panzerjagd? Nie! Bei mir ist Generalstreik, mein Lieber, aber nicht Krieg. Krieg ist einwandfrei Fehlcharge bei mir!«

Holt sah auf den Gefreiten und sah auf Gomulka. Eine Ahnung dämmerte in ihm, ganz fern zeichnete es sich ab wie ein Weg ... Und nun sagte Gomulka: »Werner ...« Und sagte: »Komm mit!« Nur diese drei Worte.

Da hob Wolzow den Kopf und sah Holt an.

Holt schwieg.

»Komm mit!« sagte Gomulka noch einmal.

Holt schwieg.

Der Gefreite rief: »Besinn dich nicht lange, los!«

»Ich kann nicht!« rief Holt. Im Bruchteil einer Sekunde liefen all die eingedrillten Begriffe durch seine Gedanken: Vaterland, Treue, Ehre, Pflicht. »Ich kann doch nicht zu den Russen! Ich bin doch Deutscher!«

»Junge!« rief der Gefreite. »Mach Schluß mit den Phrasen! Damit haben sie die Arbeiter lange genug aufeinandergehetzt! Sieh endlich ein, wer unser Todfeind ist! ... Es heißt nicht: Russen und Deutsche, sondern es heißt immer noch: Bourgeois und Proletarier! Bist du Fabrikbesitzer? Heißt du Krupp? Also! Worauf wartest du?«

»Bourgeois und Proletarier ...«, sagte Holt, »was soll mir das! Damit kann ich nichts anfangen! Wir sind alle Deutsche!«

»Auch deine Gundel«, sagte Gomulka.

Holt senkte den Kopf.

Die Dunkelheit des kleinen Raumes war auf einmal wie ein Vorhang vor seinen Blicken aufgezogen. Gleißende Helle war da, und sie blendete ihn, sonnendurchglühte Landschaft, blauer Himmel über wogendem Korn. Und Gundels Stimme: Auch ich bin schon angespuckt worden, nun weißt du's, alle waren besser als ich und haben auf mich geschrien: Dreckstück.

Dann war wieder Dunkel, vom Licht der Kerze durchflackert.

Gundel, Deutsche, solche und solche, Deutsche bespucken Deutsche, die einen zittern vor dem Ende, die andern warten auf das Ende. Zu welchen gehör ich?

»Gilbert!« rief Holt. »So sag du doch was!«

Wolzow erhob sich. Er setzte den Helm auf und zog den Riemen fest, daß er ins Fleisch schnitt. »Ich geh den Vetter ablösen. Und du, Werner? Wer noch Mark in den Knochen hat, der kämpft!«

»Und wofür?« schrie der Gefreite, nach vorn geneigt, und in seinen Augen glühte ein Haß, wie ihn Holt im Leben nur ein einziges Mal gesehen hatte, damals, im Schuppen, als sie das Beil hob, und diese Erinnerung stieß ihn noch tiefer in die Verzweiflung. »Für wen? Für Krupp und die IG und alle die Blutsauger, damit das faschistische Gesindel noch ein bißchen länger leben und die Völker schinden kann! Dafür kämpfst du!«

Wolzow tippte mit dem Finger unter dem Helmrand an die Stirn. »Ich will dir sagen, wofür! Kapieren wirst du Stückchen Plebs es doch nicht!« Er ging zur Tür. »Für meine Soldatenehre!« Er warf die Tür hinter sich ins Schloß.

Der Gefreite sprang auf, er wies mit der ausgestreckten Hand zur Tür. »Das sind sie! So sehn sie aus, die Halsabschneider, die Verrückten, das Generalsgesindel und Junkerpack! Sie sind genauso schlimm wie die Faschisten! Sie sind noch schlimmer! Die Faschisten verschwinden, die fliegen auf den Schrotthaufen, und zwar bald, die warn nicht lebensfähig, jawohl, Fehlcharge ... fort! Aber das Militaristengesindel, das ist zäher, das will nicht aussterben, das lebt weiter, das hetzt weiter, das mordet weiter!«

»Sei doch still!« sagte Holt. Er sah auf Gomulka und hörte ihn noch einmal sagen: »Komm mit, Werner!«

Holt stand auf. Wär doch alles vorbei! Er band den Helm fest und nahm die Maschinenpistole. »Ich kann nicht.«

»Werner! Mach die Augen auf! Eh es zu spät ist!«

Holt sprach gegen die Wand. »Ich kann nicht. Ich hab einmal

alles geglaubt, weil ich nichts gewußt hab. Jetzt, wo ich alles weiß, und alles war falsch und umsonst und ganz anders, da kann ich nichts mehr glauben. Ich werd draufgehn, oder ich werd einmal dastehn als … Verbrecher, mag sein, es ist alles gleich. Nur eins darf nie sein: daß ich vielleicht doch einmal aufwach und sehen muß … ich hab Deutschland verraten in seiner schwersten Stunde.«

»Deutschland?« rief der Gefreite. Er trat vor Holt hin und packte ihn am Arm. »Du nimmst mir das Wort nicht in den Mund! Hitlers schwerste Stunde, meinst du, jawohl … aber das wird Deutschlands schönste sein!« Er schob ihn zur Tür. »Hau ab, Bourgeoissöhnchen!«

Holt trat verstört ins Freie.

Es schneite nicht mehr. Der frischgefallene Schnee lag kniehoch und war an der Straße zu weißen Dünen verweht, über die noch immer ein eisiger Wind pfiff. Der Himmel war sternklar.

Vetter und Wolzow standen am Rande des Waldes, wo sich der Wind in den Bäumen verfing. Wolzow sagte: »Na also, Werner! Ich hab's ja gewußt!« – »Sei still«, sagte Holt. Dann zog er die weiße Kapuze über den Helm. Vetter rief: »Also, der Sepp, der muß ja übergeschnappt sein! Wo das doch noch gar nicht feststeht, ob wir den Krieg verlieren! Nachher kommen die neuen Waffen und wir gewinnen! Na, dann haben sie den Sepp aber am Arsch!« – »Halt den Mund!« rief Holt. Wolzow erklärte: »Christian, du sicherst mit dem MG am Waldrand, du läßt aus dem Panzer keinen aussteigen, das ist deine Hauptaufgabe! Ich lieg hinter der Sperre. Werner, du gehst vorn am Waldrand in ein Loch und schießt auf den zweiten, sobald er aus dem Wald kommt.« Holt nickte wortlos.

Die Mondsichel stieg über die Wälder. Der Schnee glänzte in weißem, gespenstischem Licht. Die Landschaft war wie verschleiert.

Gomulka und der Gefreite verließen die Baracke. Holt ging zu den beiden hin. Wolzow stand auf der Straße. Der Wind schlief ein. Gomulka zog ein kleines Kärtchen aus der Tasche, ein Bild seiner Mutter. »Schick das meinem Vater, Werner. Kannst schreiben, du hättest es mir selbst abgenommen, er weiß auch so Bescheid, wenn ich hier die obere Ecke abreiß.« – »Nichts als weg!« sagte der Gefreite. »Los, abstechen, ehe die Charge rückphosphort ... eh der Kerl wieder verrückt spielt, mein ich.« Er befestigte einen Fetzen Bettuch an einem Ast und ließ den Motor des Wagens warmlaufen.

»Leb wohl, Werner!« sagte Gomulka.

Holt lief zu Wolzow. Wolzow hielt die entsicherte Maschinenpistole in den Händen, und sein Gesicht war verzerrt. Aber Holt stellte sich dicht vor ihn hin, bis hinter seinem Rücken der Wagen mit aufheulendem Motor auf der verschneiten Chaussee davonrollte.

Wolzow sagte finster: »Es war das letztemal, daß ich mich hab beim Wort nehmen lassen, damit du's weißt! Mein Soldateneid geht über den kindischen Schwur von damals. Von jetzt ab wird jeder Verräter umgelegt, und wenn's mein eigener Bruder wär!« Wolzow und Vetter gingen in die Baracke. Holt blieb am Waldrand stehen. Die Leere in ihm füllte kein Gedanke, keine Hoffnung mehr aus.

Es war gegen sechs Uhr morgens, als Holt zusammenschrak. Er horchte. Das Blut rauschte so laut in seinen Ohren, daß er lange Zeit nichts vernahm. Dann war es wieder da, das ferne, leise Klirren. Ein dunkler Brummton summte dazwischen. Panzer!

Er lief schreiend zur Baracke. Wolzow und Vetter fuhren aus dem Schlaf, warfen das Sturmgepäck auf den Rücken, Gasmaske, Koppel, fertig! »Christian ... ans MG!« Vetter hetzte über die Wiese.

»Still!« Das Klirren näherte sich. Es war nicht festzustellen, in welcher Richtung die Panzer fuhren, es klirrte im Osten, es klirrte im Süden, lauter und lauter. Dann blieb es als gleichmäßiger Ton im Norden und Südosten, wohl eine Stunde lang, ohne näherzukommen.

»Was müssen das für Panzermassen sein!« sagte Holt. Wolzow antwortete: »Aber die kommen nicht hier lang, sonst wären sie schon da, sie stoßen wohl südlich auf Brieg und im Norden durch Namslau nach Oels … Vielleicht kommen hier bloß ein paar Einzelgänger vorbei!«

Sie kamen, als fahles Morgenlicht über die Wälder stieg: dreizehn Panzer T 34, dicht gefolgt von einem Dutzend Schützenpanzerwagen mit Infanterie. Der Stoß traf die drei Jungen mit der elementaren Gewalt einer Naturkatastrophe. Es dauerte nur eine Minute.

Plötzlich schwoll das Klirren der Panzerketten, das Summen der Motoren an und kam rasch näher. Holt kroch in sein Loch, Wolzow verschwand hinter der Sperre. Der erste Panzer, in ohrenbetäubendes Gerassel gehüllt, raste aus dem Wald, sah die zertrümmerte Barrikade und bremste scharf. Dann nahm er mit aufbrüllendem Motor das Hindernis an. Holt, wie hypnotisiert, sah das stählerne Ungetüm auf die Sperre klettern … da traf ihn zugleich mit einem grellweißen Lichtblitz die Druckwelle wie ein Keulenschlag und warf ihn in sein Loch. Die Detonation war gewaltig, fuhr wie ein Orkan in die Bäume des Waldes und brach mit hohlem Ächzen ein paar Stämme … Ein pfeifender Luftsog trieb Rauch und Schnee zum Himmel hoch und fetzte die Dunstwolke auseinander. Die Sperre war weggefegt. In einem flachen Trichter, zur Seite gesackt, lag qualmend der Panzer. Wolzow taumelte über die Wiese. In diesem Augenblick rollte der zweite Panzer aus dem Wald und Wolzow flüchtete. Der Panzer drehte sich mit einem einzigen Ruck um neunzig Grad und stieß schon von der Chaussee auf die Wiese hinab. Holt sank in sein Loch. Eine MG-Garbe warf Schnee und Erde auf ihn, dann rollte der Panzer über ihn hinweg und gegen den Graben. Holt tauchte auf, feuerte eine Panzerfaust ab und traf viel zu niedrig. Die Druckwelle warf ihn zu Boden. Aus dem Heck des Panzers troff brennendes Öl. Aber der Turm schwenkte mit unheimlicher Geschwindigkeit nach hinten. Holt kroch ins Gebüsch am Waldrand. Krachend barst eine Sprenggranate zwischen den Bäumen. Nun schmetterten zwei Panzerkanonen zugleich, denn der dritte Panzer war weit nach vorn auf die Straße gerollt, mit seitwärts gedrehtem Turm, aus dem Rohr fuhr ein meterlanger Flammenstrahl. Dann war schon mit entnervendem »Urrä« ein Zug abgesessener Infanterie über ihnen.

Holt hatte das Grabenstück erreicht, dort feuerte Vetter mit dem MG blindlings über die Lichtung. Eine Handgranate überschüttete sie mit glühenden Splittern. Zwei, drei Gestalten in Schneemänteln waren am Graben, sie schossen im Laufen, Feuer spritzte, Erde stiebte. Vetter floh nach hinten in den Wald. Holt prallte mit Wolzow zusammen. Wolzow floh. Dichtes Unterholz nahm sie auf. Holt rannte tiefer in den Wald.

Sie wurden nicht verfolgt. Der Feuerlärm war verstummt. Sie hielten atemlos und horchten: Motoren dröhnten, Panzerketten klirrten, rasch schwächer werdend, nun schon wieder weit entfernt.

»O verdammt!« keuchte Wolzow. »O gottverdammt ...«

Holt lehnte mit jagendem Herzen an einem Baum. Was nun? Er zitterte noch immer. »Nichts als zurück!« befahl Wolzow. »Vielleicht schaffen wir's noch irgendwie über die Oder!« Er rückte sich das Koppel zurecht. »Unseren Kampfauftrag haben wir jedenfalls erfüllt: Panzer aufhalten, solange es geht. Länger ging's nicht.«

Flucht. Nach Westen durch die Wälder, über brechendes Eis der Sümpfe, uferlose Felder und durch struppiges Dickicht. An der Oder rollte der Donner einer Kanonade aus Panzerkanonen. Nach Stunden erreichten sie den Strom, dicht unterhalb der kleinen Stadt. Nur zwei Kilometer aufwärts sahen sie die Panzerspitze am Ufer, bei der gesprengten Brücke. Der Donner der Kanonen, die flach über den Strom feuerten, war so laut, daß sie sich nicht mehr verständigen konnten. Am anderen Ufer brüllten dann und wann die 15-Zentimeter-Langrohre auf. Als ein Sturmboot die drei über den Strom holte, durch Packeis und treibende Eisschollen, setzte stromaufwärts schon die Infanterie über und stürmte den Damm. Die Langrohre schwiegen.

9

Holt kletterte die steile Uferböschung hoch. Er war in einem solchen Maß demoralisiert, daß er sich am liebsten in einer Schneewehe verkrochen hätte. Er wankte den ersten ländlichen Häusern der Stadt entgegen und schob im Laufen ein paar Täfelchen der koffeinversetzten Schokolade in den Mund. Die lähmende Erschöpfung ließ ihn das Kommende wie im Halbschlaf erleben: ein Auffangkommando, ein Haufen heruntergekommener Gestalten, Volkssturm, halbinvalide Reservisten, schlecht bewaffnet ... in einem Gehöft Sammeln zum Gegenstoß! Ein Leutnant voran, durch Gärten, durch winklige Gassen, dann die breite Straße hoch zur Brücke ... Schlachtflieger, Splitterbomben, Motorengedröhn und Bordwaffenfeuer ... Tote, überall Tote ... der Leutnant bewegungslos im Schnee ... Wolzows Stimme: »Zurück!« Ein Haus am Straßenrand ... Wieder Wolzows Gebrüll: »Sie greifen an!« Von der Brücke her, locker geordnet, in Schneemänteln, stürmende Infanterie ...

Holt kniete keuchend hinter dem Fensterloch eines niedrigen, erdgeschossigen Hauses. Wie durch einen Schleier sah er Wolzow ein neues Magazin in die Maschinenpistole einsetzen. »Zurück!« Flucht durch Gärten ... Wieder in einem Haus festgekrampft ... Ein Dutzend zermürbter Gestalten, führerlos, waffenlos, ist das die Truppe? Und nun das Heulen der Granaten, berstende Einschläge, fern vom rechten Oderufer her Abschüsse von Feldgeschützen ... Schlachtflieger, dröhnende Motoren, das Hämmern der Bordkanonen, Flucht von Haus zu Haus, hinwerfen, auf und hinwerfen, Christian, gib mir ein Magazin, nur noch Einzelfeuer, schieß doch! Da! ... Und wieder Wolzow: »Zurück!«

Im Keller eines Hauses an dem kleinen Marktplatz kam Holt zu sich. Die angreifende Infanterie ließ sie zur Besinnung kommen, stieß nicht weiter vor. »Jetzt setzen die erst einmal Truppen über, Panzer, Artillerie«, sagte Wolzow. »Prima Brückenkopf«, meinte Vetter. Ein Donnerschlag ließ den Keller erbeben, das Dach rasselte auf die Straße. Schlachtflieger strichen über die Ruinen. Wolzow schickte Vetter ins Ungewisse.

Nach einer Stunde keuchte Vetter mit einer Kiste Pistolenmunition in den Keller. Im Halbdunkel saßen Volkssturmmänner bewegungslos an den Wänden, stumpf, wie tot, unfähig zur Flucht. Wolzow fuhr sie hart an, ließ sie Magazine füllen. Ab und zu schlugen aus den gegenüberliegenden Häusern Schüsse gegen die Ziegelwände.

»Was ist draußen los, Christian?«

Vetter setzte die Feldflasche ab. »Das solln sibirische Schützen sein, die uns angreifen, Russen aus Sibirien, mit einer besonderen Nahkampfausbildung, solche Sturmspezialisten! Hier ist fast alles getürmt. Aber in Strehlen ... Gibt's das? Da soll heut nacht eine Division losgeschickt worden sein, mit Panzern. Wir sollen aushalten, bis sie kommen.«

»Die müßten längst hier sein«, sagte Wolzow.

Aus den gegenüberliegenden Häusern schlug heftiges Feuer. Holt hockte apathisch in einer Ecke. Er dachte an Gomulka. Wolzow brüllte: »Raus!« Auf den Markt rollten die ersten Panzer. Sprenggranaten krachten in die Keller. Flammen, einstürzende Häuser. Klirrende Panzerketten überall. Panik. Regellose Flucht.

Eine kleine, beschädigte Holzbrücke, davor ein schreiender Menschenhaufen, in den die Panzer hineinstießen. »Nach links!« kreischte Wolzow. Breit und offen eine Straße, brennende Häuser, Holt wußte nicht, was er tat, er handelte willenlos, aber sein Blick nahm alles auf: Wieder, in weißen Schneemänteln, dicht hinter ihnen, die stürmende Infanterie. Panzer folgten nach, überholten sie feuernd. Rechts das Gelände einer brennenden Gasanstalt, Wolzow floh voran, Vetter wie ein Schatten an seiner Seite ... Hinter verschneiten Kokshaufen eine leichte Pak, zwei ältere Artillerieoffiziere knieten dabei, die Pak feuerte, der erste Panzer walzte Kanone und Bedienung in den Koks ... Hinwerfen! Hinter einer umgestürzten Kipplore rang Holt nach Luft, ließ den Panzer vorüberrollen, schoß auf die nachfolgende Infanterie. Flucht. Ein Bretterzaun! Verzweifelter Sprung. Er fiel samt den Planken auf die Straße. Brennende Villen. Panzer vor ihm, links, überall ... Eine Tankstelle, aus der fauchend ein Riesenfeuer schlug. »Schneller!« Wolzow war neben ihm, Vetter folgte. Eine Parkanlage, in der Sprenggranaten krepierten. Große zugefrorene Teiche, splitterndes Eis unter den Stiefeln. Endlich ... der Bahndamm!

Hier hielt die Garnisonstruppe eine Feldstellung. Wolzow, Holt und Vetter krallten sich am Bahndamm fest. Hundert Meter rechts lag der Bahnhof, dahinter, am Bahnübergang, rollten die

Panzer ungehindert über die Gleise, gewannen die Chaussee und jagten weiter. Fern, in Holts Rücken, wurden sie von ein paar Feldgeschützen empfangen. Das Duell der Geschütze schwoll bei sinkendem Abend zu einer mächtigen Kanonade an.

Holt lag keuchend und tödlich erschöpft im Schnee. Es dämmerte. Die Infanterie in den Schneemänteln stürmte den Bahndamm. Nahkampf. Und wieder Flucht: das Eis eines kleinen Flusses barst. Flucht durch eine tief verschneite Ebene, baumlose Weite, nur kahles Weidengebüsch, bis weit nach Westen. Hinter ihnen verstummte das Schießen.

Sie wankten zurück. Ein Haufen müder Soldaten scharte sich um Wolzow, geschlagene, zerlumpte Gestalten. Der Frost wurde noch grimmiger. Schneesturm setzte ein.

Sie erreichten ein Dorf.

Hier gab es einen Gefechtsstand, gab es Offiziere, Truppen, Pak und Feldgeschütze, Depots mit Munition. Vetter brachte eine warme Feldküchenverpflegung. Holt saß im Schnee. Vetter reichte ihm ein Kochgeschirr mit Erbsen.

»Der Russe!« Geschrei, Schüsse, im Dorf beginnende Panik. Nichts geschah, Wolzow fluchte: »Die sehn Gespenster!«

Weit vor dem Dorf im Weidengebüsch bezogen sie Stellung. Noch einmal flammte das Gefecht auf. Die Schützen in den Schneemänteln rückten in der Dunkelheit vor und nahmen das Niederungsgelände in Besitz. Einen Kilometer vor dem Dorf wurde eine improvisierte Hauptkampflinie gehalten. Fern klirrten Panzer durch die Nacht. Die Hauptkampflinie war nichts als ein paar eilig ausgehobene Schützenlöcher hinter kahlen Weiden, von den Resten ausgebluteter Alarmeinheiten besetzt. Holt grub sich ein. Neben ihm schanzten Wolzow und Vetter. Sie verbanden ihre Schützenlöcher zu einem Grabenstück und hockten nun eng beieinander. Seit Stunden sprach Holt das erste Wort. »Gib mir Feuer, Christian!« Der Funke des Feuerzeugs sprang auf. Die kleine Flamme brannte ruhig hinter der hohlen Hand.

»Da sind wir aber mitten in den dicksten Matsch geraten«, sagte Vetter.

Holt starrte ins Dunkel. Nicht klagen! Ich könnte auch irgendwo mit Bauchschuß liegen. Mit abgewalzten Beinen. Als Treibeis in der Oder. Nicht klagen! Ich hab's nicht anders gewollt.

Wolzow erhob sich und schlug die Arme um den Körper. »Komm, Werner ... ins Dorf! Vielleicht klappt's mit Papieren.« Auf dem Weg redete er vor sich hin: »Die bringen jetzt Panzer rüber, immer mehr Panzer, Ari, Granatwerfer. Morgen setzen sie Schlachtflieger ein.« Sie stapften durch den Schnee.

Im Dorf vor dem Gefechtsstand hielten Lastwagen. Dort stand ein bulliger Kerl im Dunklen, sein weißer Tarnmantel leuchtete. »Der Burgkert! Herr Oberfeld!«

»Ach! Lebt ihr auch noch?« Der Oberfeldwebel war nüchtern. »Mich haben sie nach Brieg geschickt. Dort sollte unsere Elfte liegen.« Er spuckte aus. »Scheiße lag dort!« Ein paar Offiziere verschwanden im Haus. »Das Bataillon will türmen«, sagte Burgkert. »Sie laden schon ihre Privatvorräte auf.«

»Was gibt's Neues an der Oderfront?« fragte Wolzow. »Niemand weiß Bescheid.«

Der Oberfeldwebel war mürrisch und böse. »Frag nicht so dämlich! Hilf mir lieber, ich such Leute. Wir greifen an!«

»Angreifen?« rief Holt entsetzt. »Aber das ist ...« – »Der Führer soll's persönlich angeordnet haben, daß der Brückenkopf heute nacht zu zerschlagen ist.«

Eine Schar Offiziere trat ins Freie. Ein Hauptmann, mit dem spitzen Kinn eines Greises unter eingefallenen Kiefern sagte zu Burgkert: »Sie kämmen das Dorf durch! Da steckt alles voll Drückeberger!« Er verschwand. Burgkert sagte wütend: »Affenarsch! Ein verramschter Kapitän von einem Fliegerhorst. Keine Ahnung! So was will rumkommandieren!«

Er rührte sich nicht vom Fleck. Ordonnanzen trugen Gepäck auf den LKW. Kaum waren die beiden Soldaten wieder im Haus, da sprang Burgkert zum Wagen, zerrte eine kleine Kiste herab und lief damit weg. Wolzow schüttelte den Kopf. »Das nenn ich marodieren!« Burgkert stand abseits und stopfte sich eine Flasche Kognak in die wattierte Jacke. »Holt, Sie tragen die Kiste in Ihr

Loch! Gut aufpassen, daß keine Flasche verlorengeht. Wird alles noch gebraucht. Wolzow, Sie kommen mit, Leute suchen!«

Die verwilderten Soldatenhaufen wurden zu einem »Sturmbataillon« zusammengefaßt und in den Löchern und Gräben vor dem Dorf bereitgestellt. Gegen drei Uhr morgens begann in ihrem Rücken die Feldartillerie zu feuern. Als Antwort fiel ein Hagel von Granaten ins Dorf. Häuser und Ställe und Scheunen barsten. Die Munitionsdepots gingen in die Luft, die Feldartillerie verstummte. Das Dorf brannte.

Holt saß in seinem Loch, die Zeltbahn über den Kopf gezogen. Wolzow schob ein MG zu ihm hin. Burgkert sah auf die Uhr. Er war aufgeräumt, sein Baß grollte wieder tief und mächtig. »Wir sind erste Welle«, sagte er. »Holt, mit dem MG schön sauber nachziehn.« Er reichte Holt die Kognakflasche, packte sechs Schnapsflaschen in Decke und Zeltbahn, schnallte das Paket mit Riemen fest und befestigte es auf dem Rücken. »Fertig!« Er sah wieder auf die Uhr und hob die Leuchtpistole. Eine grüne Leuchtkugel stieg in die Nacht. Fahles, geisterhaftes Licht.

Trunkenheit breitete sich wie Nebel über Holts Sinne aus. Er kletterte aus dem Graben und lief schwerfällig durch den tiefen Schnee. Vereinzelte Schüsse. Warum … feuern die nicht? »Weiter!« Das war Burgkert. Hurra, wer schreit da Hurra? Dort … der Graben! »Stellung!« Hinwerfen! Vor ihm Gebrüll, Schüsse, Detonationen von Handgranaten. Rote Leuchtkugeln, was soll das? Holt lief. Vetter keuchte neben ihm, sie warfen sich zu Wolzow in den Graben. »Die Stellung war so gut wie leer!« rief Wolzow. »Weiter!« schrie Burgkert. Holt lag hinter dem MG. Leuchtkugeln! Eine jählings hochschlagende Welle von Feuer und Geschrei fegte über ihn hinweg.

Aus der Tiefe der Nacht, aus der weiten Flußniederung, prallte der Gegenstoß stürmender Infanterie auf den vorspülenden Angriff. Sturmtrupps, das Bajonett gefällt, im Laufen aus Maschinenpistolen feuernd, tauchten aus dem Dunkel und zertrümmerten, zerrieben die Angreifenden, fegten über ihren Graben hinweg und weiter nach Westen, warfen sich auf die zweite Angriffswelle, brachen ins Dorf zwischen die brennenden Häuser, stießen auf die letzten zusammengewürfelten Haufen, und es gab kein »Sturmbataillon« mehr, gab keine Reserven mehr, und die Reste der Alarmkompanien flohen regellos nach hinten. Weit im Rücken der ehemaligen Front blieben ein paar Überlebende zurück, in Löchern, zwischen Büschen, nach allen Seiten Front.

Holt lag im Graben, neben ihm ein erdfarbener Leichnam. Der Stoß war über Holt hinweggegangen wie ein grauenvoller Spuk. Schatten und Schemen waren im Licht der Leuchtkugel vor ihm aufgetaucht, die Maschinengewehrgarbe peitschte ins Leere, die Schattengestalten sprangen über ihn hinweg, ein Bajonett fuhr zu ihm herab, die Kugel der erhobenen Parabellum warf einen schweren Körper auf Holt. Der nach hinten flüchtende Wolzow fiel in das Loch, riß das MG hoch und zerrte schließlich den Leichnam zur Seite. Auch Vetter und Burgkert kehrten zurück. Wolzow keuchte: »Wie die Teufel ... Wie die leibhaftigen Teufel!« Burgkert schrie: »Nicht liegenbleiben! Zurück!«

Versprengte schlossen sich an, Männer mit flackernden Augen, und an dem brennenden Dorf vorbei flüchteten sie nach Westen, bis ihnen Feuer entgegenschlug. »Durch!« brüllte Burgkert. »Durch! Hurra!« Die Schützen in den Schneemänteln waren dabei, sich einzugraben, warfen die Spaten weg und griffen zur MP. Handgemenge. Urrä und Hurra in einem. Schmetternde Detonationen von Handgranaten, splitternde Kolben, Mündungsfeuer. Holt stolperte, fiel aufs Knie. Die Maschinenpistole verschaffte ihm Luft. Vor ihm war Dunkel. Flucht!

Dann endloses Wandern über die Ebene, über der milchigweiß ein eiskalter Morgen empordämmerte. Holt taumelte durch den Schnee. Es gab keine Gedanken mehr, nur noch furchtbare Bilder, Entsetzen, das sich in die Seele hineinfraß für immer.

Sie rasteten an einem Wäldchen bizarr geformter, kahler Weidenstrünke. Alle Feldflaschen waren voll Schnaps. Trink, sauf, das hilft! Das gibt die Moral zurück.

Jetzt fielen wieder Worte. »Junge!« stöhnte Burgkert. »Drei Trupps auf einen halben Kilometer, aber die hält keiner auf!« Wolzow trank.

Holt malte mit dem Löffelstiel Striche in den Schnee. Burgkerts Worte spülten Gedanken aus der Erschöpfung hoch.

Und wir? dachte er.

Wir werden geschlagen. Wir sind gut ausgebildet und bewaffnet, der Burgkert hat Kampferfahrung wie keiner, wir kämpfen verzweifelt. Aber wir werden geschlagen, gejagt, überrannt. Warum? Ich bin wie gelähmt. Ist es das Bewußtsein des ... Unrechts? Ist es, weil wir wissen: Alles war falsch?

Und sie?

Versetz dich einmal in so einen hinein ... Das hatte Gomulka gesagt, irgendwann ... Versetz dich in so einen, dem die SS die ganze Familie erschlagen hat ... Und: Sie haben nicht angefangen! ... Er dachte, die erstarrenden Beine in den Schnee gestreckt: Wir sind mit sieggewohnten Truppen über sie hergefallen und haben an der Wolga gestanden und im Kaukasus, und keiner von uns hätte mehr einen Groschen für diese Armee gegeben. Aber sie sind aufgestanden und haben uns geschlagen, immer wieder geschlagen, und haben uns vor sich her getrieben, dreitausend Kilometer weit, und sind immer stärker geworden, immer stärker, und jetzt sind sie über die Oder.

Und da wird keiner dabeisein, der denkt wie ich: Alles umsonst. Der heimlich weiß: Das darf nicht sein, daß so was siegt. Der sich sagen muß: Alles war falsch.

Ob es das ist, was sie unüberwindlich macht?

Stumm saßen sie beieinander.

Sie marschierten weiter. Endlich ein größeres Dorf, wieder Auffangkommandos, SS-Leute, ein Rottenführer: »Warum verlaßt ihr die Linie?« – »Jungchen, es gibt keine Linie mehr! Nur noch Russen, bildschöne Kerle! Warte nur, bis sie kommen!« Burgkert schob den Rottenführer zur Seite. Vetter rief: »Aus Frankreich kommen die, so was!« Ein Hauptmann, zitternd vor Nervosität: »11. Panzerdivision? Hier gibt's keine Panzer, in Breslau gibt's

Panzer, aber keine Besatzungen! Was treiben Sie sich hier herum? Sie bekommen Papiere nach Strehlen!«

Ein klappriger Lastwagen rumpelte in Richtung Westen durch den Schnee. Auf der Straße zogen ihnen Truppen entgegen, Alarmkompanien, eine Batterie Nebelwerfer, Pak, auch ein paar Selbstfahrlafetten, Troßkolonnen. Hinter ihnen grollte schweres Artilleriefeuer.

In Strehlen machte man Anstalten, sie mit einer Alarmkompanie wieder nach vorn zu schicken. »Drücken wollen Sie sich! Zurück an die Front!« Burgkert erfand faustdicke Lügen: Funker mit Sonderausbildung, Festung Breslau, Armeekommando! Sie erhielten Marschpapiere nach Breslau.

In Strehlen staute sich ein Menschenstrom, mit Stäben, Truppen, Troß, Arbeitsdienstabteilungen und Kriegsgefangenenkommandos. Als der Kanonendonner im Osten anschwoll, griff Panik um sich. Alle halben Stunden kämmten Feldgendarmen die Lokale durch.

Holt sank in einem Café auf einen Stuhl. Der Transport nach Breslau ging erst am Abend. Es war warm und stickig. Wolzow schimpfte auf das Heißgetränk. Burgkert goß die Limonade unter den Tisch und füllte das Glas mit dem Schnaps, den er unbeschädigt durch den Angriff geschleppt hatte. Er trank rasch eine ganze Flasche leer. Dann schlief er ein.

»Mit Burgkert im Panzer«, sagte Wolzow, »das wär nicht übel. Aber nur, wenn er genug Schnaps hat. Der ist überhaupt nur noch unter Alkohol lebensfähig.« Er haschte nach einem vorbeigehenden Zivilisten und entriß ihm eine Zeitung. Er faltete das Blatt auseinander. »Von heute! Aus dem Führerhauptquartier ... ›Zwischen Kosel und Breslau wurden zahlreiche Übersetzversuche des Feindes vereitelt ...‹« Vereitelt ist gut, dachte Holt. Wolzow rauchte. »Werner, hör zu! ›Wie fällt die Entscheidung im Osten‹?« – »Wahrscheinlich kommen nun bald die neuen Waffen«, rief Vetter. Wolzow las. Vetter hörte mit offenem Munde zu. »... ›Pflicht darin sieht, ohne Rücksicht auf die eigene Person in mühsamer Kleinarbeit einen bolschewistischen Panzer und Infanteristen nach dem anderen auszuschalten ...‹« Auszuschalten? Es war erst gestern gewesen: Sepp und der Gefreite … die Panzersperre … Wolzow und seine »überlegene Taktik« … nicht dran denken! »Hier heißt es, der Russe hätte alles eingesetzt, was er noch besitzt, und wenn es uns gelingt …« Wolzow las: »… ›was er jetzt eingesetzt hat zu zerschlagen, dann ist er fast wehrlos und muß alles, was er raubte, wieder herausgeben.‹« – »*Fast* wehrlos ist gut!« sagte Vetter. »Wer das schreibt, der will uns doch glatt veralbern!«

»Was war eigentlich gestern an der Panzersperre los?« fragte Holt.

»Ich hab doch gedacht«, antwortete Wolzow unwirsch, »die Überraschung wird so groß sein, daß die sich nicht zu helfen wissen!«

»Junge«, sagte der Oberfeldwebel plötzlich, mit dröhnendem Baß, und er blinzelte schlaftrunken mit den geschwollenen Lidern. »Den Trick mit der Panzersperre kennen die doch! Die kennen doch alle Tricks, die's gibt. Ich bin ein ausgewichster Panzermann, aber die sind doch keine halbe Nase weniger schlau!« Er goß sich den Aluminiumbecher voll Schnaps. »Panzerfaust ist Krampf, Junge, ›dem besten Soldaten die besten Waffen‹ …« Er trank den Becher leer und sank in den Stuhl zurück. »Was sind wir beschissen worden!« Er schloß die Augen.

Wolzow kniff ein Auge zusammen. Der Oberfeldwebel sagte stoßweise, halb bewußtlos vor Trunkenheit: »Wir warn drei … auf sechs Morgen … in Pommern … Alles in Kartoffeln aufgefressen, und dann … auf dem Gut, für Deputat … Der Baron war Major. Einmal war Sauhatz … Ist ihm der Jagdwagen abgehauen, vier Wallache … Ich hab sie am Halfter geschnappt …« Er sprach mit schwerer Zunge: »Sagt der Baron: ›Name? Von hier?‹ Ich sag: ›Ihr Nachbar … Drei Brüder, sechs Morgen.‹ Volk ohne Raum … Der Major: ›Hol dir Land. Im Osten gibt's Land!‹« Der Kopf des Oberfeldwebels sank auf die Brust. »Hab's nie mehr vergessen. Hab gedacht: Wirst Berufssoldat. Schaffst dir'n Hof.« Er knallte plötzlich den Becher auf den Tisch: »Eingießen, Rekrut!« Wolzow grinste und füllte den Becher abermals. Burgkert trank, mit geschlossenen Augen, der Schnaps troff über Kinn, Hals und Uniform. Wie gelähmt wischte der Arm über den Mund, fiel schwer herab. Ein Röcheln: »Sonst nichts ... Immer nur für ... einen Hof ... gekämpft ...«

»Randvoll!« sagte Wolzow. »Stockblau, der Mann!«

Vetter sagte: »Da hat er sich aber auf die Schippe nehmen lassen, von wegen ›Land im Osten‹! Jetzt wird er sich richtig verarscht vorkommen!«

Der bullige Mann war haltlos zusammengesunken und schnarchte mit offenem Mund. Der wird nie mehr hinter dem Pflug gehn, dachte Holt. Der sät und melkt und erntet nicht mehr. Der kann bloß noch saufen und dreinschlagen. Der lebt gar nicht mehr richtig. Der ist fertig. Eines Tages werden wir alle so fertig sein, besoffen, verkommen, betrogen.

Und sterbensmüde dachte er: Wär doch alles vorbei!

Holt schlief auf seinem Stuhl und erwachte erst am späten Nachmittag. Dämmerung lag in dem Raum. Alle Tische waren leer. Hinter der Theke spülte niemand mehr Gläser. Alles getürmt! Auch die anderen erwachten. Burgkert schickte Vetter in die Stadt. »Nachsehen, wo der LKW bleibt!« Sie aßen. »Hier lag früher mal eine Husaren-Garnison«, erzählte Wolzow. »In der Nähe, in Woiselwitz, hat der Baron Warkotsch den alten Fritzen ...« – »Bist du blöd?« fragte Burgkert. »Bist du auch schon übergeschnappt?« Holt aß Ölsardinen. »Tja«, sagte Wolzow und brannte sich eine Zigarette an, »wird Zeit, daß was geschieht! Ich will noch Offizier werden!« Vetter krähte an der Tür: »Meine Herren! Der Wagen!« Holt kletterte unter die Plane, dann saß er zusammengesunken an der Rückwand. Er fand keinen Schlaf.

10

»Wo wir sind? Auf dem rechten Oderufer«, sagte Wolzow. »Vorhin sind wir über die Oder gefahren.« – »Sind wir eben wieder drüben!« rief Vetter. Fern grollte Kanonendonner. Der Wald glich einem Heerlager. Schützenpanzerwagen, Panzergrenadiere, Zugmaschinen, Artillerie, Lastwagen, Selbstfahrlafetten,

Sturmgeschütze, ein Depot von Benzinfässern, ein paar Baracken, auch Zelte im Schnee, und überall Soldaten. Burgkert sprach mit einem Oberleutnant. Dann ging er voran. Holt folgte ihm.

Ein Eisenbahngleis schnitt durch den Wald. Ein Güterzug, auf vielachsigen Schwerlastwaggons Panzer mit überdimensional langen, schlanken Rohren. »Panther!« rief Vetter begeistert. Motoren brüllten auf. Über Stapel auseinanderrollender Baumstämme krachten die Panzer von den Waggons und fuhren zum Tanken. Vetter rieb sich die Hände. »Mit solchen Panzern, also da müssen wir siegen, was?« Die achtzehn Panzer rollten ins Dickicht am Waldrand. Die zusammengetrommelten Panzerleute wurden eingeteilt. Burgkert war auf einmal ein wichtiger Mann. »Ich übernehm die Panzer. Dieser Schnösel von Oberleutnant dort, der muß hierbleiben. Die Reise ist ihm zu riskant.« – »Wir fahren mit Ihnen«, sagte Wolzow, »reden Sie nicht, Herr Oberfeld, ich mach Richtschütze, Holt Funker, Vetter Ladeschütze, da haben Sie eine Besatzung, auf die Sie sich verlassen können!« Burgkert sah auf Holt. »Mit zwei Geräten?« Holt nickte. »Rekruten«, sagte Burgkert, und die Hand, in der er die Zigarette hielt, zitterte, »wenn ihr aus den Latschen kippt! Ich steig um und laß euch im Dreck, mir macht das gar nichts aus!« Holt nickte abermals. Er sah gedankenlos ein paar Panzer-III-Fahrgestelle mit aufmontierter Zweizentimeter-Flak in Vierlingslafette auf die Lichtung hinausrollen. Dann folgte er Wolzow zum Chefpanzer. Aufmunitionieren! Das erinnerte an die Zeit in der Flakbatterie. Er zog die Granatpatronen aus den Körben, die man zu ihnen heranschleppte, und reichte sie hoch zu Vetter. Der Oberleutnant ging mit Burgkert die Reihe der Panzer entlang. »Schweinerei verdammte! Die Kerle rauchen! Soll der ganze Wald in die Luft fliegen?«

Holt reichte eine Patrone hoch, er konnte kaum noch die Arme heben. »Bewegt euch!« Man fluchte: »Antreiber, verdammter!« – »Die Moral der Truppe ist keinen Groschen mehr wert!« schimpfte Wolzow. Er setzte sich verschnaufend auf einen leeren Korb.

»Fertig!« Vetter kletterte aus dem Turmluk und sprang auf den Boden. Ein Soldat latschte durch den Schnee, ein kleiner Kerl mit bartstoppeligem Gesicht und einem kalten Zigarrenstummel zwischen den Lippen, die Hände in den Taschen des langen Mantels, unter dem ein paar klobige Filzstiefel hervorsahen. »Chefwagen?« Er war zerlumpt und verdreckt. »Klotzsche, nicht bei Dresden. Bin der Fahrer.« Er stieg durch das Luk. Irgendwo im Wald schrie eine Stimme: »Motoren warmlaufen lassen!« Unerträglicher Lärm erhob sich. Burgkert brachte die Funkunterlagen. »Nach dem Abstimmen Funkstille.« Holt lief die Reihe der Panzer entlang und notierte mit froststarren Fingern die Namen der Funker. Der Schnee leuchtete. Nun stieg der Mond über die Wälder. Wolkenfetzen warfen gespenstische Schatten. Eschenhagen, Papst, Adam in den Zugführer-Fahrzeugen, Maaß, Jähner, Gehrke und so weiter, Wenzlau, Leutka, wie sie alle hießen.

Holt kletterte auf den Panzer, hing in der Luke und suchte mit den Füßen einen Halt. Im Turm brannte elektrisches Licht. An der Kanone stand Wolzow und rieb mit einem Lederläppchen das Okular der Richtoptik blank. »Fabrikneue Wagen!« schrie er durch das Motorengebrumm. »Sie haben uns zwei davon weggeholt, für den Kommandeur!«

Es war eng im Panzer, alles war mit Patronen vollgestopft. Holt kletterte auf seinen Sitz hinab und setzte die Lederhaube mit den Kopfhörern auf. Er schaltete die Funkgeräte ein und schloß die Morsetaste kurz. Abstimmen auf Dauerton. Er schob sein Gepäck mit den Füßen nach vorn. Vetter hatte ihm Verpflegung hingelegt. Er spürte keinen Appetit. Er fühlte sich beengt zwischen den Stahlplatten, in der stickigen Luft. Ein Lied ging durch seinen Sinn: »Dann wird uns der Panzer zum ehernen Grab ...« Er schaltete am Bordsprechkasten und hörte Wolzows unbekümmerte Stimme: »Christian, daß du mir nicht Panzergranaten und Sprenggranaten verwechselst, das kann den Kopf kosten!« – »Ruhe!« schrie Holt durchs Kehlkopfmikrophon. »Gequatsche, unnützes! Vetter, du bist Ladeschütze, nennst du das einen munitionierten Panzer? Ich hab keinen einzigen Gurt am MG!« Im Mittelwellengerät, das die Verbindung nach oben hielt, pfiff endlich der Dauerton, und dann eine scharfe Stimme: »Kommandeur an alle, kommen!« Holt hörte Sturmartillerie und Panzergrenadiere und gab seinen Namen bekannt. »Aber Leute, wozu gibt es Decknamen auf der Funktafel?« – »Schnauze, Idiot!« schrie es im Kopfhörer. »Wer ist hier Kommandeur, du oder ich? Piep nicht so'n langen Ton, du bist hier nicht in der Kaserne! Funkstille. Bei Abfahrt auf Empfang! Fertig!« Der Kommandeurfunker war noch nicht verstummt, da brüllte schon Porschke von der Sturmartillerie: »Was ist denn das für ein blöder Heini?« Fern meckerte eine Stimme: »Der blöde Heini ist ein Leutnant, der soll heißen Josef von Ägypten, denn er trägt einen bunten Rock und dünkt sich mehr denn seine Brüder!« Holt schüttelte den Kopf und schaltete ab. Über das Ultrakurzwellengerät rief er die Panzer: »Chef an alle ... kommen!«

Alle fünfzehn Panzer meldeten sich. »Funkstille! Die Russen peilen! Ende.« Holt saß trübsinnig auf seinem Ledersitz. Vetter kletterte in den Bauch des Panzers hinab und machte Holts MG schußfertig. »Daß du so munter bist!« sagte Holt. – »Wir haben mit der Verpflegung solche Tabletten bekommen, die machen munter, deine hat Gilbert!«

Noch immer klirrte der Frost in den Baumwipfeln. Holt ging langsam durch den Wald. Überall liefen die Motoren der Panzer, der Sturmgeschütze und Schützenpanzerwagen. Holt sah Kübelwagen mit aufmontierten Maschinengewehren, Panzer-III-Fahrgestelle mit Flak, Feldhaubitzen auf Panzer-IV-Fahrgestellen, eine überlange 8,8-Zentimeter-Kanone auf Selbstfahrlafette. Schwer bepackte Infanteristen zogen im Gänsemarsch durch den Wald und lagerten sich bei den Panzern. Die Panzergrenadiere saßen fahrbereit in ihren Wagen. Das Motorengeräusch löschte das ferne Grollen der Front aus. Im Osten, über den Wäldern, dämmerte der Morgen.

Holt lief zum Panzer zurück. Oberfeldwebel Burgkert hatte die Karte über das Schutzblech gebreitet. Wolzow leuchtete mit der Taschenlampe. Er hielt Holt ein kleines Röhrchen hin. Pervitin? Mal sehn, wie's wirkt. Holt studierte Burgkerts Gesicht.

Der Oberfeldwebel war wieder alkoholisiert, seine Stimme rollte, die Hände zitterten nicht mehr, die eingefallene Gesichtshaut straffte sich. Er nestelte an der Feldflasche und trank. Er redete mit Wolzow endlos über den Kampfauftrag. »Sind Kampfgruppe Bredow ... die Panzer nehmen die Spitze. Sturmgeschütze, Artillerie auf Selbstfahrlafetten, nennen sich Sturmartillerie-Abteilung, folgen dichtauf, dann zwei Bataillone Panzergrenadiere, auf Schützenpanzerwagen. Bei uns sitzt eine Sturmkompanie auf. Dann ist noch motorisierte Artillerie da, der müssen wir erst Platz schaffen, ein Regiment Infanterie auf Lastwagen soll auch noch nachkommen.« – »Bißchen wenig Panzer«, sagte Wolzow. Burgkert erklärte die Lage, redete von einem mächtigen Brückenkopf des Gegners auf dem linken Ufer, aber weiter nördlich stehe noch der Rest eines deutschen Korps und halte auf dem rechten Ufer einen Brückenkopf mit einer Pontonbrücke ... Kennt sich kein Mensch mehr aus, dachte Holt. »Der Russe hat momentan nur Infanterie in der Front liegen«, sagte Burgkert. »Er formiert sich neu. Das Korps im Norden sollte sich zu uns durchschlagen, ist aber liegengeblieben. Jetzt sollen wir von Süden her durch die Russen zu ihm stoßen und eine Gasse öffnen.« Er fluchte: »Aber das alles geht uns einen Dreck an! Ich hab ganz andere Sorgen! Bis zum Angriffsziel sind es etwa neunzig Kilometer, und die Scheißpanther fahren bloß hundertzehn ... Daß wir mit den Panzern durchrammeln, das halt ich für möglich, wenn wir nicht aus Versehen auf eine Bereitstellung fahren. Aber ob der Sprit reicht! Alles andere ist Sache der Infanterie.« Er sah auf die Uhr. »Wir fahren voraus. Holt, sag durch: Chaussee, dann Gelände, bis wir wieder eine Straße schnappen.« Er nahm einen Schluck aus der Feldflasche. Die herumstehenden Infanteristen saßen auf und zogen sich Zeltbahnen über die Köpfe. Holt glitt auf seinen Sitz hinab. Er fühlte sich in eine eigenartige Stimmung versetzt. Undurchschaubare Gefühlswallungen erschütterten ihn, ihm war seltsam klarsichtig, alles war nahe herangerückt, die feinsten Knistergeräusche im Kopfhörer klangen laut und deutlich, das linke Augenlid flatterte. Die Aufregung, dachte er, oder die Tabletten ...

Mit einem Ruck zog der Panzer an, und die sechzehn Panther setzten sich an die Spitze der Kampfgruppe, gefolgt von den

Sturmgeschützen, den Selbstfahrlafetten und der langen Kette der Schützenpanzerwagen. Holt sah durch die Richtoptik des Bug-MGs. Der Wagen brach durch das Unterholz, walzte ein paar junge Kiefern nieder, überquerte die Lichtung, wo die Selbstfahrlafetten mit der Vierlingsflak darauf warteten, sich anzuschließen, und kroch dann auf die Chaussee.

Er kletterte in den Turm und schob den Oberkörper neben Vetter ins Freie. Der Oberfeldwebel ragte bis zum Gürtel aus dem Turmluk. Der Fahrtwind schlug eisig in die Gesichter. Das fünf Meter lange Rohr der Kanone reichte weit über den Bug hinaus. Sie passierten offene Panzersperren, an denen Soldaten wachten. Der Himmel war bedeckt, tiefhängende Wolken trieben von Norden her über die Wälder. »Das rettet uns vor den Schlachtfliegern!« meinte Burgkert mit einem Blick zum Himmel. Vor einer flachen Steigung der Chaussee schaltete der Fahrer und gab Gas. Holt glitt, vom eisigen Fahrtwind durchfroren, in die Tiefe zurück. Auch Burgkert tauchte in den Turm. Holt hörte im Kopfhörer die Stimme des Kommandeurfunkers, der nach der Sturmartillerie schrie: »Kommen! Verdammt, verfluchte Idioten ... kommen!« Ganz schön in Fahrt, dachte Holt. Endlich meldete sich Porschke bei den Sturmgeschützen, dann Klein bei den Panzergrenadieren. »Pennst du? Mensch, es sollen Iljuschins oben sein! Aufpassen!« Holt gab die Warnung weiter. Auf einmal hielt der Wagen mit einem Ruck, der Holt vornüber warf. Soldaten umringten den Panzer. Durch die Optik sah Holt am Straßenrand zwei Panzerwracks liegen, im Gebüsch schwere Flak. Der Panzer fuhr wieder an. Holt bediente mechanisch die Funkgeräte. Der Kommandeurfunker sagte leichthin: »Der Russe trommelt ein bißchen auf die Frontlinie, das ist bloß Nervosität, ihr greift an!« Und gleich darauf: »Der Kommandeur kommt später mit der Feldartillerie nach. Meldung, wenn ihr durch seid.« Holt schüttelte den Kopf, aber der Oberfeldwebel begann zu fluchen, dann trank er aus einer Schnapsflasche und schimpfte weiter: »Erst hetzt uns der Alte in seinem Knopflochfieber in dieses Scheißunternehmen, und dann bleibt er zurück, so was lieb ich!«

Wieder hielt der Panzer. Holt steckte den Kopf in die eiskalte

Winterluft. Die Chaussee verließ ein dichtes Gehölz. Die Straße lief schnurgerade in die Ebene, in eine öde, weiße Schneewüste. Holt blickte nach Osten. Felder, Wiesen und Buschwerk bis hin zum Horizont. Dort aber, fern, hing es wie ein Nebelvorhang über der Ebene, wie Wolkendunst ... Vor dem Panzer standen feldgraue Gestalten mit weißen Helmen. Burgkert starrte lange durchs Fernglas. Dann befahl er Holt, den Kommandeur zu rufen. »Der wird hier gebraucht!« Nichts rührte sich. Nur die freche Stimme Porschkes von der Sturmartillerie lästerte: »Die Herren frühstücken!« – »Holt, du sollst den Kommandeur rufen!« schrie Burgkert wütend. Er hörte mit und rief über den Bordfunk: »Nicht so höflich!« Endlich war die Verbindung hergestellt, und der Kommandeurfunker schnauzte: »Was ist bei euch für eine Sauerei im Gange? Warum greift ihr nicht an?« Burgkert wurde böse. »Ich seh's von hier, die fetzen in die Front rein, was das Zeug hält!« Die Antwort lautete: »Unverzüglich angreifen.« Burgkert schrie: »Wir greifen an! Aber wenn die halbe Kompanie liegenbleibt, dann solln sie uns kreuzweis ...!« Die können uns nämlich gar nichts! dachte Holt. In einer halben Stunde sind wir hinter den Russen. »Unerhört!« kam der Kommandeurfunker wieder. »Feldgendarmerie hinterherschicken ...« Burgkert brüllte: »Sie sollen! Sollen sie doch! Dann drehn wir die Rohre um!« Holt schaltete ab.

Die Soldaten, die den Panzer umstanden, grinsten. »Traut euch wohl nicht ins Feuer, ihr Aristokraten? Wir müssen da mit'm bloßen Wanst rein! Die Herren sind sich wieder mal zu schade!« Burgkert trank aus der Schnapsflasche. Dann gab er seine Befehle: »Linksschwenkt, dann rechts um und durch.«

Mit aufheulendem Motor rollte der Panzer von der Chaussee, fuhr am Waldrand entlang, schaukelte wie auf hoher See. Die schwierige Wendung klappte, die Panzer rollten ausgeschwärmt über die Ebene. Am Waldrand fuhr auch die Sturmartillerie in Reihe auf.

Wolzow schrie: »Werner! Laß zwei Wagen vom ersten Zug links raus fahren, daß wir beide Flanken geschützt haben!« Die abgesessene Sturminfanterie keuchte in Rudeln hinter den Panzern her. Holt hörte Burgkert sagen: »Klotzsche, paß auf, daß wir nachher nicht die eigene Infanterie zermanschen!« Er starrte durch die Richtoptik seines MGs. Vor ihm endete die Welt in einer schwarzen Rauchwand, in der ununterbrochen rote und weiße Blitze zuckten. Durch das Motorengedröhn drang nun der Donner der Einschläge bis unter den Kopfhörer. »Luken dicht!« Der Feuervorhang war da, war kein Vorhang mehr, war trüber Nebel, der um die Panzer wogte, schwarzer Rauch, und vor dem Bug des Wagens sprang eine riesige Erdfontäne auf, der Wagen schwankte hinab in einen Trichter. Holt hörte nichts, nicht das Donnern der Einschläge, nicht das Klirren der Splitter gegen die Panzerung, nicht das Geheul der heranfegenden Granaten, er hörte nur das Aufbrüllen des Motors, als Burgkert schrie: »Klotzsche … Vollgas! Durch und drauf!« Der Wagen taumelte durch Trichter, von Einschlägen umzuckt. Holt preßte das Auge an die Optik. Der rechte Panzer war etwa dreißig Meter voraus, und die Sturminfanterie keuchte hinter ihm durch die Einschläge und fiel im Feuer zurück … »Klotzsche! Schützenlöcher! Vorsicht!« Der Panzer wand sich durch Grabenstücke und Löcher. Holt wollte nichts mehr sehen. Der Wald der Einschläge, die Gestalten in den Löchern, die hier in höllischem Feuer lagen, die Trupps der nachfolgenden Sturminfanterie, die der Splitterregen lichtete und die sich verzweifelt an die Panzer klammerten und sich durch Schnee und Dreck schleifen ließen … er wollte es nicht mehr sehen, aber er hörte Burgkert: »Wir sind durch!« Schwankende Erde, von Rauch überweht … und dann zerriß der Nebel, und das Feld lag frei, bis zum buschbestandenen Horizont … Burgkert schrie: »Jetzt paßt auf Nahbekämpfer auf!« Ein ganzes Ausbildungsprogramm wurde in Holt lebendig: wie man sich in den toten Winkel eines Panzers pirscht, wie man sich überrollen läßt, wie man von hinten auf den Stahlkoloß losgeht … Aber wie man im Innern dieses Stahlgrabes sitzt, die Nerven bis zum Zerreißen gespannt, gelähmt vor Angst, das erlebte er zum erstenmal, die Sinne wach wie ein Tier, das sich in Todesangst duckt … Er umklammerte den Handgriff des Maschinengewehrs, es war wie in der Kaserne auf dem Schlingerstand, er sah durch die Optik einen Graben vor sich und fremdartige

Helme, sah weiße Tarnmäntel hinter der Brustwehr, hörte Burgkert schreien und den ersten schmetternden Schlag der Panzerkanone ... Wolzow schießt! Auf der Grabenböschung sprang eine Fontäne von Feuer, Schnee und Erde hoch. Die Turm-MGs rasselten. Da tauchte der Graben schon unter den Gesichtskreis, der Bug des Panzers senkte sich tief in die Erde und stieg mit brüllendem Motor hoch ... Und im Kopfhörer Burgkerts Stimme: »Die Infanterie geht mit dem Bajonett gegeneinander ...« Und im Kopfhörer der Schrei des rechten Nebenmannes: »Chefpanzer ... Bei uns ... ist einer aufgesessen, o Gott, schießt ihn runter! Aaaaah ... schießt ihn runter!« Holt schrie: »Wolzow ... rechter Nebenmann ... hilf ihm doch!« Aber Burgkert brüllte: »Neun Uhr! Sprenggranate!« – »Hab selbst zu tun!« Wolzow riß den Turm nach links. Wieder der rechte Nebenmann, die unkenntliche Stimme des Funkers in Todesangst: »Wir brennen ... Hiiiilfe!« Wolzow eiskalt: »Wieder'n Graben, Herr Oberfeld, Schützenlöcher!« Mit einem Ruck hielt der Panzer. Die Kanone schmetterte. Der Fahrer: »Hab ein Schützenloch unter der Kette!« Der Motor raste, der Panzer drehte sich wie ein Kreisel um seine Achse ... In Holt stieg das Grausen hoch. Aber der Panzer ließ nun die Gräben hinter sich und stieß in eine von kahlem Gebüsch bestandene Senke hinab.

Links um! Von rechts schoß Artillerie. Wieder klappte das Manöver. Weit auseinandergezogen jagte die Kompanie nach Norden. Die Artillerie faßte die letzten Wagen. Im Kopfhörer Geschrei. Dann Stille. Holt wischte sich über das Gesicht, das naß war von Schweiß oder von Tränen. Wo ist die Infanterie?

Es gab keine Sturminfanterie mehr. Der Panzer kroch auf ein fernes Waldstück zu, krachte hinab und durch das Eis eines zugefrorenen Baches, schob sich schwerfällig wieder hinauf und brach sich dann durch Buschinseln Bahn. Die Züge meldeten sich. Vier Wagen verloren! Der Chef der Sturmartillerie kam: »Sind durch mit Verlusten. Folgen euch.« Und die Panzergrenadiere kamen, schon schwächer: »Kämpfen MGs und Widerstandsnester nieder.« – »Weiter«, rief Burgkert, »Tempo, Klotzsche!«

Sie näherten sich rasch dem Waldstreifen. Vor dem Wagen fuhr eine Erdfontäne hoch. »Pak! Paaaak!« brüllte Burgkert.

Nein, Panzer! Panzer ... drei Uhr! Wolzow, Panzergranaten!« Und zum Fahrer: »Klotzsche, links hinter die Büsche, schnell! Wolzow, zwei Uhr, die hohe Buche mit dem abgehackten Gipfel, hast du? Links davon, etwa dreißig Meter, im Gebüsch ... hast du ihn?« Der Wagen verkroch sich im Buschwerk und hielt. Die Kanone schmetterte. Über Funk riefen Stimmen: »Halbrechts am Waldrand Panzer!« Die Wagen verkrochen sich in den Strauchinseln, zwischen Hainbuchen, jungen Fichten und Gestrüpp. Die Motoren liefen nur noch leise. Die Kanonade der Panzerkanonen schwoll an. Das meterlange, schlanke Rohr ragte durchs Gestrüpp ins Freie. Wolzow rief: »Klotzsche, ich hab einen Zweig vor der Optik ... ein Stück vor!« Der Panzer ruckte an und schob den breiten Bug durch die Büsche. Nun konnte auch Holt durch die Optik das weite Feld bis zum Waldrand übersehen. Die Kanone feuerte. »Der ist gut getarnt!« rief Wolzow. Wieder krachte die Kanone. »Treffer!« rief Burgkert. »Gut, er kraucht zurück, rasch noch eins hinterher!« Die Kanone schmetterte, die Kartusche klirrte in den Sack. Vetter riß das Luk auf und warf die heißen Messinghülsen in den Schnee. Kalte Luft stürzte in den Bauch des Panzers. »Noch einer!« sagte Burgkert. »Mehr links, Wolzow, ein Uhr, knall mal in den komischen roten Busch ... ja, etwas höher!« Die Abschüsse der Kanone füllten den engen Raum bis zum Bersten. Da fegte es in die Buschinsel, zerfetzte das Hainbuchengestrüpp, knickte die jungen Eichen, überflammte das dürre Geäst mit gelbem Feuer ... »Luke dicht!« brüllte Burgkert. »Wolzow! Einer hat uns entdeckt! Rechts! Drei Uhr! Neben dem Busch ... schnell doch, er schießt!« Diesmal knallte ein harter Schlag gegen den Panzer. »Treffer! Ist was passiert?« Der Fahrer rief: »Linke Kette!« Der Motor dröhnte, der Panzer ruckte an und hielt wieder. »Alles heil!« Da schlug es drüben flammend in den Waldrand, zerfetzte Bäume und Sträucher, warf Erde und Gebüsch durch die Luft. »Die Fünfzehner!« rief Burgkert aufatmend. Da kam schon der Ruf über das Mittelwellengerät: »Wir decken sie ein! Geht ran, es sind bloß ganz wenige!« Holt suchte eine Verbindung zu den Panzergrenadieren; sie meldeten sich, fern, kaum zu verstehen: »Liegen in der Einbruchstelle, in schwerem Feuer, wehren Ge-

genangriffe ab!« – »Sie haben den Einbruch schon abgeriegelt!« schimpfte Burgkert. »Wenn das bloß bei uns mal so schön klappen würde! Los, Klotzsche!« Wieder stand ein Panzer brennend zwischen den Büschen. Aus dem Wald schlug noch immer Feuer. Sie jagten über die Ebene, bogen nach rechts ab und erreichten endlich eine Straße, überquerten einen Bahndamm und rasten weiter, wieder in Wald hinein. Die Sturmartillerie folgte. Eine halbe Stunde lang fuhren sie die Straße entlang, ohne einen Gegner zu sehen. Burgkert stand im offenen Turmluk. Er brüllte: »Iljuschins!« und ließ sich in den Turm fallen, die Luke schlug über ihm zu.

Über die Wälder strichen Schlachtflieger, zogen hoch, wendeten und stießen auf die Straße hinab. Die Panzer verkrochen sich im Gehölz und hielten. Bomben barsten. Bordkanonen hackten ins Gebüsch. Die Maschinen kreisten über dem Wald.

»Jetzt sitzen wir erst mal fest! Ruf die Züge, Holt!« Die Züge meldeten sich. »Ruf die Infanterie!« Die Grenadiere waren nur noch ganz schwach zu hören: »Wehren uns gegen Flankenangriffe mit Panzern.« Burgkert hielt eine frischgeöffnete Schnapsflasche in der Hand. »Panzer? Die haben uns durchgelassen und zerreiben die Grenadiere!« Er trank. Holt rief: »Vetter, steig aus, ob die Luft rein ist!« Vetter kam bald zurück. »Ich hör nichts mehr, sie sind weg!« sagte er. Die elf Panzer krochen auf die Straße und fuhren weiter. Der Wald endete. Ackergelände schloß sich an. Da waren die Schlachtflieger wieder da, und diesmal blieben drei Wagen brennend liegen, nur acht erreichten den schützenden Waldrand. Die nachfolgende Sturmartillerie lag in einem Gehölz fest, von Schlachtfliegern angegriffen, und hatte Verluste. Dann piepte das Rufzeichen, der Kommandeur meldete sich über Tastfunk. Holt schrieb den Spruch mit, und während er schrieb, dachte er: Das quittier ich nicht! Er reichte das Papier zu Burgkert hoch. Die Kampfgruppe befahl: Panzer und Sturmartillerie kehrt marsch, kämpft Grenadiere frei.

Burgkert las den Spruch. Der Funker der Sturmartillerie rief über Sprechfunk: »Habt ihr auch den Irrsinn gehört? Kehrt! Mensch, da gehn wir bis aufs letzte Geschütz drauf!« Burgkert:

»Aber wenn die Grenadiere nicht durchkommen, dann hat es keinen Zweck, wenn wir weiterfahren!« Wolzow: »Aber wenn wir umdrehen und die Grenadiere raushauen, ist unser Sprit alle, und dann war der ganze Angriff sinnlos.« Burgkert: »Der Angriff war überhaupt sinnlos. Holt, hast du den Spruch quittiert? Nein? Schlauer Hund! Dreh das Gerät ab! Ruf die Sturmartillerie über UKW. Für den Alten stelln wir uns tot.« Und zum Fahrer: »Klotzsche, los!«

Sie stießen wieder über die Bahnlinie und blieben abermals in einem Wäldchen liegen, viele Stunden lang. Am Himmel kreisten unermüdlich Flugzeuge. Im Kopfhörer das Gespräch Burgkerts und Wolzows. Wolzow: »Die setzen nicht mal eine Panzerkompanie gegen uns ein.« Burgkert: »Die Schlachtflieger tun's ja auch.« Da Burgkert das Kehlkopfmikrophon nicht abschaltete, hörte Holt den Schnaps durch die Kehle gluckern.

Endlich flogen die Schlachtflieger ab. Die Panzer bogen nach rechts und folgten dem Bahndamm. Der Tag neigte sich schon dem Ende zu. In der Dämmerung passierten sie ein Dorf auf einer endlosen, von Bäumen und Buschwerk bestandenen Ebene. Vom Dorf her feuerten ein paar Panzer. Zugleich, im letzten Tageslicht, stürzten sich wieder Schlachtflieger auf sie. Dann war es Nacht.

Die Dunkelheit nahm schützend die sechs Wagen auf, die übriggeblieben waren und einen neuerlichen Übergang über die Eisenbahnlinie gewannen. Wie flüchtendes Wild verkrochen sie sich in einem Gehölz und hörten auf der nahen Chaussee eine Stunde lang Panzerketten vorüberklirren. Dann fuhren sie weiter, mit offenen Luken, alle Sinne in die Nacht gerichtet. Vor ihnen flammte der Himmel rot vom Feuer der Salvengeschütze, sie näherten sich dem Ziel. Bei aufgehender Mondsichel prallten sie von hinten auf eine Panzerbereitstellung, vielleicht hundert Wagen, die auf einer Lichtung tankten und munitionierten. Als die Kanonade verstummte, waren es noch vier Wagen, die im Dunkel untertauchten. Diese vier Wagen durchbrachen im Morgengrauen mit verzweifeltem Anlauf von hinten die Front, unterliefen noch einmal einen verheerenden Feuervorhang, den Werfer und Artillerie über die deutschen Linien zogen, und rollten dann ein paar Kilometer weiter in ein Dorf. Sie hielten. Burgkert stieg aus und suchte eine Befehlsstelle.

Als der Panzer mit hartem Ruck stoppte, fiel Holt nach vorn über die Funkgeräte und legte den Kopf in die Arme. Es würgte und schüttelte ihn. Geschafft, dachte er, gerettet! Er nahm sich zusammen und stieg aus. »Friß Pervitin«, meinte Wolzow, »das pulvert auf! Hast du noch Schoka-Kola? Mach bloß nicht schlapp!« Burgkert war wieder da. »Wir setzen über, eh es hell wird!«

Am vergangenen Tag hatten die Reste zerschlagener deutscher Truppen die Oder erreicht. In dieser Nacht war der Brückenkopf geräumt worden. Nur ein dünner Schützenschleier lag noch draußen im Feuer und wartete auf den Befehl zum Rückzug.

Die vier Panzer rollten die Straße entlang, die unter schwerem Artilleriefeuer lag, erreichten die Oder und kletterten über den Damm. Dort brach ein Wagen im Einschlag einer 21-Zentimeter-Granate auseinander. Die anderen stießen die steile Böschung hinab zum Strand, zerknirschten das Packeis und schoben sich an die Brücke heran.

Halt! Sie stiegen aus und warteten. Infanterie ging über den Fluß. Es wurde hell. Burgkert fluchte.

Die Pontonbrücke war eingefroren. Nur in der Mitte überspannte sie freies Wasser. Dort schob sich das Treibeis immer wieder an den Pontons hoch, drückte gegen den Belag und wurde von Pionieren gesprengt. Seit zwei Tagen lag die Brücke unter Beschuß. Am Tage strichen Schlachtflieger darüber hin und machten den Übergang unmöglich. Immer wieder flickten Pioniere die Einschlagstellen, dichteten die von Splittern zerlöcherten Pontons notdürftig ab.

»Aufsitzen!« Der Panzer faßte mit den Ketten die Brückenplanken. Holt saß im offenen Luk, seine Beine hingen ins Innere. Vetter saß draußen, beide hatten ihre Ausrüstung angelegt. Wolzow stand hinten auf dem Heck, Burgkert im offenen Turmluk, er dirigierte den Fahrer, der als einziger wieder in die tödliche Enge des Panzers hinabsteigen mußte.

Die Brücke lag tief im Wasser. Die Einschläge der Granaten

überschütteten sie mit Eis und Stahl. Das ferne Ufer lag hinter weißem, eiskaltem Nebel. Das hab ich schon einmal gesehn, dachte Holt, diese Brücke kenn ich doch ... Aber es war nur ein Ölgemälde, ein Bild, das nun in seiner Erinnerung hochstieg. Beresina. Als der Panzer seine sechsundvierzig Tonnen auf den Brückenbelag schob, sanken die Pontons bis zum Rand. Die Brücke hielt. Langsam rollte der Panzer zur Strommitte, näherte sich dem linken Ufer, der zweite folgte. Es war nun taghell.

Da waren die Schlachtflieger da. Am Ufer hämmerte Vierlingsflak. Der zweite Panzer zerbarst in einem Bombentreffer und stand als lodernde Fackel über der Mitte des Stromes. Holt hob schützend die Arme über den Kopf. Der Panzer unter ihm schwankte, eine riesige Wassersäule, mit Eis vermischt, stieg zum Himmel. Zwei Pontons schlugen voll. Die Brücke senkte sich tief, schon war der Belag überschwemmt, der Panzer neigte sich zur Seite, neigte sich mehr, Holt ließ sich auf die Brücke fallen. Auch Wolzow sprang ab. Vetter fiel auf Holt. Burgkert stand noch im Turmluk. Der Panzer kippte von der Brücke in das zerkrachende Eis. Von der Tonnenlast befreit, schnellte die Brücke hoch. Rohr und Kommandantenkuppel ragten aus dem gurgelnden Wasser.

Burgkert gewann einen Ponton. Holt erhob sich taumelig. Ein Schlachtflugzeug fegte mit seinen Maschinengewehren die Brücke leer. Ein schwerer Schlag traf Holt und warf ihn von den Planken in einen Ponton.

Dort lag er, in flachem Wasser, den Kopf nach hinten gestaucht, und langsam schwand sein Bewußtsein. Er sah den grauen Himmel über sich, von Blitzen überflammt, er hörte wieder Gottesknechts Stimme, doch wie fern war das: Durch die sieben Höllen ... Dann halluzinierte er: Während die Dämmerung tiefer über sein Bewußtsein sank, sah er über sich das zarte und klare Gesicht Gundels, aber die großen Augen sahen ihn nicht an, und der Mund lächelte nicht. Nebel wogte darüber hin.

Holt lag in einer kleinen niederschlesischen Stadt in einem Lazarett, das einmal Reservelazarett gewesen und geräumt worden war und nun als Feldlazarett die Masse der von Osten zurückflutenden Verwundeten aufnahm und versorgte. Gehfähige und Leichtverwundete wurden weitergeschickt. Die Front rückte näher und spülte eine Woge verwundeter, kranker, zermürbter Soldaten vor sich her. Im Seitenflügel wurde ein Hauptverbandplatz eingerichtet. Geschützdonner drang bis in die Krankenzimmer.

Holt lag mit einem Oberschenkeldurchschuß. Das Geschoß hatte kein größeres Gefäß, keine Nervenbahn getroffen. Vier Wochen, sagte man ihm, höchstens sechs … Man war Schlimmeres gewöhnt: Schuß- und Splitterverletzungen mit eitriger Wund- oder jauchiger Gewebsinfektion, Gasödem, metastasierende Allgemeininfektion, Tetanus, Wunddiphtherie … Er hatte die erste, schwere Woche der Wundschmerzen und des Fiebers in einem Zustand der Apathie hinter sich gebracht; dann war die Trübung des Bewußtseins geschwunden, und er hatte in seinem Bett gelegen, an die weiße Decke geschaut und haltlos vor sich hin geträumt, wie als Knabe, als er Weltreisen, Ruhm und Macht in endlosen Tagträumen fortspann … Nun, in den einsamen Krankentagen, malte er sich bunte Traumbilder aus, die in einer abseitigen Welt, in einem zeitlosen Frühling spielten … Die lautlosen Schritte der Ordensschwestern störten ihn nicht. Das Elend der Verwundeten, die Qual der Sterbenden, das alles drang kaum in seine Traumwelt hinein.

Holt hatte sein Versprechen gehalten und das Bild an Gomulkas Vater geschickt, aber den Brief des Rechtsanwaltes, der bald darauf eintraf, ließ er unbeantwortet. Er hatte auch an Gundel geschrieben und von ihr Post erhalten. Als dann eines Tages die Schritte benagelter Sohlen und rauhe Stimmen laut wurden, schrak er zusammen. Es riß ihn aus seinen Träumen zurück in die Wirklichkeit. Wolzow war gekommen! Frost, Dreck, Schweiß- und Ledergeruch umgaben ihn. Das Leben brach in das stille

Krankenzimmer und mahnte Holt, daß noch nicht alles vorbei war.

Es war Mitte März. Seit einer Woche verließ Holt das Bett und humpelte durchs Zimmer, stand am Fenster und blickte in den Garten. Der Schnee schmolz, warme Luft strich durch das Fenster, dann brach wieder klirrender Frost herein. Gewölk trieb von Westen heran, es schneite, Schneesturm heulte um die Hausecken. Anderen Tages stand ein frostklarer Himmel über der Landschaft. Der Winter trotzte dem fortschreitenden Jahr.

Und nun war also Wolzow gekommen! Er zog einen Stuhl heran, öffnete die Überkleidung und zeigte die Schulterklappen eines Unteroffiziers. »Werner ... alter Krieger!« Er war ganz der Alte und doch verändert, gealtert: die Augen lagen tief in den Höhlen, das starke Kinn schob sich vor, die Kaumuskeln an den Kiefern waren wulstig erstarrt. Auch Vetter war da. Er war noch hagerer, fast mager geworden und rief: »Haste's überstanden? Beeil dich!«

Sie kamen aus der Kaserne. Wolzow erzählte. Breslau war seit langem eingeschlossen, lag schon weit hinter der Front. Nach dem Rückzug über die Oder hatte man sie mit einer Alarmeinheit vergebens und sinnlos gegen den Brückenkopf anrennen lassen. Angriff auf Angriff war liegengeblieben. Dann brachen die Panzer aus dem Brückenkopf. Die zertrümmerten Truppen schlugen sich mit der aufgesessenen Infanterie, wurden geworfen. Schließlich schickte ein Auffangkommando Wolzow und Vetter nach hinten.

»Ein Hauptmann war das«, sagte Vetter. »Hat festgestellt, daß wir eigentlich noch gar nicht fertig ausgebildet waren, so was!« Wolzow sagte: »Hab mir's gefallen lassen. War ziemlich scheußlich. Immerfort Nahkampf.« Wolzow sagte »scheußlich«? ... »Sind wir zu Wehnert zurück.«

In der Kaserne fanden sie alles beim alten. Ausbildungsdienst, Revetckis Gebrüll, Wehnerts Unterricht. »Eines Morgens«, erzählte Wolzow, »kommt Wehnert: ›Meinen Glückwunsch, Unteroffizier Wolzow!‹ Meine Offizierslaufbahn sieht also gesichert aus. So schnell wird selten einer ohne Schule befördert. Wehnert hat gesagt, am besten, ich meld mich gleich wieder an die Front.

Hab ich mich also gemeldet.« Vetter: »Ich bin natürlich mitgegangen.«

»Jetzt sind wir auf dem Weg nach vorn«, sagte Wolzow. Er rekelte sich auf dem Stuhl. »Wann bist du wieder soweit? Am besten, du kämst gleich mit! Die Russen machen unerhörten Dampf!«

Jetzt wurden aus allen Betten Fragen laut, ängstliche, verzweifelte Fragen. Wolzow war bis obenhin voll Neuigkeiten. »Die Amis überall am Rhein, Koblenz muß jede Stunde fallen ...« – »Aber das Bein macht's noch nicht richtig, Gilbert ...« – »Beeil dich!« sagte Wolzow.

Noch einmal verstrich eine Woche, dann war Wolzow wieder da. Eine unruhige, beängstigende Nacht war vergangen, die Verwundeten hatten kein Auge zugetan; die ferne Kanonade war näher und näher gerückt, bis sich das helle Krachen der Panzerkanonen deutlich vom dumpfen Grollen der Feldartillerie abhob ... Als es hell wurde, drang Wolzow ins Zimmer, ungeachtet des Gezeters, das ein paar Schwestern erhoben. Er war verdreckt und band erst an Holts Bett den Helm ab. »Die Russen!« Der Schwerverwundete, der am vergangenen Tag operiert worden war, stöhnte im Fieber. Die anderen lagen vom Schreck gelähmt in den Betten. Wolzow rief: »Panzer sind durchgebrochen! Burgkert holt schon bei der Verwaltung deine Papiere raus.« Eine Schwester protestierte: »Ohne Untersuchung und ...« – »Los, Werner!« Holt kleidete sich an. Es mußte gehen.

Vor dem Lazarett hielt eine Zugmaschine mit einer 7,5-Zentimeter-Pak. Der Oberfeldwebel war schwer alkoholisiert und rief: »Geht's wieder?« Die Zugmaschine, mit acht Mann besetzt, rollte los.

Überall sah Holt die Zeichen völliger Auflösung. Stäbe und Verwaltungen bewegten sich fluchtartig nach Westen. Reste zerschlagener Fronttruppen rissen vorrückende Alarmeinheiten in den Strudel des Rückzuges. Durch dieses Chaos schob sich die Zugmaschine mit aufheulendem Motor. Bald zitterte die Luft im Lärm herannahender Panzer. Sie brachten die Pak in Stellung, auf einem verschneiten Hügelkamm. Die Panzer stießen die Chaussee vor, weit hinter der Front, mit aufgesessener Infanterie. Wolzow feuerte auf kurze Entfernung. Die Panzer schwenkten von der Chaussee und nahmen ohne Zögern die Pak an. Die Panzerkanonen brüllten, die Pak fiel in Schweigen. Flucht hinter den Hügelkamm. Ein T 34 lag brennend auf dem Acker. Die Panzer schwenkten auf die Chaussee zurück. Mit der Zugmaschine nach Norden flohen sechs Mann, denen noch alle Glieder zitterten, und einer davon war schwer verwundet.

Ein einzelnes Schlachtflugzeug stieß vom grauen Himmel herab und machte Jagd auf die Maschine; sie sprangen ab und rannten zum Wald, hinter ihnen flog das vollgetankte Fahrzeug in die Luft. Sie wanderten durch Wälder und verlassene Bauerndörfer, bis sie endlich auf versprengte Truppen stießen, Feldgendarmerie und SS. Gerüchte: »Der Russe steht vor Görlitz!«

Burgkert brachte Papiere. Er mußte bleiben. Von Sagan fuhr ein überfüllter Zug nach Cottbus, voller Flüchtlinge und Verwundeter. In Cottbus schickte sich die SS an, die drei in die nächste Alarmkompanie zu stecken und wieder nach vorn zu schicken. Aber Holt mit seinen Lazarettpapieren erhielt auf der Kommandantur für alle drei Marschbefehle.

In der Kaserne saßen die Nachkommandos auf gepackten Koffern. Zwei Kompanien waren nach Mitteldeutschland verlegt worden. Der Ausbildungszug der Stabskompanie unter Wehnert sollte irgendwo hinter der Neiße auf Feldwache liegen. Sie machten sich auf die Suche. Der Zug lag westlich Bautzen in einem Wäldchen und bewachte eine Panzersperre.

Holt konnte sich kaum noch an Wehnert erinnern. Der Leutnant hatte nichts an Glanz und Wichs und Bügelfalte eingebüßt; nur ein wenig nervös war er geworden und rückte oft das Koppel, die Mütze zurecht ... Wolzow knallte die Hacken.

Die Panzersperre war noch geöffnet. Zwischen dem nahen Wald und einem fernen Hügelrücken zog sich ein System von Feldstellungen hin, Erdbunker und Laufgräben. Im Wald gab es eine Baracke. Der Zug kampierte in den Bunkern und Gräben.

Tag und Nacht standen Doppelposten an der Panzersperre. Von Osten her schob sich tagaus, tagein der Flüchtlingsstrom über die Chaussee nach Westen, Greise, Frauen und Kinder, zurückgehende Stäbe, fliehende Parteileute. Die Posten kontrollierten die Marschpapiere. Ein paar Kilometer weiter zurück lag ein Kommando Feldgendarmerie.

Revetcki war mit der Genesenenkompanie an die Front geschickt worden. Boek führte die erste Gruppe, er schrie und tobte nicht mehr, sondern spielte den guten Kameraden. Die zweite Gruppe übernahm Wolzow. Tauwetter setzte ein, es wurde Frühling. Die Gräben füllten sich mit Schlamm und Wasser. Der Verpflegungsnachschub setzte aus, man hungerte.

Eines Abends riefen die Posten nach Wolzow, dessen Gruppe an der Sperre Wachtdienst hatte. Ein großer, offener Mercedes hielt dort, die Scheinwerfer aufgeblendet. Im grellen Licht stand breitbeinig Vetter, die Maschinenpistole angeschlagen. Der zweite Posten stand am Fond. Der Fahrer saß in die Polster gelehnt und rauchte. Drei Offiziere, ein Oberstleutnant und zwei Majore, brüllten durcheinander, in einem schnarrenden Jargon. Einer der Majore, ein hagerer Mann mit Nickelbrille und Geiergesicht, stand neben dem Fahrer, nach vorn über die Windschutzscheibe gebeugt. Wolzow hob grüßend die Hand. »Herr Major?« Vetter kratzte sich mit der freien Linken im Genick und rief unverschämt: »Die haben keine Papiere! Türmen wollen die!« Nun brüllte auch der Oberstleutnant. Da kam Wehnert. »Leutnant! Endlich!« Der Major riß den Schlag auf. Leutnant Wehnert stand im Scheinwerferlicht und grüßte. Der Major redete auf ihn ein. Wolzow beobachtete die Szene mißtrauisch. Der Oberstleutnant gestikulierte, dann stieg er befriedigt in den Wagen. Wehnert befahl: »Geben Sie den Weg frei!«

Wolzow zögerte, aber schließlich machte er einen Schritt zur Seite. Auch Vetter trat an den Straßenrand und warf die Maschinenpistole über die Schulter. Der Wagen stob mit aufheulendem Motor davon. Wehnert ging wortlos zur Baracke zurück. Später sagte er versöhnlich: »Wolzow, in so einem Fall gehört es sich, daß …« Wolzow unterbrach den Vorgesetzten schroff: »Die drei

Herren vorhin, das wette ich, die sind getürmt!« Wehnert ließ sich den herausfordernden Ton gefallen. »Die Lage kann es erfordern, daß sich der Offizier als der wertvollste Mann aufspart …« – »Die Lage!« rief Wolzow und schnob durch die Nase. »Die Lage erfordert Kampf bis auf den letzten Mann!« – »Aber nehmen Sie sich doch zusammen!« sagte Wehnert. – »Zusammennehmen? Wissen Sie, was ich nehmen werde, Herr Leutnant? Einen Strick werde ich nehmen! Und wenn ich in Zukunft noch jemanden türmen sehe, dann ist die Kugel zu schade! Dann hol ich den Strick raus, dann zieh ich die Lumpen eigenhändig an der Laterne hoch!« Er war bei den letzten Worten zur Tür gegangen, dort schrie er: »Ich halt mich an den Führerbefehl: Kampf bis zum letzten Blutstropfen! Vorhin hab ich's nicht beweisen können, sonst hätt ich bloß dem Vetter gewinkt, der hat da gar kein Gewissen, Herr Leutnant … Uns macht das nichts aus, jemanden den Tod in Schande zu bereiten!«

Krachend warf er die Tür hinter sich zu.

Holt verließ die Baracke. Er stieg in den Graben, unter den Schritten krachte Eis. Der Schlamm erstarrte. In einem Sappenkopf fand Holt Peter Wiese, in die nasse Decke gewickelt, die Zeltbahn darübergezogen, so saß er, den Kopf nach hinten gegen die Grabenwand gelehnt. Holt setzte sich schweigend neben ihn. Sein Magen knurrte. »Jetzt eß ich die eiserne Ration!« – »Der Leutnant hat's verboten«, sagte Wiese. Holt kaute. »Du solltest auch was essen, du siehst ja schon halbtot aus …« Aber das Wort reute ihn, kaum daß er es gesprochen hatte.

Wiese lächelte, ein bißchen bekümmert. »Ich denke jetzt viel an ein Buch«, sagte er, »von Hugo. Da heißt es: ›… der Mensch hat einen Tyrannen.‹ Das sagt ein ehemaliges Konventsmitglied. ›… dieser Tyrann ist die *Unwissenheit*.‹«

»Hast du deswegen in der Schule so fleißig gelernt?« fragte Holt.

Wiese rückte zur Seite und zog die Zeltbahn enger um seine Schultern. »Eigentlich, weil mich an der Welt so vieles irritiert hat … Und ich hoffte … es wäre möglich … ›Der Mensch darf nur von der Wissenschaft beherrscht werden!‹ – ›Und vom Gewissen‹, wird ihm entgegengehalten. Da sagt das Konventsmitglied: ›Das ist dasselbe‹. Stell dir vor, er meint: Wissenschaft und Gewissen ist dasselbe!«

»Dann sind wir ganz gewissenlose Menschen«, meinte Holt, und das Wort weckte in ihm Beklommenheit. Aber ... »Der Knack«, rief er, »hat uns doch immer wieder vor einer Überschätzung der Wissenschaft gewarnt! Verwelschung, hat er gesagt. Dem nordischen Menschen entspricht die Beziehung auf das Unendliche ...« Wiese sagte: »Ja ... Aber ... wo es hinführt, wenn man das Maß verleugnet, das weiß ich ... wenigstens in der Musik. Dort führt es zu Wagner. Beinahe ins Nichts. Oder überhaupt ins Nichts.« – »Deshalb steht bei den Germanen am Ende immer der Untergang«, sagte Holt. »Schon im Nibelungenlied heißt es, daß Freude zuletzt mit Leid endet ...« Er glaubte nichts von alldem, was er sagte. Er dachte: Alles falsch, alles Lüge!

Wenn es möglich wäre, dachte er, daß man den Krieg übersteht, dann müßte man ganz von vorn anfangen, umlernen, suchen, fragen ...

»Mach Schluß mit dem Gegrübel, Peter! Jetzt brauchen wir Härte.« Er wickelte sich in seine Decke und versuchte zu schlafen. Und wieder dachte er: Mit verbundenen Augen ... im dunklen Zimmer ...

Am anderen Morgen fuhr Wehnert mit Boek nach hinten, um endlich Verpflegung heranzuholen. Er übergab Wolzow das Kommando. Auf der Chaussee nahm der Verkehr immer mehr zu. »Ich hau mich jetzt bißchen hin«, sagte Wolzow. Holt blieb mit Vetter an der Panzersperre. Er rauchte. Gedankenlos blickte er die Chaussee entlang nach Osten, starrte durch den Morgendunst.

Vetter fragte: »Siehst du das, dort hinten?«

Es kroch wie ein riesiger, grauer Wurm heran, fern, die Chaussee entlang, langsam. Ab und zu wehte ein feiner Knall an Holts Ohr.

»Klingt wie Peitschengeknall!« sagte Vetter.

»Klingt wie Schüsse«, sagte Holt.

Die Posten an der Sperre standen unbeweglich. »Eine Marschkolonne! Eine ganz ulkige! Und so langsam ...«

Ein Auto rollte heran, darin ein dicker Zivilist und drei Frauen. Holt kontrollierte die Papiere. Beruf Betriebsführer. »Sagen Sie mal«, fragte er, »Sie haben da doch eine Kolonne überholt ...« Eine der Frauen rief: »Wir haben nichts gesehen, gar nichts ...« Der Mann gab Gas.

Der graue Zug schob sich näher an die Panzersperre heran und löste sich auf in Trupps. In unregelmäßigen Abständen von zwei oder drei Minuten peitschten dünne Pistolenschüsse durch die Luft. An der Sperre wurde abgelöst. Unter den neuen Posten war Peter Wiese, übernächtig, der Stahlhelm schien ihn zu erdrücken, der Karabiner, der ihm schon immer zu schwer gewesen war, hing schief und kläglich an der Schulter.

»Ausgeschlafen?« fragte Holt. Wiese hatte noch nie geklagt. Holt wendete den Blick wieder nach Osten. Die graue Menschenkolonne schlich langsam näher und passierte die Sperre ... An der Spitze SS-Leute, Maschinenpistolen umgehängt, Handgranaten in den Stiefelschäften, und links und rechts des Zuges SS-Leute, die geöffneten Pistolentaschen vorn am Koppelschloß, die Mützen im Genick, junge Gesichter, stumpf, unbewegt, wachsam ... Langsam schleppte sich der lange, graue Zug dahin: Gestalten, lebende Skelette, von gestreiftem Drillich umschlottert ... hautüberspannte Totenschädel auf dürren Hälsen ... nackte, blaugefrorene Füße in Holzpantoffeln ... ein Spuk und doch Wirklichkeit ... Das lebte, das schleppte sich gebeugt, tödlich erschöpft die Straße entlang, das zog an Seilen schwere Leiterwagen, wankte in Haufen daher, stützte einander, und ein Stöhnen wehte über den Zug, ein Hauch von Tod und Verwesung ...

»Das ... das ist ein KZ!« flüsterte Vetter aufgeregt. »Alles Schwerverbrecher, solche Untermenschen, Kommunisten!«

Eines der lebenden Skelette wankte und fiel. Die Gestalt in dem gestreiften Drillich lag im Chausseedreck, das Gesicht im Schlamm ... Auf der dünnen Jacke sah Holt ein rotes, auf die Spitze gestelltes Dreieck ... Die nachdrängenden Gestalten stiegen hilflos darüber hinweg. Ein SS-Mann blieb stehen und stieß mit dem Fuß an das Menschenbündel, nicht derb, mehr probeweise. Der Gestürzte hob mühsam den Kopf, zog ein Knie unter den Leib und blieb dann reglos liegen. Das Gesicht des SS-Mannes blieb unbewegt. Die Runen glitzerten auf den Spiegeln. Er bückte sich und zog den Gestürzten mühelos am Arm hinter sich her zum Straßenrand und warf die gestreifte Gestalt in den Straßengraben. Dann zog er die Pistole. Der Schuß knallte.

Da hing ein spitzer, dünner Schrei in der Luft. Peter Wiese ließ den Karabiner fallen und sprang ungeschickt, mit erhobenen Fäusten gegen den SS-Mann los. Ein Fausthieb warf ihn zurück, aber Wiese kam nicht zu Fall, und er stürzte sich zum zweitenmal auf den Posten, mit seinen schwachen Fäusten; die Mütze mit den Runen und dem Totenkopf fiel in den Dreck ... Wiese klammerte sich verzweifelt an dem Posten fest. Der stieß mit dem Pistolenlauf in Wieses Gesicht, schleuderte ihn von sich und schoß.

Mitten auf der Landstraße blieb Peter Wieses Leichnam zurück, an dem die gestreiften Gestalten scheu vorbeistrebten. Holt bückte sich, drehte Wiese auf den Rücken und blickte in das Gesicht, das der Schlag mit der Pistole entstellt hatte. Der Schuß war in den Hals gedrungen »Peter!« sagte Holt. »Mensch ... Wiese!« Ein Trupp SS-Leute kam die Chaussee zurück. »Hier, Oberscharführer, er liegt noch genau an der Stelle ...«

Holt wandte sich nicht um. Die SS-Leute verschwanden hinter der Biegung der Straße im Wald. Der graue Zug der drillichgekleideten Gestalten endete.

Wolzow fluchte. Er brannte sich eine Zigarette an. »Der Wiese war schon immer verrückt! Was gehn ihn diese Verbrecher an!« Vetter rief: »Das hat er von seinem Latein ...!« Die Soldaten trugen sieben tote Häftlinge zusammen. Leutnant Wehnert kam zurück und ließ sich von Wolzow unter vier Augen berichten. Man hob unterdessen ein großes Grab aus. Niemand zeigte Mitleid mit Wiese. Wehnert befahl. »Er wird mit den Verbrechern begraben.«

Holt trat an das offene Erdloch. Daß ich jetzt hier zuschau, wie sie ihn verscharren, das ist erbärmlich. Warum lieg ich nicht auch in der Grube, und ein paar SS-Leute dazu? Das wäre eine Lösung gewesen.

Er dachte: Jetzt gibt es für mich überhaupt keine Lösung mehr.

»Zuschaufeln!« befahl Wolzow.

Holt fragte: »Was ist aus … unseren Idealen geworden? Wollten wir nicht für Gerechtigkeit kämpfen? Hast du nicht den Meißner zusammengeschlagen, weil er ein Unrecht begangen hatte?«

»Das war Kinderei«, entgegnete Wolzow. »Damals warn wir dumme Jungs.«

»Und heute? Was sind wir heute?«

»Soldaten.«

»Soldaten …«, wiederholte Holt.

»Jetzt ist es aber genug«, rief Wolzow. »Jetzt reiß dich zusammen! Das ist der ganze Miesepeter nicht wert, daß ein Kerl wie du deswegen umkippt!«

Ein Kerl wie ich! dachte Holt.

Ein Erdklumpen fiel auf Wieses Kopf, der nächste Schaufelwurf bedeckte das entstellte Kindergesicht. Leb wohl! Trag mir's nicht nach!

Er ging davon.

Er dachte: Dieser Wiese war unter uns der wirkliche Held. Panzerknackerei und Nahkampferfahrung, das ist alles Verzweiflung. Ich kann mich in der Stadt am Fluß nicht mehr sehen lassen. Wie soll ich Wieses Eltern in die Augen schaun, wo ich zugesehn hab? Wie soll ich vor Gundel hintreten? Ich weiß doch, daß die Gestreiften wie ihr Vater waren. Ich hab keinen Finger krumm gemacht, ich hab zugesehn. Jetzt bleibt mir keine Wahl mehr.

Einen imaginären Punkt suchen, festklammern mit dem Blick … und vorwärts, marsch!

12

Eine Volkssturmeinheit löste den Ausbildungszug ab, besetzte die Feldstellung und übernahm den Wachdienst an der Panzersperre. Wehnert brachte seinen Zug mit der Eisenbahn in die Nähe von Leipzig, wo die Stabskompanie auf ein paar Bauerndörfer verteilt worden war. Hier sollte der Ausbildungsdienst weitergehen, aber der Zug lungerte nur untätig herum, denn Wehnert suchte sich ein Quartier im Nachbardorf und kümmerte sich um nichts. Unteroffizier Boek saß den ganzen Tag im Wirtshaus und legte Patiencen. Wolzow riß alle Befehlsgewalt an sich. »Noch ein paar Tage Untätigkeit, und der Zug wird nicht wieder kampffähig«, sagte er. »Diese Banditen schreiben sich schon die beste Bahnverbindung nach Hause auf!« Holt war seit Wieses Tod wie erloschen, interesselos, er ließ sich treiben. Er hörte geflissentlich keine Nachrichten. Zeitungen gelangten nicht ins Dorf. Ostern besuchte Wolzow die Kompanie, und als er zurückkam, zog er Holt beiseite: »Wir werden eingesetzt! Es wird höchste Zeit!« Er trommelte den Zug aus den Quartieren. »In einer Stunde marschfertig!« Boek zog ein Gesicht, als habe er Essig im Mund.

Wolzow setzte sich zu Holt in die Gaststube. »Burgkert ist wieder da. Der Russe steht an Neiße und Oder. Der Amerikaner ist überall durchgebrochen. Das Ruhrgebiet ist eingeschlossen. Panzerspitzen nähern sich Fulda und Weser. Osnabrück ist genannt worden. Marburg, Gießen ... Da wird es Zeit, daß wir zuschlagen!«

Holt antwortete nicht.

Zwei Lastwagen standen bereit. Wehnert blieb im Nachbardorf bei der Kompanie. »Möcht wissen, warum der nicht mitkommt«, knurrte Wolzow. Sie fuhren nach Westen. In der Nacht erreichten sie ein einsames Gasthaus, im Walde. Hier lagerten Soldaten über Soldaten. Wilde Gerüchte liefen um. Vetter erzählte: »Panzer sollen bereitstehn, unheimliche Massen! Wir fahren eine ganz große Gegenoffensive!« Wolzow studierte die Karte. »Wir sind hier südlich Kassel ... Der Fluß war die Fulda!« Er sah sich um, tatsächlich standen Panzer bereit, getankt und munitioniert, Panzer III mit der 5-Zentimeter-Kanone, ein paar Wagen umbewaffnet auf die 7,5-Zentimeter-Kampfwagenkanone L 24.

Bei der Einteilung wurden sie auseinandergerissen. Wolzow wurde Kommandant, Holt fuhr als Funker. Die Wagen waren klein und eng, drei Kompanien, vierzig Panzer. Die Mannschaften traten an. Es war noch dunkel. Nun tauchte auch Leutnant Wehnert auf, als Kompanieführer.

Ein Panzer richtete den scharfen Lichtkegel des Scheinwerfers auf einen einarmigen Offizier. Hauptmann Weber! Der Einarmige galt als Draufgänger, als einer, der den letzten Mann hinopferte. Er schrie mit heiserer, durchdringender Stimme: »Deutsche Panzersoldaten! Der Führer ruft zu neuem Kampf im alten Geist. Wo immer deutsche Panzermänner fochten, dort fochten sie siegreich. Wo immer ...«

Holt war in Gedanken wieder weit entfernt. Seit ich aus dem Lazarett weg bin, hab ich nichts mehr von Gundel gehört, dachte er. Seine Gedanken flüchteten jetzt oft zu Gundel, um dort nur neue Unruhe zu finden. Der Morgen erwachte.

»Unserem Führer ein dreifaches ...« – »Hurra! Hurra! Hurra!« – »An die Wagen ... weggetreten!«

Die Motoren liefen warm. Die Abteilung fuhr los. Der Fahrer in Holts Wagen, ein alter, müder Mann, rief durch den Bordfunk: »Wenn Jabos kommen ... sag mir's ganz schnell, daß ich rauskann!« Holt saß auf dem Heck. Der Befehl lautete: Die Funker-MGs werden ausgebaut, zur Abwehr von Tieffliegern. Holt hielt das kolbenlose MG auf den Knien. Die Chaussee war schlammig. Sie fuhren nach Westen, dann nach Südwesten. Es wurde hell. Der Tag war klar und wolkenlos.

Hoch am Himmel brummte eine Kette Jagdbomber heran. Sie stießen mit heulenden Motoren auf die Straße herab. Fast alle Wagen hielten, die Besatzungen flüchteten nach links in den nahen Wald. Ein paar Panzer fuhren nach rechts auf freies Feld und kurvten in Schlangenlinien über den Acker. Holt warf das MG in den Dreck, rannte zum Wald und ließ sich ins Gebüsch fallen. Auf dem Feld, auf der Chaussee flogen die vollgetankten Panzer in die Luft, beim ersten Anflug drei, beim zweiten vier, dann war schon eine neue Kette Jagdbomber am Himmel. Die Raketen zischten. Brennendes Benzin floß über die Straße. Immer neue Anflüge. Es war ein Scheibenschießen.

Holt kroch tiefer in den Wald. Er stieß auf Wolzow und Vetter. Eine Mustang raste flach über das Feld, mit stark gedrosseltem Motor, suchte sich einen unbeschädigten Panzer, feuerte mit

Bordkanonen in ihn hinein und zog steil nach oben. Der Panzer krachte auseinander. Der Motorenlärm verstummte. In den brennenden Panzern detonierte Munition. »Sammeln!« rief es dünn durch den Wald.

Auf der Chaussee stand noch ein Dutzend unbeschädigter Wagen zwischen den brennenden Wracks. Holts Panzer war noch ziemlich heil. Die herumstehenden Besatzungen saßen auf. Der Fahrer flehte: »Wenn sie wiederkommen … sag mir's rechtzeitig!«

Sie kamen wieder, als die Kolonne ein paar Kilometer gefahren war und zwischen Chaussee und deckendem Wald ein tausend Meter breiter Ackerstreifen lag. Die Jagdbomber ließen die Panzer stehen und fielen über die fliehenden Besatzungen her. Holt rannte um sein Leben und erreichte den Wald.

Die Jagdbomber stürzten sich auf die Panzer, mit Raketen, Bordwaffen und Bomben. Sie ruhten nicht eher, bis auch der letzte Wagen auseinanderbarst.

Die Reste der Abteilung marschierten weiter, kaum bewaffnet, noch fünfzig Mann. »Die wenigsten hat's erwischt«, sagte Wolzow wütend. »Die meisten sind getürmt.« Sie marschierten bis zum Mittag. Der Himmel bewölkte sich mehr und mehr. Sie erreichten ein Dorf. Von allen Häusern wehten weiße Fahnen. Hauptmann Weber tobte: »Die Fetzen verschwinden!« Wolzow, Holt und Vetter streiften durch die Gehöfte. »Sind noch Truppen in der Nähe?« Ein Bauer wies mit dem Daumen über die Schulter. »Eine Flakbatterie. Die Flieger haben alles zerschossen.« Sie sprachen mit dem Besitzer einer Tankstelle. Der dicke, rotgesichtige Mann rief gedämpft: »Macht Schluß! Jede Stunde können die Panzer kommen!« Wolzow brüllte ihn an, durchschnoberte die Reparaturwerkstatt und blieb vor einer verschlossenen Garagentür stehen. »Aufmachen!« In der Garage stand ein kleiner LKW. »Der Wagen ist beschlagnahmt!« Wolzow holte Leute. Der dicke Mann schrie verzweifelt: »Sie … rauben meine … Existenz!« Wolzow befahl: »Mach ihm eine Quittung, Vetter, Ordnung muß sein!« Vetter setzte sich auf den Pumpensockel und schrieb mit seiner steilen Schülerhandschrift: »Bestätige die ordnungsgemäße

Beschlagnahme eines Lastwagens zum Zweck der Kriegführung. gez. Vetter, Panzerschütze. 5. April 1945.« Der Dicke warf ihm den Wisch vor die Füße. Der LKW rollte zum Wirtshaus, wo die Truppe rastete. Die Soldaten stritten sich um die Plätze auf dem Wagen. Hauptmann Weber befahl: Wolzow! Sie führen den Rest der Leute Richtung Heiligenstadt–Mühlhausen. Wir fahren voraus.« Der Wagen rollte davon. Wolzow blieb mit dreißig Mann zurück, es waren fast alles ältere Soldaten, nur wenige vom ehemaligen Ausbildungszug. Wolzow beriet sich mit Vetter. Vetter erklärte: »Wenn ich nicht erst was zu fressen bekomm, macht mir der ganze Krieg keinen Spaß mehr.« Wolzow gab ihm eine Stunde Zeit. Vetter brach in den Dorfkrug ein, es gab Gezeter, es gab einen schimpfenden Gastwirt, der mit der Mistforke vor Vetters Gesicht herumfuchtelte. Vetter brüllte: »Du sollst der erste gewesen sein, der die weiße Fahne rausgehängt hat, du Verbrecher!«

Holt saß müde auf der Bank vor dem Dorfkrug. Die Szene war ihm gleichgültig. Alles war ihm gleichgültig. Wolzow ließ antreten. Im ersten Glied sagte jemand: »Das beste wär Schlußmachen.« Wolzow drohte: »Wer türmt, ist Deserteur, und Deserteure hänge ich eigenhändig auf.« Man murrte nicht, man zeigte kein Zeichen von Zustimmung. Wolzow setzte sich auf die Bank und sah in den Himmel. Die Sonne hinter dem Gewölk näherte sich dem Horizont. Vetter trat aus dem Haus, verteilte ein paar Dauerwürste und erklärte: »Ich koch in der Waschküche Nudeln!« Wolzow saß unbeweglich. Aber dann sprang er auf.

Das helle Klirren der Panzerketten, das Summen von Motoren … Die Panzer näherten sich rasch. Vetter stürzte schimpfend aus dem Gasthof und raffte Helm und Waffen auf. »Reihe … rechts!« Wolzow führte die Gruppe aus dem Dorf.

Das Dorf zog sich lang hin. Als sie die letzten Häuser hinter sich ließen, dröhnten die Motoren so nahe, daß die Gruppe in panischer Flucht davonstürzte.

Die Landstraße führte nach Norden. Links dehnte sich eine endlose Brachfläche bis zum westlichen Horizont, wo nun die Wolkendecke auseinanderriß und den grellen, gelbroten Strahlenbündeln der Abendsonne Raum gab. Ein paar ferne Buschinseln, dahinter ein lichtes Birkenwäldchen, boten Schutz und Deckung. Dorthin floh die Gruppe, regellos und ohne Befehl. Rechts der Landstraße lag ein Acker, leicht ansteigend zu bewaldeten Bergen am östlichen Horizont, und über diesem Acker breitete sich schon die Dämmerung aus.

Wolzow schrie: »Das ist falsch!« Er orientierte sich mit einem Rundblick, er brüllte: »Haaaalt! Nach rechts!« Niemand hörte auf ihn. Nur die letzten machten kehrt und rannten auf die Straße zurück, Vetter und vier jüngere Soldaten in schwarzen Panzeruniformen. Wolzow zerrte Holt fluchend am Arm nach rechts. Die anderen flüchteten über die Wiese dem hell erleuchteten Horizont entgegen.

Wolzow wies mit dem Arm nach Osten in die Dämmerung, die tiefer herabsank. »Die Flakstellung!« Holt sah vor den dunklen Bergen den Acker grau und dunkel ...

Die Panzer stießen aus dem Dorf heraus, rollten die Landstraße entlang, hielten, schwenkten die Türme nach Westen und feuerten mit Maschinengewehren und Sprenggranaten auf die fliehenden Soldaten, die sich vom hellerleuchteten Horizont wie Schießscheiben abzeichneten.

Wolzow, Holt, Vetter und die vier Soldaten rannten nach Osten über den nassen Acker. Als Holt den Kopf wendete, sah er die lange Reihe der Panzer auf der Chaussee aufgefahren, schwarz und drohend vor dem flammenden Horizont. Holt rannte weiter und erblickte vor sich dunkle Umrisse, wie von Erdwällen oder Bunkern ... Wolzow schrie: »Die Flakstellung!« Auf der Landstraße fuhren die Panzer an. Maschinengewehrgarben peitschten durch den Abend.

Sie erreichten die grauen Erdhügel, die Kanonen und Fahrzeuge einer zerschlagenen 8,8-Zentimeter-Batterie. »Die Jabos haben alles zur Sau gemacht!« schrie Vetter. Eine Kanone war aus der Lafette gekippt, ein toter Flaksoldat lag dabei, überall Tote. Das Gelände fiel nach Osten in eine Kiesgrube ab, ein Hohlweg führte in die Kiesgrube hinein. Zwischen zwei niedrigen Sandhängen, fast unsichtbar im Schatten, stand eine Kanone, den breiten

Schutzschild nach Westen gekehrt. Wolzow brüllte: »Hierher!« In der Kiesgrube lag umgestürzt ein dreiachsiger Lastwagen, Patronenkörbe waren daneben verstreut, ringsum klafften Bombentrichter. Wolzow zog eine Patrone aus einem Korb. »Panzergranaten! Die Einundvierziger, mit Erdzieleinrichtung! Holt laden, Vetter die Höhe, ich nehm die Seite!« Er stieß Holt hinter die Kanone. Die vier Soldaten in den schwarzen Uniformen schleppten Munition heran. Wolzow brüllte: »Holt ... du sollst laden, hörst du nicht!« Holt wuchtete den Verschluß auf, schob eine Patrone ins Rohr, der Verschluß schepperte zu. Holt faßte den Abzug.

Erst jetzt sah er, daß hinter dem Dorf auf der Chaussee nur noch drei Panzer hielten. Die anderen waren weitergerollt. Scharf umrissen hoben sich die drei Silhouetten vom westlichen Horizont ab, wo nun der flammende Sonnenball die Erde berührte und sein Licht über die Ebene warf. Die Kanone stand im Schatten. Vetter, das Auge an der Richtoptik, rief: »Hab ihn!« – »Von rechts nach links!« Das war Wolzow. »Gruppe!« Holt zog gehorsam ab. Der Schuß krachte. Es war wie eine Erinnerung: der alte Donner, der als harter Windstoß den Körper traf, in den ungeschützten Ohren schmerzte und beißenden Rauch in die Augen trieb ... Das Rohr lief weit zurück, spie die rauchende Kartusche aus, lief vor, Holt lud, er war leer und ausgeglüht, alles geschah mechanisch. Er hörte, durch das Klingen in den Ohren, Wolzow rufen: »Zu kurz, Vetter! ... Gruppe!« Nun schmetterte Schuß auf Schuß hinaus.

Die Panzer mochten gegen den dunklen Osthimmel nur schlecht sehen. In die Kolonne kam erst Bewegung, als der vorderste Sherman als qualmendes Wrack zusammensank. Die anderen zwei Wagen fuhren an, zogen auseinander, drehten sich schwerfällig nach rechts und rollten über den Acker heran.

Während das Rohr wieder zurücklief und Holt automatisch nach einer Patrone langte, sah er, wie eine Rauchsäule sich aufkräuselte und gelbrotes Feuer wie ein riesiger Ball aufsprang ... »Gruppe!« brüllte Wolzow, Holt zog ab, die beiden Panzer krochen über den flachen Acker. Und nun blitzten auch ihre Kanonen auf ... Neben der Flak flammte der erste Einschlag in die

Sandböschung, warf Kies hoch und streute glühenden Stahl über die Kanone. Holt duckte sich. »Gruppe!« Der Luftdruck einer einschlagenden Granate ließ ihn taumeln, er klammerte sich am Verschluß fest, er bückte sich nach einer Patrone, er zog schon ab, er sah in einer blendenden, trichterförmig hochfahrenden Flammensäule den tonnenschweren Turm eines Panzers durch die Luft fliegen, dann riß ihm ein Einschlag die Beine unter dem Leib fort, die Kanone schwankte, der letzte Panzer war sehr nahe. Holt taumelte vom Acker hoch ... »Gruppe!« Da hielt der Panzer mit zerschossener Kette keine dreißig Meter vor ihm und spie weißes Feuer, die Turm-MGs blitzten dünn, aber schon umfloß ihn in feurigen Bächen brennendes Benzin ... »Gruppe!« Er zerbarst in gewaltiger Detonation.

Die Stille war so beängstigend, daß Holt ein Schauer der Furcht über den Rücken lief. Der Horizont im Westen verblaßte, es war dunkel, der flackernde Schein der brennenden Panzer drang bis an die Kanone. Vetter stand neben der Höhenrichtmaschine, halb in die Knie gehockt, patschte sich mit beiden Händen auf die Schenkel und lachte wie ein Irrer, und plötzlich begann er zu kreischen: »Wir siegen ... paßt auf ... wir siegen!« Wolzow erhob sich von seinem Sitz, nahm den Helm ab und schrie, mit einem Flackern in den Augen: »Ich mach die ganze Kompanie fertig ...! Alle mach ich fertig!« Holt taumelte ein paar Schritte zur Seite. Er bückte sich. Da lagen zwei der jungen Panzersoldaten neben einem Patronenkorb, und die Splitter einer Sprenggranate hatten sie bis zur Unkenntlichkeit entstellt.

Sie liefen den Bergen entgegen. Hinter ihnen brannten die Panzer. Der Weg stieg an, dann führte er wieder hinab ins Tal. Die beiden Soldaten blieben zurück. Wolzow merkte es erst, als sie wieder ein Dorf erreichten, wo überall weiße Fahnen aus den Fenstern hingen. »Die Schweine wollen alle nicht mehr«, fluchte Wolzow. Ein Gehöft, nahe am Walde, war leer und verlassen. Sie drangen in das unverschlossene Wohnhaus ein. »Wir bleiben!«

Wolzow stapfte die Treppe hoch und warf sich angekleidet, mit verdreckten Stiefeln in ein Bett. Holt übernahm die Wache. Er lief zwischen den Weidenbüschen und dem ersten Gehöft auf und ab. Es wurde empfindlich kalt. Dann dämmerte der Morgen. Fern summte ein Motor. Holt lief ins Haus und jagte die Holztreppe hoch. »Sie kommen!« Ein Auto rollte die Straße entlang, ein offener, viereckiger Wagen, und darin saßen, Gewehre zwischen den Knien, Soldaten mit runden Helmen und khakifarbenen Uniformen. Holt floh durch die Küche, über den Hof. Vom Tor her fielen Schüsse. Wolzow und Vetter blieben im Schutz der Scheunenwand stehen und schossen zurück. Als Holt den nahen, schützenden Wald erreicht hatte, krachte eine Handgranate. Er sah sich um. Die Scheune stand in hellen Flammen. »Das war ich!« sagte Vetter. »Ich hab eine Handgranate ins Stroh geschmissen.«

Sie wanderten nach Nordosten und wichen allen Dörfern aus. Wolzow vertiefte sich in die Karte. Wieder stieg ein Berghang vor ihnen an. Vom Kamm sahen sie einen Fluß, der sich in Schleifen durch die Berge wand. An seinem Ufer lag ein Flecken. Eine weiße Steinbrücke überspannte das Gewässer.

Sie näherten sich vorsichtig der Brücke. Dort lehnte ein Soldat am Geländer, legte den Kopf in den Nacken und trank aus einer Flasche. Die Bewegung war unverkennbar.

Oberfeldwebel Burgkert grinste. Er war schwer betrunken, schwenkte die Schnapsflasche und sagte: »Die Rekruten!« Er ging mit ihnen stadtwärts »Division ›Schlageter‹«. Er trank. »Spähtrupp-Unternehmen. Den Spähtrupp haben die Jabos gefressen. Aber ich hab wieder ein Auto.« – »Sind hier Truppen?« fragte Wolzow. – »Ja. Ich«, sagte Burgkert. Vetter feixte. Burgkert fuhr fort: »Ich warte, bis sie kommen, dann jag ich die Brücke hoch. Zwanzig Panzerfäuste.« – »Zündung?« fragte Wolzow. – »Elektrisch. Haben die Pioniere gemacht, eh sie getürmt sind.«

Burgkert hatte sich in einer Villa verschanzt. In dem dicht bepflanzten Vorgarten waren Löcher ausgehoben, von dort konnte man bis hin zur Brücke sehen. Sie nisteten sich in einem großen Parterrezimmer ein. »Die Leute sind fuchsteufelswild. Die haben kochendes Wasser stehn. Aber nicht für die Amis«, sagte Burgkert.

Holt ging ein Stück in den Flecken hinein. In den Straßen standen Menschen vor den Häusern. Überall wehten weiße Fahnen. Holt begriff nur langsam, daß erhobene Fäuste, Flüche und Verwünschungen, daß die Ausbrüche von Haß ihm galten, seiner Anwesenheit, seinen Absichten. Enge Gassen, dachte er, Fachwerkhäuser, sie haben ja recht, ein paar Panzerfäuste, und der halbe Ort brennt ab! Aber weiter reichte sein Denken nicht mehr. Mein Schicksal, ihr Schicksal … Mag es seinen Lauf nehmen.

In der Villa schlief Burgkert einen schweren, betrunkenen Schlaf. Holt legte sich auf den Teppich.

»Sie sind da!« schrie Wolzow. Burgkert fuhr hoch, trank noch einmal und reichte auch Holt seine Feldflasche. Vetter und Wolzow lagen in den Löchern vor der Villa. Auf der Chaussee, dicht vor der Brücke, hielt ein Sherman, mit geöffnetem Turmluk. Der Kommandant starrte durch den Feldstecher. Wolzow legte Panzerfäuste vor sich hin. »Der traut sich nicht rein!« Burgkert kauerte über dem Zündmechanismus. Vetter rief: »Achtung … er macht die Luke dicht!« Motorenlärm sprang auf. Der erste Panzer rollte klirrend über die Brücke, ein zweiter folgte, ein dritter … Burgkert zündete. Die Detonation deckte das Dach der Villa ab und schlug wie eine Sturmbö in den Garten … Ein Panzer hielt vor dem Haus, Vetter sprang mit einer Panzerfaust zwischen die Büsche. Als der Panzer in die Luft flog, krachten vom Fluß her die ersten Sprenggranaten in die Villa. »In die Stadt!« brüllte Burgkert. Der Panzer vor den Schützenlöchern brannte mit einer riesigen, fast unbewegten und stark rußenden Flamme. Vom jenseitigen Ufer feuerten Panzerkanonen in den Flecken. Holt lief die Straße entlang. Fünfzig Meter vor ihm rannten Wolzow und Burgkert, und sie deuteten nach links in eine Gasse und liefen weiter. Holt überquerte die Gasse und sah sich unmittelbar hinter dem Heck eines Panzers, sah den weißen Stern auf blauem Felde, und aus den Auspuffrohren schlug ihm heißes Gas ins Gesicht … Holt ließ sich zu Boden fallen. Ein schmetternder Schlag betäubte ihn. Als er zu sich kam, floß vor seinem Gesicht brennendes Benzin aufs Pflaster, er kroch in die Deckung der Häuser. Von der anderen Seite schoß Vetter eine zweite Panzerfaust ab, und die

Detonation warf Holt gegen die Mauer. Er erhob sich und taumelte die Straße hoch. Das Schießen ringsum war verstummt. Wolzow und Burgkert standen in einem Hausflur und spähten die Straße hinab zur Brücke. »Hier … sauf!« sagte Burgkert. Sie liefen durch die Stadt, an einem qualmenden Panzerwrack vorbei. Vetter wartete schon am Ortsausgang, bei einem kleinen, offenen Kübelwagen. Burgkert fuhr mit einem Höllentempo über die Schlaglöcher. Hinter ihnen brannte die Stadt. Der Alkohol stieß Holt noch tiefer in Gleichgültigkeit und Apathie. Er saß auf dem Rücksitz, neben ihm war alles mit Schnapsflaschen vollgepackt. So geht das weiter: auf Panzer lauern, auf Panzer schießen, vor Panzern fliehen, und wieder auf Panzer lauern, ohne Ende. Burgkert fuhr mit halsbrecherischem Tempo.

»Das ist schon die Leipzig–Altenburger Gegend!« sagte Wolzow. Sie jagten zwischen Feldern entlang.

Vor ihnen lag Wald, noch fern. »Jabos!« schrie Vetter. Burgkert bremste scharf. Sie liefen über den Acker zu einer großen Strohmiete. Burgkert machte fluchend kehrt. Aus der Deckung der Strohballen sah Holt, wie der Oberfeldwebel einen Arm voll Schnapsflaschen aus dem Wagen raffte, wie er in einer Wolke aus Feuer und Erde verschwand, während der Jagdbomber steil nach oben zog.

Sie standen um den brennenden Wagen. Burgkert, zur Seite geschleudert, lag tot auf dem Feldweg.

13

In einem Dorf liefen sie einem Kommando der Feldgendarmerie in die Arme. Mit etwa hundert Versprengten aller Truppenteile wurden sie auf Lastwagen in die nächste Kaserne gefahren; der Gebäudekomplex war hell erleuchtet, als gebe es keinen Luftkrieg. Hier fanden sie Leutnant Wehnert wieder. Er zeigte sich erfreut: »Sie kommen wie gerufen! Ich hab eine Alarmkompanie, es fehlt an Dienstgraden, Gefreite als Zugführer! Sie übernehmen sofort einen Zug, Wolzow!« Der Zug lag auf drei Stuben und wartete, blutjunge Burschen, von überallher zusammengeholt, von Panzerschulen, aus einem ROB-Bataillon der Grenadiere, auch Arbeitsmänner waren dabei, die man in feldgraue Uniformen gesteckt hatte. Auf den Stuben redete man von neuen Waffen, von der großen Wende des Krieges.

In der Waffenkammer saß ein betrunkener Unteroffizier. Jeder nahm sich, was ihm gefiel, auch in der Kleiderkammer, wo Holt endlich den dicken, wattierten Überrock gegen Tarnkleidung aus Segeltuch eintauschte. Den Rest der Nacht und den folgenden Tag lagen sie in einer Stube auf Strohsäcken herum. Wolzow hatte ein Zeitungsblatt aufgetrieben und las daraus vor. »Siegen oder fallen! ... Einzige Parole für den Volkskrieg.« Der Wehrmachtbericht sprach von »örtlichen Kämpfen an der Ostfront«, von einer »Abwehrschlacht im Ruhrgebiet«, dann war Schweinfurt genannt und gleichzeitig Erfurt erwähnt. »Da kennt sich keine Sau aus!« sagte Wolzow. »Keine Front mehr, nur überall Panzerkeile ...« Man unterhielt sich über die deutschen Siegeschancen. Jemand erzählte von einem BdM-Mädchen aus Aachen, das den Amerikanern fanatisch ... Holt lief aus der Stube.

Er stand am Fenster des langen Korridors. Auf dem Hof, unter Bogenlampen, wurden ein paar Selbstfahrlafetten mit der langen 7,5-Zentimeter-Kanone munitioniert. Wolzow schlenderte den Korridor entlang. »Das war eine Panzerjäger-Kaserne. Überall stehen noch Selbstfahrlafetten und Pak mit Zugmaschinen rum, aber es fehlt Sprit ... Ein Jammer! Überhaupt ... alles desertiert, alles haut ab, seit die Amis über den Rhein sind, wird kaum noch Widerstand geleistet. Ich versteh das nicht!« Er schlug Holt auf die Schulter. »Im Unteroffizierskasino versaufen sie die letzten Schnapsvorräte.«

Sie fanden einen Tisch. Wolzow brachte Bier und Kognak und stützte die Arme auf den Tisch. »Möcht wissen, was mein Onkel macht.« Er trank. Holt saß stumm im Trubel der Betrunkenen.

In der Nacht wurden sie alarmiert. Wehnerts Kompanie marschierte aus der Kaserne. Der Leutnant fehlte. Wolzow erklärte: »Er fährt mit dem Kommandeur und dem Bataillonsadjutanten.« –

»Sie haben einen LKW voll Fresserei«, rief Vetter. Sie marschierten den ganzen Tag, am Straßenrand entlang, kilometerweit auseinandergezogen. Zurückgehende Truppen begegneten ihnen. »Die einen gehen zurück, die anderen gehen vor. Möcht wissen, was hier gespielt wird«, sagte Wolzow. Abends kampierten sie in einem Dorf, in Scheunen und Ställen.

Im Wirtshaus saß ein Kommando SS. Wolzow spielte mit den SS-Leuten bis tief in die Nacht hinein Skat. Am Morgen erzählte er: »Prächtige Kerle! Die sind übrigens ganz in unsrer Nähe zu Hause. Vorgestern haben sie in einem Maidenlager genächtigt, da war was los! Den Mädchen haben sie so lange eingeredet, die Neger und die Mongolen werden sie fressen, bis sie alles mitgemacht haben.« Er lachte. »Sie warten auf ein paar Führer, die wollen ein fliegendes Standgericht aufmachen.« Mit Genugtuung setzte er hinzu: »Dann gehen sie endlich gegen die Deserteure vor!«

Die Kompanie marschierte weiter. Am Nachmittag wurde sie von Jagdbombern angegriffen. Das Gelände war günstig, es gab kaum Verluste. Dann erreichte die Kompanie das Marschziel, das Dorf Greifensleben. Ein paar Feldgeschütze standen am Dorfrand. Ein Fernsprech-Bautrupp legte Telefonleitungen. In der Gaststube des Wirtshauses richtete Wolzow eine Art Befehlsstelle ein. Er war der einzige, der Initiative zeigte. Die Unteroffiziere Boek und Winkler saßen apathisch am Ofen. Am späten Abend langte eine zweite Alarmkompanie an. Der Führer, ein Oberfeldwebel, war schwer verwundet. Jagdbomber hatten die Kompanie gelichtet. Die Verwundeten wurden ins Nachbardorf gebracht, nach Bucheck, wo der Bataillonsverbandplatz eingerichtet worden war. Als die Telefonverbindung zum Bataillon hergestellt war, ließ es sich Wolzow nicht nehmen, ausführlich den Kampfauftrag zu erläutern.

Das Bataillon hielt drei Ortschaften besetzt, Greifensleben, Bucheck und den Flecken Gerstedt, eine Stadt von fünftausend Einwohnern, von Fabriken umgeben, schwer bombenzerstört. Die Fernverkehrsstraße stieß von Süden nach Norden durch das hügelige, sparsam bewaldete Land, erst an Greifensleben, dann an Gerstedt vorbei, wo der Bataillonsstab eingezogen war. Westlich

Gerstedt lag das große Bauerndorf Bucheck. »Wir gehören zur Division ›Körner‹, zu einer neu aufgestellten Armee, deren Südflanke wir hier decken.« Holt hörte es müde und teilnahmslos.

In der Nacht trafen drei 7,5-Zentimeter-Pak auf Selbstfahrlafetten in Greifensleben ein. Gegen ein Uhr wurde im Süden Kanonendonner laut und verstummte bald. Das Bataillon in Gerstedt, wo auch Wehnert untergekrochen war, gab bekannt, daß Panzerspitzen auf der Autobahn im Süden nach Hermsdorf–Glauchau vordrängten. Gegen Morgen rief das Bataillon die Kompanie nach Gerstedt, zur Verteidigung des Gefechtsstandes, wie es hieß. »Und wer bleibt hier?« fragte Wolzow. Die zuletzt angekommene Alarmkompanie war führerlos, sie bestand aus halbausgebildeten Rekruten, Schülern militärischer Spezialschulen. »So einen Haufen kann man doch nicht sich selbst überlassen! Boek, du bleibst hier!« Wolzow telefonierte mit dem Bataillonsadjutanten. Dann sagte er zu Holt: »Ich hab den Eindruck, daß die das alles gar nicht interessiert.«

Draußen stand die Kompanie marschfertig. Boek blieb teilnahmslos und zusammengesunken im Wirtshaus sitzen. Die Kompanie marschierte ab.

Nach anderthalb Stunden, als es hell wurde, sahen sie zur Rechten, ein wenig talwärts, das helle Band der Fernverkehrsstraße, die etwa zwei Kilometer von Gerstedt entfernt nach Norden lief. Über die Landstraße, aus dem Städtchen nach Osten hinab zur Chaussee, fuhren zwei Personenwagen, bogen in die Chaussee ein und rasten nach Norden davon.

Wolzows Gesicht erstarrte. Er lief mit Winkler, Vetter und Holt an der Spitze der Kompanie. Er brüllte plötzlich einen Gefreiten an: »Kommando übernehmen!«, und dann rannte er schon über die Wiesen, Holt hinter sich her ziehend, gefolgt von Vetter und Winkler. In einer Senke stießen sie auf einen mehrere Meter breiten Bach. Endlich gab es eine Brücke. Sie liefen keuchend zwischen die Gärten und Villen. Im Osten glänzte der Horizont. Auf der Straße zeigte ein Wegweiser die Richtung zum Bataillonsgefechtsstand.

Der Troß-LKW stand vor einer Villa. Hier liefen viele Telefonkabel zusammen. Auf dem Gehsteig hinter dem Lastwagen türmten sich Munitionskisten, Gewehre, Maschinengewehre, ein Arsenal von Waffen und Munition, unordentlich hingeworfen, in Eile abgeladen. Unter der zurückgeschlagenen Plane sah Holt Kisten mit Verpflegung, Kognak, Kommißbrot, Marmeladeneimer, Kanister mit Butter. Der Fahrer, ein Gefreiter, stand neben dem Führerhaus. Aus der Gartenpforte trat Leutnant Wehnert, einen Koffer in der Hand, den Mantel über dem Arm. Er sah Wolzow, stutzte, ging weiter und reichte seinen Koffer ins Führerhaus.

Wolzow trat vor Wehnert hin, faßte mit der Linken das Schloß der Maschinenpistole, die um seinen Hals hing, und hob die Rechte zum Gruß. »Zweite Kompanie ...« Holt war zu abgehetzt, um recht zu verstehen, aber was Wehnert sagte, das verstand er. »Beziehen Sie die vorbereiteten Feldstellungen.« – »Wo ist der Kommandeur?« fragte Wolzow. »Der Kommandeur ist im Begriff, den Gefechtsstand zu wechseln«, sagte Wehnert leichthin, »und ich ...« – »... und Sie folgen mir in den Gefechtsstand!« Holt hörte die Drohung in Wolzows Stimme.

Wehnerts Gesicht wurde blaß. Seine blauen Augen richteten sich auf Wolzow. Er faßte mit einer Hand die Autotür, setzte den Fuß auf das Trittbrett und rief in seinem härtesten Befehlston: »Sie haben einen Offizier vor sich! Was erlauben Sie sich!« – »Vetter!« schrie Wolzow. »Nimm dem Fahrer die Schlüssel weg!« Vetter, gehorsam wie ein Schäferhund, schob den Leutnant zur Seite und kletterte ins Führerhaus. Holt hörte ihn schimpfen: »Mach keinen Mist, sonst ...« Der Fahrer stieg aus und begegnete Wehnerts Blick mit einem Schulterzucken. Er ging ein paar Schritte die Straße entlang und blieb abwartend stehen.

Wehnert plusterte sich auf: »Sind Sie wahnsinnig! Ich befehle Ihnen ...« Wolzow zitterte vor Wut. »Der Kommandeur ist getürmt! Und du willst auch türmen, du feiges Schwein! Den Kompanietroß mitnehmen! Das Desertieren werd ich dir austreiben, du Lump!« brüllte er. »An die Laterne mit jedem, der türmen will!«

Wehnert langte nach der Pistolentasche, aber Vetter packte ihn auf einen Wink Wolzows von hinten am Koppel und riß ihm die Waffe heraus. Alle Aufgeblasenheit fiel von Wehnert ab. Er sah hilfesuchend auf Unteroffizier Winkler. Winkler war blaß, er rührte sich nicht. »Ich enthebe Sie Ihrer Befehlsgewalt und nehme Sie in Haft«, rief Wolzow. »Vetter, reiß ihm die Schulterstücke runter!« Vetter fetzte die silbernen Rangabzeichen ab, daß Wehnert taumelte. Sie schoben ihn durch den Vorgarten in die Villa. Der Gefechtsstand war im Keller, in der geräumigen, sauberen Waschküche eingerichtet. Den großen, aus Brettern und Holzböcken gefügten Tisch bedeckten Karten. Auf einer Bank standen Telefone und ein Funkgerät, auch einen Radioapparat gab es, und unter dem Fenster ein eisernes Feldbett. Ein Ausgang führte in den Garten, ein zweiter durch einen Gang in den Kohlenkeller.

Wehnert stand bleich neben der Tür; er raffte sich noch einmal zu einem Protest auf. »Sie werden sich zu verantworten haben! Winkler, Sie machen sich der Meuterei mitschuldig, wenn Sie ...« Wolzow sprang auf den Leutnant zu und schlug ihm die Faust ins Gesicht.

Vor Holts Blick wurde eine ähnliche Szene lebendig: wie Wolzow am Rabenfelsen Meißner zusammengeschlagen hatte ... »Ich werd dir helfen ... du Lump!« Wolzow schlug ein zweites Mal zu, und Wehnerts Kopf prallte gegen die Kellerwand.

Holt glaubte den Schlag zu spüren.

Wolzow sagte: »Den möcht ich langsam zu Tode schinden.«

»Großmäuliger Feigling ... hat er dich mal genannt«, hetzte Vetter.

In allen Kellern waren die Fenster unvergittert. Wolzow meinte: »Dann wär's das beste, du legst ihn um, Vetter. Oder noch besser: such einen Strick!« – »Jawohl«, schrie Vetter, »einen Strick suchen, Herr Unteroffizier!« Er machte kehrt. Wehnert rief in Todesangst: »Ich verlange ein Gericht! Ich bin Offizier! Sie haben kein Recht! Winkler, so helfen Sie mir doch! ... Das ist doch nicht möglich ... um Gottes willen!« Er schrie, mit verschwollenem Mund: »Nicht aufhängen!!«

Vetter brachte eine Wäscheleine.

Wehnert zitterte. »Der Führer«, sagte Wolzow, »hat befohlen:

Wer den Tod in Ehren fürchtet, stirbt ihn in Schande. Hängen wir ihn gleich auf? Winkler?«

Unteroffizier Winkler schwieg. In seinem Gesicht stand Angst. Aber dann schüttelte er den Kopf. Holt sagte: »Nein!« – »Vetter?« fragte Wolzow. »Aufhängen!« rief Vetter. »Nichts wie aufhängen! Wenn ich dran denk, wie der uns geschliffen hat, dann bloß schnell aufhängen! Draußen, am Birnbaum!«

Wolzow sagte: »Da werd ich die Entscheidung treffen.« Er sah Wehnert an und zog den Augenblick in die Länge. Wehnert verlor die letzte Beherrschung und flehte stammelnd: »Wolzow ... Gnade!« Seine Zähne schlugen aufeinander. Wolzow überlegte lange. »Was machen wir mit ihm, daß er nicht türmt? Ich bring ihn bei der ersten Gelegenheit zum Regiment, den will ich hängen sehn!«

Wehnert atmete auf.

Wolzow überlegte noch immer. Vetter trat zu ihm hin und flüsterte etwas, und Wolzows Gesicht verzerrte sich.

»Gut.«

Während Vetter durch den Vorgarten zum Wagen lief, sagte Wolzow: »Der Wehnert wird narkotisiert, damit er nicht türmen kann!«

Vetter flößte dem willenlosen Leutnant Kognak ein, aus einem Trinkbecher, eine ganze Flasche. Wehnerts Augen wurden glasig. Vetter stieß ihn auf das Feldbett, wo er weitertrinken mußte, bis er bewußtlos liegenblieb.

»Erledigt«, sagte Wolzow. Holt wischte sich über die Stirn.

»Was wird nun ... aus dem Bataillon?« fragte Unteroffizier Winkler.

Wolzow schaute Holt, Vetter und Winkler ins Gesicht. »Das Bataillon wird seinen Auftrag unter allen Umständen ausführen. Das Bataillon hört auf mein Kommando.«

Unteroffizier Winkler wandte überrascht den Kopf zu Wolzow um. Er sagte: »Hier wird aber nirgends mehr gekämpft.« – »Wo ich befehle«, sagte Wolzow, »wird gekämpft! Wer anders denkt ...« Er schlug auf die Pistolentasche. Vetter stand mit der Wäscheleine dabei.

Wolzow trat an den Tisch und beugte sich über die Karte. Aus dem Radioapparat ertönte die Stimme des Sprechers. »Aus dem Führerhauptquartier ... Großangriff im Osten hat begonnen ...« Wolzow starrte das Radio an. »... Panzerspitzen im weiteren Vordringen ... Erbitterter Widerstand ... Auch westlich Erfurt ... Saale zwischen Jena und Halle überschritten ...« Und jetzt: »Aufruf des Führers ...« Satzfetzen, die sich in Holts Teilnahmslosigkeit hineinschoben: »Berlin bleibt deutsch ... Wien wird wieder deutsch ...« Wütend schaltete Wolzow das Radio ab. »Wir haben einen Kampfauftrag! Alles andere geht uns nichts an!« Er beugte sich wieder über die Karte. »Holt, stell die Verbindung zum Regiment her!«

Holt probierte mechanisch die Telefone durch. In Greifensleben meldete sich Boek. Wolzow schrie: »Er soll die Selbstfahrlafetten herschicken!« Auf dem zweiten Apparat meldete sich Bucheck, ein Stabsarzt, der von Wahnsinn und Schlußmachen redete. Die aufgeregte Stimme drang blechern aus dem Hörer. »Leg auf!« zischte Wolzow. »Ruf das Regiment!« Aber die Leitung zum Regiment blieb tot. Niemand meldete sich.

Alles getürmt, dachte Holt.

Wehnert, auf dem Feldbett, stöhnte.

Wolzow ging mit Holt, Vetter und Winkler durch die Stadt. Eine Hauptstraße, ein kleiner, viereckiger Marktplatz, ein paar schmale Gassen, ringsum Villen in Gärten. Hauptstraße, Markt und die Nebengassen lagen in Trümmern, zerbombt und ausgebrannt. Nordwestlich der Stadt dehnte sich eine Industrieanlage, von einer großen Siedlung umgeben. Dort wehten weiße Fahnen. In der Stadt selbst begegneten sie keinem Zivilisten. Auch die Villen am Stadtrand waren geräumt.

Sie besichtigten die Feldstellungen östlich der Stadt. Der Graben zog sich von Süden nach Norden in Windungen an dem Flecken entlang, dicht vor dem Saum der Gärten. Die Alarmkompanie hielt den Graben besetzt, zweihundert blutjunge Burschen, bis auf ein paar Gefreite führerlos, aber gut bewaffnet. Wolzow zählte neun Maschinengewehre. Die Soldaten hockten in den

Gräben, ihr Optimismus war verkrampft. Wilde Gerüchte: »Herr Unteroffizier, kommt Verstärkung, stimmt das?« – »Jawohl«, sagte Wolzow, »auch schwere Waffen!« – »Herr Unteroffizier! Heut nacht sollen im Osten neue Waffen eingesetzt worden sein ... der Russe in vollem Rückzug ...« – »Sobald die offizielle Nachricht eintrifft, laß ich's bekanntgeben«, sagte Wolzow.

Am östlichen Ende der Stadt führte die Hauptstraße vom Markt durch die Villen hinab zur Chaussee. Vetter notierte Wolzows Anordnungen. »Hier links und rechts eine Pak in Stellung bringen. Die dritte weiter hinten in die Villengärten.« Winkler blieb im Graben. Sie liefen in die Stadt zurück, die Hauptstraße entlang. »Drei Keller mit Hinterausgang zu Bunkern herrichten ... Panzerfäuste hinbringen! Drei Panzerjagdkommandos bilden. Ein Zug als Reserve in die Stadt.« Vom Marktplatz führte ein Gäßchen zum südlichen Stadtrand, wo in der langen Reihe der Villen der Gefechtsstand lag.

Dort klingelte das Telefon. Holt nahm den Hörer ab. Eine rauhe Stimme meldete, die Selbstfahrlafetten seien von Greifensleben nach Bucheck gelangt. »Läßt sich alles gut an«, sagte Wolzow. Er studierte wieder die Karte. Mit gespreizten Beinen am Tisch, nach vorn geneigt, die Arme seitwärts auf die Platte gestützt, so stocherte er mit dem Zirkel herum, maß Entfernungen, rechnete, leise murmelnd.

Holt erinnerte sich unvermittelt, wie Wolzow bei der Flak die Lage erklärt, wie er in der Kaserne am Sandkasten gespielt hatte ... Und er sah ihn heute nicht anders als damals über die Karte gebeugt und hörte ihn sagen: »Überlegene Taktik ... bessere Stellung ... Aufmarsch ... Überraschungsmoment ...«

Wohin führt das? dachte Holt ...

Wie lange noch ...?

Als es Mittag wurde, langten die drei Selbstfahrlafetten in Gerstedt an. Vetter meldete die Ausführung aller Befehle. Noch einmal besichtigte Wolzow die dünn besetzte Linie, die Bunker in den Ruinen ... Dann saßen sie im Gefechtsstand, wo Wehnert noch immer röchelnd im Schlaf lag.

Das Telefon schrillte. Holt nahm den Hörer auf, es war eine Reflexbewegung. Unteroffizier Boek redete aufgelöst und in panischer Furcht von Panzern ... Hunderten von Panzern. »Sie halten auf der Höhe von Greifensleben«, schrie Holt. Wolzow sagte: »Die fahren vorbei!« Er schickte Vetter zu den Selbstfahrlafetten: »Wenn sie zu uns hochkommen sollten, werden die ersten in die Stadt hineingelassen!«

Holt dachte: Panzer. Hunderte von Panzern! Er hörte noch Boeks bebende Stimme, aber Wolzow stand wieder an der Karte und hielt Vorträge in den leeren Keller hinein: »Ich glaube kaum, daß sie uns hier mit starken Panzerkräften angreifen ... im Süden bereits bis in den Raum Zwickau–Chemnitz ... erhebt sich die Frage ...«

Seit Tagen war Holt wie gelähmt, er befand sich in einem Zustand der Apathie, und sein Hirn vermochte die Eindrücke der Umwelt nur oberflächlich zu verarbeiten. Aber nun war es, als erwache er, als komme er zu sich. War es Wolzows Stimme, die rauh und schneidend an sein Ohr drang?

Wolzow redete und redete: »... werde die Amerikaner schlagen ... nach allen Regeln der Kriegskunst.«

»Wolzow!« schrie Holt und zitterte plötzlich vor Erregung. »Jeden Augenblick können die Panzer ...« – »Panzer? Das dauert noch! Also, ich kenn die amerikanische Taktik. Ich werde sie schlagen!« Ein Melder riß die Tür auf und starrte entgeistert auf den schlafenden Leutnant. Dann schrie er: »Panzer! Massen von Panzern!« Wolzow langte nach der Maschinenpistole und packte Holt am Arm. »Raus!« Er schob ihn aus dem Keller.

Holt lag im Graben neben Wolzow, nahe der Landstraße. Auf der Chaussee im Tal klirrten Panzer vorbei. Die Kompanie verkroch sich tiefer im Graben. Wolzow sah auf Holt. »Was hab ich gesagt? Sie fahren vorbei!« Er zählte. Bei achtzig hörte er auf zu zählen. Mindestens noch einmal soviel rollten vorbei.

Dann verstummte langsam der Motorenlärm. Ein Melder kroch durchs Gebüsch und stieg in den Graben. Vetters Handschrift: »In Greifensleben motorisierte Infanterie. Boek Leitung durchschnitten und kapituliert.« Wolzow las. Er zischte etwas Unverständliches. Eine Viertelstunde später klirrten wieder Panzerketten heran. Zehn Shermans rollten bis zur Höhe des Fleckens und bogen auf die Landstraße ab. Dort hielten sie lange Zeit. Unterdessen fuhr eine lange Kette von Wagen, mit Infanterie besetzt, auf der Chaussee vorbei nach Norden, Zugmaschinen mit Geschützen, und immer wieder motorisierte Infanterie. Das letzte Dutzend der Fahrzeuge hielt bei den Shermans vor der Stadt.

Wolzow brüllte den Laufgraben entlang: »Die Panzer ... vorbeilassen!«

Die zehn Shermans rollten in rascher Fahrt die Landstraße hoch, näherten sich dem Ortseingang und drangen in den Flecken ein, sehr nahe an Holt und Wolzow vorbei. Die beiden Pak, in ihren gut gedeckten Stellungen im Gebüsch, begannen zu feuern.

Wolzow schrie: »In die Stadt! Schnell!«

Holt tauchte ins nahe Gebüsch, lief an einer feuernden Selbstfahrlafette vorbei, hörte stadtwärts Panzerfäuste detonieren, wieder und wieder. Dann hämmerten Maschinengewehre, Sprenggranaten donnerten in die Gärten, Obstbäume zerknickten, blühende Fliederbüsche segelten durch die Luft, ein Schuppen sprang in Fetzen, Feuer, Qualm. Holt rannte über die bebende Erde, erreichte die Hauptstraße, kletterte durch die Ruinen und stieg durch einen Kellergang in den ersten Bunker. Der Keller war verqualmt, durch das Fenster leuchtete gelber Flammenschein, ein paar Soldaten brüllten durcheinander. Jemand drückte Holt eine Panzerfaust in die Hand.

Draußen faßte sein Blick, wie im Traum, einen brennenden Panzer. Aber drei oder vier schossen Sprenggranaten in die Ruinen. Holt lief zur Hauptstraße. Zu seiner Linken, auf dem Marktplatz, flog ein Sherman in die Luft ... Rechts ein brennendes Wrack, davor ein Panzer, der mit der Kanone in die Stadt hineinfeuerte.

Jemand warf sich neben Holt aufs Pflaster, das war Wolzow. »Geh ihn an, es ist der letzte!«

Holt lag unbeweglich. Er hatte das rasende Herzklopfen der

Todesangst. Aber auf einmal war es vergangen, er spürte seinen Körper nicht mehr, als sei er schwerelos. In seinem Inneren sagte eine herausfordernde Stimme: Geh! Es ist die beste Lösung.

Er erhob sich. Einen imaginären Punkt suchen, festhalten mit dem Blick … und vorwärts, marsch! Er lief gegen den Panzer, fixierte die Walzenblende am Turm; er traf, und die Detonation schmetterte ihn zu Boden.

Ringsum war alles still, nur das Feuer brauste. Wenig entfernt stand ein Haus in Flammen. Holt wischte sich die Augen, die von Staub und Pulverdampf brannten.

»Die Infanterie sitzt ab!« schrie es, und dann: »Vier Panzer sind zurück zur Chaussee!«

Am Ortseingang, zwischen den Büschen, in einem Meer von Flammen, brannten die beiden Selbstfahrlafetten … Unteroffizier Winkler keuchte. »Die dritte ist heil … Und die beiden Besatzungen hier …« – »Scheiß auf die Besatzungen!« schrie Wolzow. »Die Kanone brauch ich! Die dritte Pak zurück in die Stadt!« Er stieß Holt in den Graben. Vetter kroch zu ihnen hin, mit einem Maschinengewehr. Holt sah, daß man hinter der Chaussee Granatwerfer in Stellung brachte. Die vier Shermans richteten ihre Kanonen auf die Häuser. Es heulte schon heran und schmetterte in die Stadt … »Laß sie angreifen!« sagte Wolzow. »Gegen ein Dutzend Maschinengewehre bergan über freies Feld! Vetter! Du führst den Zug aus der Stadt zum Gegenstoß …« Vetter kroch zurück. Wolzow brüllte Holt an: »Was ist denn mit dir los? Nimm doch das Maschinengewehr!«

Eine Rakete stieg gleißend empor … Was soll das? Wolzow drehte den Kopf zur Seite, sah nach oben, rutschte, erstarrt vor Schreck, von der Brustwehr in den Graben, und verkroch sich im sandigen Boden … Holt begriff nichts. Da brach das Gewitter los. Jagdbomber glitten über den Himmel, kippten über die Tragflächen und stießen herab, und entlang des Stadtrandes flog in Fontänen und dann in einer einzigen, zusammenhängenden Masse die Erde zum Himmel auf und schmetterte mit Stahl vermengt auf den Boden zurück, und der Boden bebte wie unter vulkanischen Eruptionen ... Schwarze Nacht, treibender Rauch, zum Himmel emporsteigendes Erdreich, das den Tag löschte, von rotem, rußigem Feuer und gelben Blitzen durchzuckte Nacht, Detonationen, Raketen, Bomben, dumpfes Gehämmer der Bordkanonen, verschmelzend zu einem einzigen Ton, den das Motorengeheul der niederstoßenden Maschinen überschrie ... Holt lag bewegungslos, das Gesicht zum Himmel gekehrt, während rasend schnell die Bilder wechselten: vom Wahnsinn entstellte Gesichter, heranrasende Jäger, brüllende Einschläge, der Graben, der einstürzte, tonnenschwer niedergepreßtes Erdreich, bewegungslose Gestalten, und Feuer, überall Feuer ... Das Grauen sickerte tiefer und tiefer in Holts Bewußtsein und löschte jede Regung. Sein Gesicht erstarrte in einer Grimasse.

Die Jagdbomber flogen ab.

Die Stille, die zurückblieb, füllte sich mit dem Geschrei der Verwundeten. Aber schon zitterte die Erde unter den herannahenden Panzern. Die vier Shermans rollten feuernd den Graben entlang, Brustwehr samt Besatzung mit breiten Ketten zermalmend, ein paar Panzerfäuste detonierten, ohne zu treffen, und die Panzer krochen auf die Landstraße und rollten in die Stadt, wo sie die letzte Pak empfing. Aber da riß das Hurra der Angreifer die Überlebenden aus dem Graben hoch.

Holt tauchte aus dem Loch, Augen und Mund voll Sand, riß das MG auf die Brustwehr, zögerndes Schießen setzte ein, Handgranaten barsten. Die Amerikaner waren am Graben, liefen nach links zur Straße hin; dort war der Einbruch gelungen. Die braunen Gestalten sprangen in den Graben und rollten ihn auf ... Wolzow brüllte. Holt warf das MG herum. Die Amerikaner strömten regellos und ungeordnet zur Einbruchstelle. Wolzow warf Handgranaten. Wo die Landstraße zwischen die ersten Häuser führte, hieben die Amerikaner alles nieder, was sich ihnen in den Weg stellte oder sein Heil in der Flucht suchte ... Wolzow kletterte aus dem Graben, brüllend: »Vorwärts!« Auf der Landstraße stieß die Pak zwischen den Häusern hervor und in den Haufen der Amerikaner hinein, gefolgt von dem Zug, an dessen Spitze Vetter stürmte. Die verwirrten Amerikaner gingen zurück. Die Pak feuerte Sprenggranaten unter die Fliehenden, rollte weit die Landstraße vor und beschoß die Fahrzeuge auf der Chaussee. Wolzow raffte ein paar Leute zusammen und riß sie mit gegen die Landstraße, wo Vetters Leute mit Kolben und Seitengewehr auf die Amerikaner eindrangen. Holt schleppte keuchend das MG, an der Hüfte angeschlagen, die Rechte am Zweibein, die Linke am Abzug. Noch hielt sich unter einer Baumgruppe ein Dutzend Amerikaner, um einen Neger geschart, aber als der Neger fiel, war das Handgemenge entschieden.

Die Kompanie behauptete den Flecken und den verschütteten Graben.

Wolzow geriet in Raserei. Er trieb, im Gesicht weiß vor Wut, einen der jungen Soldaten vor sich her, der während des Handgemenges ins Gebüsch geflüchtet war, trieb ihn zum Straßenrand und schoß ihn nieder. Vetter erschoß mit seinen Leuten ein paar khakifarbene Gestalten, die schon in die Stadt eingedrungen waren und nun vergebens die Hände hoben. Man erschoß auf Wolzows Befehl auch die Verwundeten. Die viel zu weit vorgeprellte Pak stand in Flammen. Aber das alles entging Holt. Er saß weit abseits auf einer Munitionskiste bei den Villengärten, er hatte den Helm abgebunden und vergrub das Gesicht in den Händen.

Ruhe trat ein. Endlich wurde es Abend.

14

Im Gefechtsstand brannte eine Petroleumlampe. Wolzow schnallte das Koppel mit der Pistole ab und warf es auf die Bank zwischen die Telefone. Auch Vetter legte die Waffen weg, öffnete den Kragen der Feldbluse und beugte sich dann prüfend über den Leutnant.

»Jedenfalls hat die Kompanie die Stellung gehalten«, sagte Wolzow.

Unteroffizier Winkler stand nahe der Tür; er machte eine fahrige Handbewegung. »Die Kompanie?« Seine Stimme war vom Schreien brüchig. »Es gibt keine Kompanie mehr. Noch fünfzig Mann. Sie sind fertig.«

»Die müssen sich erholen«, sagte Wolzow barsch. »Die müssen weiterkämpfen. Meinetwegen teil Schnaps aus.« Aber Winkler machte keine Anstalten, den Keller zu verlassen. »Die Jabos ...«, sagte er heiser, und sein Gesicht war eingefallen, wie tot, und nicht einmal mehr Angst hatte darin Platz, »die Jabos ... und unsere Verluste ... Es ist Wahnsinn!«

Wolzow schaute auf. Winkler verstummte unter seinem Blick. Wolzow trommelte nervös mit den Fingern auf der Karte. »Die Verwundeten nach Bucheck zurück. Vetter! Häuser am Stadtrand herrichten zur Verteidigung. Feldwachen draußen lassen. Jetzt wird aus den Häusern gekämpft!«

Vetter schrie hackenknallend: »Jawohl, Herr Unteroffizier!« Er raffte Koppel und Maschinenpistole auf. Die Tür fiel hinter ihm ins Schloß.

Wolzow telefonierte mit Bucheck. Er sprach kaum ein Wort und hörte mit unbewegtem Gesicht, was am anderen Ende in die Leitung gesprochen wurde. »In Bucheck ist SS eingetroffen.« Er legte den Hörer auf. »Die werden den Wehnert hängen«, sagte er, während er zum Tisch trat. Dann stand er lange über die Karte gebeugt.

Winkler lehnte erschöpft am Türpfosten. Er hielt die Augen geschlossen, sein Brustkorb hob und senkte sich, als sei er noch immer außer Atem. Er hatte den Helm nicht abgelegt, um seinen Hals hing die Maschinenpistole. »Wolzow«, sagte er, »der Junge ... der Kleine vorhin ... Es war ...« Er verstummte, als Wolzow den Kopf hob, aber sein Blick irrte durch den Keller und blieb auf Holt haften.

Holt hockte zwischen den Telefonen. Er hatte das Grauen nicht verwunden. Der Halbschlaf vermengte die frischen Eindrücke des Gefechts mit vielen Bildern der Vergangenheit. Alles war noch einmal da, die Schlägerei am Rabenfelsen, die verhungernden Gefangenen in der Batterie, die Sägemühle in den Karpaten, die Gestreiften im offenen Grab. Er wehrte sich gegen die Bilder, er wurde sie nicht los.

Spät nach Mitternacht kehrte Vetter zurück. Er brüllte seinen Bericht in den Keller.

Holt fuhr zusammen.

»Zur Lagebesprechung«, sagte Wolzow.

Vetter hängte die Maschinenpistole an einen Haken neben der Tür. Wolzow stülpte sich Wehnerts Offiziersmütze auf den Kopf. Er fröstelte und ließ sich von Vetter auch Wehnerts Mantel mit den silbernen Schulterstücken umhängen. Die Petroleumlampe warf seinen Schatten ins Riesenhafte verzerrt gegen die weißgekalkte Kellerwand.

»Meine Herren!« Holt horchte auf. Da war wieder die Stimme, rauh, schneidend, eine fremde Stimme, sie jagte Holt einen Kälteschauer über den Rücken: eine Stimme, die Befehle schrie, die Stimme des Schicksals, und sie stach in die Tiefe seiner Erschöpfung, wie sie einst in alle Träume, in die Urlaubsstunden oder ins stille Krankenzimmer hineingedrungen war, eine Stimme, vor deren Klang es kein Entrinnen gab.

»Die Kompanie hat den ersten Angriff abgewiesen und wird ...«

Holt war von bleischwerer Müdigkeit erfüllt. Wolzows Rede wischte diese Müdigkeit fort. Holt hörte zu, und der Augenblick kam, da die Worte aufhörten, bloßer Schall zu sein, da er ihren Sinn aufnahm: »... heldenhaft untergehn ...«

Das Wort war oft gefallen. Es hatte in allen Lesebüchern gestanden, von der Heiligen Schar des Pelopidas bis zu den Figuren Ernst Jüngers, und besonders im letzten Jahr hatte es die Spalten der Zeitungen gefüllt: heldenhaft untergehn. Es war Phrase gewesen, Drohung, hysterischer Angstschrei. Aber jetzt, in Wolzows Mund, war es ein Todesurteil.

Es gibt keine Lösung, dachte Holt.

Wolzow hielt ihm die Zigarettenschachtel hin, aber Holt bewegte verneinend den Kopf. Wolzow rauchte. »Ich bin zeit meines Lebens ein Verfechter des Schlieffenschen Cannae-Gedankens gewesen ... schon Clausewitz lehrt, daß konzentrisches Wirken ... Napoleon formuliert, der Schwächere darf nicht ...«

Das Gerede Wolzows weckte in Holt ein Gefühl der Fassungslosigkeit, als höre er einen solchen Vortrag zum erstenmal. Wer ist das, dachte er, der dort am Kartentisch steht?

»... gekommen wäre, wenn nicht ... und ich hätte, falls ... gelingen würde, aber ... wäre bestimmt gelungen, wenn ...«

Hätte, wäre, würde, wenn ...

Der Vorhang riß mitten durch. Holt erwachte. Er kam zu sich. Auf einmal sah er den düsteren Keller, den Kartentisch, den betäubten Leutnant nicht mehr unscharf, verzerrt, wie durch Nebel. Auf einmal faßte sein Blick alle Dinge klar und in harten Umrissen. Sein Denken setzte ein, mit einer Folgerichtigkeit, einer Schärfe, die eine halbe Ewigkeit unter Apathie und Gleichgültigkeit begraben gewesen war, wenn er überhaupt jemals darüber verfügt hatte, er, der Suchende mit verbundenen Augen, im dunklen Zimmer ... Der Mechanismus seines Denkens pflügte in Sekunden alle Erfahrungen um, deutete alle Eindrücke neu, kehrte sein Leben vom Kopf auf die Füße und lief von der Vergangenheit her unaufhaltsam in die Gegenwart dieser Szene hinein.

Er sah wie gebannt auf Wolzow. Er kannte ihn nun zwei Jahre, eine lange Zeit. Zwei Jahre lang hatten sie zusammen gekämpft. Sie hatten bei der Flak nebeneinander am Geschütz gestanden, sie hatten Tiefangriffe und Bombenteppiche überlebt, sie hatten das Gefecht in den Karpaten überdauert, sie waren im Osten durch den Schneesturm geflohen, sie hatten in einem Panzer gesessen. Vom Dummejungenstreich bis zum Nahkampf gegen die Amerikaner hatten sie alles gemeinsam erlebt. Holt kannte Wolzow, nichts war neu, nichts kam überraschend.

Aber in dieser zweiten Stunde nach Mitternacht, an einem Aprilmorgen des Jahres 1945, war ihm, als habe er bis heute nichts, gar nichts von Wolzow gewußt. Er starrte ihn an, als sei das ein fremder Mensch, der dort groß und wuchtig, mit nervösem Zucken der Brauen am Kartentisch stand, seine Erklärungen mit Handbewegungen untermalte und gerade sagte: »Ich würde einen solchen Angriff ...« Ein fremder Mensch, mochte das gelbe Licht der Petroleumlampe auch ein bekanntes Gesicht beleuchten.

Eine geschlagene, ausgeblutete Truppe, dachte Holt weiter, lag draußen zwischen Bäumen und Büschen und in zerbombten Kellern und schlief in tödlicher Erschöpfung, kaum einer ohne durchbluteten Verband, ohne Gehirnerschütterung, ohne Nervenschock.

Es war, als zerbreche etwas in Holts Brust. Der dort, dieser

Wolzow, dachte er, steht an der Karte, draußen liegt die Truppe, das sind Menschen, und sie sind doch nichts als die einfachste Größe in einer Gleichung mit vielen Unbekannten, sind nur Pfeile auf der Karte, Schachfiguren, kleine Symbole im großen Sandkasten, sind Gegenstände für Wolzow, sonst nichts. Was aber ist Wolzow für sie, für mich?

Eine Ahnung beschlich Holt, verdichtete sich, wurde zur Gewißheit. Es nahm ihm den Atem. Die Binde fiel von seinen Augen, das dunkle Zimmer wurde hell.

Er ist ihr Schicksal.

Schicksal, dachte er, Vorsehung, Gott, wir sind ausgeliefert, Figuren im großen Spiel … *Schicksal*, dachte er, *mein Schicksal heißt Wolzow*.

Wo hab ich meine Augen gehabt, meinen Verstand? Mein Schicksal ist ein Mensch, ein lebender Mensch mit Leib und Hirn und schlagendem Herzen, der sich Macht anmaßt über Leben und Tod, er oder ein anderer, wie hier im Keller, so überall, im ganzen Land, im Kleinen, im Großen … Und er sah nun: Das Anonyme, das System, wohlgeordnet, mit Rangabzeichen und Uniformen, eine Hierarchie der Gewalt ist unser aller Schicksal! Lüge, Betrug war alles, Verdummung war Gott und die Vorsehung nichts als Berechnung! Nicht Schicksalsmacht über Getriebenen, hieß es, nicht Vorsehung über vorgezeichnetem Weg, nicht Gott über Irdischen, Sterblichen, sondern Menschen über Menschen, Machthaber über Machtlosen, und immer Sterbliche über Sterblichen!

Er faßte Wolzow ins Auge. Er hatte noch nie mit solcher Klarheit in einen Menschen hineingesehen. Dieser Unteroffizier mit der Leutnantsmütze, der den Kopf voller Pläne hat, voller durchführbarer und undurchführbarer, auf jeden Fall aber mörderischer Pläne, zugleich voller historischer Ereignisse und Parallelen, für jeden Fehler ein Beispiel und für jeden Toten ein Beispiel, dieser Mensch dort, nicht anders als Ziesche und Ziesches Vater, Böhm, Wehnert und wie all das Gesindel hieß, ist ein Symbol: ein Verbrecher, der mit angemaßter Macht Mensch auf Mensch in den Tod schickt, ein Mörder von Berufung und Beruf. Und ich war sein Werkzeug, seine Kreatur, sein Zutreiber, dachte Holt.

Das Gefühl der Schuld stieg in ihm hoch. Es wollte ihn zurückstoßen in die alte Apathie: Ich hab auf der falschen Seite gestanden, von Anfang an, in der Slowakei, im Osten, immer, bis heute. Ich hab alles mitgemacht. Ich hab geschwiegen und zugesehn. *Etwas davon war auch in mir*. Und nun bin ich schuldig.

In seinem Inneren braute sich ein neues Gefühl zusammen: brennender Haß. Er verstand nun alles. Er verstand den Ausbruch Gomulkas, damals, an der Panzersperre, er verstand die Worte des Gefreiten: Das sind sie! Das will nicht aussterben, das mordet weiter. Sie sind die schlimmsten. Und er erkannte, auf welche Seite er gehört hätte: zu Sepp, zu dem Gefreiten, zu der Slowakin, zu den Gestreiften. Er sah auf Wolzow: Das sind sie, unsre Verderber, und der dort bereitet schon neue Morde vor, zeichnet Angriffspfeile und erklärt, warum ein Teil der Kräfte von Norden angesetzt wird ... ein Teil der Kräfte, alles in allem fünfzig Mann!

Wie Schuppen fiel es ihm von den Augen: Das Stückchen Land ringsum, dieses Dreieck der Dörfer, Chaussee, Hügel und Bach, das war nichts anderes als ein überdimensionaler Sandkasten, in dem Wolzow Schicksal spielte mit Machtlosen und Verderben plante, sinnlos und mit der gespenstischen Lust eines Menschen, der einer zweihundertjährigen Mörderfamilie entstammt.

Späte Erkenntnis, zu späte Erkenntnis. Signale über Signale wurden mißdeutet und überhört: alles umsonst, dreckige Arbeit, Chlorkohlensäuremethylester, Russengefangene, Zähneeinschläger, Schulhof, Sägemühle, Zug der Gestreiften. Ich war blindes Werkzeug des Verbrechens, Handlanger des Unrechts. Schaurige Bilanz! Achtzehn Jahre umsonst gelebt, achtzehn Jahre mißbraucht und betrogen, und nun schuldig, schuldig. Und der Haß wuchs und schlug wie eine Flamme in ihm hoch: Im Ende lehn ich mich auf, gegen das »Schicksal«, ich biet ihm die Stirn, ich bin stärker, ich spring in die Schranken.

Ich lege Wolzow das Handwerk.

Wolzow sagte: »Wir werden also jetzt sofort die Amerikaner bei ihren Fahrzeugen überfallen. Äußere dich zu den Einzelheiten, Holt.«

Es war soweit. Draußen dämmerte der Tag. Holt setzte den

Helm auf. Er dachte flüchtig: Meine Mutter ... Aber nichts regte sich bei diesem Gedanken. Mein Vater ... er hat mir alles gesagt. Aber er hat mir die Wahrheit hingeworfen, wie man einem Hund einen Knochen hinwirft, da war ich zu stolz und wollte die Wahrheit nicht hören, auch das ist meine Schuld.

»Los, äußere dich!« rief Wolzow ungeduldig.

Holt stand auf und faßte die Maschinenpistole. Er sagte: »Die Truppe geht zurück oder kapituliert.«

Winkler, neben dem Ausgang, beugte sich nach vorn und starrte Holt überrascht an.

Wolzow stützte die Hände auf den Kartentisch und hob das Gesicht.

Holt ging zum Radio. Aus dem Lautsprecher drang die Stimme des Sprechers: »Erbitterte Kämpfe ... Durchbruch russischer Panzer zwischen Muskau und Guben ... Durchbruch im Raum Wriezen ... Durchbruch ... Durchbruch ...« – »Stell ab!« schrie Wolzow. »Hier wird gekämpft bis auf den letzten Mann!«

Holt sagte: »Es wird nicht mehr gekämpft!«

»Nimm dich in acht«, zischte Wolzow. »Ich hab schon einen umgelegt, eigenhändig, reiß dich zusammen, sonst ...«

Holt nahm Wolzows Koppel mit der Pistolentasche und warf es durch die Tür in den dunklen Kohlenkeller.

»Es ist aus, Wolzow!« sagte Holt. Wolzows Gesicht verzerrte sich.

»Winkler!« schrie Holt.

Winkler riß mit einem Griff Vetters Maschinenpistole vom Haken. Vetter fuhr zurück und starrte hilfesuchend auf Wolzow.

Wolzows Hände tasteten über die Uniform, dann sprang er gegen Holt. Holt stieß den Kartentisch um. Die schwere Platte warf Wolzow gegen die Kellerwand. Holt hob die Maschinenpistole, er richtete sie auf Wolzow, er schrie:

»Du bringst keinen mehr um, Wolzow!«

Wolzow starrte in die Mündung der Waffe, starrte in Holts Gesicht und wurde fahl. Aus seiner Stirn brach Schweiß, ein Zittern ging über seine Gestalt. Er blieb unbeweglich stehen.

»Winkler«, sagte Holt. »Sie übernehmen wieder das Kommando.

Gehn Sie nicht nach Bucheck zurück, dort soll SS sein, gehn Sie südlich durch die Wiesen oder gleich in Gefangenschaft, wie Sie meinen …« Auf einmal versagte seine Stimme.

Winkler hielt den Türgriff in der Hand. »Komm mit, Holt!« – »Ich komm nach.« Die Tür fiel hinter Winkler ins Schloß.

Wolzow sagte mit einer kratzigen Stimme: »Das ist Verrat! Die Truppe ist noch gut für vierundzwanzig Stunden Häuserkampf!«

Holt fuhr herum. Er schrie: »Gestern waren's zweihundert; und wieviel sind übriggeblieben? … Du willst hier Lesebuchgeschichten aufführen, aber …« Er brach ab. Bei dem ist jedes Wort vergeblich.

»Ich fühl mich nicht zum Henker berufen«, sagte Holt, »ich geh.« Er rief: »Aber lauf mir nicht über den Weg, Wolzow! Verkriech dich irgendwo, aber laß dich nicht vor mir sehen!«

Er stand schon in der Tür. Als Wolzow nicht mehr die Waffe auf sich gerichtet fühlte, geriet er außer sich. Er schrie, nach vorn geneigt: »Warte, du Verbrecher! Warte, ich hol die SS aus Bucheck, ich komm wieder, du sollst hängen, ich will dich hängen sehn neben Wehnert!« Seine Stimme überschlug sich.

Holt warf die Tür ins Schloß. Er ging langsam durch die Gärten zum Stadtrand.

Die Chaussee im Tal war von Nebel verhüllt, und der Nebel verbarg die Fahrzeuge der Amerikaner und hüllte auch die zurückgehende Truppe ein. Holt fand den Graben, die Villen am Stadtrand verlassen. Zwischen Bombentrichtern lagen die Toten. Die Stadt war menschenleer.

Holt stand am Ortseingang bei einem der zertrümmerten Panzer. Die letzten Soldaten zogen gebückt durchs Gebüsch und tauchten im Nebel unter. Dann war Stille. Holt sah zu den Amerikanern hinüber. Nun, da der Bruch vollzogen war, da er sich losgesagt hatte von aller Vergangenheit, fühlte er sich einsam. Was wird nun aus mir? Er dachte an Gomulka.

So stand er lange, an den rußigen Stahl des Panzers gelehnt.

Es war nun taghell. Langsam hob sich der Nebel. Holt hörte Geschrei, das mußte in der Stadt sein. Er wendete sich um und ging in Richtung Marktplatz.

Benagelte Stiefel knallten über das Pflaster. Jemand rannte die Straße hoch zum Ortsausgang, das war Vetter. Holt drückte sich in eine Mauerecke. Aber Vetter kam auf ihn zu, waffenlos und mit dem Gesicht eines Menschen, dem der Schreck Verstand und Überlegung geraubt hat. Er packte Holt an beiden Armen und stammelte: »Der Wolzow ... sie wollen ihn ...« Er schrie: »Sie wollen ihn hängen!« Der Mund schnappte auf und zu und stieß Worte hervor: »Von Bucheck die SS ... die suchen auch nach dir ... Ihr Führer ist der Meißner ...« Er brüllte verzweifelt: »Der Meißner von daheim ... du kennst den doch!«

Die Szene mit Vetter mochte ein Spuk sein, ein Alptraum, aber dann schlug es wie der Blitz ein: Meißner hängt Wolzow! Er dachte daran, zu fliehen, geradewegs zu den Amerikanern, die Chaussee hinab, aber dann stieg in ihm wieder der Haß hoch, die Bilder der Erinnerung waren da: der alte Ziesche, die Sägemühle, die Wachmänner der Gestreiften ... Und der Gedanke, in dieser letzten Minute des Krieges das Gewehr umzudrehen, löschte alle Überlegung aus.

Er lief los, durch enge Querstraßen, im Bogen zum Markt, er suchte den Keller, der zu einem Bunker hergerichtet worden war, er pirschte sich durch den Garten und sprang hinab in das Kellerloch. Mit einem Blick überschaute er Waffen und Geräte, die hier zurückgelassen worden waren. Vetter stand bebend am Hinterausgang, der in den Garten mündete. Holt kletterte auf den Kistenstand unter dem Fenster. Er sah Gestalten auf dem Marktplatz, keine fünfzig Meter entfernt, vor der Kulisse eines ausgebrannten Sherman. Er hörte Wolzow schreien. Dann öffnete sich der Kreis. Holt sah Wolzow, die Ellenbogen auf dem Rücken mit einem hellgelben Offizierskoppel zusammengeschnürt, barhäuptig und schon den Strick um den Hals. Man schleifte ihn zu der Brunnenfigur, die aussah wie ein Kandelaber. Der große, blonde SS-Führer war wirklich Meißner. Wehnert stand taumelnd dabei und deutete mit dem ausgestreckten Arm auf Wolzow, der wie ein Tier brüllte, mit unkenntlicher Stimme.

Das alles sah Holt, und es zog sich sekundenlang wie ein Vorhang über seinen Blick, aber der Vorhang riß mitten durch. Man warf den Strick über die Brunnenfigur. Holt dachte: Die Mörder henken sich gegenseitig!

Er sprang in den Keller. Er raffte ein MG auf. Vetter stand fahl und hilflos im Halbdunkel, eine Maschinenpistole in den Händen. Holt stieg mit dem MG und einem Munitionskasten zum Fenster hoch. Schloß zurück, Deckel auf, Deckel zu, entsichern, runter das Visier, Anschlag.

Jetzt gnade euch Gott!

Wolzow hing unbeweglich an der Brunnenfigur. Die SS-Männer standen scharf und deutlich auf dem Visier. Holt zog ab. Ein Feuerstoß schmetterte heraus. Es war soweit. Die Rechnung wurde beglichen, für die Sägemühle, für die Gestreiften, für Gundels Eltern ... Ihm war, als falle die Vergangenheit wie eine Last von ihm ab.

Die erste Garbe warf drei oder vier SS-Männer vor dem Brunnen nieder. Die zweite Garbe faßte Wehnert und einen bulligen Kerl und Meißner, und Wehnert schlug über den Brunnenrand, während Meißner aufs Pflaster stürzte. Die anderen sprangen mit Panthersätzen in die Ruinen. Aber da stiebten vor dem Kellerloch Sand und Steinsplitter auf. Holt war schon entdeckt worden und erhielt von allen Seiten Feuer. Vorsicht, die sind gefährlich, die haben Routine! Da krochen sie schon näher. Aber ich bin auch gefährlich, ich stell mich tot. Das MG schwieg. Fünf, sechs Mann sprangen aus den Trümmern und stürmten heran. Die Garbe faßte sie und warf sie zu Boden. Kommt doch, kommt!

Aber die SS war auf einmal unkonzentriert. Holt sah die versteckten Gestalten nach rechts feuern, als vermuteten sie auch dort einen Gegner. Holt schoß. Die SS erwiderte das Feuer. Dreck stiebte vor dem Fenster auf. Holt legte einen neuen Gurt ein.

Da hackte Vetters Maschinenpistole los, hinten, wo der Kellergang in den Garten mündete. Vetter schrie: »Die Amiiiis!«

Die Amis? Holt feuerte auf einen SS-Mann, der von rechts nach links über den Markt floh und im Laufen das Gewehr fallen ließ, ehe er auf das Pflaster stürzte. Schieß auf die SS! Schieß um dich, wo immer sich was rührt. Das Ende ist da.

Nur Gundel hätt ich gern noch einmal wiedergesehn!

Die Garbe jagte einen fliehenden SS-Mann um die Ecke. Holt sprang auf den Kellerboden. Im Garten peitschten Schüsse. Ausbruch. Nicht im Keller sterben. Er lief in den Garten. Da war kein Vetter mehr. Zwischen den Büschen huschten khakifarbene Gestalten. Holt prallte mit einem Amerikaner zusammen, beide fielen zu Boden, jemand trat ihm auf den ausgestreckten Arm und entwand ihm die Pistole, man überwältigte ihn.

Ausklang

Das erste Lager war irgendwo in Thüringen, auf einer Wiese, ein Quadrat, mit Pfählen abgesteckt, ein Drahtseil von Pfahl zu Pfahl, und zweitausend Gefangene, Offiziere und Mannschaften in buntem Durcheinander aller Waffengattungen; unter ihnen Holt, seit mehr als vierundzwanzig Stunden ohne Nahrung, ohne Wasser.

So lag er auf dem Erdboden, in die Zeltbahn gewickelt. Es gab Fälle von Ruhr. Die Krankheit griff um sich. Der Himmel wölkte sich zu. Nun fiel Regen. Eine feiner, eiskalter Landregen.

Das zweite Lager faßte fünfundzwanzigtausend Gefangene, ein umgepflügter Acker, von Stacheldraht umgeben. Es regnete. Der Acker war aufgeweicht. Die Gefangenen versanken bis zu den Knien. Keine Verpflegung. Auch hier diente ein Bach, der durchs Lager floß, als Wasserleitung und Latrine zugleich. Ruhr und schwere Brechdurchfälle verschonten niemanden. Es gab die ersten Toten.

Holt saß im nassen Acker, die Knie unter das Kinn gezogen, die triefende Zeltbahn über dem Kopf. Der Abend sank. Der Regen versiegte. Der Schlamm gefror in hereinbrechendem Frost. Der Körper erstarrte. Es ging zu Ende mit dem, was einmal Werner Holt gewesen war, Luftwaffenhelfer, Arbeitsmann, Panzerschütze.

Seit er sich entwaffnet in der Gewalt der Amerikaner wiedergefunden hatte, war die Anspannung nicht gewichen. Vor seinen geschlossenen Augen waren die Bilder in Flammen zum Himmel aufspringender Panzer, Toter, Verstümmelter, mit grauenhafter Deutlichkeit, Visionen einer zusammenbrechenden Welt. Erinnerungen: Feuernacht, Sägemühle, Gestalten im Drillich … Die Bilder erloschen, Schleier zogen darüber hin.

Grauer Himmel, rieselnder Regen. Gefangene, Rücken an Rücken gelehnt, im Schlamm. Stille. Ein Posten jenseits des Stacheldrahtes wischte sich das triefende Gesicht. Der Gewehrlauf klirrte gegen den Helmrand.

Holt horchte: Rauschen des Regens, sonst nichts. Er horchte in sich hinein: Leere, nichts als Leere. Er legte den Kopf in den Nacken. Der feine Sprühregen traf sein Gesicht. Vor den Augen trieben Wolken, eintönig grau. Der letzte Gedanke fror ein.

Gleichgültigkeit blieb. Dumpfe Triebhaftigkeit ersetzte bewußtes Handeln. Sinnlose Gerüchte weckten Erregung und Enttäuschung, aber Holt nahm keinen Anteil daran. Die verbürgte Kunde von bedingungsloser Kapitulation interessierte ihn kaum, die durchsickernden Nachrichten von den Umsiedlungsaktionen im Osten drangen nicht in ihn hinein. Ein Prozeß des langsamen Dahinsterbens umgab ihn. Hunger- und Typhustod weckten die Erinnerung an unvorstellbares Leid und Elend ... Stumm erlebte er die Agonie der Verhungernden.

Namen von Lagern: Heidesheim, Kreuznach, Büdesheim ... Ein Gelände von Weinbergen und brachliegenden Äckern, Stacheldraht, achtundzwanzig Camps, breite Lagerstraßen, dreihunderttausend Gefangene. Sie lagerten auf dem blanken Erdboden, wühlten mit bloßen Händen Mulden und Löcher, schliefen wie Tiere eng aneinandergepreßt. Regen fiel, immer mehr Regen, nasser Schnee, es fror und taute und fror. Im Mai zog endlich anhaltende Trockenheit über das Lager. Da waren die alten Männer in den Volkssturmuniformen schon zu Hunderten zugrunde gegangen.

Der Durchfall mergelte Holt aus, der ewige Hunger verwandelte ihn langsam in ein Skelett. Aber er widerstand dem Typhus, der die Camps lichtete. Der Hunger verwandelte die Gefangenen in Tiere.

Holt bot ein Bild menschlichen Verfalls. Das Haar verfilzte, der Bart wucherte. Die Uniform umschlotterte den ausgezehrten Körper. Trotz Ruhr und Durchfall hatte er sich wochenlang nicht reinigen können. Er verstreute Händevoll Chlorkalk in seiner Kleidung. Der ständige Chlorgestank stumpfte seine Sinne ab, die Haut reagierte mit Entzündung und Ausschlag. Er hockte stundenlang auf dem Boden. Nur der Nahrungsempfang trieb ihn hoch. Selten stand er am Zaun, denn er war zu schwach, die Schlägerei um einen Zigarettenrest durchzustehen.

Der Juni brachte Regenfälle, dann drückende Hitze. Die Hitzewelle zermürbte Holt vollends. Er verbrauchte seine Kraft beim Anstehen nach Wasser. Die Ereignisse drangen kaum in sein Bewußtsein. Das Nachbarcamp leerte sich. Neue Gerüchte von Entlassung, von Arbeit in belgischen Kohlengruben liefen um.

Holt lag auf dem heißen, vor Trockenheit rissigen Boden. Über ihm der endlose Himmel. Ringsum Stacheldraht. Daß jenseits des Zaunes eine Welt mit Dörfern und Städten sei, mit Menschen in Freiheit, das wußte er nicht. Es war unvorstellbar.

Die Kräfte verfielen mehr und mehr, aber Holt begann wieder zu denken, nicht logisch, nicht folgerichtig, er trieb vielmehr ein verworrenes Spiel mit Bruchstücken von Gedanken, Erinnerungen und alten Bewußtseinsinhalten, die aus der Vergessenheit emportauchten. Das fiebrige Grübeln verlor rasch den Gegenstand. Aber aus der Vergangenheit hoben sich unaufhörlich Bilder, unscharf, verschwommen, ohne Konturen ... Immer neue Gerüchte: Entlassung, Übergabe an die Franzosen ... Holt blieb in der Nähe des Lagertors, schlief dort und entfernte sich nur zum Verpflegungsempfang. Er wartete, auf irgend etwas.

Nichts geschah.

Die Mittagssonne brannte.

Das Sonnenlicht, das auf seine geschlossenen Lider stach, zauberte feurige Ringe auf die Netzhaut. Er fror, in der Gluthitze des frühen Nachmittags, und das Kältegefühl beseitigte die Benommenheit.

Entlassung, dachte er. Wo geh ich hin?

Er richtete sich auf. Immer, wenn er sich aufrichtete, wurde ihm schwindlig. Ich muß zu Gundel! Der Gedanke blieb: Ich muß zu Gundel.

Eines Tages wurden sie durch die Lagerstraßen in ein anderes Camp geführt. Ein Dutzend großer Zelte, ringsum Gefangene.

Das war jenes sagenhafte Entlassungscamp, von dem die Gerüchte sprachen. Holt legte sich auf den Boden. Am Morgen trat er den Gang durch die Zeltreihe an. Ein Offizier drückte den Prägestempel in den Entlassungsschein.

Jenseits des Weinberges stand ein Güterzug. Auf den offenen Wagen lagen Kartons mit Verpflegung, Rationspäckchen der amerikanischen Armee, sogar mit Zigaretten. Holt aß langsam. Er lag auf den Bohlen des Tafelwagens und rauchte. Er fror wieder und zitterte. Ein Schweißausbruch folgte. Er war benommen. Wo fand er Gundel?

Der Zug überquerte den Rhein, dampfte nach Osten, zwei Tage lang. Dann hielt er. Das Begleitkommando jagte die entlassenen Gefangenen von den Wagen.

Tausend ausgehungerte Menschen fielen wie ein Heuschreckenschwarm über die Obstbäume her, die zu beiden Seiten der nahen Chaussee standen. Wer zu schwach war, einen Baum zu erklettern, riß einen Kohlkopf aus dem Acker.

Holt wurde nicht satt von dem rohen Kraut. Es trieb ihn nach Osten. Noch immer wußte er nicht, wohin er sich wenden sollte. Nicht zu Vater, nein. Zu Gundel! Er durchwanderte ein paar Dörfer und klopfte vergebens an. Hinter verrammelten Toren lärmten die Kettenhunde. Er verließ die Chaussee und hielt sich nördlich. Er lief bis zum sinkenden Abend. Ermattet saß er im Gras einer Koppel, auf der Fohlen weideten.

Keiner will was von mir wissen. Liegenbleiben. Nie mehr aufstehn. Wozu auch?

Aber ich muß erst noch zu Gundel! Der Gedanke trieb ihn hoch.

In der kleinen Stadt am Fluß suchte er Gundel vergebens. Im Hause des Rechtsanwalts Gomulka wohnten Fremde. Alle Menschen waren fremd. Endlich erfuhr er: Gundel hatte die Stadt verlassen.

Er wanderte weiter. Er bettelte, immer wieder abgewiesen, schwach vor Hunger. Er schlief im Straßengraben.

Des Morgens, in der Kühle vor dem Sonnenaufgang, fühlte er sich frisch und ausgeruht, aber in der Hitze des Mittags schwanden die Kräfte. Er legte sich am Nachmittag ins Gebüsch, zog die Zeltbahn über sich und schlief, bis ihn nach Mitternacht der fallende Tau weckte.

Er kam nur langsam voran, blind für alles, was ringsum geschah. Er sah nicht die Flugzeugtrümmer, die ausgebrannten Panzer im sommerlichen Land, sah nicht, wie die Ernte geborgen wurde, und nicht die zertrümmerten Dörfer, die gesprengten Brücken, den Strom der Heimkehrer und Umsiedler auf allen Straßen ... Er lief, von peinigender Unruhe getrieben, bis er irgendwo in einem Gebüsch einige Stunden schlief.

Einmal sah er sein Spiegelbild im Wasser eines Dorfteiches. Ein viel zu großer Schädel, ein hohlwangiges Gesicht, fiebrig glänzende Augen, struppiger Bart ... Das bist du, das ist von dir geblieben. Einer zog aus, voller Kraft und Übermut, Abenteuer zu erleben, Bewährungsprobe, Schmelztiegel, Schule der Mannestugend ... Einer kehrt heim, zerbrochen, vernichtet. Er starrte gebeugt ins spiegelnde Wasser. Das kenn ich, das Bild! Jählings wurde die Erinnerung lebendig: Auf dem Wege zur Straßenbahn ... zur Batterie, er trug ein dickes Heft unter dem Arm ... eine Zeitschrift ... IB-Sondernummer: »Untermenschen ...« Gesichter wie seines.

Er erreichte Weimar. Man redete von einer Demarkationslinie. »Sie können doch nicht zu den Russen ... es soll furchtbar sein ...« Es kümmerte Holt nicht. Er legte sich im Park schlafen und sah ein paar Amerikaner über die Straßen schlendern. Er erwachte, und ein Pferdefuhrwerk rumpelte über das Pflaster. Auf dem Bock ein Rotarmist.

Holt stand am Straßenrand. Ein Lastwagen mit Soldaten rollte vorbei. Holt war zu schwach, um die tief verwurzelte Angst zu fühlen, die seinen fieberhaften Puls noch schneller schlagen ließ. Man beachtete ihn nicht.

Tausende zogen über die Landstraßen. Niemand wendete den Kopf nach einer der grauen Gestalten.

Ein Bahnhof, ein Zug unter Dampf, alle Trittbretter besetzt, alle Abteile vollgepfercht, auf den Dächern Menschen in zerschlissenem Feldgrau. Holt fuhr auf einem Puffer mit. Am Abend hielt der Zug.

Anderen Tages nahm ihn ein Auto mit, dann wieder rollte eine Lok mit ein paar Güterwagen nach Norden. Er zählte nicht die Tage. Er fühlte nur unklar: es war Zeit, das Ziel zu erreichen.

An einem heißen, wolkenlosen Julitag hockte er am Straßenrand. Der Schlaf erfrischte ihn nicht mehr. Tag und Nacht peinigten ihn Schüttelfrost und Fieberschauer in jähem Wechsel. Er kaute Sauerampfer und Hirtentäschel. Ein Pferdewagen holperte vorbei, im Kasten stand ein braungeflecktes Kalb. Holt kletterte auf den Wagen, lag im Stroh, und das Kalb begann, ihm das Gesicht zu lecken, mit einer großen, rauhen Zunge ... Am Nachmittag blieb er auf der Chaussee zurück. Er verfiel in einen schleppenden Schritt, während sein Kopf auf die Brust sank. So marschierte er eine Stunde lang. Müdigkeit lockte.

Ein Lastwagen überholte ihn und hielt. Der Fahrer rührte mit einer Eisenstange in dem qualmenden Holzgasgenerator. Holt fand sich auf dem Wagen wieder, zwischen Koffern und Bettenbündeln, Frauen mit Säuglingen, in Umschlagtücher gehüllten Greisinnen, Männern mit Krücken und Beinstümpfen. Der Wagen fuhr einer großen, zerstörten Stadt entgegen.

Er stand am späten Nachmittag vor der trostlosen Kulisse ausgebrannter Häuser, zerschlagener Fassaden, und um ihn her hasteten Menschen. Eine überfüllte Straßenbahn rollte vorbei. Bei einem Trümmerberg reichten Frauen Ziegelsteine von Hand zu Hand. Holt lief durch die Straßen. Leirige, piepende Töne einer Drehorgel, ein Blinder mit gelber Armbinde. Die schmale Gasse, ein unzerstörtes Haus. Holt starrte die Fassade an. Weihnachten ... von hier war er geflohen, es war Ewigkeiten her.

Er stieg langsam die Treppe hoch.

»Doktor Holt? Wohnt nicht mehr hier! Den haben die Russen zum Fabrikdirektor gemacht. Spremberg-AG ... in Mönkeberg ...«

Holt lief zu dem Vorort hinaus.

Er fand ein rotes Backsteingebäude. Über dem Werktor die Aufschrift »Spremberg-AG«. Ein Holzschild mit russischen Schriftzeichen. Durch den Torweg sah Holt ein weites Fabrikgelände. Er ging am Schlagbaum vorbei. Eine Stimme rief ihn an.

Ein Pförtner, einarmig, den linken, leeren Hemdsärmel hochgesteckt. Holt lehnte schwer atmend an der Wand. Dann neigte er den Kopf zum Fenster der Portierloge. »Ich such Doktor Holt.« Der einarmige Pförtner verbesserte: »Professor Holt. Das ist hier.« Er langte nach dem Telefonhörer, ließ die Hand darauf liegen und fragte: »Wer sind Sie?«

Nein, dachte Holt, keine Heimkehr ... des verlorenen Sohnes ... das nicht! Ein Fieberschauer löschte alle Gedanken aus. »Ich will ... eine Auskunft ... Bitte, ob er ... ob sich bei ihm ... ob ihm etwas ...« Der Satz sträubte sich gegen seine Vollendung. »Ob er was von Gundel Thieß weiß. Adresse oder so.«

»Gundel?« wiederholte der Pförtner erstaunt, ließ das Telefon los, zog ein paar abgelegte Passierscheine zu sich heran und blätterte. Aber er schob die Papiere beiseite und murmelte: »Da will ich doch lieber ...« Er klemmte den Hörer mit der Schulter des amputierten Armes am Ohr fest und wählte. »Ist der Professor ... Im Labor?« Er drückte die Gabel nieder und wählte neu. »Herr Professor, hier ist ein ... ein Heimkehrer, er will die Adresse von Fräulein Thieß!«

Holt hörte das alles nicht. Er sah nicht, daß der Pförtner nickte, den Hörer hinwarf und nun in offenkundiger Bestürzung aus der Loge in die Tordurchfahrt trat. Er lehnte an der Wand und schaute auf die Straße hinaus, und die flimmernden Lichtflecke der Abendsonne auf dem Pflaster begannen sich vor seinem Blick im Kreise zu drehen, immer schneller.

Er hörte hastige Schritte, er erblickte als weißen verschwimmenden Fleck den Labormantel seines Vaters, und dann begann sich auch der weiße Fleck im Kreise zu drehen.

Er erwachte für Augenblicke, in einem Bett, und nahm Gundels Anblick mit, als er in Fieberträume zurückfiel.

ANNA SEGHERS
Und ich brauch doch so schrecklich Freude
Tagebuch 1924/1925
Die Legende von der Reue des Bischofs Jehan d'Aigremont von St. Anne in Rouen
Hrsg. und mit einem Nachwort von Christiane Zehl Romero
Mit 4 Faksimiles.
111 Seiten. Gebunden
ISBN 978-3-351-03496-2

»Das Tagebuch der Anna Seghers ist wahrlich eine Entdeckung.« Die Zeit

Zwei unerwartete Entdeckungen aus dem Nachlaß zeigen eine unbekannte Anna Seghers. Einmalig: ein Tagebuch sowie eine geheimnisvolle Geschichte, die für immer verloren schien.

»Seghers' (übrigens einzigen) Tagebuchnotizen erlauben einen sehr intimen Blick in die Frühzeit der späteren Großautorin.«
Dresdner Neueste Nachrichten

»Es sind die seltenen Glücksfälle der Literaturgeschichte, wenn solch ein vergessener Text auch noch eine literarische Kostbarkeit ist.«
Sächsische Zeitung

Mehr von Anna Seghers im Taschenbuch (Auswahl):
Der Ausflug der toten Mädchen und andere Erzählungen. atb 5171-2
Die schönsten Märchen und Legenden. atb 5175-0
Das siebte Kreuz. Ein Roman aus Hitlerdeutschland. atb 5151-4
Transit. Roman. atb 5153-8

Mehr Informationen erhalten Sie unter www.aufbau-verlag.de oder in Ihrer Buchhandlung

aufbau

LION FEUCHTWANGER
Die Geschwister Oppermann
Roman
381 Seiten
ISBN 978-3-7466-5630-4

Feuchtwangers weltberühmter Familienroman

Sie sind erfolgreich und angesehen: Gustav, der Schriftsteller und Seniorchef, Martin, der Geschäftsmann, und Edgar, der Arzt. Doch dann ist das Unfassbare eingetreten: Die Nazis haben ihr Regime mit Mord und Brand errichtet. Den Oppermanns entgleitet die Heimat. Sie müssen ihre Häuser und ihre Freunde verlassen, denn sie sind jüdischer Abstammung.

»Die wirkungsvollste, meistgelesene erzählerische Darstellung der deutschen Kalamität.« KLAUS MANN

Mehr Informationen erhalten Sie unter www.aufbau-verlag.de oder in Ihrer Buchhandlung

aufbau taschenbuch

JAROSLAV HAŠEK
Die Abenteuer des braven Soldaten Schwejk
Roman
Aus dem Tschechischen
von Grete Reiner
804 Seiten
ISBN 978-3-7466-6108-7
Auch als ebook erhältlich

»Das populärste tschechische Buch.« F.C. WEISSKOPF

Durch amtsärztliches Attest als blöde ausgewiesen, wird Schwejk im Ersten Weltkrieg dem Oberleutnant Lukasch als Bursche zugeteilt. Sein Pflichtbewusstsein und sein Befehlsgehorsam übertreffen alle Erwartungen. Schwejk erfüllt seine Aufträge über Gebühr und führt damit ihre Sinnhaftigkeit auf eine unwiderlegbare Weise ad absurdum.

»Es ist der kleine Mann, der in das riesige Getriebe des Weltkriegs kommt, wie man eben da so hineinrutscht, schuldlos, ahnungslos, unverhofft, ohne eigenes Zutun. Da steht er nun, und die andern schießen. Und nun tritt dieses Stückchen Malheur den großen Mächten der Erde gegenüber und sagt augenzwinkernd leise, schlecht rasiert die Wahrheit.« KURT TUCHOLSKY

Mehr Informationen erhalten Sie unter www.aufbau-verlag.de
oder in Ihrer Buchhandlung

atb aufbau taschenbuch

ARNOLD ZWEIG
Junge Frau von 1914
Roman
392 Seiten
ISBN 978-3-7466-5210-8

Roman einer großen Liebe

Es ist keine gute Zeit für die Liebe. Es ist Krieg. Während dem Armierer Werner Bertin an der Westfront der patriotische Rausch gründlich verfliegt, kämpft in Berlin Lenore Wahl, behütete Tochter aus gutem Hause, gegen Familie und Konvention. Schließlich kann sie ihre Verbindung mit Bertin, dem mittellosen, unbekannten Schriftsteller, durchsetzen. Aber sie hat nicht nur diesen Kampf hinter sich, sondern auch den Konflikt einer ungewollten Schwangerschaft und die schwere Entscheidung zur Abtreibung.

Mehr Informationen erhalten Sie unter www.aufbau-verlag.de oder in Ihrer Buchhandlung

atb aufbau taschenbuch